新体系经济管理系列教材

# 中级财务会计

ZHONGJI CAIWU KUAIJI

陈昌明　李华容　主编

清华大学出版社

北　京

## 内 容 简 介

本教材依据我国企业会计准则的有关规定和最新解释,结合工商企业的会计实务,注重财务会计的基本理论阐述和具体会计事项的处理,较为全面地介绍了企业会计核算的理论与方法。主要内容包括财务会计的基本理论,资产、负债、所有者权益、收入、费用和利润的确认、计量和记录,以及财务报告的编制等,其中,资产要素的会计核算是重点,金融资产和长期股权投资的核算以及收入核算是难点。

本教材主要适用于经济管理和工商管理类各专业的会计课程的学习用书,同时也可作为广大会计实务工作者学习财务会计知识的参考用书。

为方便教师教学,本书配有内容丰富的教学资源包(包括电子课件、教案、案例库及案例分析、习题集及参考答案),可以通过邮箱 qinghua_book@126.com 索取。

## 图书在版编目(CIP)数据

中级财务会计/陈昌明,李华容主编. --北京:清华大学出版社,2011.10
(新体系经济管理系列教材)
ISBN 978-7-302-26860-4

Ⅰ. ①中…  Ⅱ. ①陈… ②李…  Ⅲ. ①财务会计-教材  Ⅳ. ①F234.4

中国版本图书馆 CIP 数据核字(2011)第 187902 号

责任编辑:徐学军
责任校对:宋玉莲
责任印制:何 芊

出版发行:清华大学出版社                     地    址:北京清华大学学研大厦 A 座
          http://www.tup.com.cn              邮    编:100084
          社 总 机:010-62770175              邮    购:010-62786544
          投稿与读者服务:010-62776969,c-service@tup.tsinghua.edu.cn
          质 量 反 馈:010-62772015,zhiliang@tup.tsinghua.edu.cn
印 刷 者:北京季蜂印刷有限公司
装 订 者:三河市兴旺装订有限公司
经    销:全国新华书店
开    本:185×260     印    张:28.75     字    数:679 千字
版    次:2011 年 10 月第 1 版     印    次:2011 年 10 月第 1 次印刷
印    数:1~5000
定    价:48.00 元

产品编号:042069-01

# FOREWORD

前言

　　《中级财务会计》教材是清华大学出版社出版发行的新体系经济管理系列教材之一。本教材是依据我国财政部 2006 年发布的企业会计准则、企业会计准则应用指南以及其后陆续发布的企业会计准则解释等新会计准则体系的有关规定精神编写而成。

　　本教材在借鉴和吸收国内同类相关教材的优点的同时，具有以下特点：第一，遵循新会计准则体系的相关规定，但不是对新会计准则的简单讲解。对涉及新会计准则存在的不清楚或不恰当之处，作者进行了分析或评述。第二，全书体系完整、结构合理。全书包括了财务会计基本理论、六大会计要素的确认、计量和记录以及财务报告三大部分，构成中级财务会计的完整体系；对每一会计要素的相关内容均从其定义入手、到确认、再到计量和记录、最后以其报表列报结束。第三，内容充实、重点突出、举例适当。教材涉及了一般工商企业目前及今后一段时期可能发生的交易或事项的会计处理；重点体现了资产负债观的思想，突出了财务报告的重要性；各部分都有适当的举例说明。但本教材除涉及了所得税会计外，其他的财务会计难题，如外币折算、合并报表编制等则未予涉及，应将它们放在高级财务会计之中。

　　本教材除了适合高等院校经济管理类专业作为教材之外，还可作为高等院校会计学专业以及广大财会工作者学习财务会计的教材或参考用书。

　　本教材由西南大学经济管理学院具有多年会计教学和实践经验的几位教师共同编写。具体的分工情况是，陈昌明编写第一、五、六、七章，李华容编写第九、十一、十二章，王雅军编写第二、三、四、十章，王北军编写第八、十三、十四章。由陈昌明负责全书的总撰定稿。

　　为方便教师教学，本书配有内容丰富的教学资源包（包括电子课件、教案、案例库及案例分析、习题集及参考答案），可以通过邮箱 qinghua_book@126.com 索取。

　　本教材的编写和出版，除了感谢作者们的通力合作外，还要感谢清华大学出版社的大力支持，同时还要感谢本书的参考文献的作者们！书中可能仍存在疏漏之处，恳请读者诸君不吝赐教，以便今后作进一步的修改完善。

编　　者

# CONTENTS

目 录

# 第 一 章

## 总 论

【内容提要与学习要求】

本章介绍了财务会计的概念及特征,财务报告目标、会计假设、会计信息质量要求、会计要素、会计确认与计量、财务报告等财务会计基本理论,以及财务会计规范,为后续各章奠定理论基础。学习中要重点熟悉和理解财务报告目标,会计要素的定义、特征及分类,会计计量属性的含义及应用条件;一般理解会计假设,会计确认标准和财务会计规范。

## 第一节　财务会计及其特点

### 一、财务会计的含义

财务会计是企业会计的一个分支。它是运用专门的会计核算方法,遵循现行的会计规范,对企业资金运动进行核算和监督,旨在为外部会计信息使用者提供决策有用的会计信息的一个会计信息系统。

在财务会计的上述定义中,包括如下几个要点:第一,财务会计要运用专门的会计核算方法,包括账户设置、复式记账、会计凭证填制与审核、账簿设置与登记、成本计算、财产清查和会计报表编制等方法。第二,财务会计应受现行会计规范的制约,其中最主要的是受现行企业会计准则的约束。第三,财务会计具有核算和监督两大职能,核算和监督的对象是企业资金运动;将企业资金运动进行科学分类即为财务会计要素。第四,财务会计的目的是向会计信息使用者提供决策有用的会计信息。第五,财务会计是企业会计信息系统的一个子系统,是向外部信息使用者提供企业财务信息的一个会计信息系统的子系统。

### 二、财务会计的特点

现代企业会计包括财务会计和管理会计两大分支,因此企业会计信息系统就分为财务会计信息系统和管理会计信息系统两个子系统。财务会计与管理会计相比较有以下几个方面的特点:

**1. 财务会计主要向外部信息使用者报告财务信息**

虽然企业内部经营管理也需要财务会计信息,但是有关法律、法规要求企业通过财务会计核算必须向各外部信息使用者报告有关企业财务状况、经营成果及现金流动情况等财务信息,正因为这样,所以财务会计又称为对外报告会计。而管理会计主要为企业内部经营管理提供所需要的会计信息,因此,管理会计也称为对内报告会计。

**2. 财务会计所提供的财务信息为历史信息**

财务会计核算的是企业已经发生的经济业务,所提供的财务信息是反映企业在过去的某一特定日期的财务状况以及在过去某一期间的经营成果和现金流动情况,即财务会计信息具有明显的历史性信息的特点。而管理会计侧重于为未来的预测、决策服务,所提供的管理会计信息具有预测性的特点。

**3. 财务会计采用传统会计方法加工并生成财务信息**

财务会计在加工生成财务信息过程中采用的是较为成熟的传统会计核算方法,遵循由会计凭证到会计账簿,再由会计账簿到会计报表的会计处理程序。管理会计在加工生成信息过程中却不采用传统会计核算方法,也不遵循财务会计的处理程序,而是根据需要采用统计的、数学的等多学科的方法。

**4. 财务会计必须遵循现行会计规范的要求**

现行会计规范是指国家现行的对财务会计工作有规定的和要求的法律、法规和制度的统称,其中最主要的是指现行的企业会计准则。财务会计在核算过程中必须遵循现行企业会计准则的有关规定。国家之所以制定会计准则就是为了规范各企业的会计核算,以便使企业对外提供的财务信息具有较高质量,能满足信息使用者的决策需要。管理会计在加工信息过程中却不受现行会计规范的制约,只要能满足企业内部管理和决策需要即可。

**5. 财务会计提供会计信息的方式具有统一性**

财务会计作为一个会计信息系统,所加工生成的会计信息是通过编制财务报告的方式对外提供的。财务报告是财务会计工作的最终成果,财务报告的主体是财务报表,财务报表包括会计报表和报表附注。财务会计对外提供的财务信息主要是通过编制会计报表来反映的,而会计报表一般具有统一的格式要求。通过会计报表提供的财务信息要严格地遵循财务会计的确认、计量和列报要求,是通用化的信息,一般能满足不同信息使用者的信息需求。管理会计提供会计信息的方式却没有统一要求,而是根据实际需要采用灵活多样的方式进行提供。

# 第二节　财务会计的概念体系

财务会计的概念体系是指财务会计理论中的一系列基本概念构成一个相互联系的整体,在西方会计理论界或准则制定机构将其称为财务会计概念框架(英文简称 CF),其目的在于指导会计准则的制定或运用。在我国目前并未建立起财务会计概念框架,我国企业会计准则中的基本准则所涉及的内容相当于国外 CF 的主要内容。本节依据我国基本会计准则的规定,阐述财务会计的概念体系所包括的主要内容,一般包括财务报告的目标、会计基本假设、会计信息质量特征、财务报表要素及其确认与计量等。

# 一、财务报告的目标

## （一）财务报告的目标概述

财务报告目标也称财务会计目标或会计报表目标,是指在一定的会计环境条件下,人们期望通过会计活动达到的结果,或者是财务会计信息系统要达到的目的和要求。在英、美等国家的会计准则制定机构将财务报告目标作为建立财务概念框架的逻辑起点。财务报告目标主要解决三个方面的问题:第一,向谁提供会计信息;第二,提供什么样的会计信息;第三,如何提供会计信息。

关于财务报告目标在会计理论界存在两种观点,一是受托责任观;二是决策有用观。受托责任观认为,会计的基本目标是确保受托责任,是企业管理层向有关联的各方反映受托责任的履行情况。受托责任的产生在于所有权和经营权的分离。决策有用观认为,会计的目标是提供对经济决策有用的信息。决策有用观产生于不断发展的资本市场这一会计环境。受托责任观与决策有用观看似针锋相对,但实际上两者并不矛盾,是可以相互融合的。

## （二）财务报告目标的内容

我国企业财务报告的目标,是向财务报告使用者提供与企业财务状况、经营成果和现金流量等有关的会计信息,反映企业管理层受托责任履行情况,有助于财务报告使用者作出经济决策。

由上可见,我国基本会计准则所确定的财务报告目标体现的是双目标思想。财务报告的目标一方面要反映企业管理层受托责任的履行情况;另一方面应向财务报告使用者提供决策有用的会计信息。

财务报告使用者包括投资者、债权人、政府及有关部门和社会公众等。这里的财务报告使用者也被称为会计信息使用者,主要列举出外部信息使用者。当然这并不否认企业管理当局也是财务会计信息使用者。不同的信息使用者使用财务会计信息的目的不同。对财务会计信息关注的重点也有所不同。企业的投资者作为财务会计信息的首要使用者,他们为了能作出合理的投资决策,就需要有关企业的资产质量、偿债能力、盈利能力和营运效率等方面的会计信息。

企业贷款人、供应商等债权人十分关心企业的偿债能力、财务风险等方面的信息,用以评估企业能否如期支付贷款本金和利息,能否如期支付所欠货款等。

政府及有关部门作为经济管理和经济监管部门,需要利用会计信息来监管企业的经济活动,制定税收政策,进行税收征管和国民经济统计,加强证券市场监管等。

社会公众也关心企业的有关情况,尤其是对所在地经济作出的贡献,如增加就业、刺激消费、提供社区服务、对社会公益事业的支持等。

企业管理当局作为受托人,需要利用会计信息来加强或改善企业的经营管理,以便宜提高经营业绩、保证企业可持续发展。同时也需要通过提供会计信息向委托人报告其履行受托责任情况。

值得说明的是,不同的信息使用者对财务会计信息的需求及目的不同,但他们的许多信息需求也有共同之处。企业财务会计通过财务报告所提供的会计信息属于通用信息,在主要满足投资者、债权人等信息者的会计信息需求的同时,也可以满足其他信息使用者的大部分信息需求。

## 二、会计基本假设与记账基础

### (一)会计基本假设

会计面对的是复杂的变化不定的社会经济环境,在进行会计核算过程中,就不得不对会计核算的环境作出一些基本规定,即提出会计基本假设。

会计假设是人们通过长期的会计实践逐步认识和总结而形成的,是对客观环境作出的合乎事理的推断。会计假设规定了会计核算工作得以正常进行的一些基本条件,是选择会计方法的重要依据。会计基本假设包括会计主体、持续经营、会计分期和货币计量。

**1. 会计主体**

会计主体,是指会计核算工作为之服务的特定单位。会计主体可以是一个企业,也可以是一个企业的某一特定部分,还可以是由若干企业通过控股关系形成的企业集团,甚至可以是一个非营利性组织。

会计主体假设认为,每一个会计主体都是独立于其所有者或其他会计主体的,会计只是确认、计量和报告特定会计主体的经营和财务活动的结果。这一假设包含三个方面的含义:对于企业会计而言,第一,会计核算的只应是企业本身发生的交易或事项;第二,应将本企业的交易或事项与其他单位的交易或事项相区分;第三,应将本企业的交易或事项与所有者的交易或事项相区分。

会计主体假设的提出,主要目的是规定会计核算的空间范围。在会计工作中,只有那些影响企业本身经济利益的交易或事项才能加以确认、计量和报告,对那些不影响企业本身经济利益的交易或事项,即对那些仅影响其他企业或影响投资者自身的交易或事项,就不得进行确认、计量和报告。在会计工作中通常所讲的资产、负债的确认,收入的实现,费用的发生等,都是针对特定的企业而言的。

会计主体与法律主体是有区别的。一般来说,法律主体必然是一个会计主体,但是会计主体却不一定是法律主体。例如,以母公司和所控制的子公司所组成的企业集团,母公司以及各子公司均为法律主体,同时也是会计主体,均需对自身的交易或事项进行会计核算,编制个别会计报表;而在编制合并报表时,就需将母公司及其子公司所组成的企业集团作为一个会计主体,该会计主体就不再是法律主体。

**2. 持续经营**

持续经营,是指企业的生产经营活动将无限期延续下去,也就是说,在可预见的未来,企业不会面临破产清算。

明确持续经营这一基本假设,就意味着企业将按既定用途使用资产,按照既定的合约条件清偿债务,会计人员就可在此基础上选择会计原则和会计方法。例如,如果判断企业会持续经营下去,对取得的固定资产就可采用历史成本进行计量;在固定资产的使用过程中,就可采用适当的折旧方法,将固定资产的历史成本分摊到各会计期间的成本费用中去。反之,如果判断企业不能持续经营,而是即将面临破产清算,对企业的固定资产就不能再按历史成本计价,而应该按清算价格计价,也就不能再计提折旧。因此,持续经营假设为企业资产计价、成本分摊等提供了前提条件。

### 3. 会计分期

会计分期,是指将一个企业持续经营的生产经营活动人为划分为若干个连续的、相等的时间段。

会计分期可按日历年制也可按营业年制,我国采用日历年制,即每年的 1 月 1 日至 12 月 31 日为一个会计年度,在会计年度之下还可以分为更短的会计期间,如半年度、季度和月度。一般把短于一个会计年度的会计期间称作中期。

会计分期假设规定了会计核算的时间范围。会计分期的目的在于及时地向会计信息使用者提供会计信息。明确会计分期意义重大,由于有了会计分期,才产生了当期与以前期间、以后期间的区别,才产生了权责发生制和收付实现制记账基础的选择,进而出现了折旧、摊销等会计处理方法。

### 4. 货币计量

货币计量,是指企业在会计核算中采用货币作为主要计量单位,反映企业的生产经营活动。

在企业会计核算中之所以采用货币作为主要计量单位,这是由货币的本身属性决定的。货币是商品的一般等价物,是衡量一般商品价值的共同尺度,具有价值尺度、流通手段、贮藏手段、支付手段等职能。会计核算只有选用货币进行计量,才能充分反映企业的生产经营情况。当然,会计核算除了以货币作为主要计量手段外,也可采用实物单位、时间单位等作为辅助计量单位。

货币计量假设存在两个主要的限制因素:其一,会计是在提供货币单位表现信息这个假定的范围,尤其在确认、计量和记录环节应恪守货币计量假设,而不能记录和传递其他相关的非货币信息。其二,货币自身作为计量单位带有局限性,这是因为货币本身的量度应当用货币的购买力表示,而货币购买力不会像其他量度单位(如重量单位、长度单位)那样固定不变。货币的购买力是随时变化的。会计上解决这一问题的方法是,把货币计量假设等同于币值稳定假设。它或者假设其购买力是稳定的,或者假设其变动是不重要的,从而保证货币计量假设的适用性。但是,在持续的通货膨胀条件下,这个假设明显与经济现实相矛盾,就应考虑货币的购买力变化对会计计量的影响,从而就导致通货膨胀会计的产生。本教材不考虑这一问题。

### (二)记账基础

记账基础是指会计的时间确认标准,解决的主要问题是何时确认收入、费用等会计要素的问题。会计核算的记账基础有权责发生制和收付实现制两种。我国基本会计准则规定,企业应当以权责发生制为基础进行会计确认、计量和报告。

### 1. 权责发生制

权责发生制,是指以收款的权利和付款的责任的实际发生时间作为收入和费用的确认时间或归属期标准的一种记账基础。权责发生制基础要求,凡是当期已经实现的收入和已经发生或应当负担的费用,不论款项是否收付,都应当作为当期的收入和费用;凡是不属于当期的收入和费用,即使款项已在当期收付,也不作为当期的收入和费用。

企业会计核算采用权责发生制作为主要的记账基础(或称确认的基础),能较为合理地计算每一个会计期间的损益,从而有利于评估不同期间的企业经营业绩,较为可靠地反映企业管理当局对资源营运的受托责任。

值得一提的是,从权责发生制的含义及要求可知,权责发生制主要针对收入、费用要素的确认时间而提出的,但实际上权责发生制应能适用于全部的会计要素,而不仅是收入、费用要素的确认。

**2. 收付实现制**

收付实现制是与权责发生制相对应的一种会计记账基础,它是以现金的实际收到或支付作为确认收入或费用的依据。目前,我国的政府会计、行政单位会计采用收付实现制,事业单位会计除经营业务采用权责发生制外其他大部分业务也采用收入实现制。而国外,如新西兰等国早就在政府及非营利性组织会计中采用权责发生制,我国对非营利性组织会计的改革思路,将会逐步也引入权责发生制。

在会计实务中,权责发生制与收付实现制在具体运用时往往会发生一些变化,其原因在于它们或多或少存在着某种不足。会计确认基础的选择是受会计目标的约束的。不同会计信息使用者对会计信息的需求不同,就意味着他们对何种确认基础上的会计信息的偏好不同。财务会计在确认方面对传统会计的继承和发展,主要表现在财务会计的确认基础是权责发生制和收付实现制相结合,并形成了以权责发生制为主、收付实现制为辅的模式。例如,在企业的三张基本财务报表中,资产负债表、利润表是以权责发生制基础编制的,而现金流量表却是要把权责发生制转化为收付现实制。

# 三、财务会计信息的质量要求

财务会计信息的质量要求是对企业财务报告中所提供会计信息质量的基本要求,是使财务报告中所提供会计信息对投资者、债权人等信息使用者决策有用而应具备的基本特征。按我国基本会计准则规定,财务会计信息质量要求包括可靠性、相关性、可理解性、可比性、实质重于形式、重要性、谨慎性和及时性八项。

**1. 可靠性**

可靠性要求企业应当以实际发生的交易或者事项为依据进行确认、计量和报告,如实反映符合确认和计量要求的各项会计要素及其他相关信息,保证会计信息真实可靠、内容完整。

可靠性是会计信息的重要质量要求(也可称为质量特征)。会计信息只有保证其可靠性,才能对信息使用者的决策有用。如果会计信息是不可靠的,就会对投资者等信息使用者的决策产生误导。可靠性具体取决于三个因素,即真实性、中立性和可验证性。

(1)真实性。真实性也称如实反映,它要求会计信息与欲用会计信息反映的事项之间应当是相符的。即会计核算应以实际发生的交易或事项为依据,不得虚构交易或事项。

(2)中立性。中立性指会计信息应不偏不倚,不带任何倾向性。要求会计人员在加工和提供会计信息过程中,不能为了某些特定利益者的意愿或偏好而对会计信息作特殊安排,故意选用不适当的会计计量、计算方法,隐瞒或歪曲部分真相,来诱使特定的行为产生。

(3) 可验证性。可验证性类似于科学实验中的可重复性,是指不同的计量者采用同一计量方式对同一事项加以计量能得到相同的计量结果。

**2. 相关性**

相关性要求企业提供的会计信息应当与财务报告使用者的经济决策需要相关,有助于财务报告使用者对企业过去、现在或未来的情况作出评价或预测。

相关性是指会计信息应与信息使用者的决策相关,具有改变决策的能力。一项会计信息是否具有相关性,取决于是否具备预测价值和反馈价值两项特性。

(1) 预测价值。预测价值是指会计信息作为一种有用的输入信息能够帮助信用使用者预测企业未来的现金流量或盈利能力,而不是指会计信息本身作为一种实际的预测。决策者可根据预测的可能结果,作出其认为最佳的选择。因此,预测价值是相关性的重要因素,具有影响决策者决策的作用。

(2) 反馈价值。反馈价值是指会计信息能够证实或校正先前的预测。会计信息的反馈价值能够使决策者评估当前的企业状况,将来再作同样的预测时可将其作为参考。会计信息的预测价值和反馈价值同时并存,相互影响。

会计信息质量的相关性要求,需要企业在加工和提供会计信息的过程中,充分考虑信息使用者的信息需要。但是,相关性是以可靠性为基础的,两者之间应达到适当的平衡,不应将两者对立起来。也就是说,会计信息应在具备可靠性的前提下,尽可能地做到相关性,以满足投资者等信息使用者的决策需要。

**3. 可理解性**

可理解性要求企业提供的会计信息应当清晰明了,便于财务报告使用者理解和使用。

企业编制财务报告,提供会计信息的目的在于会计信息能被使用,而要使信息使用者能够有效使用会计信息,应当让其理解会计信息的内涵,弄懂会计信息的内容,这就要求会计信息本身应当清晰明了,易于理解。会计信息只有具备可理解性,才能提高其有用性,从而更好地实现财务报告的目标。

会计信息毕竟是一种专业性较强的信息产品,在强调企业提供的会计信息应当易于理解的同时,还应假定信息使用者具有一定的有关企业经营活动和会计方面的知识,并且愿意付出努力去研究会计信息。因此,可理解性不仅是会计信息的一项质量要求,也是一项与信息使用者有关的质量要求。会计人员应尽可能提供易于被人理解的会计信息,而信息使用者也应设法提高自己对会计信息的理解能力。

**4. 可比性**

可比性要求企业提供的会计信息应当相互可比。具体包括两方面的含义:

(1) 同一企业不同时期的会计信息要相互可比,即纵向可比性。它要求同一企业不同时期发生的相同或相似的交易或事项,应当采用一致的会计政策,不得随意变更。但是,这并非表明企业不能变更会计政策。如果按照国家有关规定或者在会计政策变更后可以提供更可靠、更相关的会计信息的,就可以变更会计政策。只是就有关会计政策变更的情况,应当在报表附注中予以说明。

(2)不同企业在相同期间的会计信息也应相互可比,此即横向可比。它要求不同企业在同一会计期间发生的相同或相似的交易或事项,应当采用规定的会计政策,确保口径一致,相互可比。这样就有利于信息使用者评价不同企业的财务状况、经营成果和现金流量及其变动情况,以便作出相应的决策。

### 5. 实质重于形式

实质重于形式要求企业应当按照交易或者事项的经济实质进行会计确认、计量和报告,不仅仅以交易或者事项的法律形式为依据。

企业发生的交易或事项在大多数情况下,其经济实质和法律形式是一致的。但在有些情况下,会遇到经济实质和法律形式不一致的交易或者事项,此时就应关注交易或事项的经济实质而不是其法律形式。例如,融资租入固定资产,在租赁期满前,从法律形式上讲,租赁资产的所有权并未转移给承租企业,但是从经济实质上讲,与该项租赁资产相关的收益和风险已转移给承租企业,承租企业实际上拥有该租赁资产的控制权,因此,按实质重于形式的要求,承租企业应将融资租入固定资产视同企业的资产加以确认,并计提折旧。遵循实质重于形式要求,体现了对经济实质的尊重,从而能保证会计确认、计量的结果与客观经济事实相符。

### 6. 重要性

重要性要求企业提供的会计信息应当反映与企业财务状况、经营成果和现金流量相关的所有重要交易或者事项。

在企业会计核算过程中,之所以强调重要性,在很大程度上是考虑会计信息的效用和核算成本之间的权衡。企业的经济业务纷繁复杂,要将所有零散的经济数据不分主次地全部转化为会计报表中详细罗列的指标,不但没有必要,而且还会冲淡重点,会有损于会计信息的使用价值,甚至影响决策。因此,强调重要性,一方面可以减少不必要的工作量,提高会计核算工作的效率;另一方面可以使会计信息分清主次,突出重点,便于信息使用者对会计信息的利用。

对某项会计事项判断其重要性,在很大程度上依赖于会计人员的职业判断。但一般而言,对于重要性可以从质和量两方面进行判断。从性质方面讲,如果某项会计信息的省略或者错报会影响信息使用者据此作出正确决策的,该信息就是重要的。例如,将企业的长期借款等长期负债中的那些离到期的时间不超过一年的部分剔除,单独作为一项流动负债列报,就是因为这部分负债在性质上已发生了变化,如果不单独列报就会影响报表使用者对企业负债结构以及偿债能力等的判断。从数量方面讲,当某一会计事项发生涉及的金额达到一定的比例时,一般就认为其具有重要性。例如,企业将购买的管理用办公用品直接计入当期管理费用,而不作为低值易耗品资产看待,再分期摊销,就是因为其金额相对较小,不具有重要性,而采用简化的会计处理办法。

### 7. 谨慎性

谨慎性要求企业对交易或者事项进行会计确认、计量和报告应当保持应有的谨慎,不应高估资产或收益、低估负债或费用。

谨慎性是对不确定性的一种审慎的反应,以保证企业环境中的不确定性和风险被充分地予以考虑。会计信息质量的谨慎性要求,需要会计人员在面临不确定性或风险时应当保持的审慎态度,应充分估计到各种风险和损失,做到既不高估资产和收益,也不低估负债和费用。例如,对企业应收账款可能发生的坏账风险进行估计而计提坏账准备,对所售出产品提供保修承诺而可能发生的保修费确认预计负债等就体现了谨慎性要求。

对谨慎性的运用也存在适度与合理的问题,不能滥用。不允许企业以谨慎性的应用为借口而建立秘密准备。如果企业故意低估资产或收益,故意高估负债或费用,就不仅不符合谨慎性要求,也会损害会计信息的可靠性和相关性,会扭曲企业实际的财务状况和经营成果,从而对信息使用者的决策产生误导。这是会计准则所不允许的。

### 8. 及时性

及时性要求企业对于已经发生的交易或者事项,应当及时进行会计确认、计量和报告,不得提前或者延后。

会计信息的作用在于有利于信息使用者作出经济决策,因而具有时效性。会计信息要对信息使用者有用,就必须在决策前予以提供,否则,就会使其对信息使用者无任何作用。在会计确认、计量和报告过程中,要贯彻及时性要求,就必须做到以下三方面的要求:一是及时收集会计信息,即在交易或者事项发生后,及时收集各种原始单据或凭证;二是及时处理会计信息,即及时对发生的交易或事项进行会计确认、计量,并编制财务报告;三是及时传递会计信息,即按照国家有关规定的时限,及时地将财务报告传递给使用者。

## 四、财务报表要素

财务报表要素也称财务会计要素,或简称会计要素,是指对财务会计对象进行的科学的分类的项目。财务报表要素包括资产、负债、所有者权益、收入、费用和利润。其中,资产、负债、所有者权益侧重于反映企业的财务状况,因此,又被称为反映财务状况的要素或资产负债表要素;收入、费用和利润侧重于反映企业的经营成果,因此又被称为反映经营成果的要素或利润表要素。财务报表要素的界定和分类可以使财务会计信息系统更加严密,便于为信息使用者提供更加有用的财务信息。

### (一)资产

#### 1. 资产的定义及特征

资产是指企业过去的交易或者事项形成的、由企业拥有或控制的、预期会给企业带来经济利益的资源。

根据资产的定义,资产具有以下三个特征:

(1)资产预期会给企业还来经济利益。这是资产最重要的特征,它是指资产具有直接或间接导致现金和现金等价物流入企业的潜力。这种潜力可以来自企业日常的生产经营活动,也可以来自非日常活动。带来的经济利益的具体表现形式既可以是现金或现金等价物,也可以是可以转为现金或现金等价物的形式,还可以是减少现金或现金等价物流出的形式。资产的这一特征是企业确认资产的最为重要的考虑因素。如果某一项目预期不能给企业带来经济利益,那么就不能将其确认为企业的资产。前期已确认为资产项目的,如果不能再为企业带来经济利益的,也不能再确认为企业的资产。例如,企业不应将在存货清查中发现的盘亏存货的净损失以"待处理流动资产损失"项目作为资产负债表中的流动资产列示,因为"待处理流动资产损失"预期不能给企业带来经济利益,就不应再作确认为一项资产,而应作为当期的费用。

(2)资产应为企业拥有或控制的经济资源。一项资源作为企业的资产,应当由企业拥有或者控制,具体是指企业享有某项资源的所有权,或者虽然不享有某项资源的所有权,但该资源能被企业所控制。企业享有资产的所有权,通常表明企业能够排他性从该资产中获取经济利益,同时对于企业享有所有权的资产,就意味着企业可以按照自己的意愿使用或处置该资产。因此,在判断资产是否存在时,所有权是考虑的首要因素。在某些特殊情形下,资产的所有权虽不为企业所享有,但企业拥有其控制权,同样表明企业能够从该资产中获取经济利益,就应作为一项资产加以确认。例如,企业将融资租入的固定资产作为固定资产予以确认,即是拥有控制权而确认资产的例证之一。

(3)资产是由企业过去的交易或事项形成的。也就是说,资产必须是现实的资产,而不是预期的资产,是由过去已经发生的交易或事项产生的结果。过去的交易或事项包括购买、生产、建造行为或其他交易或事项。只有过去的交易或事项才能形成企业的资产,企业预期在未来发生的交易或事项并不会形成资产。例如,企业与某供应商签订购买某种原材料的协议,但购买原材料的行为尚未发生,就不能因此而确认所欲购买的原材料为资产。

**2. 资产的确认条件**

将一项资源确认为企业的资产,除了需要符合资产的定义外,还应同时满足以下两个条件:

(1)与该资源有关的经济利益很可能流入企业。该确认条件源自资产的实质是预期给企业带来经济利益这一特征。因为在现实经济生活中,由于经济环境的复杂性和多变性,与资源有关的经济利益能否流入企业或者能够流入多少实际上带有不确定性,所以,资产的确认还应与经济利益流入的不确定性程度的判断结合起来。如果根据编制财务报表时所取得的证据,与资源有关的经济利益很可能流入企业,那么就应当将其作为资产予以确认,否则就不能确认资产。

(2)该资源的成本或价值能够可靠地计量。财务会计系统是一个确认、计量和报告系统,其中计量起着关键性作用,可计量性是所有会计要素确认的重要条件,当然,资产的确认亦不例外。只有当资源的成本或价值能够可靠计量时,资产才能予以确认。在会计实务中,企业取得的资产大都是发生了实际成本的,例如,企业外购原材料发生采购成本、生产的产成品发生了生产成本等,对于外购材料、自制的产品,只要其采购成本或生产成本能够可靠计量,就被认为符合资产的可计量条件。在某些情况下,企业取得的资产没有发生成本或发生的成本很少,例如企业因接受捐赠而取得的存货,企业就不会发生购买成本或生产成本,至多只发生运杂费,但企业可按捐赠方的发票价格或同类资产的市场价格等确定受赠资产的价值,也就被认为符合了资产可计量性的确认条件。

值得说明的是,在我国基本会计准则中,并未像国际会计准则委员会(IASC)那样在概念框架中给所有会计要素统一规定了确认条件,而是针对资产、负债、收入、费用等会计要素分别给出确认条件。仅就资产要素的确认条件而言,上述两个确认条件体现的是资产要素的一般确认条件。针对教材有关资产核算内容的章节中的具体资产项目,如存货、固定资产、无形资产等,所涉及的确认条件是此处的资产一般确认条件的具体运用而已。

**3. 资产的分类**

企业的资产有多种分类方法,其中一种最常见也是最重要的分类方法就是资产按其流动性分类分为流动资产和非流动资产。

流动资产是指在一年或长于一年的一个正常营业周期内变现、耗用和出售或主要为交易目的而持有的资产。企业常见的流动资产包括货币资金、交易性金融资产、应收票据、应收账款、预付账款、其他应收款和存货等。

非流动资产也称长期资产,是指流动资产以外的各类资产。如果企业的资产预计在一年内或长于一年的一个正常营业周期内不能够变现、耗用或出售、或持有资产的目的不是为了交易,则这些资产就应归类为非流动资产。企业常见的非流动资产包括持有至到期投资、可供出售金融资产、长期股权投资、固定资产、无形资产和递延所得税资产等。

**(二)负债**

**1. 负债是指企业过去的交易或者事项形成的、预期会导致经济利益流出企业的现时义务。**

根据负债的定义,负债具有以下几个特征:

(1)负债是企业承担的现实义务。负债必须是企业承担的现实义务,这是负债的一个基本特征。现实义务是指企业在现行条件下已承担的义务。这里所指的义务既可以是法定义务,也可以是推定义务。其中,法定义务是指具有约束力的合同或者法律、法规规定的义务,在法律意义上需要强制执行。例如,企业因赊购原材料而形成的应付账款,因向银行贷入款项而形成的短期借款或者长期借款,因按税法规定而应缴纳的税款等,均属于企业承担的法定义务,需要依法予以偿还。推定义务是指根据企业多年来的习惯做法、公开的承诺或者公开宣布的政策而导致企业承担的责任,这些责任使有关各方形成了企业将履行义务解脱责任的合理预期。例如,企业多年来制定有一项销售政策,对于所售出的商品提供一定期限内的售后保修服务,预期将为售出商品提供保修服务就属于一项推定义务。

(2)负债预期会导致经济利益流出企业。这是负债的本质特征。只有企业在履行义务时会导致经济利益流出企业的,才可能属于企业的负债;如果不会导致经济利益流出企业的,就不会形成企业的负债。在履行现时义务清偿负债时,导致经济利益流出企业的形式将会是多种多样的,例如,用货币资金偿还或以实物资产形式偿还;以提供劳务形式偿还;以部分转移资产、部分提供劳务形式偿还;将负债转为资本等。

(3)负债是由企业过去的交易或者事项形成的。导致企业负债的交易或者事项已经发生,即是说,只有企业现在已经承担了源于这些交易或者事项的责任时,会计上才应确认负债。正在筹划的未来交易或者事项,如企业将在未来发生的承诺、签订购货合同等交易或者事项,就不会形成企业的负债。

**2. 负债的确认条件**

企业将一项现实义务确认为负债,需要符合负债的定义,还需要同时满足以下两个条件：

（1）与该义务有关的经济利益很可能流出企业。预期会导致经济利益流出企业是负债的本质特征。在实务中，企业在履行义务时所需流出的经济利益有时带有不确定性，尤其是与推定义务相关的经济利益通常需要依赖大量的估计。因此，负债的确认应当与经济利益流出的不确定性程度的判断相结合，如果有确凿证据表明，与现实义务有关的经济利益很可能流出企业，就应当将其作为负债加以确认；反之，虽然企业承担了现时义务，但是导致经济利益流出企业的可能性很小，就不符合负债的确认条件，也就不应将其作为负债予以确认。

（2）未来流出的经济利益的金额能够可靠地计量。负债的确认在考虑经济利益流出企业的可能性大小的同时，对于未来流出的经济利益金额应当能够可靠地计量。对于与法定义务有关的经济利益流出金额，通常可以根据合同或者法律规定的金额予以确定，考虑到经济利益流出通常在未来期间，有时未来期间较长，有关金额的计量需要考虑时间价值等因素的影响。对于与推定义务有关的经济利益流出金额，企业应当根据履行相关义务所需支出金额的最佳估计数进行估计，并综合考虑货币时间价值、风险等因素的影响。

**3. 负债的分类**

负债按偿还时间的长短分为流动负债和非流动负债。

流动负债是指需要在一年以内或长于一年的一个营业周期内进行偿还的负债。流动负债一般包括短期借款、应付票据、应付账款、预收账款、其他应付款、应付职工薪酬、应交税费、应付利息、应付股利、一年内到期的非流动负债等。

非流动负债，也称长期负债，是指流动负债以外的各项负债。非流动负债一般包括长期款、应付债券、长期应付款、递延所得税负债等。

**（三）所有者权益**

**1. 所有者权益的定义及特征**

所有者权益是指企业资产扣除负债后由所有者享有的剩余权益。公司制企业的所有者权益又称为股东权益，独资企业或者合伙企业的所有者权益又称为业主权益。

根据所有者权益的定义，所有者权益具有以下特征：

（1）所有者权益实质上是一种剩余权益。债权人和所有者都是企业经济资源的提供者，他们对企业的资产都有相应的索偿权，但是，债权人对企业资产的要求权优先于所有者，企业资产只有先偿还债务，即满足债权人对资产的要求权之后，其剩余部分才归所有者所有。因此，所有者权益是一种剩余权益。

（2）所有者权益在金额数量上是资产扣除负债后的余额。企业的资产、负债及所有者权益三个要素之间存在的数量关系为：资产＝负债＋所有者权益，此即基本会计等式。负债即为债权人权益，因为债权人对企业资产的要求权优先于所有者，所以，从量上看，所有者权益＝资产－负债，即所有者权益是资产扣除负债后的余额。

**2. 所有者权益的来源构成**

所有者权益的来源包括所有者投入的资本、直接计入所有者权益的利得和损失、留存收益等。

　　所有者投入的资本是指所有者对企业投入资金而形成的资本,它既包括所有者因投资而占有的企业注册资本份额或股本,也包括投入资金超过所占注册资本份额或者股本部分的金额,即资本溢价或股本溢价。前者会计上作为实收资本或股本核算,后者则作为资本公积加以核算。

　　直接计入所有者权益的利得和损失,是指不应计入当期损益、会导致所有者权益发生增减变动、与所有者投入资本或者向所有者分配利润无关的利得或者损失。其中,利得是指由企业非日常活动所形成的、会导致所有者权益增加的、与所有者投入资本无关的经济利益的流入。损失是指由企业非日常活动所发生的、会导致所有者权益减少的、与向所有者分配利润无关的经济利益的流出。在实务中,直接计入所有者权益的利得和损失主要包括可供出售金融资产的公允价值变动额、现金流量套期中套期工具公允价值变动额等,在发生时被计入资本公积中的其他资本公积,待相应资产被处置时再将其转入当期损益。

　　留存收益是指企业历年实现的净利润留存于企业的部分,主要包括累计计提的盈余公积和未分配利润。

### 3. 所有者权益的确认条件

　　由于所有者权益体现的是所有者在企业中的剩余权益,因此,所有者权益的确认主要依赖于其他会计要素,尤其是资产和负债的确认;所有者权益的金额确定也主要取决于资产和负债的计量。因此,我国基本会计准则并未专门针对所有者权益会计要素规定其确认条件。

### 4. 所有者权益的分类

　　所有者权益按其在企业的永久性程度不同分为实收资本(针对有限责任公司)或股本(针对股份有限公司)、资本公积、盈余公积和未分配利润等项目。资产负债表中的所有者权益项目构成即是按此分类结果反映的。

### (四) 收入

#### 1. 收入的定义及特征

　　收入是指企业在日常活动中形成的、会导致所有者权益增加的、与所有者投入资本无关的经济利益的总流入。

　　根据收入的定义,收入具有以下特征:

　　(1) 收入是企业在日常活动中形成的。日常活动是指企业为完成其经营目标所从事的经常性活动以及与之相关的活动。例如,工业生产企业生产并销售产品、商业企业购进并销售商品、保险公司提供保险服务、商业银行提供金融服务等,均属于企业的日常活动。强调收入是企业日常活动中形成的经济利益总流入,是为了将收入与得利区分,也说明收入为狭义的收入。广义的收入则包括计入当期损益的得利,即包括营业外收入。

　　(2) 收入会导致所有者权益的增加。与收入相关的经济利益的流入应当会导致所有者权益的增加,不会导致所有者权益增加的经济利益的流入就不符合收入的定义,不应确认为收入。例如,企业向银行取得短期借款存入银行,尽管也使得经济利益流入企业,但该流入并不导致所有者权益增加,而是使企业承担了一项现时义务。因此,企业对于因向银行取得短期借款所引起的经济利益的流入,就不应该确认为收入,而应当确认为一项负

13

债。值得说明的是,在收入定义中强调收入会导致所有者权益增加,主要是为了将收入与负债相区分,同时也体现了在对会计要素定义时的资产负债观思想,但是这并不意味着企业在实现收入时直接将其作为所有者权益增加反映。

(3)收入是与所有者投入资本无关的经济利益的总流入。企业实现收入会导致经济利益流入企业,而所有者投入资本也会导致经济利益流入企业。为了将收入与所有者投入资本两者所导致的经济利益流入相区分,因此在收入定义中作此排除限定。

需要说明的是,基本准则对收入要素的界定以及具体准则中的收入准则所涉及的收入,均是针对狭义的收入,也称为营业收入。而企业对外投资所涉及的投资收益,从利润计算步骤的角度讲,它也属于狭义收入范畴,只不过它不属于收入准则所规范的收入,而是由长期股权投资、金融工具确认与计量等准则所规范的收入内容。

**2. 收入的确认条件**

企业收入来源的渠道多种多样,不同来源的收入,其具体确认条件也存在差别。一般而言,收入只有在相关的经济利益很可能流入从而导致企业资产增加或者负债减少,且经济利益的流入额能够可靠计量时才能予以确认。即收入的确认至少应当符合以下条件:一是与收入相关的经济利益很可能流入企业;二是经济利益流入企业的结果会导致资产增加或者负债的减少;三是经济利益的流入额能够可靠计量。

**3. 收入的分类**

收入按其来源渠道分类可分为销售商品的收入、提供劳务的收入以及让渡资产使用权的收入等。这种分类的主要目的是为不同来源的收入的具体确认提供思路,各类收入的具体确认条件见本教材有关章节的阐述。

收入作为企业生产经营活动实现的收入,即狭义的营业收入,按其在企业营业收入中所占比重大小以及产生的频繁程度分类可分为主营业务收入和其他业务收入。这是企业对营业收入核算时进行账户设置的依据。

### (五)费用

**1. 费用的定义及特征**

费用是指企业在日常活动中发生的、会导致所有者权益减少的、与向所有者分配利润无关的经济利益的总流出。

根据费用的定义,费用具有以下特征:

(1)费用是在日常活动中发生的经济利益的总流出。这里的日常活动与收入定义中对日常活动的界定是一致的。在日常活动中发生的费用是指与在日常活动中形成收入相关的各项费用,与日常活动中形成的收入为狭义收入一样,日常活动中发生的费用也为狭义的费用,主要包括营业成本、营业税金及附加、销售费用、管理费用、财务费用等。将费用界定为日常活动中发生的,目的是为了将费用与损失相区分。企业在非日常活动中发生的经济利益流出,则不能被确认为费用,而应当确认为损失。

(2)费用会导致所有者权益的减少。与费用相关的经济利益的流出应当会导致所有者权益的减少,不会导致所有者权益减少的经济利益的流出不符合费用的定义,就不应确认为费用。例如,企业用银行存款偿还一笔到期的短期借款的本金,该交易引起经济利益流出企业,但该流出不会引起所有者权益的减少,而是使企业的负债(短期借款)减少,因此不应将该经济利益的流出确认为费用,而是负债的偿还,即企业发生的偿债支出不属于发生费用。

(3)费用是所向所有者分配利润无关的经济利益的总流出。费用的发生导致经济利益流出企业,而企业向所有者分配利润也会导致经济利益的流出。前者是企业为了取得收入而发生的经济利益的流出,后者则属于所有者权益的抵减事项,其结果引起未分配利润的减少,不应将其确认为费用。即该限定是为了将发生费用与向投资者分配利润相区分。

**2. 费用的分类**

我国利润表中的费用是按其功能进行分类列报的。费用按其功能不同分为营业成本(包括主营业务成本和其他业务成本)、营业税金及附加、销售费用、管理费用、财务费用等。

值得说明的是,在目前许多财务会计或成本会计教材中,常提到费用按经济内容分类或费用按其经济用途分类等,在这些分类方法中涉及的费用已经不是会计准则中所定义的费用概念,而是偷换了概念。按前述费用的定义,企业发生的费用就应列报于利润表,否则就不应属于费用。另外,准则中定义的费用属于狭义费用,不包括广义费用中的损失。如何判断一项费用是狭义的或广义的,可考虑依据各项费用在利润表中列报顺序而定。凡是在计算第一步营业利润时需扣除的费用项目可被认为是狭义费用,凡是在计算第二步利润总额以及计算第三步净利润时扣除的费用项目就属于广义费用。因此,营业成本、期间费用等属于狭义费用,而营业外支出、所得税费用等就属于广义费用。

## (六)利润

**1. 利润的定义**

利润是指企业在一定会计期间的经营成果。通常情况下,如果企业实现了利润,就表明企业取得了较好的经营业绩,企业的所有者权益将增加;反之,如果企业发生了亏损(即利润为负数),就表明企业经营业绩差,所有者权益将减少。因此,利润是一个综合性很强,且很重要的财务指标,利用它可作为评价企业管理层业绩的重要依据,也是投资者等会计信息使用者进行决策时考虑的重要因素。

**2. 利润的来源构成**

利润包括收入减去费用后的净额,直接计入利润的利得和损失等。其中,收入减去费用后的净额反映的是企业日常活动的业绩,此处的收入、费用显然指的是狭义的收入与费用,二者之差即为现行利润表中第一步营业利润。直接计入当期利润的利得和损失反映的是企业非日常活动的业绩。直接计入当期利润的利得和损失,是指应当计入当期损益,会导致所有者权益发生增减变动的、与所有者投入资本或者向所有者分配利润无关的利得或者损失,其内容即是利润表中在计算第二步利润总额时涉及的营业外收入和营业外支出。由此可见,准则中所定义的利润要素主要指的是利润表中的第二步所计算的利润,即利润总额。企业应当严格区分收入和利得、费用和损失,以便更加正确和全面地反映企业的经营业绩。

**3. 利润的确认条件**

由利润的来源构成可知,利润的确认主要依赖于收入和费用以及计入当期利润的利得和损失的确认,其金额的确定也主要取决于收入、费用以及计入当期利润的利得和损失的计量。因此,我国基本会计准则未就利润要素单独规定确认条件。

## 五、财务报表要素的确认与计量

财务会计工作程序包括确认、计量、记录与报告,其中,会计确认与计量是财务会计的重要内容。

### (一) 会计确认

**1. 会计确认的含义**

会计确认是指将一个项目作为资产、负债、收入、费用等会计要素加以记录或将之最终纳入财务报表中的过程。会计确认包括用文字和金额,对某一项目进行描述,并将其金额计入财务报表的合计数中。对于资产和负债的确认而言,会计确认不仅包括对资产、负债取得时的记录,而且也包括对这些项目日后的增减变动以及最终从财务报表中退出的记录。

上述对会计确认的定义与解释是 FASB 在 SFAC No.5 中作出的。我国会计准则中虽然反复使用"确认、计量、报告"用语,但并未对其进行定义,这不能不说是准则的缺陷。

会计确认具体包含以下几方面的含义:

(1) 从具体的运行程序来看,确认包括初始确认和再确认两个步骤。初始确认是指将某一项目作为会计要素进行记录的过程,如认作资产或负债,收入或费用等。再确认则是在初始确认的基础上,对各项数据进行筛选、浓缩,最终列示在财务报表中。

(2) 确认不一定一次完成,它可能形成一个较长期的,甚至多次才会完成的过程。一般情况下,确认对于大多数交易或事项所应予记录和报告的项目可以一次完成。对于这些交易和事项,只要经过初步确认做成记录,然后通过第二步确认即再确认在财务报表中予以报告。但是对于有一些交易或者事项的确认,可能就需要后续确认甚至因不再符合确认标准而进行终止确认。

(3) 确认的最终目标是要进入财务报表,从而对报表的合计数产生影响。凡是纳入财务会计系统处理的交易或者事项,经过加工之后,最终都要以财务报表项目的形式予以列报,以便对外传递会计信息。

**2. 会计确认的标准**

会计确认标准是对会计确认行为的基本约束,指明了解决各种会计确认问题的方向。正如前面对会计要素的界定所述,可知我国基本会计准则并未针对全部会计要素提出共同的确认标准,而是分别就资产、负债、收入、费用等会计要素规定了各自的确认标准,但仍可从中归纳出会计确认的一般标准。即符合会计要素定义的项目,满足以下两个条件时就应予以确认:

(1) 与其相关的未来经济利益很可能流入或流出企业。

(2) 该未来经济利益的金额能够可靠地计量。

上述第一项标准,关注未来经济利益流入或流出的可能性,因此可称之为"可能性"标准。因为与某些项目相关的未来经济利益的流入或流出,对企业而言往往存在不确定性因素,只有判断相关的未来经济利益的流入或流出满足可能性标准时,才应予以确认。

第二项标准可称之为"计量的可靠性"标准。当然,在许多情况下,计量的金额需要加以估计,只要不降低会计信息的可靠性,合理的估计就是被允许的。但如果其金额无法作出合理的估计,就不应确认该项目。

对符合某一要素定义但不满足确认标准的项目,财务会计就不能予以确认,而应在财务报表的附注或附表中进行披露。

**3. 会计确认的基础**

会计确认是一个从正式记录到计入财务报表的过程。它主要解决应否确认、何时确认和如何确认三个关键性问题。上述的确认标准实际上只回答了应否确认的问题。至于如何确认,第一步是要运用复式簿记机制,第二步则要通过编制财务报表来列报。剩下的就是何时确认的问题。何时确认的问题也就是会计确认的基础选择问题。从会计发展的历史看,可供选择的确认基础有两个:一是收付实现制;二是权责发生制。财务会计确认基础主要选择了权责发生制,即企业应在收取收入的权利发生时确认收入,应在支付费用的义务发生时确认费用。

权责发生制并非只是收入、费用的确认基础,同时也是资产、负债的确认基础。因为每当确认一项收入时,必然同时确认一项资产的增加或者负债的减少;而确认项费用时,也必然同时确认一项资产减少或者一项负债的增加。

## (二) 会计计量

会计计量是为了将符合确认条件的会计要素登记入账并列入财务报表而确定其金额的过程。会计计量涉及计量单位和计量属性两个方面。

**1. 计量单位**

在市场经济条件下,会计计量是以货币作为主要计量尺度。作为一种计量尺度,必须要有自身量度上的统一性,即要求货币单位统一、可比或者它的量度单位在不同时期保持稳定。货币的量度单位就是它的购买力,实际的货币购买力是经常变动的。从理论上讲,财务会计至少可以采用两种形式的货币单位。

(1) 名义货币,即未调整不同时期货币购买力的货币单位。名义货币单位的购买力是会发生变动的。根据"币值稳定"假设,一方面,财务会计忽略货币单位(购买力)的变动;另一方面,当货币的购买力发生变动(通货膨胀或紧缩)的幅度较小或在一定时期内可以相互抵消时,名义货币单位还是相对稳定的。如此一来,根据名义货币单位计量和编制的会计报表,较之其他计量单位,更为简便,也相对可靠。因此,它在传统的会计计量中长期普通地被人们使用。

(2) 一般购买力单位,以各国货币的一般购买力或实际交换比率作为计量单位。它是指以一定时日的货币购买力(以一般物价指数近似地表示),调整或折算不同时期的名义货币单位,从而使不同时期的货币保持在不变的基础上,因此又称"不变货币单位"。货币购买力变动采用一般物价指数来衡量。一般物价指数是指在某一时日的一组商品和服务的平衡价格水平相对而言于另一特定时日的同类商品和服务的平均价格水平的比率或者对比关系。

现行财务会计实务基本上还是采用名义货币单位,即未调整不同时期的购买力的货币单位。但是,当物价上涨时,货币的购买力将下降;当物价下跌时,货币的购买力将上升。这样,基于不同时日名义货币单位的计量是缺乏可比基础的,就不能不考虑采用一般购买力单位的必要性和可能性。我国企业会计准则以及会计实务仍然采用名义货币单位,暂未考虑一般购买力单位。

**2. 计量属性**

在财务会计中,计量属性是指资产、负债等会计要素可用财务形式定量化的方面,即能用货币单位计量的方面。会计计量属性反映的是会计要素金额的确定基础,主要包括历史成本、重置成本、可变现净值、现值和公允价值等。

(1) 历史成本。历史成本又称实际成本,就是取得或制造某项资产时所实际支付的现金或者其他等价物。在历史成本计量下,资产按照购置时支付的现金或者现金等价物的金额,或者按照购置资产时所付出对价的公允价值计量。负债按照因承担现实义务而实际收到的款项或资产的金额,或者承担现实义务的合同金额,或者按照日常活动中为偿还负债预期需支付的现金或者现金等价物的金额计量。

(2) 重置成本。重置成本又称现行成本,是指按照当前市场条件,重新取得一项资产所需支付的现金或者现金等价物金额。在重置成本计量下,资产按照现在购买相同或者相似资产所需支付的现金或者现金等价物的金额计量。负债按照现在偿付该项负债所需支付的现金或者现金等价物的金额计量。

(3) 可变现净值。可变现净值是指在正常生产经营过程中,以预计售价减去进一步加工成本和销售所必须的预计税金、费用后的净额。在可变现净值计量下,资产按照其正常对外销售所能收到现金或者现金等价物的金额扣减该资产至完工时估计将要发生的成本、估计的销售费用以及相关税费后的金额计量。

(4) 现值。现值是指对未来现金流量以恰当的折现率进行折现后的价值。在现值计量下,资产按照预计从其持续使用和最终处置中所产生的未来净现金流入量的折现金额计量。负债按照预计期限内需要偿还的未来净现金流出量的折现金额计量。

(5) 公允价值。公允价值是指在公平交易中,熟悉情况的交易双方自愿进行资产交换或者债务清偿的金额。在公允价值计量下,资产和负债按照在公平交易中,熟悉情况的交易双方自愿进行资产交换或者债务清偿的金额计量。

**3. 各种计量属性之间的关系**

在各种会计计量属性中,历史成本通常反映的是资产或者负债过去的价值,而重置成本、可变现净值、现值以及公允价值通常反映的是资产或者负债的现实成本或者现时价值,是与历史成本相对应的计量属性。当然这种关系也并不是绝对的。资产或者负债的历史成本有时就是根据交易时有关资产或者负债的公允价值确定的。比如,在非货币性资产交换中,如果交换具有商业实质,且换入或者换出资产的公允价值能够可靠计量的,换入资产入账成本的确定应当以提出资产的公允价值为基础,除非有确凿证据表明原换入资产的公允价值更加可靠。在应用公允价值计量时,当相关资产或者负债不存在活跃市场的报价或者不存在同类或者类似资产的活跃市场报价时,需要采用估值技术来确定相关资产或者负债的公允价值,而在采用的估值技术中,现值往往是一种比较普遍被采用的估值方法,在这种情况下,公允价值就是以现值为基础确定的。此外,公允价值相对于历史成本而言,具有很强的时间性,即是说,当前环境下某项资产或者负债的历史成本可能是过去环境下该项资产或者负债的公允价值,而当前环境下某项资产或者负债的公允价值也许就是未来环境下某项资产或者负债的历史成本。

**4. 计量属性的应用原则**

企业对会计要素进行计量时,一般应当采用历史成本。采用重置成本、可变现净值、现值、公允价值计量的,应当保证所确定的会计要素金额能够取得并可靠计量。

# 第三节 财务会计规范

## 一、财务会计规范的含义

财务会计规范是指对会计人员、财务会计工作具有约束、评价和指导作用的一系列法律、规章、制度的总称。财务会计规范形成一个完整的体系,可称之为财务会计规范体系。

## 二、我国财务会计规范体系

我国财务会计规范体系由以下三个层次构成。

**1. 会计法律规范**

会计法律规范是调整经济活动中会计关系的法律规范的总称,是社会法律规范在会计方面的体现,是调节和管理会计行为的外在制约因素。我国目前与会计有关的法律主要包括《中华人民共和国会计法》、《中华人民共和国注册会计师法》及其他有关的法律。会计法律是经我国最高立法机构全国人民代表大会及其常务委员会通过的,是整个财务会计规范的最高层次。

**2. 会计制度规范**

会计制度是指由我国财政部、中国证监会等部门根据会计法律精神制定的会计准则和会计制度。广义的会计制度包括会计工作制度、会计人员管理制度和会计核算制度。狭义的会计制度主要是指会计核算制度。我国会计制度分为企业会计制度和预算会计制度。企业会计制度是对以盈利为目的企业会计核算的制度规范,包括由财政部在 2006 年 2 月 15 日发布的由一个基本准则和 38 个具体准则构成的企业会计准则及应用指南,以及在 2001 年前后制定的三大企业会计制度:《企业会计制度》、《金融企业会计制度》和《小企业会计制度》。预算会计制度是对国家各级财政部门以及行政事业单位进行会计核算的规范,包括《财政总预算会计制度》、《事业单位会计制度》和《行政单位会计制度》。目前,我国企业会计核算的制度规范是双轨制,从 2007 年 1 月 1 日起,上市公司率先执行企业会计准则,逐步地在国有大中型企业执行企业会计准则,其他企业则仍执行三大企业会计制度。本教材是以执行企业会计准则为条件讲述企业财务会计的相关内容,体现了我国企业会计改革的最新进展和成果。

中国证监会已发布《公开发行股票公司信息披露的内容与格式准则》等 19 个准则,它们对我国上市公司的财务会计实务也会产生一定影响,因为这些披露规范对上市公司财务信息披露的内容、格式、时间和媒体等都做出了严格的规定。

### 3. 企业内部会计制度

企业内部会计制度是指各个企业根据国家会计法律、企业会计准则或企业会计制度,结合本企业的实际情况和具体会计核算需要而制定的本企业的内部会计制度。它是财务会计规范体系的一个组成部分,是财务会计规范体系的最低层次,但也是最具适用性的操作性强的具体规范。

## 三、会计科目表

财政部在 2006 年 10 月 30 日发布的《企业会计准则——应用指南》的附录:会计科目和主要账务处理中,设置了涵盖各类企业的交易和事项的六大类共 156 个一级会计科目。企业在不违反会计准则有关确认、计量和报告规定的前提下,可根据本单位的实际情况自行增设、分拆、合并会计科目。

由于财务会计教材主要针对工商企业阐述财务会计核算的主要内容,一般不涉及金融保险等特殊行业的会计实务,因此表 1-1 列出的会计科目表仅是准则的应用指南中的一部分会计科目,也是本教材以后各章将涉及的会计科目。

表 1-1　会计科目表

一、资产类

| | | | |
|---|---|---|---|
| 1. 库存现金 | 2. 银行存款 | 3. 其他货币资金 | 4. 交易性金融资产 |
| 5. 应收票据 | 6. 应收账款 | 7. 预付账款 | 8. 应收股利 |
| 9. 应收利息 | 10. 其他应收款 | 11. 坏账准备 | 12. 材料采购 |
| 13. 在途物资 | 14. 原材料 | 15. 材料成本差异 | 16. 库存商品 |
| 17. 发出商品 | 18. 商品进销差价 | 19. 委托代销商品 | 20. 受托代销商品 |
| 21. 委托加工物资 | 22. 周转材料① | 23. 存货跌价准备 | 24. 持有至到期投资 |
| 25. 持有至到期投资减值准备 | 26. 可供出售金融资产 | 27. 长期股权投资 | 28. 长期股权投资减值准备 |
| 29. 投资性房地产 | 30. 长期应收款 | 31. 未实现融资收益 | 32. 固定资产 |
| 33. 累计折旧 | 34. 固定资产减值准备 | 35. 在建工程 | 36. 工程物资 |
| 37. 固定资产清理 | 38. 无形资产 | 39. 累计摊销 | 40. 无形资产减值准备 |
| 41. 商誉 | 42. 长期待摊费用 | 43. 递延所得税资产 | 44. 待处理财产损溢 |

**二、负债类**

| 45. 短期借款 | 46. 交易性金融负债 | 47. 应付票据 | 48. 应付账款 |
|---|---|---|---|
| 49. 预收账款 | 50. 应付职工薪酬 | 51. 应交税费 | 52. 应储利息 |
| 53. 应付股利 | 54. 其他应付款 | 55. 受托代销商品款 | 56. 递延收益 |
| 57. 长期借款 | 58. 应付债券 | 59. 长期应付款 | 60. 未确认融资费用 |
| 61. 专项应付款 | 62. 预计负债 | 63. 递延所得税负债 | |

**三、所有者权益类**

| 64. 实收资本（或股本） | 65. 资本公积 | 66. 盈余公积 | 67. 本年利润 |
|---|---|---|---|
| 68. 利润分配 | 69. 库存股 | | |

**四、成本类**

| 70. 生产成本 | 71. 制造费用 | 72. 劳务成本 | 73. 研发支出 |
|---|---|---|---|
| 74. 工程施工 | 75. 工程结算 | 76. 机械作业 | |

**五、损益类**

| 77. 主营业务收入 | 78. 其他业务收入 | 79. 公允价值变动损益 | 80. 投资收益 |
|---|---|---|---|
| 81. 营业外收入 | 82. 主营业务成本 | 83. 其他业务成本 | 84. 营业税金及附加 |
| 85. 销售费用 | 86. 管理费用 | 87. 资产减值损失 | 88. 营业外支出 |
| 89. 所得税费用 | 90. 以前年度损益调整 | | |

注：①新准则规定："周转材料"科目下设置"低值易耗品"、"包装物"、"建筑周转材料"三个二级科目，也可将这三个二级科目作为一级科目使用，本书采用后一种办法。

## 复习思考题

1. 什么是财务会计，它同管理会计比较有哪些特点？
2. 财务会计概念体系主要包括哪几方面的内容？
3. 我国财务报告的目标是什么？
4. 会计基本假设有哪些？各自有何作用？
5. 会计信息质量要求有哪些？如何划分其层次？
6. 如何定义资产，它有哪些特征？
7. 如何定义负债，它有哪些特征？
8. 会计计量属性有哪几种，应用原则是怎样的？
9. 我国财务会计规范体系包括哪几个层次？
10. 目前我国企业会计核算制度规范是怎样的？

# 第 二 章

## 货币资金

【内容提要与学习要求】

本章讲述了库存现金的管理、库存现金的序时核算、总分类核算和库存现金清查核算以及备用金核算;银行存款账户的开立,银行转账结算方式,银行存款的序时核算、总分类核算以及银行存款的清查;其他货币资金的含义及组成内容,外埠存款、银行汇票存款等的核算内容。学习中应掌握备用金、外埠存款、银行汇票存款等的核算方法,了解库存现金、银行存款的序时核算,银行转账结算方式的应用。

## 第一节 库存现金

库存现金是指通常存放于企业财会部门、由出纳人员经管的货币。库存现金是企业流动性最强的资产,企业应当严格遵守国家有关现金管理制度,正确进行现金收支的核算,监督现金使用的合法性与合理性。

## 一、库存现金的管理

根据国务院发布的《现金管理暂行条例》的规定,现金管理制度主要包括以下内容:

### (一)库存现金的使用范围

企业可用现金支付的款项主要有:

(1)职工工资、津贴;

(2)个人劳务报酬;

(3)根据国家规定颁发给个人的科学技术、文化艺术、体育等各种奖金;

(4)各种劳保、福利费用以及国家规定的对个人的其他支出;

(5)向个人收购农副产品和其他物资的款项;

(6)出差人员必须随身携带的差旅费;

(7)结算起点以下的零星支出;

(8)中国人民银行确定需要支付现金的其他支出。

除上述情况可以用现金支付外,其他款项的支付应通过银行转账结算。

### （二）库存现金的限额

库存现金的限额是指为了保证企业日常零星开支的需要，允许单位留存现金的最高数额。这一限额由开户银行根据单位的实际需要核定，一般按照单位 3～5 天日常零星开支的需要确定，边远地区和交通不便地区开户单位的库存现金限额，可按多于 5 天但不超过 15 天的日常零星开支的需要确定。核定后的现金限额，开户单位必须严格遵守，超过部分应于当日终了前存入银行。需要增加或减少现金限额的单位，应向开户银行提出申请，由开户银行核定。

### （三）库存现金收支的规定

（1）开户单位收入现金应于当日送存开户银行，当日送存确有困难的，由开户银行确定送存时间；

（2）开户单位支付现金，可以从本单位库存现金中支付或从开户银行提取，不得从本单位的现金收入中直接支付，即不得"坐支"现金。因特殊情况需要坐支现金的单位，应事先报经有关部门审查批准，并在核定的范围和限额内进行，同时，坐支的现金必须入账。

（3）开户单位从开户银行提取现金时，应如实写明提取现金的用途，由本单位财会部门负责人签字盖章，并经开户银行审查批准后予以支付。因采购地点不确定、交通不便、抢险救灾及其他特殊情况必须使用现金的单位，应向开户银行提出书面申请，由本单位财会部门负责人签字盖章，并经开户银行审查批准后予以支付。

（4）不准用不符合国家统一的会计制度的凭证顶替库存现金，即不得"白条顶库"；不准谎报用途套取现金；不准用银行账户代其他单位和个人存入或支取现金；不准用单位收入的现金以个人名义存入储蓄；不准保留账外公款，即不得"公款私存"；不得设置"小金库"等。银行对于违反上述规定的单位，将按照违规金额的一定比例予以处罚。

## 二、库存现金的核算

为了总括地反映企业库存现金的收入、支出和结存情况，企业应当设置"库存现金"账户，该账户借方登记现金的增加，贷方登记现金的减少，期末余额在借方，反映企业实际持有的库存现金的金额。企业内部各部门周转使用的备用金，可以单独设置"备用金"账户进行核算。

企业除应当设置"库存现金"总账外，还应设置现金日记账对库存现金进行序时核算。

现金日记账由出纳人员根据现金收付款凭证和从银行提现的银行存款付款凭证，按照业务发生顺序逐日逐笔登记。每日终了，应当在现金日记账上计算出当日的现金收入合计额、现金支出合计额和结余额，并将现金日记账的账面结余额与实际库存现金额相核对，保证账款相符。月度终了，现金日记账的余额应当与"库存现金"总账的余额核对，做到账账相符。

## 三、库存现金的清查

企业应当按规定进行库存现金的清查，一般采用实地盘点法，对于清查的结果应当编制现金盘点报告单。如果有挪用现金、白条顶库的情况,应及时予以纠正;对于超限额留存的现金应及时送存银行。如果账款不符,发现有待查明原因的现金短缺或溢余,应先通过"待处理财产损溢——待处理流动资产损溢"账户核算。按管理权限报经批准后,分别按以下情况处理:

(1) 如为现金短缺,属于应由责任人赔偿或保险公司赔偿的部分,计入其他应收款;属于无法查明的其他原因,计入管理费用。

【例 2-1】 红岩股份有限公司 2011 年 5 月 31 日,在对现金进行清查时,发现短缺100 元。

借:待处理财产损溢——待处理流动资产损溢　　　　　100
　　贷:库存现金　　　　　　　　　　　　　　　　　　　　100

上述现金短缺,无法查明原因,转入管理费用。

借:管理费用　　　　　　　　　　　　　　　　　　　100
　　贷:待处理财产损溢——待处理流动资产损溢　　　　　　100

(2) 如为现金溢余,属于应支付给有关人员或单位的,计入其他应付款;属于无法查明原因的,计入营业外收入。

【例 2-2】 红岩股份有限公司 2011 年 8 月 31 日,在对现金进行清查时,发现溢余200 元。

借:库存现金　　　　　　　　　　　　　　　　　　　200
　　贷:待处理财产损溢——待处理流动资产损溢　　　　　　200

现金溢余原因不明,经批准计入营业外收入。

借:待处理财产损溢——待处理流动资产损溢　　　　　200
　　贷:营业外收入——盘盈利得　　　　　　　　　　　　200

## 四、备用金的核算

### (一) 备用金管理制度

备用金是指企业拨给各所属部门或报账单位收购商品、开支费用和销货找零用的款项以及其他业务上必需的周转资金。

备用金报销的处理依企业备用金管理制度的不同而有所区别。备用金管理制度可以分为定额备用金制度和非定额备用金制度两种。

定额备用金制度,指使用定额备用金的部门或工作人员应按核定的定额填写借款凭证,一次性领出全部定额现金,用后凭发票等有关凭证报销,出纳员将报销金额补充原定额,从而保证该部门或工作人员经常保持核定的现金定额。只有等到撤销定额备用金或调换经办人时才全部交回备用金。其特点是:一次借款,多次使用,报账补齐。

非定额备用金制度,指用款部门根据实际需要向财会部门领款,再凭有关支出凭证向财会部门报销,报销时实行多退少补。其特点是:一次借款,一次使用,报账多退少补。

无论实行哪种管理办法,都要建立健全备用金的领用、保管和报销等手续制度,并指定专人负责经管备用金。经管人员发生变动时,必须办理交接手续,以明确经济责任。

### （二）备用金核算

备用金的核算,可在"其他应收款——备用金"账户内核算,也可单独设置"备用金"账户。

在企业规模不大、领取备用金的部门或职工不多、备用金额不大的情况下,可在"其他应收款"总账账户下设立"备用金"二级账户,再按领取备用金的部门或个人进行明细核算。在非定额备用金制度下,预付备用金时,应根据各单位或职工的借款单,借记"其他应收款——备用金"账户,贷记"库存现金"或"银行存款"账户;使用备用金后经审核报销时,借记"制造费用"、"管理费用"等账户,贷记"其他应收款——备用金"账户,对于退回或不符的现金,则借记或贷记"库存现金"账户。在定额备用金制度下,企业拨付备用金时,借记"其他应收款——备用金"账户,贷记"库存现金"或"银行存款"账户;使用单位或个人使用备用金后经审核报销时,借记"管理费用"等账户,贷记"库存现金"等账户;收回备用金时,借记"库存现金"账户,贷记"其他应收款——备用金"账户。

在企业规模较大、领取备用金的部门或职工较多、备用金总额较大时,可根据需要专设"备用金"总账账户进行总分类核算。它属于资产类账户,借方登记增加数,贷方登记减少数,余额表示备用金数额,并按照领用单位或个人设明细分类账户核算。其具体账务处理与上类似。

#### 1. 非定额备用金的核算举例

【例2-3】 红岩股份有限公司行政管理部门职工李刚,2011年6月1日因公出差预借备用金1 000元,6月9日李刚出差回来,经审核应予以报销差旅费800元,剩余现金200元交回财会部门。其账务处理如下:

（1）李刚预借备用金时:

借:备用金——李刚       1 000
  贷:库存现金       1 000

（2）李刚出差后报销差旅费并退回多余现金时:

借:管理费用       800
   库存现金       200
  贷:备用金——李刚       800

#### 2. 定额备用金制度

【例2-4】 红岩股份有限公司对供应部门实行定额备用金制度。根据核定的定额,付给定额备用金2 000元。其账务处理如下:

借:备用金——供应部门       2 000
  贷:库存现金       2 000

【例2-5】 供应部门在一段时间内共发生备用金支出1 500元,持开支凭证到会计部门报销。会计部门审核以后付给现金,补足定额。其账务处理如下:

借:管理费用       1 500
  贷:库存现金       1 500

## 第二节 银行存款

银行存款是指企业存入本地银行或其他金融机构的各种款项。企业应当根据业务需要,按照规定在其所在地银行开设账户,运用所开设的账户进行存款、取款以及各种收支转账业务的结算。企业收入的一切款项,除留存限额内的现金之外,都必须送存银行。

### 一、开立和使用银行存款账户的规定

根据 2003 年 4 月 10 日中国人民银行发布的于同年 9 月 1 日起实施的《人民币银行结算账户管理办法》的规定,企事业单位的存款账户分类为基本存款账户、一般存款账户、临时存款账户、专用存款账户。详见表 2-1。

表 2-1 存款账户类型

| 账户类型 | 定义 | 使用范围 |
| --- | --- | --- |
| 基本存款账户 | 企业办理日常转账结算和现金收付业务的银行结算账户 | 日常经营活动的资金收付及工资、奖金和现金的支取 |
| 一般存款账户 | 企业因借款或其他结算的需要,在基本存款账户开户银行以外的银行营业机构开立的银行结算账户 | 办理企业借款转存、借款归还和其他结算的资金收付。该账户可以办理现金缴存,但不能支取现金 |
| 临时存款账户 | 企业因临时需要并在规定期限内使用而开立的银行结算账户 | 办理转账结算和根据国家现金管理的规定办理现金收付。该账户的有效期最长不得超过 2 年 |
| 专用存款账户 | 企业按照法律、行政法规和规章,对其特定用途资金进行专项管理和使用而开立的银行结算账户 | 基本建设资金,更新改造资金,粮、棉、油收购资金,证券交易结算资金,期货交易保证金,单位银行卡备用金等专项资金 |

一个企业只能在银行开立一个基本账户,基本账户是存款人的主办账户。

企业在办理存款账户以后,在使用账户时应严格执行银行结算纪律的规定。

### 二、银行转账结算

企业的一切支出除规定可用现金支付之外,都必须遵守银行结算办法的有关规定,通过银行办理转账结算。

转账结算是指企业之间的款项收付不是动用现金,而是由银行从付款企业的存款账户划转到收款企业的存款账户的货币清算行为。

中国人民银行规定了可以使用的各种银行转账结算方式,有支票结算、商业汇票结算、银行汇票结算、银行本票结算、委托收款结算、托收承付结算、汇兑结算、信用卡结算、信用证结算。这些银行转账结算方式有的适用于各企业在我国国内所从事的各种交易及往来业务,有的适用于国内企业与国外企业间的各种交易及往来业务。

### （一）支票

支票是出票人签发的、委托办理支票存款业务的银行在见票时无条件支付确定的金额给收款人或者持票人的票据。单位和个人在同一票据交换区域的各种款项结算,均可以使用支票。支票的提示付款期限自出票日起 10 日。

支票分为现金支票、转账支票和普通支票。在普通支票左上角划两条平行线的为划线支票。转账支票和划线支票只能用于转账;现金支票只能用于支取现金,不能用于转账;普通支票既可用于转账也可用于支取现金。

出票人签发空头支票、签章与预留银行签章不符的支票,使用支付密码地区支付密码错误的支票,银行应予以退票,并按票面金额处以 5% 但不低于 1 000 元的罚款;持票人有权要求出票人赔偿支票金额 2% 的赔偿金。对屡次签发的,银行应停止其签发支票。

支票在其票据可交换区域内可以背书转让,但用于支取现金的支票不能背书转让。

### （二）银行汇票

银行汇票是出票银行签发的,由其在见票时按照实际结算金额无条件支付给收款人或者持票人的票据。单位、个人在异地或同一票据交换地区的各种款项结算均可使用银行汇票。银行汇票可以用于转账,填明"现金"字样的银行汇票也可以用于支取现金。申请人或收款人为单位的,银行不得为其签发现金银行汇票。

银行汇票可以背书转让,但填明"现金"字样的银行汇票不得背书转让。银行汇票的背书转让以不超过出票金额的实际结算金额为准。未填写实际结算金额或实际结算金额超过出票金额的银行汇票不得背书转让。银行汇票的提示付款期限自出票日起 1 个月。

填明"现金"字样和代理付款人的银行汇票丧失,可以由失票人通知付款人或者代理付款人挂失止付。未填明"现金"字样和代理付款人的银行汇票丧失,不得挂失止付。银行汇票丧失,失票人可以凭人民法院出具的其享有票据权利的证明,向出票银行请求付款或退款。

### （三）银行本票

银行本票是银行签发的,承诺自己在见票时无条件支付确定的金额给收款人或者持票人的票据。银行本票适用于单位和个人在同一票据交换区域需要支付各种款项的结算。银行本票可以用于转账,注明"现金"字样的银行本票可以用于支取现金。申请人或收款人为单位的,银行不得为其签发现金银行本票。收款人可以将银行本票背书转让给被背书人。

银行本票分为定额本票和不定额本票两种。定额银行本票的面额为 1 000 元、5 000元、10 000 元、50 000 元。银行本票的提示付款期限自出票日起最长不得超过 2 个月。

### （四）商业汇票

商业汇票是出票人签发的,委托付款人在指定日期无条件支付确定的金额给收款人或者持票人的票据。它适用于在银行开立存款账户的法人以及其他组织之间具有真实的交易关系或者债权债务关系的款项结算。商业汇票可以背书转让,也可以贴现。

商业汇票可以在出票时向付款人提示承兑后使用,也可以出票后先使用再向付款人提示承兑。定日付款或者出票后定期付款的商业汇票,持票人应当在汇票到期日前向付款人提示承兑。见票后定期付款的汇票,持票人应当自出票日起一个月内向付款人提示承兑。

商业汇票的付款人接到出票人或持票人向其提示承兑的汇票时,应当向出票人或持票人签发收到汇票的回单,记明汇票提示承兑日期并签章。付款人应当自收到提示承兑的汇票之日起三日内承兑或者拒绝承兑。付款人拒绝承兑的,必须出具拒绝承兑的证明。付款人承兑商业汇票,应当在汇票背面记载"承兑"字样和承兑日期并签章。付款人应无条件承兑商业汇票,承兑附有条件的,视为拒绝承兑。

商业汇票的付款期限最长不得超过 6 个月。定日付款的汇票付款期限自出票日起算,并在汇票上记载具体的到期日;出票后定期付款的汇票付款期限自出票日起按月计算;见票后低保工期付款的汇票付款期限自承兑或拒绝承兑日起按月计算,并在汇票上记载。

商业汇票的提示付款期限,自汇票到期日起 10 日。持票人应在提示付款期限内通过开户银行委托收款或直接向付款人提示付款。持票人超过提示付款期限提示付款的,持票人开户银行不予受理。

商业汇票按承兑人的不同可分为商业承兑汇票和银行承兑汇票两种。

(1) 商业承兑汇票是指由收款人签发交由付款人承兑付款,或者由付款人签发并承兑付款的票据。承兑是指汇票付款人承诺在汇票到期日支付汇票金额的行为。商业承兑汇票的基本规定包括:商业承兑汇票可以由付款人签发并程度会,也可以由收款人签发交由付款人承兑。商业承兑汇票的付款人开户银行收到通过委托收款寄来的商业承兑汇票,将商业承兑汇票留存,并及时通知付款人。商业承兑汇票付款人收到开户银行的通知,应在当日通知银行付款。付款人在接到通知日的次日起三日内(遇法定节假日顺延,下同)未通知银行付款的,视同付款人承诺付款,银行应于付款人接到通知日的次日起第四日上午开始营业时,将票款划给收款人。付款人提前收到由其承兑的商业汇票,应通知银行于汇票到期日付款。银行在办理商业承兑汇票划款时,付款人存款账户不足支付的,应填制付款人未付票款通知书,连同商业承兑汇票邮寄持票人开户银行转交持票人。商业承兑汇票付款人存在合法抗辩事由拒绝支付的,应自接到通知之日的次日起三日内,作成拒绝付款证明送交开户银行,银行将拒绝付款证明和商业承兑汇票邮寄持票人开户银行转交持票人。

(2) 银行承兑汇票是指由在承兑银行开立存款账户的存款人签发,并经开户银行承兑付款的票据。银行承兑汇票的基本规定包括:银行承兑汇票的出票人,为在承兑银行开立存款账户的法人以及其他组织,与承兑银行具有真实的委托付款关系,资信状况良好,具有支付汇票金额的可靠资金来源。银行承兑汇票应由在承兑银行开立存款账户的存款人签发。银行承兑汇票的出票人向银行申请承兑时,银行的信贷部门负责按照有关规定和审批程序,对出票人认真审查,必要时可由出票人提供担保,符合规定和承兑条件的,与出票人签订承兑协议。承兑银行应按票面金额的万分之五向出票人收取手续费。

银行承兑汇票的出票人应于汇票到期前将票款足额交存其开户银行。承兑银行应在汇票到期日或到期日后的见票当日支付票款。承兑银行存在合法抗辩事由拒绝支付的,应自接到银行承兑汇票的次日起三日内,作成拒付证明,连同银行承兑汇票邮寄持票人开户银行转交持票人。银行承兑汇票的出票人于汇票到期日未能足额交存票款时,承兑银行除凭票向持票人无条件付款外,对出票人尚未支付的汇票金额按照每天万分之五计收利息。

### (五)汇兑

汇兑是指汇款人委托银行将其款项支付给异地收款人的结算方式。汇兑分为信汇、电汇两种方式,由汇款人选择使用。它适用于单位和个人的各种款项的结算。

### (六)委托收款

委托收款是指收款人委托银行向付款人收取款项的结算方式。单位和个人凭已承兑商业汇票、债券、存单等付款人债务证明办理款项的结算,都可使用委托收款结算方式。委托收款在同城、异地都可使用。委托收款结算款项的划回方式分邮寄和电报两种,由收款人选用。在同城范围内,收款人收取公用事业费可以使用同城特约委托收款。

委托收款结算的基本程序和规定:(1)委托。收款人办理委托收款应向银行提交委托收款凭证和有关的债务证明。(2)付款。银行接到寄来的委托收款凭证和债务证明,审查无误付款。以银行为付款人的,银行应在当日将款项主动支付给收款人;以单位为付款人的,银行应及时通知付款人,按照有关办法规定,需要将有关债务证明交给付款人的,应交给付款人,并由付款人签收。付款人应于接到通知的当日,书面通知银行付款。付款人在接到通知的次日起三日内未通知银行付款的,视同付款人同意付款,银行应于付款人接到通知日的次日起第四日上午开始营业时,将款项划给收款人。付款人提前收到由其付款的债务证明,应通知银行于债务到期日付款。银行在办理划款时,付款人存款账户不足支付的,应通过被委托银行向收款人发出未付款项通知书。按照有关办法规定,债务证明留存付款人开户银行的,应将其债务证明连同未付款项通知书邮寄被委托银行转交收款人。(3)拒绝付款。付款人审查有关债务证明后,对委托人委托收取的款项需要拒绝付款的,可办理拒绝付款。以银行为付款人的,应自收到委托收款凭证及债务证明的次日起三日内出具拒绝证明连同有关债务证明、凭证寄给被委托银行,转交收款人。以单位为付款人的,应在付款人接到通知的次日起出具拒绝证明,持有债务证明的,应将其送交开户银行。银行将拒绝证明、债务证明和有关凭证一并寄给被委托银行,转交收款人。

### (七)托收承付

托收承付是根据购销合同由收款人发货后委托银行向异地付款人收取款项,由付款人向银行承认付款的结算方式。使用托收承付结算方式的收款单位和付款单位,必须是国有企业、供销合作社以及经营管理较好,并经开户银行审查同意的城乡集体所有制工业企业。

托收承付的基本规定:办理托收承付结算的款项,必须是商品交易,以及因商品交易而产生的劳务供应的款项。代销、寄销、赊销商品的款项,不得办理托收承付结算。收付双方使用托收承付结算必须签有符合《经济合同法》的购销合同,并在合同上订明使用托收承付结算方式;办理结算时,必须重合同,守信用。收款人对同一付款人发货托收累计三次收不回货款的,收款人开户银行应暂停收款人向该付款人办理托收;付款人累计三次提出无理拒付的,付款人开户银行应暂停其向外托收。收款人办理托收,必须具有商品已发运的证件(包括铁路、航运、公路等运输部门签发的运单、运单副本和邮局包裹回执)。特殊情况下没有发运证件的,可凭其他有关证件办理托运。托收承付结算每笔金额起点是1万元,新华书店系统每笔的金额起点是1 000元。托收承付结算款项的划回方法分邮寄和电报两种,由收款人选用。

托收承付结算的基本程序:

(1)托收。收款人按照签订的购销合同发货后,委托银行办理托收。收款人应将托收凭证并附发运证件或其他符合托收承付结算的有关证明和交易单送交银行。收款人如需取回发运证件,银行应在托收凭证上加盖"已验发运证件"戳记。当收款人开户银行接到托收凭证及其附件后,应当按照托收范围、条件和托收凭证记载的要求认真进行审查,必要时还应查验收付款人签订的购销合同。凡不符合要求或违反购销合同发货的,不能办理托收。审查时间最长不超过次日。

(2)承付。付款人开户银行收到托收凭证及其附件后应当及时通知付款人。承付货款有验单付款和验货付款两种,由收付双方商量选用,并在合同中明确规定。验单付款的承付期为3天,从付款人开户银行发出承付通知次日算起(承付期内遇节假日顺延)。付款人在承付期内未向银行表示拒付款的,银行即视作承付,并在承付期满的次日上午银行开始营业时,将款项主动从付款人的账户内付出,按照收款人指定的划款方式划给收款人。验货付款的承付期为10天,从运输部门向付款人发出提货通知的次日算起。付款人收到提货通知后应立即向银行交验提货通知。采用验货付款,收款人必须在托收凭证上加盖明显的"验货付款"字样戳记;托收凭证未注明验货付款,经付款人提出合同证明是验货付款的,银行可按验货付款处理。不论是验单付款还是验货付款,付款人都可在承付期内提前向银行表示承付,并通知银行提前付款,银行应立即办理划款;因商品的价格、数量或金额变动,付款人应多承付款项的,须在承付期内向银行提出书面通知,银行据以随同当次托收款项划给收款人。

(3)逾期付款。付款人在承付期满日营业终了时如无足够资金支付,其不足部分,为逾期未付款。付款人开户银行对付款人逾期支付的款项,应当根据逾期付款金额和逾期天数,每日按万分之五计算逾期付款赔偿金。逾期付款天数从承付期满日算起。赔偿金实行定期扣付,每月计算一次,于次月3日内单独划给收款人。

(4)拒绝付款。付款人在承付期内,对以下情况可以向银行提出全部或部分拒绝付款:①没有签订购销合同或购销合同未订明托收承付结算方式的款项;②未经双方事先达成协议,收款人提前交货或逾期交货付款人不再需要该项货物的款项;③未按合同规定的到货地址发货的款项;④代销、寄销、赊销商品的款项;⑤验单付款,发现所列货物的品种、规格、数量、价格与合同规定不符,或货物已到,经查验货物与合同规定或与发货清单不服的款项;⑥验货付款,经查验货物与合同规定或与发货清单不符的款项;⑦货款已经支付或计算有错误的款项。不属于以上情况的,付款人不得向银行提出拒绝付款。

付款人对上述情况提出拒绝付款时,必须填写"拒绝付款理由书",注明拒绝付款理由。开户银行必须认真审查拒绝付款理由,查验合同。对于付款人提出拒绝付款的手续不全、依据不足或理由不符合规定的拒绝付款情况,以及超过承付期拒付和应为部分拒付却为全部拒付的,银行均不予受理,应实行强制扣款。

### （八）信用卡结算

信用卡是指商业银行向个人和单位发行的,凭以向特约单位购物、消费和向银行存取现金,且具有消费信用的特制载体卡片。信用卡按信誉等级分为金卡和普通卡;按使用对象分为单位卡和个人卡。

信用卡的基本规定:凡在中国境内金融机构开立基本存款账户的单位可申领单位卡。单位卡可申领若干张,持卡人资格由申领单位法定代表人或其委托的代理人书面指定和注销。单位卡账户的资金一律从其基本存款账户转账存入,不得交存现金,不得将销货收入的款项存入单位卡账户。持卡人可持信用卡在特约单位购物、消费,但单位卡不得用于 10 万元以上的商品交易、劳务供应款项的结算,不得支取现金。特约单位在每日营业终了,应将当日受理的信用卡签购单汇总,计算手续费和净计金额,并填写汇（总）计单和进账单,连同签购单一并送交收单银行办理进账。

信用卡按是否向发卡银行交存备用金分为贷记卡、准贷记卡两类。贷记卡是指发卡银行给予持卡人一定的信用额度,持卡人可在信用额度内先消费、后还款的信用卡。准贷记卡是指持卡人须先按发卡银行要求交存一定金额的备用金,当备用金账户余额不足支付时,可在发卡银行规定的信用额度内透支的信用卡。

准贷记卡的透支期限最长为 60 天,贷记卡的首月最低还款额不得低于其当月透支余额的 10%。

### （九）信用证结算

信用证是一种由银行依照客户的要求和指示开立的有条件承诺付款的书面文件。一般为不可撤销的跟单信用证。我国国内企业与国外企业间的贸易业务基本上都是采用这一结算方式进行结算的。

## 三、银行存款的核算

企业应当设置"银行存款"总账和银行存款日记账,分别进行银行存款的序时核算和总分类核算。

### （一）银行存款的序时核算

银行存款的序时核算是指根据银行存款的收支业务逐日逐笔地记录银行存款的增减变动及结存情况。它的方法是企业可按开户银行和其他金融机构、存款种类等设置"银行存款日记账",由出纳人员根据银行存款收、付款凭证及将现金存入银行时的现金付款凭证,按照经济业务的发生顺序,逐日逐笔登记,每日终了应加计收入合计、付出合计和结余数,月末时还应结出全月收入合计、付出合计和月末结余数。

### （二）银行存款的总分类核算

银行存款的总分类核算是为了总括地反映和监督企业在银行开立结算账户的收支结存情况。

为了核算和反映企业存入银行或其他金融机构的各种存款,应设置"银行存款"账户,该账户借方反映企业存款的增加,贷方反映企业存款的减少,期末借方余额,反映企业期末存款的余额。企业应严格按照制度的规定进行核算和管理,企业将款项存入银行或其他金融机构,借记"银行存款"账户,贷记"库存现金"等有关账户;提取和支出存款时,借记"库存现金"等有关账户,贷记"银行存款"账户。

【例 2-6】 红岩股份有限公司 5 月 1 日收到投资者投入股本 500 000 元存入银行。其账务处理如下:

借:银行存款                    500 000

  贷:股本                   500 000

【例 2-7】 红岩股份有限公司 5 月 5 日以银行存款支付广告费 200 000 元。其账务处理如下:

借:销售费用                 200 000

  贷:银行存款             200 000

## 四、银行存款的清查

企业的"银行存款日记账"应定期与开户银行的"银行对账单"核对,至少每月核对一次。企业银行存款日记账账面余额与银行对账单余额之间如有差额,应编制"银行存款余额调节表",如没有记账错误,调节后的双方余额应相等。

企业银行存款账面余额与银行对账单余额之间不一致的原因除记账错误外,还因为存在未达账项。未达账项是指因有关收付款计算凭证在企业和开户银行之间传递时间不一样而造成的一方已经收到凭证并入账另一方尚未收到凭证仍未入账的款项。发生未达账项的具体情况有四种:一是企业已收款入账,银行尚未收款入账;二是企业已付款入账,银行尚未付款入账;三是银行已收款入账,企业尚未收款入账;四是银行已付款入账,企业尚未付款入账。

对于未达账项应通过编制"银行存款余额调节表"进行检查核对,如没有记账错误,调节后的双方余额应相等。银行存款余额调节表只是为了核对账目,并不能作为调整银行存款账面余额的记账依据。

【例 2-8】 红岩股份有限公司 2011 年 4 月 30 日的银行存款日记账账面余额为 83 820 元,银行对账单余额为 171 820 元。经逐笔核对,发现有以下事项:

(1) 29 日企业开出现金支票 18 300 元支付劳务费,持票人尚未到银行办理结算手续;

(2) 29 日银行代企业收取货款 52 000 元,企业尚未收到收款通知;

(3) 30 日银行代企业支付电话费 3 600 元,企业尚未收到付款通知;

(4) 30 日企业送存银行的转账支票 35 000 元,银行尚未入账;

（5）30 日企业开出汇票 56 300 元并已入账，但会计人员尚未送银行办理电汇手续。

该公司根据以上事项编制"银行存款余额调节表"，见表 2-2。

**表 2-2　银行存款余额调节表**

2011 年 4 月 30 日　　　　　　　　　　　　　单位：元

| 项　　目 | 金　　额 | 项　　目 | 金　　额 |
|---|---|---|---|
| 企业银行存款日记账余额 | 83 820 | 银行对账单余额 | 171 820 |
| 加：银行已收、企业未收款 | 52 000 | 加：企业已收、银行未收款 | 35 000 |
| 减：银行已付、企业未付款 | 3 600 | 减：企业已付、银行未付款 | 18 300<br>56 300 |
| 调节后的存款余额 | 132 220 | 调节后的存款余额 | 132 220 |

# 第三节　其他货币资金

## 一、其他货币资金的含义及内容

其他货币资金是指企业除库存现金、银行存款以外的各种货币资金，包括外埠存款、银行汇票存款、银行本票存款、信用卡存款、信用证保证金存款、存出投资款等。

（1）外埠存款，是指企业为了到外地进行临时或零星采购，而汇往采购地银行开立采购专户的款项。该账户的存款不计利息、只付不收、付完清户，除了采购人员可从中提取少量现金外，一律采用转账结算。

（2）银行汇票存款，是指企业为取得银行汇票按照规定存入银行的款项。

（3）银行本票存款，是指企业为取得银行本票按照规定存入银行的款项。

（4）信用卡存款，是指企业为取得信用卡按照规定存入银行的款项。

（5）信用证保证金存款，是指企业为取得信用证按照规定存入银行的保证金。

（6）存出投资款，是指企业已存入证券公司但尚未购买股票、基金等的款项。

## 二、其他货币资金的核算

为了反映和监督其他货币资金的收支和结存情况，企业应当设置"其他货币资金"账户，该账户借方登记其他货币资金的增加数，贷方登记其他货币资金的减少数，期末余额在借方，反映企业实际持有的其他货币资金结余数。本账户应按其他货币资金的种类设置明细账户。

### （一）外埠存款的核算

企业将款项汇往外地时，应填写汇款委托书，委托开户银行办理汇款。汇入地银行以汇款单位名义开立临时采购账户。

企业将款项汇往外地开立采购专用账户时，根据汇出款项凭证，编制付款凭证，进行账务处理,借记"其他货币资金——外埠存款"账户,贷记"银行存款"账户;收到采购人员转来供应单位发票账单等报销凭证时,借记"材料采购"或"原材料"、"库存商品"、"应交税费——应缴增值税(进项税额)"等账户,贷记"其他货币资金——外埠存款"账户;采购完毕收回采购专户余款时,根据银行的收账通知,借记"银行存款"账户,贷记"其他货币资金——外埠存款"账户。

**【例2-9】** 红岩股份有限公司2011年5月3日因零星采购需要,将款项60 000元汇往上海某银行开立采购专户。会计部门应根据银行转来的汇款回单联,作如下账务处理:

借:其他货币资金——外埠存款　　　　　　　　　　　　60 000
　　贷:银行存款　　　　　　　　　　　　　　　　　　　　　60 000

**【例2-10】** 2011年5月15日,会计部门收到采购员寄来的采购材料发票等凭证,专用发票列明,原材料价款50 000元,增值税8 500元。其账务处理如下:

借:材料采购　　　　　　　　　　　　　　　　　　　　50 000
　　应交税费——应缴增值税(进项税额)　　　　　　　　8 500
　　贷:其他货币资金——外埠存款　　　　　　　　　　　　58 500

**【例2-11】** 2011年5月20日,外地采购业务结束,剩余采购资金1 500元转回本地银行,会计部门已收到银行转来的收款通知。其账务处理如下:

借:银行存款　　　　　　　　　　　　　　　　　　　　1 500
　　贷:其他货币资金——外埠存款　　　　　　　　　　　　1 500

### (二)银行汇票存款的核算

汇款单位(即申请人)使用银行汇票,应向出票银行填写"银行汇票申请书",填明收款人名称、汇票金额、申请人名称、申请日期等事项并签章,签章为其预留银行的签章。出票银行受理银行汇票申请书,收妥款项后签发银行汇票,并用压数机压印出票金额,将银行汇票和解讫通知一并交给申请人。申请人应将银行汇票和解讫通知一并交付给汇票上记明的收款人。收款人受理申请人交付的银行汇票时,应在出票金额以内,根据实际需要的款项办理结算,并将实际结算的金额和多余金额准确、清晰地填入银行汇票和解讫通知的有关栏内,到银行办理款项入账手续。收款人可以将银行汇票背书转让给被背书人。银行汇票的背书转让以不超过出票金额的实际结算金额为准。未填写实际结算金额或实际结算金额超过出票金额的银行汇票,不得背书转让。银行汇票的提示付款期限为自出票日起一个月,持票人超过付款期限提示付款的,银行将不予受理。持票人向银行提示付款时,必须同时提交银行汇票和解讫通知,缺少任何一联,银行不予受理。

企业填写"银行汇票申请书"将款项交存银行时,借记"其他货币资金——银行汇票"账户,贷记"银行存款"账户;企业持银行汇票购货、收到有关发票账单时,借记"材料采购"或"原材料"、"库存商品"、"应交税费——应缴增值税(进项税额)"等账户,贷记"其他货币资金——银行汇票"账户;采购完毕收回银行汇票余款时,借"银行存款"账户,贷记"其他货币资金——银行汇票"账户。

**【例2-12】** 2011年8月15日,红岩股份有限公司向银行提交"银行汇票委托书",并交存款项40 000元,银行受理后签发银行汇票和解讫通知,根据"银行汇票委托书"存根联记账。其账务处理如下：

  借：其他货币资金——银行汇票         40 000

    贷：银行存款               40 000

  【例2-13】 2011年8月20日，红岩股份有限公司用银行签发的银行汇票支付采购材料价款30 000元及增值税5 100元，企业记账的原始凭证是银行转来的银行汇票第四联及所附发货票账单等凭证。其账务处理如下：

  借：材料采购              30 000

    应交税费——应缴增值税（进项税额）    5 100

    贷：其他货币资金——银行汇票       35 100

  【例2-14】 2009年8月23日，红岩股份有限公司收到银行退回的银行汇票余款的收账通知。其账务处理如下：

  借：银行存款              4 900

    贷：其他货币资金——银行汇票       4 900

### （三）银行本票存款的核算

  申请人使用银行本票，应向银行填写"银行本票申请书"。申请人或收款人为单位的，不得申请签发现金银行本票。出票银行受理银行本票申请书，收妥款项后签发银行本票，在本票上签章后交给申请人。申请人应将银行本票交付给本票上记明的收款人。收款人可以将银行本票背书转让给被背书人。

  申请人因银行本票超过提示付款期限或其他原因要求退款时，应将银行本票提交到出票银行并出具单位证明。出票银行对于在本行开立存款账户的申请人，只能将款项转入原申请人的存款账户；对于现金银行本票和未到本行开立存款账户的申请人，才能退付现金。

  企业填写"银行本票申请书"、将款项交存银行，取得银行本票时，借记"其他货币资金——银行本票"账户，贷记"银行存款"账户；企业持银行本票购货，收到有关发票账单时，借记"材料采购"或"原材料"、"库存商品"、"应交税费——应缴增值税（进项税额）"等账户，贷记"其他货币资金——银行本票"账户。

### （四）信用卡存款的核算

  企业填制"信用卡申请表"，连同支票和有关资料一并送存发卡银行，根据银行盖章退回的进账单第一联，借记"其他货币资金——信用卡"账户，贷记"银行存款"账户；企业用信用卡购物或支付有关费用，收到开户银行转来的信用卡存款的付款凭证及所附发票账单，借记"管理费用"等账户，贷记"其他货币资金——信用卡"账户。企业信用卡在使用过程中，需要向其账户续存资金的，借记"其他货币资金——信用卡"账户，贷记"银行存款"账户；企业的持卡人如不需要继续使用信用卡时，应持信用卡主动到发卡银行办理销户、销卡时，单位卡账户余额转入企业基本存款户，不得提取现金，借记"银行存款"账户，贷记"其他货币资金——信用卡"账户。

### （五）信用证保证金存款的核算

企业填写"信用证申请书"，将信用证保证金交存银行时，应根据银行盖章退回的"信用证申请书"回单，借记"其他货币资金——信用证保证金"账户，贷记"银行存款"账户；企业接到开证行通知，根据供货单位信用证结算凭证及所附发票账单，借记"材料采购"或"原材料"、"库存商品"、"应交税费——应缴增值税（进项税额）"等账户，贷记"其他货币资金——信用证保证金"账户；将未用完的信用证保证金存款余额转回开户银行时，借记"银行存款"账户，贷记"其他货币资金——信用证保证金"账户。

### （六）存出投资款的核算

企业向证券公司划出资金时，应按实际划出的金额，借记"其他货币资金——存出投资款"账户，贷记"银行存款"账户；购买股票、债券等时，借记"交易性金融资产"等账户，贷记"其他货币资金——存出投资款"账户。

## 复习思考题

1. 按照有关规定，企业的哪些支出可以用现金进行支付？
2. 如何进行库存现金的序时核算？
3. 如何进行库存现金清查的会计处理？
4. 企业的备用金管理制度有哪两种？各自如何进行账务处理？
5. 企业可在银行开立哪几种存款账户？各存款账户的用途是什么？
6. 银行票据结算方式包括哪几种？
7. 托收承付结算方式的结算程序是怎样的？
8. 何谓未达账项？它包括哪些类型？

# 第三章

## 应收及预付款项

【内容提要与学习要求】

本章讲述了应收票据的确认与计价,应收票据的一般核算和应收票据的贴现与转让核算;应收账款的确认与计量,应收账款的一般核算和带现金折扣条件的应收账款核算,应收款项的坏账损失核算;预付账款的核算方法以及其他应收款的范围。学习中应熟悉和掌握带息应收票据的核算方法,应收银行承兑汇票的贴现计算和会计处理,带现金折扣条件的应收账款核算方法,坏账损失的备抵法核算方法,预付账款的核算方法;了解应收票据和应收账款的一般核算,坏账损失的估计方法,其他应收款的核算范围。

# 第一节　应收票据

## 一、应收票据概述

应收票据是指企业因销售商品、提供劳务等而收到的商业汇票。商业汇票是一种由出票人签发的、委托付款人在指定日期无条件支付确定金额给收款人或者持票人的票据。

商业汇票的付款期限,最长不得超过六个月。符合条件的商业汇票的持票人,可以持未到期的商业汇票连同贴现凭证向银行申请贴现。

### (一)应收票据分类

根据承兑人不同,商业汇票分为商业承兑汇票和银行承兑汇票。商业承兑汇票是指由付款人签发并承兑,或由收款人签发交由付款人承兑的汇票;银行承兑汇票是指由在承兑银行开立存款账户的存款人(这里也是出票人)签发、由承兑银行承兑的票据。企业申请使用银行承兑汇票时,应向其承兑银行按票面金额的万分之五缴纳手续费。银行承兑汇票的出票人应于汇票到期前将票款足额交存其开户银行,银行承兑汇票的出票人于汇票到期前未能足额交存票款时,承兑银行除凭票向持票人无条件付款外,对出票人尚未支付的汇票金额按照每天万分之五计收利息。

根据是否带息,应收票据分为带息应收票据和不带息应收票据两种。带息应收票据到期时除收到票据面额外,另还按票面规定的利率收取利息;不带息应收票据到期时只收到票据面额。

根据是否带有追索权,应收票据分为带追索权的应收票据和不带追索权的应收票据。追索权是指企业在转让应收款项的情况下,接受应收款项转让方在应收款项遭拒付或逾期时,向该应收款项转让方索取应收金额的权利。

### (二)应收票据到期日的确定及到期值的计算

#### 1. 到期日的确定

应收票据的到期日应按商业汇票期限的不同的约定方式来确定。如约定按日计算,则应以足日为准,在其计算时按算头不算尾或算尾不算头的方式确定。例如,一张 4 月 20 日开出的期限为 60 天的商业汇票,其到期日为 6 月 19 日。如约定按月计算,则足月为标准,在计算时按到期月份的对日确定,到期月份无此对日,应按到期月份的最后日确定。例如 8 月 31 日开出的期限为 6 个月的商业汇票,到期日应为下年 2 月 28 日(若有 29 日为 29 日);若此汇票为 1 个月时,到期日应为当年的 9 月 30 日。

#### 2. 到期值的确定

应收票据的到期价值即商业汇票到期时的全部应收款项,要根据票据是否带息的不同来确定。若是不带息票据,到期价值就是票面金额即本金。若是带息票据,到期价值为票据面值加上应计利息,计算公式为:

$$票据到期值 = 票据面值 \times (1 + 票面利率 \times 票据期限)$$

上式中,利率一般以年利率表示;票据期限则用月或日表示,在实际业务中,为了计算方便,常把一年定为 360 天。例如,一张面值为 1 000 元,期限为 90 天,票面利率为 10% 的商业汇票,到期价值为:

$$票据到期值 = 1\,000 \times (1 + 10\% \times 90/360) = 1\,025(元)$$

## 二、应收票据的一般核算

为了反映和监督应收票据取得、票款收回等经济业务,企业应当设置"应收票据"账户,该账户属于资产账户,其借方登记取得的应收票据的面值及计提的利息,贷方登记到期收回票据款或到期前转让或向银行贴现的应收票据的账面余额,期末余额在借方,反映企业持有的商业汇票的票面价值。本账户可按照开出、承兑商业汇票的单位进行明细核算,并设置"应收票据备查簿",逐笔登记企业所收到的商业汇票的种类、号数和出票日、票面金额、交易合同号和付款人、承兑人、背书人的姓名或单位名称、到期日、背书转让日、贴现日、贴现率和贴现净额以及收款日和收回金额、退票情况等资料。商业汇票到期结清票款或退票后,在备查簿中应予注销。

#### 1. 不带息应收票据核算

不带息应收票据的到期价值等于应收票据的面值。企业应当设立"应收票据"账户核算应收票据的票面金额增减变动及结余情况。收到商业汇票时,借记"应收票据"账户,贷记"应收账款"、"主营业务收入"等账户。应收票据到期,收回票面金额时,借记"银行存款"账户,贷记"应收票据"账户。若商业承兑汇票到期,承兑人违约拒付或无力偿还票据款,收款企业则应将到期票据的票面金额转入"应收账款"账户。

**【例 3-1】** 红岩股份有限公司 2010 年 3 月 1 日向乙公司销售一批产品,货款为 1 500 000 元,适用增值税税率为 17%,已办妥托收手续。其账务处理如下:

| | | |
|---|---|---|
| 借:应收账款 | 1 755 000 | |
| 贷:主营业务收入 | | 1 500 000 |
| 应交税费——应缴增值税(销项税额) | | 255 000 |

**【例 3-2】** 接【例 3-1】的资料,2010 年 6 月 15 日,红岩股份有限公司收到乙公司寄来一张 3 个月期的商业承兑汇票,面值为 1 755 000 元,抵付前欠货款。其账务处理为:

| | | |
|---|---|---|
| 借:应收票据 | 1 755 000 | |
| 贷:应收账款 | | 1 755 000 |

**【例 3-3】** 接【例 3-2】的资料,2010 年 9 月 15 日,红岩股份有限公司上述应收票据到期收回票面金额 1 755 000 元存入银行。则公司应作如下会计处理:

| | | |
|---|---|---|
| 借:银行存款 | 1 755 000 | |
| 贷:应收票据 | | 1 755 000 |

**2. 带息应收票据核算**

对于带息应收票据到期,应当计算票据利息。企业应于中期期末和年度终了,按规定计算票据利息,并增加应收票据的票面价值,同时,冲减财务费用。其计算公式如下:

$$应收票据利息 = 应收票据票面金额 \times 利率 \times 期限$$

上式中,利率是指票据所标明的利率,一般以年利率表示。"期限"指签发日至计息期末的时间间隔。票据的期限则用月或日表示,在实际业务中,为了计算方便,常把一年定为 360 天。与此同时,计算利息使用的利率要换算成月利率(年利率÷12)。

带息的应收票据到期收回款项时,应按收到的票据到期值,借记"银行存款"账户,按票面价值,贷记"应收票据"账户,按其差额,贷记"财务费用"账户。

**【例 3-4】** 红岩股份有限公司 2010 年 9 月 1 日销售一批产品给 A 公司,货已发出,增值税专用发票上注明的价款为 100 000 元,增值税额为 17 000 元。收到 A 公司交来的当日开出并承兑的商业汇票一张,期限为 6 个月,票面利率为 10%。其有关账务处理如下:

(1)收到票据时:

| | | |
|---|---|---|
| 借:应收票据 | 117 000 | |
| 贷:主营业务收入 | | 100 000 |
| 应交税费——应缴增值税(销项税额) | | 17 000 |

(2)年度终了(2010 年 12 月 31 日)计提票据利息:

$$票据利息 = 117 000 \times 10\% \times 4 \div 12 = 3 900(元)$$

| | | |
|---|---|---|
| 借:应收票据 | 3 900 | |
| 贷:财务费用 | | 3 900 |

(3)票据到期收回货款:

$$票据到期值 = 117 000 \times (1 + 10\% \div 12 \times 6) = 122 850(元)$$

39

借：银行存款 122 850
　　贷：应收票据 120 900
　　　　财务费用 1 950

## 三、应收票据贴现核算

应收票据的贴现是指票据持有人将未到期的票据背书后送交银行,银行受理后从票据到期值中扣除按银行贴现率计算确定的贴现息,然后将贴现额付给票据持有人的一种融资行为。

票据贴现的有关计算公式如下:

(1) 票据到期价值＝票据面值×(1＋票面利率×票据期限)

(2) 贴现息＝票据到期价值×贴现率×贴现期限

(3) 贴现所得金额＝票据到期价值－贴现息

按照中国人民银行《支付结算办法》的规定,实付贴现金额按到期价值扣除贴现日至汇票到期前一日的利息计算。承兑人在异地的贴现利息的计算应另加 3 天的划款期限。

企业持未到期的应收票据向银行贴现,应按实际收到的金额借记"银行存款"账户;按应收票据的账面余额,贷记"应收票据"(适用于满足金融资产转移准则规定的金融资产终止确认条件的情形,企业不附追索权)或按应收票据到期值贷记"短期借款"(适用于不满足金融资产转移准则规定的金融资产终止确认条件的情形,企业附追索权)账户;按其差额,借或贷记"财务费用"账户。

附追索权的票据贴现以后,在票据到期时,如果承兑人还款,则借记"短期借款"账户,贷记"应收票据"账户;如果承兑人无力付款,则借记"短期借款"账户,贷记"银行存款"账户,同时,借记"应收账款"账户,贷记"应收票据"账户。

【例 3-5】 红岩股份有限公司 2010 年 5 月 1 日售给甲公司产品一批,货款总计 100 000 元,适用增值税税率为 17％。甲公司交来一张出票日为 5 月 1 日、面值 117 000 元、期限为 3 个月的商业承兑无息票据结算货款。红岩公司 6 月 1 日持该票据到银行贴现,贴现率为 12％。其有关账务处理如下:

(1) 收到票据时:

借：应收票据——甲公司 117 000
　　贷：主营营业收入 100 000
　　　　应交税费——应缴增值税(销项税额) 17 000

(2) 6 月 1 日到银行贴现时,票据到期日为 8 月 1 日,贴现期为 2 个月(6 月 1 日至 8 月 1 日):

票据到期值＝票据票面金额＝117 000(元)
贴现息＝117 000×12％×2/12＝2 340(元)
贴现额＝117 000－2 340＝114 660(元)

借：银行存款 114 660
　　短期借款——利息调整 2 340
　　贷：短期借款——本金 117 000

（3）6月30日,对利息调整予以摊销:

借:财务费用　　　　　　　　　　　　　　　　1 170

　　贷:短期借款——利息调整　　　　　　　　　　　　1 170

7月31日的摊销分录同上(略)。

假定甲公司开出的商业汇票是经其开户银行承兑的,则本项贴现业务符合金融资产转移准则规定的金融资产终止确认条件。该公司应作会计分录:

借:银行存款　　　　　　　　　　　　　　　114 660

　　财务费用　　　　　　　　　　　　　　　　2 340

　　贷:应收票据——应收银行承兑汇票　　　　　　117 000

【例3-6】　接【例3-5】的资料,到8月1日,红岩股份有限公司已办理贴现的应收票据到期,若甲公司无力向贴现银行支付票据款,贴现银行将票据退回红岩股份有限公司并从该公司的账户将票据款划出。红岩公司的账务处理如下:

（1）被贴现银行扣款:

借:短期借款——本金　　　　　　　　　　　117 000

　　贷:银行存款　　　　　　　　　　　　　　　117 000

（2）同时,将已到期的应收票据转作应收账款:

借:应收账款——甲公司　　　　　　　　　　117 000

　　贷:应收票据——甲公司　　　　　　　　　　117 000

## 四、应收票据转让

应收票据的转让是指持票人因偿还货款等原因,将未到期的商业汇票背书转让给其他单位或者是个人的业务活动。背书是指在票据背面或者粘单上记载有关事项并签章的票据行为。背书转让的背书人应当承担票据责任。企业将持有的不带息商业汇票背书转让以取得所需物资时,按应计入取得物资成本的金额,借记“材料采购”或“原材料”、“库存商品”等账户,按专用发票上注明的可抵扣的增值税额,借记“应交税费——应缴增值税(进项税额)”账户,按商业汇票的票面金额,贷记“应收票据”账户,如有差额,借记或贷记“银行存款”等账户。如为带息应收票据,还应将尚未计提的利息冲减“财务费用”。

【例3-7】　2010年3月1日,红岩股份有限公将所持有的乙公司承兑的不带息商业汇票背书转让给丙企业以换取生产用材料,取得的专用发票列明生产用材料购入价格为42 000元,增值税税额为7 140元。商业汇票票面金额为50 000元,已收到丙企业支付的票据款差额存入银行。红岩公司将做如下账务处理:

借:材料采购　　　　　　　　　　　　　　　42 000

　　应交税费——应缴增值税(进项税额)　　　7 140

　　银行存款　　　　　　　　　　　　　　　　860

　　贷:应收票据——乙公司　　　　　　　　　　50 000

# 第二节 应收账款

## 一、应收账款概述

### （一）应收账款的含义及内容

应收账款是指企业因销售商品、提供劳务等经营活动,应向购货单位或接受劳务单位收取的款项,主要包括企业销售商品或提供劳务等应向有关债务人收取的价款、增值税及代购货单位垫付的包装费、运杂费等。

应收账款的确认时间一般与收入的确认时间一致。

### （二）应收账款的计价

应收账款的入账价值包括因销售商品或提供劳务从购货方或接受劳务方应收的合同或协议价款(应收的合同或协议价款不公允的除外)、增值税销项税额,以及代购货单位垫付的包装费运杂费等。

应收账款入账价值的确定还应考虑商业折扣和现金折扣因素。

**1. 商业折扣**

商业折扣是指企业为促进销售而从货品价目单上规定的价格中扣减的一定数额。报价单上的价格扣除商业折扣后的净额才是实际销货价格。一般商业习惯,商业折扣都从报价单价格中扣除,买主所应支付的和卖主所应收取的货款,都是按照实际销售价格来计算的,在发票上填列的是给予商业折扣后的净额。商业折扣对应收账款本身没有影响。

**2. 现金折扣**

指债权人为鼓励债务人在规定的期限内早日付款,而向债务人提供的债务扣除。现金折扣通常发生在以赊销方式销售商品或提供劳务的交易中。现金折扣通常按照以下方式表示：2/10,1/20,N/30,其意思是：如果客户在 10 天内偿付货款,给予 2% 的折扣;如果在 10 天以后 20 天内付款,给予 1% 的折扣;如果在 20 天以后 30 天内付款,则需全额付款。

在存在现金折扣的情况下,应收账款入账金额的确定有两种处理方法可供选择,一种是总价法,另一种是净价法。

(1)总价法。采用总价法确定应收账款的入账金额,即将未减现金折扣的价款作为实际销售价格,并以此作为应收账款的入账金额。这种方法把现金折扣理解为鼓励客户提早付款而获得的经济利益。销售方给予客户的现金折扣,从融资角度出发,属于一种理财费用,会计上应当作为财务费用处理。总价法可以较好地反映销售的总过程,但在客户可能享受现金折扣的情况下,会引起高估应收账款和销售收入。例如,期末结账时,有些应收账款还没有超过折扣期限,企业无法确切地知道客户是否会享受现金折扣,如果有一部分可能会享受现金折扣,而账上并未作出反映,结果便虚增了应收账款的余额。

（2）净价法。采用净价法确定应收账款的入账金额，就是要将扣除现金折扣后的金额作为应收账款的入账金额。这种方法是把客户取得现金折扣视为正常现象，认为一般客户都会提前付款，而将由于客户超过折扣期限而多收入的金额，视为提供信贷获得的收入，于收到账款时入账，作为冲减财务费用处理。净价法可以避免总价法的不足，但在顾客没有享受现金折扣而全额付款时，由于账上以净额入账，从而必须再查对销售总额。期末结账时，对已经超过期限尚未收到的应收账款，需要按客户未享受的现金折扣进行调整，操作起来比较麻烦。

我国目前的会计实务中，所采用的是总价法。对客户所享有的现金折扣作为财务费用处理，计入当期损益。

## 二、应收账款的一般核算

为了反映和监督应收账款的增减变动及其结存情况，企业应设置"应收账款"账户，该账户属于资产类账户，其借方登记应收账款的增加，贷方登记应收账款的收回及确认的坏账损失，期末余额应当在借方，反映企业尚未收回的应收账款。在"应收账款"账户下，应按不同的购货单位或接受劳务的单位或个人名称设置明细账。对于不单独设置"预收账款"账户的企业，预收的账款也在"应收账款"账户核算，此种情况下，"应收账款"账户为双重性账户。

### （一）应收账款的一般业务的核算

【例3-8】 红岩股份有限公司采用托收承付结算方式向甲公司销售商品一批，货款300 000元，增值税额51 000元，以银行存款代垫运杂费6 000元，已办理托收手续。该公司应作如下会计处理：

| | | |
|---|---|---|
| 借：应收账款——甲公司 | 357 000 | |
| 　贷：主营业务收入 | | 300 000 |
| 　　应交税费——应缴增值税（销项税额） | | 51 000 |
| 　　银行存款 | | 6 000 |

红岩股份有限公实际收到款项时，应作如下会计处理：

| | | |
|---|---|---|
| 借：银行存款 | 357 000 | |
| 　贷：应收账款——甲公司 | | 357 000 |

### （二）存在商业折扣条件下，应收账款的核算

【例3-9】 红岩股份有限公司赊销商品一批给乙公司，按价目表的价格计算，货款金额总计100 000元，给买方的商业折扣为10%，适用增值税税率为17%，代垫运杂费5 000元。该公司应作如下会计处理：

| | | |
|---|---|---|
| 借：应收账款——乙公司 | 110 300 | |
| 　贷：主营业务收入 | | 90 000 |
| 　　应交税费——应缴增值税（销项税额） | | 15 300 |

43

　　　　　　银行存款　　　　　　　　　　　　　　　　　5 000

　　　收到货款时：

　　借：银行存款　　　　　　　　　　　　　　　　110 300

　　　贷：应收账款——乙公司　　　　　　　　　　　110 300

### （三）存在现金折扣条件下，应收账款的核算

【例 3-10】　红岩股份有限公司赊销一批商品给丙公司，货款为 100 000 元，规定对货款部分的付款条件为 2/10、N/30，适用的增值税税率为 17%，代垫运杂费 3 000 元。该公司对现金折扣采用总价法核算，应作如下会计处理：

（1）赊销时：

　　借：应收账款——丙公司　　　　　　　　　　　120 000

　　　贷：主营业务收入　　　　　　　　　　　　　100 000

　　　　　应交税费——应缴增值税（销项税额）　　 17 000

　　　　　银行存款　　　　　　　　　　　　　　　　3 000

（2）假若客户于 10 天内付款时：

　　借：银行存款　　　　　　　　　　　　　　　　118 000

　　　　财务费用　　　　　　　　　　　　　　　　　2 000

　　　贷：应收账款——丙公司　　　　　　　　　　　120 000

（3）假若客户超过 10 天付款，则无现金折扣：

　　借：银行存款　　　　　　　　　　　　　　　　120 000

　　　贷：应收账款——丙公司　　　　　　　　　　　120 000

## 三、应收款项的减值

　　企业应当在资产负债表日对应收款项的账面价值进行检查，有客观证据表明该应收款项发生减值的，应当将该应收款项的账面价值减记至预计未来现金流量现值，减记的金额确认减值损失，计提坏账准备。应收款项的减值损失也称坏账损失。

### （一）应收款项的内容

　　根据《企业会计准则第 22 号——金融工具确认和计量》的有关规定，计提坏账准备的应收款项包括应收账款、应收票据、应收股利、应收利息、其他应收款等。

### （二）应收款项减值的确认和计量

#### 1．应收款项减值的确认

　　企业应当定期或者至少于每年年度终了，对应收款项进行减值测试，分析各项应收款项的可收回性，预计可能发生的减值损失。对于有确凿证据表明确实无法收回或收回的可能性不大的应收款项，如债务单位已撤销、破产、资不抵债、现金流量严重不足等，应根据企业的管理权限，报经批准后作为坏账，核销应收款项。

**2. 应收款项减值的计量**

按会计准则规定,短期应收款项的预计未来现金流量与其现值相差很小的,在确定相关减值损失时,可不对其预计未来现金流量进行折现。

按照会计信息质量的重要性要求,分单项金额重大的应收款项和单项金额非重大的应收款项进行其减值的计量。

(1) 对于单项金额重大的应收款项,应当单独进行减值测试。有客观证据表明其发生了减值的,首先要计算其未来现金流量现值,根据现值低于其账面价值的差额,确认减值损失,计提坏账准备。

(2) 对于单项金额非重大的应收款项可以单独进行减值测试,确定减值损失,计提坏账准备;也可以与经单独测试后未减值的应收款项一起按类似信用风险特征划分为若干组合,再按这些应收款项组合在资产负债表日余额的一定比例计算确定减值损失,计提坏账准备。其中,类似的信用风险特征可按资产类型、行业分布、区域分布、担保物类型、逾期状态组合。

根据应收款项组合余额的一定比例计算确定的坏账准备,即应收账款余额百分比法或账龄分析法。但是应注意:其计提的减值应当反映各项目实际发生的减值损失,即各项组合的账面价值超过其未来现金流量现值的金额。

## (二)应收款项减值的会计处理

**1. 坏账准备的提取**

资产负债表日,企业根据金融工具确认和计量准则确定应收款项发生减值的,按应减记的金额,借记"资产减值损失——计提的坏账准备"账户,贷记"坏账准备"账户。本期应计提的坏账准备大于其账面余额的,应按其差额计提;应计提的金额小于其账面余额的差额做相反的会计分录。

坏账准备可按以下公式计算:

应收款项应计坏账准备总额=账面价值-预计未来现金流量现值

当期应计提的坏账准备=当期按应收款项计算应提坏账准备金额

-(或+)"坏账准备"账户的贷方或借方余额

**2. 坏账损失的确认**

对于确实无法收回的应收款项,按管理权限报经批准后作为坏账损失,转销应收款项,借记"坏账准备"账户,贷记"应收票据"、"应收账款"、"应收利息"、"其他应收款"等账户。

**3. 已核销坏账又重新收回**

已确认并转销的应收款项以后又收回的,应按实际收回的金额,借记"应收票据"、"应收账款"、"应收利息"、"其他应收款"等账户,贷记"坏账准备"账户,同时,借记"银行存款"账户,贷记"应收票据"、"应收账款"、"应收利息"、"其他应收款"等账户。也可以按照实际收回的金额,借记"银行存款"账户,贷记"坏账准备"账户。

**【例 3-11】** 2010 年 12 月 31 日红岩股份有限公司对应收丙公司的账款进行减值测试。应收账款余额合计为 1 000 000 元,该公司根据丙公司的资信情况确定按 10% 计提坏账准备。2010 年末计提坏账准备的会计分录为:

45

借：资产减值损失——计提的坏账准备　　　　　100 000

　　贷：坏账准备——应收账款　　　　　　　　　　　100 000

【例 3-12】　红岩股份有限公司 2011 年对丙公司的应收账款实际发生坏账损失 30 000 元。2011 年末应收丙公司的账款余额为 1 200 000 元,经减值测试,红岩股份有限公司决定仍按 10% 计提坏账准备。其有关会计处理如下:

(1) 确认坏账损失时,红岩公司应作如下会计处理:

借：坏账准备——应收账款　　　　　　　　　　30 000

　　贷：应收账款——丙公司　　　　　　　　　　　　30 000

(2) 根据红岩公司所采用的坏账核算方法,其"坏账准备——应收账款"账户应保持的贷方余额为 120 000(1 200 000×10%)元;计提坏账准备前,"坏账准备——应收账款"账户的实际余额为贷方 70 000(100 000−30 000)元,因此本年末应计提的坏账准备金额为 50 000(120 000−70 000)元。红岩公司 2011 年末应作如下会计处理:

借：资产减值损失——计提的坏账准备　　　　　50 000

　　贷：坏账准备——应收账款　　　　　　　　　　　50 000

【例 3-13】　红岩股份有限公司 2012 年 4 月 20 日收到 2011 年已转销的坏账 20 000 元,已存入银行。红岩公司应作如下会计处理:

借：应收账款——丙公司　　　　　　　　　　　20 000

　　贷：坏账准备——应收账款　　　　　　　　　　　20 000

借：银行存款　　　　　　　　　　　　　　　　20 000

　　贷：应收账款——丙公司　　　　　　　　　　　　20 000

或者:

借：银行存款　　　　　　　　　　　　　　　　20 000

　　贷：坏账准备——应收账款　　　　　　　　　　　20 000

## 四、应收债权融资

### (一) 应收债权融资业务的核算原则

企业将其按照销售商品、提供劳务的销售合同所产生的应收债权出售给银行等金融机构,在进行会计核算时,应按照实质重于形式的原则,充分考虑交易的经济实质。对于有明确的证据表明有关交易事项满足出售债券的确认条件,如与应收债权有关的风险和报酬实质上已经发生转移等,应按照出售应收债权处理,并确认相关损益;否则,应作为以应收债权为质押取得借款(融资业务)进行会计处理。

### (二) 应收债权融资业务的核算

企业将其按照销售商品、提供劳务的销售合同所产生的应收债权提供给银行作为其向银行借款的质押的,应将从银行等金融机构获得的款项确认为对银行等金融机构的一项负债,作为短期借款等核算。

企业发生的借款利息及向银行等金融机构偿付借入款项的本息时的会计处理,应按有关短期借款核算的规定进行处理。

会计期末,企业应根据债务单位的情况,按企业会计准则的规定合理计提用于质押的应收债权的坏账准备。对于发生的与用于质押的应收债权相关的销售退回、销售折让及坏账等,应按照企业会计准则的相关规定处理。

企业应设置备查簿,详细记录质押的应收债权的账面余额、质押期限及回款情况等。

**【例 3-14】** 红岩股份有限公司 2010 年 4 月 15 日销售一批商品给乙公司,开出的增值税专用发票上注明的销售价款为 400 000 元,增值税销项税额为 68 000 元,款项尚未收到。双方约定,乙公司应于 2010 年 11 月 30 日付款。2010 年 6 月 1 日,红岩股份有限公司因急需要资金,经与中国建设银行协商,以应收乙公司货款为质押取得 4 个月期流动资金借款 350 000 元,年利率为 6%,每月末偿付利息。假定不考虑其他因素,红岩股份有限公司与应收债权质押有关的账务处理如下:

(1) 6 月 1 日取得短期借款时:

借:银行存款　　　　　　　　　　　　　　 350 000

　　贷:短期借款　　　　　　　　　　　　　　　　 350 000

(2) 6 月 30 日偿付利息时:

借:财务费用　　　　　　　　　　　　　　 1 750

　　贷:银行存款　　　　　　　　　　　　　　　　 1 750

(3) 9 月 30 日偿付短期借款及最后一期利息:

借:财务费用　　　　　　　　　　　　　　 1 750

　　短期借款　　　　　　　　　　　　　 350 000

　　贷:银行存款　　　　　　　　　　　　　　　　 351 750

## 第三节　预付账款和其他应收款

### 一、预付账款的核算

预付账款是企业按照购货合同规定预先支付给供应商的款项。按照权责发生制,预付款虽已付出,但交易对方尚未提供相应的商品或劳务,要求对方履行义务仍是企业的权利,因此,预付账款和应收账款一样,都是企业的债权。二者的差别在于,应收账款是企业销货引起的,是应向购货方收取的款项;而预付账款是企业购货引起的,是预先支付给供货方的款项。应收账款属于货币性资产,而预付账款属于非货币性资产。

预付账款应当按实际预付的金额入账。

企业应当设置"预付账款"账户,核算预付账款的增减变动及其结存情况。"预付账款"账户归类为资产账户,实际上是一个双重性账户,在期末,该账户所属明细账为借方余额的,即为预付账款资产,该账户所属明细账为贷方余额的,即为应付账款负债。对预付款项情况不多的企业,可以不设置"预付账款"账户,而直接通过"应付账款"账户核算,这种情况下,"应付账款"账户为一个双重性账户。准则指南的附录以及本教材均采用单设"预付账款"账户的办法。

预付账款的核算包括预付款项和收到货物两个方面。

(1) 发生预付账款的会计处理。企业根据购货合同的规定向供应单位预付款项时，借记"预付账款"账户，贷记"银行存款"账户。

(2) 收到货物的会计处理。企业收到所购物资,按应计入购入物资成本的金额,借记"材料采购"或"原材料"、"库存商品"等账户,按可抵扣的增值税进项税额,借记"应交税费——应缴增值税(进项税额)"账户,贷记"预付账款"账户;当预付货款小于采购货物所需支付的款项时,应将不足部分补付,借记"预付账款"账户,贷记"银行存款"账户;当预付货款大于采购货物所需支付的款项时,对收回的多余款项,应借记"银行存款"账户,贷记"预付账款"账户。

【例 3-15】 红岩股份有限公司向甲公司采购材料 5 000 千克,单价 10 元,所需支付的材料价款总额为 50 000 元。按照合同规定向甲公司预付货款的 50%,验收货物后补付其余款项。红岩公司应作如下会计处理:

(1) 预付 50%的货款时:

借:预付账款——甲公司　　　　　　　　　　　25 000
　　贷:银行存款　　　　　　　　　　　　　　　　25 000

(2) 收到甲公司发来的 5 000 千克材料,验收无误,增值税专用发票记载的货款为 50 000 元,增值税额为 8 500 元。红岩公司当即以银行存款补付所欠款项 33 500 元。

借:原材料　　　　　　　　　　　　　　　　　50 000
　　应交税费——应缴增值税(进项税额)　　　　8 500
　　贷:预付账款——甲公司　　　　　　　　　　　58 500
借:预付账款——甲公司　　　　　　　　　　　33 500
　　贷:银行存款　　　　　　　　　　　　　　　　33 500

## 二、其他应收款的核算

其他应收款是指企业除应收票据、应收账款、预付账款等以外的其他各种应收及暂付款项。

### (一) 其他应收款的内容

其他应收款的内容包括:

(1) 预付给职工的备用款项;

(2) 应收的各种赔款,如因企业财产等遭受意外损失而应向有关保险公司收取的赔款等;

(3) 应收的各种罚款;

(4) 应收的出租包装物租金;

(5) 存出保证金,如租入包装物支付的押金;

(6) 应向职工收取的各种垫付款项,如为职工垫付的水电费、应由职工负担的医药费、房租费等;

(7) 应收、暂付上级单位、所属单位的款项;

（8）其他各种应收、暂付款项。

### （二）其他应收款的核算

其他应收款应当按实际发生的金额入账。

为了反映其他应收账款的增减变动及其结存情况，企业应当设置"其他应收款"账户进行核算。"其他应收款"账户的借方登记其他应收款的增加，贷方登记其他应收款的收回，期末余额应当在借方，反映企业尚未收回的其他应收款项。

企业发生其他应收款时，借记"其他应收款"账户，贷记"库存现金"、"银行存款"、"营业外收入"等账户，收回或转销其他应收款时，借记"库存现金"、银行存款"、"应付职工薪酬"等账户，贷记"其他应收款"账户。

企业应在"其他应收款"账户下设置"备用金"明细账户或者单独设置"备用金"账户，以反映和监督备用金的领用和使用情况。

【例 3-16】　红岩股份有限公司租入包装物一批，以银行存款向出租方支付押金 10 000 元。其账务出路如下：

借：其他应收款——存出保证金　　　　　　10 000
　　贷：银行存款　　　　　　　　　　　　　　　10 000

## 三、应收及预付款项的报表列报

**1. "应收票据"项目**

该项目应根据"应收票据"总账期末借方余额减去"坏账准备"账户中有关应收票据计提的坏账准备期末余额后的金额填列。

**2. "应收账款"项目**

该项目应根据"应收账款"总账期末借方余额和"预收账款"账户所属各明细账户的期末借方余额的合计数，减去"坏账准备"账户中有关应收账款计提的坏账准备期末余额后的金额填列。

**3. "预付款项"项目**

该项目应根据"预付账款"账户所属各明细账户的期末借方余额合计数，减去"坏账准备"账户中有关预付款项计提的坏账准备期末余额后的金额填列；如"预付账款"账户所属各明细账户期末有贷方余额的，应在资产负债表"应付账款"项目内填列。

**4. "其他应收款"项目**

该项目应根据"其他应收款"账户的期末借方余额减去"坏账准备"账户中有关其他应收款计提的坏账准备期末余额后的金额填列。

## 复习思考题

1. 何谓应收票据？应收票据应如何计价？
2. 何谓应收票据贴现？如何对其计算和做账务处理？

3. 何谓应收账款？它包括哪些内容？

4. 何谓商业折扣？何谓现金折扣？

5. 如何对带现金折扣条件的应收账款进行账务处理？

6. 如何对应收款项进行减值测试？

7. 估计坏账准备金额的方法有哪些？

8. 如何理解"预付账款"账户是一个双重性账户？

# 第四章

## 存货

**【内容提要与学习要求】**

本章是重点章之一,内容较多。本章讲述了存货的概念与特征、存货的分类,不同渠道收入存货的入账价值确定方法和会计处理,在实际成本计价法下发出存货的四种计价方法,材料存货的计划成本计价法和商品存货的估价方法,期末存货的计量,存货的清查方法以及存货盘盈、盘亏的会计处理。学习中应熟悉和掌握外购存货、委托加工存货的核算方法,发出存货先进先出法、加权平均法的应用,材料成本差异的归集和分配结转,存货跌价准备的计提及会计处理;了解存货的确认与分类,不同渠道取得存货的入账价值确定方法及会计处理,发出存货的计价方法,发出存货的会计处理,商品存货的估价方法,存货清查结果的会计处理。

# 第一节　存货概述

## 一、存货的概念及特征

### （一）存货的概念

存货是指企业在日常活动中持有以备出售的产成品或商品、处在生产过程中的在产品、在生产过程或提供劳务过程中耗用的材料、物料等。存货区别于固定资产等非流动资产的最基本的特征是,企业持有存货的最终的目的是为了出售,包括可供直接销售的产成品、商品,以及需经过进一步加工后出售的原材料等。

### （二）存货的特征

（1）企业持有存货的目的是为了出售而不是自用;

（2）存货是企业日常活动中持有的;

（3）存货具有较大的流动性;

（4）存货具有时效性和潜在损失的可能性;

（5）存货是有形资产。

## 二、存货的确认

存货必须在符合定义的前提下,同时满足下列两个条件,才能予以确认。

### 1. 与该存货有关经济利益很可能流入企业

资产最重要的特征是预期会给企业带来经济利益。如果某一项目预期不能给企业带来经济利益,就不能确认为企业的资产。存货是企业的一项重要的流动资产,因此,对存货的确认,关键是判断其是否很可能给企业带来经济利益或其所包含的经济利益是否很可能流入企业。通常,拥有存货的所有权是与该存货有关的经济利益很可能流入本企业的一个重要标志。一般情况下,根据销售合同已经售出(取得现金或收取现金的权利),所有权已经转移的存货,因其所含经济利益已不能流入本企业,因而不能再作为企业的存货进行核算,即使该存货尚未运离企业。企业在判断与该存货有关的经济利益能否流入企业时,通常应结合考虑该存货所有权的归属,而不应当仅仅看其存放的地点等。

### 2. 该存货的成本能够可靠地计量

成本或者价值能够可靠地计量是资产确认的一项基本条件。存货作为企业资产的组成部分,要予以确认也必须能够对其成本进行可靠的计量。存货的成本能够可靠地计量必须以取得的确凿证据为依据,并且具有可验证性。如果存货成本不能可靠地计量,则不能确认为一项存货。如企业承诺的订货合同,由于并未实际发生,不能可靠确定其成本,因此就不能确认为购买企业的存货。

## 三、存货的分类

为了便于存货的管理和正确组织核算,需要对存货科学地进行分类。存货按照不同的分类标准,可以分成不同的类别。

### (一)存货按企业的性质和经济用途分类

存货按企业的性质和经济用途可以分为商业企业存货、制造业存货及其他行业存货三类。

### 1. 商业企业存货

商业企业存货主要是指购进用于销售的商品,也包括少量的物料用品。

### 2. 制造业存货

制造业存货是指制造业用于制造产品的各种存货,主要包括:

(1)原材料,指企业在生产过程中经过加工改变其形态或性质并构成产品主要实体的各种原料及主要材料、辅助材料、外购半成品(外购件)、修理用备件(备品备件)、包装材料、燃料等。

(2)在产品,指企业正在制造尚未完工的生产物,包括正在各个生产工序加工的产品、已加工完毕但尚未检验,或已检验但尚未办理入库手续的产成品。

(3)自制半成品,指经过一定生产过程并已检验合格交付半成品仓库保管,但尚未制造完工成为产成品,仍需进一步加工的中间产品。自制半成品不包括从一个生产车间转给另一个生产车间继续加工的半成品以及不能单独计算成本的半成品。

（4）产成品，指企业已经完成全部生产过程并验收入库，可以按照合同规定的条件送交订货单位，或者可以作为商品对外销售的产品。企业接受外来原材料加工制造的代制品和为外单位加工修理的代修品，制造和修理完成验收入库后，应视同企业的产成品。

（5）包装物，指为了包装本企业商品而储备的各种包装容器，如桶、箱、瓶、坛、袋等。其主要作用是盛装、装饰产品或商品。

（6）低值易耗品，指在使用过程中基本保持原有实物形态不变但单位价值相对较低、使用时间相对较短，或在使用过程中容易损坏，因而不能列入固定资产的各种用具物品，如工具、管理用具、玻璃器皿、劳动保护用品，以及在经营过程中周转使用的包装容器等。

（7）委托代销商品，指企业委托其他单位代销的商品。

**3. 其他行业存货**

其他行业存货是指除制造业、商品流通业以外的其他行业的企业所持有的存货，例如，建筑施工企业的建筑材料、周转材料等。

需要注意的是，企业为建造固定资产等各项工程而储备的各种工程物资，虽然也具有存货的某些特征（如被耗用），但它们用于建造固定资产等各项工程，并不符合存货的概念，因此不能作为企业的存货进行核算。此外，有些企业的特种储备物资也不符合存货的概念，因而也不属于企业的存货。

### （二）存货按存放地点分类

存货按存放地点一般可分为在库存货、在途存货、在制存货、委托加工存货和委托代销存货五类。

（1）在库存货，是指已经运到企业并已验收入库的各种原材料、包装物、低值易耗品、自制半成品、产成品以及商品。

（2）在途存货，是指企业购进的已取得所有权但尚在运输途中或虽已运抵企业但尚未验收入库的各种材料及商品。

（3）在制存货，是指正处于本企业生产加工过程中的产品。

（4）委托加工存货，是指企业已经委托外单位加工，但尚未加工完成的各种存货。

（5）委托代销存货，是指企业已经发运给购货方但未满足收入确认条件，因而仍应作为销货方存货的发出商品以及企业采用手续费方式委托代销而发运给受托方的商品。

### （三）存货按来源分类

存货按不同的来源，主要分为外购存货、自制存货和委托加工存货等。

（1）外购存货，是从企业外部购入的存货，如商品流通企业外购的商品，工业企业外购的原材料、包装物、低值易耗品等。

（2）自制存货，是由企业制造的存货，如工业企业的自制材料、在产品、产成品等。

（3）委托加工存货，是指企业发出原材料委托外单位进行加工而形成的存货。

此外，企业的存货来源还可能有投资者投入的存货、接受捐赠的存货、通过债务重组取得的存货、非货币性资产交换取得的存货、盘盈的存货等。

## 第二节　存货的初始计量

存货的初始计量,是指企业在取得存货时的入账价值确定。按我国企业会计准则的规定,企业取得存货应当按照历史成本进行计量。存货的历史成本包括采购成本、加工成本和其他成本。

# 一、外购存货

## （一）外购存货的成本

企业外购存货主要包括原材料和商品等。外购存货的成本即存货的采购成本,指存货从采购到入库前所发生的全部支出,包括购买价款、相关税费、运输费、装卸费、保险费以及其他可归属于存货采购成本的费用。其中:

（1）存货的购买价款,是指企业购入的材料或商品的发票账单上列明的价款,但不包括按规定可以抵扣的增值税进项税额。

（2）存货的相关税费,是指企业购买存货发生的进口关税、进口消费税以及不能抵扣的增值税进项税额等应计入存货采购成本的税费。

（3）其他可归属于存货采购成本的费用,即采购成本中除上述各项以外的可归属于存货采购成本的费用,如在存货采购过程中发生的运输费、仓储费、包装费、运输途中的合理损耗、入库前的挑选整理费用等。这些费用能分清负担对象的,应直接计入存货的采购成本;不能分清负担对象的,应选择合理的分配方法,分配计入有关存货的采购成本,可按所购存货的数量或采购价格比例进行分配。

对于采购过程中发生的物资毁损、短缺等,除合理的途耗应当作为存货的其他可归属于存货采购成本的费用计入采购成本外,应区别不同情况进行会计处理:

（1）因供货单位少发货等原因造成的短缺,要求其补货或赔偿。

（2）因外部运输机构造成的毁损、短缺损失,应要求其赔偿。

（3）因遭受意外事故、自然灾害发生的损失,应将扣除保险赔款和可收回残料价值后的净损失作为非常损失,计入营业外支出。

（4）属于尚待查明原因的途中损耗,应先作为待处理财产损溢进行核算,查明原因后再作处理。

商品流通企业在采购商品过程中发生的运输费、装卸费、保险费以及其他可归属于存货采购成本的费用等进货费用,应计入所购商品成本。在实务中,企业也可以将发生的运输费、装卸费、保险费以及其他可归属于存货采购成本的费用等进货费用先进行归集,期末,按照所购商品的存销情况进行分摊:对于已销售商品的进货费用,计入主营业务成本;对于未售商品的进货费用,计入期末存货成本。商品流通企业采购商品的进货费用金额较小的,可以在发生时直接计入当期销售费用。

### （二）外购存货的会计处理

企业通常应该设置"在途物资"、"原材料"、"包装物"、"低值易耗品"、"库存商品"等存货类资产账户对外购存货进行核算。对这些账户的用途及结构说明如下：

"在途物资"账户用于核算企业采用实际成本计价进行材料、商品等的日常核算情况下，已采购但尚未验收入库的各种物资（即在途物资）的采购成本，本账户应按供应单位和物资品种进行明细核算。本账户的借方登记企业购入的在途物资的实际成本，贷方登记验收入库的在途物资的实际成本，期末余额在借方，反映企业在途物资的采购成本。

"原材料"账户用于核算企业库存各种原材料的收发与结存情况。在原材料按实际成本核算时，本账户的借方登记入库原材料的实际成本，贷方登记发出原材料的实际成本，期末余额在借方，反映企业库存原材料的实际成本。

"包装物"账户用于核算企业的各种包装物的增减变动及结存情况。本账户的结构与"原材料"账户类似。

"低值易耗品"账户用于核算企业的各类低值易耗品的增减变动及结存情况。本账户的结构也与"原材料"账户类似。

"库存商品"账户用于核算企业库存的各种商品的增减变动及结存情况，包括库存产成品、外购商品、存放在门市部准备出售的商品、发出展览的商品以及寄存在外的商品等。本账户可以按种类、品种和规格等设置明细账户。本账户借方核算企业增加的库存商品的实际成本；贷方核算企业减少的库存商品的实际成本；期末余额在借方，反映企业库存商品的实际成本。

企业购入存货时，由于采用的结算方式和采购地点不同，可能是付款与收到存货并验收入库同时完成，也可能二者在时间上不同步，核算时应当区分不同的情况进行处理。下面以企业外购原材料为例来阐述。

**1. 货款已经支付或开出、承兑商业汇票，同时原材料已验收入库**

对于发票账单与材料同时到达的采购业务，企业在支付货款或开出、承兑商业汇票，材料验收入库后，应根据发票账单等结算凭证确定的材料成本，借记"原材料"账户，按照增值税专用发票上注明的可抵扣的进项税额，借记："应交税费——应缴增值税（进项税额）"账户（一般纳税人，下同），按照实际支付的款项或应付票据面值，贷记"银行存款"或"应付票据"等账户。

**【例4-1】** 红岩股份有限公司购入A材料一批，增值税专用发票上记载的货款为500 000元，增值税额85 000元，另对方代垫运杂费6 800元，全部款项已用转账支票付讫，材料已验收入库。其账务处理如下：

借：原材料——A材料　　　　　　　　　　506 800
　　应交税费——应缴增值税（进项税额）　　85 000
　　贷：银行存款　　　　　　　　　　　　　　　591 800

**2. 货款已经支付或已开出、承兑商业汇票，材料尚未到达或尚未验收入库**

对于已经付款或已开出、承兑商业汇票，但材料尚未到达或尚未验收入库的采购业务，应根据发票账单等结算凭证，借记"在途物资"、"应交税费——应缴增值税（进项税额)"账户,贷记"银行存款"或"应付票据"等账户;待材料到达入库后,再根据收料单,借记"原材料"账户,贷记"在途物资"账户。

【例 4-2】 红岩股份有限公司采用汇兑结算方式购入 B 材料一批,发票及账单已收到,增值税专用发票上记载的货款为 20 000 元,增值税额 3 400 元。支付保险费 1 000 元,材料尚未到达。其账务处理如下:

借:在途物资——B 材料　　　　　　　　　　　　21 000
　　应交税费——应缴增值税(进项税额)　　　　　3 400
　　贷:银行存款　　　　　　　　　　　　　　　24 400

【例 4-3】 接【例 4-2】的资料,上述购入的 B 材料已收到,并验收入库。其账务处理如下:

借:原材料——B 材料　　　　　　　　　　　　21 000
　　贷:在途物资　　　　　　　　　　　　　　21 000

**3. 材料已经验收入库货但款尚未支付**

如果发票账单已到,按发票账单所记载有关金额记账;如果发票账单未到也无法确定实际成本时,为了简化核算手续,在月份内发生的,可以暂不进行总分类核算,只将收到的材料登记明细分类账,待收到发票账单时,再按实际价款登记总账,进行总分类核算。在月末时,对于那些账单发票尚未到达的入库材料,应按照暂估价值记账,下期初作相反的会计分录予以冲回,收到发票账单后再按照实际金额记账。即,对于材料已到达并已验收入库,但发票账单等结算凭证未到,货款尚未支付的采购业务,应于期末,按材料的暂估价值,借记"原材料"账户,贷记"应付账款——暂估应付账款"账户。下期初作相反的会计分录予以冲回,以便下期付款或开出、承兑商业汇票后,按正常程序,借记"原材料"、"应交税费"——应缴增值税(进项税额)账户,贷记"银行存款"或"应付票据"等账户。

【例 4-4】 红岩股份有限公司采用托收承付结算方式购入 C 材料一批,增值税专用发票上记载的货款为 50 000 元,增值税额 8 500 元,对方代垫运杂费 1 000 元,银行转来的结算凭证已到,款项尚未支付,材料已验收入库。其账务处理如下:

借:原材料——C 材料　　　　　　　　　　　　51 000
　　应交税费——应缴增值税(进项税额)　　　　8 500
　　贷:应付账款　　　　　　　　　　　　　　59 500

【例 4-5】 红岩股份有限公司采用委托收款结算方式购入 A 材料一批,材料已验收入库,月末发票账单尚未收到也无法确定其实际成本,暂估价值为 30 000 元。有关账务处理如下:

借:原材料——A 材料　　　　　　　　　　　　30 000
　　贷:应付账款——暂估应付账款　　　　　　30 000

下月初作相反的会计分录予以冲回:

借:应付账款——暂估应付账款　　　　　　　　30 000
　　贷:原材料——A 材料　　　　　　　　　　30 000

【例 4-6】 接【例 4-5】的资料,上述购入的 A 材料于次月收到发票账单,增值税专用发票上记载的货款为 31 000 元,增值税额 5 270 元,对方代垫运杂费 2 000 元,已用银行存款付讫。其账务处理如下：

借：原材料——A 材料　　　　　　　　　　　　33 000
　　应交税费——应缴增值税（进项税额）　　　　5 270
　　　贷：银行存款　　　　　　　　　　　　　　　　　38 270

**4. 采用预付款方式购入材料**

采用预付货款的方式采购材料，应在预付材料价款时，按照实际预付金额，借记"预付账款"账户，贷记"银行存款"账户；已经预付货款的材料验收入库，根据发票账单等所列的价款、税额等，借记"原材料"账户和"应交税费——应缴增值税（进项税额）"账户，贷记"预付账款"账户；预付货项不足，补付货款，按补付金额，借记"预付账款"账户，贷记"银行存款"账户；退回多付的款项，借记"银行存款"账户，贷记"预付账款"账户。

**【例 4-7】**　根据与乙公司的购销合同规定，红岩股份有限公司为购买 A 材料向乙公司预付 100 000 元货款的 80%，计 80 000 元，已通过汇兑方式汇出。其账务处理如下：

借：预付账款——乙公司　　　　　　　　　　　80 000
　　　贷：银行存款　　　　　　　　　　　　　　　　80 000

**【例 4-8】**　接【例 4-7】的资料，红岩股份有限公司收到乙公司发运来的 A 材料，已验收入库。有关发票账单记载，该批货物的货款 100 000 元，增值税额 17 000 元，对方代垫运杂费 3 000 元，所欠款项 5 日后以银行存款付讫。有关账务处理如下：

（1）材料入库时：

借：原材料——A 材料　　　　　　　　　　　　103 000
　　应交税费——应缴增值税（进项税额）　　　　17 000
　　　贷：预付账款——乙公司　　　　　　　　　　　120 000

（2）补付货款时：

借：预付账款——乙公司　　　　　　　　　　　40 000
　　　贷：银行存款　　　　　　　　　　　　　　　　40 000

**5. 外购存货发生短缺的会计处理**

（1）属于运输途中的合理损耗，应计入有关存货的采购成本。

（2）属于供货单位或运输单位的责任造成的存货短缺，应由责任人补足存货或赔偿货款，不计入存货的采购成本。

（3）属于自然灾害或意外事故等非常原因造成的存货毁损，先转入"待处理财产损溢"账户核算，待报经批准处理后，将扣除保险公司和过失人赔款后的净损失，计入营业外支出。

（4）尚待查明原因的存货短缺，先转入"待处理财产损溢"账户核算，待查明原因后，再按上述要求进行会计处理。

（5）上列短缺存货涉及增值税的，还应进行相应处理。

**【例 4-9】**　红岩股份有限公司为增值税一般纳税人，购入原材料 5 000 吨，收到的增值税专用发票上注明的售价每吨为 1 200 元，价款总计 6 000 000 元，增值税额为 1 020 000 元。另发生运输费用 60 000 元，装卸费用 20 000 元，途中保险费用为 18 000 元，有关款项已通过银行转账支付。原材料运抵企业后，验收入库原材料为 4 996 吨，运输途中发生合理损耗 4 吨。有关账务处理如下：

合理损耗列入存货的采购成本，运输费用可抵扣 7% 的进项税，所以，该原材料的入账成本 = $1\,200 \times 5\,000 + 60\,000 \times (1-7\%) + 20\,000 + 18\,000 = 6\,093\,800$（元）。

进项税额 = $1\,020\,000 + 60\,000 \times 7\% = 1\,024\,200$（元）。

（1）采购原材料，支付款项时：

| | | |
|---|---|---|
| 借：在途物资 | 6 093 800 | |
| 应交税费——应缴增值税（进项税额） | 1 024 200 | |
| 贷：银行存款 | | 7 118 000 |

（2）原材料运抵企业，验收入库时：

| | | |
|---|---|---|
| 借：原材料 | 6 093 800 | |
| 贷：在途物资 | | 6 093 800 |

## 二、自制存货

### （一）自制存货的成本

企业自制存货是指通过生产加工取得的存货，主要包括产成品、在产品、半成品等，其成本由采购成本、加工成本构成。某些存货还包括使存货达到目前场所和状态所发生的其他成本，如可直接认定的产品设计费用等。通过进一步加工取得的存货的成本中采购成本是由所使用或消耗的原材料采购成本转移而来的，因此，计量加工取得的存货的成本，重点是要确定存货的加工成本。

存货加工成本，由直接人工和制造费用构成，其实质是企业在进一步加工存货的过程中追加发生的生产成本，不包括直接由材料存货转移来的价值。其中，直接人工，是指企业在生产产品过程中直接从事产品生产的工人的职工薪酬。直接人工和间接人工的划分依据通常是生产工人是否与所生产的产品直接相关（即可否直接确定其服务的产品对象）。制造费用是指生产车间或分厂发生的直接用于产品生产但没有专设成本项目的生产费用（如机器设备折旧费），以及为组织和管理车间或分厂生产所发生的间接用于产品生产的各项费用（如车间厂房折旧费、生产管理人员的职工薪酬等）。制造费用包括企业生产单位管理人员的职工薪酬、折旧费、办公费、水电费、机物料消耗、劳动保护费、季节性和修理期间的停工损失等。

企业在加工存货过程中发生的直接人工和制造费用，如果能够直接计入有关的成本核算对象，则应直接计入该成本核算对象。否则，应按照合理方法分配计入有关成本核算对象。分配方法一经确定，不得随意变更。

下列费用不应计入存货成本，而应在其发生时计入当期损益：

（1）非正常消耗的直接材料、直接人工和制造费用。应在发生时计入当期损益，不应计入存货成本。例如，由于自然灾害而发生的直接材料、直接人工和制造费用，由于这些费用的发生无助于使该存货达到目前场所和状态，不应计入存货成本，而应确认为当期损益。

（2）仓储费用。指企业在存货采购入库后发生的储存费用，以及存货在加工和销售环节发生的一般仓储费用,应在发生时计入当期损益。但是,在生产过程中为达到下一个生产阶段所必需的仓储费用应计入存货成本。如某种酒类产品生产企业为使生产的酒达到规定的产品质量标准,而必须发生的仓储费用,应计入酒的生产成本,而不应计入当期损益。

（3）不能归属于使存货达到目前场所和状态的其他支出。应在发生时计入当期损益,不得计入存货成本。

### （二）自制存货的会计处理

自制并验收入库的原材料,借记"原材料"、"库存商品"等账户,贷记"生产成本"账户。

## 三、委托加工存货

### （一）委托加工存货成本

委托加工存货包括加工后的原材料、包装物、低值易耗品、半成品、产成品等,其成本包括实际耗用的原材料或者半成品、加工费、装卸费、保险费、委托加工的往返运输费等费用以及按规定应计入成本的税金。需要缴纳消费税的委托加工物资,收回后直接用于销售的,应将受托方代收代缴的消费税计入委托加工物资成本;收回后用于连续生产应税消费品,按规定准予抵扣的,受托方代收代缴的消费税记入"应交税费——应缴消费税"账户的借方。

受托方代收代缴的消费税额按受托方同类产品售价计算;若没有同类产品售价,则按组成计税价格计算应缴的消费税额。

$$消费税组成计税价格＝材料实际成本＋加工费＋消费税$$
$$＝（材料实际成本＋加工费）÷（1－消费税税率）$$

### （二）委托加工存货的会计处理

【例4-10】　红岩股份有限公司委托乙企业加工材料一批（属于应税消费品）。发出A材料的实际成本为20 000元;取得乙公司开具的增值税专用发票列明的加工费为7 000元,增值税额为1 190元,消费税税率为10%,材料加工完成并验收入库,加工费用及增值税和消费税已经用银行存款支付。红岩股份有限公司按实际成本核算原材料,有关账务处理如下:

（1）发出委托加工材料。

借：委托加工物资　　　　　　　　　　　　　20 000
　　贷：原材料——A材料　　　　　　　　　　　　　　20 000

（2）支付加工费用和税金。

消费税组成计税价格＝（20 000＋7 000）/（1－10%）＝30 000（元）
受托方代收代缴的消费税税额＝30 000×10%＝3 000（元）

① 红岩股份有限公司收回加工后的材料用于连续生产应税消费品时:

借：委托加工物资　　　　　　　　　　　　　7 000
　　应交税费——应缴增值税（进项税额）　　　1 190

        ——应缴消费税                3 000

    贷：银行存款                 11 190

② 红岩股份有限公司收回加工后的材料直接用于出售时：

  借：委托加工物资(7 000＋3 000)      10 000

    应交税费——应缴增值税(进项税额)    1 190

    贷：银行存款               11 190

（3）加工完成，收回委托加工材料。

① 红岩股份有限公司收回加工后的 B 材料用于连续生产应税消费品时：

  借：原材料——B 材料(20 000＋7 000)    27 000

    贷：委托加工物资            27 000

② 红岩股份有限公司业收回加工后的 B 产品直接用于出售时：

  借：库存商品——B 产品(20 000＋10 000)   30 000

    贷：委托加工物资            30 000

## 四、投资者投入的存货

### （一）投资者投入存货的成本

投资者投入存货的成本应当按照投资合同或协议约定的价值确定，但合同或协议约定价值不公允的除外。在投资合同或协议约定价值不公允的情况下，按照该项存货的公允价值作为其入账价值。

### （二）投资者投入存货的会计处理

投资者投入的原材料，按投资各方确认的价值，借记"原材料"等账户，按专用发票上注明的增值税额，借记"应交税费——应缴增值税(进项税额)"账户，按投资者所占有的注册资本份额或享有的股本额，贷记"实收资本"或"股本"账户，按其差额贷记"资本公积"账户。

【例 4-11】 2010 年 1 月 1 日，投资者 A、B、C 三方共同投资设立了甲有限责任公司（以下简称"甲公司"）。投资者 A 以其生产的产品作为投资(甲公司作为原材料管理和核算)，该批产品的公允价值为 5 000 000 元。甲公司取得的增值税专用发票上注明的不含税价款为 5 000 000 元，增值税额为 850 000 元。假定甲公司的注册资本总额为10 000 000 元，投资者 A 在甲公司享有的份额为 35％。甲公司为一般纳税人，适用的增值税税率为 17％。

  投资者 A 在甲公司享有的注册资本份额＝10 000 000×35％＝3 500 000(元)

  投资者 A 在甲公司投资的资本溢价＝5 000 000＋850 000－3 500 000＝2 350 000(元)

  甲公司的账务处理如下：

  借：原材料                5 000 000

    应交税费——应缴增值税(进项税额)    850 000

    贷：实收资本——A 股东       3 500 000

        资本公积——资本溢价     2 350 000

## 五、接受捐赠的存货

### （一）接受捐赠存货的成本

接受捐赠的存货，应当分别以下情况确定其入账成本：

（1）捐赠方提供了有关凭据（如发票、报关单、有关协议）的，按凭据上标明的金额加上应支付的相关税费，确认为实际成本。

（2）如果捐赠方没有提供有关凭据的，按以下顺序确定其实际成本：

① 同类或类似存货存在活跃市场的，按同类或类似存货的市场价格估计的金额，加上应支付的相关税费，作为实际成本。

② 同类或类似存货不存在活跃市场的，按该接受捐赠的存货的预计未来现金流量现值，作为实际成本。

### （二）接受捐赠存货成本的会计处理

企业接受捐赠的存货，按会计相关准则规定确定的实际成本，借记"原材料"等账户，一般纳税人如涉及可抵扣的增值税进项税额的，按可抵扣的增值税进项税额，借记"应交税费——应缴增值税（进项税额）"账户，接受捐赠材料按税法规定确定的入账价值，贷记"营业外收入——捐赠利得"账户，按实际支付或应付的相关税费，贷记"银行存款"、"应交税费"等账户。

【例 4-12】 红岩股份有限公司接受捐赠一批甲材料，捐赠方提供的普通发票上标明的价值为 300 000 元，红岩公司支付运杂费 3 000 元。

借：原材料——甲材料　　　　　　　　　　　　　303 000
　　贷：营业外收入——捐赠利得　　　　　　　　　　300 000
　　　　银行存款　　　　　　　　　　　　　　　　　3 000

# 六、以非货币性资产交换取得的存货

### （一）非货币性资产交换取得存货的成本

非货币性资产交换同时满足下列规定条件的，以换出或换入资产的公允价值和应支付的相关税费作为换入资产的成本，换出资产公允价值与换出资产账面价值的差额计入当期损益：

（1）该项交换具有商业实质；

（2）换入资产或换出资产的公允价值能够可靠地计量。

企业在按照公允价值和应支付的相关税费作为换入资产成本的情况下，发生补价的，应当分别以下列情况确定换入存货的成本：

支付补价的，应当以换出资产的公允价值加上支付的补价和应支付的相关税费减去可抵扣的增值税进项税额，作为换入存货的入账价值。

收到补价的，应当以换出资产的公允价值减去收到的补价，加上应支付的相关税费，再减去可抵扣的增值税进项税额,作为换入存货的入账价值。

未同时满足上述规定条件的非货币性资产交换取得的存货,应当以换出资产的账面价值和应支付的相关税费减去可抵扣的增值税进项税额作为换入存货的成本,不确认损益。

企业在按照以换出资产的账面价值为基础确定换入存货成本的情况下,发生补价的,应当分别下列情况确定换入存货的成本:

支付补价的,应当以换出资产的账面价值,加上支付的补价和应支付的相关税费,再减去可抵扣的增值税进项税额,作为换入资产的成本,不确认损益。

收到补价的,应当以换出资产的账面价值,减去收到的补价并加上应支付的相关税费,再减去可抵扣的增值税进项税额,作为换入资产的成本,不确认损益。

### (二)非货币性资产交换取得存货的会计处理

通过非货币性资产交换去的存货的会计处理与通过该方式取得固定资产或无形资产等的会计处理极其类似,所不同的是换入存货常涉及可抵扣增值税进项税额的会计处理,故此处不做进一步的分析举例,可参看有关章节的讲解。

## 七、通过债务重组取得的存货

### (一)通过债务重组取得存货的成本

通过债务重组取得的存货按其公允价值入账,重组债权的账面余额与受让的存货的公允价值之间的差额,计入当期损益。债权人已对债权计提坏账准备的,应当先将该差额冲减减值准备,减值准备不足以冲减的部分,计入当期损益。

### (二)通过债务重组取得存货的会计处理

通过债务重组方式取得存货的会计处理与通过债务重组方式取得的固定资产、无形资产等的会计处理很相似,故此处不予详述。可参看相关章节的讲述。

# 第三节　发出存货的计价

## 一、存货成本流转假设

存货是企业流动资产的重要组成部分,是为企业带来经济利益的重要经济资源,其流转速度直接影响流动资产的利用效果,从而影响企业经济效益。存货流转包括实物流转和成本流转两个方面。存货实物流转是指存货在实际生产经营过程中的流转。存货成本流转是指取得存货时的成本流入及发出存货时的成本流出。由于企业取得同一种存货具有不同时期性,在市场经济下不同时期商品的单价是不同的,所以同一种存货会有不同的取得成本,但他们均能满足销售或生产的需要。在存货被发出后,毋需逐一辨别哪一批实物被发出,哪一批实物留作库存,成本的流转顺序和实物的流转顺序可以分离,只需要按照不同的成本及流转顺序确定已发出存货的成本和库存存货的成本即可。这样就出现了存货成本流转的假设。

## 二、发出存货的计价方法

企业应当根据各类存货的实物流转方式、企业管理的要求、存货的性质等实际情况，合理地选择发出存货成本的计算方法，以合理确定当期发出存货的实际成本。

对于性质和用途相似的存货，应当采用相同的成本计算方法确定发出存货的成本。我国企业会计准则规定，企业在确定发出存货的成本时，可以采用先进先出法、月末一次加权平均法、移动加权平均法和个别计价法四种方法。企业不得采用后进先出法确定发出存货的成本。

### （一）先进先出法

先进先出法是以先购入的存货应先发出这样一种存货成本流动假设为前提，对发出存货和期末结存存货进行计价的方法。采用这种方法，先购入的存货成本在后购入存货成本之前转出，据此确定发出存货和期末存货的成本。

【例4-13】 红岩股份有限公司某年5月份甲材料的增减变动及结存情况为：月初结存甲材料150千克，单价为10元；5日购入甲材料100千克，单价为12元，11日领用甲材料200千克，16日购入甲材料200千克，单价为14千克，20日领用甲材料100千克，23日购入甲材料100千克，单价为15千克，27日领用甲材料100千克；31日月末结存甲材料150千克。采用先进先出法对本月发出甲材料和月末结存甲材料计价，逐笔登记收、发、结存的甲材料成本，甲材料明细账如表4-1所示。

**表4-1 材料明细账**

材料名称：甲材料 （先进先出法）

| 日期 | | 摘要 | 收 入 | | | 发 出 | | | 结 存 | | |
| 月 | 日 | | 数量（千克） | 单价（元） | 金额（元） | 数量（千克） | 单价（元） | 金额（元） | 数量（千克） | 单价（元） | 金额（元） |
|---|---|---|---|---|---|---|---|---|---|---|---|
| 5 | 1 | 期初结存 | | | | | | | 150 | 10 | 1 500 |
| | 5 | 购入 | 100 | 12 | 1 200 | | | | 150<br>100 | 10<br>12 | 1 500<br>1 200 |
| | 11 | 领用 | | | | 150<br>50 | 10<br>12 | 1 500<br>600 | 50 | 12 | 600 |
| | 16 | 购入 | 200 | 14 | 2 800 | | | | 50<br>200 | 12<br>14 | 600<br>2 800 |
| | 20 | 领用 | | | | 50<br>50 | 12<br>14 | 600<br>700 | 150 | 14 | 2 100 |
| | 23 | 购入 | 100 | 15 | 1 500 | | | | 150<br>100 | 14<br>15 | 2 100<br>1 500 |
| | 27 | 领用 | | | | 100 | 14 | 1 400 | 50<br>100 | 14<br>15 | 700<br>1 500 |
| | 31 | 本期合计 | 400 | — | 5 500 | 400 | — | 4 800 | 50<br>100 | 14<br>15 | 700<br>1 500 |

在永续盘存制下,采用先进先出法计价,本月发出材料成本和月末结存材料成本的计算过程如下:

发出材料成本＝(150×10＋50×12)＋(50×12＋50×14)＋100×14＝4 800(元)

期末结存材料成本＝150×10＋(100×12＋200×14＋100×15)－4 800

＝2 200(元)

先进先出法可以随时计算存货发出成本和结存存货成本,从而可以保证成本计算的及时性,但在永续盘存制下使用时较繁琐;如果存货收发业务较多,且存货单价不稳定时,其工作量较大。该方法在定期盘存制下也可以使用,且与在永续盘存制下使用的计价结果完全相同。在物价持续上升时,期末存货成本接近于市价,而发出成本偏低,会高估企业当期利润和库存存货价值;反之,会低估企业存货价值和当期利润。

### (二)月末一次加权平均法

月末一次加权平均法,是指以当月全部进货数量加上月初存货数量作为权数,去除当月全部进货成本加上月初存货成本,计算出存货的加权平均单位成本,以此为基础计算当月发出存货的成本和期末存货的成本的一种方法。

存货单位成本＝(月初存货实际成本＋本月进货实际成本)

÷(月初存货数量＋本月进货数量)

本月发出存货成本＝本月发出存货数量×存货单位成本

月末库存存货成本＝月末库存存货数量×存货单位成本

如果在计算存货加权平均单位成本时除不尽,就应该先用加权平均单位成本计算月末结存存货的成本,再计算本月发出存货的成本,将舍入误差计入发出成本之内。其计算公式为:

月末库存存货成本＝月末库存存货数量×存货单位成本

本月发出存货成本＝月初结存存货成本＋本月收进存货成本－月末结存存货成本

**【例4-14】** 红岩股份有限公司采用月末一次加权平均法对发出材料计价,登记甲材料收、发、结存的材料明细账如表4-2所示。

表4-2　材料明细账

材料名称:甲材料 　　　　　　　　　　　　(月末一次加权平均法)

| 日期 | | 摘要 | 收　入 | | | 发　出 | | | 结　存 | | |
|---|---|---|---|---|---|---|---|---|---|---|---|
| 月 | 日 | | 数量(千克) | 单价(元) | 金额(元) | 数量(千克) | 单价(元) | 金额(元) | 数量(千克) | 单价(元) | 金额(元) |
| 5 | 1 | 期初结存 | | | | | | | 150 | 10 | 1 500 |
| | 5 | 购入 | 100 | 12 | 1 200 | | | | | | |
| | 11 | 领用 | | | | 200 | | | | | |
| | 16 | 购入 | 200 | 14 | 2 800 | | | | | | |
| | 20 | 领用 | | | | 100 | | | | | |

| 日期 | | 摘要 | 收　入 | | | 发　出 | | | 结　存 | | |
|---|---|---|---|---|---|---|---|---|---|---|---|
| 月 | 日 | | 数量（千克） | 单价（元） | 金额（元） | 数量（千克） | 单价（元） | 金额（元） | 数量（千克） | 单价（元） | 金额（元） |
| | 23 | 购入 | 100 | 15 | 1 500 | | | | | | |
| | 27 | 领用 | | | | 100 | | | | | |
| | 30 | 本期合计 | 400 | — | 5 500 | 400 | — | 5 090.5 | 150 | 12.73 | 1 909.5 |

在定期盘存制下采用加权平均法计价的有关计算过程如下：

加权平均单位成本＝$(150×10+100×12+200×14+100×15)/(150+100+200+100)$

$\qquad\qquad\qquad =7\,000/550≈12.73$（元/千克）

月末库存甲材料的成本＝$150×12.73＝1\,909.5$（元）

本月发出甲材料的成本＝$7\,000－1\,909.5＝5\,090.5$（元）

采用加权平均法只在月末一次计算加权平均单价,比较简单,有利于简化成本计算工作,但由于平时无法从账上提供发出和结存存货的单价及金额,因此不利于存货成本的日常管理与控制。加权平均仅适用于在定期盘存制下采用。

### （三）移动加权平均法

移动加权平均法,是指以每次进货的成本加上原有库存存货的成本,除以每次进货数量与原有库存存货的数量之和,据以计算加权平均单位成本,作为在下次进货前计算发出存货成本的依据。

某次进货后存货平均单位成本＝（原有存货实际成本＋本次进货实际成本）

$\qquad\qquad\qquad\qquad ÷$（原有存货数量＋本次进货数量）

某次进货后发出存货成本＝某次进货后发货数量×某次进货后存货平均单位成本

月末库存存货成本＝月末库存存货数量×最后一次进货后存货平均单位成本

与采用月末一次加权法类似,在本月最后一次进货后所计算的加权平均单位成本除不尽时,应先用该单位成本计算月末结存存货的成本,在倒算最后一次发出存货的成本。

【例 4-15】　红岩股份有限公司采用移动加权平均法对发出材料计价,登记甲材料收、发、结存的材料明细账如表 4-3 所示。

表 4-3　材料明细账

材料名称：甲材料　　　　　　　　　　　　　　　　（移动加权平均法）

| 日期 | | 摘要 | 收　入 | | | 发　出 | | | 结　存 | | |
|---|---|---|---|---|---|---|---|---|---|---|---|
| 月 | 日 | | 数量（千克） | 单价（元） | 金额（元） | 数量（千克） | 单价（元） | 金额（元） | 数量（千克） | 单价（元） | 金额（元） |
| 5 | 1 | 期初结存 | | | | | | | 150 | 10 | 1 500 |
| | 5 | 购入 | 100 | 12 | 1 200 | | | | 250 | 10.8 | 2 700 |
| | 11 | 领用 | | | | 200 | 10.8 | 2 160 | 50 | 10.8 | 540 |

续表

| 日期 | | 摘要 | 收　入 | | | 发　出 | | | 结　存 | | |
|---|---|---|---|---|---|---|---|---|---|---|---|
| 月 | 日 | | 数量<br>(千克) | 单价<br>(元) | 金额<br>(元) | 数量<br>(千克) | 单价<br>(元) | 金额<br>(元) | 数量<br>(千克) | 单价<br>(元) | 金额<br>(元) |
| | 16 | 购入 | 200 | 14 | 2 800 | | | | 250 | 13.36 | 3 340 |
| | 20 | 领用 | | | | 100 | 13.36 | 1 336 . | 150 | 13.36 | 2 004 |
| | 23 | 购入 | 100 | 15 | 1 500 | | | | 250 | 14.016 | 3 504 |
| | 27 | 领用 | | | | 100 | 14.016 | 1 401.6 | 150 | 14.016 | 2 102.4 |
| | 30 | 本期<br>合计 | 400 | — | 5 500 | 400 | — | 4 897.6 | 150 | 14.016 | 2 102.4 |

采用移动加权平均法能够使企业管理当局及时了解存货的结存情况,计算的平均单位成本以及发出和结存的存货成本比较客观。但由于每次收货都要计算一次平均单价,计算工作量较大,对收发货较频繁的企业不适用。移动平均法因每收进一次存货几乎都要重新计算一次加权平均单位成本,以此对其后发出存货及结存存货计价,故它适用的盘存制度为永续盘存制。

### (四) 个别计价法

个别计价法,亦称个别认定法、具体辨认法、分批实际法,其特征是注重所发出存货具体项目的实物流转与成本流转之间的联系,逐一辨认各批发出存货和期末存货所属的购进批别或生产批别,分别按其购入或生产时所确定的单位成本计算各批发出存货和期末存货的成本。即把每一种存货的实际成本作为计算发出存货成本和期末存货成本的基础。

【例 4-16】 红岩股份有限公司采用个别计价法对发出材料计价。假定经过辨认得知,5 月 11 日领用的 200 千克甲材料中有 100 千克来自月初结存的,单价为 10 元,另 100 千克来自 5 月 5 日购入的,单价为 12 元;5 月 20 日领用的 100 千克来自 5 月 16 日购入的,单价为 14 元;5 月 27 日领用的 100 千克甲材料中有 50 千克来自月初结存的,单价为 10 元,另 50 千克来自 5 月 23 日购入的,单价为 15 元。月末结存的甲材料 150 千克中,有 100 千克来自 5 月 16 日购入的,单价为 14 元,另 50 千克则来自 5 月 23 日购入的,单价为 15 元。具体的计价结果和登记的材料明细账如表 4-4 所示。

表 4-4　材料明细账

材料名称:甲材料　　　　　　　　　　　(个别计价法)

| 日期 | | 摘要 | 收　入 | | | 发　出 | | | 结　存 | | |
|---|---|---|---|---|---|---|---|---|---|---|---|
| 月 | 日 | | 数量<br>(千克) | 单价<br>(元) | 金额<br>(元) | 数量<br>(千克) | 单价<br>(元) | 金额<br>(元) | 数量<br>(千克) | 单价<br>(元) | 金额<br>(元) |
| 5 | 1 | 期初<br>结存 | | | | | | | 150 | 10 | 1 500 |
| | 5 | 购入 | 100 | 12 | 1 200 | | | | 150<br>100 | 10<br>12 | 1 500<br>1 200 |

续表

| 日期 | | 摘要 | 收入 | | | 发出 | | | 结存 | | |
|---|---|---|---|---|---|---|---|---|---|---|---|
| 月 | 日 | | 数量（千克） | 单价（元） | 金额（元） | 数量（千克） | 单价（元） | 金额（元） | 数量（千克） | 单价（元） | 金额（元） |
| | 11 | 领用 | | | | 100 100 | 10 12 | 1 000 1 200 | 50 | 10 | 500 |
| | 16 | 购入 | 200 | 14 | 2 800 | | | | 50 200 | 10 14 | 500 2 800 |
| | 20 | 领用 | | | | 100 | 14 | 1 400 | 50 100 | 10 14 | 500 1 400 |
| | 23 | 购入 | 100 | 15 | 1 500 | | | | 50 100 100 | 10 14 15 | 500 1 400 1 500 |
| | 27 | 领用 | | | | 50 50 | 10 15 | 500 750 | 100 50 | 14 15 | 1 400 750 |
| | 30 | 本期合计 | 400 | — | 5 500 | 400 | — | 4 850 | 100 50 | 14 15 | 1 400 750 |

在永续盘存制下采用个别计价法对本月发出材料及月末结存材料计价的计算过程可表示为：

本月发出材料成本＝(100×10＋100×12)＋100×14＋(50×10＋50×15)＝4 850(元)

期末结存材料的成本＝150×10＋(100×12＋200×14＋100×15)－4 850＝2 150(元)

或＝100×14＋50×15＝2 150（元）

个别计价法下的存货成本流转与存货实物流转完全一致，使得计价结果很合理，且该计价方法在永续盘存制和定期盘存制下均可使用，计价结果也完全相同。但采用该方法对存货的日常管理要求很高，要能分清每次收进存货和每次发出存货所属的批次以及各批次的单价。对于那些可替代而单价又不同的存货，使用该方法计价可能造成人为的使发出存货成本偏高或偏低。因此，对于不能替代的存货或为特定项目专门购入或制造的存货，以及品种数量不多、单价较高或体积较大、容易辨认的存货，才可采用个别计价法确定发出存货的成本。在实际工作中，越来越多的企业采用计算机信息系统进行会计处理，个别计价法可以广泛应用于发出存货的计价，并且个别计价法确定的存货成本最为准确。

## 三、发出存货的会计核算

存货是为了满足企业生产经营的各种需要而储备的，其经济用途各异，消耗方式也各不相同。因此，企业应当根据各类存货的用途及特点，选择适当的会计处理方法，对发出的存货进行会计处理。

### （一）发出原材料的核算

企业可能因各种不同的目的而发出原材料，最常见的是生产经营领用原材料；其次是基建工程项目领用原材料或者将积压的、多余的原材料对外出售；再就是其他情形而发出原材料,比如,非货币性资产交换换出原材料、债务重组时用原材料抵偿债务、同一控制下的企业合并或非同一控制下的企业合并用原材料作为合并对价等。下面主要讲述生产经营领用原材料、基建工程领用原材料以及出售原材料的会计处理。

### 1. 生产经营领用原材料

原材料在生产经营过程中领用后,其原有实物形态会发生改变乃至消失,其成本也随之形成产品成本的一部分或直接转化为费用。根据原材料的消耗特点,企业应按发出原材料的用途,将其成本直接计入有关产品成本或当期费用。

对于生产经营过程中领用原材料,应根据领用部门和用途,将原材料的成本分别计入有关成本费用。领用原材料时,按其实际成本,借记"生产成本"、"制造费用"、"销售费用"、"管理费用"等账户,贷记"原材料"账户。

【例 4-17】 红岩股份有限公司本月领用原材料的实际成本为 490 000 元,其中,基本生产领用 350 000 元,辅助生产领用 90 000 元,车间一般耗用 30 000 元,管理部门领用 20 000 元。其会计处理如下:

```
借:生产成本——基本生产成本            350 000
        ——辅助生产成本               90 000
   制造费用                         30 000
   管理费用                         20 000
   贷:原材料                                490 000
```

### 2. 基建工程领用原材料

当基建工程项目领用企业购进入库的原材料时,按我国现行的增值税法规的有关规定,相应的增值税进项税额不予抵扣,应当随同原材料成本一并计入有关工程成本。领用原材料时,按实际成本加上不予抵扣的增值税进项税额,借记"在建工程"账户,按实际成本,贷记"原材料"账户,按不予抵扣的增值税进项税额,贷记"应交税费——应缴增值税(进项税额转出)"账户。

【例 4-18】 红岩股份有限公司自制一栋厂房,领用库存材料 6 000 元,不予抵扣的增值税税额为 1 020 元。其会计处理如下:

```
借:在建工程                          7 020
   贷:原材料                                6 000
      应交税费——应缴增值税(进项税额转出)       1 020
```

### 3. 出售原材料

企业可能因为原材料积压或多余,为避免不必要的资金占用或浪费而将这些原材料对外出售。当企业出售原材料时,取得的出售价款作为其他业务收入,并反映实现的增值税销项税,相应的原材料成本应计入其他业务成本。出售原材料时,按已收或应收的价税款合计数,借记"银行存款"、"应收账款"等账户,按实现的销售原材料收入,贷记"其他业务收入"账户,按增值税销项税额,贷记"应交税费——应缴增值税(销项税额)"账户。月末,按出售原材料的实际成本结转销售成本,借记"其他业务成本"账户,贷记"原材料"账户。若所出售的原材料原已计提跌价准备的,应一并予以转销。

【例 4-19】　红岩股份有限公司销售一批原材料售价 8 000 元,增值税销项税额 1 360 元,所有款项已收存银行。该批原材料实际成本 6 500 元,未计提跌价准备。

```
借:银行存款                              9 360
    贷:其他业务收入                           8 000
        应交税费——应缴增值税(销项税额)         1 360
借:其他业务成本                          6 500
    贷:原材料                                 6 500
```

### (二)周转材料的核算

周转材料是指企业能够多次使用,逐渐转移其价值但仍保持原有实物形态基本不变,又不确认为固定资产的材料,如包装物和低值易耗品等。

**1. 包装物**

包装物是指为了包装本企业商品而储备的各种包装容器,如桶、箱、瓶、坛、袋等。包装物按其用途不同分类,可分为下列四个类型:

(1)生产过程中用于包装产品作为产品组成部分的包装物;

(2)随同商品出售而不单独计价的包装物;

(3)随同商品出售而单独计价的包装物;

(4)出租或出借给购买单位使用的包装物。

为了反映和监督包装物的增减变化及其价值损耗、结存等情况,企业应当设置"包装物"账户进行核算。

1)生产领用包装物的核算

生产过程中领用的包装物,用于包装产品,成为产品组成部分,其价值应计入"生产成本"账户,构成产品制造成本的一部分。

【例 4-20】　红岩股份有限公司的基本生产车间为包装一种产品,领用包装物一批,实际成本为 1 000 元。应作如下会计分录:

```
借:生产成本                              1 000
    贷:包装物                                 1 000
```

2)随同产品出售包装物的核算

随同产品出售包装物,有的不单独计价,有的单独计价,其核算方法不尽相同。

(1)随同产品出售,不单独计价的包装物核算。

企业在销售过程中领用,并随同产品出售,而不单独计价的包装物,应作为企业销售费用的一部分,计入期间费用,借记"销售费用"账户,贷记"包装物"账户。

【例 4-21】　红岩股份有限公司在销售过程中领用一批不单独计价的包装物,来包装产品,该包装物的实际成本为 500 元。应作如下会计分录:

```
借:销售费用                              500
    贷:周转材料——包装物                       500
```

(2)随同产品出售,单独计价的包装物的核算。

企业在销售过程中领用,并随同产品出售,而又单独计价的包装物,应作为对外销售处理,结转出售包装物的成本时,借记"其他业务成本"账户,贷记"包装物"账户。

**【例 4-22】** 红岩股份有限公司为销售甲产品,在销售过程中领用一批单独计价的包装物,其实际成本为 800 元,应作如下会计分录:

借:其他业务成本 800
  贷:包装物 800

3)出租、出借包装物的核算

企业对于可以长期周转使用的包装物,在销售商品的过程中,为了方便客户,可将包装物以出租或出借的方式交由客户使用,一般要求客户用完后归还企业。为督促使用单位按期归还,不论采用什么方式提供给购货单位使用的包装物,都要收取押金。对出租的包装物除收取押金外,还要向租用单位收取租金。

出租、出借包装物可长期周转使用,其多次发出、收回周转使用过程中,其实物形态虽无大的变化,但其价值却会有所损耗,故对其损耗的价值,应采用适当的方法进行摊销。根据我国企业会计准则——存货准则的有关规定,企业应当采用一次转销法和五五摊销法对出租或出借包装物进行摊销,计入当期损益。

(1)一次转销法。

指包装物在出租、出借过程中,一经领用就摊销其全部价值。包装物在出租、出借过程中,有一些包装物价值比较低或易于破损,如玻璃瓶、陶瓷缸等,一旦破损,其价值就一次性全部消失。为简化核算工作,可采用一次摊销法。

**【例 4-23】** 红岩股份有限公司从仓库发出新包装物 10 个,实际单位成本为 50 元,共计 500 元,出租给甲厂,收取押金 702 元存入银行,合同约定,应收出租包装物租金 468 元在租期 3 个月满后收回包装物时从押金中扣收,若到期甲厂未能退还包装物,则将所收押金没收。因该批包装物价值不高,红岩公司对其采用一次摊销法进行摊销。有关的会计处理如下:

(1)出租包装物收取押金时:

借:银行存款 702
  贷:其他应付款——甲厂 702

(2)采用一次摊销法摊销包装物成本时:

借:其他业务成本——包装物出租 500
  贷:包装物 500

(3)假定到期时甲厂退还包装物,扣收租金并退还剩余押金:

借:其他应付款——甲厂 702
  贷:其他业务收入 400
    应交税费——应缴增值税(销项税额) 68
    银行存款 234

或假定到期时甲厂未能退还包装物而没收其押金:

借:其他应付款——甲厂 702
  贷:其他业务收入 600
    应交税费——应缴增值税(销项税额) 102

（2）五五摊销法。

五五摊销法也称两次摊销法,是指包装物在首次出租或出借时先摊销其账面价值的一半,在报废时再摊销其账面价值的另一半。即出租或出借包装物的成本分两次各按50%进行摊销。五五摊销法通常既适用于价值较低、使用期限较短的出租或出借包装物,也适用于每期领用数量和报废数量大致相等的出租或出借包装物的成本摊销。

对出租或出借包装物采用五五摊销法,应在"包装物"账户下设置"库存未用"、"库存已用"、"摊销"、"出租"、"出借"明细账户。发出新包装物出租时,按其成本,借记"包装物——出租"账户,贷记"包装物——库存未用"账户;第一次摊销出租包装物的成本的一半时,借记"其他业务成本"账户,贷记"包装物——摊销"账户;收回出租的包装物入库时,按其成本,借记"包装物——库存已用"账户,贷记"包装物——出租"账户;当出租的包装物收回需要维修后才可入库继续用于出租,用现金等支付修理费时,借记"其他业务成本"账户,贷记"库存现金"账户;当收回出租的包装物予以报废时,按回收的残料价值,借记"原材料"账户,按出租包装物另一半成本扣除残料价值后的差额进行第二次摊销,借记"其他业务成本"账户,注销第一次的摊销额,借记"包装物——摊销"账户,同时注销出租包装物的成本,贷记"包装物——出租"账户;若租借人未能退回包装物而将其报废时,应按其另一半成本,借记"其他业务成本"账户,并注销第一次的摊销额,借记"包装物——摊销"账户,同时注销出租包装的成本,贷记"包装物——出租";至于每次出租包装物时收取押金、收取租金、退回包装物时退还押金或逾期未退回包装物而没收押金等业务的会计处理与出租包装采用一次摊销法摊销的有关会计处理完全一致,故不详述。

出借包装物采用五五摊销法核算的有关会计处理与出租包装物的会计处理有很多相同之处,不同之处在于:（1）账户使用存在差别,应将"包装物——出租"换成"包装物——出借",出借包装物的两次成本摊销应计入"销售费用"账户,出借包装物发生的修理费也应计入"销售费用"账户;（2）出借包装物不存在租金收入的核算业务。

【例 4-24】 红岩股份有限公司 2011 年 3 月 1 日从仓库发出 200 件新包装物出租给甲公司,每件实际成本为 20 元,共计 4 000 元,约定租期 1 个月,已收租金 1 170 元,并已收取押金 4 500 元(每件收取 22.5 元)。有关账务处理如下:

（1）出租包装物时:

借:包装物——出租 　　　　　　　　　　　　　　4 000

　　贷:包装物——库存未用 　　　　　　　　　　　　4 000

（2）出租包装物收取租金和押金。

借:银行存款 　　　　　　　　　　　　　　　　　5 670

　　贷:其他业务收入——包装物出租 　　　　　　　　1 000

　　　　应交税费——应缴增值税(销项税额) 　　　　　170

　　　　其他应付款——存入保证金 　　　　　　　　　4 500

（3）摊销包装物的一半成本。

借:其他业务成本 　　　　　　　　　　　　　　　2 000

　　贷:包装物——摊销 　　　　　　　　　　　　　　2 000

【例 4-25】 接【例 4-24】的资料。甲公司于 2011 年 3 月 31 日退回 180 件包装物,经检修后入库,用库存现金支付检修费100元;剩余20件未退回,按双方事前约定,应予没收未退回包装物的押金。红岩公司应作账务处理如下:

(1) 退回包装物发生检修费用。

借:其他业务成本    100

    贷:库存现金    100

(2) 将退回的包装物检修后入库。

借:包装物——库存已用(180×20)    3 600

    贷:包装物——出租    3 600

(3) 没收未退包装物的押金并退还已退包装物的押金。

借:其他应付款——存入保证金    4 500

    贷:其他业务收入——包装物出租    384.62

        应交税费——应缴增值税(销项税额)    65.38

        银行存款    4 050

(4) 将未退包装物作报废处理。

① 摊销未退包装物的另一半成本。

借:其他业务成本    200

    贷:包装物——摊销    200

② 注销出租未退包装物。

借:包装物——摊销    400

    贷:包装物——出租    400

以上报废的会计处理也可仅作一笔分录如下:

借:其他业务成本    200

    包装物——摊销    200

    贷:包装物——出租    400

需要说明的是,会计准则指南的附录中将企业的包装物和低值易耗品纳入"周转材料"账户内核算,对周转材料采用五五摊销法时,在"周转材料"账户下设置"在库"、"在用"及"摊销"三个明细账户。这种设账方法是借用了2001年的企业会计制度对低值易耗品采用五五摊销法时的设账方法。这样设置账户既不能反映包装物用于出租或出借的事实,也不能反映库存的包装物究竟是新包装物还是已经出租或出借后收回入库的旧包装物。为了克服这些问题,本教材就借鉴原企业会计制度的有关做法,单设"包装物"账户,对出租或出借包装物的成本用五五摊销法时,就在"包装物"总账下设置"库存未用"、"库存已用"、"摊销"、"出租"、"出借"明细账。类似地,对低值易耗品的核算也单设"低值易耗品"账户,采用五五摊销法时,在该账户下设置"在库"、"在用"和"摊销"明细账户。

**2. 低值易耗品**

低值易耗品是指不能作为固定资产核算的各种用具物品,如工具、管理用具、玻璃器皿,以及在经营过程中周转使用的包装容器等。它与固定资产一样,也属于劳动资料,但其单位价值较低,或使用期限较短、容易损坏。鉴于这些特点,低值易耗品通常被视同存货,作为流动资产进行核算和管理,一般划分为一般工具、专用工具、替换设备、管理用具、劳动保护用品、其他用具等。

为了反映和监督低值易耗品的增减变化及其结存情况,企业应当设置"低值易耗品"账户,借方登记低值易耗品的增加,贷方登记低值易耗品的减少,期末余额在借方,通常反映企业期末结存低值易耗品的金额。

低值易耗品的摊销方法有一次转销法和五五摊销法。

(1)一次转销法。

【例4-26】 红岩股份有限公司的基本生产车间领用一般工具一批,实际成本为200元,采用一次转销法。其账务处理如下:

借:制造费用　　　　　　　　　　　　　　　　200

　　贷:低值易耗品　　　　　　　　　　　　　　　　200

(2)五五摊销法。

采用五五摊销法的低值易耗品,领用时按其账面价值,借记"低值易耗品——在用"账户,贷记"低值易耗品——在库"账户;摊销时应按摊销额,借记"管理费用"、"制造费用"等账户,贷记"低值易耗品——摊销"账户。报废时,按回收的残料价值,借记"原材料"账户,贷记"低值易耗品——在用"账户;按其另一半成本扣除残料价值后的差额,借记"管理费用"、"制造费用"等账户,贷记"低值易耗品——摊销"账户;转销全部已提摊销额,借记"低值易耗品——摊销"账户,贷记"低值易耗品——在用"账户。

【例4-27】 红岩股份有限公司对领用的低值易耗品采用五五摊销法进行摊销,本月基本生产车间领用生产工具一批,实际成本为4 000元。本月报废以前月份领用的生产工具一批,实际成本为1 000元,报废工具的残值为50元。其账务处理如下:

(1)本月领用生产工具时

借:低值易耗品——在用　　　　　　　　　　　4 000

　　贷:低值易耗品——在库　　　　　　　　　　　　　4 000

(2)领用当月底,应摊销其成本的一半

借:制造费用　　　　　　　　　　　　　　　　2 000

　　贷:低值易耗品——摊销　　　　　　　　　　　　　2 000

(3)本月报废以前月份领用的生产工具

① 收到报废时的残料入库

借:原材料　　　　　　　　　　　　　　　　　50

　　贷:低值易耗品——在用　　　　　　　　　　　　　　50

② 第二次摊销

借:制造费用　　　　　　　　　　　　　　　　450

　　贷:低值易耗品——摊销　　　　　　　　　　　　　　450

③ 注销在用低值易耗品的实际成本和摊销额:

借:低值易耗品——摊销　　　　　　　　　　　1 000

　　贷:低值易耗品——在用　　　　　　　　　　　　　1 000

以上报废的会计处理也可作如下的会计分录:

借:原材料　　　　　　　　　　　　　　　　　50

| | | |
|---|---|---|
| 制造费用 | | 450 |
| 低值易耗品——摊销 | | 500 |
| 贷：低值易耗品——在用 | | 1 000 |

### （三）发出库存商品的核算

库存商品包括库存产成品、外购商品、存放在门市部准备出售的商品、发出展览的商品以及寄存在外的商品等。

为了核算企业各种库存商品的收入、发出与结存情况，应设置"库存商品"账户，下设库存商品明细账户，该账户属于资产类账户，其借方发出额，反映验收入库各种库存商品的实际成本；贷方发出额，反映出库各种库存商品的实际成本；借方余额表示库存各种商品的实际成本。

为了汇总反映全月销售发出的库存商品的实际成本，便于进行库存商品发出的总分类核算，企业还应根据各种库存商品出库单计算出库数量和各该库存商品明细账所列发出库存商品的实际单位成本，编制"库存商品发出汇总表"作为编制会计凭证的依据。"库存商品发出汇总表"的一般格式见表 4-5 所示。

**表 4-5　库存商品发出汇总表**

2010 年 7 月

| 产品名称 | 规　　格 | 计量单位 | 数　量 | 单位成本（元） | 总成本（元） |
|---|---|---|---|---|---|
| A 商品 | | 台 | 8 | 2 015 | 16 120 |
| B 商品 | | 件 | 75 | 507 | 38 025 |
| 合计 | | | | | 54 145 |

根据上表，编制如下会计分录：

| | | |
|---|---|---|
| 借：主营业务成本 | | 54 145 |
| 贷：库存商品——A 商品 | | 16 120 |
| ——B 商品 | | 38 025 |

# 第四节　计划成本法与存货估价法

## 一、材料的计划成本计价法

### （一）计划成本的概念及核算程序

材料采用计划成本核算，是指材料的日常收发及结存，无论总分类核算还是明细分类核算，均按照计划单位成本进行计价的方法。其特点是：收发凭证按材料的计划成本计价，材料的总分类账和明细分类账均按计划成本登记，材料的实际成本与计划成本的差异，通过"材料成本差异"账户核算。月份终了，通过分配材料成本差异，将发出材料的计划成本调整为实际成本。入库材料采用的计划成本应当尽可能接近实际成本，除特殊情况外,计划成本在年度内不得随意变更。

采用计划成本进行材料存货日常核算的企业,其基本的核算程序如下:

(1) 企业应先制定各种材料的计划成本目录,规定材料的分类、各种材料的名称、规格、编号、计量单位和计划单位成本。

(2) 平时收到材料时,应按计划单位成本计算出收入材料的计划成本填入收料单内,并按实际成本与计划成本的差额,作为"材料成本差异"分类登记。

(3) 平时领用、发出的材料,都按计划成本计算,月份终了再将本月发出材料应负担的成本差异进行分摊,随同本月发出材料的计划成本记入有关账户,将发出材料的计划成本调整为实际成本。发出材料应负担的成本差异应当按月分摊,不得在季末或年末一次计算。

此处的材料是指广义材料,包括制造业企业的原材料、包装物、低值易耗品,也可包括建筑施工企业的周转材料等。

### (二) 账户设置

材料存货采用计划成本核算时,材料存货的收发及结存,无论总分类核算还是明细分类核算,均按照计划成本计价。使用的会计账户有"材料采购"、"原材料"、"材料成本差异"等。材料实际成本与计划成本的差异,通过"材料成本差异"账户核算。月末,计算本月发出材料应负担的成本差异并进行分摊,根据领用材料的用途计入相关资产的成本或者当期损益,从而将发出材料的计划成本调整为实际成本。

"材料采购"账户,本账户借方登记采购材料的实际成本,贷方登记入库材料的计划成本。借方大于贷方表示超支,从本账户贷方转入"材料成本差异"账户的借方;贷方大于借方表示节约,从本账户借方转入"材料成本差异"账户的贷方;期末为借方余额,反映企业在途材料的采购成本。

"原材料"账户,本账户用于核算库存各种原材料的收发与结存情况。在材料采用计划成本核算时,本账户的借方登记入库原材料的计划成本,贷方登记发出原材料的计划成本,期末余额在借方,反映企业库存原材料的计划成本。

"材料成本差异"账户,本账户反映企业已入库各种材料的实际成本与计划成本的差异,借方登记入库材料所产生的超支差异及发出材料应负担的节约差异,贷方登记入库材料所产生的节约差异及发出材料应负担的超支差异。期末如为借方余额,反映企业库存材料的实际成本大于计划成本的差异(即超支差异);如为贷方余额,反映企业库存材料实际成本小于计划成本的差异(即节约差异)。

### (三) 购入原材料的核算

企业购进原材料时,按确定的实际采购成本,借记"材料采购"账户,按增值税专用发票上注明的增值税税额,借记"应交税费——应缴增值税(进项税额)"账户,按已支付或应支付的金额,贷记"银行存款"、"应付票据"、"应付账款"等账户;已购进的原材料验收入库时,按计划成本,借记"原材料"账户,贷记"材料采购"账户。已购进并已验收入库的原材料,采用月末集中结转法结转所产生的材料成本差异时,按实际成本大于计划成本的超支差额,借记"材料成本差异"账户,贷记"材料采购"账户;按实际成本小于计划成本的节约差额,借记"材料采购"账户,贷记"材料成本差异"账户。对于外购入库原材料次数不多的企业,也可采用逐步结转法结转外购入库原材料产生的成本差异,即在同一笔分录中既反映入库原材料计划成本的增加,又反映所产生的成本差异。月末,对已验收入库但尚未收到发票账单的原材料,按计划成本暂估入账,借记"原材料"账户,贷记"应付账款——暂估应付账款"账户,下月初再做相反会计分录予以冲回,以便下月收到发票账单并结算时,按正常的程序进行会计处理。

【例 4-28】 红岩股份有限公司 2011 年 4 月,发生下列材料采购业务,对产生的材料成本差异采用逐笔结转法予以结转:

(1) 4 月 5 日,购入一批原材料,增值税专用发票上注明的价款为 100 000 元,增值税税额为 17 000 元。货款已通过银行转账支付,材料也已验收入库。该批原材料的计划成本为 105 000 元。

| | |
|---|---|
| 借:材料采购 | 100 000 |
| 应交税费——应缴增值税(进项税额) | 17 000 |
| 贷:银行存款 | 117 000 |
| 借:原材料 | 105 000 |
| 贷:材料采购 | 100 000 |
| 材料成本差异——原材料 | 5 000 |

(2) 4 月 10 日,购入一批原材料,增值税专用发票上注明的价款为 160 000 元,增值税税额为 27 200 元。货款已通过银行转账支付,材料尚在运输途中。

| | |
|---|---|
| 借:材料采购 | 160 000 |
| 应交税费——应缴增值税(进项税额) | 27 200 |
| 贷:银行存款 | 187 200 |

(3) 4 月 16 日,购入一批原材料,材料已经运达企业并已验收入库,但发票等结算凭证尚未收到,货款尚未支付。暂不作会计处理。

(4) 4 月 18 日,收到 4 月 10 日购进的原材料并验收入库。该批原材料的计划成本为 150 000 元。

| | |
|---|---|
| 借:原材料 | 150 000 |
| 材料成本差异——原材料 | 10 000 |
| 贷:材料采购 | 160 000 |

(5) 4 月 22 日,收到 4 月 16 日已入库原材料的发票等结算凭证,增值税专用发票上注明的材料价款为 250 000 元,增值税税额为 42 500 元,开出一张由本公司承兑的商业汇票结算。该批原材料的计划成本为 243 000 元。

| | |
|---|---|
| 借:材料采购 | 250 000 |
| 应交税费——应缴增值税(进项税额) | 42 000 |
| 贷:应付票据 | 292 500 |
| 借:原材料 | 243 000 |
| 材料成本差异——原材料 | 7 000 |

贷：材料采购　　　　　　　　　　　　　　　　　　250 000

（6）4月25日，购入一批原材料，增值税专用发票上注明的价款为200 000元，增值税税额为34 000元，货款已通过银行转账支付，材料尚在运输送中。

借：材料采购　　　　　　　　　　　　　　　　　200 000
　　应交税费——应缴增值税（进项税额）　　　　 34 000
　　贷：银行存款　　　　　　　　　　　　　　　　234 000

（7）4月27日，购入一批原材料，材料已经运达企业并已验收入库，但发票等结算凭证尚未收到，货款尚未支付。4月30日，该批材料的结算凭证仍未到达，企业按该批材料的计划成本80 000元估价入账。

借：原材料　　　　　　　　　　　　　　　　　　 80 000
　　贷：应付账款——暂估应付账款　　　　　　　　 80 000

下月初，做相反会计分录予以冲回。

借：应付账款——暂估应付账款　　　　　　　　　 80 000
　　贷：原材料　　　　　　　　　　　　　　　　　 80 000

待下月收到发票等有关结算凭证并支付货款时，按正常程序记账。

### （四）发出原材料的核算

采用计划成本法对原材料进行日常核算，月末，对发出的原材料先按计划成本计价，即按发出原材料的计划成本，借记"生产成本"、"制造费用"、"管理费用"等有关成本费用账户，贷记"原材料"账户；再将期初结存原材料的成本差异和本月取得原材料形成的成本差异，在本月发出原材料和期末结存原材料之间进行分摊，将本月发出原材料和期末结存原材料的计划成本调整为实际成本。计划成本、成本差异与实际成本之间的关系如下：

$$实际成本＝计划成本＋超支差异$$
$$或＝计划成本－节约差异$$

月末，企业应按材料成本差异率将材料成本差异总额在发出材料和期末库存材料之间分摊。材料成本差异率包括本月材料成本差异率和上月材料成本差异率两种，计算公式如下：

$$本月材料成本差异率＝\frac{月初结存材料的成本差异额±本月收入材料的成本差异额}{月初结存材料的计划成本＋本月收入材料的计划成本}×100\%$$

$$上月材料成本差异率＝\frac{月初结存材料的成本差异}{月初结存材料的计划成本}×100\%$$

企业应当区分原材料、包装物、低值易耗品等，按照类别或品种对材料成本差异进行明细核算，并计算相应的成本差异率，不能使用一个综合差异率。企业在计算发出原材料应负担的成本差异时，除委托外部加工发出原材料可按上月差异率计算外，一般应使用当月差异率计算。如果上月的成本差异率与本月成本差异率相差不大，也可按上月的成本差异率计算，成本差异率的计算方法一经确定，不得随意变更。如果确需变更，应在会计报表附注中予以说明。

本月发出原材料应负担的成本差异及实际成本和月末结存存货应负担的成本差异及

实际成本,可按如下公式计算:

本月发出原材料应负担的差异额＝发出原材料的计划成本×材料成本差异率

本月发出原材料的实际成本＝发出原材料的计划成本±发出原材料应负担的差异额

月末结存原材料应负担的差异额＝结存原材料的计划成本×材料成本差异率

月末结存原材料的实际成本＝结存原材料的计划成本±结存原材料应负担的差异额

企业在分摊发出原材料应负担的成本差异时,按各成本费用项目应负担的超支差异金额,借记"生产成本"、"制造费用"、"管理费用"等有关成本费用账户,贷记"材料成本差异"账户。分配结转发出原材料的节约差异时,借记"材料成本差异"账户,贷记"生产成本"、"制造费用"、"管理费用"等有关成本费用账户。

本月发出原材料应负担的成本差异从"材料成本差异"账户转出之后,该账户的余额为月末结存原材料应负担的成本差异。在编制资产负债表时,月末结存原材料应负担的成本差异应作为存货的调整内容,将结存原材料的计划成本调整为实际成本列示。

企业对包装物、低值易耗品采用计划成本计价法进行日常核算时,比照原材料核算进行。

【例 4-29】 红岩股份有限公司 2011 年 4 月 1 日,结存原材料的计划成本为 52 000 元,"材料成本差异——原材料"账户的贷方余额为 1 000 元。4 月份的材料采购业务如 【例 4-28】中资料,经汇总,本月已经付款或已开出、承兑商业汇票并已验收入库的原材料计划成本为 498 000 元,实际成本为 510 000 元,材料成本差异为超支的 12 000 元。4 月份领用原材料的计划成本为 504 000 元,其中,基本生产领用 350 000 元,辅助生产领用 110 000 元,车间一般耗用 16 000 元,管理部门领用 8 000 元,出售 20 000 元。月末,对本月发出原材料的有关账务处理如下:

(1) 发出原材料按计划成本结转。

| | | |
|---|---|---|
| 借:生产成本——基本生产成本 | 350 000 | |
| ——辅助生产成本 | 110 000 | |
| 制造费用 | 16 000 | |
| 管理费用 | 8 000 | |
| 其他业务成本 | 20 000 | |
| 贷:原材料 | | 504 000 |

(2) 计算本月材料成本差异率及发出原材料应分配转出的成本差异。

$$本月材料成本差异率＝\frac{-1\,000＋12\,000}{52\,000＋498\,000}×100\%＝2\%$$

基本生产成本应负担的超支差异＝350 000×2%＝7 000(元)

辅助生产成本应负担的超支差异＝110 000×2%＝2 200(元)

制造费用应负担的超支差异＝16 000×2%＝320(元)

管理费用应负担的超支差异＝ 8 000×2%＝160(元)

其他业务成本应负担的超支差异＝20 000×2%＝400(元)

编制发出原材料应分配转出的超支差异的会计分录如下:

借:生产成本——基本生产成本　　　　　7 000

| | |
|---|---|
| ——辅助生产成本 | 2 200 |
| 制造费用 | 320 |
| 管理费用 | 160 |
| 其他业务成本 | 400 |
| 　贷：材料成本差异——原材料 | 10 080 |

月末,计算结存原材料实际成本,据以编制资产负债表:

"原材料"账户期末余额＝(52 000＋498 000＋80 000)－504 000＝126 000(元)

"原材料"账户的期末余额中包括已入库但结算凭证尚未到达,月末按计划成本估价入账的原材料 80 000 元。

"材料成本差异"账户期末借方余额＝(－1 000＋12 000)－10 080＝920(元)

结存原材料实际成本＝126 000＋920＝126 920(元)

月末编制资产负债表时,存货项目中的原材料存货,应当按上列结存原材料实际成本 126 920 元列示。

### (五) 委托加工存货的核算

企业委托外部加工的存货,在发出材料物资时,应按上月材料成本差异率将发出材料物资的计划成本调整为实际成本,并通过"委托加工物资"账户核算委托加工存货的实际成本;收回委托加工的存货时,实际成本与计划成本的差额直接记入"材料成本差异"账户。

**【例 4-30】** 红岩股份有限公司委托乙公司加工一批包装物。发出原材料计划成本为 25 000,上月材料成本差异率为 2％;支付加工费 15 000 元,支付增值税 2 550 元;该批加工后的包装物的计划成本为 42 000 元。其有关账务处理如下:

(1) 发出原材料,委托长虹公司加工包装物。

| | |
|---|---|
| 借：委托加工物资 | 25 500 |
| 　贷：原材料 | 25 000 |
| 　　　材料成本差异——原材料 | 500 |

(2) 支付加工费和税金。

| | |
|---|---|
| 借：委托加工物资 | 15 000 |
| 　　应交税费(应缴增值税——进项税额) | 2 550 |
| 　贷：银行存款 | 17 550 |

(3) 收回委托加工的包装物,验收入库。

加工后的包装物实际成本＝25 500＋15 000＝40 500(元)

| | |
|---|---|
| 借：周转材料 | 42 000 |
| 　贷：委托加工物资 | 40 500 |
| 　　　材料成本差异——包装物 | 1 500 |

### (六) 材料存货按计划成本核算的优点

(1) 可以简化材料存货的日常核算手续。在计划成本法下,同一种材料存货只有一个单位计划成本,因此,材料存货明细账平时可以只登记收、发、存数量,而不必登记收、发、存金额。需要了解某项材料存货的收、发、存金额时,以该项材料存货的单位计划成本乘以相应的数量即可求得,避免了繁琐的在实际成本计价法下的发出存货计价方法的选择和应用,简化了材料存货的日常核算手续。

(2) 有利于考核采购部门的工作业绩。计划成本法的显著特点是可以通过实际成本与计划成本的比较,得出实际成本脱离计划成本的差异,并通过对差异的分析,寻求实际成本脱离计划成本的原因,据以考核采购部门的工作业绩,促使采购部门不断降低采购成本。

鉴于上述优点,计划成本法在我国的制造企业中应用得比较广泛。

## 二、存货的估价方法

商品流通企业的商品存货通常采用毛利率法和售价金额核算法等方法进行核算。

### (一) 毛利率法

毛利率法是指根据本期销售净额乘以上期实际(或本期计划)毛利率匡算本期销售毛利,并据以计算发出商品存货和期末商品存货成本的一种方法。

计算公式为:

毛利率=销售毛利/销售净额×100%

销售净额=主营业务收入-销售折让与退回

估计的销售毛利=销售净额×毛利率

估计的销售成本=销售净额-销售毛利

估计的期末库存商品成本=期初库存商品成本+本期购进商品成本-本期销售成本

这一方法是商品批发企业常用的估算本期主营业务成本和期末库存商品成本的方法。商品流通企业由于经营商品的品种繁多,如果分品种计算商品成本,工作量较为繁重,而且,一般来讲,商品流通企业同类商品的毛利率大致相同,采用这种存货估价方法既能减轻工作量,也能满足对存货管理的需要。

【例 4-31】 红岩股份有限公司的一家商场 2011 年 7 月 1 日甲类商品库存 150 000元,本月购进 80 000 元,本月销售收入 130 000 元,发生的销售折让为 6 500 元,上季度该类商品的平均毛利率为 20%。采用毛利率法估算本月已销商品和库存商品成本计算如下:

本月销售净额=130 000-6 500=123 500(元)

销售毛利=123 500 ×20%=24 700(元)

本月销售成本=123 500-24 700=98 800(元)

库存商品成本=150 000+80 000-98 800=131 200(元)

需要说明的是,由于采用毛利率法是按商品存货大类来计算的,其结果往往不够准确。为此,一般应在每季季末用前述其他一些方法进行调整,就是说每季最后一个月不能用此方法。

### （二）售价金额核算法

商品零售企业采用这一方法时，平时商品的购进、储存、销售均按售价记账，售价与进价的差额通过"商品进销差价"账户反映，期末通过计算进销差价率的办法计算本期已销商品应分摊的进销差价，据以调整本期销售成本。有关计算公式如下：

$$进销差价率 = \frac{期初库存商品进销差价 + 本期购入商品进销差价}{期初库存商品售价 + 本期购入商品售价} \times 100\%$$

本期已销商品应分摊的进销差价 = 本期商品销售收入 × 进销差价率

本期销售商品的实际成本 = 本期主营业务收入 − 本期已销商品应分摊的进销差价

期末结存商品的成本 = 期初库存商品的进价成本 + 本期购入商品的进价成本
　　　　　　　　　 − 本期销售商品的成本

【例 4-32】 红岩股份有限公司的零售商店对库存商品采用售价金额法进行核算。2011 年 3 月初某商品进价成本为 200 000 元，售价总额为 260 000 元，本期购进该商品的进价成本为 100 000 元，售价总额为 140 000 元，本期销售收入为 185 000 元。月末，有关计算如下：

进销差价率 =（60 000 + 40 000）/（260 000 + 140 000）× 100% = 25%

已销商品应分摊的进销差价 = 185 000 × 25% = 46 250（元）

本期销售商品的实际成本 = 185 000 − 46 250 = 138 750（元）

企业的商品进销差价率各期之间比较均衡，也可以采用上期商品进销差价率计算分摊本期的商品进销差价。年度终了，应对商品进销差价进行核实调整。

对于从事商业零售业务的企业（如百货公司、超市等），由于经营的商品种类、品种、规格等繁多，而且要求按商品零售价格标价，采用其他成本计算结转方法均较困难，因此广泛采用这一方法。

# 第五节　存货的期末计价

按我国企业会计准则的存货准则的规定，在资产负债表日，存货应当按成本与可变现净值孰低法计量，即在资产负债表日，当存货成本低于可变现净值时，存货按成本计量；当存货成本高于可变现净值时，存货按可变现净值计量，同时按照成本高于可变现净值的差额计提存货跌价准备，计入当期损益。

## 一、成本与可变现净值孰低法的含义

成本与可变现净值孰低法，是指对期末存货按照成本与可变现净值两者中较低者计价的方法。即当成本低于可变现净值时，存货按成本计价；当可变现净值低于成本时，存货按可变现净值计价。成本与可变现净值孰低法的理论基础主要是使存货符合资产的定义。当存货的可变现净值下跌至成本以下时，表明该存货给企业带来的未来经济利益低于其账面价值，因而应将这部分损失从资产价值中扣除，计入当期损益。否则，当存货的可变现净值低于其成本时,如果仍然以其历史成本计量,就会出现虚夸资产的现象。

该方法中的成本,是指存货的历史成本,即按前面所介绍的以历史成本为基础的存货计价方法(如先进先出法等)计算的期末存货价值。

该方法中的可变现净值,是指在日常活动中,存货的估计售价减去至完工时估计将要发生的进一步加工成本、估计的销售费用以及相关税费后的金额。

可变现净值是指未来净现金流入,而不是指存货的售价或合同价。企业销售存货预计取得的现金流入,并不完全构成存货的可变现净值。由于存货在销售过程中可能发生相关税费和销售费用,以及为达到预定可销售状态还可能发生进一步的加工成本,这些相关税费、销售费用和加工成本支出,均构成存货销售产生现金流入的抵减项目,只有在扣除这些现金流出后,才能确定存货的可变现净值。

## 二、存货可变现净值的确定

根据存货的账面记录,可以很容易地获得存货的成本资料,因此,运用成本与可变现净值孰低法对期末存货进行计价的关键,是合理确定存货的可变现净值。

### (一)确定存货可变现净值应考虑的主要因素

**1. 在确定存货的可变现净值时,应以取得的可靠证据为基础**

这里所讲的"可靠证据",是指对确定存货的可变现净值有直接影响的确凿证明,如产品的市场销售价格、与企业产品相同或类似商品的市场销售价格、供货方提供的有关资料、销售方提供的有关资料、生产成本资料等。

**2. 在确定存货的可变现净值时,应考虑持有存货的目的**

根据存货的定义,企业持有存货有两个基本目的,即持有以备出售和持有以备耗用。持有存货的目的不同,可变现净值的确定方法也不尽相同。

(1)持有以备出售的产成品或商品,以及直接用于出售的原材料等存货,可变现净值按照在正常生产经营过程中,以存货的估计售价减去估计的销售费用和相关税费后的金额确定。

(2)仍然处在生产过程中的在产品,以及准备在生产过程或提供劳务过程中耗用的材料、物料等存货,可变现净值按照在正常生产经营过程中,以存货的估计售价减去至完工估计将要发生的加工成本、估计的销售费用以及相关税费后的金额确定。

**3. 在确定存货的可变现净值时还应考虑资产负债表日后事项的影响**

企业在确定资产负债表日存货的可变现净值时,不仅要考虑资产负债表日与该项存货相关的价格与成本波动,而且还应考虑未来的相关事项。例如,2010 年 12 月 31 日,某种商品的市场售价为 80 000 元。但根据可靠资料,该种商品的关税将从 2011 年起大幅度降低,受此影响,该商品的市场售价将会下跌,预计到 2011 年第一季度末,市场售价很可能会跌至 70 000 元以下。企业在编制 2010 年 12 月 31 日的资产负债表时,有必要考虑这一未来的价格下跌因而对该商品可变现净值的影响。

## （二）估计售价的确定

在确定存货的可变现净值时，应合理确定估计售价、至完工将要发生的成本、估计的销售费用和相关税费。其中，存货估计售价的确定对于计算存货可变现净值至关重要。

企业在确定存货的估计售价时，应当以资产负债表日为基准。但是，如果当月存货价格变动较大，则应当以当月该存货平均销售价格或资产负债表日最近几次销售价格的平均数，作为确定估计售价的基础。此外，企业还应当按照以下原则确定存货的估计售价：

（1）为执行销售合同或者劳务合同而持有的存货，通常应当以产成品或商品的合同价格作为其可变现净值的计量基础。

（2）如果企业持有存货的数量多于销售合同订购数量，超出部分的存货可变现净值应当以产成品或商品的一般销售价格作为计量基础。

（3）没有销售合同或者劳务合同约定的存货，其可变现净值应当以产成品或商品一般销售价格或原材料的市场价格作为计量基础。

## （三）材料存货的期末计量

企业持有的材料主要用于生产产品，但有时也会直接对外出售。会计期末，在运用成本与可变现净值孰低法对材料存货进行计量时，需要考虑材料的不同用途。

（1）对用于出售而持有的材料，应直接比较材料的成本和根据材料估计售价确定的可变现净值。

（2）对用于生产而持有的材料（包括原材料、在产品、委托加工材料等），应当将材料的期末计量与所生产的产成品的期末价值减损情况联系起来，按如下原则处理：

① 如果用该材料生产的产成品的可变现净值预计高于生产成本，则该材料应当按照成本计量。例如，企业持有的用于生产 A 产品的甲材料账面成本为 500 000 元，市场购买价格已跌至 460 000 元；由于甲材料市场价格下降，用甲材料生产的 A 产品的售价也发生了相应的下降，由原来的 1 050 000 元降为 980 000 元；将甲材料加工成 A 产品，估计尚需投入人工及制造费用 400 000 元，估计销售费用及税金为 60 000 元。根据上述资料可知，A 产品的生产成本为 900 000（500 000＋400 000）元，可变现净值为 920 000（980 000－60 000）元。在本例中，虽然甲材料的市场价格低于账面成本，但由于用其生产的 A 产品的可变现净值高于 A 产品的生产成本，表明用甲材料生产的最终产品此时并没有发生价值减损，因此，甲材料仍应按其成本 500 000 元列示在期末资产负债表的存货项目之中，不计提存货跌价准备。

② 如果材料价格的下降表明产成品的可变现净值低于生产成本，则该材料应当按可变现净值计量。例如，企业持有的用于生产 B 产品的乙材料账面成本为 250 000 元，市场购买价格已跌至 220 000 元，由于乙材料市场价格下降，用乙材料生产的 B 产品的售价也发生了相应的下降，由原来的 650 000 元降为 590 000 元；将乙材料加工成 B 产品，尚需投入人工及制造费用 350 000 元，估计销售费用及税金为 30 000 元。根据上述资料可知，B 产品的生产成本为 600 000（250 000＋350 000）元，可变现净值为 560 000（590 000－30 000）元。在本例中，由于 B 产品的可变现净值低于 B 产品的生产成本，因此，乙材料应

按其可变现净值计量,即在期末资产负债表的存货项目之中应按 210 000(590 000－350 000－30 000)元列示乙材料的价值。

## 三、存货跌价准备的计提及账务处理

企业应当定期对存货进行全面检查,如果由于存货毁损、全部或部分陈旧过时或销售价格低于成本等原因,使存货可变现净值低于其成本,应按可变现净值低于成本的部分,计提存货跌价准备。

### (一) 存货减值的判断依据

企业在对存货进行定期检查时,如果存在下列情况之一,应当考虑计提存货跌价准备:

(1) 该存货的市价持续下跌,并且在可预见的未来无回升的希望。

(2) 企业使用该原材料生产的产品成本高于产品的销售价格。

(3) 企业因产品更新换代,原有库存原材料已不适应新产品生产的需要,而该原材料的市价又低于其账面成本。

(4) 因企业提供的商品或劳务过时或消费者偏好改变而使市场的需求发生变化,导致其市价逐渐下跌。

(5) 其他足以证明该存货实质上已经发生减值的情形。

### (二) 存货跌价准备的计提与转回

在一般情况下,存货跌价准备应当按照单个存货项目计提,即应当将每一存货项目的成本与可变现净值逐一进行比较,取其低者计量存货,并按可变现净值低于成本的差额计提存货跌价准备。但在某些情况下,比如,与具有类似目的或最终用途并在同一地区生产和销售的产品系列相关,且难以将其与该产品系列的其他项目区别开来进行估价的存货,可以合并计提存货跌价准备。此外,对于数量繁多、单价较低的存货,也可以按存货类别计提存货跌价准备。

在具体计提存货跌价准备时,首先应按本期存货可变现净值低于成本的金额,确定本期存货的减值金额,然后将本期存货的减值金额与"存货跌价准备"账户的余额进行比较,按下列公式计算确定本期应计提的存货跌价准备金额:

某期应计提的存货跌价准备＝当期可变现净值低于成本的差额
－"存货跌价准备"账户原有贷方余额

根据上述公式,如果本期存货减值的金额与"存货跌价准备"账户的原有贷方余额相等,则本期末不需要计提存货跌价准备;如果本期存货减值的金额大于"存货跌价准备"账户的原有贷方余额,应按二者之差补提存货跌价准备,借记"资产减值损失——计提的存货跌价准备"账户,贷记"存货跌价准备"账户;如果本期存货减值的金额小于"存货跌价准备"账户的原有贷方余额,表明以前引起存货减值的影响因素已经部分消失,存货的价值得以部分恢复,企业应当相应地部分恢复存货的账面价值,既而按二者的差额冲减已计提的存货跌价准备,借记"存货跌价准备"账户,贷记"资产减值损失——计提的存货跌价准备"账户;如果本期末存货的可变现净值不低于其成本,表明以前引起存货减值的影响因素已经完全消失,存货的价值得以全部恢复,企业应将存货的账面价值恢复至账面成本,即将已计提的存货跌价准备全部转回,借记"存货跌价准备"账户,贷记"资产减值损失——计提的存货跌价准备"账户。

【例 4-33】 红岩股份有限公司从 2010 年开始,在半年末和年末对存货按成本与可变现净值孰低法计价。有关 A 商品期末计价的资料及相应的账务处理如下:

(1) 2010 年 6 月 30 日,A 商品的账面成本为 80 000 元,可变现净值为 70 000 元。

借:资产减值损失——计提的存货跌价准备　　　　　　　　10 000

　　贷:存货跌价准备——A 商品　　　　　　　　　　　　　　　10 000

(2) 2010 年 12 月 31 日,A 商品尚未售出,可变现净值已跌至 58 000 元。

A 商品的减值金额＝80 000－58 000＝22 000(元)

应计提的跌价准备＝22 000－10 000＝12 000(元)

借:资产减值损失——计提的存货跌价准备　　　　　　　　12 000

　　贷:存货跌价准备——A 商品　　　　　　　　　　　　　　　12 000

(3) 2011 年 6 月 30 日,A 商品仍未售出,可变现净值回升至 65 000 元。

A 商品的减值金额＝80 000－65 000＝15 000(元)

应计提的跌价准备＝15 000－22 000＝－7 000(元)

借:存货跌价准备——A 商品　　　　　　　　　　　　　　　7 000

　　贷:资产减值损失——计提的存货跌价准备　　　　　　　　7 000

假定 2009 年 6 月 30 日,A 商品的可变现净值升至 81 000 元,高于 A 商品的成本,则应将 A 商品的账面价值恢复至账面成本,即将已计提的存货跌价准备在原已计提的金额内转回。

已计提的存货跌价准备＝10 000＋12 000＝22 000(元)

借:存货跌价准备　　　　　　　　　　　　　　　　　　　22 000

　　贷:资产减值损失——计提的存货跌价准备　　　　　　　　22 000

(4) 2011 年 8 月 15 日,将 A 商品按 69 000 元(不包括增值税)售出,收到价税款存入银行。

借:银行存款　　　　　　　　　　　　　　　　　　　　　80 730

　　贷:主营业务收入　　　　　　　　　　　　　　　　　　　69 000

　　　　应交税费(应缴增值税——销项税额)　　　　　　　　11 730

借:主营业务成本　　　　　　　　　　　　　　　　　　　65 000

　　存货跌价准备　　　　　　　　　　　　　　　　　　　15 000

　　贷:库存商品——A 商品　　　　　　　　　　　　　　　　80 000

当存货存在以下一项或若干项情况时,应将存货账面价值(存货成本减去该存货计提的存货跌价准备后的余额)全部转入当期损益:

(1) 已霉烂变质的存货;

(2) 已过期且无转让价值的存货;

(3) 生产中已不再需要,并且已无使用价值和转让价值的存货;

（4）其他足以证明已无使用价值和转让价值的存货。

【例 4-34】 红岩股份有限公司的库存 A 商品已过保质期,不可再使用或销售。A 商品账面成本 20 000 元,已计提存货跌价准备 12 000 元。

借：资产减值损失                                      8 000

　　存货跌价准备                                     12 000

　　贷：库存商品——A 商品                                20 000

# 第六节　存货的清查

## 一、存货清查的意义与方法

存货是企业资产的重要组成部分,且处于不断销售或耗用以及重置之中,具有较强的流动性。为了加强对存货的控制,保证存货的安全完整,企业应当定期或不定期对存货的实物进行盘点和抽查,并与账面记录进行核对,确保存货账实相符。企业至少应当在编制年度财务会计报告之前,对存货进行一次全面的清查盘点。

存货的清查主要采用实地盘点法。在每次进行清查盘点前,应将已经收发的存货全部登记入账,并准备盘点清册,抄列各种存货的编号、名称、规格和存放地点。盘点时,应在盘点清册上逐一登记各种存货的账面结存数量和实有数量,并进行核对。对于账实不符的存货,应查明原因,分清责任,并根据清查结果先填制“存货盘存单”,再编制“账存实存对比表”,作为存货清查的原始凭证。

在进行存货清查盘点时,如果发现存货盘盈或盘亏,应于期末前查明原因,并根据企业的管理权限,报经股东大会或董事会,或经理(厂长)会议或类似机构批准后,在期末结账前处理完毕。

## 二、存货盘盈与盘亏的核算

为了反映企业在财产清查中查明的各种存货的盘盈、盘亏和毁损情况,企业应当设置“待处理财产损溢”账户,借方登记存货的盘亏、毁损金额及盘盈的转销金额,贷方登记存货的盘盈金额及盘亏的转销金额。企业清查的各种存货损溢,应在期末结账前处理完毕,期末处理后,本账户应余额。

### （一）存货盘盈的核算

企业发生存货盘盈时,借记“原材料”、“库存商品”等账户,贷记“待处理财产损溢——待处理流动资产损溢”账户;在按管理权限报经批准后,一般冲减管理费用,即借记“待处理财产损溢”账户,贷记“管理费用”账户。

【例 4-35】 红岩股份有限公司进行存货清查时,发现甲材料盘盈 100 千克,计划单位成本为 19.5 元,计 1 950 元。经查该项盘盈是由于收发计量错误造成的,报经批准予以处理。其有关账务处理如下：

(1) 发现甲材料盘盈时：

借：原材料——甲材料　　　　　　　　　　　　　　　1 950

　　贷：待处理财产损溢——待处理流动资产损溢　　　　　　1 950

(2) 报经批准处理时：

借：待处理财产损溢——待处理流动资产损溢　　　　　　1 950

　　贷：管理费用　　　　　　　　　　　　　　　　　　　1 950

### （二）存货盘亏和毁损的核算

企业发生存货盘亏及毁损时，借记"待处理财产损溢——待处理流动资产损溢"账户，贷记"原材料"、"库存商品"等账户。若按增值税法规的规定，盘亏、毁损存货涉及有关的进项税不能抵扣的，则还应将相应的进项税作转出处理。在按管理权限报经批准后应做如下会计处理：对于入库的残料价值，计入"原材料"等账户；对于应由保险公司或过失人赔偿的款项，记入"其他应收款"账户；扣除残料价值和应由保险公司、过失人赔款后的净损失，属于一般经营损失的部分，记入"管理费用"账户，属于非常损失的部分，记入"营业外支出"账户。

【例 4-36】　红岩股份有限公司进行存货清查时，发现材料短缺 5 000 千克，其计划单位成本为 3.6 元，计 18 000 元，材料成本差异率为 2%。应作如下会计分录：

借：待处理财产损溢——待处理流动资产损溢　　　　　　18 360

　　贷：原材料　　　　　　　　　　　　　　　　　　　18 000

　　　　材料成本差异——原材料　　　　　　　　　　　　　360

经查，该项短缺分别有多种原因造成，经批准，分别进行转销。

(1) 材料短缺中属于责任过失人造成 2 000 元损失，应由其予以赔偿。应作如下会计分录：

借：其他应收款——过失人　　　　　　　　　　　　　2 000

　　贷：待处理财产损溢——待处理流动资产损溢　　　　　2 000

(2) 材料短缺中，属于定额内合理耗损部分，价值 325 元，应计入费用，应作如下会计分录：

借：管理费用　　　　　　　　　　　　　　　　　　　325

　　贷：待处理财产损溢——待处理流动资产损溢　　　　　325

(3) 材料短缺中，属于非常损失部分，价值 16 035 元，其中收回残料 100 元，保险公司给予赔款 15 900 元，剩余 35 元经批准转为营业外损失。应作如下会计分录：

借：原材料　　　　　　　　　　　　　　　　　　　100

　　其他应收款——保险公司　　　　　　　　　　　　15 900

　　营业外支出　　　　　　　　　　　　　　　　　　35

　　贷：待处理财产损溢——待处理流动资产损溢　　　　16 035

## 三、存货的报表列报

企业应在期末编制的资产负债表中的流动资产部分列示"存货"项目。该项目应根据

"材料采购"、"在途物资"、"原材料"、"包装物"、"低值易耗品"、"生产成本"、"库存商品"、"委托加工物资"、"发出商品"、"委托代销商品"、"受托代销商品"等账户的期末借方余额之和,加上(或减去)"材料成本差异"账户的期末借方(或贷方)余额,减去"受托代销商品款"及"存货跌价准备"账户的期末贷方余额后的金额填列。

企业应当在附注中披露与存货有关的下列信息:

(1) 各类存货的期初和期末账面价值。

(2) 确定发出存货成本所采用的方法。

(3) 存货可变现净值的确定依据、存货跌价准备的计提方法、当期计提的存货跌价准备的金额、当期转回的存货跌价准备的金额以及计提和转回的有关情况。

(4) 用于债务担保的存货账面价值

# 复习思考题

1. 简述存货的概念及特征。

2. 如何对存货进行分类? 各种分类有何意义?

3. 存货确认应当满足哪些条件?

4. 企业外购存货的采购成本包括那几方面的内容?

5. 委托加工存货的实际成本包括哪些内容?

6. 通过非货币性资产交换换入的存货如何确定其入账价值?

7. 受赠存货的入账价值如何确定?

8. 实际成本计价法下发出存货的计价方法有哪些? 各自适用于何种盘存制度?

9. 对原材料的日常核算采用计划成本计价,需要设置哪些账户? 其结构是怎样的?

10. 何谓计划成本计价法? 它有哪些优点?

11. 商品存货的估价方法主要有哪些? 各自适用于哪类商业企业?

12. 企业生产经营领用原材料如何进行账务处理?

13. 何谓包装物? 包装物包括的类型有哪些?

14. 对出租、出借包装物的五五摊销法是何含义? 如何进行账户设置?

15. 对出租包装物和出借包装物的会计核算有何异同点?

16. 对企业领用的低值易耗品进行摊销时有哪些方法? 各自如何做账务处理?

17. 何谓存货的可变现净值? 确定可变现净值需要考虑哪些因素?

18. 如何对原材料存货进行期末计价?

19. 如何确定每期末应计提的存货跌价准备金额?

20. 企业对盘盈、盘亏的存货应如何进行处理?

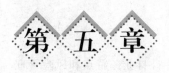

# 第　五　章

# 金融资产

【内容提要与学习要求】

本章是难点章之一。本章讲述了金融资产的概念及分类,交易性金融资产的含义及核算内容,持有至到期投资的含义及核算内容,可供出售金融资产的含义及核算内容,金融资产减值的计提与转回,金融资产的列报。其中,第二类和第四类金融资产核算的有关内容以及它们的减值计提是难点。学习中应熟悉和掌握交易性金融资产的核算内容与方法,理解各类金融资产的初始计量和期末计量的异同,了解第二类和第四类金融资产的核算程序以及重分类和减值计提,金融资产的列报方法。

## 第一节　金融资产概述

### 一、金融资产的内容

金融是现代经济的核心,金融市场的健康和可持续发展离不开金融工具的广泛运用和不断创新。近年来,我国的金融工具交易,尤其是衍生金融工具交易有了较快发展。金融工具是指形成一个企业的金融资产,并形成其他单位的金融负债或权益工具的合同。金融工具包括金融资产、金融负债和权益工具。

金融资产通常指企业的库存现金、银行存款、应收账款、应收票据、贷款、股权投资、债权投资等资产。金融负债通常指企业的短期借款、应付账款、应付票据、长期借款、应付债券等负债。权益工具是指能够证明拥有某个企业在扣除所有负债后的资产中的剩余权益的合同。从发行方看,权益工具通常指企业发行的普通股、认股权证等。金融工具一般具有货币性、流通性、风险性、收益性等特征。

在属于金融资产内容的项目中,库存现金、银行存款等已在本书第二章"货币资金"中作了专门介绍;企业在结算过程中形成的应收账款、应收票据等债权性金融资产也在本书第三章"应收及预付款项"中作了较全面的介绍;作为投资方的企业对子公司、合营企业、联营企业的股权投资以及在活跃市场上没有报价且其公允价值不能可靠计量的股权投资,将在本书第六章"长期股权投资"中予以介绍。因此,本章所涉及的金融资产并非企业的全部金融资产,主要指由《企业会计准则第 22 号——金融工具的确认与计量》所规范的四类金融资产,但其中的第三类金融资产——贷款及应收款项中的应收款项又单独在本书第三章讲述。

## 二、金融资产的分类

对金融资产的分类是其确认和计量的基础。企业应当结合自身业务特点和风险管理要求,将取得的金融资产在初始确认时分为以下几类:(1)以公允价值计量且其变动计入当期损益的金融资产;(2)持有至到期投资;(3)贷款和应收款项;(4)可供出售金融资产。

### (一)以公允价值计量且其变动计入当期损益的金融资产

以公允价值计量且其变动计入当期损益的金融资产可以进一步分为交易性金融资产和直接指定为以公允价值计量且其变动计入当期损益的金融资产。同时,某项金融资产划分为以公允价值计量且其变动计入当期损益的金融资产后,不能再重分类为其他类别的金融资产;其他类别的金融资产也不能再重分类为以公允价值计量且其变动计入当期损益的金融资产。即第一类金融资产不存在重分类的问题。

**1. 交易性金融资产**

金融资产满足下列条件之一的,应当划分为交易性金融资产:

(1)取得该金融资产的目的,主要是为了近期内出售。比如,企业以赚取差价为目的从二级市场购入的股票、债券、基金等。这是交易性金融资产的常见内容。

(2)属于进行集中管理的可辨认金融工具组合的一部分,且有客观证据表明企业近期采用短期获利方式对该组合进行管理。比如,企业基于其投资策略和风险管理的需要,将某些金融资产进行组合从事短期获利活动,对于组合中的金融资产,应采用公允价值计量,并将其相关公允价值变动计入当期损益。在这种情况下,即使组合中有某个组成项目持有的时间稍长也不受影响。其中,"金融工具组合"指金融资产组合或金融负债组合。

(3)属于衍生工具。衍生工具被划分为交易性金融资产或金融负债。比如,国债期货、期货合同、股指期货等,其公允价值变动大于零时,应将其相关变动金融确认为交易性金融资产,同时计入当期损益。但是,被企业指定为有效套期关系中的套期工具的衍生工具,属于财务担保合同的衍生工具,与在活跃市场中没有报价且其公允价值不能可靠计量的权益工具投资挂钩并须通过交付该权益工具结算的衍生工具等除外。其中,财务担保合同是指保证人和债权人约定,当债务人不履行债务时,保证人按照约定履行债务或者承担责任的合同。

**2. 直接指定以公允价值计量且其变动计入当期损益的金融资产**

企业将某项金融资产直接指定为以公允价值计量且其变动计入当期损益的金融资产,通常是指该金融资产不满足确认为交易性金融资产的条件,企业仍可在符合某些特定条件时将其按公允价值计量,并将其公允价值变动计入当期损益。通常情况下,只有符合下列条件之一的金融资产,企业才可以在初始确认时直接指定为以公允价值计量且其变动计入当期损益的金融资产。

(1)该指定可以消除或明显减少由于该金融资产的计量基础不同所导致的相关利得或者损失在确认或者计量方面不一致的情况。

设立该条件的目的在于通过直接指定为以公允价值计量,并将其变动计入当期损益,以消除会计上可能存在的不配比现象。例如,企业将某项金融资产划分为可供出售金融资产,从而期末按公允价值计量且其变动计入所有者权益,而将与之相关的金融负债却划分为以摊余成本进行后续计量的金融负债,从而导致会计上的不配比现象。但是,如果将这些金融资产和金融负债均直接指定为以公允价值计量且其变动直接计入当期损益的金融资产和金融负债,那么这种会计不配比就能够被消除。

（2）企业风险管理或投资策略的正式文件已载明,该金融资产组合、该金融负债组合或该金融资产和金融负债组合,以公允价值为基础进行管理、评价并向关键管理人员报告。

此项条件着重企业日常管理和业绩评价方式,而不是关注金融工具组合中各部分的性质。例如,某企业集团对所辖范围内全资子公司或分公司的风险敞口进行集中管理以总体控制财务风险,该企业集团采用金融资产和金融负债组合方式进行管理,每日均以公允价值对该组合进行评价以及时调整组合,来应对相关财务风险。该企业集团管理层对该组合的管理也以公允价值为基础。在这种情况下,该企业集团可以直接指定组合中的金融资产和金融负债为以公允价值计量且其变动计入当期损益的金融资产和金融负债。

### （二）持有至到期投资

持有至到期投资,是指到期日固定、回收金额固定或可确定,且企业有明确意图和能力持有至到期的非衍生金融资产。通常情况下,能够划分为持有至到期投资的金融资产,主要是债权性投资,例如企业从二级市场上购入的固定利率国债、浮动利率金融债券等。企业的股权投资因没有固定的到期日,因而不能划分为持有至到期投资。持有至到期投资通常具有长期性质,但期限较短（1年以内）的债券投资,符合持有至到期投资条件的,也可将其划分为持有至到期投资。

企业在将金融资产划分为持有至到期投资时,应注意把握持有至到期投资的下列特征:

**1. 该金融资产到期日固定、回收金额固定或可确定**

到期日固定、回收金额固定或可确定,是指相关合同明确了投资者在确定的期间内获得或应收取现金流量（如债券投资利息和本金等）的金额和时间。因此,从投资者角度看,如果不考虑其他条件,在将某项投资划分为持有至到期投资时可以不考虑可能存在的发行方重大支付风险。

**2. 企业有明确意图将该金融资产持有至到期**

有明确意图持有至到期,是指投资者在取得投资时意图是明确的,除非遇到一些企业所不能控制、预期不会重复发生且难以合理预计的独立事件,否则将持有至到期。

存在下列情况之一的,表明企业没有明确意图将金融资产投资持有至到期:

（1）持有该金融资产的期限不确定。

（2）发生市场利率变化、流动性需要变化、替代投资机会及其投资收益率变化、融资来源和条件变化、外汇风险变化等情况时,将出售该金融资产。但是,无法控制、预期不会重复发生且难以合理预计的独立事项引起的金融资产出售除外。

（3）该金融资产的发行方可以按照明显低于其摊余成本的金额清偿。

（4）其他表明企业没有明确意图将该金融资产持有至到期的情况。

据此,对于发行方可以赎回的债务工具,如果发行方行使赎回权,投资者仍可收回其几乎所有初始净投资(含支付的溢价和交易费用),那么投资企业可以将此类投资划分为持有至到期投资。但是,对于投资方有权要求发行方赎回的债务工具投资,投资企业不能将其划分为持有至到期投资。

**3. 企业有能力将该金融持有至到期**

企业有能力持有至到期,是指企业有足够的财务资源,并不受外部因素影响将持有至到期。

存在下列情况之一的,表明企业没有能力将具有固定期限的金融资产投资持有至到期:

(1) 没有可利用的财务资源持续地为该金融资产投资提供资金支持,以使该金融资产投资持有至到期。

(2) 受法律、行政法规的限制,使企业难以将该金融资产投资持有至到期。

(3) 其他表明企业没有能力将具有固定期限的金融资产投资持有至到期。

企业应当于每个资产负债表日对持有至到期投资的意图和能力进行评价。当其持有意图或持有能力发生变化的,应当将其重分类为可供出售金融资产进行处理。

企业将某项金融资产划分为持有至到期投资后,可能会发生到期前将该金融资产予以处置或重分类的情况。这种情况的发生,通常表明企业违背了将该金融资产投资持有至到期的最初意图。如果处置或重分类为其他类金融资产的持有至到期投资相对于该类投资(即企业全部持有至到期投资)在出售或重分类前的总额较大时,则企业在处置或重分类后应立即将剩余的持有至到期投资(即全部持有至到期投资扣除已处置或重分类的部分)重分类为可供出售金融资产,且在本会计年度及以后两个完整的会计年度内不得再将该金融资产划分为持有至到期投资。但是,遇到下列情况可以除外:

(1) 出售日或重分类日距离该项投资到期日或赎回日较近(如到期前三个月内),且市场利率变化对该项投资的公允价值没有显著影响。

(2) 根据合同约定的偿付方式,企业已收回几乎所有初始本金。

(3) 出售或者重分类是由于企业无法控制、预期不会重复发生且难以合理预计的独立事件所引起的。此种情况主要包括:

① 因被投资单位信用状况严重恶化,将持有至到期投资予以出售;

② 因相关税收法规取消了持有至到期投资的利息税前可抵扣政策或显著减少了税前可抵扣金额,将持有至到期投资予以出售;

③ 因发生重大企业合并或重大处置,为保持现行利率风险头寸或维持现行信用风险政策,将持有至到期投资予以出售;

④ 因法律、行政法规对允许投资的范围或特定投资品种的投资限额作出重大调整,将持有至到期投资予以出售;

⑤ 因监管部门要求大幅度提高资产流动性或大幅度提高持有至到期投资在计算资本充足率时的风险权重,将持有至到期投资予以出售。

### （三）贷款和应收款项

贷款和应收款项，是指在活跃市场中没有报价、回收金额固定或可确定的非衍生金融资产。

贷款和应收款项泛指一类金融资产，主要是金融企业发放的贷款和其他债权，但不限于金融企业发放的贷款和其他债权。非金融企业持有的库存现金和银行存款、销售商品或提供劳务形成的应收款项、企业持有其他企业的债权（不包括在活跃市场上有报价的债务工具）等，只要符合贷款和应收款项的定义，可以划分为这一类。划分为贷款和应收款项类的金融资产，与划分为持有至到期投资的金融资产，其主要差别在于前者不是在活跃市场上有报价的金融资产，并且不像持有至到期投资那样在出售或重分类方面受到较多限制。

事实上，作为第 22 号准则所规范的第三类金融资产，即贷款和应收款项，从其所包括的具体资产内容可知，它并不属于企业对外投资而形成的投资类资产，而其他三类金融资产则均属于企业对外投资而形成的投资类资产。由于形成资产的原因以及组成资产的内容方面，第三类金融资产与其他三类金融资产都存在明显的不同，因此也就自然不存在第三类金融资产的重分类问题。也就是说，不存在第三类金融资产重分类为第二类或第四类金融资产的问题，相应地也不存在第二类或第四类金融资产重分类为第三类金融资产的问题。至于第一类金融资产，正如前面所讲的，它与其他类金融资产之间本就不存在重分类的问题，自然地，第三类金融资产与第一类金融资产之间也就不存在重分类问题。另外，企业的库存现金、银行存款等货币资金归属于金融资产，也可被称为现金资产，当然也属于货币性资产，但其应为独立的一类金融资产，而不应该归属于由第 22 号准则所划分的第三类金融资产之中，因为它既不属于银行的贷款或其他债权，也不属于非金融企业在销售商品或提供劳务过程中形成的应收款项。还有就是由第 22 号准则所规范的长期股权投资虽然也属于金融资产，但是它也应该为一个独立类别，与第 22 号准则所划分的四类金融资产也不存在任何关联。特此予以说明。有关具体会计准则是无法或不便于做此区分的。

### （四）可供出售金融资产

可供出售金融资产，是指初始确认时即被指定为可供出售的非衍生金融资产，以及除下列各类资产以外的金融资产：(1)贷款和应收款项；(2)持有至到期投资；(3)以公允价值计量且其变动计入当期损益的金融资产。即可供出售金融资产通常是指企业没有划分为以公允价值计量且其变动计入当期损益的金融资产、持有至到期投资、贷款和应收款项的金融资产。例如，企业购入的在活跃市场上有报价的股票、债券、基金等，没有划分为以公允价值计量且其变动计入当期损益的金融资产或持有至到期投资的，可归为可供出售金融资产。相对于交易性金融资产和持有至到期投资而言，可供出售金融资产的持有意图是不明确的。

企业持有上市公司限售股权且对上市公司不具有控制、共同控制或重大影响的，应当按金融工具确认和计量准则规定，将该限售股权划分为可供出售金融资产，除非满足该准则规定条件划分为以公允价值计量且变动计入当期损益的金融资产。

对金融资产的分类应是企业管理层意图的如实表达,某项金融资产具体应划分为哪一类,主要取决于企业管理层的风险管理、投资策略等因素。金融资产的分类与金融资产的确认与计量密切相关,不同类别的金融资产,其初始计量和后续计量的基础也不完全相同。因此,金融资产的分类一经确定,就不应随意变更。若确实需要重分类的,就必须满足准则所规定的关于金融资产重分类的相关条件。

## 第二节  交易性金融资产

企业对交易性金融资产的核算主要包括取得交易性金融资产时的初始计量、在持有交易性金融资产期间投资收益的确认、交易性金融资产期末计量以及处置交易性金融资产四个方面的内容。

### 一、交易性金融资产的初始计量

企业取得的交易性金融资产在初始确认时应以公允价值计量,相关交易费用应当直接计入当期损益。其中,交易费用是指可直接归属于购买、发行或处置金融工具新增的外部费用。所谓新增的外部费用,是指企业不购买、发行或处置金融工具就不会发生的费用。交易费用包括支付给代理机构、咨询公司、券商等的手续费和佣金及其他必要支出,但不包括债券溢价、折价、融资费用、内部管理成本及其他与交易不直接相关的费用。

企业取得交易性金融资产所支付的价款中,如果包含已宣告但尚未发放的现金股利或已到付息期但尚未领取的债券利息的,应当单独确认为应收项目,不计入交易性金融资产的初始确认金额。

企业应设置“交易性金融资产”账户核算为交易目的而持有的股票投资、债券投资、基金投资等交易性金融资产取得时的公允价值及其后的公允价值变动情况,并按交易性金融资产的类别和品种,分别以“成本”、“公允价值变动”等进行明细核算。其中,“成本”反映交易性金融资产取得时的公允价值,“公允价值变动”反映交易性金融资产在持有期间的各期末的公允价值变动额。值得说明的是,企业会计准则——应用指南的附录中关于“交易性金融资产”账户的明细账设置说明仅是一般规则,具体设置和使用时,宜在“交易性金融资产”总账账户之下按投资对象设明细账,而将“成本”和“公允价值变动”作为专栏使用,只有这样,才能分清企业购入不同公司的股票、债券等作为交易性金融资产的初始确认金融(即成本)和其后期末的公允价值变动情况。如果将“成本”和“公允价值变动”直接作为明细账使用,则无法分清交易性金融资产中的不同投资对象各自的成本及公允价值变动情况。对于本章其后的“持有至到期投资”、“可供出售金融资产”账户以及第六章中采用权益法进行后续计量的长期股权投资等均存在类似问题,为避免重复和节省篇幅,以后就不再作类似说明。此外,企业持有的直接指定为以公允价值计量且其变动计入当期损益的金融资产,也通过“交易性金融资产”账户核算,而不单独设置账户;企业的衍生金融资产应通过“衍生工具”账户核算。

企业取得交易性金融资产时,应按其公允价值(不含支付的价款中所包含的已宣告但尚未发放的现金股利或已到付息期但尚未领取的债券利息),借记"交易性金融资产"账户下的"成本"专栏,按发生的交易费用借记"投资收益"账户,按已宣告但尚未发放的现金股利或已到付息期但尚未领取的债券利息,借记"应收股利"或"应收利息"账户,按实际支付的金额,贷记"银行存款"账户;收到上述的现金股利或债券利息时,借记"银行存款"账户,贷记"应收股利"或"应收利息"账户。

【例5-1】 2010年2月10日,红岩股份有限公司从二级市场以每股8.00元的价格购入甲公司发行的股票100 000股作为交易性金融资产,并支付交易费用3 500元。其账务处理如下:

| | | |
|---|---|---|
| 借:交易性金融资产——甲公司股票(成本) | 800 000 | |
| 投资收益 | 3 500 | |
| 贷:银行存款 | | 803 500 |

【例5-2】 2010年4月25日,红岩股份有限公司从二级市场以每股5.80元的价格(含已宣告但尚未发放的现金股利0.30元)购入乙公司发行的股票50 000股作为交易性金融资产,另支付交易费用1 100元。该股利将于2010年5月20日正式发放。其有关账务处理如下:

(1) 2010年4月25日,购入乙公司股票时:

$$初始确认金额=50\,000\times(5.80-0.30)=275\,000(元)$$

$$应收现金股利=50\,000\times0.30=15\,000(元)$$

| | | |
|---|---|---|
| 借:交易性金融资产——乙公司股票(成本) | 275 000 | |
| 应收股利 | 15 000 | |
| 投资收益 | 1 100 | |
| 贷:银行存款 | | 291 100 |

(2) 2010年5月20日,收到现金股利时:

| | | |
|---|---|---|
| 借:银行存款 | 15 000 | |
| 贷:应收股利 | | 15 000 |

【例5-3】 2010年1月1日,红岩股份有限公司以109 000元的价格购于丙公司于2009年1月1日发行的面值为100 000元、期限为3年、票面年利率6%、每年年末付息、到期还本的债券作为交易性金融资产,另外支付交易费用420元。债券买价中包含已到付息期但尚未领取的债券利息6 000元。假定丙公司于2010年1月10日实际支付2009年度的债券利息。其账务处理如下:

(1) 2010年1月1日,购入丙公司债券时:

$$初始确认金融=109\,000-6\,000=103\,000(元)$$

| | | |
|---|---|---|
| 借:交易性金融资产——丙公司债券(成本) | 103 000 | |
| 应收股利 | 6 000 | |
| 投资收益 | 420 | |
| 贷:银行存款 | | 109 420 |

（2）2010 年 1 月 10 日,收到债券利息时:

借:银行存款           6 000

 贷:应收利息          6 000

## 二、交易性金融资产持有收益的确认

企业在持有交易性金融资产期间所取得的现金股利或债券利息(不包括在取得交易性金融资产时支付的价款中所包含的已宣告但尚未发放的现金股利或已到付息期但尚未领取的债券利息),应当确认为当期投资收益。

在持有交易性金融资产期间,当被投资方宣告发放现金股利时,投资企业按应享有的现金股利金额,借记"应收股利"账户,贷记"投资收益"账户;资产负债表日,投资企业按分期付息、一次还本债券投资的票面利率计提利息时,借记"应收利息"账户,贷记"投资收益"账户。实际收到现金股利或债券利息时,借记"银行存款"账户,贷记"应收股利"或"应收利息"账户。

【例 5-4】 接【例 5-1】资料。2010 年 4 月 20 日,甲公司宣告派发 2009 年度的现金股利,每股现金股利 0.25 元,并于 2010 年 5 月 18 日正式发放。红岩股份有限公司的有关账务处理如下:

（1）2010 年 4 月 20 日,甲公司宣告分派现金股利时:

$$应确认投资收益 = 100\,000 \times 0.25 = 25\,000(元)$$

借:应收股利          25 000

 贷:投资收益         25 000

（2）2010 年 5 月 18 日,收到甲公司分派的现金股利时:

借:银行存款          25 000

 贷:投资收益         25 000

【例 5-5】 接【例 5-3】资料。红岩股份有限公司按规定对所持有的交易性债券投资每半年计提一次利息。2010 年 6 月 30 日,红岩公司对丙公司债券投资计提利息。其账务处理如下:

$$应收债券利息 = 100\,000 \times 6\% \times \frac{6}{12} = 3\,000(元)$$

借:应收利息          3 000

 贷:投资收益         3 000

## 三、交易性金融资产的期末计量

交易性金融资产的期末计量,是指采用一定的计价标准,对持有的交易性金融资产在期末进行后续计量,并以此列示于资产负债表中的会计程序。企业的交易性金融资产在最初取得时是按公允价值入账的,反映了企业取得交易性金融资产时的实际成本,但交易性金融资产的公允价值是不断变化的,会计期末交易性金融资产的公允价值代表了其现时可变现价值。按我国企业会计准则的规定,对交易性金融资产应按期末的公允价值进行后续计量,公允价值的变动应计入当期损益。

在资产负债表日(一般指在 6 月 30 日或 12 月 31 日,下同),当交易性金融资产的公允价值高于其账面价值时,应按二者之间的差额调增交易性金融资产的账面价值,同时确认公允价值上升的收益,即按公允价值上升额,借记"交易性金融资产"账户下的"公允价值变动"专栏,贷记"公允价值变动损益"账户。当交易性金融资产的期末(资产负债表日)公允价值低于其账面价值时,应按二者之间的差额调减交易性金融资产的账面价值,同时确认公允价值下跌的损失,即按公允价值下降额,借记"公允价值变动损益"账户,贷记"交易性金融资产"账户下的"公允价值变动"专栏。

【例 5-6】　红岩股份有限公司在每年 6 月 30 日和 12 月 31 日对持有的交易性金融资产按公允价值进行后续计量,确认公允价值变动损益。2010 年 6 月 30 日,红岩公司持有的交易性金融资产的原账面价值和期末公允价值资料见表 5-1。

表 5-1　交易性金融资产期末公允价值变动计算表

2010 年 6 月 30 日　　　　　　　　　　　　　　单位:元

| 交易性金融资产 | 调整前账面价值 | 期末公允价值 | 公允价值变动额 | 调整后账面价值 |
|---|---|---|---|---|
| 甲公司股票 | 800 000 | 850 000 | 50 000 | 850 000 |
| 乙公司股票 | 275 000 | 260 000 | −15 000 | 260 000 |
| 丙公司债券 | 103 000 | 104 000 | 1 000 | 104 000 |
| 合计 | 1 178 000 | 1 214 000 | 36 000 | 1 214 000 |

根据表 5-1 的资料,红岩公司在 2010 年 6 月 30 日对各项交易性金融资产的公允价值变动的账务处理如下:

(1) 持有的甲公司股票公允价值上升时:

借:交易性金融资产——甲公司股票(公允价值变动) 50 000

　　贷:公允价值变动损益　　　　　　　　　　50 000

(2) 持有的乙公司股票公允价值下降时:

借:公允价值变动损益　　　　　　　　　　　15 000

　　贷:交易性金融资产——乙公司股票(公允价值变动)　15 000

(3) 持有的丙公司债券公允价值上升时:

借:交易性金融资产——丙公司债券(公允价值变动)　1 000

　　贷:公允价值变动损益　　　　　　　　　　　1 000

以上的账务处理是分别就每一项交易性金融资产的公允价值变动进行账务处理。显然,当企业所持有的交易性金融资产的具体项目较多时,这样分别处理就变得较为繁锁,其实也无此必要。因此,根据表 5-1 的资料,红岩公司也可作如下的账务处理:

借:交易性金融资产——甲公司股票(公允价值变动) 50 000

　　　　　　　　——丙公司债券(公允价值变动) 1 000

　　贷:交易性金融资产——乙公司股票(公允价值变动)　15 000

　　　　公允价值变动损益　　　　　　　　　　　36 000

## 四、交易性金融资产的处置

企业处置交易性金融资产时的处置损益,是指处置交易性金融资产实际收到的价款减去所处置交易性金融资产账面价值(亦即账面余额)后的差额。其中,交易性金融资产的账面价值,亦即账面余额是指"成本"专栏的初始确认金额加上或减去"公允价值变动"专栏的累计借方余额或累计贷方余额。如果在处置交易性金融资产时,有已计入应收项目的现金股利或债券利息尚未收回,还应从实际收到的价款中扣除该部分现金股利或债券利息之后,再确认处置损益。按企业会计准则规定,在处置交易性金融资产时,应同时调整公允价值变动损益,即将该交易性金融资产在持有期间已确认的累计公允价值变动损益转入处置当期的投资损益。

值得说明的是,企业会计准则——应用指南中关于交易性金融资产的处置规定:"处置该金融资产或金融负债时,其公允价值与初始入账金额之间的差额应确认为投资收益,同时调整公允价值变动损益。"该规定存在两个方面的问题:一是关于处置损益的确认不当,处置时的售价自然代表处置时资产的公允价值,但处置时可能会发生相关税费,应从价款中予以扣除;处置损益应为处置资产的净收入(即实得款项)与所处置资产的账面价值之间的差额,而不应是指南中所称的公允价值与初始入账金额之间的差额。二是关于同时调整公允价值变动损益的规定是没有什么道理的,仅从账务处理角度就让人难以理解。因为交易性金融资产在持有期间的各期末发生的公允价值变动是计入当期损益的,即计入"公允价值变动损益"账户的金额在期末账结法下结转入"本年利润"账户后,该损益类账户是无余额的。既然如此,那么在处置交易性金融资产时要求同时将累计公允价值变动损益转入投资损益就是不可能的。此外,无论是公允价值变动损益还是投资损益都是属于应该计入当期的损益,不同的损益项目之间进行结转也是没有道理的。不过在以下的举例中仍然按准则规定强行作调整。

处置交易性金融资产时,应按实际收到的金额,借记"银行存款"账户,按该交易性金融资产的初始确认金额,贷记"交易性金融资产"账户下的"成本"专栏,按该交易性金融资产的累计公允价值变动金额,贷记或借记"交易性金融资产"账户下的"公允价值变动"专栏,按已计入应收项目但尚未收回的现金股利或债券利息,贷记"应收股利"或"应收利息"账户,按借贷双方的差额(即确认的处置损益)贷记或借记"投资收益"账户。同时,将该交易性金融资产持有期间已确认的累计公允价值变动损益确认为处置当期的投资损益,即借记或贷记"公允价值变动损益"账户,贷记或借记"投资收益"账户。

【例 5-7】 接【例 5-1】和【例 5-6】资料。2010 年 10 月 25 日,红岩股份有限公司将作为交易性金融资产而持有的甲公司股票全部出售,实际得款 835 000 元。出售时,该资产的账面价值为 850 000 元,其中,成本为 800 000 元,公允价值变动借方余额为 50 000 元。其账务处理如下:

处置损益 = 835 000 − 850 000 = −15 000(元)

(1) 2010 年 10 月 25 日,出售甲公司股票发生处置损失:

借:银行存款 835 000

　　投资收益 15 000

贷：交易性金融资产——甲公司股票（成本）　　　　　800 000

　　　　　　　　　　　——甲公司股票（公允价值变动）　50 000

（2）同时调整累计公允价值变动损益：

借：公允价值变动损益　　　　　　　　　　　　　50 000

　　贷：投资收益　　　　　　　　　　　　　　　　　　50 000

【例5-8】　接【例5-2】和【例5-6】资料。2010年11月10日，红岩股份有限公司将作为交易性金融资产而持有的乙公司股票全部出售，实际得款281 000元。出售时，该股票投资的账面价值为260 000元，其中成本为275 000元，公允价值变动贷方余额为15 000元。其账务处理如下：

（1）2010年11月10日，出售乙公司股票产生出售收益时：

$$处置损益=281\,000-260\,000=21\,000（元）$$

借：银行存款　　　　　　　　　　　　　　　　　281 000

　　交易性金融资产——乙公司股票（公允价值变动）15 000

　　贷：交易性金融资产——乙公司股票（成本）　　　　275 000

　　　　投资收益　　　　　　　　　　　　　　　　　　21 000

（2）同时调整累计公允价值变动损失：

借：投资收益　　　　　　　　　　　　　　　　　15 000

　　贷：公允价值变动损益　　　　　　　　　　　　　　15 000

【例5-9】　接【例5-3】和【例5-6】资料。2010年12月1日，红岩股份有限公司将作为交易性金融资产而持有的丙公司债券全部出售，实际得款110 000元。出售时，该债券投资账面价值为104 000元，其中，成本为103 000元，公允价值变动借方余额为1 000元；在2010年6月30日已计提利息3 000元。其账务处理如下：

（1）先计提上一计息日至出售日期间的债券利息：

$$应计利息=100\,000\times6\%\times\frac{5}{12}=2\,500（元）$$

借：应收利息　　　　　　　　　　　　　　　　　2 500

　　贷：投资收益　　　　　　　　　　　　　　　　　　2 500

（2）2010年12月1日，出售丙公司债券产生出售收益：

$$处置损益=110\,000-104\,000-（3\,000+2\,500）=500（元）$$

借：银行存款　　　　　　　　　　　　　　　　　110 000

　　贷：交易性金融资产——丙公司债券（成本）　　　　103 000

　　　　　　　　　　　　——丙公司债券（公允价值变动）　1 000

　　　　应收利息　　　　　　　　　　　　　　　　　　5 500

　　　　投资收益　　　　　　　　　　　　　　　　　　500

（3）同时，调整累计公允价值变动收益：

借：公允价值变动损益　　　　　　　　　　　　　1 000

　　贷：投资收益　　　　　　　　　　　　　　　　　　1 000

说明：本例中，为了正确反映出售债券的损益，应先计提自上一计息日至出售日期间该债券的利息。否则,将使得所确认的处置损益不正确。若不先计提债券利息,就会使处置损益中包含该期间的债券利息,这样就混淆了债券投资在持有期间的利息收入和处置时的损益。当然,若出售日离上一计息日的时间较短(不满 1 个月),出于重要性考虑,则也可不先计提债券利息。

## 第三节　持有至到期投资

持有至到期投资的会计核算、主要持有至到期投资的初始计量、持有至到期投资的利息收入确认、持有至到期投资的减值(将在第五节集中论及)、持有至到期投资的处置以及持有至到期投资的重分类等内容。

### 一、持有至到期投资的初始计量

持有至到期投资应当按取得时的公允价值与相关交易费用之和作为初始金额(即初始投资成本)。实际支付的价款中包含已到付息期但尚未领取的债券利息,应单独确认为应收项目,不计入持有至到期投资的初始确认金额。

持有至到期投资初始确认时,应当计算确定其实际利率,并在该持有至到期投资预期存续期间或适用的更短期间内保持不变。实际利率是指将金融资产或金融负债在预期存续期间或适用的更短期间内的未来现金流量折现为该金融资产或金融负债当前账面价值所使用的利率。企业在确定实际利率时应当考虑金融资产或金融负债所有合同条款的基础上预计未来现金流量,但不应考虑未来信用损失。金融资产合同各方之间支付或收取的、属于实际利率组成部分的各项收费、交易费用及溢价或折价等,应当在确定实际利率时予以考虑。金融资产的未来现金流量或存续期间无法可靠预计时,应当采用该金融资产在整个合同期内的合同现金流量。

企业应当设置"持有至到期投资"账户核算持有至到期投资的摊余成本,并按持有至到期投资的类别和品种,分别以"成本"、"利息调整"、"应计利息"等进行明细核算。其中,"成本"专栏反映作为持有至到期投资的债券面值;"利息调整"专栏反映持有至到期投资的初始确认金额与债券面值的差额及其摊销情况;"应计利息"专栏反映作为持有至到期投资的一次本还付息债券按期计提的利息。若是分期付息的债券投资,则按期计提利息时应通过"应收利息"账户核算,不使用"应计利息"专栏。

企业取得的持有至到期投资,应按该投资的债券面值,借记"持有至到期投资"账户下的"成本"专栏,按支付的价款中包含的已到付息期但尚未领取的债券利息,借记"应收利息"账户,按实际支付的金额,贷记"银行存款"等账户,按其差额,借记或贷记"持有至到期投资"账户下的"利息调整"专栏。

企业取得的持有至到期投资,应按该投资的债券面值,借记"持有至到期投资"账户下的"成本"专栏,按支付的价款中包含的已到付息期但尚未领取的债券利息,借记"应收利息"账户,按实际支付的金额,贷记"银行存款"等账户,按其差额,借记或贷记"持有至到期投资"账户下的"利息调整"专栏。

【例 5-10】 2010 年 1 月 1 日,红岩股份有限公司从活跃市场上购入甲公司即日发行的面值为 500 000 元,期限 4 年,票面利率为 6％、每年 12 月 31 日付息、到期还本的债券作持有至到期投资,实际支付价款(含交易费用)为 500 000 元。其账务处理为:

借:持有至到期投资——甲公司债券(成本)　　　　500 000

　　贷:银行存款　　　　　　　　　　　　　　　　500 000

经测算可知,该债券投资的实际利率为 6％。

【例 5-11】 2010 年 1 月 1 日,红岩股份有限公司从活跃市场上购入乙公司即日发行的面值为 800 000 元、期限 5 年、票面利率为 6％、每年 12 月 31 日付息、到期还本的债券作为持有至到期投资,实际支付价款(含交易费用)为 834 636 元。

红岩公司在初始确认时先计算确定该债券的实际利率。在不考虑所得税、减值损失及提前赎回等因素下,设其实际利率为 r,则应有如下等式:

$$800\,000 \times \frac{1-(1+r)^{-5}}{r} + 800\,000 \times \frac{1}{(1+r)^5} = 834\,636$$

上式中,$\dfrac{1-(1+r)^{-5}}{r}$ 被称为年实际利率为 r,期限为 5 年的年金现值系数,$\dfrac{1}{(1+r)^5}$ 被称为年实际利率为 r,年限为 5 年的复利现值系数,因此上式的含义为该债券投资的各期票面利息的现值之和(为一个年金现值)与到期本金的现值相加应该与初始投资成本相等。要确定出式中的年实际利率 r,可采用直线插值的方法。具体操作步骤如下:

先假定 $r_1 = 60\%$,查表可知,利率为 6％、期限为 5 期的年金现值系数和复利现值系数分别为 4.212 364 和 0.747 258,则该债券投资的现值为:

债券投资现值＝48 000×4.212 364＋800 000×0.747 258＝800 000(元)

该现值小于初始投资成本 834 636 元,这说明选定的折现率 6％偏高。

再假定 $r_2 = 4\%$,查表可知,利率为 4％、期限为 5 期的年金现值系数和复利现值系数分别为 4.451 822 和 0.821 927,此利率下的债券投资现值为:

债券投资现值＝48 000×4.451 822＋800 000×0.821 927＝871 229(元)

该现值大于债券的初始投资成本。从而表明实际利率 r 应该为 4％～6％之间的某一个数。

最后用直线插值法求出实际利率 r 为:

$$r = 4\% + (6\% - 4\%)\frac{871\,299 - 834\,636}{871\,299 - 800\,000} \approx 5.0284\% \approx 5\%$$

本节其后部分凡需要测算实际利率的,都可仿照以上方法进行,就不再给出具体过程。

在确定出该债券投资的实际利率后,就可利用该实际利率在持有至到期投资的存续期内的各期末采用实际利率法确认各期的实际利息收入(投资收益)。

2010 年 1 月 1 日,红岩公司购入乙公司债券的账务处理如下:

借:持有至到期投资——乙公司债券(成本)　　　　800 000

　　　　　　　　——乙公司债券(利息调整)　　　 34 636

　　贷:银行存款　　　　　　　　　　　　　　　　834 636

【例 5-12】 2010 年 1 月 1 日,红岩股份有限公司从活跃市场上购入丙公司即日发行的面值为 400 000 元、期限 4 年、票面利率为 5%、每年 12 月 31 日付息、到期还本的债券，作为持有至到期投资，实际支付价款（含交易费用）为 386 140 元。

经计算确定，该债券投资的实际利率为 6%。红岩公司购入丙公司债券时的账务处理为：

借：持有至到期投资——丙公司债券（成本）　　　400 000
　贷：银行存款　　　　　　　　　　　　　　　　386 140
　　　持有至到期投资——丙公司债券（利息调整）　13 860

## 二、持有至到期投资利息收入的确认

### （一）摊余成本与实际利率法

持有至到期投资在持有期间应按摊余成本进行计量，并按各期初摊余成本和实际利率计算确认各期实际利息收入计入投资收益。

摊余成本，是指该金融资产的初始确认金额经下列调整后的结果：（1）扣除已收回的本金；（2）加上或减去采用实际利率法将该初始确认金额与到期日金额之间的差额进行摊销形成的累计摊销额；（3）扣除已发生的减值损失。

实际利率法，是指以持有至到期投资的各期初摊余成本乘以实际利率的结果确认为各期的实际利息收入（即投资收益），并将其与各期票面利息的差额作为各该期利息调整摊销额的一种方法。可用公式表示如下：

某期实际利息收入 = 该期期初持有至到期投资摊余成本 × 实际利率　　（1）

某期票面利息 = 持有至到期投资的债券面值 × 票面利率　　　　　　　　（2）

某期利息调整摊销额 = 某期票面利息 − 某期实际利息收入　　　　　　　（3）

或 = 某期实际利息收入 − 某期票面利息

如果持有至到期投资初始确认金额大于债券面值，即利息调整产生时记借方，相当于溢价购入债券，则利息调整摊销额应为票面利息与实际利息收入之差，相应地持有至到期投资的期末摊余成本应为其期初摊余成本减去该摊销额。如果持有至到期投资初始确认金额小于债券面值，即利息调整产生时记入贷方，相当于折价购入债券，则利息调整摊销额应为实际利息收入与票面利息之间的差额，相应地持有至到期投资的期末摊余成本应为其期初摊余成本加上该摊销额。也即是说，在持有至到期投资既不存在提前收回部分本金也没有发生减值损失的情况下，其摊余成本可用如下公式计算：

期末摊余成本 = 期初摊余成本 ± 本期利息调整摊销额

摊余成本累计余额 = 初始确认金额 ± 利息调整累计摊销额

= 债券面值 ± 利息调整未摊销金额

由此可见，随着利息调整的逐期摊销，利息调整余额最终为零，即到期时，债券投资的摊余成本必定与债券面值相等。

### （二）分期付息债券利息收入的确认

持有至到期投资如为分期付息、到期一次还本的债券，企业应于付息日或资产负债表日计提债券利息并确认实际利息收入。即在资产负债表日,按票面利率计算确定的应收未收利息,借记"应收利息"账户,按持有至到期投资摊余成本和实际利率计算确定的利息收入,贷记"投资收益"账户,按其差额,借记或贷记"持有至到期投资"账户下的"利息调整"专栏。

**【例 5-13】** 接【例 5-10】的资料。红岩股份有限公司对持有至到期投资中的甲公司债券投资,在持有期间的利息收入确认、收到利息及到期收回债券本金的账务处理。

(1) 2010 年 12 月 31 日确认利息收入:

$$利息收入 = 票面利息 = 500\,000 \times 6\% = 30\,000(元)$$

借:利息收入          30 000

 贷:投资收益         30 000

以后三年末计息分录同上(略)。

(2) 收到第一年的债券利息时:

借:银行存款          30 000

 贷:应收利息         30 000

以后收到第二、三年的利息,编制的收款分录同上。

(3) 债券到期,收到债券本金及最后一年利息时:

借:银行存款          530 000

 贷:持有至到期投资——甲公司债券(成本)  500 000

  应收利息         30 000

**【例 5-14】** 接【例 5-11】的资料。红岩股份有限公司对持有至到期投资中的乙公司债券投资采用实际利率法计算各年的利息收入并作各期计息及确认利息收入、收息及到期收回债券本金及最后一年利息的账务处理。

红岩公司对乙公司债券投资采用实际利率法编制的利息收入与利息调整摊销计算表,如表 5-2 所示。

表 5-2 持有至到期投资利息收入及利息调整摊销计算表

(实际利率法)          单位:元

| 日期<br>(1) | 票面利息<br>(2)=面值×6% | 利息收入<br>(3)=期初(5)×5% | 利息调整摊销<br>(4)=(2)-(3) | 摊余成本期末<br>(5)=期初(5)-(4) |
|---|---|---|---|---|
| 2010.1.1 | | | | 834 636 |
| 2010.12.31 | 48 000 | 41 732[①] | 6 268 | 828 368 |
| 2011.12.31 | 48 000 | 41 418 | 6 582 | 821 786 |
| 2012.12.31 | 48 000 | 41 089 | 6 911 | 814 875 |
| 2013.12.31 | 48 000 | 40 744 | 7 256 | 807 619 |
| 2014.12.31 | 48 000 | 40 381[②] | 7 619 | 800 000 |
| 合计 | 240 000 | 205 364 | 34 636 | |

备注:① 利息收入计算结果四舍五入取整数;

   ② 最后一期利息收入采用减法计算,即包含尾数调整:48 000-7 619=40 381

分析：上表反映的是溢价购入债券作持有至到期投资情况下各期利息收入、利息调整摊销及摊余成本计算,从中可以看出变化规律：(1)第五栏中的各期摊余成本逐期不等额地减少,最终与债券面值一致;(2)第三栏中的各期利息收入是逐期不等额减少,且与该期初摊余成本保持固定的比例关系;(3)第四栏中的各期利息调整摊销额逐期不等额增加;(4)第二栏中各期票面利息是一个相等金额;(5)最后的合计行可用于检验各期计算结果是否正确。

根据表 5-2 的资料,红岩公司应作的有关账务处理如下：

(1) 2010 年 12 月 31 日,计提利息确认利息收入时：

借：应收利息　　　　　　　　　　　　　　　　　48 000
　　贷：投资收益　　　　　　　　　　　　　　　　　　41 732
　　　　持有至到期投资——乙公司债券（利息调整）　　6 268

以后四年底计息分录与上类似,只是各年的投资收益金额在逐年减少,而利息调整的摊销额在逐年增加,票面利息则始终相等,故将分录省略。

(2) 收到 2010 年的利息时：

借：银行存款　　　　　　　　　　　　　　　　　48 000
　　贷：应收利息　　　　　　　　　　　　　　　　　　48 000

2011 年至 2013 年的收息分录同上,故省略。

(3) 到期收回债券本金及第五年利息时：

借：银行存款　　　　　　　　　　　　　　　　　848 000
　　贷：持有至到期投资——乙公司债券（成本）　　　800 000
　　　　应收利息　　　　　　　　　　　　　　　　　　48 000

说明：该例的有关账务处理是为了突出重点和节省篇幅而作的简化处理（以后例中存在类似作法）。实际工作中,企业在每年末都应编制计提利息确认利息收入和利息调整摊销的分录以及每年收到利息的分录,只是最后一期利息的收取及到期本金的收回宜在一笔分录中体现。

【例 5-15】 接【例 5-12】的资料。红岩股份有限公司对持有至到期投资中的丙公司债券投资,每年年末的票面利息、利息收入及利息调整摊销额的计算并作出有关必要的账务处理。

红岩公司对丙公司债券投资采用实际利率法计算各期利息收入及利息调整摊销额,如表 5-3 所示。

**表 5-3　持有至到期投资利息收入及利息调整摊销计算表**

（实际利率法）　　　　　　　　　　　　　　　　　　单位：元

| 日期<br>(1) | 票面利息<br>(2)＝面值×5% | 利息收入<br>(3)＝期初(5)×6% | 利息调整摊销<br>(4)＝(3)－(2) | 摊余成本期末<br>(5)＝期初(5)＋(4) |
|---|---|---|---|---|
| 2010.1.1 | | | | 386 140 |
| 2010.12.31 | 20 000 | 23 168① | 3 168 | 389 308 |
| 2011.12.31 | 20 000 | 23 358 | 3 358 | 392 666 |

续表

| 日期<br>(1) | 票面利息<br>(2)=面值×5% | 利息收入<br>(3)=期初(5)×6% | 利息调整摊销<br>(4)=(3)−(2) | 摊余成本期末<br>(5)=期初(5)+(4) |
|---|---|---|---|---|
| 2012.12.31 | 20 000 | 23 560 | 3 560 | 396 226 |
| 2013.12.31 | 20 000 | 23 774[②] | 3 774 | 400 000 |
| 合计 | 80 000 | 93 860 | 13 860 | — |

备注：① 该利息收入是采用实际利率法计算，其结果取整数；
　　　② 最后一年的利息收入采用加法计算，包含尾数调整。

分析：上表是折价购入分期付息债券作持有至到期投资的各期利息收入及利息调整摊销计算表。该表的结构与表 5-2 类似。从该表中，可观察到如下变化规律：(1)第五栏中的各期末摊余成本逐期不等额增加，到期时与债券面值一致；(2)第三栏中的各期利息收入逐期不等额增加，且与各期初摊余成本保持比例关系；(3)第四栏中的各期利息调整摊销额也逐期不等额地增加；(4)第二栏中的各期票面利息为一定数；(5)表中的合计行可用于检验计算结果是否正确。

根据表 5-3 的计算结果，红岩公司的有关账务处理如下：

(1) 2010 年 12 月 31 日，计提利息及确认利息收入时：

借：应收利息　　　　　　　　　　　　　　　　　20 000

　　持有至到期投资——丙公司债券（利息调整）　3 168

　　贷：投资收益　　　　　　　　　　　　　　　　　　23 168

以后三年的计息分录与上类似，即账户对应关系不变，只是各年的投资收益及利息调整摊销在逐年增加，具体分录省略。

(2) 收到 2010 年的利息时：

借：银行存款　　　　　　　　　　　　　　　　　20 000

　　贷：应收利息　　　　　　　　　　　　　　　　　　20 000

第二、三年的收息分录同上。

(3) 到期收到债券本金及收到最后一年利息时：

借：银行存款　　　　　　　　　　　　　　　　　420 000

　　贷：持有至到期投资——丙公司债券（成本）　　400 000

　　　　应收利息　　　　　　　　　　　　　　　　20 000

### （三）到期一次还本付息债券利息收入的确认

持有至到期投资如为到期一次还本付息债券投资的，应于资产负债表日计提债券利息并确认利息收入，所计提的债券利息应通过"持有至到期投资"账户下的"应计利息"专栏核算。在资产负债表日，按票面利率计算确定的票面利息，借记"持有至到期投资"账户下的"应计利息"专栏，按持有至到期投资摊余成本和实际利率计算确定的利息收入，贷记"投资收益"账户，按其差额，借记或贷记"持有至到期投资"账户下的"利息调整"专栏。

由此可见，持有至到期投资为到期一次还本付息债券投资的，其利息收入确认的账务处理与持有至到期投资为分期付息到期还本债券投资的利息收入确认的账务处理相比，最明显的不同处在于,对于每期的票面利息的处理不同,前者是记入"持有至到期投资"账户下的"应计利息"专栏,要等债券到期时才能收回,属于长期资产;后者记入"应收利息"账户,不久即可收到,属于流动资产。

【例 5-16】 2010 年 1 月 1 日,红岩股份有限公司从活跃市场上购入丁公司即日发行的面值为 500 000 元、期限 3 年、票面利率 5%、到期一次还本付息的债券作为持有至到期投资,实际支付价款(含交易费用)511 173 元。试作相关的账务处理。

(1) 2010 年 1 月 1 日,购入丁公司债券时:

借:持有至到期投资——丁公司债券(成本)　　　　500 000

　　　　　　　　——丁公司债券(利息调整)　　　　11 173

　　贷:银行存款　　　　　　　　　　　　　　　　511 173

(2) 持有期间利息收入确认及利息调整摊销:

经测算知,该债券投资的实际利率为 4%。红岩公司编制的利息收入及利息调整摊销计算表如表 5-4 所示。

表 5-4　持有至到期投资利息收入及利息调整摊销计算表

(实际利率法)

单位:元

| 日期<br>(1) | 票面利息<br>(2)=面值×5% | 利息收入<br>(3)=期初(5)×4% | 利息调整摊销<br>(4)=(2)-(3) | 摊余成本期末<br>(5)=期初(5)-(4) |
|---|---|---|---|---|
| 2010.1.1 | | | | 511 173 |
| 2010.12.31 | 25 000 | 20 447① | 4 553 | 506 620 |
| 2011.12.31 | 25 000 | 20 265 | 4 735 | 501 885 |
| 2012.12.31 | 25 000 | 23 115② | 1 885 | 500 000 |
| 合计 | 75 000 | 63 827 | 11 173 | — |

备注:① 该利息收入按实际利率法计算,其结果取整数;

　　　② 最后一期利息收入采用减法计算。

分析说明:表 5-4 的结构及表中有关数据计算完全仿照溢价购入分期付息债券作持有至到期投资时的方法,从该表中,可明显看出最后一期的利息收入及利息调整摊销数字存在异常!究其原因,可能是因为到期一次还本付息债券的各期票面利息是按单利计算的,即前期挂账的利息不再产生利息,而各期利息收入以及摊余成本余额却是按实际利率计算的,体现的是复利计算思想,这二者之间就存在矛盾!事实上,会计准则之所以在多处强调采用实际利率法,仅就分期付息到期还本债券投资而言,目的是为了使各期的投资收益(即实际利息收入)随各期期初债券摊余成本的变化而变化,两者之间保持实际利率的比例关系。对于分期付息债券,无论是各期票面利息还是采用实际利率法计算确认的各期利息收入都体现复利计算思想,两者自然就不存在矛盾。要解决到期一次还本付息债券所存在的矛盾,最简单的办法就是对利息调整采用直线法进行摊销。

根据表 5-4 的计算结果,红岩公司应作的有关账务处理如下:

2010 年 12 月 31 日,确认应计利息及利息收入时:

借:持有至到期投资——丁公司债券(应计利息)　　　　25 000

　　贷：投资收益　　　　　　　　　　　　　　　　　　20 447

　　　　持有至到期投资——丁公司债券（利息调整）　 4 553

以后两年底计息分录与上类似，故略去。

（3）债券到期，收到债券本息时：

借：银行存款　　　　　　　　　　　　　　　　　　575 000

　　贷：持有至到期投资——丁公司债券（成本）　 　 500 000

　　　　　　　　　　　　——丁公司债券（应计利息）　 75 000

## 三、持有至到期投资的处置

　　企业将持有至到期投资在债券未到期前就对外出售，以满足对货币资金的需求，这就是持有至到期投资的处置。将持有至到期投资处置，可能会涉及将剩余部分进行重分类的问题，其后再论及，此处仅论及其处置的会计处理。处置损益为处置时所得的净价款与所处置的持有至到期投资的账面价值的差额，若处置前有应收未收的债券利息，则应从中予以扣除。

　　企业出售持有至到期投资时，应按实际收到的金额，借记"银行存款"账户，按所出售债券的面值金额，贷记"持有至到期投资"账户下的"成本"专栏，按其利息调整的未摊销余额，借记或贷记"持有至到期投资"账户下的"利息调整"专栏，按应收未收利息，贷记"应收利息"账户，或按已经计提的债券利息，贷记"持有至到期投资"账户下的"应计利息"专栏，按其差额，贷记或借记"投资收益"账户。已计提减值准备的还应同时结转或注销减值准备。

　　【例 5-17】 2011 年 6 月 1 日，红岩股份有限公司将 2010 年 1 月 1 日购入的面值为 480 000 元、期限 3 年、票面利率 5%、每年 12 月 31 日付息的 A 公司债券全部售出，实际收款 492 000 元。该债券投资原作为持有至到期投资核算，初始确认金额为 480 000 元。出售该持有至到期投资后，不涉及重分类问题。其账务处理如下：

　　（1）计算确认出售前已有的债券利息：

$$应收利息 = 480\,000 \times 5\% \times \frac{5}{12} = 10\,000（元）$$

借：应收利息　　　　　　　　　　　　　　　　　　10 000

　　贷：投资收益　　　　　　　　　　　　　　　　　10 000

　　（2）确认处置损益：

$$处置损益 = 492\,000 - 480\,000 - 10\,000 = 2\,000（元）$$

借：银行存款　　　　　　　　　　　　　　　　　　492 000

　　贷：持有至到期投资——A 公司债券（成本）　 　 480 000

　　　　应收利息　　　　　　　　　　　　　　　　　10 000

　　　　投资收益　　　　　　　　　　　　　　　　　 2 000

　　【例 5-18】 2010 年 12 月 1 日，红岩股份有限公司因需要现金而将于 2008 年 1 月 1 日购入的作为持有至到期投资的 B 公司债券的 60% 予以出售，实际收款 530 000 元，该债券是 B 公司 2008 年 1 月 1 日发行的、面值为 850 000 元、票面利率为 5%、期限 3 年、每年

12月31日付息,初始确认金额为873 588元,在2009年12月31日的摊余成本为858 173元,其中面值为850 000元,利息调整借方余额为8 173元。由于B公司债券即将到期,因此出售后剩余的B公司债券仍作为持有至到期投资,并持有到期后收回债券本金和最后一年利息。红岩股份有限公司每年末计提债券利息。有关账务处理如下:

(1)先确认出售的债券的账面价值:

$$应计提票面利息=850\ 000\times5\%\times\frac{11}{12}\times60\%=23\ 375(元)$$

$$应确认利息收入=(850\ 000\times5\%-8\ 173)\times\frac{11}{12}\times60\%=18\ 880(元)$$

利息调整摊销=23 375-18 880=4 495(元)

出售债券的面值=850 000×60%=510 000(元)

出售债券的利息调整余额=8 173×60%-4 495=409(元)

出售债券的摊余成本=510 000+409=510 409(元)

借:应收利息　　　　　　　　　　　　　　23 375

　　贷:投资收益　　　　　　　　　　　　　　18 880

　　　　持有至到期投资——B公司债券(利息调整)　　4 495

(2)确认出售的债券损益:

处置损益=530 000-510 409-23 375=-3 784(元)

借:银行存款　　　　　　　　　　　　　　530 000

　　投资收益　　　　　　　　　　　　　　3 784

　　贷:持有至到期投资——B公司债券(成本)　　　　510 000

　　　　　　　　　　——B公司债券(利息调整)　　　409

　　　　应收利息　　　　　　　　　　　　23 375

(3)2010年12月31日,对剩余的B公司债券计提利息。

剩余的B公司债券的摊余成本=858 173×40%=343 269(元)

其中,债券面值=850 000×40%=340 000(元)

　　　利息调整=8 173×40%=3 269(元)

　　　票面利息=340 000×5%=17 000(元)

　　　利息收入=17 000-3 269=13 731(元)

借:应收利息　　　　　　　　　　　　　　17 000

　　贷:投资收益　　　　　　　　　　　　　　13 731

　　　　持有至到期投资——B公司债券(利息调整)　　3 269

(4)到期收回剩余的B公司债券本金及最后一年利息。

借:银行存款　　　　　　　　　　　　　　357 000

　　贷:持有至到期投资——B公司债券(成本)　　　　340 000

　　　　应收利息　　　　　　　　　　　　17 000

说明:本例中,为了正确计算确定出售债券的损益,先对自上个计息日(2010年12月31日)至出售日前(2010年11月30日)之间B公司债券的应收利息、利息调整摊销进行确认,目的是为了确定所出售部分的 B 公司债券在出售时的账面价值。假如不这样作,则以所出售部分的 B 公司债券在 2009 年 12 月 31 日的摊余成本(858 173×60％＝514 904 元)作为出售部分的账面价值,那么出售损益＝530 000－514 904＝15 096 元。这与例中的出售损失 3 784 元相差很大,其差异额为 18 880 元,恰就是出售部分债券在 2010 年出售前应确认的投资收益。

## 四、持有至到期投资的重分类

企业因持有至到期投资部分出售或重分类的金额较大,且不属于企业会计准则所规定的例外情况,使得该投资的剩余部分不再适合作为持有至到期投资的,就应该将该投资的剩余部分重分类为可供出售金额资产,并以公允价值进行后续计量。在重分类日,该投资剩余部分的账面价值与其公允价值之间的差额应当计入所有者权益,在该可供出售金融资产发生减值或终止确认时转出,计入当期损益。

企业将持有至到期投资重分类为可供出售金额资产的,应在重分类日按其公允价值,借记"可供出售金融资产"账户,按其账面余额,贷记"持有至到期投资"账户下的"成本"、"利息调整"、"应计利息"等专栏,按其差额,贷记或借记"资本公积——其他资本公积"账户。已计提减值准备的,还应同时结转减值准备。

需要说明的是,由于"可供出售金融资产"账户也设有"成本"、"利息调整"、"应利计算"等专栏,所以在将持有至到期投资重分类为可供出售金融资产作账务处理时,"持有至到期投资"账户下的"成本"、"应计利息"等专栏与"可供出售金融资产"账户下的"成本"、"应利计算"等专栏应存在同名对应结转关系,而原"持有至到期投资"账户下的"利息调整"与现"可供出售金融资产"账户下的"利息调整"金融可能并不相等,所重分类的持有至到期投资的公允价值与其账面价值(该投资的账面余额与其减值准备的差额)的差额记入"资本公积——其他资本公积"账户的贷方或借方。也就是说,上一段按准则指南所规定的关于重分类的账务处理表述并不十分清楚和具体。

【例 5-19】 2011 年 1 月 10 日,红岩股份有限公司因持有能力发生改变,而将于 2010 年 1 月 1 日购入的作为持有至到期投资的 C 公司债券进行重分类。该债券的面值为 1 000 000 元、票面利率 6％、每年 12 月 31 日付息、到期还本,于 2010 年 1 月 1 日发行,购入时支付价款(含交易费用)为 1 027 751 元。经测算,该债券投资的实际利率为 4％,持有至到期投资在 2010 年 12 月 31 日的摊余成本为 1 018 861 元,在 2011 年 1 月 10 日该投资的公允价值为 1 020 000 元。假定红岩股份有限公司持有至到期投资就仅有 C 公司债券,且因需要现金而于 2011 年 1 月 20 日将 C 公司债券全部出售,实际收款 1 015 000 元。

(1) 2011 年 1 月 10 日,重分类时:

作为持有至到期投资的 C 公司债券投资,摊余成本为 1 018 861 元。

其中,面值＝1 000 000 元,利息调整＝18 861 元

将其重分类为可供出售金融资产时,应计入该投资的初始确认金额为 1 020 000 元。

其中,面值＝1 000 000 元,产生的利息调整＝1 020 000－1 000 000＝20 000(元)

产生的公允价值与原账面价值的差额＝1 020 000－1 018 861＝1 139(元)

借：可供出售金融资产——C公司债券（成本）　　　1 000 000

　　　　　　　　——C公司债券（利息调整）　　20 000

　贷：持有至到期投资——C公司债券（成本）　　　1 000 000

　　　　　　　　——C公司债券（利息调整）　　18 861

　　资本公积——其他资本公积　　　　　　　　　1 139

（2）2011年1月20日，出售C公司债券时：

处置损益＝1 015 000－1 020 000＝－5 000（元）

借：银行存款　　　　　　　　　　　　　　　　　　1 015 000

　投资收益　　　　　　　　　　　　　　　　　　　5 000

　贷：可供出售金融资产——C公司债券（成本）　　　1 000 000

　　　　　　　　——C公司债券（利息调整）　　20 000

同时，结转原重分类时产生的资本公积：

借：资本公积——其他资本公积　　　　　　　　　　　1 139

　贷：投资收益　　　　　　　　　　　　　　　　　　1 139

说明：本例为了简化核算，假设重分类的时间距债券的上一个计息日间隔较短，且重分类后不久就将债券出售。否则，若重分类日相距债券的上一个计息的时间凡长于1个月的，则就应考虑在重分类时先确定这期间持有至到期投资的利息收入及利息调整的摊销，以便恰当确定重分类时该投资的账面价值。再者，就是若重分类后的可供出售金融资产应按重分类日的公允价值作为该类投资的初始确认金额，以假定将该债券投资从重分类日至债券到期日可能产生的现金流入为基础重新确定该债券投资的实际利率，以便其后各期末用实际利率法计算确定可供出售债券投资的利息收入及利息调整的摊销。若将重分类后的可供出售债券投资对外出售，只要出售日离重分类日的时间长于1个月的，也就应该考虑计算调整出售时的可供出售债券投资的摊余成本，只有如此，才能正确确认处置损益。将持有至到期投资重分类为可供出售金融资产时的一种特殊情况，就是原投资的公允价值与其账面价值恰好相等且无减值准备。此种情况下，"持有至到期投资"账户下各专栏金额与重分类后"可供出售金融资产"账户下相应的各专栏金额均对应相等，其实际利率也保持不变。

# 第四节　可供出售金融资产

企业的可供出售金融资产的主要核算内容也包括可供出售金融资产的初始计量、可供出售金融资产持有收益的确认、可供出售金融资产的期末计量以及可供出售金融资产的处置等。至于可供出售金融资产的减值问题也一并在第五节涉及。

## 一、可供出售金融资产的初始计量

企业取得的可供出售金融资产应按取得该金融资产时的公允价值和相关交易费用之和作为初始确认金额。如果所支付的价款中包含已宣告但尚未发放的现金股利或已到付息期但尚未领取的债券利息,应单独确认为应收项目,而不计入初始确认金额。

　　企业应设置"可供出售金融资产"账户核算企业持有的可供出售金融资产的公允价值,包括划分为可供出售的股票投资、债券投资等金融资产。该账户按可供出售金融资产的类别和品种,分别设置"成本"、"利息调整"、"应计利息"、"公允价值变动"等专栏进行明细核算。其中,"成本"专栏反映可供出售股票投资的初始确认金额或可供出售债券投资的面值;"利息调整"专栏反映可供出售债券投资的初始确认金融与其面值之间差额的产生及摊销;"应计利息"专栏反映可供出售的一次还本付息债券投资按期计提的债券票面利息;"公允价值变动"专栏反映可供出售金融资产在资产负债表日(期末)发生的公允价值变动额,以及该类资产计提的减值准备。

　　企业取得的可供出售金融资产为股票投资的,应按其公允价值与交易费用之和,借记"可供出售金融资产"账户下的"成本"专栏,按支付价款中包含的已宣告但尚未发放的现金股利,借记"应收股利"账户,按实际支付的金额,贷记"银行存款"等账户。

　　企业取得的可供出售金融资产为债券投资的,应按该债券的面值,借记"可供出售金融资产"账户下的"成本"专栏,按支付价款中包含的已到付息期但尚未领取的债券利息,借记"应收利息"账户,若是中途购入一次还本付息债券,则对已有的债券利息,应借记"可供出售金融资产"账户下的"应计利息"专栏,按实际支付的金额,贷记"银行存款"等账户,按其差额,借记或贷记"可供出售金融资产"账户下的"利息调整"专栏。

　　企业在取得可供出售金融资产之后,若收到支付价款中包含的已宣告但尚未发放的现金股利或已到付息期但尚未领取的债券利息,则借记"银行存款"账户,贷记"应收股利"或"应收利息"账户。

　　**【例 5-20】**　2010 年 4 月 25 日,红岩股份有限公司从二级市场上购入甲公司股票100 000 股作为可供出售金融资产,支付的每股买价为 8.70 元,其中包含已宣告但尚未发放的现金股利 0.30 元,另支付交易费用 2500 元。该现金股利于 2010 年 5 月 15 日正式发放。其账务处理如下:

　　(1)2010 年 4 月 25 日,购入甲公司股票时:

　　借:可供出售金融资产——甲公司股票(成本)　　　842 500

　　　　应收股利　　　　　　　　　　　　　　　　　　30 000

　　　　贷:银行存款　　　　　　　　　　　　　　　　　　　872 500

　　(2)2010 年 5 月 15 日,收到现金股利时:

　　借:银行存款　　　　　　　　　　　　　　　　　　30 000

　　　　贷:应收股利　　　　　　　　　　　　　　　　　　　30 000

　　**【例 5-21】**　2010 年 1 月 1 日,红岩股份有限公司从活跃市场上购入乙公司同日发行的面值为 500 000 元、期限 4 年、票面利率 6%、每年 12 月 31 日付息、到期还本的债券作为可供出售金融资产,实际支付价款(含交易费用)为 517 730 元。该公司按年计提债券利息。其账务处理如下:

　　2010 年 1 月 1 日,购入乙公司债券时:

　　借:可供出售金融资产——乙公司债券(成本)　　　500 000

———乙公司债券（利息调整）　　17 730

  贷：银行存款　　　　　　　　　　　　　　　　　517 730

根据该债券的有关资料，可以测算出投资时的实际利率为5%。

## 二、可供出售金融资产持有收益的确认

企业取得的可供出售金融资产为股票投资的，在持有期间取得的现金股利应确认为投资收益。当被投资方宣告分派现金股利时，按应收的现金股利，借记"应收股利"账户，贷记"投资收益"账户；实际收到该现金股利时，借记"银行存款"账户，贷记"应收股利"账户。

企业取得的可供出售金融资产为债券投资的，在持有期间应按期（在资产负债表日）采用实际利率法确认债券投资的利息收入作为投资收益。可供出售债券为分期付息一次还本债券投资的，应按票面利率计算确定的应收未收利息，借记"应收利息"账户，按可供出售债券的该期初摊余成本和实际利率计算确定的利息收入，贷记"投资收益"账户，按期差额贷记或借记"可供出售金融资产"账户下的"利息调整"专栏。实际收到债券利息时，借记"银行存款"账户，贷记"应收利息"账户。可供出售债券为一次还本付息债券投资的，应于资产负债表日，按票面利率计算确定的票面利息，借记"可供出售金融资产"账户下的"应计利息"专栏，按可供出售债券的该期初摊余成本和实际利率计算确定的利息收入，贷记"投资收益"账户，按其差额，贷记或借记"可供出售金融资产"账户下的"利息调整"专栏。

**【例5-22】** 接【例5-20】资料。红岩股份有限公司持有甲公司股票100 000股作为可供出售金融资产，2011年4月20日，甲公司宣告分派每股现金股利0.35元，并于2011年5月18日正式发放。其账务处理如下：

（1）2011年4月20日，当甲公司宣告分派现金股利时：

应收现金股利＝100 000×0.35＝35 000（元）

借：应收股利　　　　　　　　　　　　　　　35 000

  贷：投资收益　　　　　　　　　　　　　　　　35 000

（2）2011年5月18日，实际收到现金股利时：

借：银行存款　　　　　　　　　　　　　　　35 000

  贷：应收股利　　　　　　　　　　　　　　　　35 000

**【例5-23】** 接【例5-21】资料。红岩股份有限公司对2010年1月1日购入的乙公司同日发行的4年期债券作为可供出售金融资产，采用实际利率法于每年末确认利息收入。假定该公司将乙公司债券一直持有，且在持有期间未计提过减值准备。则该公司在各期末确认利息收入的账务处理如下：

（1）采用实际利率法确认利息收入的有关计算：

红岩公司对可供出售的乙公司债券投资采用实际利率计算各期的利息收入及利息调整摊销结果，如表5-5所示。

表 5-5　可供出售债券投资利息收入及利息调整摊销计算表

（实际利率法）　　　　　　　　　　　　　　　　　单位：元

| 日期<br>（1） | 票面利息<br>（2）＝面值×6％ | 利息收入<br>（3）＝期初(5)×5％ | 利息调整摊销<br>（4）＝(2)－(3) | 摊余成本期末<br>（5）＝期初(5)－(4) |
|---|---|---|---|---|
| 2010.1.1 | | | | 517 730 |
| 2010.12.31 | 30 000 | 25 887① | 4 113 | 513 617 |
| 2011.12.31 | 30 000 | 25 681 | 4 319 | 509 298 |
| 2012.12.31 | 30 000 | 25 465 | 4 535 | 504 763 |
| 2013.12.31 | 30 000 | 25 237② | 4 763 | 500 000 |
| 合计 | 120 000 | 102 270 | 17 730 | — |

备注：① 用实际利率法计算的该利息收入取整数；
　　　② 最后一年的利息收入采用减法计算，包含调整尾数。

（2）编制确认利息收入的有关会计分录。

2010 年 12 月 31 日，确认利息收入时：

借：应收利息　　　　　　　　　　　　　　　　　30 000

　　贷：投资收益　　　　　　　　　　　　　　　　　　25 887

　　　　可供出售金融资产——乙公司债券（利息调整）　　4 113

以后三年未确认利息收入的分录与上类似，故略去。

## 三、可供出售金融资产的期末计量

企业持有的可供出售金融资产在资产负债表日应按其公允价值进行后续计量，发生的公允价值变动计入所有者权益。

在资产负债表日，可供出售金融资产的公允价值高于其账面余额的差额，借记"可供出售金融资产"账户下的"公允价值变动"专栏，贷记"资本公积——其他资产公积"账户；公允价值低于其账面余额的差额做相反的会计分录。

【例 5-24】　接【例 5-20】资料。红岩股份有限公司作为可供出售金融资产而持有的甲公司股票 100 000 股在 2010 年 12 月 31 日的每股市价为 9.50 元，在 2011 年 12 月 31 日的每股市价为 9.10 元。该金融资产在 2010 年 12 月 31 日按公允价值计量前的账面余额为 842 500 元。其账务处理如下：

（1）2010 年 12 月 31 日，按公允价值计量时：

公允价值变动额＝100 000×9.50－842 500＝107 500（元）

借：可供出售金融资产——甲公司股票（公允价值变动）　107 500

　　贷：资本公积——其他资本公积　　　　　　　　　　107 500

（2）2011 年 12 月 31 日，按公允价值计量时：

公允价值变动额＝100 000×（9.10－9.50）＝－40 000（元）

借：资本公积——其他资本公积　　　　　　　　　　40 000

　　贷：可供出售金融资产——甲公司股票（公允价值变动）　40 000

113

【例 5-25】 接【例 5-21】资料。红岩股份有限公司作为可供出售金融资产而持有的乙公司债券投资,在 2010 年 12 月 31 日的公允价值为 520 000 元,这之前的账面余额(亦即摊余成本)为 513 617 元。其账务处理如下:

2010 年 12 月 31 日,按公允价值计量时:

公允价值变动额=520 000-513 617=6 383(元)

借:可供出售金融资产——乙公司债券(公允价值变动)　　6 383

　　贷:资本公积——其他资本公积　　　　　　　　　　　　　　　6 383

经上述调整后,该债券投资的账面余额=513 617+6 383=520 000(元),即经调整后,对乙公司的债券投资的账面余额等于公允价值,体现了期末按公允价值计量。

## 四、可供出售金融资产的处置

企业将可供出售金融资产处置时,处置损益为取得的处置实际收款额与所处置的可供出售金融资产账面价值的差额,应计入投资收益;同时,将原计入所有者权益的公允价值累计变动额对应处置部分的金额转出,计入投资收益。如果在处置可供出售金融资产时,存在计入应收项目的现金股利或债券利息尚未收回,则应从处置实际收款额中扣除该应收项目金额之后,再确认处置损益。

处置可供出售的股票投资时,应按实际收到的金额,借记"银行存款"账户,按该股票投资的初始确认金额,贷记"可供出售金融资产"账户下的"成本"专栏,按公允价值累计变动额,贷记或借记"可供出售金融资产"账户下的"公允价值变动"专栏,按应收未收的现金股利,贷记"应收股利"账户,按其差额,贷记或借记"投资收益"账户。

处置可供出售的债券投资的,按实际收到的金额,借记"银行存款"账户,按该债券投资的面值,贷记"可供出售金融资产"账户下的"成本"专栏,按利息调整未摊余额贷记或借记"可供出售金融资产"账户下的"利息调整"专栏,按应收未收债券利息,贷记"应收利息"账户,或按累计计提的票面利息,贷记"可供出售金融资产"账户下的"应计利息"专栏,按公允价值累计变动额,贷记或借记"可供出售金融资产"账户下的"公允价值变动"专栏,按其差额,贷记或借记"投资收益"账户。

处置可供出售金融资产时,同时还应将原计入所有者权益的公允价值累计变动额对应处置部分的金额转出,借记或贷记"资本公积——其他资本公积"账户,贷记或借记"投资收益"账户。

【例 5-26】 接【例 5-20】和【例 5-24】资料。2012 年 1 月 18 日,红岩股份有限公司将作为可供出售金融资产而持有的甲公司股票 100 000 股全部出售,实际收款 895 000 元。出售时,对甲公司股票投资因公允价值变动而计入资本公积中的公允价值累计变动额为67 500(107 500-40 000)元,该投资的账面价值为 910 000 元,其中,成本为 842 500 元,公允价值变动(借方)为 67 500 元。其账务处理如下:

(1) 2012 年 1 月 18 日,出售甲公司股票时:

处置损益=895 000-910 000=-15 000(元)

借:银行存款　　　　　　　　　　　　　　895 000

　　投资收益　　　　　　　　　　　　　　15 000

　　　　　　贷：可供出售金融资产——甲公司股票（成本）　　　　842 500

　　　　　　　　　　　　　　　——甲公司股票（公允价值变动）67 500

　　（2）同时，将与该投资有关的资本公积转出：

　　　借：资本公积——其他资本公积　　　　　　　　　67 500

　　　　　贷：投资收益　　　　　　　　　　　　　　　　　　67 500

　　说明：上述将处置损益与结转资本公积分开作账务处理是很合理的。这既符合企业
会计准则规定的精神，账务处理过程也显得很清晰。而其他相关教材常将两者写作一笔
分录。那样做，使得其中"投资收益"账户反映的是一个综合结果，让人不能直观地看出售
出可供出售的股票投资产生的处置损益及结转原计入资本公积的公允价值累计变动额各
为多少。

　　**【例 5-27】**　接【例 5-21】、【例 5-23】和【例 5-25】资料。2011 年 1 月 15 日，红岩股份有
限公司将作为可供出售金融资产而持有的乙公司债券出售，实际收款 518 000 元。出售
时，对乙公司债券投资因公允价值变动而计入资本公积的公允价值累计变动额为 6 383
元；该债券投资的账面价值为 520 000 元，其中，成本为 500 000 元、利息调整借方余额为
13 617 元、公允价值变动为借方余额 6 383 元。其账务处理如下：

　　（1）2011 年 1 月 15 日，出售乙公司债券时：

　　　　　　　处置损益＝518 000－520 000＝－2 000（元）

　　　借：银行存款　　　　　　　　　　　　　　　518 000

　　　　　投资收益　　　　　　　　　　　　　　　　2 000

　　　　　贷：可供出售金融资产——乙公司债券（成本）　　　　500 000

　　　　　　　　　　　　　　　——乙公司债券（利息调整）　　　13 617

　　　　　　　　　　　　　　　——乙公司债券（公允价值变动）　　6 387

　　（2）同时，结转与该债券投资相关的资本公积：

　　　借：资本公积——其他资本公积　　　　　　　　　6 387

　　　　　贷：投资收益　　　　　　　　　　　　　　　　　　6 387

　　值得注意的是，若将作为可供出售的债券出售时距最近一个计息及按公允价值计量
的期末的时间较长的（长于 1 个月），则应先计算调整该债券投资的摊余成本以及利息调
整的未摊销余额，以使确认的处置损益更为合理。上例不涉及该情况。

# 第五节　金融资产减值

## 一、金融资产减值损失的确认

　　企业应当在资产负债表日对以公允价值计量且其变动计入当期损益的金融资产以外
的金融资产（含单项金融资产或一组金融资产，下同）的账面价值进行检查，有客观证据表
明该金融资产发生减值的，应当确认减值损失，计提减值准备。

　　表明金融资产发生减值的客观证据，是指金融资产初始确认后实际发生的、对该金融
资产的预计未来现金流量有影响，且企业能够对该影响进行可靠计量的事项。金融资产

发生减值的客观证据,包括下列各项:

(1) 发行方或债务人发生严重财务困难;

(2) 债务人违反了合同条款,如偿付利息或本金发生违约或逾期等;

(3) 债权人出于经济或法律等方面因素的考虑,对发生财务困难的债务人作出让步;

(4) 债务人很可能倒闭或进行其他财务重组;

(5) 因发行方发生重大财务困难,该金融资产无法在活跃市场继续交易;

(6) 无法辨认一组金融资产中的某项金融资产的现金流量是否已经减少,但根据公开的数据对其总体进行评价后发现,该组金融资产自初始确认以来的预计未来现金流量确已减少且可计量,如该组金融资产的债务人支付能力逐步恶化,或债务人所在国家或地区失业率提高,担保物在其所在地区的价格明显下降、所处行业不景气等;

(7) 权益工具发行方经营所处的技术、市场、经济或法律环境等发生重大不利变化,使权益工具投资人可能无法收回投资成本;

(8) 权益工具投资的公允价值发生严重或非暂时性下跌;

(9) 其他表明金融资产发生减值的客观的证据。

企业在根据以上客观证据判断金融资产是否发生减值时,应注意以下几点:

第一,这些客观证据相关的事项(也称"损失事项")必须影响金融资产的预计未来现金流量,并且能够可靠地计量。否则,对于预期未来事项可能导致的金融资产损失,无论其发生的可能性有多大,均不能作为减值损失予以确认。

第二,企业通常难以找到某项单独的证据来认定金融资产是否已发生减值,因而应综合考虑相关证据的总体影响进行判断。

第三,债务方或金融资产发行方信用等级下降本身不足以说明企业所持的金融资产发生了减值。但是,如果企业将债务人或金融资产发行方的信用等级下降因素,与可获得的其他客观的减值依据联系起来,往往能够对金融资产是否已发生减值作出判断。

第四,对于可供出售权益工具投资,其公允价值低于其成本本身不足以说明可供出售权益工具投资已发生减值,而应当综合相关因素判断该投资公允价值下降是否属于严重或非暂时性下跌,同时,企业应当从持有可供出售权益工具投资的整个期间进行判断。

如果权益工具投资在活跃市场上没有报价,从而不能根据其公允价值下降的严重程度或持续时间来进行减值判断时,应当综合考虑其他因素(例如,被投资单位经营所处的技术、市场、经济或法律环境等)是否发生重大不利变化。

对于以外币计价的权益工具投资,企业在判断其是否发生减值时,应当将该投资在初始确认时以记账本位币反映的成本,与资产负债表日以记账本位币反映的公允价值进行比较,同时考虑其他相关因素。

## 二、金融资产减值损失的计量

(1) 持有至到期投资以摊余成本进行后续计量,其发生减值时,应当将其账面价值与预计未来现金流量现值之间的差额,确认为减值损失,计入当期损益。

以摊余成本计量的金融资产的预计未来现金流量现值,应当按照该金融资产的原实际利率折现确定,并考虑相关担保物的价值(取得和出售该担保物发生的费用应当予以扣除)。原实际利率是初始确认该金融资产时计算确定的实际利率。对于浮动利率贷款、应收款项或持有至到期投资,在计算未来现金流量现值时可采用合同规定的现行实际利率作为折现率。即使合同条款因债务人或金融资产发行方发生财务困难而重新商定或修改,在确认减值损失时,仍用合同条款修改前所计算的该金融资产的实际利率计算。

(2) 对于存在大量性质类似且以摊余成本后续计量金融资产的企业,在考虑金融资产减值测试时,应当先将单项金融重大的金融资产区分开来,单独进行减值测试。如有客观证据表明其已发生减值,应当确认减值损失,计入当期损益。对于单项金额不重大的金融资产,可以单独进行减值测试,或包括在具有类似信用风险特征的金融资产组合中进行减值测试。实务中,企业可以根据具体情况确定单项金额重大的标准。该项标准一经确定,应当一致运用,不得随意变更。

单独测试未发生减值的金融资产(包括单项金额重大和不重大的金融资产),应当包括在具有类似信用风险特征的金融资产组合中再进行减值测试。已单独确认减值损失的金融资产,不应包括在具有类似信用风险特征的金融资产组合中进行减值测试。

(3) 企业对金融资产采用组合方式进行减值测试时,应当重点关注以下几方面:

① 应当将其有类似信用风险特征的金融资产组合在一起。例如,可按资产类型、行业分布、区域分布、担保物类型、逾期状态等进行组合。

② 对于已包括在某金融资产组合中的某项金融资产,一旦有客观证据表明其发生了减值,则应当将其从该组合中分出来,单独确认减值损失。

③ 在对某金融资产组合的未来现金流量预计时,应当以与其具有类似风险特征组合的历史损失率为基础。如企业缺乏这方面的数据或经验不足,则应当尽量采用具有可比性的其他资产组合的经验数据,并作必要的调整。企业应当对预计资产组合未来现金流量的方法和假设进行定期检查,以最大限度地消除损失预计数和实际发生数之间的差异。

(4) 对以摊余成本计量的金融资产确认减值损失后,如有客观证据表明该金融资产价值已恢复,且客观上与确认该损失后发生的事项有关(如债务人的信用评级已提高等),原确认的减值损失应当予以转回,计入当期损益。但是,该转回后的账面价值不应当超过假定不计提减值准备情况下该金融资产在转回日的摊余成本。

(5) 外币金融资产发生减值的,预计未来现金流量现值应按外币确定,在计量减值时再按资产负债表日即期汇率折合为记账本位币反映的金额。该项金额小于相关外币金融资产以记账本位币反映的账面价值的部分,确认为减值损失,计入当期损益。

在资产负债表日,企业的持有至到期投资发生减值的,应按减值的金额,借记"资产减值损失"账户,贷记"持有至到期投资减值准备"账户;已计提减值准备的持有至到期投资,如果其价值得以恢复,则应在原计提的减值准备金额内,按恢复增加的金额,借记"持有至到期投资减值准备"账户,贷记"资产减值损失"账户。

【例 5-28】 2010 年 1 月 1 日,红岩股份有限公司从活跃市场上购入丙公司即日发行的面值为 500 000 元、期限 5 年、票面利率 8%、每年 12 月 31 日付息、到期还本的债券作为持有至到期投资,实际支付价款(含交易费用)为 542 124 元,取得该投资时确认的实际利率为 6%。红岩公司在初始确认该债券投资后采用实际利率法编制的利息收入及利息调整摊销计算表如表 5-6 所示。

### 表 5-6　持有至到期投资利息收入及利息调整摊销计算表

（实际利率法）　　　　　　　　　　　单位：元

| 日期<br>（1） | 票面利息<br>（2）＝面值×8％ | 利息收入<br>（3）＝期初（5）×6％ | 利息调整摊销<br>（4）＝（2）－（3） | 摊余成本期末<br>（5）＝期初（5）－（4） |
|---|---|---|---|---|
| 2010.1.1 | | | | 542 124 |
| 2010.12.31 | 40 000 | 32 527 | 7 473 | 534 651 |
| 2011.12.31 | 40 000 | 32 079 | 7 921 | 526 730 |
| 2012.12.31 | 40 000 | 31 604 | 8 396 | 518 334 |
| 2013.12.31 | 40 000 | 31 100 | 8 900 | 509 434 |
| 2014.12.31 | 40 000 | 30 566 | 9 434 | 500 000 |
| 合计 | 200 000 | 157 876 | 42 124 | — |

2011 年 12 月 31 日,因丙公司发生严重财务困难,预计所持有的丙公司债券只能收回各期的票面利息以及 80％的到期本金;2012 年 12 月 31 日,丙公司的财务困难进一步加剧,预计持有的丙公司债券除能收回各期利息外只能收回本金的 60％;2013 年 12 月 31 日,由于丙公司的财务困难有明显缓解,预计所持有的丙公司债券能收回各期票面利息以及 90％的本金。红岩公司有关该持有至到期投资的减值准备的账务处理如下:

(1) 2011 年 12 月 31 日,计提减值准备。

　　　　　预计可收回丙公司债券本金＝500 000×80％＝400 000(元)

预计其后 3 年,每年仍可收回债券利息 40 000 元。

查表知,3 年期、利率 6％的年金现值系数和复利现值系数分别为 2.673 012 和 0.839 619。从而对丙公司债券其后 3 年的现金流入的现值为:

预计 3 年现金流量现值＝40 000×2.673 012＋400 000×0.839 619＝442 768(元)

应计提减值准备＝526 730－442 768＝83 962(元)

借:资产减值损失　　　　　　　　　　　　　　83 692

　　贷:持有至到期投资减值准备　　　　　　　　　　　83 962

(2) 2012 年 12 月 31 日,计提减值准备。

　　　　　预计可收回丙公司债券本金＝500 000×60％＝300 000(元)

　　　　　预计其后 2 年仍可每年收回债券利息 40 000 元。

查表知,2 年期、利率 6％的年金现值系数和复利现值系数分别为 1.833 393 和 0.889 996。从而对丙公司债券投资其后 2 年的现金流入现值为:

　　　预计其后 2 年的现金流入现值＝40 000×1.833 393＋300 000×0.889 996

　　　　　　　　　　　　　　　　＝340 335(元)

　　　此时债券投资的账面价值＝518 334－83 962＝434 372(元)

　　　从而应再次计提减值准备＝434 372－340 335＝94 037(元)

借:资产减值损失　　　　　　　　　　　　　　94 037

　　贷:持有至到期投资减值准备　　　　　　　　　　　94 037

（3）2013 年 12 月 31 日，计提减值准备。

$$预计可收回本金=500\,000×90\%=450\,000(元)$$

还可收回第 5 年的票面利息 40 000 元。

查表知，1 年期、利率 6％的复利现值系数为 0.943 396。从而对丙公司债券投资最后 1 年的现金流入现值为：

$$预计 1 年后现金流入的现值=(40\,000+450\,000)×0.943\,396=462\,264(元)$$

$$这之前债券投资的账面价值=509\,434-(83\,962+94\,037)=331\,435(元)$$

$$应计提减值准备=331\,435-462\,264=-130\,829(元)$$

上式结果为负数，就表明对丙公司债券投资的价值已部分恢复，因此，应作如下会计分录：

借：持有至到期投资减值准备　　　　　　　　　130 829

　　贷：资产减值损失　　　　　　　　　　　　　　　130 829

至此，对丙公司债券投资的账面价值为 462 264 元，其中，面值为 500 000 元，利息调整借方余额为 9 434 元，减值准备余额为 47 170 元。

### （二）可供出售金融资产减值损失的计量

（1）可供出售金融资产发生减值时，即使该金融资产没有终止确认，原计入所有者权益中的因公允价值下降形成的累计损失，也应当予以转出，计入当期损益。该转出的累计损失，等于可供出售金融资产初始取得成本扣除已收回本金和已摊销金额，当前公允价值和原已计入损益的减值损失后的余额。

在活跃市场中没有报价且其公允价值不能可靠计量的权益工具投资发生减值时，应当将该权益工具投资或衍生金融资产的账面价值，与按照类似金融资产当时市场收益率对未来现金流量折现确定的现值之间的差额，确认为减值损失，计入当期损益。与该权益工具挂钩并须通过交付该权益工具结算的衍生金融资产发生减值的，也应当采用类似方法确认其减值损失。

（2）对于已确认减值损失的可供出售债券投资，在随后的会计期间公允价值已上升且客观上与确认原减值损失后发生的事项有关的，原确认的减值损失应当转回，计入当期损益。

（3）可供出售权益工具投资发生的减值损失，在该权益工具价值回升时，应通过权益转回，不得通过损益转回。但是，在活跃市场中没有报价且其公允价值不能可靠计量的权益工具投资，或与该公益工具挂钩并须通过交付权益工具结算的衍生金融资产发生的减值损失，不得转回。

企业在确认可供出售金融资产的减值损失时，按应计提的减值金额，借记"资产减值损失"账户，按应从所有者权益中转出的因公允价值下降形成的累计损失金额，贷记"资本公积——其他资本公积"账户，按其差额，贷记"可供出售金融资产"账户下的"公允价值变动"专栏。当计提减值损失的金融资产因其价值恢复而应转回原计提的减值损失时，对于转回可供出售债券投资的减值损失，应按转回的金额，借记"可供出售金融资产"账户下的"公允价值变动"专栏，贷记"资产减值损失"账户；对于转回可供出售股票投资的减值损失,应按转回的金额,借记"可供出售金融资产"账户下的"公允价值变动"专栏,贷记"资本公积——其他资本公积"账户。

【例 5-29】 2010 年 10 月 15 日,红岩股份有限公司从二级市场上购入乙公司公开发行的股票 100 000 股作为可供出售金融资产,每股买价为 9.20 元,另外支付交易费用 3 000 元。2010 年 12 月 31 日,乙公司股票价格下跌为每股 8.00 元,红岩公司认定这是股市的正常价格波动。2011 年 6 月 30 日,因乙公司所处的市场环境发生重大不利变化,导致其股票价格大幅度跌至每股 5.00 元,红岩公司认定对乙公司股票投资发生了减值。2011 年 12 月 31 日,因乙公司当年发生严重亏损,致使其股票价格进一步下跌至每股 3.50 元,红岩公司继续计提减值。2012 年 6 月 30 日,由于市场环境大为改善,乙公司也因加强经营管理而实现扭亏增盈,使得乙公司股票价格上涨为每股 6.50 元。假定红岩公司必须对外提供半年度财务报告和年度财务报告。其有关该股票投资的账务处理如下:

(1) 2010 年 10 月 15 日,购入乙公司股票时:

借:可供出售金融资产——乙公司股票(成本)　　　　923 000

　　贷:银行存款　　　　923 000

(2) 2010 年 12 月 31 日,按公允价值计量时:

公允价值变动额=100 000×8.00-923 000=-123 000(元)

借:资本公积——其他资本公积　　　　123 000

　　贷:可供出售金融资产——乙公司股票(公允价值变动)　123 000

调整后,对乙公司股票投资的账面价值=923 000-123 000=800 000(元)

(3) 2011 年 6 月 30 日,计提减值损失时:

应计提减值损失=100 000×8.00-100 000×5.00+123 000=423 000(元)

借:资产减值损失　　　　423 000

　　贷:资本公积——其他资本公积　　　　123 000

　　　　可供出售金融资产——乙公司股票(公允价值变动)　300 000

此时,对乙公司股票投资的账面价值=800 000-300 000=500 000(元)

(4) 2011 年 12 月 31 日,继续计提减值时:

应计提减值损失=500 000-100 000×3.50=150 000(元)

借:资产减值损失　　　　150 000

　　贷:可供出售金融资产——乙公司股票(公允价值变动)　150 000

至此,对乙公司股票投资的账面价值=500 000-150 000=350 000(元)

(5) 2012 年 6 月 30 日,部分恢复对乙公司股票投资的价值时:

应恢复的价值=100 000×6.50-300 000=350 000(元)

借:可供出售金融资产——乙公司股票(公允价值变动)　350 000

　　贷:资本公积——其他资本公积　　　　350 000

## 三、本章金融资产的报表列报

本章主要论述了交易性金融资产、持有至到期投资以及可供出售金融资产等的确认、计量和记录问题。按《企业会计准则第 37 号——金融工具列报》的有关规定,金融资产和

金融负债应当在资产负债表内分别列示,不得相互抵消。但是,同时满足下列条件的,应当以相互抵消后的净额在资产负债表内列示:

(1) 企业具有抵消已确认金额的法定权利,且该种法定权利现在是可执行的;

(2) 企业计划以净额结算,或同时变现该金融资产和清偿该金融负债的。

此外,不满足终止确认条件的金融资产转移,转出方不得将已转移的金融资产和相关负债进行抵消。

具体针对本章所涉及的金融资产,期末在资产负债表内的列报方法如下:

(1) 应将"交易性金融资产"账户的期末借方余额,在该表的流动资产类下以"交易性金融资产"项目列示。

(2) 应将"持有至到期投资"账户的期末借方余额减去"持有至到期投资减值准备"账户的期末贷方余额之后的差额,在该表的非流动资产类下以"持有至到期投资"项目列示。若持有至到期投资中存在离债券到期日的期限不超过 1 年的情况,则应将这两个账户的期末余额进行分析,凡属于离到期日不超过 1 年的部分,从中剔除,在流动资产类下以"一年内到期的非流动资产"项目列示,剩余部分则在非流动资产类下以"持有至到期投资"项目列示。

(3) "可供出售金融资产"账户的期末余额直接在非流动资产类下以"可供出售金融资产"项目列示。

# 复习思考题

1. 什么是金融资产?金融工具确认与计量准则将金融资产分为哪几类?

2. 什么是交易性金融资产?其确认条件有哪些?

3. 交易性金融资产核算包括的主要内容有哪些?

4. 什么是持有至到期投资?它有哪些特点?

5. 什么是可供出售金融资产?

6. 什么是实际利率法?怎样确定实际利率?

7. 比较交易性金融资产、持有至到期投资及可供出售金融资产账户设置的异同。

8. 如何确认持有至到期投资的持有收益?

9. 持有至到期投资核算内容有哪些?

10. 判定金融资产减值的主要事项有哪些?

11. 如何确定持有至到期投资的减值?怎样进行其减值的账务处理?

12. 如何进行持有至到期投资处置的账务处理?

13. 如何确认可供出售金融资产的持有收益?

14. 按公允价值进行后续计量的金融资产有哪些?它们有何异同?

15. 可供出售金融资产的核算内容有哪些?

16. 如何进行可供出售金融资产减值计提及转回的账务处理?

17. 如何进行可供出售金融资产处置的账务处理?

18. 持有至到期投资如何在资产负债表中列示?

# 第六章

# 长期股权投资

**【内容提要与学习要求】**

本章是全书的重点和难点章。本章讲述了长期股权投资的概念和包括内容,通过企业合并取得以及通过其他方式取得长期股权投资的初始计量方法及其会计处理,长期股权投资核算的成本法与权益法的含义、适用范围、核算内容与具体核算方法,两种核算方法的转换,长期股权投资的减值、处置以及列报。学习中应理解各种方式取得的产期股权投资的初始计量方法,熟悉两种核算方法的含义及应用范围,掌握成本法的核算程序和应用,重点掌握权益法的核算程序与具体应用;一般了解两种核算方法的转换,长期股权投资的减值计提、处置以及列报。

## 第一节　长期股权投资概述

### 一、长期股权投资的概念

投资是企业为了获取收益或实现资本增值向被投资单位投放资金的行为。企业对外进行的投资,可以进行不同的分类。从性质上划分,可以分为债权性投资和权益性投资,其中,债权性投资是指企业通过购入债券等方式取得被投资企业的债权而形成的对外投资;权益性投资是指企业通过控股合并、购入股票、投资组建合营企业或联营企业等方式,取得被投资企业的股权而形成的对外投资。从管理层持有投资的意图划分,可以分为交易性投资、持有至到期投资、可供出售投资以及长期股权投资等。

长期股权投资,是指企业准备长期持有的权益性投资,包括长期股票投资和其他长期权益性投资。

### 二、长期股权投资的内容

根据长期股权投资准则的规定,长期股权投资包括以下几方面的内容:

**1. 具有控制的权益性投资**

投资企业能够对被投资单位实施控制的权益性投资,即对子公司的投资,应当划分为长期股权投资。

控制,是指有权决定一个企业的财务和经营政策,并能据以从该企业的经营活动中获取利益。控制包括以下两种情形:

(1)投资企业拥有被投资单位半数以上的表决权资本。这种情形又具体包括:①投资企业直接拥有被投资单位半数以上的表决权资本;②投资企业间接拥有被投资单位半数以上的表决权资本;③投资企业直接和间接合计拥有被投资单位半数以上的表决权资本。

(2)投资企业虽未拥有被投资单位半数以上的表决权资本,但通过其他方式对被投资单位具有实质控制权。这种情形又具体包括:①通过与其他投资者的协议,投资企业拥有被投资单位半数以上表决权资本的控制权;②根据章程或协议,投资企业有权决定被投资单位的财务和经营政策;③投资企业有权任免被投资单位董事会或类似权力机构的多数成员;④投资企业在被投资单位董事会或类似权力机构会议上有半数以上的表决权。

**2. 具有共同控制的权益性投资**

投资企业与其他合营方一同对被投资单位实施共同控制的权益性投资,即对合营企业的投资,应当划分为长期股权投资。

共同控制,是指按照合同约定对某项经济活动所共有的控制,仅在与该项经济活动相关的重要财务和经营决策需要分享控制权的投资方一致同意时存在。投资企业与其他方对被投资方实施共同控制的,被投资单位称为其合营企业。

合营企业的特点是,合营各方均受到合营合同的限制和约束。一般在合营企业设立时,合营各方在投资合同或协议中约定在所设立合营企业的重要财务和生产经营决策制定过程中,必须由合营各方均同意才能通过。共同控制的实质是通过合同约定建立起来的、合营各方对合营企业共有的控制。实务中,在确定是否构成共同控制时,一般可以考虑以下情况作为确定基础:(1)任何一个合营方均不能单独控制合营企业的生产经营活动;(2)涉及合营企业基本经营活动的决策需要各合营方一致同意;(3)各合营方可能通过合同或协议的形成任命其中的一个合营方对合营企业的日常活动进行管理,但其必须在各合营方已经一致同意的财务和经营政策范围内行使管理权。

**3. 具有重大影响的权益性投资**

投资单位对被投资单位具有重大影响的权益性投资,即对联营企业投资,应当划分为长期股权投资。

重大影响,是指对一个企业的财务和经营政策有参与决策的权力,但并不能控制或者与其他方一起共同控制这些政策的制定。投资企业能够对被投资单位施加重大影响的,被投资单位为其联营企业。

投资企业直接或通过子公司间接拥有被投资单位20%以上但低于50%的表决权股份时,一般被认为对被投资单位具有重大影响,除非有确凿证据表明该种情况下不能参与被投资单位的生产经营决策,不形成重大影响。在确定能否对被投资单位施加重大影响时,一方面应考虑投资企业直接或间接持有被投资单位的表决权股份,同时要考虑企业及其他方持有现行可执行潜在表决权在假定转换为被投资单位的股权后产生的影响,如被投资单位发行的现行可转换的认股权证、股份期权及可转换公司债券等的影响。

投资企业拥有被投资单位的表决权资本不足20%,一般认为对被投资单位不具有重大影响,但符合下列情况之一的,可以认为对被投资单位具有重大影响:(1)在被投资单位的董事会或类似权力机构派有代表;(2)参与被投资单位的政策制定过程,包括股利分配政策等的制定;(3)与被投资单位之间发生重要交易;(4)向被投资单位派出管理人员;(5)向被投资单位提供关键技术资料。

**4. 公允价值不能可靠计量的小份额权益性投资**

投资企业持有的对被投资单位不具有控制、共同控制或重大影响,并且在活跃市场中没有报价、公允价值不能可靠计量的权益性投资,应当划分为长期股权投资。

# 第二节  长期股权投资的初始计量

## 一、长期股权投资初始计量的原则

企业取得长期股权投资时,应按初始投资成本入账。长期股权投资可以通过企业合并而形成,也可以通过以支付现金、发行权益证券、投资者投入等其他方式取得。在不同的取得方式下,初始投资成本的确定方法就有所不同。企业应该分别按企业合并和非企业合并两类情况确定长期股权投资的初始投资成本。

企业在取得长期股权投资时,如果支付的价款或对价中包含已宣告但尚未发放的现金股利或利润,则应将其作为应收股利,不应构成长期股权投资的初始投资成本。

## 二、企业合并形成的长期股权投资

企业合并,是指将两个或两个以上单独的企业合并形成一个报告主体的交易或事项。企业合并通常包括吸收合并、新设合并和控股合并三种方式。其中,吸收合并、新设合并不形成投资关系,只有控股合并才形成投资关系。因此,企业合并形成的长期股权投资是指通过企业控股合并方式所形成的投资企业(即合并后的母公司)对被投资单位(即合并后的子公司)的长期股权投资。企业合并形成的长期股权投资,应当区分同一控制下的企业合并和非同一控制下的企业合同分别确定其初始投资成本。

### (一)同一控制下企业合并形成的长期股权投资

参与合并的企业在合并前后均受同一方或相同的多方最终控制并且该控制并非暂时性的,为同一控制下的企业合并。同一控制下的企业合并,在合并日取得对其他参与合并企业控制权的一方为合并方,参与合并的其他企业为被合并方。对于同一控制下的企业合并,从能够对参与合并各方在合并前后均实施最终控制来看,其能够控制的资产在合并前及合并后并没有发生变化,因此,同一控制下企业合并的会计处理以账面价值为基础进行计量。

合并方以支付现金、转让非现金资产或承担债务方式作为合并对价的,应当在合并日按照取得被合并方所有者权益账面价值的份额作为长期股权投资的初始投资成本。该初始投资成本与支付的现金、转让的非现金资产或所承担债务账面价值之间的差额,应当调整资本公积(资本溢价或股本溢价);资本公积的余额不足冲减的,调整留存收益。合并方为企业合并发行的债券或承担其他债务所支付的手续费、佣金等,应当计入所发行债券或承担其他债务的初始计量金额;为进行企业合并发生的直接相关费用,如为进行企业合并而支付的审计费用、评估费用、法律服务费用等,应当于发生时计入当期损益。

合并方以发行权益性证券作为合并对价的,应当在合并日按取得的被合并方所有者权益账面价值的份额作为长期股权投资的初始投资成本,按发行股份的面值总额作为股本。二者之间的差额,应当调整资本公积(资本溢价或股本溢价);资本公积的余额不足冲减的,应当调整留存收益。合并方为进行企业合并发行权益性证券所发生的手续费用、佣金等,应当抵减权益性证券的溢价收入,溢价收入不足冲减的,冲减留存收益。

同一控制下企业合并形成的长期股权投资,合并方应在合并日按取得被合并方所有者权益账面价值的份额,借记"长期股权投资"账户,按享有被投资方已宣告但尚未发放的现金股利或利润,借记"应收股利"账户,按支付对价的账面价值贷记有关资产账户或负债账户,若以发行权益性证券作为合并对价的,则应按发行股份的面值总额贷记"股本"账户,按其贷方差额贷记"资本公积——资本溢价或股本溢价"账户;为借方差额的,借记"资本公积——资本溢价或股本溢价"账户,资本公积不足冲减的,借记"盈余公积"、"利润分配——未分配利润"账户。

【例 6-1】　2010 年 1 月 10 日,红岩股份有限公司与同属于 A 企业集团所控制的甲公司达成合并协议,向甲公司的原股东定向增发 4 000 万股普通股(每股面值 1 元,市价为 9.58 元),取得甲公司 100% 的股权,并于即日起对甲公司实施控制。合并后甲公司仍维持其独立法人资格继续经营。两公司在合并前的会计政策相同。合并日,甲公司所有者权益账面价值总额为 8 500 万元。红岩公司为了合并甲公司发行股份而用银行存款支付手续费用及佣金等发行费用 110 万元。

红岩公司与甲公司在合并前后均同为 A 企业集团所控制,本例为红岩公司通过同一控制下的控股合并而取得对甲公司的长期股权投资。在合并日的账务处理如下:

(1) 在 2010 年 1 月 10 日,取得对甲公司的控制权时:

初始投资成本=8 500 万元。

产生股本溢价=8 500-4 000=4 500(万元)

借:长期股权投资——甲公司　　　　　　　　85 000 000
　　贷:股本　　　　　　　　　　　　　　　　40 000 000
　　　　资本公积——股本溢价　　　　　　　　45 000 000

(2) 支付发行费用时:

借:资本公积——股本溢价　　　　　　　　　1 100 000
　　贷:银行存款　　　　　　　　　　　　　　1 100 000

### (二)非同一控制下企业合并形成的长期股权投资

参与合并的各方在合并前后不受同一方或相同的多方最终控制的,为非同一控制下的企业合并。非同一控制下的企业合并,在购买日取得对其他参与合并企业控制权的一方为购买方,参与合并的其他企业为被购买方。

非同一控制下的企业合并,购买方应将企业合并作为一项购买交易,合理确定合并成本,将其作为合并取得长期股权投资的初始投资成本。合并成本应为区别下列情况确定:

(1)一次交换交易形成的企业合并,合并成本为购买方在购买日为了取得对被购方控制权而付出的资产、发生或承担的负债或发行的权益证券的公允价值。

(2)通过多次交换交易分步实现的企业合并,合并成本为每一单位交易成本之和。

(3)购买方为进行企业合并发生的各项直接相关费用也应当计入企业的合并成本。

(4)在合并合同或协议中对可能影响合并成本的未来事项作出约定的,购买日如果估计未来事项很可能发生且对合并成本的影响金额能够可靠计量的,购买方应当将其计入合并成本。

购买方作为合并对价付出的资产,应当按其公允价值计量,付出资产公允价值与其账面价值的差额计入当期损益。具体地,付出的资产为存货的,应当作为销售处理,以其公允价值确认收入,同时按其账面价值结转成本,涉及增值税的,还应进行相应处理;付出资产为固定资产、无形资产的,付出资产的公允价值与其账面价值的差额,计入营业外收入或营业外支出;付出资产为持有至到期投资、可供出售金融资产或长期股权投资等投资性资产的,付出资产的公允价值与其账面价值的差额,计入投资损益。

购买方为进行企业合并而发行债券支付的手续费、佣金等费用,应当计入所发行债券的初始计量金额,不构成长期股权投资的初始投资成本;购买方为进行企业合并而发行权益性证券支付的手续费、佣金等费用,应当抵减权益性证券的溢价收入,若溢价收入不足冲减的,则冲减留存收益,也不构成长期股权投资的初始投资成本。

非同一控制下企业合并形成的长期股权投资,购买方应在购日按确定的合并成本(不含应自被投资单位收取的现金股利或利润)借记"长期股权投资"账户,按享有的被投资单位已宣告但尚未发放的现金股利或利润,借记"应收股利"账户,按支付合并对价的有关资产的账面价值,贷记有关资产账户,按发生的直接相关费用,贷记"银行存款"账户,按其差额贷记"营业外收入"或借记"营业外支出"等账户。非同一控制下企业合并涉及以库存商品作为合并对价的,应按库存商品的公允价值,贷记"主营业务收入"账户,并同时结转相关的成本,涉及增值税的,还应进行相应账务处理。

【例 6-2】 2010 年 2 月 15 日,红岩股份有限公司与乙公司达成合并协议,约定红岩公司以一批库存商品和一项专利权作为合并对价,取得乙公司 80%的股权。红岩公司付出的库存商品的成本为 2 600 万元,未计提跌价准备,公允价值为 3 000 万元,增值税为 510 万元;付出的专利权的账面原价为 1 800 万元,已累计摊销 500 万元,未计提减值准备,现公允价值为 1 400 万元。在合并过程中,用银行存款支付直接相关费用 90 万元。2010 年 3 月 1 日,红岩公司实际取得对乙公司的控制权。假定在合并前红岩公司与乙公司不存在任何关联方关系。

本例中因红岩公司与乙公司在合并前不存在任何关联方关系,因此应作为非同一控制下的企业合并。红岩公司为购买方,乙公司为被购买方,合并日为 2010 年 3 月 1 日。红岩公司对于非同一控制下企业合并形成的长期股权投资的账务处理如下:

(1)2010 年 3 月 1 日,合并日形成对乙公司的长期股权投资。

$$合并成本 = 3\,000 + 510 + 1\,400 + 90 = 5\,000(万元)$$

付出专利权产生的转让收益＝1 400－(1 800－500)＝100(万元)

付出库存商品应确认收入＝3 000万元,应确认销售成本＝2 600万元。

借：长期股权投资——乙公司                    50 000 000

累计摊销                    5 000 000

  贷：主营业务收入                    30 000 000

应交税费——应缴增值税(销项税额)    5 100 000

无形资产                    18 000 000

营业外收入——处置非流动资产利得    1 000 000

银行存款                    900 000

127

(2) 同时,结转库存商品成本。

借：主营业务                    26 000 000

  贷：库存商品                26 000 000

## 三、以其他方式取得的长期股权投资

除企业合并形成的长期股权投资外,企业还可以通过支付现金、发行权益性证券、投资者投入、非货币性资产交换、债务重组等其他方式取得长期股权投资。企业以其他不同的方式取得长期股权投资,应当按照相应的要求确定初始投资成本。

### (一)以支付现金取得的长期股权投资

企业以支付现金取得的长期股权投资,应当按照实际支付的购买价款作为初始投资成本,包括购买过程中支付的手续费等必要支出,但支付价款中包含的被投资单位已宣告但尚未发放的现金股利或利润应当确认为应收项目,不构成其初始投资成本。

【例6-3】 2010年1月5日,红岩股份有限公司以支付现金方式购入A公司10%的股权,实际支付的购买价款(含相关费用)为650万元。A公司的股权在活跃市场中没有报价,公允价值不能可靠计量,红岩公司将其作为长期股权投资。其账务处理为：

2010年1月5日,用现金购入A公司10%的股权时：

借：长期股权投资——A公司           6 500 000

  贷：银行存款             6 500 000

### (二)以发行权益性证券取得的长期股权投资

企业以发行权益性证券取得的长期股权投资,应当以发行权益性证券的公允价值作为初始投资成本,但不包括应自被投资单位收取的已宣告但尚未发放的现金股利或利润。

确定发行的权益性证券的公允价值时,所发行的权益性证券存在公开市场,有明确市价可供遵循的,应以该证券的市价作为确定其公允价值的依据,同时应考虑该证券的交易量、是否存在限制性条款等因素的影响;所发行权益性证券不存在公开市场,没有明确市价可供遵循的,应考虑被投资单位的公允价值为基础确定发行权益性证券的价值。

为发行权益性证券支付给有关证券承销机构等的手续费、佣金等与证券发行直接相关的费用,不构成取得长期股权投资的成本。该部分费用应从权益性证券的溢价发行收入中扣除,权益性证券溢价收入不足冲减的,则冲减留存收益。

【例 6-4】 2010 年 3 月 10 日,红岩股份有限公司通过定向增发本公司普通股 1 000 万股取得 B 公司 5% 的股权。红岩公司所增发的普通股每股面值 1 元,发行价 3.50 元。为增发该部分股票,红岩公司向证券承销机构支付手续费 105 万元。红岩公司取得 B 公司股权后不能对其产生重大影响,且 B 公司股权在活跃市场中没有报价,公允价值不能可靠计量。其账务处理如下:

(1) 通过定向增发股票取得对 B 公司长期股权投资时:

借:长期股权投资——B 公司　　　　　　　　　35 000 000
　　贷:股本　　　　　　　　　　　　　　　　10 000 000
　　　　资本公积——股本溢价　　　　　　　　25 000 000

(2) 支付发行手续费时:

借:资本公积——股本溢价　　　　　　　　　　1 050 000
　　贷:银行存款　　　　　　　　　　　　　　1 050 000

### (三) 投资者投入的长期股权投资

投资者投入的长期股权投资,是指投资者将其持有的对第三方的投资作为出资投入企业形成的长期股权投资。该长期股权投资应当按照投资合同或协议约定的价值作为初始投资成本,但合同或协议约定的价值不公允的除外。

在确定投资者投入的长期股权投资的公允价值时,有关权益性投资存在活跃市场的,应当参照活跃市场中的市价确定公允价值;不存在活跃市场,无法按照市场信息确定其公允价值的情况下,应当将按照一定的估值技术等合理的方法确定的价值作为其公允价值。

【例 6-5】 2010 年 4 月 1 日,红岩股份有限公司的甲股东以其持有的对 C 公司的权益性投资作为出资投入红岩公司,该投资占 C 公司表决权资本的份额为 15%,红岩公司将其作为长期股权投资。投资协议约定的股权投资价值为 5 650 万元,是经权威的资产评估机构评估确定的,可折换红岩公司每股面值 1 元的普通股 1 600 万股。红岩公司取得对 C 公司的长期股权投资后不会对其产生重大影响,C 公司股权在活跃市场中不存在公开报价,公允价值不能可靠计量。其账务处理如下:

2010 年 4 月 1 日,收到投资者投入的长期股权投资时:

借:长期股权投资——C 公司　　　　　　　　　56 500 000
　　贷:股本　　　　　　　　　　　　　　　　16 000 000
　　　　资本公积——股本溢价　　　　　　　　40 500 000

### (四) 通过非货币性资产交换取得的长期股权投资

通过非货币性资产交换取得的长期股权投资的初始计量应区分该交换满足的条件不同而分别确定。

#### 1. 非货币性资产交换满足以公允价值为基础计量条件

此种情况下,通过非货币性资产交换换入的长期股权投资,应当以换出资产的公允价值加上应支付的相关税费作为初始投资成本;若涉及补价的,则应以换出资产的公允价值加上应支付的相关税费,再加上支付的补价或减去收到的补价作为初始投资成本。换出资产的公允价值与其账面价值的差额,计入当期损益。具体地应区分换出的非货币性资产的不同类型作相应的账务处理。

【例 6-6】　2010 年 7 月 10 日,红岩股份有限公司以原材料一批换入甲公司持有的 D 公司的 8% 的股权,用银行存款支付股权过户手续费等 2 万元。红岩公司换出的原材料成本为 1 750 万元,已计提跌价准备 50 万元,公允价值为 2 000 万元,增值税为 340 万元,收到甲公司支付的补价 52 万元。换入的 D 公司股权在活跃市场中没有报价、公允价值不能可靠计量,红岩公司将其作为长期股权投资,对 D 公司不能产生重大影响。假定该交换具有商业实质。其账务处理如下:

(1) 2010 年 7 月 10 日,用原材料换入长期股权投资时:

$$初始投资成本＝2\,000＋340＋2－52＝2\,290(万元)$$

| | | |
|---|---|---|
| 借:长期股权投资——D 公司 | 22 900 000 | |
| 　银行存款 | 520 000 | |
| 　贷:其他业务收入 | | 20 000 000 |
| 　　应交税费——应缴增值税(销项税额) | | 340 000 |
| 　　银行存款 | | 20 000 |

(2) 同时,结转换出原材料的账面价值:

| | | |
|---|---|---|
| 借:其他业务成本 | 17 000 000 | |
| 　存货跌价准备 | 500 000 | |
| 　贷:原材料 | | 17 500 000 |

说明:上述第一笔分录中,借记“银行存款”账户 52 万元反映在交易中收取的补价,属于经营活动产生的现金流入;贷记“银行存款”账户 2 万元反映的是为从甲公司换入 D 公司股权而支付的交易费用,属于投资活动产生的现金流出。因此,这二者必须同时反映,而不能相互抵消后以银行存款净增加进行反映。

**2. 非货币性资产交换不满足以公允价值为基础计量的条件**

通过非货币性资产交换换入长期股权投资,当不满足以公允价值为基础计量的条件时,就应该以账面价值为基础进行计量。此种情况下,应该以换出资产的账面价值加上应支付的相关税费作为换入长期股权投资的初始投资成本。若涉及补价的,则应以换出资产账面价值加上应支付的相关税费,再加上支付的补价或减去收到的补价作为初始投资成本。不存在交换损益的确认。

【例 6-7】　2010 年 8 月 2 日,红岩股份有限公司以一项专利权换入乙公司持有的 E 公司 6% 的股权,用银行存款支付股权交易税费 3 万元。红岩公司换出的专利权的公允价值无法可靠计量,其账面原价为 1 250 万元,已累计摊销 300 万元,计提减值准备 80 万元,并用银行存款支付给乙公司补价 17 万元。换入的 E 公司股权在活跃市场中不存在报价,公允价值不能可靠计量,红岩公司将其作为长期股权投资,不能对 E 公司产生重大影响。其账务处理如下:

本例的非货币资产交换因换出资产及换入资产公允价值均不能可靠计量,因此应以换出资产账面价值为基础进行计量。

初始投资成本＝(1 250－300－80)＋3＋17＝890(万元)

借：长期股权投资——E公司         8 900 000

    累计摊销                    3 000 000

    无形资产减值准备           800 000

  贷：无形资产                       12 500 000

     银行存款                       200 000

### （五）通过债务重组取得的长期股权投资

企业通过债务重组取得的长期股权投资，应当按受让的长期股权投资的公允价值作为初始投资成本。企业受让长期股权投资发生的直接相关费用，也应当计入初始投资成本。重组债权的账面余额与受让的长期股权投资公允价值之间的差额，作为债务重组损失。重组债权已计提坏账准备的，应先将上述差额冲减已计提的坏账准备，冲减后仍有余额的，作为债务重组损失；若上述差额不足冲减已计提的坏账准备的，则将不足部分冲减资产减值损失。

**【例 6-8】** 2010 年 6 月 18 日，红岩股份有限公司与乙公司签订债务重组协议，红岩公司应收乙公司的货款 9 450 万元，因乙公司发生财务困难而同意以其持有的 F 公司股票 2 500 万股抵偿债务，红岩公司已对该债权计提 370 万元的坏账准备。2010 年 6 月 21 日，完成股权过户手续，红岩公司用银行存款支付手续费 22 万元，当日 F 公司股票每股市价为 3.52 元。红岩公司将取得的 F 公司股票作为长期投资，占 F 公司总股本的 20%，能对其产生重大影响，当时 F 公司可辨认净资产的公允价值为 42 000 万元。其账务处理如下：

2010 年 6 月 21 日，完成重组日，对抵债取得的 F 公司股票作长期投资：

初始投资成本＝2 500×3.52＋22＝8 822(万元)

产生的重组损失＝(9 450－2 500×3.52)－370＝280(万元)

借：长期股权投资——F公司（投资成本）      88 220 000

    坏账准备——应收账款                3 700 000

    营业外支出——债务重组损失         2 800 000

  贷：应收账款——乙公司                   94 500 000

     银行存款                       220 000

由于初始投资成本为 8 822 万元，取得投资时应享有被投资方可辨认净资产公允价值的份额为 8 400 万元(42 000×20%)，前者大于后者，故不需调整初始投资成本。

## 第三节　长期股权投资的后续计量

企业取得的长期股权在持有期间，应根据对被投资单位的影响程度及是否存在活跃市场、公允价值能否可靠计量等情况，分别采用成本法或权益法进行后续计量。

# 一、长期股权投资的成本法

## （一）成本法及适用范围

成本法，是指长期股权投资账户按初始投资成本计价核算的方法，除追加或收回投资外，一般不会对长期股权投资账面余额进行调整。

按长期股权投资准则的规定，采用成本法核算的长期股权投资包括以下两类：

（1）企业持有的对子公司的投资；

（2）对被投资单位不具有控制、共同控制或重大影响，且在活跃市场中没有报价、公允价值不能可靠计量的长期股权投资。

准则要求企业对子公司的长期股权投资在日常核算及母公司个别报表中采用成本法核算，但应在期末编制合并报表时改按权益法进行调整。这样规定的目的在于，主要是为了避免在子公司实际宣告发放现金股利或利润之前，母公司垫付资金发放现金股利或利润等情况，解决了原来权益法下投资收益不能足额收回导致的超分配问题。本书作者认为，这样规定也是为了防止作为母公司的投资企业，利用与子公司的关联方关系，在母公司的个别报表上，过早过多地确认投资收益而粉饰业绩。

## （二）成本法的基本核算程序

采用成本法核算长期股权投资，其基本核算程序为：

（1）取得长期股权投资时，按初始投资成本入账；

（2）在长期股权投资持有期间，应在被投资单位宣告分派现金股利或利润时，按享有的现金股利或利润确认投资收益；

（3）被投资单位宣告分派的股票股利，投资企业应在除权日作备查记录，不作账务处理；对被投资单位实现盈利或发生亏损，投资方不予反映。

需要说明的是，根据我国财政部最新公布的企业会计准则解释第 3 号的规定，长期股权投资核算的成本法的核算程序更加简化，取消了过去在该方法下收到清算性股利冲减投资成本以及确认投资收益的限制等规定，将该法下投资收益确认改为，当被投资单位宣告分派现金股利或利润时，投资企业应按享有的金额确认投资收益。但解释又增加了关于减值判断的新规定，要求对成本法下的长期股权投资在确认收益之后，应比较投资的原账面成本与可收回金额，以判断是否发生了减值。

## （三）长期股权投资采用成本法核算应用举例

企业对长期股权投资采用成本法核算，应设置"长期股权投资"账户反映取得长期股权投资的初始投资成本，该账户下按被投资单位名称设置明细账进行明细核算。另外，还应设置"投资收益"账户核算企业在持有长期股权投资期间所确认的投资收益以及处置投资所发生的处置损益。

【例 6-9】 2010 年 1 月 10 日，红岩股份有限公司以银行存款 1 280 万元取得甲公司 10%的股权并打算长期持有，红岩公司对甲公司不能产生重大影响且甲公司股权在活跃市场上不存在报价、公允价值不能可靠计量。2010 年 4 月 20 日,甲公司宣告分派 2009 年度利润 500 万元,并于 2010 年 5 月 15 日正式支付。2010 年度甲公司实现净利 1 000 万元。2011 年 4 月 25 日,甲公司宣告分派 2010 年度利润 750 万元,并于 2011 年 5 月 20 日正式支付。2011 年度甲公司发生损失 400 万元。其账务处理如下:

根据该例的资料条件,红岩公司对甲公司的长期股权投资应当采用成本法核算。相关的账务处理为:

(1) 2010 年 1 月 10 日,取得对甲公司的长期股权投资时:

借:长期股权投资——甲公司　　　　　　　　12 800 000
　　贷:银行存款　　　　　　　　　　　　　　　　12 800 000

(2) 2010 年 4 月 20 日,甲公司宣告分派 2009 年度利润时:

$$应确认投资收益 = 500 \times 10\% = 50(万元)$$

借:应收股利　　　　　　　　　　　　　　　500 000
　　贷:投资收益　　　　　　　　　　　　　　　　500 000

(3) 2010 年 5 月 15 日,收到甲公司支付的利润时:

借:银行存款　　　　　　　　　　　　　　　500 000
　　贷:应收股利　　　　　　　　　　　　　　　　500 000

(4) 2011 年 4 月 25 日,甲公司宣告分派 2010 年度利润时:

$$应确认投资收益 = 750 \times 10\% = 75(万元)$$

借:应收股利　　　　　　　　　　　　　　　750 000
　　贷:投资收益　　　　　　　　　　　　　　　　750 000

(5) 2011 年 5 月 20 日,收到甲公司支付的利润时:

借:银行存款　　　　　　　　　　　　　　　750 000
　　贷:应收股利　　　　　　　　　　　　　　　　750 000

说明:在长期股权投资采用成本法核算的情况下,投资企业应当在被投资单位宣告分派现金股利或利润时,按应享有的部分确认投资收益,而对持有投资期间被投资单位实现净利润或发生亏损,投资企业均不予反映。

## 二、长期股权投资的权益法

### (一) 权益法及适用范围

权益法,是指取得长期股权投资时按初始投资成本入账并判断是否需要调整初始投资成本,在投资持有期间,应根据投资企业在被投资单位享有的权益份额的变动,而对长期股权投资账面金额进行调整的一种会计处理方法。

根据长期股权投资准则规定,权益法适用于以下两种情形:

(1) 对被投资单位具有共同控制的长期股权投资,即对合营企业投资;

(2) 对被投资单位具有重大影响的长期股权投资,即对联营企业投资。

### （二）权益法的一般核算程序及账户设置

**1. 权益法的一般核算程序**

（1）取得长期股权投资时，按初始投资成本入账，并比较初始投资成本与投资时享有被投资单位可辨认净资产公允价值的份额，若前者大于后者，则对投资成本不予调整；若前者小于后者，则应按二者之间的差额调增投资成本，并计入当期营业外收入。

（2）在投资持有期间，因被投资单位实现净损益而引起的所有者权益变动，投资企业应根据取得投资时被投资单位可辨认资产公允价值为基础，并考虑投资企业与被投资单位之间的内部交易未实现损益的影响，对被投资单位账面净损益进行调整，再按持股比例和被投资单位调整后的净损益计算应享有或承担的份额，调整投资的账面金额，并确认为当期投资损益。

（3）对被投资单位除净投资以外其他因素导致的所有者权益变动，在持股比例不变的情况下，投资企业按持股比例计算应享有或应分担的份额，调整投资的账面金额，同时计入成本公积（其他资本公积）。

（4）被投资单位宣告分派现金股利或利润时，投资企业按持股比例计算应分得的部分确认应收股利，并调减投资的账面金额。

**2. 权益法下投资核算的账户设置**

采用权益法核算长期股权投资，应在"长期股权投资"账户下按被投资单位设置明细账户，在明细账内设置"投资成本"、"损益调整"、"其他权益变动"等专栏，用于分别反映长期股权投资的初始投资成本、被投资单位因净损益引起的或除净损益以外其他原因引起的所有者权益变动而对投资进行调整的金额。其中：

（1）投资成本，反映取得长期股权投资时的初始投资成本，以及当初始投资成本小于投资时享有被投资单位可辨认净资产公允价值的份额时，按其差额调整的初始投资成本；

（2）损益调整，反映投资企业应享有或应分担的被投资单位实现的并经调整后的净损益的份额，以及被投资单位宣告分派现金股利或利润时投资企业应收到的份额；

（3）其他权益变动，反映被投资单位除净损益以外其他原因引起的所有者权益变动，投资企业应享有或应分担的份额。

### （三）权益法核算的具体内容

**1. 取得长期股权投资的会计处理**

企业在取得长期股权投资时，应按初始投资成本入账。初始投资成本与投资时应享有被投资单位可辨认资产公允价值的份额之间的差额，应区别情况处理。

（1）如果初始投资成本大于取得投资时应享有被投资单位可辨认净资产公允价值的份额，二者之间的差额在实质上就是投资企业在取得投资过程中通过作价体现出的与所取得股权份额相对应的商誉以及被投资单位不符合确认条件的资产价值。这种情况下不要求对长期股权投资的成本进行调整。

（2）如果初始投资成本小于取得投资时应享有被投资单位可辨认净资产公允价值的份额，二者之间的差额就体现为在交易作价过程中转让方的让步，该部分经济利益流入应

133

作为收益处理,计入投资当期的营业外收入,同时调整增加长期股权投资的初始投资成本。

【例 6-10】 2010 年 1 月 5 日,红岩股份有限公司取得乙公司 30%的股权作为长期投资,支付价款 5 200 万元。取得投资的乙公司可辨认净资产公允价值为 17 000 万元。红岩公司在取得乙公司的股权投资后,能够对乙公司施加重大影响,因此对该长期股权投资采用权益法核算。

取得投资时,红岩公司应作如下账务处理:

借:长期股权投资——乙公司(投资成本)　　　　　52 000 000

　　贷:银行存款　　　　　　　　　　　　　　　　　　52 000 000

由于该长期股权投资的初始投资成本 5 200 万元大于取得投资时应享有被投资单位可辨认净资产公允价值的份额 5 100 万元(17 000×30%),因此,不调整长期股权投资的初始投资成本。

假定本例中取得投资时乙公司可辨认净资产公允价值为 18 000 万元,红岩公司按持股比例 30%计算应享有 5 400 万元,则初始投资成本小于应享有被投资单位可辨认净资产公允价值的份额,二者之间的差额 200 万元应计入投资当期的营业外收入,同时调增投资的初始投资成本。即作了按取得的初始投资成本编制上笔分录之外,还应编制如下调整分录:

借:长期股权投资——乙公司(投资成本)　　　　　2 000 000

　　贷:营业外收入——捐赠利得　　　　　　　　　　2 000 000

值得说明的是,针对例中后一种假设情况,其他教材或与会计相关的书籍,均是将投资企业实际发生的及调整增加的初始投资成本在一笔分录中反映。那样做虽也算不上错误,但显得不是太恰当!本书作者认为,应该分开编成两笔分录更合适,先按投资企业实际支付的初始投资成本反映,经比较判断,若需要调增初始投资成本,则再编调整分录,否则就勿需编第二笔分录。

**2. 持有投资期间投资损益的确认**

采用权益法核算长期股权投资,投资企业在投资持有期间确认应享有或应分担被投资单位的净利润或净亏损时,在被投资单位账面净损益的基础上,应考虑以下因素的影响进行适当调整:

(1) 被投资单位采用的会计政策及会计期间与投资企业不一致的,应按投资企业的会计政策及会计期间对被投资单位的财务报表进行调整,在此基础上确定被投资单位的损益。

作此调整的原因在于,在权益法下,是将投资企业与被投资企业作为一个整体看待,作为一个整体其所产生的损益,应当在相同的会计期间及一致的会计政策基础上确定。因此,当被投资企业采用的会计政策与投资企业不一致时,投资企业就应当基于重要性原则,按照本企业的会计政策对被投资单位的账面损益进行调整。

(2) 以取得投资时被投资单位各项可辨认资产的公允价值为基础,对被投资单位的账面净损益进行调整。

被投资单位利润表中的净损益是以其持有的资产、负债的账面价值为基础持续计算的,而投资企业在取得投资时,是以被投资单位有关资产、负债的公允价值为基础确定投资成本的,取得投资后应确认的投资损益代表的是被投资单位资产、负债在公允价值计量的情况下在未来期间通过经营产生的损益中归属于投资企业的部分。因此,如果投资企业取得投资时被投资单位有关资产、负债的公允价值与其账面价值不同的,未来期间,在计算归属于投资企业应享有的净利润或应承担的净亏损时,就应该考虑以取得投资时被投资单位各项可辨认资产的公允价值为基础,对被投资单位的账面净损益进行调整。

投资企业在对被投资单位的账面净损益进行调整时,应考虑重要性原则,不具有重要性的项目不予调整。符合下列条件之一的,投资企业应按被投资单位的账面净损益为基础,经调整未实现内部交易损益后,计算确认投资损益,同时应在报表附注中说明因下列情况不能调整的事实和原因:

① 投资企业无法合理确定取得投资时被投资单位各项可辨认资产等的公允价值。某些情况下,投资的作价可能因为受到一些因素的影响,不是完全以被投资单位可辨认净资产的公允价值为基础,或者因为被投资单位有的可辨认资产相对比较特殊,无法取得其公允价值。在这些情况下,因为被投资单位可辨认资产的公允价值无法取得,所以就无法以其公允价值为基础对被投资单位的净损益进行调整。

② 投资时被投资单位可辨认资产的公允价值与其账面价值相比,两者之间的差额不具重要性的。此种情况下,因为被投资单位可辨认资产的公允价值与账面价值差异不大,要求调整不符合重要性原则和成本效益原则,因此就不予调整。

③ 其他原因导致无法取得被投资单位的有关资料,不能按照准则中规定的原则对被投资单位的净损益进行调整的。例如,要对被投资单位的净损益按照准则中规定的原则进行调整,就需要了解被投资单位的会计政策以及对有关资产价值量的判断等信息,在无法获得被投资单位相关信息的情况下,则无法对其净损益进行调整。

【例 6-11】 2010 年 1 月 10 日,红岩股份有限公司购入丙公司 30% 的股权并准备长期持有,能对丙公司施加重大影响,实际支付的购买价款为 4 600 万元。取得投资当日,丙公司可辨认净资产公允价值为 15 000 万元,除表 6-1 所列项目外,丙公司其他资产、负债的公允价值与其账面价值均相等。

表 6-1　丙公司部分资产的公允价值及账面价值情况表　　　　单位:万元

| 项　　目 | 账面价值 | 已折旧或摊销 | 公允价值 | 预计使用年限 | 投资时剩余使用年限 |
| --- | --- | --- | --- | --- | --- |
| 库存商品 | 600 | | 800 | | |
| 固定资产 | 1 800 | 450 | 1 500 | 20 | 15 |
| 无形资产 | 1 200 | 240 | 1 100 | 10 | 8 |
| 合计 | 3 600 | 690 | 3 400 | | |

丙公司在 2010 年实现净利润 1 400 万元,其中在红岩公司取得投资时的库存商品有90% 已经对外出售。红岩公司与丙公司的会计年度及采用的会计政策一致。丙公司的固定资产、无形资产均按直线法折旧或摊销,预计净残值均为 0。假定双方未发生任何内部

交易。其有关账务处理如下：

(1) 2010 年 1 月 10 日,取得对丙公司的长期股权投资时:

借：长期股权投资——丙公司(投资成本)　　　46 000 000

　　贷：银行存款　　　　　　　　　　　　　　　　　46 000 000

因为初始投资成本为 4 600 万元,投资时应享有被投资单位可辨认资产公允价值的份额为 4 500 万元(15 000×30%),前者大于后者,所以不需对初始投资成本进行调整。

(2) 2010 年 12 月 31 日,丙公司实现盈利,确认投资收益时:

红岩公司在确认应享有的投资收益时,应在丙公司实现净利润的基础上,根据取得投资时丙公司有关资产的公允价值与账面价值差额的影响进行调整(假定不考虑所得税的影响):

库存商品公允价值大于账面价值的差额应调减的利润＝(800－600)×90%＝180(万元)

固定资产公允价值大于账面价值的差额应调增折旧额＝1 500÷15－1800÷20＝10(万元)

无形资产公允价值大于账面价值的差额应调增摊销额＝1 100÷8－1200÷10＝17.5(万元)

调整后的净利润＝1 400－180－10－17.5＝1 192.5(万元)

红岩公司应享有的效益份额＝1 192.5×30%＝357.75(万元)

确认投资收益的会计分录如下:

借：长期股权投资——丙公司(损益调整)　　　3 577 500

　　贷：投资收益　　　　　　　　　　　　　　　　　3 577 500

(3) 对于投资企业与其联营企业及合营企业之间发生的未实现内部交易损益应予抵消。即,投资企业与联营企业及合营企业之间发生的未实现内部交易损益按照持股比例计算归属于投资企业的部分应当予以抵消,在此基础上确认投资损益。投资企业与被投资单位发生的未实现内部交易损失,按资产减值准则规定属于资产减值损失的,应当全额确认,而不予以抵消。

投资企业与联营企业及合营企业之间的未实现内部交易损益抵消与投资企业与子公司之间的未实现内部交易损益抵消有所不同。母子公司之间的未实现内部交易损益在合并报表中是全额抵消的,而投资企业与其联营企业及合营企业之间的未实现内部交易损益抵消仅仅是按照持股比例计算的归属于投资企业的部分予以抵消。

投资企业与联营企业及合营企业之间的内部交易包括顺流交易和逆流交易。其中,顺流交易是指投资企业向联营企业或合营企业出售资产的交易,逆流交易是指联营企业或合营企业向投资企业出售资产的交易。未实现内部交易损益,是指在内部交易过程中资产出售方所确认的资产出售损益因资产购买方并未将该资产对外部独立第三方出售或未被耗用,而使得资产出售损益未真正实现而保留在购入的资产价值中。当该未实现内部交易损益体现在投资方或其联营企业、合营企业持有的资产账面价值中时,相关的损益在计算确认投资损益时应予抵消。未实现内部交易损益的抵消应当区分顺流交易或逆流交易分别进行。

① 对于顺流交易,如果形成了未实现内部交易损益,投资企业在采用权益法计算确认应享有或应承担联营企业或合营企业的投资损益时,应抵消该未实现内部交易损益的影响,同时调整对联营业企业或合营企业长期股权投资的账面价值。当投资方向联营企

业或合营企业出资或是将资产出售给联营企业或合营企业,同时有关资产由联营企业或合营企业持有时,投资方对于投出或出售资产产生的损益确认仅限于归属于联营企业或合营企业其他投资者的部分。即在顺流交易中,投资方投出资产或出售资产给其联营企业或合营企业产生的损益中,按照持股比例计算确定归属于本企业的部分不予确认。

**【例 6-12】** 红岩股份有限公司持有丁公司有表决权股份的 30% 作为长期股权投资,能够对丁公司施加重大影响。2010 年 10 月 15 日,红岩公司将其一件未提跌价准备、成本为 700 万元的商品以 1 000 万元的价格出售给丁公司,丁公司将购入的该商品直接作为管理用固定资产使用,预计使用年限为 10 年,无净残值。假定红岩公司在取得该项投资时丁公司各项可辨认资产的公允价值与其账面价值相同,两公司的会计期间及会计政策一致,且以前期间未发生过内部交易。丁公司在 2010 年实现净利润 1 200 万元。假定不考虑所得税的影响。

根据该例中的资料,红岩公司在该项顺流交易中形成利润 300 万元(1000−700),其中的 90 万元(300×30%)是针对本企业持有的对联营企业丁公司的权益份额,在采用权益法计算确认投资损益时应予抵消,同时还应考虑包含未实现内部损益的固定资产原价所计提折旧额 5 万元(300÷10÷12×2)的影响。

红岩公司应对丁公司的净利润作如下调整:

$$调整后的净利润=1200−300+5=905(万元)$$
$$应确认投资收益=905×30\%=271.5(万元)$$

借:长期股权投资——丁公司(损益调整)　　　2 715 000
　　贷:投资收益　　　　　　　　　　　　　　　　　2 715 000

为了特别体现在确认投资损益过程中,对未实现内部交易损益影响的抵消,红岩公司也可作如下的账务处理:

$$按丁公司账面净利润应享有的收益份额=1 200×30\%=360(万元)$$
$$未实现内部交易损益应抵消的收益份额=(300−5)×30\%=88.5(万元)$$

借:长期股权投资——丁公司(损益调整)　　　3 600 000
　　贷:投资收益　　　　　　　　　　　　　　　　　3 600 000

同时,编以下抵消调整分录:

借:投资收益　　　　　　　　　　　　　　　　　885 000
　　贷:长期股权投资——丁公司(损益调整)　　　885 000

② 对于逆流交易,如果形成了未实现内部交易损益,投资企业在计算确认应享有联营企业或合营企业的投资损益时,应该抵消该未实现内部交易损益的影响。即当投资方自其联营企业或合营企业购买资产后,在将该资产出售给外部独立第三方之前,不应确认联营企业或合营企业因该交易产生的损益中本企业应享有的部分。

**【例 6-13】** 红岩股份有限公司持有戊公司表决权股份的 25% 作为长期股权投资,能够对戊公司施加重大影响。假定红岩公司在取得该投资时,戊公司的各项可辨认资产的公允价值与其账面价值相同,双方会计期间及会计政策一致。2010 年 11 月 10 日,戊公司将一批未计提跌价准备的库存商品以 800 万元的价格出售给红岩公司,该批商品的成本为 550 万元,红岩公司将购入的该批商品作为存货。至 2010 年 12 月 31 日,红岩公司

137

仍未对外出售该批商品。双方在以前期间未发生过内部交易。2010 年度戊公司实现净利润 1 000 万元。假定不考虑所得税的影响。

该例中,戊公司在逆流交易中形成未实现内部交易损益 250 万元(800－550)中,有62.5 万元(250×25%)归属于投资方红岩公司,在确认投资损益时应予抵消。红岩公司对戊公司的净利润应作如下调整:

调整后的净利润＝1 000－250＝750(万元)

根据调整后的净利润确认投资收益:应享有的收益份额＝750×25%＝187.5(万元)

借:长期股权投资——戊公司(损益调整)　　1 875 000

　　贷:投资收益　　　　　　　　　　　　　　　1 875 000

或者,红岩公司也可作如下账务处理:

按账面净利润应享有的收益份额＝1 000×25%＝250(万元)

未实现内部交易损益应抵消的收益份额＝250×25%＝62.5(万元)

借:长期股权投资——戊公司(损益调整)　　2 500 000

　　贷:投资收益　　　　　　　　　　　　　　　2 500 000

同时,调整未实现内部交易损益影响:

借:投资收益　　　　　　　　　　　　　　　625 000

　　贷:长期股权投资——戊公司(损益调整)　　625 000

应当说明的是,投资企业与其联营企业及合营企业之间无论顺流交易还是逆流交易产生的未实现内部交易损失,如果属于所转让资产发生减值损失的,则有关的未实现内部交易损失不应予以抵消。这样做,体现了谨慎性的要求。

**【例 6-14】** 红岩股份有限公司持有己公司有表决权股份的 20%作为长期投资,且能够对己公司施加重大影响。假定红岩公司在取得该股权投资时,己公司的各项可辨认资产的公允价值与其账面价值相同,双方的会计期间及会计政策一致。2010 年 12 月 5 日,红岩公司将其一批账面价值为 500 万元的商品以 380 万元的价格出售给己公司,己公司购入该批商品后将其作为存货。至 2010 年 12 月 31 日,该批商品尚未对外部独立第三方出售。双方以前期间未发生过内部交易。2010 年度,己公司实现净利润 850 万元。

红岩公司在确认应享有己公司 2010 年度净利润时,如果有证据表明该顺流交易中的商品售价 380 万元与该商品账面价值 500 万元之间的差额是该资产发生的减值损失,则在确认投资收益时不应予以抵消。红岩公司作账务处理如下:

应享有的收益份额＝850×20%＝170(万元)

借:长期股权投资——己公司(损益调整)　　1 700 000

　　贷:投资收益　　　　　　　　　　　　　　　1 700 000

**3. 取得现金股利或利润的会计处理**

按照权益法核算的长期股权投资,投资企业自被投资单位取得的现金股利,应抵减长期股权投资的账面价值。若自被投资单位取得的现金股利或利润属于投资成本收回的部分,则应当冲减长期股权投资的成本。对于被投资单位分派的股票股利,投资企业不进行账务处理,应于除权日在备查账中登记所增加的股份数额。

### 4. 超额亏损的确认

长期股权投资准则规定,投资企业确认应分担被投资单位发生的亏损,原则上应以长期股权投资的账面价值以及其他实质上构成对被投资单位净投资的长期权益减至零为限,投资企业负有承担额外损失的义务除外。其中,"其他实质上构成对被投资单位净投资的长期权益"通常是指长期应收项目,例如,企业对被投资单位的长期债权,该债权没有明确的清收计划,且在可预见的未来期间不准备收回的,实质上构成对被投资单位的净投资。应予说明的是,该类长期权益不包括企业与被投资单位因销售商品、提供劳务等日常活动所产生的长期债权。

投资企业采用权益法核算长期股权投资,在确认应分担被投资单位发生的亏损时,应当按下列顺序进行:

首先,以长期股权投资账面价值为限确认投资损失。

其次,长期股权投资账面价值不足以冲减的,应当以其他实质上构成对被投资单位净投资的长期权益账面价值为限继续确认投资损失。

再次,按照投资合同或协议约定投资企业将承担额外的损失补偿义务的,还应按或有事项准则的规定确认预计将承担的损失金额。

最后,经过上述步骤后仍未确认的应分担被投资单位的亏损,应作备查登记。

在确认了有关的投资损失以后,被投资单位于以后期间实现盈利的,应按以上相反的顺序分别减记账外备查登记的金额、冲减已确认的预计负债、恢复其他长期权益及长期股权投资的账面价值,同时确认投资收益。

【例6-15】　红岩股份有限公司持有 A 公司 40% 的股权作长期投资,能对 A 公司施加重大影响。假定取得投资时 A 公司各项可辨认资产的公允价值与其账面价值相同,双方的会计年度和会计政策一致,且从未发生过内部交易。至 2010 年 12 月 31 日,红岩公司对 A 公司的长期股权投资的账面价值为 800 万元,其中,"投资成本"专栏为借方余额 3 200 万元,"投资调整"专栏为贷方余额 2 400 万元,未对该投资计提减值准备;另外还有一项金额为 400 万元的应收 A 公司的长期债权,对该债权没有明确的清收计划,且在可预见的未来不准备收回;投资协议未约定红岩公司承担 A 公司额外损失的义务。2011 年度,A 公司继续发生亏损,其金额为 3 500 万元。2012 年度,A 公司经营情况大为好转,当年实现净利润 1 800 万元。这期间 A 公司未向投资者分派利润。其账务处理如下:

(1) 确认 2011 年度的投资损失时:

按持股比例计算应分担损失 = 3 500 × 40% = 1 400(万元)

但因这之前的长期股权投资账面价值为 800 万元,因此在此额度内确认投资损失800 万元,其会计分录为:

① 借:投资收益　　　　　　　　　　　　　8 000 000

　　贷:长期股权投资——A 公司(损益调整)　　8 000 000

另外,红岩公司存在对 A 公司的其他长期权益 400 万元,所以再确认投资损失 400 万元,其会计分录为:

② 借:投资收益　　　　　　　　　　　　　4 000 000

　　贷:长期股权投资——A 公司　　　　　　4 000 000

经过上述会计处理后,仍有 200 万元的损失(1 400－800－400)未予确认,将其作备查记录。

(2) 确认 2012 年度的收益份额时:

按持股比例计算应享有的收益份额＝1 800×40％＝720(万元)

应先将此收益份额抵消备查账中未确认的损失 200 万元,其余的 520 万元用于恢复原冲的其他长期权益 400 万元后,剩余的 120 万元则恢复一部分长期股权投资的账面价值。其有关会计分录为:

① 恢复其他长期权益:

借:长期应收款——A 公司　　　　　　　4 000 000

　　贷:投资收益　　　　　　　　　　　　　　　4 000 000

② 恢复一部分长期股权投资:

借:长期股权投资——A 公司(损益调整)　　1 200 000

　　贷:投资收益　　　　　　　　　　　　　　　1 200 000

至此,红岩公司对 A 公司的长期股权投资的账面价值为 120 万元,其中,"投资成本"专栏借方余额为 3 200 万元,"损益调整"专栏为贷方余额 3 080 万元(2 400＋800－120)。

**5. 其他权益变动的确认**

对长期股权投资采用权益法核算,投资企业对于被投资单位除净损益以外所有者权益的其他变动,在持股比例不变的情况下,应按照持股比例与被投资单位除净损益以外所有者权益的其他变动计算本企业应享有或承担的部分,相应调整长期股权投资的账面价值,同时增加或减少资本公积(其他资本公积)。

**【例 6-16】** 红岩股份有限公司持有 B 公司 30％的股份作为长期股权投资,能够对 B 公司施加重大影响。假定红岩公司与 B 公司的会计期间和会计政策一致,取得投资时 B 公司各项可辨认资产的公允价值与其账面价值相同,且双方从未发生过内部交易。2010 年年度,B 公司实现净利润 2 500 万元,2010 年 12 月 31 日,B 公司因持有的可供出售金融资产发生公允价值变动而净增加资本公积 600 万元。其账务处理如下:

应确认享有的收益份额＝2 500×30％＝750(万元)

应确认享有的其他权益增加的份额＝600×30％＝180(万元)

借:长期股权投资——B 公司(损益调整)　　7 500 000

　　　　　　　　——B 公司(其他权益变动)　1 800 000

　　贷:投资收益　　　　　　　　　　　　　　　7 500 000

　　资本公积——其他资本公积　　　　　　　　1 800 000

# 第四节　长期股权投资核算方法的转换

## 一、成本法转换为权益法

长期股权投资的核算由成本法转换为权益法,应区别形成该转换的不同情况进行处理。

**（一）追加投资导致的成本法转换为权益法**

投资企业原持有的对被投资单位不具有控制、共同控制或重大影响，并且在活跃市场中没有报价、公允价值不能可靠计量的长期股权投资，因追加投资导致持股比例上升，能够对被投资单位施加重大影响或实施共同控制的，在由成本法转为权益法时，应区分原持有的长期股权投资以及追加长期股权投资两部分分别处理。

（1）对于原持有的长期股权投资部分，应将其账面余额与按照原持股比例计算确定应享有原取得投资时被投资单位可辨认净资产公允价值的份额进行比较，前者大于后者的，不调整长期股权投资的账面价值；前者小于后者的，根据其差额分别调整长期股权投资的账面价值和留存收益。

（2）对于原取得投资后至追加投资交易日之间被投资单位可辨认净资产公允价值变动中按原持股比例计算应享有的份额，应根据下列不同情况分别进行会计处理：

① 属于在此期间被投资单位实现的净损益中应享有的份额的，一方面调整长期股权投资的账面价值；另一方面对于原取得投资时至追加投资当期期初被投资单位实现的净损益中应享有的份额，应调整留存收益，对于追加投资当期期初至追加投资交易日之间被投资单位实现的净损益中应享有的份额，应计入当期损益；

② 属于被投资单位除净损益以外其他原因导致的可辨认净资产公允价值变动中应享有的份额，在调整长期股权投资账面价值的同时，应计入资本公积（其他资本公积）。

（3）对于新取得的股权部分，应比较追加投资的成本与取得该部分投资时应享有被投资单位可辨认净资产公允价值的份额，前者大于后者的，不调整长期股权投资的成本；前者小于后者的，根据其差额调增长期股权投资成本，并计入当期的营业外收入。

进行上述调整时，应当综合考虑与原持有投资和追加投资相关商誉或计入损益的金额。

**【例 6-17】**　2010 年 1 月 1 日，红岩公司以 850 万元的价款取得 C 公司 10％的股权作长期股权投资。取得投资时，C 公司可辨认净资产公允价值为 8 200 万元，各项可辨认资产的公允价值与其账面价值相同。因对 C 公司不具有重大影响且 C 公司的股权在活跃市场中没有报价、公允价值不能可靠计量，红岩公司对 C 公司的长期股权投资采用成本法核算。2010 年 C 公司实现净利润 800 万元，未分派利润。2011 年 4 月 1 日，红岩公司再次以 1 250 万元的价款取得 C 公司 10％的股权，当日 C 公司可辨认净资产公允价值为 10 000 万元。再次取得 C 公司的 10％股权后，累计持有 C 公司的股权比例达到 20％，已能对 C 公司施加重大影响，因而对 C 公司的长期股权投资改按权益法核算。2011 年 1 月 1 日至 4 月 1 日，C 公司实现净利润 300 万元。假定红岩公司自首次取得对 C 公司的长期股权投资至追加投资日，双方未发生任何内部交易，且双方的会计期间及会计政策一致，红岩公司按净利润的 10％提取法定盈余公积。其账务处理如下：

（1）2010 年 1 月 1 日，取得 C 公司 10％的股权时：

借：长期股权投资——C 公司　　　　　　　　　　8 500 000

　　贷：银行存款　　　　　　　　　　　　　　　　　　8 500 000

（2）2011 年 4 月 1 日,再次取得 C 公司 10％的股权时:

借:长期股权投资——C 公司(投资成本)        12 500 000

    贷:银行存款                            12 500 000

对于追加的股权投资部分,其初始投资成本为 1 250 万元,取得该部分投资时应享有被投资单位可辨认净资产公允价值的份额为 1 000 万元(10 000×10％),由于前者大于后者,该差额为投资作价中体现的商誉,不应调整投资的成本。

（3）对原长期股权投资账面价值的调整。

① 对原持有的长期股权投资成本的调整。

原 10％股权的投资成本为 850 万元,原投资时应享有被投资单位可辨认净资产公允价值的份额为 820 万元(8 200×10％),前者大于后者的差额 30 万元,属于原投资时体现的商誉,该差额不应调整投资成本。将原成本法下的投资成本转作现权益法下的投资成本:

借:长期股权投资——C 公司(投资成本)       8 500 000

    贷:长期股权投资——C 公司                8 500 000

值得一提的是,现行有关教材、书籍均未考虑编制上笔分录,但本书作者认为,在成本法下"长期股权投资"账户下按被投资单位名称设明细账,无专栏内容,而在权益法下,"长期股权投资"账户下除按被投资单位名称设明细账外,明细账下必须设置"投资成本"等专栏,因此,应该作上述转账分录,以体现将原成本法下的长期股权投资成本转换为权益法下的长期股权投资成本。

② 确认原持有的长期股权投资应享有的被投资单位可辨认净资产公允价值变动额。

对于被投资单位可辨认净资产在原投资时至追加投资交易日之间公允价值的变动 1 800 万元(10 000－8 200)相对于原持股比例的部分 180 万元,其中属于投资后被投资单位实现净利润部分 110 万元(800＋300)×10％),一方面应调增投资的账面价值;另一方面,对于 2010 年 1 月 1 日至 2010 年 12 月 31 日 C 公司实现的净利润应享有的份额 80 万元(800×10％)应调增留存收益(其中,调增盈余公积 8 万元,调增未分配利润 72 万元),对于 2011 年 1 月 1 日至 2011 年 4 月 1 日之间 C 公司实现的净利润中应享有的份额 30 万元(300×10％)应调增当期投资收益。属于该期间 C 公司除净损益以外其他原因导致的可辨认净资产公允价值的变动应享有的份额 70 万元(180－110),在调增长期股权投资账面价值的同时,计入资本公积(其他资本公积)。具体的会计分录如下:

借:长期股权投资——C 公司(损益调整)       1 100 000

    贷:盈余公积                              80 000

      利润分配——未分配利润              720 000

      投资收益                          300 000

借:长期股权投资——C 公司(其他权益变动)     700 000

    贷:资本公积——其他资本                700 000

至此,红岩公司对 C 公司的长期股权投资的账面价值合计为 2 280 万元,其中投资成本为 2 100 万元(850＋1250),损益调整为 110 万元,其他权益变动为 70 万元。

### （二）处置投资导致的成本法转换为权益法

投资企业原持有的对被投资单位具有控制的长期股权投资，因部分处置投资导致持股比例下降，不再对被投资单位具有控制但能够施加重大影响或与其他投资方一起实施共同控制的，在由成本法转换为权益法时，首先应按处置投资的比例结转应终止确认的长期股权投资成本。对剩余的长期股权投资部分应按如下原则进行会计处理：

（1）将剩余的长期股权投资成本与按照剩余持股比例计算原投资时应享有的被投资单位可辨认净资产公允价值的份额进行比较，若前者大于后者，则该差额属于投资作价中体现的商誉，不调整长期股权投资的账面价值；若前者小于后者，则应按其差额调增长期股权投资成本，同时调增留存收益。

（2）对于取得原投资后至因处置投资导致转变为核算日之间被投资单位可辨认净资产公允价值变动中投资企业按剩余持股比例计算的应享有份额，应根据下列不同情况分别进行会计处理：

① 属于在此期间被投资单位实现的净损益中投资企业按剩余持股比例计算应享有的份额，在调整长期股权投资账面价值的同时，对于原取得投资时至处置投资当期期初被投资单位实现的净损益（扣除已发放及已宣告发放的现金股利或利润）中应享有的份额，调整留存收益；对于处置投资当期期初至处置投资之日被投资单位实现的净损益中享有的份额，调整当期投资损益。

② 属于在此期间被投资单位实现净损益以外的其他原因导致的被投资单位所有者权益变动中应享有的份额，在调整长期股权投资账面价值的同时，计入资本公积（其他资本公积）。

**【例 6-18】** 红岩股份有限公司原持有 D 公司 60% 的股权作长期股权投资，其账面成本为 8 000 万元，未计提减值准备。2012 年 1 月 5 日，红岩公司将持有的对 D 公司长期股权投资的一半转让给其他企业，收到转让价款 4 850 万元。由于红岩公司对 D 公司的持股比例已降为 30%，不再对 D 公司具有控制但能施加重大影响，因此对剩余的长期股权投资改按权益法核算。红岩公司原取得 D 公司 60% 的股权时，D 公司可辨认净资产公允价值总额为 13 000 万元，各项可辨认资产公允价值与其账面价值相同；转让对 D 公司股权投资的一半时，D 公司可辨认净资产公允价值为 19 000 万元。自红岩公司取得对 D 公司长期股权投资后至部分处置投资前 D 公司实现净利润 4 500 万元，未进行利润分配。假定红岩公司与 D 公司的会计期间及会计政策一致，且自红岩公司取得该股权投资后，双方未发生任何内部交易。红岩公司按净利润的 10% 提取法定盈余公积。其账务处理如下：

（1）2012 年 1 月 5 日，部分转让 D 公司股权时：

$$转让股权投资的账面价值 = 8\,000 \times 1/2 = 4\,000（万元）$$

$$转让净损益 = 4\,850 - 4\,000 = 850（万元）$$

| | |
|---|---|
| 借：银行存款 | 48 500 000 |
| 贷：长期股权投资——D 公司 | 40 000 000 |
| 投资收益 | 8 500 000 |

（2）将剩余的长期股权投资转为按权益法核算。

① 结转剩余投资的成本。

剩余长期股权投资成本为 40 000 万元，按剩余的持股比例计算的取得原投资时应享有被投资单位可辨认净资产公允价值的份额为 3 900 万元（13 000×30％），前者大于后者的差额 100 万元属于后投资作价中体现的商誉，不调整投资成本。

借：长期股权投资——D公司（投资成本）　　40 000 000

　　贷：长期股权投资——D公司　　　　　　　　　　40 000 000

② 确认应享有 D 公司可辨认资产公允价值变动份额。

D 公司在原投资后至部分处置投资交易日之间可辨认资产公允价值变动额为 6 000 万元（19 000－13 000），红岩公司按剩余持股比例计算应享有 1 800 万元（6 000×30％），应调增长期股权投资的账面价值，其中属于该期间 D 公司实现的净利润中应享有的份额 1 350 万元（4 500×30％）应同时调增留存收益（调增法定盈余公积 135 万元，调增未分配利润 1 215 万元），因为处置日与处置当期期初一致，因此不存在计入当期损益的情况；属于 D 公司除净损益以外其他原因导致的可辨认净资产公允价值变动中应享有的份额 450 万元（1 800－1 350），应计入资本公积（其他资本公积）。其会计分录如下：

借：长期股权投资——D公司（损益调整）　　13 500 000

　　　　　　　　　——D公司（其他权益变动）　4 500 000

　　贷：盈余公积　　　　　　　　　　　　　　　　1 350 000

　　　　利润分配——未分配利润　　　　　　　　 12 150 000

　　　　资本公积——其他资本公积　　　　　　　　 4 500 000

# 二、权益法转换为成本法

## （一）追加投资导致的权益法转换为成本法

投资企业因追加投资原因导致原持有的对联营企业或合营企业的投资转变为对子公司投资，应在追加投资时对原采用权益法核算的长期股权投资的账面余额进行调整，将长期股权投资的账面余额调整至最初取得成本，在此基础上，再加上追加投资的成本作为按成本法核算的初始投资成本。

【例 6-19】 2010 年 1 月 1 日，红岩股份有限公司以 5 800 万元的价款取得 E 公司 25％的股权作为长期投资，能够对 E 公司施加重大影响，采用权益法核算。取得投资时，E 公司可辨认净资产公允价值为 22 000 万元，各项可辨认资产的公允价值与其账面价值相同。取得该投资后，双方的会计期间及会计政策一致，且未发生内部交易。2010 年年度 E 公司实现净利润 2 000 万元，未进行利润分配。红岩公司确认投资收益 500 万元，按净利润的 10％提取法定盈余公积。除净损益外，E 公司未发生其他原因导致其所有者权益变动。2012 年 3 月 1 日，红岩公司再次以 9 200 万元的价款取得 E 公司 35％的股权，使得 E 公司成为其子公司，因而对 E 公司的长期股权投资改按成本法核算。要求作追加投资时的有关会计处理。

（1）2012 年 3 月 1 日，调整原权益法核算的长期股权投资账面余额：

① 调整原权益法下所确认的投资收益。

借：盈余公积 500 000

利润分配——未分配利润 4 500 000

贷：长期股权投资——E 公司（损益调整） 5 000 000

② 将原投资由权益法改为成本法。

借：长期股权投资——E 公司 58 000 000

贷：长期股权投资——E 公司（投资成本） 58 000 000

需要说明的是，其他有关财务会计教材、书籍均未编制上笔分录。事实上，应该编制该笔转账分录，以体现将原权益法核算的长期股权投资按原取得投资时的成本转换为按成本法核算。

（2）对追加的投资，直接按成本法核算。

借：长期股权投资——E 公司 92 000 000

贷：银行存款 92 000 000

**（二）部分处置投资导致的权益法转换为成本法**

投资企业原持有的对联营企业或合营企业的投资，因部分处置原因对被投资单位不再具有重大影响或共同控制，并且该投资在活跃市场中没有报价、公允价值不能可靠计量，应将剩余的长期股权投资的核算由权益法转换为成本法，并以转换时长期股权投资的账面余额作为按成本法核算的基础。继后期间，自被投资单位分得的现金股利或利润未超过转换时被投资单位可供分配利润中本企业应享有份额的，分得的现金股利或利润应冲减长期股权投资的成本，不作为投资收益；自被投资单位分得的现金股利或利润超过转换时被投资单位可供分配利润中本企业应享有份额的部分，应确认为当期投资收益。

值得说明的是，对联营企业或合营企业的投资部分处置后，剩余的投资应是对被投资方不再具有重大影响或共同控制，且该投资在活跃市场中没有报价、公允价值不能可靠计量的长期股权投资，对该剩余投资才应由权益法改为成本法核算。若是对联营企业或合营企业的投资经部分处置后，剩余的投资除了不再对被投资方具有重大影响或共同控制外，该投资存在活跃市场中报价、公允价值能可靠计量的，则应视其持有投资的意图而定，若是准备随时出售的，则应将其转作交易性金融资产，否则转作可供出售金额资产。

【例 6-20】 红岩股份有限公司持有 F 公司 30％的有表决权的股份作长期投资，能够对 F 公司施加重大影响，采用权益法核算。至 2010 年 12 月 31 日，对 F 公司的股权投资的账面余额为 4 800 万元，其中，投资成本为 3 600 万元，损益调整为 900 万元，其他权益变动为 300 万元，对该投资未计提减值准备。2011 年 1 月 5 日，红岩公司将该投资的 50％对外出售，收到价款 2 750 万元。出售以后，红岩公司对 F 公司的持股比例降为 15％，无法再对 F 公司施加重大影响，且 F 公司股份不存在活跃市场，公允价值无法可靠确定，因此，红岩公司将剩余的对 F 公司的长期股权投资改按成本法核算。转换核算方法时，F 公司可供分配利润为 3 000 万元。2011 年 4 月 25 日，F 公司宣告分派 2010 年年度的利润 2 400 万元。其有关财务处理如下：

（1）2011 年 1 月 5 日，转让 F 公司股权投资的一半时：

$$转让股权的账面价值 = 4\,800 \times 50\% = 2\,400（万元）$$

其中，投资成本 $= 3\,600 \times 50\% = 1\,800（万元）$

损益调整 $= 900 \times 50\% = 450（万元）$

其他权益变动 $= 300 \times 50\% = 150（万元）$

处置净损益 $= 2\,750 - 2\,400 = 350（万元）$

借：银行存款　　　　　　　　　　　　　　　27 500 000

　　贷：长期股权投资——F 公司（投资成本）　　18 000 000

　　　　　　　　——F 公司（损益调整）　　　　4 500 000

　　　　　　　　——F 公司（其他权益变动）　　1 500 000

　　　　投资收益　　　　　　　　　　　　　　3 500 000

同时，结转转让投资对应的原计入资本公积的金额：

借：资本公积——其他资本公积　　　　　　　1 500 000

　　贷：投资收益　　　　　　　　　　　　　　1 500 000

（2）将剩余的长期股权投资由权益法转换为成本法：

借：长期股权投资——F 公司　　　　　　　　24 000 000

　　贷：长期股权投资——F 公司（投资成本）　18 000 000

　　　　　　　　——F 公司（损益调整）　　　　4 500 000

　　　　　　　　——F 公司（其他权益变动）　　1 500 000

同时，还应将与其他权益变动相关的资本公积结转计入当期损益。因为成本法核算的长期股权投资不再涉及资本公积。其分录省略。

（3）2011 年 4 月 25 日，F 公司宣告分派利润时：

红岩公司在转换核算方法时，F 公司可供分配利润为 3 000 万元，红岩公司按剩余持股比例计算应享有 450 万元（$300 \times 15\%$）。2011 年 4 月 25 日，红岩公司自 F 公司分得利润 360 万元（$2\,400 \times 15\%$），未超过原该享有的份额，故应冲减投资成本。其会计分录为：

借：应收股利　　　　　　　　　　　　　　　3 600 000

　　贷：长期股权投资——F 公司　　　　　　　3 600 000

## 第五节　长期股权投资减值及处置

### 一、长期股权投资的减值

企业对持有的长期股权投资在资产负债表日，应按资产减值准则的有关规定考虑其减值问题。如果存在减值迹象，应该测试该类资产是否发生了减值。如果长期股权投资的账面价值大于其可收回金额，应按其差额计提减值准备，计入当期损益。长期股权投资计提减值准备之后，在持续期间不允许转回。当处置长期股权投资时，再将相应的减值准备一并转销。

## 二、长期股权投资的处置

长期股权投资的处置,主要指将企业所持有的长期股权投资对外出售,也包括抵偿债务或非货币性资产交换而转出长期股权投资等。以下的长期股权投资处置特指将其对外出售或称转让。

处置长期股权投资发生的损益应当在符合股权转让条件时予以确认,计入转让当期的投资损益。长期股权投资的处置损益,是指长期股权投资出售所得价款与处置长期股权投资账面价值之间的差额。其中,出售所得价款是指企业出售长期股权投资时实际收到的价款,该价款已经扣除了手续费、佣金等交易费用;长期股权投资的账面价值是指长期股权投资的账面余额减去相应的减值准备后的余额。如果所处置的长期股权投资在处置前存在已确认但尚未收回的现金股利或利润,则应将该应收股利从出售所得价款中予以扣除,再确定处置损益。

采用权益法核算的长期股权投资,原计入资本公积中的金额,在处置时也应进行结转,将与所出售股权相对应的部分在处置时自资本公积转入当期投资损益。

如果部分处置某项长期股权投资,则应按该项投资的总平均成本确定处置部分的成本,并按相同的比例结转已计提的长期股权投资减值准备和相关的资本公积金额。

第四节关于长期股权投资核算方法的转换时就涉及部分处置长期股权投资的会计处理,只是当时未涉及长期股权投资减值准备的转销。全部处置某项长期股权投资与部分处置某项长期股权投资的账务处理是类似的。因此就不再举例说明。

## 三、长期股权投资的报表列报

在资产负债表日,企业应在资产负债表中的非流动资产部分列示"长期股权投资"项目,反映企业所持有的长期股权投资的账面价值。该项目应根据"长期股权投资"总账期末借方余额减去"长期股权投资准备"账户的期末贷方余额的差额填列。

## 复习思考题

1. 企业的长期股权投资应包括哪些内容?
2. 如何确定同一控制下企业合并取得的长期股权投资的初始投资成本?
3. 什么是非同一控制下的企业控股合并? 如何确定合并成本?
4. 除企业合并方式外,企业取得长期股权投资的其他方式有哪些?
5. 企业以非货币性资产交换取得的长期股权投资,其初始投资成本如何确定?
6. 什么是长期股权投资核算的成本法? 其适用范围如何?
7. 长期股权投资核算的成本法的核算要点有哪些?
8. 什么是长期股权投资核算的权益法? 其适用范围如何?
9. 长期股权投资核算的权益法的核算要点有哪些?

10. 在权益法下如何确认投资损益?

11. 在权益法下如何确认投资损失?

12. 在成本法和权益法下长期股权投资的账户设置有何不同?

13. 长期股权投资核算在什么情况下应由成本法转换为权益法?

14. 长期股权投资核算在什么情况下应由权益法转换为成本法?

15. 如何确认长期股权投资的处置损益?

# 第七章

## 固定资产

【内容提要与学习要求】

本章是重点章之一。本章讲述了固定资产的概念及特征、分类及计价标准,各种渠道取得固定资产的入账价值确定方法及会计处理,固定资产折旧的含义、计提折旧的范围、常用的折旧计算方法及折旧的会计处理,固定资产后续支出的含义、内容及会计处理方法,固定资产的减值计提、处置、盘亏及列报。学习中应理解各种渠道取得固定资产的入账价值确定方法,掌握外购、自建、融资租入固定资产的会计核算方法,四种折旧计算方法的应用,改扩建固定资产的会计核算方法,出售、报废、毁损固定资产的核算程序与方法;了解固定资产的特征与分类,计价标准及其应用,折旧范围的规定,折旧的会计处理,后续支出的内容及会计处理方法的选择,固定资产的盘盈、盘亏的会计处理,固定资产的减值计提及列报。

## 第一节　固定资产概述

### 一、固定资产的含义及特征

#### (一) 固定资产的概念

我国的《企业会计准则第 4 号——固定资产》给固定资产下了明确的定义。固定资产,是指同时具有下列特征的有形资产:(1)为生产商品、提供劳务、出租或经营管理而持有的;(2)使用寿命超过一个会计年度。

#### (二) 固定资产的特征

固定资产具有以下一些基本特征:

(1) 固定资产是有形资产。这一特征说明固定资产以实物性资产的形式存在,这有别于企业的无形资产。

(2) 可供企业长期使用。企业的固定资产的使用期限至少长于一个会计年度,并且在使用过程中保持原来的物质形态基本不变。这一特征表明企业为取得固定资产而发生的支出属于资本性支出。

（3）使用寿命是有限的（土地除外）。这一特征说明了对固定资产计提折旧的必要性。

（4）取得的目的是供企业生产经营活动使用而非出售。这一特征是区别固定资产与商品等存货的重要标志。

## 二、固定资产的确认

固定资产的确认是指企业在什么时候和以多少金额将一项资产作为企业的固定资产进行反映。固定资产只有同时满足下列两个条件的，才能予以确认：

### 1. 与该固定资产有关的经济利益很可能流入企业

该条件要求企业必须有一定的证据来对所确认的固定资产未来经济利益流入企业的确定程度做出可靠估计，只有在企业确认通过该资产很可能获得报酬时才将其确认为企业的固定资产。这个条件实质上涉及的是固定资产的所有权问题。如果企业对某项固定资产拥有所有权，就意味着该固定资产在未来所能带来的经济利益是应该流入本企业的，就该作为本企业的固定资产予以确认。但在有些时候，即使企业对某项固定资产没有所有权，只要企业能够控制该资产带来的经济利益，使之流入企业，则该项固定资产也应作为本企业的固定资产予以确认，比如融资租入的固定资产。

### 2. 该固定资产的成本能够可靠地计量

该条件是确定固定资产的价值量的。在确认固定资产时该条件一般较容易得到满足。只不过取得固定资产的方式不同，其成本计量的方法和内容有所不同。例如，外购的固定资产，在购入时就确定了它的大部分价值；自建的固定资产，可根据在自建过程中所耗用的工程物资、发生的人工费用及其他支出，对其成本进行可靠计量。

企业在对固定资产进行确认时，应当按照固定资产的定义和确认条件，考虑企业的具体情形加以判断。比如，企业购置的环保设备和安全生产设备等资产，其使用不能直接为企业带来经济利益，而是有助于企业从相关资产获取经济利益，或者将减少企业未来经济利益的流出，因此，对于这类设备，企业应将其确认为固定资产。此外，一项资产是否应单独作为一项固定资产予以确认也是值得考虑的问题。例如，对于构成固定资产的各组成部分，如果各自具有不同的使用寿命或者以不同方式为企业带来经济利益，从而适用不同的折旧率或折旧方法，这种情况下就需要将各组成部分单独确认为固定资产。

## 三、固定资产的分类

企业的固定资产种类繁多，规格不一，为了便于对固定资产进行实物管理和价值核算，企业有必要对固定资产进行科学、合理的分类。根据不同的管理需要和核算要求以及不同的分类标准，可以对固定资产进行不同的分类。常见的固定资产分类方法有：

### （一）按固定资产的经济用途分类

固定资产按其经济用途分类，可分为生产经营用固定资产和非生产经营用固定资产。

（1）生产经营用固定资产。它是指直接参加或直接服务于企业生产、经营过程的各种固定资产。如生产经营用的房屋、建筑物、机器、设备、器具、工具等。

(2) 非生产经营用固定资产。它是指不直接服务于生产、经营过程的各种固定资产。如职工宿舍、食堂、浴室、理发室等使用的房屋、设备和其他固定资产等。

按照固定资产的经济用途分类,可以归类反映和监督企业生产经营用固定资产和非生产经营用固定资产之间以及生产经营用各类固定资产之间的组成和变化情况,以便考核和分析企业固定资产的配置情况,促使企业合理地配备固定资产,充分发挥其效用。

### (二) 按固定资产使用情况分类

固定资产按其使用情况可分为使用中固定资产、未使用固定资产和不需用固定资产。

(1) 使用中固定资产。它是指企业正在使用中的生产经营用和非生产经营用固定资产。企业的房屋及建筑物无论是否实际使用,都应视为使用中固定资产。由于季节性经营或大修理等原因,暂时停止使用的固定资产仍属于企业使用中的固定资产。企业经营性出租给其他单位使用的固定资产和内部替换使用的固定资产也属于使用中固定资产。

(2) 未使用固定资产。它是指企业已购建完工但尚未交付使用的新增的固定资产以及进行改建、扩建等原因暂停使用的固定资产。

(3) 不需用固定资产。它是指企业多余或不适用,需要调配处理的固定资产。

按照固定资产使用情况分类,有利于反映企业固定资产的使用情况及其比例关系,便于分析固定资产的利用效率,充分挖掘固定资产的使用潜力,促使企业合理、有效地使用固定资产。

### (三) 按固定资产的所有权分类

按固定资产的所有权分类,可将企业的固定资产分为自有固定资产和融资租入固定资产。

(1) 自有固定资产。它是指企业拥有的可供企业自由支配使用的固定资产。

(2) 融资租入固定资产。它是指企业以融资租赁方式租入的固定资产,在租赁期间应视同自有固定资产进行管理。

### (四) 综合分类

按固定资产的经济用途和使用情况等综合分类,可把企业的固定资产分为以下七类:(1)生产经营用固定资产;(2)非生产经营用固定资产;(3)租出固定资产(指在经营租赁方式下出租给外单位使用的固定资产);(4)不需用固定资产;(5)未使用固定资产;(6)土地(指过去已经估价单独入账的土地。我国实行改革开放后因征地而支付的补偿费,应计入与土地有关的房屋、建筑物的价值之内,不单独作为土地价值入账。企业取得的土地使用权不作为固定资产管理);(7)融资租入的固定资产。

由于各企业的经营性质不同,经营规模各异,对固定资产的分类不可能完全一致,也没有必要强求统一。企业可以根据各自的具体情况和经营管理、会计核算的需要进行必要的分类,编制本企业的固定资产目录,作为固定资产实物管理和价值核算的依据。

151

## 四、固定资产的计价标准

固定资产的计价是指以货币为计量单位计算固定资产的价值额。这是进行固定资产价值核算的重要内容。固定资产的计价标准主要有以下三种：

### （一）原始价值

固定资产的计价一般应以原始价值为标准。原始价值简称原价或原值，也称实际成本或历史成本等，它是指企业取得某项固定资产并使之达到预定可使用状态前所发生的一切合理、必要的支出。固定资产的来源渠道不同，原始价值的具体内容就会有所不同。在确定固定资产的原始价值时，有一个很重要的问题需要注意，即企业为构建固定资产而借入款项所发生的借款费用是否应该资本化的问题。我国会计准则规定，在所构建的固定资产达到预定可使用状态之前所发生的借款费用，按规定计算应于资本化的金额，计入所购建固定资产的价值，不应资本化的部分，计入当期损益；在所购建的固定资产达到可使用状态之后发生的借款费用，直接计入当期损益。另外，有些企业的部分固定资产在确定其原始价值时还应考虑弃置费用问题。所谓弃置费用是指根据国家法律、国际公约等规定，企业承担的环境保护和生态恢复等义务所确定的支出，如核电站的弃置和恢复环境义务的支出。固定资产的弃置费用是一项未来事项，如果符合预计负债确认条件的，在确定固定资产原始价值时，应将弃置费用未来发生额的现值计入其中，并以相应的金额确认企业的一项预计负债。在固定资产使用寿命内，企业应当按预计负债的各期初摊余成本和实际利率计算利息费用计入各期财务费用。如果不符合预计负债的确认条件，则应在弃置费用实际发生时，将其计入当期损益。应该注意的是，固定资产的清理费用不是弃置费用，而是固定资产的处置费用，应计入固定资产清理损益。

固定资产按原始价值计价的主要优点是具有客观性和可验证性，也就是说，按这种计价标准所确定的价值均是实际发生并有支付凭证的支出。正因为如此，它成为固定资产的基本计价标准。但是，采用原始价值计价也存在明显的局限性，当社会经济环境和物价水平发生变化时，原始价值不能反映固定资产的现时价值，也就不能真实地揭示企业当前的生产经营规模和盈利水平。此外，由于企业取得固定资产的渠道多种多样，在有些情况下企业根本无法取得原始价值资料。因此，除了采用原始价值对固定资产进行计价外，会计上还有必要辅之以其他计价标准。

### （二）重置完全价值

重置完全价值是指在现实的生产技术和市场条件下，重新购置同样的固定资产所需支付的全部代价。重置完全价值反映的是固定资产的现实价值，从理论上讲，比原始价值计价更为合理。但由于重置完全价值是经常变化的，如果将其作为基本计价标准，必然会引起一系列复杂的会计问题，在会计实务中不具有可操作性。因此，重置完全价值只能作为固定资产的一个辅助计价标准来使用。它通常被用于对会计报表做必要的补充、附注说明，以弥补原始价值计价的不足。此外，在取得无法确定原始价值的固定资产时，如盘盈固定资产、接受捐赠固定资产等，应以重置完全价值为计价标准，对固定资产进行计价。

### （三）净值

固定资产净值也称为折余价值,是指固定资产的原始价值减去折旧后的余额。它是计算固定资产盘盈、盘亏、出售、报废、毁损等损益的依据,也可用于反映企业实际占用在固定资产上的资金数额,将其与原始价值比较,还可以一般地了解固定资产的新旧程度。

## 第二节　固定资产的初始计量

固定资产的初始计量是指企业取得固定资产时对其入账价值的确定。企业取得的固定资产,按其来源不同分为:外购的固定资产、自行建造的固定资产、投资者投入的固定资产、接受捐赠的固定资产、融资租入的固定资产、以非货币性交易换入的固定资产、通过债务重组取得的固定资产、盘盈的固定资产等。企业应当区分不同来源确定固定资产的入账价值并进行相应的账务处理。

## 一、外购的固定资产的核算

企业外购固定资产的成本包括购买价款、相关税费、使固定资产达到预定可使用状态前所发生的可直接归属于该固定资产的其他支出,如场地整理费、运输费、装卸费、安装费和专业人员服务费等。企业外购的固定资产又区分为不需要安装和需要安装两种情况。

### （一）外购不需安装的固定资产

企业外购不需安装的固定资产,其取得成本为企业实际支付的买价、相关税费以及其他相关支出,如包装费、运输费和保险费等。

【例 7-1】　红岩股份有限公司购入一台不需安装的设备,取得的增值税专用发票注明价款 40 000 元,增值税 6 800 元,另发生运输费、包装费、保险费合计为 1 200 元,均用存款支付,该设备已运抵企业,并经验收并交付使用。其账务如下:

借:固定资产　　　　　　　　　　　　　　　　　　　41 200
　　应交税费——应缴增值税(进项税额)　　　　　　　6 800
　　贷:银行存款　　　　　　　　　　　　　　　　　　48 000

企业购买固定资产的价款超过正常信用条件延期支付,实质上具有融资性质的,固定资产的成本以购买价款的现值为基础确定。实际支付的价款与购买价款的现值之间的差额,除按照借款费用准则应予以资本化的以外,应在信用期内计入当期损益。

【例 7-2】　红岩股份有限公司以分期付款方式从甲公司赊购不需安装的数控车床一台,专用发票列明总价款 200 000 元,增值税 34 000 元,购买合同约定,在购买当时支付增值税,价款每年年末付款 50 000 元,分 4 年付清,市场利率为 5%。不考虑其他相关费用。其账务处理如下:

（1）购入车床时:

该车床 4 期付款的现值＝50 000×3.545 951＝177 298(元)

$$未确认融资费＝200\,000-177\,298=22\,702(元)$$

| 借：固定资产 | 177 298 |
| 未确认融资费用 | 22 702 |
| 应交税费——应缴增值税（进项税额） | 34 000 |
| 贷：长期应付款——甲公司 | 200 000 |
| 银行存款 | 34 000 |

为便于以后每年年末编制摊销未确认融资费用分录，可先编制分摊未确认融资费用计算表，如表 7-1 所示。

表 7-1　分摊未确认融资费计算表　　　　　　　　　　单位：元

| 付款日期<br>(1) | 每期付款额<br>(2) | 每期利息费<br>(3)=期初(5)×5% | 本金减少额<br>(4)=(2)-(3) | 本金余额期末<br>(5)=期初(5)-(4) |
|---|---|---|---|---|
| 第 1 年年初 | | | | 177 298 |
| 第 1 年年末 | 50 000 | 8 865① | 41 135 | 136 163 |
| 第 2 年年末 | 50 000 | 6 808 | 43 192 | 92 971 |
| 第 3 年年末 | 50 000 | 4 649 | 45 351 | 47 620 |
| 第 4 年年末 | 50 000 | 2 380② | 47 620 | 0 |
| 合计 | 200 000 | 22 702 | 177 298 | — |

注：① 利息费用计算取整数：177 298×5%≈8 865
　　② 最后一年利息费用采用减法计算：2 380＝50 000－47 620

（2）第 1 年年末付款时编制会计分录如下：

| 借：长期应付款——甲公司 | 50 000 |
| 贷：银行存款 | 50 000 |

以后各年年末的付款分录与上相同。

（3）同时，摊销未确认融资费用：

| 借：财务费用 | 8 865 |
| 贷：未确认融资费用 | 8 865 |

以后各年年末摊销未确认融资费用的分录与上类似。

### （二）外购需要安装的固定资产

企业购入需要安装的固定资产，其取得成本包括买价、相关税费、运杂费以及安装调试成本等。发生的有关固定资产支出应先通过"在建工程"账户归集，待安装完工投入使用时再结转记入"固定资产"账户。

【例 7-3】　红岩股份有限公司购入一台需要安装的设备，取得的专用发票上注明设备的价款为 80 000 元，增值税为 13 600 元，发生运杂费 2 400 元，均用存款支付，设备运回企业立即投入安装；安装过程中领用原材料 2 000 元，应付安装人员薪酬 1 600 元；设备安装完工，投入使用。有关账务处理如下：

（1）用存款购入设备投入安装时：

借：在建工程　　　　　　　　　　　　　　　82 400

　　应交税费——应缴增值税（进项税额）　　13 600

　　贷：银行存款　　　　　　　　　　　　　　　　96 000

（2）发生安装成本。

借：在建工程　　　　　　　　　　　　　　　3 600

　　贷：原材料　　　　　　　　　　　　　　　　2 000

　　　应付职工薪酬　　　　　　　　　　　　　　1 600

（3）设备安装完毕交付使用，结转工程成本。

借：固定资产　　　　　　　　　　　　　　　86 000

　　贷：在建工程　　　　　　　　　　　　　　　　86 000

### （三）整批购入固定资产

企业基于价格等因素的考虑，可能以一笔款项购入多项没有单独标价的固定资产。如果这些资产均符合固定资产的定义，并满足固定资产的确认条件，则应将各项资产单独确认为固定资产，并按照各项固定资产公允价值的比例对总成本进行分配，分别确定各项固定资产的成本。

**【例 7-4】**　红岩股份有限公司一揽子购入设备和厂房，共支付存款 550 000 元，未能取得专用发票。经评估，设备和厂房的公允价值分别为 300 000 元和 500 000 元。所购设备和厂房可直接投入使用。有关账务处理如下：

（1）分配购买成本。

设备所占比例＝300 000÷（300 000＋500 000）×100％＝37.5％

厂房所占比例＝500 000÷（300 000＋500 000）×100％＝62.5％

设备应分配购买成本＝550 000×37.5％＝206 250（元）

厂房应分配购买成本＝550 000×62.5％ ＝343 750（元）

（2）编制会计分录。

借：固定资产——设备　　　　　　　　　　　206 250

　　　　　　——厂房　　　　　　　　　　　343 750

　　贷：银行存款　　　　　　　　　　　　　　　　550 000

## 二、自行建造的固定资产

企业自行建造固定资产的成本，由建造该资产达到预定可使用状态前所发生的必要支出构成。

企业自行建造固定资产，通常需要花费较长的建造时间。为了归集和计算实际建造成本，企业应设置"在建工程"账户，来核算企业基建工程、安装工程等发生的实际支出。本账户下应当按"建筑工程"、"安装工程"、"待摊支出"等以及单项工程进行明细核算。

在建工程发生减值准备的，可以单独设置"在建工程减值准备"账户进行核算。

自行建造固定资产按营建方式的不同可分为自营工程和出包工程。

### （一）自营工程的核算

自营工程是指企业利用自身的生产能力进行的固定资产建造工程。为了简化核算，通常只将固定资产建造工程中所发生的直接支出计入工程成本，其内容主要包括工程所消耗的直接材料、直接人工、直接机械作业费、辅助生产部门为工程提供的水、电、修理、运输等支出，以及工程发生的工程管理费、征地费、可行性研究费、临时设备费、公证费、监理费等；如果是设备安装工程，则工程成本还应包括所安装设备的价值、工程安装费用、工程试运转所发生的净支出等。以下所论及的自营工程主要指的是与房屋、建筑物有关的在建工程，这也是增值税条例中规定的属于非应税项目的在建工程。

在确定自营工程成本时还需要注意以下几点：

（1）关于工程物资，购入工程物资比照外购原材料的计价方法计价，但购入工程物资的增值税进项税应计入工程物资成本。建造的固定资产达到预定可使用状态后剩余的工程物资，如转作库存材料，按其实际成本或计划成本转作企业的库存材料。盘亏、报废、毁损的工程物资，减去保险公司、过失人赔偿后的差额，区别情况处理：如果工程项目尚未达到预定可使用状态，计入工程成本；如果工程项目已达到预定可使用状态，计入当期营业外支出。若为盘盈的工程物资，则区别情况冲减工程成本或计入营业外收入。

（2）工程领用外购原材料，应将相应的增值税进项税额转出，连同原材料实际成本一并计入工程成本。若原材料采用计划成本计价核算的，则应同时结转应分摊的材料成本差异。

（3）工程领用本企业生产的产品，应视同销售，计算增值税销项税额，连同产品的生产成本一并计入工程成本。

（4）工程在达到预定可使用状态前必须进行试运转的，工程试运转发生的支出计入工程成本，试运转形成可对外销售的产品，应按实际售价或预计售价冲减工程成本。

（5）由于正常原因造成的单项工程或单位工程报废或毁损，减去残料价值和过失人或保险公司等赔款后的净损失，应计入继续施工的工程成本。如为非正常原因造成的单项工程或单位工程报废或毁损，或在建工程项目全部报废或毁损，减去残料价值和过失人或保险公司等赔款后的净损失，直接计入当期营业外支出。

（6）所建造的固定资产达到预定可使用状态，但尚未办理竣工决算的，应当自达到预定可使用状态之日起，根据工程预算、造价或实际成本等，按暂估价值转入固定资产，并按有关折旧规定计提折旧；待办理了竣工决算手续后再作调整，仅调整原入账的固定资产价值，对已经计提的折旧不作调整。

（7）工程达到预定可使用状态之前发生的与工程有关的借款费用按借款费用准则的规定处理（详见第九章的有关内容）。

企业自营工程主要通过"工程物资"和"在建工程"账户进行核算。其中，"工程物资"账户核算用于在建工程的各种物资的实际成本，该账户下应设置"专用材料"、"专用设备"、"工器具"等明细账户；"在建工程"账户核算企业为工程项目所发生的各种实际支出以及改扩建工程等转入的固定资产净值；该账户下应按工程项目设置"建筑工程"、"安装工程"、"在安装设备"、"技术改造工程"、"待摊支出"等明细账户，并按单项工程进行明细核算。

企业为自营工程购进工程物资入库时,借记"工程物资"账户,贷记"银行存款"账户;自营建造固定资产在达到预定可使用状态前发生必要支出时,借记"在建工程"账户,贷记"工程物资"、"原材料"、"库存商品"、"应交税费"、"应付职工薪酬"、"生产成本"、"银行存款"等账户;所建造的固定资产达到预定可使用状态时,借记"固定资产"账户,贷记"在建工程"账户。

【例 7-5】 红岩股份有限公司自行建造仓库一座,用存款购入为工程准备的专用物资一批入库,专用发票列明物资价款 300 000 元,增值税为 51 000 元;工程开始后,先后领用工程物资 327 600 元;工程领用外购的生产用原材料一批,实际成本为 50 000 元,增值税进项税为 8 500 元;工程领用本企业生产的产品一批,实际成本为 65 000 元,该批产品的同期售价为 80 000 元,适用增值税税率为 17%;应支付工程人员薪酬 45 600;企业辅助生产部门为工程提供水、电等劳务支出 12 500 元,另外用现金支付工程杂支费 2 200 元。工程达到预定可使用状态,将剩余的工程物资转作原材料管理。有关账务处理如下:

(1) 购入工程物资入库。

借:工程物资   351 000

  贷:银行存款   351 000

(2) 工程领用工程物资。

借:在建工程   327 600

  贷:工程物资   327 600

(3) 工程领用原材料。

借:在建工程   58 500

  贷:原材料   50 000

   应交税费——应缴增值税(进项税额转出)   8 500

(4) 工程领用产品。

借:在建工程   78 600

  贷:库存商品   65 000

   应交税费——应缴增值税(销项税额)   13 600

(5) 工程应负担人工费。

借:在建工程   45 600

  贷:应付职工薪酬   45 600

(6) 工程应负担辅助生产部门劳务费。

借:在建工程   12 500

  贷:生产成本——辅助生产成本   12 500

(7) 用现金支付工程杂支费。

借:在建工程   2 200

  贷:库存现金   2 200

(8) 工程达到预定可使用状态,计算并结转工程成本。

$$工程成本 = 327\ 600 + 58\ 500 + 78\ 600 + 45\ 600 + 12\ 500 + 2\ 200$$
$$= 525\ 000(元)$$

　　借：固定资产　　　　　　　　　　　　　　　525 000

　　　　贷：在建工程　　　　　　　　　　　　　　　　525 000

（9）将剩余工程物资转作原材料。

　　借：原材料　　　　　　　　　　　　　　　　　23 400

　　　　贷：工程物资　　　　　　　　　　　　　　　　23 400

### （二）出包工程的核算

　　当企业没有能力自行营建固定资产时，可采用出包的方式建造固定资产。出包工程是指企业委托建筑施工单位进行的固定资产建造工程。出包工程一般适用于企业的房屋、建筑物等的新建、改扩建工程以及大型复杂设备的安装工程等。

　　企业通过出包工程方式建造固定资产，按应支付给承包单位的工程价款作为该固定资产的成本。支付工程价款时，借记"在建工程"账户，贷记"银行存款"账户；工程达到预定可使用状态交付使用时，借记"固定资产"账户，贷记"在建工程"账户。

　　【例7-6】　红岩股份有限公司将一幢新建厂房的工程出包给甲建筑公司承建，按合同约定先用存款向承包单位预付工程款8 500 000元；工程完工后，补付工程款1 450 000元，工程经验收合格交付使用。有关账务处理如下：

（1）预付工程价款。

　　借：在建工程　　　　　　　　　　　　　　　8 500 000

　　　　贷：银行存款　　　　　　　　　　　　　　　8 500 000

（2）补付工程款。

　　借：在建工程　　　　　　　　　　　　　　　1 450 000

　　　　贷：银行存款　　　　　　　　　　　　　　　1 450 000

（3）工程完工交付使用。

　　借：固定资产　　　　　　　　　　　　　　　9 950 000

　　　　贷：在建工程　　　　　　　　　　　　　　　9 950 000

　　值得说明的是，准则指南的附录关于科目使用说明中对于出包工程的核算，对于预付工程款先通过"预付账款"账户反映，待随着工程进度第一次结算工程款时再将预付账款转入"在建工程"账户。这样做法存在的问题为：既打乱了"预付账款"账户的核算范围，又使得预付账款究竟是流动资产还是长期资产难以分清，还使得企业发生预付账款所引起的现金流动是属于经营活动的现金流动还是属于投资活动的现金流动无法区分。因此，上例核算未使用"预付账款"账户。

## 三、投资者投入的固定资产

　　投资者投入的固定资产是指企业因接受投资者以固定资产对本企业投资而增加的固定资产。该方式取得固定资产的入账价值，应当按照投资合同或协议约定的价值确定，但合同或协议约定的价值不公允的除外。企业接受投资者投资转入的固定资产，应在办理了固定资产移交手续后，按投资各方确认的价值加上应支付的相关税费作为固定资产的入账价值；按投资各方确认的价值在注册资本中所占份额，确认为实收资本或股本；按投资各方确认的价值与确认为实收资本或股本的差额,确认为资本公积;按应支付的相关税费,贷记"银行存款"或"应交税费"账户。如果投资转入的固定资产需要安装,则应先通过"在建工程"账户归集投入固定资产的价值及发生的安装成本,安装完成后在转入"固定资产"账户。

【例 7-7】 红岩股份有限公司接受甲公司以一台新设备进行投资,该设备投入后即可投入使用。取得的专用发票列明设备价款为 4 500 000 元,增值税为 765 000 元。甲公司投入设备后,占红岩公司股本为 3 000 000 股,每股面值 1 元。假定不考虑其他相关税费。其账务处理为:

| | | |
|---|---|---|
| 借:固定资产 | 4 500 000 | |
| 　应交税费——应缴增值税(进项税额) | 765 000 | |
| 　贷:股本 | | 3 000 000 |
| 　　资本公积——股本溢价 | | 2 265 000 |

## 四、接受捐赠固定资产的核算

企业接受捐赠的固定资产,应根据具体情况合理确定其入账价值。一般分为以下两种情况:

(1)捐赠方提供了有关凭据的,按凭据上标明的金额加上应当支付的相关税费,作为入账价值;

(2)捐赠方没有提供有关凭据的,按如下顺序确定其入账价值:

① 同类或类似固定资产存在活跃市场的,按同类或类似固定资产的市场价格估计的金额,加上应当支付的相关税费,作为入账价值;

② 同类或类似固定资产不存在活跃市场的,按接受捐赠的固定资产的预计未来现金流量现值,作为入账价值。

如果接受捐赠的系旧的固定资产,依据上述方法确定的新固定资产价值,减去按该项资产的新旧程度估计的价值损耗后的余额,作为入账价值。

企业接受捐赠的固定资产在按照上述会计规定确定入账价值后,按接受捐赠的金额计入营业外收入。

【例 7-8】 2010 年 8 月 10 日,红岩股份有限公司接受乙公司捐赠的一台全新设备,乙公司提供的专业发票反映该设备的价款为 80 000 元,增值税为 13 600 元。红岩公司受赠该设备用存款支付运杂费 4 500 元,设备运抵企业后立即投入使用。有关账务处理如下:

红岩公司接受捐赠的设备投入使用时:

| | | |
|---|---|---|
| 借:固定资产 | 84 500 | |
| 　应交税费——应缴增值税(进项税额) | 13 600 | |
| 　贷:营业外收入——捐赠利得 | | 93 600 |
| 　　银行存款 | | 4 500 |

### 五、融资租入的固定资产

融资租赁是指实质上转移了与资产所有权有关的全部风险和报酬的租赁。其所有权最终可能转移，也可能不转移。一项租赁如果满足下列一项或数项标准的，就应当认定为融资租赁：

（1）在租赁期届满时，租赁资产的所有权转移给承租人。

（2）承租人有购买租赁资产的选择权，所订立的购买价款预计将远低于行使选择权时租赁资产的公允价值，因而在租赁开始日就可以合理确定承租人会行使这种选择权。这里的"远低于"一般是指购买价低于行使选择权时租赁资产公允价值的5％（不含5％）。

（3）即使资产的所有权不转移，但租赁期占租赁资产使用寿命的大部分，所占比例应在75％以上。

（4）承租人在租赁开始日的最低租赁付款额现值或者出租人在租赁开始日的最低租赁收款额现值，几乎相当于租赁开始日租赁资产公允价值。几乎相当于在实务上是指90％（含90％）以上的比例。

（5）租赁资产性质特殊，如果不作较大改造，只有承租人才能使用。

融资租入固定资产是指承租人采用融资租赁方式租入的固定资产。按我国会计准则规定，融资租入的固定资产，在融资租赁期内应作为企业自有固定资产进行管理和核算。在租赁期开始日，承租人应当将租赁开始日租赁资产公允价值与最低租赁付款额现值两者中较低者作为融资租入固定资产的入账价值确定基础，将最低租赁付款额作为长期应付款的入账价值，其差额作为未确认融资费用。另外，承租人在租赁谈判和签订租赁合同过程中发生的，可归属于租赁项目的手续费、律师费、印花税等初始直接费用，也应当计入租入资产的价值。

最低租赁付款额，是指在租赁期内，承租人应支付或可能被要求支付的款项（不包括或有租金和履约成本），加上由承租人或与其有关的第三方担保的资产余值。这里的资产余值是指在租赁开始日估计的租赁期届满时租赁资产的公允价值。这是从承租人角度规定的一个概念，其中"最低"一词是相对于或有租金、履约成本等而言的，即是说，最低租赁付款额中不包括或有租金和履约成本。或有租金是指金额不固定、与时间长短以外的其他因素（如销售量、使用量、物价指数等）为依据计算的租金，它的发生与否取决于未来事项的发生与否。或有租金不包括在最低租赁付款额内，应在实际发生时计入当期损益。履约成本是指租赁期内为租赁资产支付的各种使用费用，如技术咨询和服务费、人员培训费、维修费、保险费等。这些使用费用是承租人正常应支付的费用，不应包括在最低租赁付款额内，而应在实际发生时计入当期成本费用。如果承租企业有购买租赁资产选择权，所订立的购买价款预计将远低于行使选择权时租赁资产的公允价值，因而在租赁开始日就可以合理确定承租企业将会行使这种选择权的，则购买价款应包括在最低租赁付款额内。

承租企业在计算最低租赁付款额的现值时需涉及折现率的确定问题。我国会计准则对折现率的选择有明确规定：能够取得出租人租赁内含利率的，应当采用租赁内含利率作为折现率；否则，应当采用合同规定的利率作为折现率。承租企业无法取得出租人租赁内含利率且租赁合同没有规定利率的,应当采用银行同期贷款利率作为折现率。其中,租赁内含利率是指在租赁开始日,使最低租赁收款额的现值与未担保余值的现值之和等于租赁资产公允价值与出租人的初始直接费用之和的折现率。这里的最低租赁收款额是指最低租赁付款额加上独立于承租人和出租人的第三方担保的资产余值。担保余值,就承租人而言,是指由承租人或与其有关的第三方担保的资产余值;就出租人而言,是指就承租人而言的担保余值加上独立于承租人和出租人的第三方担保的资产余值;未担保余值是指租赁资产余值中扣除就出租人而言的担保余值以后的资产余值。

对未确认融资费用的分摊是承租企业会计核算的核心内容之一。我国会计准则规定,未确认融资费用应当在租赁期内各个期间进行分摊。承租企业分摊未确认融资费用时,应当采用实际利率法,不再允许使用直线法、年数总和法等其他方法。承租人采用实际利率法分摊未确认融资费用时,应当根据租赁期开始日租入资产入账价值的不同情况,对未确认融资费用采用不同的分摊率。

(1)以出租人的租赁内含利率为折现率将最低租赁付款额折现,且以该现值作为租入资产入账价值基础的,应当将租赁内含利率作为未确认融资费用的分摊率。

(2)以合同规定利率为折现率将最低租赁付款额折现,且以该现值作为租入资产入账价值基础的,应当将合同规定利率作为未确认融资费用的分摊率。

(3)以银行同期贷款利率为折现率将最低租赁付款额折现,且以该现值作为租入资产入账价值基础的,应当将银行同期贷款利率作为未确认融资费用的分摊率。

(4)以租入资产公允价值作为入账价值基础的,应当重新计算分摊率。该分摊率是使最低租赁付款额的现值与租赁资产公允价值相等的折现率。

对于融资租入的固定资产,承租企业应当采用与自有固定资产相一致的折旧政策计提折旧。能够合理确定租赁期届满时将取得租赁资产所有权的,应当在租赁资产尚可使用年限内计提折旧。无法合理确定租赁期届满时能够取得租赁资产所有权的,应当在租赁期与租赁资产尚可使用年限两者中较短的期限内计提折旧。

为了与企业自有固定资产相区别,企业应对融资租入的固定资产在"固定资产"总账下单设"融资租入固定资产"明细账户进行核算。企业在租赁期开始日(指承租人有权行使其使用租赁资产权利的开始日)按租赁开始日租赁资产公允价值与最低租赁付款额的现值两者中较低者作为入账价值基础,借记"固定资产——融资租入固定资产"账户(若租入资产需要安装,则借记"在建工程"账户),按最低租赁付款额,贷记"长期应付款——应付融资租赁款"账户,按承租人支付的初始直接费用,贷记"银行存款"账户,按其差额,借记"未确认融资费用"账户。在每期支付租金时,按支付的租金额,借记"长期应付款——应付融资租赁款"账户,贷记"银行存款"账户。如果支付或有租金或履约成本,则借记"制造费用"或"管理费用"等账户,贷记"银行存款"账户。每期分摊未确认融资费用时,按实际利率法计算的当期应分摊的未确认融资费用金额,借记"财务费用"账户,贷记"未确认融资费用"账户。租赁期满,如合同规定将租赁资产所有权转归承租企业,应进行转账,将固定资产从"融资租入固定资产"明细账户转入有关明细账户。

【例7-9】2010年12月20日,红岩股份有限公司与某租赁公司签订了一台生产设备的融资租赁合同。合同规定:起租日为2011年1月1日,租赁期4年,每年年末支付租金 1 000 万元,租赁期满,设备的估计残余价值为 400 万元,其中红岩公司担保余值为 200 万元,未担保余值为 200 万元。该设备于 2010 年 12 月 31 日运抵红岩公司,当即投入使用。红岩公司对固定资产采用直线法计提折旧,对未确认融资费用采用实利率法在租赁期间内摊销。红岩公司于每年末进行未确认融资费用的摊销并计提折旧。假定租赁设备为全新设备,租赁开始日设备公允价值为 3 800 万元,预计使用 5 年,租赁内含利率为 6%,租赁期满,将设备归还给租赁公司(假定本例以万元为单位)。

承租人红岩公司的有关账务处理如下:

(1) 2010 年 12 月 31 日融资租入设备。

查表知,4 年期,利率 6% 的年金现值系数为 3.465 106,复利现值系数为 0.792 094。

最低租赁付款额＝1 000×4＋200＝4 200(万元)

最低租赁付款额的现值＝1 000×3.465 106＋200×0.792 094

＝3 623.53(万元)

因为 3 623.53＜3 800,且 3 623.53÷3 800＝95.36%＞90%

所以,融资租入设备的入账价值应为 3 623.53 万元。

产生未确认融资费用＝4 200－3 623.53＝576.47(万元)

借:固定资产——融资租入固定资产　　　　　　　3 623.53

未确认融资费用　　　　　　　　　　　　576.47

贷:长期应付款——应付融资租赁款　　　　　　　　4 200

(2) 2011 年 12 月 31 日支付租金、分摊未确认融资费用并计提折旧。

每年支付租金及分摊未确认融资费用见表 7-2。

表 7-2　分摊未确认融资费用计算表　　　　　　　单位:万元

| 日期<br>(1) | 每期租金<br>(2) | 分摊未确认融资费<br>(3)＝期初(5)×6% | 本金减少额<br>(4)＝(2)－(3) | 本金余额期末<br>(5)＝期初(5)－(4) |
|---|---|---|---|---|
| 2010.12.31 | | | | 3 623.53 |
| 2011.12.31 | 1 000 | 217.41[①] | 782.59 | 2 840.94 |
| 2012.12.31 | 1 000 | 170.46 | 829.54 | 2 011.40 |
| 2013.12.31 | 1 000 | 120.68 | 879.32 | 1 132.08 |
| 2014.12.31 | 1 000 | 67.92[②] | 932.08 | 200 |
| 合计 | 4 000 | 576.47 | 3 423.53 | — |

注:① 未确认融资费用分摊额计算结果保留两位小数:3 623.53×6%＝217.41
　　② 最后一期采用减法计算,做尾数调整。

每年计提折旧 ＝(3 623.53－200)÷4＝855.882 5(万元)

2011 年 12 月 31 日有关会计分录如下:

① 支付租金。

借:长期应付款——应付融资租赁款　　　　　　　1 000

贷:银行存款　　　　　　　　　　　　　　　　　1 000

② 分摊未确认融资费用。

借：财务费用 217.41

　　贷：未确认融资费用 217.41

③ 计提折旧。

借：制造费用 855.882 5

　　贷：累计折旧 855.882 5

以后每年年底支付租金、计提折旧的分录分别与①、③相同,分摊未确认融资费用的分录与②类似。

163

(3) 2014 年 12 月 31 日归还租赁设备。

借：长期应付款——应付融资租赁款 200

　　累计折旧 3 423.53

　　贷：固定资产——融资租入固定资产 3 623.53

## 六、以非货币性资产交换取得的固定资产

企业以非货币性交换取得的固定资产,须区分为两种计量模式进行计量和会计处理。

### （一）非货币性资产交换按公允价值进行计量的会计处理

非货币性资产交换换入的资产按公允价值进行计量必须同时满足两个条件,即非货币性交换具有商业实质、换入资产或换出资产的公允价值能够可靠计量。不符合上述条件的则采用账面价值计量。在采用公允价值计量时又区分为两种情况:

**1. 不涉及补价情况下的非货币交换取得的固定资产**

企业在非货币性交换中换入固定资产,如果不涉及补价,则应以换出资产的公允价值,加上应支付的相关税费,作为换入固定资产的入账价值。用公式表示为:

投入资产入账价值＝换出资产公允价值＋应支付的相关税费

**2. 涉及补价情况下的非货币性交换取得的固定资产**

非货币性交换中如果发生补价,则应区分不同情况进行处理:

(1) 支付补价。非货币性交易中支付补价的,应以换出资产公允价值,加上支付补价和应支付的相关税费,作为换入资产的入账价值。用公式表示为:

换入资产入账价值＝换出资产公允价值＋支付补价＋应支付的相关税费

(2) 收到补价。非货币性交易中收到补价,应以换出资产公允价值,减去收到的补价,再加上应支付的相关税费,作为换入资产的入账价值。用公式表示为:

换入资产入账价值＝换出资产公允价值－收到补价＋应支付的相关税费

上述各情形下,换出资产的公允价值与其账面价值的差额应作为资产交换损益计入当期损益,具体地应区分换出资产的不同类型做相应的账务处理。

由上可见,以非货币性交换换入固定资产时,采用公允价值计量的基本原则是以换出资产公允价值为基础,加上应支付的相关税费为换入固定资产的成本,若换入机器设备等固定资产涉及的进项税额可以抵扣,则应从中扣除;若在非货币性交换中还涉及补价,则支付的补价作为换入固定资产成本的调增,收到的补价作为换入固定资产成本的调减。

补价并不影响非货币性资产交换损益;不论是否涉及补价,非货币性交换损益都是将换出资产的公允价值与其账面价值相比较而确定的。

**3. 非货币性交换换入固定资产的账务处理**

企业以非货币性交换换入固定资产时,换出资产的形态是多种多样的,可以是存货、股权投资、无形资产,甚至也可以是固定资产。这并不影响对换入固定资产入账价值的确定以及对非货币性交易损益的确定方法,但涉及的具体的账务处理则有所不同。具体可分为:

(1) 以长期股权投资换入固定资产。以长期股权投资换入固定资产的,应按换出长期股权投资的公允价值加上应支付的相关税费,借记"固定资产"账户,按换出投资应冲减的减值准备,借记"长期股权投资减值准备"账户,按换出投资的账面余额,贷记"长期股权投资"账户,按应支付的相关税费贷记"银行存款"或"应交税费"账户,按换出投资的公允价值与其账面价值的差额,贷记"投资收益"账户或借记"投资收益"账户。若在交易过程中还涉及收到补价或支付补价,则应对上述账务处理作适当调整,借记"固定资产"账户的金额应为换出投资的公允价值加上支付补价或减去收到补价再加上应支付的相关税费,对支付补价,应贷记"银行存款"账户,对收到补价,应借记"银行存款"账户,其他的则同前。

**【例 7-10】** 红岩股份有限公司以持有的对甲公司的长期股票投资(成本大核算)同乙公司交换一台设备。在交换日,红岩公司持有的甲公司股票的账面余额为 580 000 元(采用成本法核算),已计提减值准备为 15 000 元,当日市价为 570 000 元;乙公司的设备原价为 650 000 元,已提折旧 72 000 元,按同类资产的市价估价为 590 000 元;为此红岩公司用存款支付补价 20 000 元给乙公司。设备由乙公司负担运费运抵红岩公司后即可投入使用,红岩公司未发生相关税费。红岩公司的账务处理如下:

换入设备的入账价值＝570 000＋20 000＝590 000(元)

产生非货币性交换收益＝570 000－(580 000－15 000)＝5 000(元)

| | |
|---|---|
| 借:固定资产 | 590 000 |
| 　长期投资减值准备 | 15 000 |
| 　贷:长期股权投资——甲公司 | 580 000 |
| 　　银行存款 | 20 000 |
| 　　投资收益——非货币性交换利得 | 5 000 |

(2) 以存货换入固定资产。以存货换入固定资产,在不涉及补价情况下,应以换出存货的公允价值加上应支付的相关税费,借记"固定资产"账户,按换出存货的公允价值确认收入,贷记"主营业务收入"或"其他业务收入"账户,按应支付的相关税费,贷记"银行存款"或"应交税费"账户,同时结转相应换出存货的成本,借记"主营业务成本"账户,贷记"库存商品"账户或借记"其他业务成本",贷记"原材料"账户。若在交易过程中还涉及补价,则应对前述账务处理作适当调整,按换出存货的公允价值加上应支付的相关税费再加上支付的补价或减去收到的补价后的金额,借记"固定资产"账户,按支付的补价,贷记"银行存款"账户或按收到的补价,借记"银行存款"账户,其他账户记录不变。

**【例 7-11】** 红岩股份有限公司以生产的产品一批向丙公司换入一台不需要安装的

生产用设备。红岩公司换出产品的生产成本为 75 000 元,已提跌价准备 1 000 元,公允价值为 100 000 元,适用增值税税率为 17％,用存款支付换出产品的运杂费 800 元。丙公司的设备原价为 135 000 元,已提折旧 48 000 元,公允价值为 90 000 元。为此丙公司用存款支付补价及增值税进项税共计 27 000 元,另支付设备运杂费 2 000 元。整个交易过程已经完成,换入设备运抵红岩公司后已投入使用。红岩公司的相关账务处理如下:

换入设备入账价值＝100 000＋17 000－27 000＝90 000(元)

| | |
|---|---|
| 借:固定资产 | 90 000 |
| 银行存款 | 27 000 |
| 贷:主营业务收入 | 100 000 |
| 应交税费——应缴增值税(销项税额) | 17 000 |

支付换出产品的运杂费时:

| | |
|---|---|
| 借:销售费用 | 800 |
| 贷:银行存款 | 800 |

同时确认销售成本:

| | |
|---|---|
| 借:主营业务成本 | 74 000 |
| 存货跌价准备 | 1 000 |
| 贷:库存商品 | 75 000 |

(3) 以固定资产换入固定资产。以固定资产换入固定资产的,在不涉及补价情况下,应按换出固定资产的账面价值,借记"固定资产清理"账户,按换出固定资产的已提折旧,借记"累计折旧"账户,按换出固定资产已提减值准备,借记"固定资产减值准备"账户,按换出固定资产原值,贷记"固定资产"账户。按支付的清理费用,借记"固定资产清理"账户,贷记"银行存款"账户。若换出固定资产应计交有关税金(如换出不动产应计交营业税),则借记"固定资产清理"账户,贷记"应交税费"账户。按换出固定资产的公允价值及应支付的相关税费之和,作为换入固定资产的入账价值,借记"固定资产"账户,按换出固定资产的账面价值加上应支付的相关税费(即"固定资产清理"账户的余额),贷记"固定资产清理"账户,按换出固定资产的公允价值与其账面的差额,贷记"营业外收入——非货币性交换利得"账户,或借记"营业外支出——非货币性交换损失"账户。若这一交易过程还涉及补价,则应对前述的账务处理的最后一笔分录作调整,对换入固定资产,按换出固定资产的公允价值加上应支付的补价或减去收到补价的金额,借记"固定资产"账户,对收到补价的,借记"银行存款"账户,或对支付补价的,贷记"银行存款"账户,其他账户的记录不变。

【例 7-12】 红岩股份有限公司以一辆小轿车与甲公司的一辆货运汽车进行交换。小轿车的原价值为 245 000 元,已提折旧 84 000 元,计提减值准备 5 000 元,公允价值 185 000 元,用存款支付给甲公司补价 25 000 元,支付换入汽车过户费 8 200 元。甲公司的汽车原价值为 340 000 元,已提折旧 105 000 元,计提减值准备 10 000 元,公允价值为 210 000 元,用存款支付换入小轿车过户费 6 500 元。假定未发生其他相关税费,且该交易具有商业实质。红岩公司的相关账务处理如下:

换入汽车入账价值＝185 000＋8 200＋25 000＝218 200（元）

产生非货币性交换利得＝185 000－（245 000－84 000－5000）＝29 000（元）

（1）将换出的小轿车转入清理。

借：固定资产清理 156 000

累计折旧 84 000

固定资产减值准备 5 000

贷：固定资产——小轿车 245 000

（2）支付过户费及补价并结转换入汽车。

借：固定资产——汽车 218 200

贷：固定资产清理 185 000

银行存款 33 200

（3）结转换小轿车产生的利得。

借：固定资产清理 29 000

贷：营业外收入——非货币性交换利得 29 000

说明：其他会计教材在反映按公允价值计量情形下用固定资产换入非货币性资产时都是将换入资产以及换出固定资产所产生的非货币性交换利得或损失体现在一笔分录中，即将上述的第二、三笔分录编写成一笔分录。那样做存在的问题为：一是核算过程中体现不出换出固定资产的公允价值究竟是多少；二是未能单独结转换出的固定资产所产生的交换损益，这与固定资产清理核算程序也不一致；三是在按公允价值计量情形下，为换出固定资产而发生的有关税费不应计入换入资产的入账价值之内，应该将其计入换出固定资产的交换损益，通过"固定资产清理"账户核算。本例中红岩公司所支付的过户费是为换入货运汽车而支付的，因此就将其计入换入汽车的价值之中，也就不应通过"固定资产清理"账户反映；若是为换出小轿车而支付的过户费，则该项支出就不会影响换入资产的价值，而是属于换出固定资产所发生的清理费用，应通过"固定资产清理"账户反映，最终影响换出固定资产所产生的交换损益。因此，本例之前有关以固定资产换入固定资产的账务处理表述是按我国非货币性资产交换准则规定的精神来写的，严格地讲，该表述是存在问题的，其原因就在于会计准则及指南的有关规定和说明缺乏具体性和全面性。

（4）以无形资产换入固定资产。以无形资产换入固定资产的，在不涉及补价的情况下，应按换出无形资产的公允价值加上应支付的相关税费，借记"固定资产"账户，按所换出无形资产的已摊销金额，借记"累计摊销"账户，按换出无形资产已计提的减值准备，借记"无形资产减值准备"账户，按换出无形资产的账面原价，贷记"无形资产"账户，按应支付的相关税费，贷记"银行存款"或"应交税费"账户，按换出无形资产的公允价值与其账面价值的差额，贷记"营业外收入——非货币性交换利得"账户或借记"营业外支出——非货币性交换损失"账户。若在此交易过程中还涉及补价，则应对上述账务处理作调整，按换出无形资产的公允价值加上应支付的相关税费，再加上支付的补价或减去收到的补价，借记"固定资产"账户，按支付的补价，贷记"银行存款"账户，或按收到的补价，借记"银行存款"账户，其他账户记录不变。

【例 7-13】 红岩股份有限公司用所拥有的一项专利技术与乙公司的一台生产用设备相交换。在交换日,专利技术的账面原价为 350 000 元,已累计摊销 35 000 元,已计提减值准备 13 000 元,公允价值为 290 000 元,应支付营业税 14 500 元,收到补价 15 000 元。乙公司设备原值为 380 000 元,已计提折旧 75 000 元,已计提减值准备 21 000 元,公允价值为 275 000 元,用存款支付补价 15 000 元,支付运杂费 2 000 元。假定该非货币性资产交换符合公允价值计量条件,无其他相关税费,设备运抵后立即投入使用。红岩公司的相关账务处理如下:

$$换入设备的入账价值 = 290\ 000 - 15\ 000 = 275\ 000(元)$$

$$产生的非货币性交换损益 = 290\ 000 - (350\ 000 - 35\ 000 - 13\ 000) - 14\ 500$$
$$= -26\ 500(元)$$

| 借:固定资产 | 275 000 | |
| --- | --- | --- |
| 累计摊销 | 35 000 | |
| 无形资产减值准备 | 13 000 | |
| 银行存款 | 15 000 | |
| 营业外支出——非货币性交换损失 | 26 500 | |
| 贷:无形资产 | | 350 000 |
| 应交税费——应缴营业税 | | 14 500 |

说明:在本例的账务处理过程中,在按公允价值计量情形下,将换出无形资产所应计交的营业税看作是转让无形资产所应负担的税费,将其计入转让损益。其结果是换入的设备的入账价值与其公允价值相等,这是符合逻辑的。否则,如果将该营业税计入换入设备的入账价值,就会使换入设备的价值比其公允价值高出 14 500 元,而使非货币性交换损失减少 14 500 元,这样处理显然是有问题的。

### (二)按账面价值进行计量的会计处理

企业对非货币交换换入固定资产若不满足公允价值计量的两个条件,则应采用账面价值计量模式。具体仍应区分以下两种情况:

**1. 不涉及补价情况下的非货币性交换取得的固定资产**

企业发生非货币性交换时,应以换出资产的账面价值,加上应支付的相关税费,作为换入固定资产的入账价值,不确认损益。用公式表示为:

$$投入资产入账价值 = 换出资产账面价值 + 应支付的相关税费$$

**2. 涉及补价情况下的非货币性交换取得的固定资产**

非货币性交易中如果发生补价,则应区别两种情形进行处理:

(1)支付补价。非货币性交易中支付补价的,应以换出资产账面价值,加上补价和应支付的相关税费,作为换入固定资产的入账价值,不确认损益。用公式表示为:

$$换入资产入账价值 = 换出资产账面价值 + 支付补价 + 应支付的相关税费$$

(2)收到补价。非货币性交易中收到补价的,应以换出资产账面价值,减去收到的补价,加上应支付的相关税费,作为换入固定资产的入账价值,不确认损益。用公式表示为:

$$换入资产入账价值 = 换出资产账面价值 - 收到补价 + 应支付的相关税费$$

由上可见,在非货币性交换中,在以账面价值计量确定换入资产入账价值时,基本原则是以换出资产账面价值加上应支付的相关税费作为换入资产的入账价值(成本);若涉及补价,则区分为支付补价或收到补价,对换入资产入账价值作调增或调减。无论是否涉及补价,均不确认损益。具体的账务处理则仍可分为以投资、存货、固定资产或无形资产等换入固定资产分别进行处理,与非货币性交易投入固定资产采用公允价值计量的账务处理类似,最大的区别在于采用账面价值计量时不存在非货币性交换损益确认问题。为节省篇幅,就不再作详细的账务处理举例说明。

值得说明的是,以上非货币性资产交换的有关内容主要是针对非货币性资产交换换入固定资产,且未考虑换入机器设备等固定资产的增值税抵扣问题。若是非货币性资产交换换入长期股权投资、换入无形资产等,则有关的会计处理十分类似,只需将"固定资产"账户换成"长期股权投资",或"无形资产"等账户即可。但是,若是非货币性交易换入的资产是原材料或库存商品等存货,则对换入资产入账价值确定时,应将可作为增值税进项税额单独核算的增值税从中扣除,不应计入换入资产的成本。另外,以上论及的是企业以一项非货币性资产与其他企业的一项非货币性资产进行交换的情形。即一对一的交换情形,而实际工作中也可能存在企业用多项非货币性资产换入另一企业的一项非货币资产,即多对一的情形,或者企业以一项非货币性资产换入另一企业的多项非货币性资产,即一对多的情形,或者企业以多项非货币性资产换入另一企业多项非货币性资产,即多对多的情形。我国会计准则对非货币性资产交换换入多项资产的入账价值确定也做出了明确规定,下面将加以阐述。

### (三)非货币交易涉及多项资产的会计处理

当非货币性资产交换涉及多项资产时,企业不可能具体区分换出的某项资产是与换入的某一特定资产相交换。非货币性资产交换换入多项资产时,关键问题是如何对换入资产的成本总额进行合理分配,以便于确定各项换入资产的入账价值。对此,会计准则规定,应当分别以下列两种情况进行处理:

(1)非货币性交易具有商业实质,且换入资产的公允价值能够可靠计量的,应当按照换入各项资产的公允价值占换入资产公允价值总额的比例,对换入资产的成本总额进行分配,确定各项换入资产的成本。

(2)非货币性交易不具有商业实质,或者虽具有商业实质但换入资产的公允价值不能可靠计量的,应当按照换入各项资产的原账面价值占换入资产原账面价值总额的比例,对换入资产的成本总额进行分配,确定各项换入资产的成本。

【例 7-14】 红岩股份有限公司以生产经营过程中使用的一辆货运汽车和一台设备同时交换丁公司的一台机床和一辆小轿车。红岩公司换出的货运汽车的账面原值为240 000 元,已提折旧 90 000 元,公允价值为 180 000 元;设备的账面原值为 120 000 元,已提折旧 55 000 元,公允价值为 70 000 元,用存款支付换出货运汽车过户费及设备运输费8 500 元。丁公司换出机床的账面原值为 280 000 元,已提折旧 160 000 元,公允价值100 000 元;换出小轿车的账面原值为 250 000 元,已提折旧 110 000 元,公允价值为150 000 元,用存款支付小轿车过户费及机床运杂费等 6 800 元。假定该交易具有商业实

质,双方均未对固定资产计提减值准备,双方未发生其他相关税费。红岩公司的有关账务处理如下:

(1) 计算确定换入资产入账价值总额及产生的非货币性交换损益。

$$换入资产入账价值总额=180\ 000+70\ 000=250\ 000(元)$$

$$产生的非货币性交换利得=180\ 000-(240\ 000-90\ 000)$$
$$+70\ 000-(120\ 000-55\ 000)-8\ 500$$
$$=26\ 500(元)$$

(2) 计算确定换入各项资产的公允价值占换入资产公允价值的比例。

换入的机床公允价值占换入资产公允价值总额的比例
$$=100\ 000\div(100\ 000+150\ 000)\times100\%$$
$$=40\%$$

换入的小轿车公允价值占换入资产公允价值总额的比例
$$=150\ 000\div(100\ 000+150\ 000)\times10\%$$
$$=60\%$$

(3) 计算确定各项换入资产的入账价值。

$$换入机床的入账价值=250\ 000\times40\%=100\ 000(元)$$
$$换入小轿车的入账价值=250\ 000\times60\%=150\ 000(元)$$

(4) 会计分录。

① 将换出固定资产转入清理。

| | |
|---|---|
| 借:固定资产清理 | 215 000 |
| 　累计折旧 | 145 000 |
| 　贷:固定资产——货运汽车 | 240 000 |
| 　　　　——设备 | 120 000 |

② 为换出固定资产支付清理费用。

| | |
|---|---|
| 借:固定资产清理 | 8 500 |
| 　贷:银行存款 | 8 500 |

③ 反映换入固定资产。

| | |
|---|---|
| 借:固定资产——机床 | 100 000 |
| 　　　　——小轿车 | 150 000 |
| 　贷:固定资产清理 | 250 000 |

④ 结转换出固定资产产生的利得。

| | |
|---|---|
| 借:固定资产清理 | 26 500 |
| 　贷:营业外收入——非货币性交换利得 | 26 500 |

## 七、通过债务重组取得的固定资产

企业作为债权人接受债务人以非现金资产抵偿债务方式取得的固定资产,应当对受让的固定资产按其公允价值入账,被抵偿债权的账面余额与受让的固定资产的公允价值之间的差额,计入当期损益。若已对债权计提坏账准备的,应当先将该差额冲减坏账准备,坏账准备不足以冲减的部分,计入当期损益。企业受让固定资产发生的相关税费,也应一并计入固定资产的入账价值。

【例 7-15】 红岩股份有限公司原赊销给甲公司一批产品,价税合计为 234 000 元,现因甲公司发生财务困难,无法按时偿还该笔欠款。经双方协商,同意甲公司以一辆货运汽车抵偿债务,该车原价为 221 500 元,已折旧 15 000 元,公允价值为 195 000 元。红岩公司在办理汽车过户手续过程中用存款支付相关税费 8 560 元,对该项债权已提取坏账准备 11 700 元。债权人红岩公司的账务处理如下:

抵账取得汽车的入账价值＝195 000＋8 560＝203 560(元)

产生的抵账损失＝(234 000－195 000)－11 700＝27 300(元)

| 借:固定资产 | 203 560 |
| 坏账准备 | 11 700 |
| 营业外支出——债务重组损失 | 27 300 |
| 贷:应收账款——甲公司 | 234 000 |
| 银行存款 | 8 560 |

## 八、盘盈固定资产的核算

企业发生盘盈的固定资产,如果同类或类似资产存在活跃市场的,应按同类或类似固定资产的市价减去按该项固定资产的新旧程度估计的价值损耗后的余额作为入账价值,或在同类或类似固定资产不存在活跃市场时,按该项固定资产的预计未来现金流量现值,作为固定资产的入账价值。按现行准则的规定,对盘盈的固定资产应作为以前年度的重大会计差错,通过"以前年度损益调整"账户进行核算。

【例 7-16】 红岩股份有限公司在 2010 年年底进行财产清查时发现一台设备未入账,该设备尚有七成新,同类设备的市场价格为 150 000 元,适用所得税税率为 25%,按净利润的 10% 计提法定盈余公积。有关的账务处理如下:

(1) 盘盈设备入账时:

| 借:固定资产 | 105 000 |
| 贷:以前年度损益调整 | 105 000 |

(2) 确定应缴纳的所得税时:

| 借:以前年度损益调整 | 26 250 |
| 贷:应交税费——应缴所得税 | 26 250 |

(3) 结转调增的净利润时:

| 借:以前年度损益调整 | 78 750 |
| 贷:利润分配——未分配利润 | 78 750 |

(4) 补提法定盈余公积。

| 借:利润分配——未分配利润 | 7 875 |
| 贷:盈余公积——法定盈余公积 | 7 875 |

# 第三节　固定资产的后续计量

## 一、固定资产折旧

### （一）折旧的概念

固定资产折旧是指在固定资产使用寿命内，按照确定的方法对应计折旧额进行系统分摊。其中，应计折旧额是指应当计提折旧的固定资产的原始价值扣除其预计净残值后的金额；如对固定资产计提减值准备，还应扣除已计提的固定资产减值准备累计金额。

企业取得固定资产，可以看作是为了取得它们未来若干年内的服务潜力，并给企业带来经济利益。但是，固定资产的服务潜力是有限的，随着固定资产在企业生产经营过程中的不断使用，这种服务潜力会逐渐减退直至消逝。这类已消逝的服务潜力，在确定企业收益时，应按消逝的比例，将固定资产的取得成本予以分摊，形成折旧费用，计入各期成本费用中。从量上来讲，要准确地确定固定资产已消逝的服务潜力几乎是不可能的。但是，人们可以通过采用一定的方法按期计算应转入成本费用中的固定资产成本来体现。从这种意义上说，固定资产折旧是固定资产成本分摊的程序，而非一种资产评估的手段。也就是说，折旧是用某种系统、合理的方法，将固定资产成本分摊入各服务期间的一种程序，而不是用来使固定资产的账面净值反映其市价的一种手段。

固定资产服务潜力的逐渐消逝，是因为固定资产在使用过程中会发生各种损耗。固定资产损耗可分为有形损耗和无形损耗。有形损耗是指固定资产在使用过程中由于磨损而发生的使用性损耗和由于自然力影响而发生的自然损耗。有形损耗既使得固定资产的使用价值降低，也使得固定资产的价值减少。无形损耗是指由于技术进步、消费者偏好的变化、经营规模的扩充等原因而引起的损耗，其特点是固定资产在物质形态上仍具有一定的服务潜力，但在经济上已不适用，丧失了使用的价值。一般而言，有形损耗决定固定资产的最大耐用年限，即物质使用年限；无形损耗决定固定资产的实际使用年限。会计学上所称的固定资产预计使用年限，是在考虑了有形损耗和无形损耗后估计的经济年限，亦即固定资产的折旧年限。

### （二）影响固定资产折旧计算的因素

影响固定资产折旧计算的因素主要有以下几个方面：

**1. 原始价值**

原始价值是指固定资产的实际取得成本。就折旧计算而言，原始价值是折旧计算的基数，它可以使折旧计算建立在客观的基础上，不容易受会计人员主观因素的影响。

**2. 预计净残值**

预计净残值是指假定固定资产预计使用寿命已满时，企业能够从该项资产处置中获得的扣除预计处置费用后的金额。由于固定资产的耐用年限较长，要想恰当预计净残值十分不容易。会计实务中，就引入预计净残值率来间接估计净残值。预计净残值率是指预计净残值占固定资产原始价值的百分比,一般估计为 3%~5%。用预计净残率乘以原始价值即得预计净残值。固定资产原始价值减去预计净残后的金额即为应计折旧额。值得说明的是,一般情况下,固定资产的预计净残值为正数,但是,特别情形下,净残值也可能是负数。例如,废弃核发电厂时要安全地予以废除,其拆除清理费用肯定大大超过残值的变价收入。对负数残值的处理方法,在计算折旧时恰好与正数残值相反。

**3. 预计使用年限**

预计使用年限是指固定资产预计经济使用年限,也称折旧年限或固定资产使用寿命。企业在确定固定资产使用寿命时,应当考虑下列因素:

(1)预计生产能力或实物产量;

(2)预计有形损耗和无形损耗;

(3)法律或类似规定对资产使用的限制。

具体到某一项固定资产的预计使用寿命,企业应在考虑上述因素的基础上,结合不同固定资产的性质、消耗方式、所处环境等因素做出判断。在相同的环境条件下,对于同样的固定资产的预计使用寿命应具有相同的预期。企业应当根据固定资产的性质和使用情况,合理确定固定资产的使用寿命和预计净残值。固定资产的使用寿命和预计净残值一经确定,不得随意变更。

值得一提的是,影响固定资产折旧额大小除了上述三个主要因素外,折旧计算方法的选择也会对每期折旧的多少产生影响。即便某项固定资产的原值、预计净残值、预计使用年限一定,但因采用不同的折旧计算方法,也会使各期的折旧额大小呈现较大的差异。另外,对固定资产计提的减值准备也会影响折旧额的大小。

**(三)固定资产折旧的范围**

确定固定资产折旧的范围,需明确两方面的问题:一是要从空间范围上确定哪些固定资产应当计提折旧,哪些固定资产不应计提折旧;二是要从时间范围上确定应计提折旧的固定资产从什么时间开始计提折旧,从什么时间停止计提折旧。

我国会计准则规定:除下列情况外,企业应对所有固定资产计提折旧:

(1)已计提折旧仍继续使用的固定资产;

(2)单独计价入账的土地。

企业对固定资产应当按月计提折旧,当月增加的固定资产当月不计提折旧,从下月起计提折旧;当月减少的固定资产当月仍提折旧,从下月起停止计提折旧。即以月初应提折旧的固定资产为准,当月固定资产的增减变动不影响当月的折旧额。

**(四)固定资产折旧的计算方法**

固定资产的折旧方法是指将应计折旧额在固定资产各使用期间进行分配时所采用的具体计算方法。可选用的折旧方法包括年限平均法、工作量法、双倍余额递减法和年数总和法等。企业应当根据固定资产所含经济利益预期实现方式选择折旧方法。折旧方法一经选定,不得随意变更,如需变更,应按规定的程序报经批准后备案,并在会计报表附注中予以说明。

**1. 年限平均法**

年限平均法又称直线法,是指将固定资产的应计折旧额均衡地分摊到固定资产预计使用各年的一种折旧方法。采用这种折旧方法,各年的折旧额相等。其计算公式如下:

$$年折旧率 = \frac{1-预计净残值率}{预计使用年限} \times 100\%$$

$$月折旧率 = 年折旧率 \div 12$$

$$月折旧额 = 固定资产原值 \times 月折旧率$$

上述公式中的折旧率是按个别固定资产单独计算的,称为个别折旧率,即某项固定资产在一定期间的折旧额与其原值的比率。此外,还有分类折旧率和综合折旧率。

分类折旧率是指某类固定资产在一定期间的折旧额与该类固定资产原值的比率。采用分类折旧率时,应先把性质、结构和使用年限接近的固定资产归为一类,再按类计算平均折旧率,用该类折旧率对该类固定资产计提折旧。比如将企业的房屋建筑物划为一类,将机械设备划为另一类等。分类折旧率的计算公式如下:

$$某类固定资产年(月)折旧率 = \frac{该类固定资产年(月)折旧额之和}{该类固定资产原值之和} \times 100\%$$

采用分类折旧率计算固定资产折旧,其优点是计算简便,但准确性不如个别折旧率。

综合折旧率是指在一定期间企业全部固定资产折旧额与全部固定资产原值的比率。其计算公式如下:

$$固定资产年综合折旧率 = \frac{各项固定资产年折旧额之和}{各项固定资产原值之和} \times 100\%$$

同采用个别折旧率和分类折旧率计算固定资产折旧相比,采用综合折旧率计算固定资产折旧,计算过程最简单,但计算结果的准确性较差。

**【例 7-17】** 红岩股份有限公司的一台生产用设备原值为 85 000 元,预计净残值率为 4%,预计使用 5 年。采用年限平均法计算该设备的年折旧额和月折旧额。

$$年折旧率 = \frac{1-4\%}{5} \times 100\% = 19.2\%$$

$$月折旧率 = 19.2\% \div 12 = 1.6\%$$

$$每年折旧额 = 85\,000 \times 19.2\% = 16\,320(元)$$

$$每月折旧额 = 85\,000 \times 1.6\% = 1\,360(元)$$

年限平均法的优点是计算过程简便,容易理解,是会计实务中应用最为普遍的折旧方法。但它也存在明显的局限性:首先,固定资产在不同使用年限为企业提供的经济利益是不同的。一般而言,固定资产在其使用前期工作效率相对较高,所带来的经济利益也较多;而在其使用后期,工作效率一般呈下降趋势,因而所带来的经济利益也就逐渐减少。年限平均法不考虑这一事实,显然不合理。其次,固定资产在不同使用年限发生的维修费用也不一样。固定资产的维修费用将随着使用时间的延长而不断增大,年限平均法也未考虑这一情况。年限平均法表面上看各年计算的折旧费相同,但考虑到维修费用逐渐增加的事实,从而产生固定资产使用早期负担费用偏低,后期负担费用偏高的现象,这与收入费用配比的要求不相符合。

### 2. 工作量法

工作量法是以固定资产预计可完成的工作总量为分摊标准,根据各期实际完成的工作量计算折旧的折旧方法。该方法弥补了年限平均法只重使用时间、不考虑使用强度的缺点。其计算公式为:

$$每单位工作量折旧额 = \frac{原值 \times (1 - 预计净残值率)}{预计工作量总额}$$

某月折旧额 = 某月实际完成的工作量 × 每单位工作量折旧额

不同的固定资产所完成工作量的计量单位不同,如机器设备按工作小时、运输工具按行驶里程、建筑施工机械按工作台班等计量其工作量,从而工作量法在具体应用时又可分为工作小时法、行驶里程法、工作台班法以及产量法等。

【例 7-18】 红岩股份有限公司的一辆运货汽车原值为 150 000 元,预计净残值率为 4%,预计总行驶里程为 50 万公里,本月行驶 5 000 公里。用行驶里程法计算该汽车本月折旧额如下:

$$每公里折旧额 = \frac{150\ 000 \times (1 - 4\%)}{500\ 000} = 0.228(元/公里)$$

本月折旧额 = 5 000 × 0.288 = 1 440(元)

工作量法的优点是比较简单实用,同时考虑了固定资产的使用程度。但其缺点也是明显的,它只关注固定资产的有形损耗,不使用不计提折旧;再就是工作量法在计算固定资产前后各期折旧时采用相同的单位工作量折旧额,而实际上单位工作量折旧额在各期是不一样的。

工作量法主要适用于使用情况很不均衡,使用的季节性较为明显的机器设备、施工机械及运输工具等固定资产的折旧计算。

### 3. 双倍余额递减法

双倍余额递减法是指以暂不考虑净残值的直线折旧率的两倍作为折旧率,以各年年初固定资产账面净值为折旧基数来计算各年折旧额的一种折旧计算方法。其计算公式为:

$$年折旧率 = \frac{2}{预计使用年限} \times 100\%$$

某年折旧额 = 该年年初固定资产账面净值 × 年折旧率

某年内月折旧额 = 某年折旧额 ÷ 12

由于采用双倍余额递减法时暂未考虑固定资产的预计净残值,而固定资产的预计净残值总是存在的,为了保证在固定资产折旧期满时,其账面净值刚好与预计净残值相等,就有必要在固定资产使用的最后几年,将双倍余额递减法转化为平均折旧法。理论上,方法的转换应满足下面的条件:

$$\frac{某年年初固定资产账面净值 - 预计净残值}{剩余折旧年限} > 该年继续使用双倍余额递减法计算的折旧金额$$

在我国会计实务中,为了简化折旧计算起见,就规定在固定资产预计使用年限的最后两年,将双倍余额递减法改换为平均折旧法,即以倒数第二年年初固定资产账面净值扣除预计净残值后的金额除以 2 作为最后两年每年的折旧额。

**【例 7-19】**　红岩股份有限公司一台设备原值为 80 000 元,预计使用 5 年,预计净残值率为 5%。采用双倍余额递减法计算各折旧年度的折旧额。

$$年折旧率 = \frac{2}{5} \times 100\% = 40\%$$

该设备采用双倍余额递减法计算的各年折旧额见表 7-3 所示。

表 7-3　双倍余额递减法折旧计算表

| 折旧年份 | 折旧率/% | 年折旧额/元 | 累计折旧额/元 | 账面净值/元 |
| --- | --- | --- | --- | --- |
| 期初 | | | | 80 000 |
| 第 1 年 | 40 | 32 000 | 32 000 | 48 000 |
| 第 2 年 | 40 | 19 200 | 51 200 | 28 800 |
| 第 3 年 | 40 | 11 520 | 62 720 | 17 280 |
| 第 4 年 | — | 6 640 | 69 360 | 10 640 |
| 第 5 年 | — | 6 640 | 76 000 | 4 000 |

双倍余额递减法及其后的年数总和法都属于加速折旧法。加速折旧法是指在固定资产使用早期多计提折旧,在使用后期少提折旧,从而相对加快折旧进度的折旧计算方法。加速折旧法和直线法相比,既不改变折旧年限,也不改变应计折旧额,所不同的仅是各使用年限间计提的折旧额不相等而呈递减的变化方式。采用加速法的理由主要有:

(1) 为了均衡各期固定资产的使用成本。固定资产的使用成本主要包括折旧费和修理维护费两项内容。一般而言,在固定资产使用早期,发生的维修费用较少,随着使用时间的递延,固定资产的功能逐渐减退,所需的维修费用也逐渐增加,从而有必要在早期多提折旧,后期少提折旧,以便使固定资产的使用成本在各期大致保持均衡。

(2) 为了更好地体现收入与费用配比的要求。固定资产在早期服务效能高,能为企业带来较多的经济利益,而在使用后期其效率降低,为企业带来的经济利益逐渐减少。因此,为了体现收入与费用配比的要求,就应该在固定资产能产生较多经济利益的早期多计提折旧,以后逐渐递减。

(3) 为了降低无形损耗的风险。在科学技术不断进步的条件下,固定资产受无形损耗的影响越来越大,实行加速折旧可以减少因技术被淘汰时产生的损失。

(4) 在税法允许的情况下,可使企业获得延期缴纳所得税的好处。如果按税法规定,企业可采用加速折旧,则可使企业在固定资产使用早期多计提折旧费用,相应减少应税收益。如果税收不允许而企业采用了加速折旧,则必然会产生一项可抵减暂时性差异,就不存在延期纳税问题。

**4. 年数总和法**

年数总和法是指以固定资产应计折旧额为折旧基数,以固定资产尚可使用年限作分子,以预计使用年限逐年数字之和作分母的一个分数为折旧率来计算各年折旧额的一种折旧方法。计算公式如下:

$$某年折旧率=\frac{某年年初的尚可使用年限}{预计使用年限的年数总和}\times100\%$$

$$某年折旧额 =（原值-预计净残值）\times某年折旧率$$

$$某年内月折旧额=某年折旧额\div12$$

【例 7-20】 红岩股份有限公司一台设备原值为 50 000 元,预计使用 5 年,预计净残值率 4%。采用年数总和法计算各折旧年度的年折旧额。计算结果如表 7-4 所示。

表 7-4　年数总和法折旧计算表

| 折旧年份 | 应计折旧额/% | 折旧率/% | 年折旧额/元 | 累计折旧额/元 | 账面净值/元 |
|---|---|---|---|---|---|
| 购置时 | | | | | 50 000 |
| 第 1 年 | 48 000 | 0.333 | 16 000 | 16 000 | 34 000 |
| 第 2 年 | 48 000 | 0.267 | 12 800 | 28 800 | 21 200 |
| 第 3 年 | 48 000 | 0.2 | 9 600 | 38 400 | 11 600 |
| 第 4 年 | 48 000 | 0.133 | 6 400 | 44 800 | 5 200 |
| 第 5 年 | 48 000 | 0.067 | 3 200 | 48 000 | 2 000 |

值得说明的是,以上关于双倍余额递减法以及年数总和法的计算公式和举例都是固定资产各折旧年度的折旧额计算而言的,并未考虑企业的固定资产何时投入使用。当企业的某项固定资产于某年的 12 月份投入使用,则其后个会计年度就与折旧年度完全一致;若某项固定资产投入使用的月份不是 12 月份,而是其他任何一个月份时,就存在会计年度与折旧年度不一致的问题。在后一种情况下,某一会计年度的折旧计算就涉及跨两个折旧年度的问题,从而使得实际的折旧计算变得较为复杂。

### (五) 固定资产折旧的核算

企业对固定资产计提折旧时应以月初应提折旧的固定资产为基础。各月计算提取折旧时,可在上月计提折旧的基础上,对上月固定资产的增减情况进行调整后计算本月应计提的折旧额。用公式表示为:

本用固定资产应计提的折旧额＝上月固定资产计提的折旧额

＋上月增加固定资产应计提的月折旧额

－上月减少的固定资产应计提的月折旧额

企业计提的固定资产的折旧费,应按固定资产的使用部门和用途,分别计入有关的成本或费用账户。具体地讲,生产部门使用的固定资产计提的折旧费用,应计入制造费用;管理部门使用的固定资产计提的折旧费用,应计入管理费用;专设销售机构使用的固定资产计提的折旧费用,应计入销售费用;经营性租出的固定资产计提的折旧费用,应计入其他业务成本;企业的未使用、不需用固定资产计提的折旧费用,应计入管理费用。

在我国的会计实务中,企业各月计提折旧的计算是通过编制"固定资产折旧计算表"

来进行的,并以此作为编制折旧会计分录的原始凭证。

【例 7-21】 红岩股份有限公司 2011 年 6 月 30 日编制的固定资产折旧计算表如表 7-5 所示。

表 7-5 固定资产折旧计算表

（2011 年 6 月 30 日） 单位:元

| 使用部门 | 固定资产项目 | 上月折旧额 | 上月增加固定资产 | | 上月减少固定资产 | | 本月折旧额 |
| --- | --- | --- | --- | --- | --- | --- | --- |
| | | | 原值 | 月折旧额 | 原值 | 月折旧额 | |
| 一车间 | 厂房 | 5 000 | | | | | 5 000 |
| | 机器设备 | 18 000 | 75 000 | 1 200 | | | 19 200 |
| | 其他设备 | 2 000 | | | 20 000 | 320 | 1 680 |
| | 小计 | 25 000 | | | | | 25 880 |
| 二车间 | 厂房 | 4 000 | | | | | 4 000 |
| | 机器设备 | 15 000 | 50 000 | 800 | | | 15 800 |
| | 小计 | 19 000 | | | | | 19 800 |
| 厂部 | 办公楼 | 3 000 | | | | | 3 000 |
| | 办公设备 | 13 500 | | | 40 000 | 640 | 12 860 |
| | 运输工具 | 6 500 | | | | | 6 500 |
| | 小计 | 23 000 | | | | | 22 360 |
| 合计 | | 67 000 | 125 000 | 2 000 | 60 000 | 960 | 68 040 |

根据固定资产折旧计算表 7-5,编制折旧费用分配的会计分录如下:

借:制造费用—— 一车间 25 880

　　　　　　—— 二车间 19 800

　　管理费用 22 360

　　贷:累计折旧 68 040

### （六）固定资产使用寿命、预计净残值和折旧方法的复核

按我国会计准则的规定,企业至少应于每年年度终了,对固定资产的使用寿命、预计净残值和折旧方法进行复核。

在复核时,若某项固定资产的使用寿命预计数与原先估计数有差异的,则应调整该项固定资产的预计使用寿命;若某项固定资产的净残值预计数与原先估计数有差异的,也应当调整预计净残值;当发现某项固定资产所包含的经济利益的预期实现方式有重大改变的,则应当改变固定资产的折旧方法。对复核时固定资产使用寿命、预计净残值的调整以及折旧方法的改变均作为会计估计变更,采用未来适用法进行会计处理。

177

## 二、固定资产后续支出

### （一）固定资产后续支出的含义及分类

固定资产后续支出是指固定资产在确认后投入使用期间发生的与固定资产使用效能直接相关的各种支出，如固定资产的增置、改良与改善、换新、修理、维修保养、装修、重新安装等发生的支出。

固定资产后续支出，从发生支出的目的分类，有的后续支出是为了固定资产在质量上发生变化，包括改进现有质量（如改良与改善）、恢复原有质量（如换新、修理）、发挥资产潜力（如重新安装）等；有的后续支出是为使固定资产在数量上发生变化，如增置。

固定资产后续支出从支出的性质分类可分为应资本化的后续支出和应费用化的后续支出两类。发生的后续支出能延长固定资产的使用年限、增加服务潜力、明显改善产品质量或实质性降低产品成本的，应将其资本化，计入固定资产成本。发生的后续支出仅是为维护固定资产的正常运转和使用，并不导致固定资产性能的改进或未来经济利益增加的，则作为收益性支出，在发生时计入当期损益。

新的固定资产准则规定，与固定资产有关的后续支出，符合固定资产确认条件的，应计入固定资产成本；不符合固定资产确认条件的，应当在发生时计入当期损益。此规定存在如下一些问题：一是对固定资产后续支出的含义及内容未明确界定；二是对后续支出应当资本化还是应费用化的判断条件规定得过于笼统，仅提出按固定资产的确认条件进行判断。

### （二）固定资产后续支出的核算

#### 1. 增置

增置是指在原有固定资产基础上添加新的实物，如厂房加层扩充，车间加装污染控制设备等。增置通常可以扩充固定资产的服务潜力，因此应将增置发生的支出资本化，加入到原固定资产成本中去。

固定资产的增置，若仅是添加新的设备或补充装置，则会计处理比较简单，将发生的支出计入固定资产成本即可。若是在原固定资产基础上进行改建或扩建，往往需要将原资产的一部分拆除，对于拆除部分是否应考虑将其从资产成本中扣除，在会计实务上，一般都不予扣除，原因是要将拆除部分的成本从整个固定资产成本中分离出来，几乎是不现实的。一个变通的做法是将拆除部分的残料的变价收入视同拆除部分的账面价值，从固定资产价值中减除。因此，对于改、扩建后固定资产的入账价值是按原有固定资产的账面价值为基础，加上改扩建发生的支出，减去改扩建过程中产生的变价收入来确定的。

【例 7-22】 红岩股份有限公司的一条生产线的有关资料如下：

（1）2010 年 12 月建成一条生产线并投入使用，其成本为 1 250 000 元，采用年限平均法计提折旧，预计使用 6 年，预计净残值率为 4%。

（2）2013 年 1 月 1 日，因生产的产品很畅销，现生产线的生产能力已显不足，但若要新建生产线，考虑成本和时间因素，则不很现实。于是决定对现生产线进行扩建，以扩充生产能力。

（3）2013 年 1 月 1 日至 6 月 30 日,经过半年时间,完成了对现生产线的扩建工程,用银行存款支付扩建支出 490 000 元,扩建过程中发生变价收入 15 000 元存入银行。

（4）扩建后的生产线于 2013 年 6 月 30 日达到预定可使用状态并实际投入使用。扩建后的生产线不仅较大地提高了生产能力,且延长了使用年限,预计尚可使用年限为 6.5 年。假定扩建后的生产线的预计净残值率仍为 4%,仍采用年限平均法计提折旧。为简化计算,折旧计算按年度进行。试作 2013 年度的有关账务处理。

本例中,由于对生产线的扩建支出,提高了生产线的生产能力并延长了使用寿命,所以发生的固定资产后续支出应当作为资本性支出计入固定资产的成本。具体的账务处理如下:

（1）将原生产线转入扩建。

已计提折旧 $= 1\,250\,000 \times (1-4\%) \div 6 \times 2 = 400\,000$（元）

原生产线的账面价值 $= 1\,250\,000 - 400\,000 = 850\,000$（元）

| | | |
|---|---|---|
| 借:在建工程 | 850 000 | |
| 累计折旧 | 400 000 | |
| 贷:固定资产 | | 1 250 000 |

（2）发生扩建支出。

| | | |
|---|---|---|
| 借:在建工程 | 490 000 | |
| 贷:银行存款 | | 490 000 |

（3）取得扩建的变价收入。

| | | |
|---|---|---|
| 借:银行存款 | 15 000 | |
| 贷:在建工程 | | 15 000 |

（4）扩建完工,生产线达到预定可使用状态时。

| | | |
|---|---|---|
| 借:固定资产 | 1 325 000 | |
| 贷:在建工程 | | 1 325 000 |

（5）2013 年 12 月 31 日计提折旧。

应计折旧 $= 1\,325\,000 \times (1-4\%) \div 6.5 \times 0.5 = 97\,846.15$（元）

| | | |
|---|---|---|
| 借:制造费用 | 97 846.15 | |
| 贷:累计折旧 | | 97 846.15 |

**2. 改良与改善**

改良与改善是对现有固定资产质量的改进,目的是为了提高固定资产的适用性或使用效能。改良与改善在性质上并无区别,区别在于对资产质量提高的程度不同。改良是对资产质量有较大改进或显著提高,所需支出也较大,因此应将改良支出作为资本性支出,计入有关固定资产的成本。改善是对资产质量有一定改进,但改进不是很明显,质量提高程度有限,所需支出比较小,因此应将发生的改善支出作为收益性支出,直接计入当期损益。

改良不同于增置,增置是固定资产在数量上的增加或扩充,改良则是固定资产在质量上的较大提高或改进。因此,在发生改良支出时,被替换的旧部件的成本应从固定资产的成本中减去,而把替换的新部件的成本加记到原固定资产成本中去。如果能用一定方法合理确定被替换的旧部件的已提折旧,则也应从累计折旧中将其减去。企业对改良支出的会计处理程序与改扩建的核算程序是比较相似的。

**3. 换新**

换新是指将固定资产上用旧了的部件拆下,用相同质量的部件替换,以恢复固定资产原有的质量和功能。换新从性质上讲是对资产质量的恢复,而不是对资产质量的提高。对于换新的会计处理,可区分为以下两种情况:

1) 大部件、主要部件的换新

对于固定资产的大部件或主要部件的换新,发生的换新支出,应作为资本性支出,计入资产成本,同时应将被换下的旧部件的成本及其折旧从有关固定资产中扣除。会计处理类似于发生改良支出,所不同的是换新是为了恢复资产的质量,而改良是为了提高资产的质量。

**【例 7-23】** 红岩股份有限公司一套生产设备附带的电机因连续工作时间较长而被烧毁,需要用新电机替换。该套生产设备的原价为 870 000 元,已经计提折旧 290 000 元。被烧毁电机的成本为 48 000 元,红岩公司已经用银行存款 52 000 元购买新电机将其替换。其有关账务处理如下:

(1) 将原生产设备转入在建工程。

| | | |
|---|---|---|
| 借:在建工程 | 580 000 | |
| 累计折旧 | 290 000 | |
| 贷:固定资产 | | 870 000 |

(2) 转出被烧毁旧电机的损失。

$$旧电机的折旧 = (48\,000 \div 870\,000) \times 290\,000 = 16\,000\,(元)$$

$$旧电机的账面价值 = 48\,000 - 16\,000 = 32\,000\,(元)$$

| | | |
|---|---|---|
| 借:营业外支出——处置非流动资产损失 | 32 000 | |
| 贷:在建工程 | | 32 000 |

(3) 发生新电机的购买安装成本。

| | | |
|---|---|---|
| 借:在建工程 | 52 000 | |
| 贷:银行存款 | | 52 000 |

(4) 新电机替换完毕,结转工程成本

| | | |
|---|---|---|
| 借:固定资产 | 600 000 | |
| 贷:在建工程 | | 600 000 |

由上可见,固定资产的主要部件换新或称资产单元换新的账务处理与固定资产改扩建的账务处理十分类似,所不同之处在于,主要部件换新的会计处理过程中将被替换的旧部件的账面价值从在建工程中转出作为损失,而改扩建的会计处理过程中对取得的变价收入冲减在建工程成本。有的财务会计教材对固定资产主要部件换新的会计处理是先将被替换的旧部件的折旧注销,将其账面价值计入管理费用,同时注销固定资产;再将替换的新部件直接作为固定资产增加反映。如此处理存在的问题为:对被替换的旧部件所发生的损失列支不当,分录编制直接体现为固定资产减少或注销,其对应关系也让人难理

解；对于替换的新部件单独反映为固定资产的增加，好像企业新购买了一项固定资产一样，而不能反映出的是对原固定资产的主要部件进行换新这一事实；再就是使人误以为固定资产主要部件换新的账务处理程序与固定资产改扩建的账务处理程序是完全不同的。

2）一般性部件的换新

对于固定资产的一般性部件的换新，往往是伴随着固定资产的修理而进行的。因此，发生的换新支出视作修理费，直接计入当期损益。

**4. 修理**

修理是指恢复固定资产性能的行为。修理并不延长固定资产的使用寿命或提高其工作效率。

固定资产由于使用、自然侵蚀、意外事故等原因会发生不同程度的损坏，影响其正常使用。为了恢复固定资产使用效能，保证其经常处于完好状态，企业就必须对固定资产进行经常性的维护，并对损坏部分进行及时的修复。由于修理是为了恢复固定资产的性能，既不提高或改进资产质量，也不增加资产数量，因此，对于发生的修理支出，均作为收益性支出，直接计入当期损益。对于修理的核算不再区分是日常修理还是大修理，也不再采用待摊法或预提法进行会计处理。企业生产车间和行政管理部门等发生的固定资产修理费用计入管理费用，企业专设销售机构发生的固定资产修理费计入销售费用。

**5. 维护保养**

维护保养是指为了保持固定资产在使用过程中一直处于正常状态而发生的经常性的行为，如给机器设备添加润滑油、更换螺钉、螺帽等。维护保养与经常修理是不同的：维护保养是为了预防固定资产损坏，使其处于正常的运行状态；经常修理是为了恢复固定资产的服务功能。但在实际工作中，这两者是很难区分清楚的。对于发生的维护保养支出，也应直接计入当期损益。

**6. 重安装**

为了创造新的生产环境和提高流水作业的合理性，以增进生产效率、充分发挥资产的潜力、降低产品成本，企业有时需要对固定资产重新加以安装布局。由于第一次的安装成本已计入固定资产价值，为了避免重复计价，应将初始安装成本及其折旧从有关账户转出，再将发生的重安装成本计入固定资产成本之中。

【例 7-24】 红岩股份有限公司为了提高生产效率，改善生产布局，对一条生产线进行重新安装。该生产线的原值为 2 500 000 元，包括初始安装成本 65 000 元，已提折旧 850 000 元。重新安装时，发生安装成本 70 000 元，用银行存款支付。有关账务处理如下：

（1）将原生产线转入在建工程。

借：在建工程                           1 650 000

      累计折旧                       850 000

    贷：固定资产                                2 500 000

（2）转出初始安装成本的账面价值。

$$初始安装成本的折旧 = \frac{850\,000}{2\,500\,000} \times 65\,000 = 22\,100（元）$$

$$初始安装成本的净值 = 65\,000 - 22\,100 = 42\,900（元）$$

借：营业外支出——处置非流动资产损失      42 900

     贷：在建工程      42 900

（3）发生重安装成本。

借：在建工程      70 000

     贷：银行存款      70 000

（4）重安装完成，结转工程成本。

借：固定资产      1 677 100

     贷：在建工程      1 677 100

由该例的账务处理可知，固定资产重安装的会计核算程序与固定资产主要部件换新的会计核算程序是完全一样的。

7. 装修

为了改善工作条件或经营环境，企业需要对有关的房屋建筑物进行一定的装修，如对办公楼、商场等的装修。发生装修支出，如果可能使流入企业的经济利益超过了原先的估计，则后续支出应计入固定资产账面价值，其增记后的金额不应超过该资产的可收回金额，并在"固定资产"账户下单独设置"固定资产装修"明细账户进行核算，在两次装修期间与固定资产尚可使用年限两者中较短的时间内，采用合理的方法单独计提折旧。如果在下次装修时，"固定资产装修"明细账仍有账面价值，应将其一次性转作营业外支出。

【例 7-25】 红岩股份有限公司于 2010 年 7 月 10 日开始对所属一家商场进行装修，将装修工程承包给本市一家装修公司，用存款预付装修费 150 000 元，到 2010 年 12 月 28 日，商场装修完工，用存款补付装修费 56 000 元。预计下次装修时间为 2018 年 1 月。2013 年 12 月 20 日，缙云公司决定对该商场进行重新装修。假定该商场预计尚可使用 5 年，装修形成的固定资产预计净残值率为 5%，预计可收回金额为 220 000 元，采用年限平均法按年计提折旧。有关的账务处理如下：

（1）2010 年 7 月 10 日预付装修费。

借：在建工程      150 000

     贷：银行存款      150 000

（2）2010 年 12 月 28 日补付装修费。

借：在建工程      56 000

     贷：银行存款      56 000

（3）2010 年 12 月 28 日装修工程达到预定可使用状态。

借：固定资产——固定资产装修      206 000

     贷：在建工程      206 000

（4）2011 年度计提装修形成的固定资产折旧。

$$年折旧额 = 206\,000 \times (1 - 5\%) \div 5 = 39\,140(元)$$

借：销售费用      39 140

     贷：累计折旧      39 140

（5）2013 年 12 月重新装修时：

原装修形成的固定资产已提折旧 117 420（39 140×3），账面价值为 88 580 元，应将该金额转作营业外支出。会计分录为：

借：累计折旧　　　　　　　　　　　117 420

　　营业外支出　　　　　　　　　　 88 580

　　贷：固定资产——固定资产装修　　　　　　　 206 000

**8. 经营租赁方式租入固定资产改良支出**

对企业采用经营租赁方式租入的固定资产，由于与固定资产所有权有关的主要风险和报酬并未转移，因此，承租企业对经营租入的固定资产不纳入账内核算，仅作备查登记。有时对经营租入的固定资产，要经过适当的改良之后，才能满足承租企业的使用需要。我国固定资产准则的应用指南规定，企业以经营方式租入的固定资产发生的改良支出，应予资本化，作为长期待摊费用，合理进行摊销。具体地，对经营租入固定资产而发生的改良支出，企业应先通过"在建工程"账户归集发生的改良支出，当改良工程完工，达到预定可使用状态时，再结转计入"长期待摊费用"账户，并在剩余租赁期与租赁资产尚可使用年限两者中较短的期间内，采用合理的方法进行摊销，计入有关的成本费用。

## 三、固定资产减值

### （一）固定资产减值确认标准

固定资产减值，是指固定资产的可收回金额低于其账面价值。可收回金额应当根据资产的公允价值减去处置费用后的净额与资产预计未来现金流量的现值两者之间较高者确定。其中，资产的处置费用包括与资产处置有关的法律费用、相关税费、搬运费以及为使资产达到可销售状态所发生的直接费用等。

资产的公允价值减去处置费用后的净额，应当根据公平交易中销售协议价格减去可直接归属于该资产处置费用的金额确定。不存在销售协议但存在资产活跃市场的，应当按照该资产的市场价格减去处置费用后的金额确定。其中，资产的市场价格通常应当根据资产的买方出价确定。在不存在销售协议和资产活跃市场的情况下，应当以可获取的最佳信息为基础，估计资产的公允价值减去处置费用的净额，该净额可以参考同行业类似资产的最近交易价格或结果进行估计。企业按上述方法仍然无法可靠估计资产的公允价值减去处置费用后的净额的，应当以该资产预计未来现金流量的现值作为其可收回金额。

资产预计未来现金流量的现值，应当按照资产在持续使用过程中和最终处置时所产生的未来现金流量，选择恰当的折现率对其进行折现后的金额确定。预计资产未来现金流量的现值的关键是如何确定资产的未来现金流量和选择恰当的折现率进行折现。

预计的资产未来现金流量应当包括下列各项：(1)资产持续使用过程中产生的现金流入；(2)为实现资产持续使用过程中产生的现金流入所必须的预计现金流出；(3)资产使用寿命结束时，处置资产所收到或支付的净现金流量。预计资产未来现金流量时，企业管理层应当在合理和有依据的基础上对资产剩余使用寿命内整个经济情况进行最佳估计。一般认为，财务预算是企业管理层对未来现金流量的最佳估计，具有一定的准确性、可靠性和权威性。因此，企业在预计资产的未来现金流量时，应采用已经通过的最近财务预算或预测(预算或预测期最长为5年)数据,以及该预算或预测期之后年份合理的、稳定的或递减的增长率为基础。企业在预计资产未来现金流量时,应当以资产的当前状况为基础。

下列几方面的未来现金流量不应当包括在资产未来现金流量的估计之中:(1)与将来可能发生的、尚未做出承诺的重组事项有关的现金流量,因为尚未做出承诺的重组不属于资产负债表日当前的状况。(2)与资产改良有关的预计未来现金流量。因为未来的资产改良也不是资产负债表日当前的状况。(3)与筹资活动相关的现金流量。因为在计算预计未来现金流量现值时所用的折现率已经考虑了货币的时间价值。(4)与所得税有关的现金流量。因为与所得税有关的现金流量与资产本身没有直接关系。

在预计资产未来现金流量现值时,要选择恰当的折现率。该折现率是反映当前市场货币时间价值和资产特定风险的税前利率。如果在预计资产的未来现金流量时已经对资产的特定风险做了调整的,则在估计折现率时就不需要再考虑这些特定风险。如果用于估计折现率的基础是税后的,就应当调整为税前的折现率。如果企业难以找到前述意义的折现率,则可以用资本的加权平均成本、增量借款利率,或相应的市场借款利率作为折现率。

预计资产的未来现金流量涉及外币的,应当以该资产所产生的未来现金流量的结算货币为基础,按照该货币适用的折现率计算其现值,再将该外币现值采取即期汇率进行折算。

需要说明的是,在进行资产减值测试时,企业并不是在任何情况下都要将资产的公允价值减去处置费用后的净额与资产预计未来现金流量的现值都计算出来,然后再将两者之中较高者作为可收回金额与资产的账面价值进行比较。只要资产的公允价值减去处置费用后的净额与资产预计未来现金流量现值中有一项超过了资产的账面价值,就表明资产未发生减值,就不需要再估计另一项金额。资产的公允价值减去处置费用后的净额这一指标计算相对较容易,因此,在某些情况下,进行资产减值测试只要计算出资产的公允价值减去处置费用后的净额,如果该指标高于资产的账面价值,就不用再计算资产的预计未来现金流量的现值了。

企业应当在资产负债表日判断固定资产是否有减值的迹象。固定资产减值的迹象是指可能导致固定资产的可收回金额低于其账面价值的情况。如果存在下列迹象的,表明固定资产可能发生了减值:

(1)固定资产的市价当期大幅度下跌,其跌幅明显高于因时间的推移或正常使用而预计的下跌。如果固定资产的市价发生非正常的大幅度下跌,就有可能使固定资产的可收回金额低于固定资产的账面价值,从而有可能发生固定资产减值。

(2)企业所处的经济、技术或者法律等环境以及资产所处的市场将在近期发生重大变化,从而对企业产生不利影响。例如,由于环境保护法律方面的限制,企业只能限量生产某种产品,这会对该产品的产量产生不利影响。当这种影响大到一定程度,就可能使企业固定资产的可收回金额低于其账面价值,从而发生资产减值。

(3)市场利率或其他市场投资回报率当期已经提高,从而影响企业计算固定资产预计未来现金流量现值的折现率,导致固定资产的可收回金额大幅度降低。当市场利率或其他市场投资回报率当期已经提高,就会使折现率提高,从而固定资产预计未来现金流量的现值越小,这可能使固定资产的可收回金额低于其账面价值。

(4) 有证据表明固定资产已经陈旧过时或者其实体已经损坏。当出现这种情况时,说明固定资产可能产生的未来现金流量会减少,其可收回金额将会低于其账面价值,从而发生资产减值。

(5) 固定资产已经或将被闲置、重组、终止使用或提前处置。

(6) 企业内部报告的证据表明固定资产的绩效已经低于或将低于预期,如固定资产所创造的净现金流量或者实现的营业利润(或者亏损)远低于(或者远高于)预计金额等。

(7) 其他表明固定资产可能已经发生减值的迹象。

在上面的情形出现后,经过计算的固定资产的可收回金额如果低于其账面价值的,企业应当将固定资产的账面价值减记至可收回金额,减记的金额确认为固定资产的减值损失,计入当期损益。

固定资产减值损失确认后,减值固定资产的折旧应当在未来期间作相应调整,即应按该固定资产计提减值后的账面价值以及尚可使用寿命重新计算确定其折旧率和折旧额,以使该固定资产在剩余使用寿命内,系统地分摊调整后的资产账面价值(扣除预计净残值)。值得强调的是,固定资产的减值损失一经确认,在以后会计期间不得转回。

如果有证据表明,企业的在建工程已经发生了减值,也应当确认减值损失,计入当期损益。当在建工程存在下列一项或若干项情况的,可以认为在建工程已经发生了减值:

(1) 长期停建并且预计在未来 3 年内不会重新开工的在建工程;

(2) 所建项目无论在性能上,还是在技术上已经落后,并且给企业带来的经济利益具有很大的不确定性。

(3) 其他足以证明在建工程已经发生减值的情形。

### (二) 固定资产减值的会计处理

企业固定资产发生减值时,应该计提固定资产减值准备,并通过"固定资产减值准备"账户进行核算。企业在计提固定资产减值准备时,按应计提的减值金额,借记"资产减值损失——计提的固定资产减值准备"账户,贷记"固定资产减值准备"账户。对已计提减值准备的固定资产在发生减少时,在注销固定资产的同时,应同时结转(或称注销)已计提的固定资产减值准备。

在会计实务中,计提固定资产减值准备需经过以下步骤:

第一步,考虑固定资产减值的迹象。

第二步,计算确定固定资产的可收回金额。

在计算确定固定资产可收回金额时,首先,企业应计算固定资产的公允价值减去处置费用后的净额;其次,企业应计算预期从该资产的持续使用和使用寿命结束时的处置中形成的现金流量的现值;最后,企业应比较前二者,取其较高者作为固定资产的可收回金额。

第三步,比较固定资产账面价值和可收回金额,前者低于后者的部分即为应计提的减值。

第四步,编制计提减值准备的会计分录。

【例 7-26】 红岩股份有限公司在 2010 年 12 月 31 日对一套生产线检查时发现,该生产线因其生产的产品所处的市场将在近期发生重大变化,会对企业产生不利影响,可能已经发生减值。该生产线当时的账面价值为 1 850 000 元,尚可使用 5 年,预计净残值率为 4%,以前年度未计提减值准备。根据市场情况估计,该生产线的公允价值减去处置费用后的净额为 1 650 000 元,预计其在未来 4 年产生的现金流量分别为:500 000 元、460 000 元、400 000 元和 340 000 元,第 5 年产生的现金流量以及使用寿命结束时产生的现金流量合计为 250 000 元。在综合考虑有关的因素的基础上,红岩公司决定采用 6% 的折现率。试对该生产线考虑其减值准备的计提,并采用直线法计提 2011 年度的折旧。有关账务处理如下:

(1) 判断该生产线已存在减值迹象。

(2) 计算确定可收回金额。

生产线的预计未来现金流量的计算见表 7-6。

表 7-6　固定资产预计未来现金流量现值计算表

| 年　　度 | 预计未来现金流量/元 | 折现率/% | 现 值 系 数 | 现值/元 |
|---|---|---|---|---|
| 2011 | 500 000 | 6 | 0.943 4 | 471 700 |
| 2012 | 460 000 | 6 | 0.89 | 409 400 |
| 2013 | 400 000 | 6 | 0.839 6 | 335 840 |
| 2014 | 340 000 | 6 | 0.792 1 | 269 314 |
| 2015 | 250 000 | 6 | 0.747 3 | 186 825 |
| 合　计 | | | | 1 673 079 |

由上表可知,公司预期从该生产线的持续使用和使用寿命结束时的处置中形成的现金流量的现值为 1 673 079 元,大于其公允价值减去处置费用后的净额 1 650 000 元,因此,其可收回金额为 1 673 079 元。

(3) 确定应计提的减值金额。

生产线的账面价值为 1 850 000 元,可收回金额为 1 673 079 元,从而,应提减值准备 = 1 850 000 - 1 673 079 = 176 921(元)。

(4) 编制计提减值准备的会计分录。

借:资产减值损失——计提的固定资产减值准备　　176 921

　　贷:固定资产减值准备　　　　　　　　　　　　　　176 921

(5) 2011 年度计提折旧。

$$应提折旧额 = 1\ 673\ 079 \times (1 - 5\%) \div 5 = 317\ 885.01(元)$$

借:制造费用　　　　　　　　　　317 885.01

　　贷:累计折旧　　　　　　　　　　317 885.01

此例假定生产线计提减值准备后,预计使用寿命、预计净残值和采用的折旧方法均未改变。

对固定资产计提减值准备后,企业应重新复核固定资产的折旧方法、预计使用寿命和预计净残值(或预计净残值率,下同),并区别情况采用以下不同的处理方法:

（1）如果固定资产所含经济利益的预期实现方式没有发生改变，企业仍应采用原有的折旧方法，按计提减值准备后固定资产的账面价值扣除预计净残值后的余额以及尚可使用寿命重新计算确定折旧率和折旧额。如果固定资产所含经济利益的预期实现方式发生了重大改变，企业应相应改变折旧方法，并按照会计估计变更的有关规定进行会计处理。

（2）如果固定资产的预计使用寿命没有发生变化，企业仍应遵循原有的预计使用寿命，按计提减值准备后固定资产的账面价值扣除预计净残值后的余额及尚可使用年限重新计算确定折旧率和折旧额。如果固定资产的预计使用寿命发生了变化，企业应当相应改变固定资产的预计使用寿命，并按会计估计变更的有关规定进行会计处理。

187

（3）如果固定资产的预计净残值没有发生变化，企业仍应按计提减值准备后固定资产的账面价值扣除预计净残值后的余额以及尚可使用年限重新计算确定折旧率和折旧额。如果固定资产的预计净残值发生了改变，企业应当相应改变固定资产的预计净残值，并按会计估计变更的有关规定进行会计处理。

# 第四节　固定资产减少及列报

企业的固定资产因各种原因会引起其减少，包括出售、报废、毁损固定资产、对外投资转出固定资产、对外捐赠固定资产、抵账转出固定资产、非货币性交换换出固定资产，以及盘亏固定资产等情形。对于固定资产减少的各种情形，除盘亏固定资产外，其他减少情形均需通过"固定资产清理"账户进行核算。

## 一、固定资产清理

### （一）固定资产的出售、报废、毁损

企业出售、报废、毁损固定资产，应将处置收入扣除账面价值和相关税费后的金额计入当期损益。具体的会计核算包括以下几方面的内容：

**1. 将出售、报废、毁损的固定资产转入清理**

企业将出售、报废、毁损固定资产转入清理时，按固定资产的账面价值，借记"固定资产清理"账户，按已计提的折旧，借记"累计折旧"账户，按已计提的减值准备，借记"固定资产减值准备"账户，按固定资产原值，贷记"固定资产"账户。

**2. 发生清理费用**

对于在清理过程中发生的有关费用，应借记"固定资产清理"账户，贷记"银行存款"等账户。

**3. 取得出售价款收入或残料变价收入**

按实际收到的固定资产出售价款或残料变价收入，借记"银行存款"账户，贷记"固定资产清理"账户。若是报废、毁损固定资产，在清理过程中将残料估价入库，则借记"原材料"账户，贷记"固定资产清理"账户。

### 4. 应计交有关税费

当企业出售房屋、建筑物等不动产一类的固定资产时，按我国营业税的有关规定，应按出售价款的5%计交营业税，并应同时考虑计交城建税和教育附加费，借记"固定资产清理"账户，按应缴的营业税和城建税及应缴的教育附加费，贷记"应交税费"账户。

值得说明的是，出售固定资产仅限于固定资产属于不动产时才涉及计交营业税等。另外，现行有关书籍中，一般只考虑了出售不动产应计交营业税，而按现行税法规定，企业只要应缴纳营业税等流转税，就应该同时计交城建税及教育费附加。若在固定资产(指不动产)出售时只考虑计交营业税而忽略城建税及教育费附加，则会使核算的清理净损益不符合实际情况。

当企业销售已经使用过的原取得时涉及增值税已作进项税额抵扣的固定资产时，还应考虑计交增值税的问题。具体地分为以下三种情况计征增值税：(1)企业出售已使用过的2009年1月1日以后购进或自制的固定资产，按适用的税率征收增值税；(2)2008年12月31日以前未纳入扩大增值税抵扣范围试点的纳税人，销售已使用过的2008年12月31日以前购进或自制的固定资产，按照4%的征收率减半征收增值税；(3)2008年12月31日以前已经纳入扩大增值税抵扣范围试点的纳税人，销售自己使用过的在本地区扩大增值税抵扣范围试点以前购进或自制的固定资产，按照4%的征收率减半征收增值税；销售自己使用过的在本地区扩大增值税抵扣范围试点以后购进或自制的固定资产，按适用的税率征收增值税。由于增值税为价外税，因此企业出售固定资产即使涉及增值税的计征，增值税也不会影响固定资产的出售损益，属于增值税一般纳税人的企业只需将应计交的增值税单独作为销项税额反映即可。

### 5. 发生赔偿款项

企业固定资产因意外事故遭受损失，一般可获得保险公司或责任人的一部分赔偿。按应收的或已经收到的赔偿款，借记"其他应收款"或"银行存款"账户，贷记"固定资产清理"账户。

### 6. 清理净损益的结转

清理结束后，若为清理净收益，则转入营业外收入，借记"固定资产清理"账户，贷记"营业外收入——处置非流动资产利得"账户。

清理结束后，若为清理净损失或非常净损失，则转入营业外支出，借记"营业外支出——处置非流动资产损失"或"营业外支出——非常损失"账户，贷记"固定资产清理"账户。

【例7-27】 红岩股份有限公司将一座旧仓库出售。该仓库原值为1 200 000元，已计提折旧480 000元，为计提减值准备。出售前对仓库进行整修，支付存款2 500元。出售价款800 000元存入银行，按规定应计交营业税(税率5%)、城建税(税率7%)、教育附加费(征收率3%)。有关账务处理如下：

(1) 将出售的仓库转入清理。

| | | |
|---|---|---|
| 借：固定资产清理 | 720 000 | |
| 银行存款 | 480 000 | |
| 贷：固定资产 | | 1 200 000 |

（2）用存款支付清理费用。

借：固定资产清理　　　　　　　　　　　　　2 500

　　贷：银行存款　　　　　　　　　　　　　　　　2 500

（3）收到出售价款存入银行。

借：银行存款　　　　　　　　　　　　　　800 000

　　贷：固定资产清理　　　　　　　　　　　　　800 000

（4）计交有关税费。

$$应缴营业税＝800\,000×5\%＝40\,000（元）$$

$$应缴城建税＝40\,000×7\%＝2\,800（元）$$

$$应缴教育附加费＝40\,000×3\%＝1\,200（元）$$

借：固定资产清理　　　　　　　　　　　　44 000

　　贷：应交税费——应缴营业税　　　　　　　　40 000

　　　　　　　　——应缴城建税　　　　　　　　 2 800

　　　　　　　　——应缴教育附加费　　　　　　 1 200

（5）结转清理净收益。

$$净收益＝800\,000－（720\,000＋2\,500＋44\,000）＝33\,500（元）$$

借：固定资产清理　　　　　　　　　　　　33 500

　　贷：营业外收入——处置非流动资产利得　　　33 500

### （二）对外投资转出固定资产

企业对外投资转出固定资产，属于非货币性资产交换的内容之一。按非货币性资产交换准则的规定，若满足按公允价值计量的两个条件，则应按转出固定资产的公允价值加上应支付的相关税费，作为换取的长期股权投资的入账价值，并确认转出固定资产的损益；若不满足按公允价值计量的条件，则应按账面价值计量，即按转出固定资产的账面价值加上应支付的相关税费，作为换取的长期股权投资的入账价值，不确认损益。

【例 7-28】　红岩股份有限公司用一套生产设备对甲公司进行长期股权投资，该设备原价 750 000 元，已计提折旧 250 000 元，已计提减值准备 15 000 元，公允价值为 520 000 元，用银行存款支付拆卸、搬运费用 2 000 元。取得的长期股权投资仅占被投资方甲公司的表决权资本的比例 2%。未发生其他相关税费。假定该交易具有商业性质，则有关的账务处理如下：

（1）将投资转出的固定资产转入清理。

借：固定资产清理　　　　　　　　　　　　485 000

　　累计折旧　　　　　　　　　　　　　　250 000

　　固定资产减值准备　　　　　　　　　　 15 000

　　　贷：固定资产　　　　　　　　　　　　　　750 000

（2）支付清理费用。

借：固定资产清理　　　　　　　　　　　　 2 000

　　贷：银行存款　　　　　　　　　　　　　　　 2 000

（3）取得长期股权投资。

$$长期股权投资的入账价值＝520\,000（元）$$

借：长期股权投资——甲公司　　　　　　520 000

　　贷：固定资产清理　　　　　　　　　　520 000

（4）结转产生的非货币性交换利得。

产生的非货币性交换利得＝520 000－（750 000－250 000－15 000）－2 000＝33 000（元）

借：固定资产清理　　　　　　　　　　　33 000

　　贷：营业外收入——非货币性交换利得　　33 000

假定该例中的交易不具有商业实质，则有关的账务处理为：

（1）将投资转出固定资产转入清理。

（2）支付清理费用。

这两笔分录与上相同。

（3）取得长期股权投资。

$$长期股权投资的入账价值＝485\,000＋2\,000＝487\,000（元）$$

借：长期股权投资——其他股权投资　　　487 000

　　贷：固定资产清理　　　　　　　　　　487 000

### （三）对外捐赠转出固定资产

企业对外捐赠转出固定资产，应按转出固定资产的账面价值，借记"固定资产清理"账户，按该项固定资产已计提的折旧，借记"累计折旧"账户，按该项固定资产已计提的减值准备，借记"固定资产减值准备"账户；按该项固定资产的原值，贷记"固定资产"账户。按在捐赠转出固定资产过程中应支付的相关税费，借记"固定资产清理"账户，贷记"银行存款"或"应交税费"等账户。按"固定资产清理"账户的借方余额，借记"营业外支出——捐赠支出"账户，贷记"固定资产清理"账户。

按照现行税法的有关规定，企业对外捐赠固定资产，应分解为按公允价值对外销售和捐赠两项业务进行所得税处理，即税法规定企业对外捐赠固定资产应视同销售计算缴纳流转税和所得税。企业捐赠行为所发生的支出除符合税法规定的公益救济性捐赠，可按应税所得的一定比例在税前扣除外，其他捐赠支出一律不得在税前扣除。企业因会计规定与税法规定就捐赠固定资产计入损益的金额不同而产生的差异为永久性差异。企业在计算捐赠当期的应税所得时，应在会计所核算的利润总额基础上，加上按以下公式计算的因捐赠固定资产产生的纳税调整金额，即为应税所得：

因捐赠固定资产产生的纳税调整金额＝｛按税法规定认定的捐出固定资产公允价值－［按税法规定确定的捐出固定资产原值－按税法规定已计提的累计折旧］－捐赠过程中发生的清理费用及缴纳的可从应纳税所得额中扣除的除所得税以外的相关税费｝＋因捐赠事项按会计规定计入当期营业外支出的金额－税法规定允许税前扣除的公益救济性捐赠金额。

企业应按当期应税所得及适用所得税税率计算的应缴所得税金，确认为当期所得税费用及应缴所得税，借记"所得税费用"账户，贷记"应交税费——应缴所得税"账户。

【例 7-29】　2010 年 12 月 10 日,红岩股份有限公司将一台闲置不用的设备直接捐赠给甲公司,该设备系红岩公司在四年前购置的,实际成本为 800 000 元,采用直线法计提折旧,预计使用年限为 8 年,预计净残值率为 5%。假定按税法规定的该设备的原值、使用年限、预计净残值以及折旧方法与会计规定相同,未计提固定资产减值准备。捐赠时该设备按税法规定确定的公允价值为 450 000 元,捐赠过程中,用存款支付清理费用 3 000 元,未发生与捐赠行为相关的除所得税以外的其他税费。红岩公司 2010 年度实现利润总额为 500 万元,适用所得税税率为 25%,假定无其他纳税调整事项。有关账务处理如下:

$$捐赠设备已计提折旧 = 800\,000 \times (1-5\%) \div 8 \times 4 = 380\,000(元)$$

（1）将捐赠设备转入清理。

借:固定资产清理　　　　　　　　　　　　　　420 000

　　累计折旧　　　　　　　　　　　　　　　　380 000

　　　贷:固定资产　　　　　　　　　　　　　　　　800 000

（2）发生清理费用。

借:固定资产清理　　　　　　　　　　　　　　3 000

　　　贷:银行存款　　　　　　　　　　　　　　　　3 000

（3）结转捐赠支出。

借:营业外支出——捐赠支出　　　　　　　　　423 000

　　　贷:固定资产清理　　　　　　　　　　　　　　423 000

（4）计交所得税。

该例中的捐赠固定资产是纳税人直接向受赠人的捐赠,不属于公益救济性捐赠,因此,所发生的捐赠支出不能作税前扣除。

因捐赠固定资产产生的纳税调整金额 = [450 000 - (800 000 - 380 000) - 3 000]

$$+ 423\,000 - 0 = 450\,000(元)$$

应税所得 = 5 000 000 + 450 000 = 5 450 000(元)

应缴所得税 = 5 450 000 × 25% = 1 362 500(元)

借:所得税费用　　　　　　　　　　　　　　1 362 500

　　　贷:应交税费——应缴所得税　　　　　　　　1 362 500

## 二、固定资产盘亏

企业应定期或不定期地对固定资产进行清查,以确定固定资产是否账实相符。若在清查时出现账簿记录的固定资产在实际中其实物并不存在,则称为固定资产盘亏。发生盘亏固定资产时,应按其账面价值,借记“待处理财产损益——待处理固定资产损益”账户,按已计提的折旧,借记“累计折旧”账户,按已计提的减值准备,借记“固定资产减值准备”账户;按其原值,贷记“固定资产”账户。报经批准处理时,将盘亏固定资产的损失转作营业外支出,即按盘亏固定资产的账面价值,借记“营业外支出——固定资产盘亏”账户,贷记“待处理财产损益——待处理固定资产损益”账户。

【例 7-30】　红岩股份有限公司在对固定资产进行清查时,发现短缺一台管理用设备。该设备的账面原值为 45 000 元,已提折旧 34 000 元,已计提减值准备 5 000 元。报经

批准,予以处理。有关账务处理如下:

(1) 发现盘亏固定资产时:

借:待处理财产损益——待处理固定资产损益　　　6 000

　　累计折旧　　　　　　　　　　　　　　　34 000

　　固定资产减值准备　　　　　　　　　　　　5 000

　　贷:固定资产　　　　　　　　　　　　　　　　　45 000

(2) 批准处理,转销盘亏损失。

借:营业外支出——盘亏损失　　　　　　　　　6 000

　　贷:待处理财产损益——待处理固定资产损益　　　6 000

## 三、固定资产的报表列报

企业应在编制的资产负债表中列示与固定资产有关的下列各项目:

(1) "固定资产"项目,它反映企业的各类固定资产在期末的账面价值合计数,该项目应根据"固定资产"账户的期末借方余额,减去"累计折旧"账户的期末贷方余额,再减去"固定资产减值准备"账户的期末贷方余额后的差额填列。

(2) "工程物资"项目,反映企业为建造固定资产而准备的各项物资的账面价值,该项目应根据"工程物资"账户的期末借方余额填列;若企业单独为工程物资计提了减值准备,则还应减去相应的工程物资减值准备。

(3) "在建工程"项目,反映企业的尚未完工或未达到可使用状态的各项在建工程的账面价值,该项目应根据"在建工程"账户的期末借方余额填列,若企业单独设置有"在建工程减值准备"账户的,则还应减去所计提的在建工程减值准备。

(4) "固定资产清理"项目,反映企业因出售、报废、毁损固定资产而转入清理但尚未清理完毕的固定资产的账面价值,以及在清理过程中发生的清理费用和变价收入等各项金额的差额,该项目应根据"固定资产清理"账户的期末借方余额填列;若"固定资产清理"账户的期末为贷方余额,则在本项目以负数填列。

此外,企业应在会计报表附注中披露与固定资产有关的下列信息:

(1) 固定资产的确认条件、分类、计量基础和折旧方法;

(2) 各类固定资产的使用寿命、预计净残值和折旧率;

(3) 各类固定资产的期初、期末原价、累计折旧额及固定资产减值准备金额;

(4) 当期确认的折旧费用;

(5) 对固定资产所有权的限制及其金额和用于担保的固定资产账面价值;

(6) 准备处置的固定资产名称、账面价值、公允价值、预计处置费用和预计处置时间等。

## 复习思考题

1. 何为固定资产? 固定资产具有哪些特征?

2. 固定资产计价标准有哪几种? 各自具有什么特点?

3. 固定资产常见的分类方法有哪些？各自有什么意义？

4. 采用延期付款、实质上具有融资性质方式购入的固定资产,如何确定其入账价值？

5. 融资租入的固定资产,如何确定其入账价值？

6. 对融资租入固定资产产生的未确认融资费用采用实际利率法摊销时,如何选定分摊率？

7. 采用自营方式建造的固定资产,其经济业务主要包括哪些内容？

8. 我国现行会计准则对固定资产折旧范围是如何规定的？

9. 影响固定资产折旧计算的因素有哪些？

10. 什么是加速折旧法？它有哪些特点？

11. 企业计提的固定资产折旧费的列支去向有哪些？

12. 何谓双倍余额递减法？它有哪些特点？

13. 何谓固定资产的后续支出？它包括哪些主要内容？

14. 应资本化的后续支出该如何进行账务处理？

15. "固定资产清理"账户的结构是怎样的？

16. 企业的固定资产减少包括哪些情形？

# 无形资产及其他长期资产

**【内容提要与学习要求】**

本章讲述了无形资产的概念、特征及分类,各种方式取得无形资产的入账价值确定方法,内部研究和开发费用的确认和计量,无形资产的摊销,无形资产的减值及处置;长期待摊费用等其他长期资产的含义及会计处理。学习中应理解各种方式取得无形资产的入账价值确定方法,应掌握无形资产摊销核算的有关内容及出售、出租的会计处理,了解无形资产的概念、特征及分类,开发支出资本化的条件及判断,无形资产减值的计提,其他长期资产的内容。

## 第一节　无形资产

无形资产是企业的重要经济资源,作为企业的非货币性长期资产在企业中发挥着越来越重要的作用。我国 2006 年《企业会计准则第 6 号——无形资产》以及其他相关准则规范了无形资产的确认、计量和相关信息的披露要求,旨在企业科技创新,加大研发投入,提升企业价值和核心竞争力。

## 一、无形资产概述

### (一)无形资产的概念及特征

我国会计准则对无形资产的定义是:企业拥有或控制的没有实物形态的可辨认非货币性资产。相对于其他资产,无形资产具有以下特征:

**1. 无形资产不具有实物形态**

无形资产通常表现为某种权利、某项技术或是某种获取超额利润的综合能力,它们不具有实物形态,比如,土地使用权、非专利技术等。企业的有形资产如固定资产虽然也能为企业带来经济利益,但其为企业带来经济利益的方式与无形资产不同,固定资产是通过实物价值的磨损和转移来为企业带来未来经济利益的,而无形资产很大程度上是通过自身所具有的技术等优势为企业带来未来经济利益的。

某些无形资产的存在有赖于实物载体。比如,计算机软件需要存储在磁盘中。但这并不改变无形资产本身不具实物形态的特性。在确定一项包含无形和有形要素的资产是属于固定资产,还是属于无形资产时,需要通过判断来加以确定,通常以哪个要素更重要作为判断的依据。例如,计算机控制的机械工具没有特定计算机软件就不能运行时,说明该软件是构成相关硬件不可缺少的组成部分,该软件应作为固定资产处理;如果计算机软件不是相关硬件不可缺少的组成部分时,则该软件应作为无形资产核算。

**2. 无形资产具有可辨认性**

符合以下条件之一的,则认为其具有可辨认性:

(1)能够从企业中分离或者划分出来,并能单独用于出售或转让等,而不需要同时处置在同一获利活动中的其他资产,表明无形资产可以辨认。某些情况下无形资产可能需要与有关的合同一起用于出售转让等,这种情况下也视为可辨认无形资产。

(2)产生于合同性权利或其他法定权利,无论这些权利是否可以从企业或其他权利和义务中转移或者分离。如一方通过与另一方签订特许权合同而获得的特许使用权通过法律程序申请获得的商标权、专利权等。

**3. 无形资产属于非货币性资产**

非货币性资产是指企业持有的货币资金和将以固定或可确定的金额收取的资产以外的其他资产。无形资产由于没有发达的交易市场,一般不容易转化成现金,在持有过程中为企业带来未来经济利益的情况不确定,不属于以固定或可确定的金额收取的资产,属于非货币性资产。

**4. 无形资产将在较长时期内为企业提供经济利益**

无形资产所代表的特权或优势一般可以在较长时期内存在,不会很快消逝,企业可以长期受益。但除了法律规定的年限之外,企业是无法断定无形资产经济年限的长短的。

**5. 企业持有无形资产不以直接销售为目的**

企业持有无形资产的目的是生产商品、提供劳务、出租给他人,或是用于企业的管理而非以直接销售为目的。这就决定了软件开发公司开发的、用于对外销售的计算机软件对开发商而言只是存货,而非无形资产。

**6. 无形资产所提供的未来经济利益具有高度的不确定性**

无形资产能否为企业提供未来的经济利益以及提供多大的未来经济利益在很大程度上要受到企业外部因素的影响,如技术进步、市场需求变化、同行业竞争等,使得其预期的获利能力具有高度的不确定性,可能分布在零到很大金额的范围内。同时,无形资产通常都不能单独获利,需借助于有形资产才能发挥其作用,因而企业的收益中究竟有多少来自于无形资产是很难辨认的。此外,无形资产的取得成本与其能为企业带来的未来经济利益之间并无内在联系,因而很难对其未来的获利能力作出合理估计。

**（二）无形资产的内容**

根据我国会计准则关于无形资产定义的要求,无形资产具体包括的内容有专利权、非专利技术、商标权、著作权、特许权、土地使用权等。

**1. 专利权**

专利权,是指国家专利主管机关依法授予发明创造专利申请人对其发明创造在法定期限内所享有的专有权利,包括发明专利权、实用新型专利权和外观设计专利权。法律按照专利权种类规定了其有效期,发明专利权十五年,实用新型专利权十年,外观设计专利权五年。在专利权有效期内,其他企业和个人未经发明人许可不得无偿使用其专利。专利权,作为企业的一项无形资产,来源主要有两个:一是企业内部自行研制开发的;二是企业向外部的科研机构、大专院校、其他企业或个人等专利持有人购买的。

**2. 非专利技术**

非专利技术,也称专有技术。它是指不为外界所知、在生产经营活动中已采用了的、不享有法律保护的、可以带来经济效益的各种技术和诀窍。非专利技术一般包括工业专有技术、商业贸易专有技术、管理专有技术等。非专利技术与专利权相比既有共性又有区别:

其共性是两者都是科学技术的成果,而且都必须转化为生产力才能实现其价值,都具有通过生产和销售给特定的企业带来经济利益的能力。

其区别则体现为:

(1)非专利技术不受法律保护,专利权受法律保护。即专利权在法定的期限内,如果有任何企业未经许可使用本企业已持有的专利权,该企业可依法追究其法律责任。

(2)非专利技术没有有效期,只要拥有非专利技术的企业不将其保密公开,非专有技术仍由其拥有,企业就可独享其带来的经济利益。专利权有法定期限,超过法定期限的专利不再被持有企业唯一使用。

**3. 商标权**

商标权指专门在某类指定的商品或产品上使用特定的名称或图案的权利。企业使用的这种特定的名称、图案、标记称为商标,它不仅是识别企业产品的标志,而且是企业间相互竞争,抢占市场份额,追逐利润的重要工具。

商标是用来区别于其他企业生产的产品,根据我国《商标法》的规定,经商标管理部门注册的商标为注册商标。只有注册的商标其持有人才拥有商标权并受法律保护,才能构成企业的无形资产。商标权具有独占使用权和禁止使用权功能,未经商标持有人允许,任何人不得使用,否则就属侵权行为。法律规定商标权的有效期为十年,但期满前可以申请延长注册有效期。企业享有的商标权可以是企业自己的商标申请注册取得,也可以为了扩大产品的销售直接从外部购买取得。

**4. 著作权**

著作权亦称版权,是国家著作权管理部门依法授予著作或者文艺作品作者在一定期限内发表、再版、演出和出售其作品的特有权利。包括文学作品、工艺美术作品、影剧作品、音乐舞蹈作品、商品化软件和音像制品等。

在一般情况下,著作权并不赋予其所有人唯一使用一项作品的权利,而只是赋予他向别人因公开发行、演出或出售其作品而取得著作收益的权利。著作权受法律保护,法律规定作品的发表权、使用权和获得报酬权的有效期为作者终生及其死亡后五十年,职务创作作品的保护期为五十年。企业通过向作者购买取得著作权。

**5. 特许权**

特许权,又称经营特许权、专营权,指企业在某一地区经营或销售某种特定商品的权利或是一家企业接受另一家企业使用其商标、商号、技术秘密等的权利。通常有两种形式,一种是由政府机构授权,准许企业使用或在一定地区享有经营某种业务的特权,如水、电、邮电通信等专营权、烟草专卖权等；另一种是被其他企业授予的准许企业使用其某些权利，包括专利使用权、非专利技术使用权、商标使用权等。

特许权的经济价值在于它具有一定程度的垄断性，从而可以给企业带来高额利润。特许权的取得，一般是以企业通过与授予方签订合同并支付一定数额的费用相交换的，只有将这些支出资本化，取得的特许权才能形成企业的无形资产。

**6．土地使用权**

土地使用权，指国家准许某企业在一定期间内对国有土地享有开发、利用、经营的权利。根据我国《土地管理法》的规定，我国土地实行公有制，任何单位和个人不得侵占、买卖或者以其他形式非法转让。企业取得土地使用权的方式大致有以下几种：行政划拨取得、外购取得及投资者投资取得。

### （三）无形资产的分类

根据无形资产的特点，一般可以对无形资产做如下分类：

（1）按无形资产取得的来源不同分类，可分为外购的无形资产、自行开发的无形资产、投资者投入的无形资产、企业合并取得的无形资产、债务重组取得的无形资产、以非货币性资产交换取得的无形资产以及政府补助取得的无形资产等。这种分类主要是为了使无形资产的初始计量更加准确和合理。因为通过不同来源取得的无形资产，其初始成本的确定方法以及所包括的经济内容是不同的。

（2）按无形资产的使用寿命是否有期限，可分为有期限无形资产和无期限无形资产。使用寿命有限的无形资产是指无形资产的使用寿命是有限的和可以根据可靠的证据确定的。这些无形资产在法定期限内受法律的保护。法定期限届满时，如果不能请求展期或企业未请求展期，其经济价值将随之消逝，如专利权、特许权、商标权、著作权、土地使用权等。使用寿命不确定的无形资产是指无形资产为企业带来经济利益的期限是无法预见的。这些无形资产使用期限的长短取决于科技发展的快慢和技术保密工作的好坏以及企业自身对其维护的程度等因素。只要其还有使用价值，企业愿意就可以使用下去，直到其丧失经济价值为止，如非专利技术等。无形资产的使用寿命是否有期限应在企业取得无形资产时就加以分析和判断，其中需要考虑的因素很多。这种分类主要是为了正确地将无形资产的应摊销金额在无形资产的使用寿命内进行系统而合理的摊销。因为按照会计准则的规定，使用寿命有限的无形资产才存在价值的摊销问题，而使用寿命不能确定的无形资产，其价值是不能进行摊销的。

### （四）无形资产的确认

由于无形资产没有实物形态，一般是权利性资产，因而其确认要比有形资产困难得多。作为无形项目，在符合无形资产定义的基础上，还要同时满足以下两个确认条件，才能将其确认为无形资产：

（1）与该无形资产相关的预计未来经济利益很可能流入企业；

（2）无形资产的成本能够可靠地计量。

第一个条件是指企业能够控制无形资产所产生的经济利益，比如，企业拥有无形资产的法定所有权,或企业与他人签订了协议,使得企业的相关权利受到法律的保护,这样可以保证无形资产的预计未来经济利益能够流入企业。在判断无形资产产生的经济利益是否可能流入企业时,企业管理部门应对无形资产在预计使用年限内存在的各种因素作出稳健的估计。第二个条件实际上是对无形资产的入账价值而言的。无形资产的入账价值需要根据其取得的成本确定,如果成本无法可靠地计量的话,那么无形资产的计价入账也就无从谈起。企业购入的无形资产、通过非货币性资产交换取得的无形资产、投资者投入的无形资产、通过债务重组取得的无形资产,以及自行开发并依法申请取得的无形资产,如果同时满足上述第二个和第三个条件的要求,都应确认作为企业的无形资产。企业自创的商誉以及企业内部产生的品牌、报刊名等,因其发生的成本无法明确区分而不确认为企业的无形资产。

## 二、无形资产的初始计量

无形资产的初始计量是指企业初始取得无形资产时入账价值的确定。无形资产通常是按实际成本计量的,即以取得无形资产并使之达到预定用途而发生的全部支出,作为无形资产的成本。对于不同来源取得的无形资产,其成本构成不尽相同。

### (一)外购的无形资产

外购方式是企业取得无形资产的重要渠道。外购的无形资产,应以实际支付的价款、进口关税和其他税费以及直接归属于使该项资产达到预定用途所发生的其他支出的合计数作为入账价值。按照规定,如果企业购买无形资产的价款超过正常信用条件延期支付,实质上具有融资性质的,应按所购无形资产购买价款的现值,借记"无形资产"账户,按应支付的金额,贷记"长期应付款"账户,按其差额,借记"未确认融资费用"账户。未确认融资费用,在付款期内按实际利率法进行摊销,计入各年财务费用中。

企业通过外购方式取得的土地使用权通常应确认为无形资产。土地使用权用于自行开发建造厂房等地上建筑物时,土地使用权的账面价值不与地上建筑物合并计算其成本,而仍作为无形资产进行核算。土地使用权与地上建筑物分别进行摊销和提取折旧。但下列情况除外:

(1)房地产开发企业取得的土地使用权用于建造对外出售的房屋建筑物,相关的土地使用权应当计入所建造的房屋建筑物成本。

(2)企业外购的房屋建筑物,实际支付的价款中包括土地以及建筑物的价值,则应当对支付的价款按照合理的方法(例如,公允价值比例)在土地和地上建筑物之间进行分配;如果确实无法在地上建筑物与土地使用权之间进行合理分配的,应当全部作为固定资产核算。

企业改变土地使用权的用途,将其用于出租或以增值为目的时,应将无形资产转为投资性房地产。

【例 8-1】 红岩股份有限公司因生产产品需要购入一项专利权,如果使用了该项专利技术,该公司预计其生产能力比原先提高 25%,销售利润率增长 20%。按照协议约定以现金支付,实际支付的价款为 200 万元,并支付相关税费 2 万元和有关专业服务费用

6 万元,款项已通过银行转账支付。

借:无形资产——专利权                           2 080 000
　　贷:银行存款                                          2 080 000

【例 8-2】  2010 年 1 月 1 日,红岩股份有限公司购入一块土地的使用权,以银行存款转账支付 8 000 万元,并在该土地上自行建造厂房等工程,发生材料支出 12 000 万元,工资费用 8 000 万元,其他相关费用 10 000 万元等。该工程已经完工并达到预定可使用状态。假定土地使用权的使用年限为 50 年,该厂房的使用年限为 25 年,两者都没有净残值,都采用直线法进行摊销和计提折旧。为简化核算,不考虑其他相关税费。

(1)支付转让价款:

借:无形资产——土地使用权                     80 000 000
　　贷:银行存款                                        80 000 000

(2)在土地上自行建造厂房:

借:在建工程                                        300 000 000
　　贷:工程物资                                      120 000 000
　　　　应付职工薪酬                                 80 000 000
　　　　银行存款                                      100 000 000

(3)厂房达到预定可使用状态:

借:固定资产                                        300 000 000
　　贷:在建工程                                      300 000 000

(4)每年分期摊销土地使用权和对厂房计提折旧:

借:管理费用                                          1 600 000
　　贷:累计摊销                                        1 600 000
借:制造费用                                         12 000 000
　　贷:累计折旧                                       12 000 000

## (二)自行开发的无形资产

一个成熟和有竞争力的企业,每年都应在研究开发上投入一定数量的资金,通过研究和开发活动取得专利权和非专利技术等无形资产,以保持和取得技术上的领先地位。从理论上讲,企业自行开发并依法申请取得的无形资产的成本包括研究与开发的费用以及成功以后依法申请专利过程中所发生的费用。当前国际上争论的焦点是研究与开发费用是否应资本化、计入无形资产的价值。我国新会计准则考虑到研究阶段计划性和探索性的特点,是否会形成无形资产具有很大的不确定性,在该阶段支出发生时费用化计入当期损益。而开发阶段有针对性、形成成果的可能性较大,形成一项新产品或技术的基本条件已具备。因此在该阶段首先确定有关支出资本化的条件。满足资本化条件的时点至无形资产达到预定用途前发生的支出总和计入无形资产成本,不符合资本化条件的计入当期损益。达到资本化条件之前已费用化计入当期损益的支出不再调整。开发费用资本化,而不是采用原来旧准则中研究开发费用全部费用化,有利于提高企业科技创新热情,体现收入与费用配比原则,当然这也加大了会计人员专业判断难度。下面就我国对企业内部研究开发费用的确认与计量问题加以说明。

**1. 研究阶段和开发阶段的划分**

无形资产会计准则对于企业内部研究开发费用的确认与计量是区别研究和开发两个阶段进行的。不同的阶段其内部研究开发费用的确认与计量的规定是不同的,因此研究阶段和开发阶段的划分是很重要的。

研究阶段是指为获取新的技术和知识等进行的有计划的调查。意于获取知识而进行的活动,研究成果或其他知识的应用研究、评价和最终选择,材料、设备、产品、工序、系统或服务替代品的研究,新的或经改进的材料、设备、产品、工序、系统或服务的可能替代品的配制、设计、评价和最终选择等活动。

研究阶段具有计划性和探索性的特点。计划性是指研究阶段建立在有计划的调查的基础上,即研发项目已经董事会或者相关管理层的批准,并着手收集相关资料、进行市场调查等。探索性是指研究阶段基本上是探索性的,为进一步的开发活动进行资料及相关方面的准备。这一阶段不会形成阶段性成果。

开发阶段是指进行商业性生产和使用前,将研究成果或其他知识应用于某项计划或设计,以生产出新的或具有实质性改进的材料、装置、产品等。比如,生产前或使用前的原型和模型的设计、建造和测试,含新技术的工具、夹具、模具和冲模的设计,不具有商业性生产经济规模的生产设施的设计、建造和运营,新的或经改造的材料、设备、产品、工序、系统或服务所选定的替代品的设计、建造和测试等活动。开发阶段具有针对性和形成成果的可能性较大的特点。

**2. 内部研究开发费用的确认与计量的原则**

在对企业内部研究开发过程进行了准确的研究阶段和开发阶段的划分以后,对各个阶段发生的费用在确认和计量上需要遵循的原则是不同的。

对于研究阶段来说,其研究工作是否能在未来形成成果,即通过开发后是否会形成无形资产,具有很大的不确定性,企业也无法证明其研究活动一定会形成能够带来未来经济利益的无形资产,因此,研究阶段的有关支出在发生时应当费用化,计入当期损益。

对于开发阶段来说,由于其相对于研究阶段更进一步,且很大程度上形成一项新产品或新技术的基本条件已经具备,所以此时如果企业能够证明其满足无形资产的定义及费用资本化的条件,则所发生的开发支出可予以资本化,计入无形资产的成本。无形资产的成本既包括开发阶段符合资本化条件的支出,也包括为申请专利权而发生的注册费、律师费等。其经济内容包括开发无形资产时耗费的材料、劳务成本、注册费、在开发该无形资产过程中使用的其他专利权和特许权的摊销、按照规定资本化的利息支出,以及使该无形资产达到预定用途前所发生的其他费用。在开发无形资产过程中发生的除上述可直接归属于无形资产开发成本以外的其他销售费用、管理费用等间接费用,无形资产达到预定用途前发生的可辨认的无效和初始运作损失,为运行该无形资产发生的培训支出等不构成无形资产的开发成本。值得说明的是,内部开发无形资产的成本仅包括在满足资本化条件的时点至无形资产达到预定用途前发生的支出总和,对于同一项无形资产在开发过程中达到资本化条件之前已经费用化计入当期损益的支出不再进行调整。

开发阶段的费用支出是否应计入无形资产的成本,要视其是否满足资本化的条件。

不能满足资本化条件的费用支出应计入当期损益。开发阶段费用支出的资本化条件包括以下几个方面：

（1）完成该无形资产以使其能够使用或出售在技术上具有可行性。判断无形资产的开发在技术上是否具有可行性，应当以目前阶段的成果为基础，提供相关证据和材料，以证明企业进行开发所需的技术条件等已经具备，不存在技术上的障碍或其他不确定性。

（2）具有完成该无形资产并使用或出售的意图。开发某项产品或专利技术产品等，通常是根据管理当局决定该项研发活动的目的或者意图所决定的。研发项目形成成果以后，是为出售，还是为自己使用并从使用中获得经济利益，应当依管理当局的意图而定。因此，企业的管理当局应能够说明其持有拟开发无形资产的目的，并具有完成该项无形资产开发并使其能够使用或出售的可能性。

（3）无形资产产生经济利益的方式，包括能够证明运用该无形资产生产的产品存在市场或无形资产自身存在市场。无形资产将在内部使用的，应当证明其有用性。无形资产确认的基本条件是能够为企业带来未来经济利益。就其能够为企业带来未来经济利益的方式而言，如果有关的无形资产在形成以后主要用于形成新产品或新工艺，企业应对运用该无形资产生产的产品的市场情况进行估计，应能够证明所生产的产品存在市场，能够带来经济利益的流入；如果有关的无形资产开发以后主要用于对外出售，则企业应能够证明市场上存在对该类无形资产的需求，开发以后存在外在的市场可以出售并带来经济利益的流入；如果无形资产开发以后不是用于生产产品，也不是用于对外出售，而是在企业内部使用，则企业应能够证明在企业内部使用时，其对企业的有用性。

（4）有足够的技术、财务资源和其他资源支持，以完成该无形资产的开发，并有能力使用或出售该无形资产。这个条件要求：①为完成该项无形资产开发具有技术上的可靠性。开发无形资产并使其形成成果在技术上的可靠性是继续开发的关键，因此必须有确凿证据证明企业继续开发该项无形资产有足够的技术支持和技术能力。②财务资源和其他资源支持。财务和其他资源支持是指能够完成该项无形资产开发的经济基础，因此，企业必须能够说明为完成该项无形资产的开发所需的财务和其他资源是否足以支持完成该项无形资产的开发。③能够证明企业在开发过程中所需的技术、财务和其他资源，以及企业获得这些资源的相关计划等。如在企业自有资金不足以提供支持的情况下，是否存在外部其他方面的资金支持（如银行等借款机构愿意为该无形资产的开发提供所需资金的声明等）。④有能力使用或出售该无形资产以取得收益。

（5）归属于该无形资产开发阶段的支出能够可靠地计量。企业对于开发活动发生的支出应单独核算，如发生的开发人员的工资、材料费等，在企业同时从事多项开发活动的情况下，所发生的支出同时用于支持多项开发活动的，应按照一定的标准在各项开发活动之间进行分配，无法明确分配的，应予费用化计入当期损益，不计入开发活动的成本。

**3. 内部研究开发费用的账务处理**

为了正确计算企业的利润以及合理地对无形资产进行确认，需要设置"研发支出"账户，以反映企业内部在研发过程中发生的支出。"研发支出"账户应当按照研究开发项目，分别以"费用化支出"与"资本化支出"进行明细核算。企业的研发支出包括直接发生的和分配计入的两部分。直接发生的,包括研发人员工资、材料费,以及相关设备折旧费等;分配计入的是指企业同时从事多项研究开发活动时,所发生的支出按照合理的标准在各项研究开发活动之间进行分配计入的部分。研发支出无法明确分配的,应当计入当期损益,不计入开发活动的成本。

企业自行开发无形资产发生的研发支出,对于不满足资本化条件的,应当借记本账户(费用化支出),满足资本化条件的,借记本账户(资本化支出),贷记"原材料"、"银行存款"、"应付职工薪酬"等账户;研究开发项目达到预定用途形成无形资产时,应按本账户(资本化支出)的余额,借记"无形资产"账户,贷记本账户(资本化支出)。期末,企业应将本账户归集的费用化支出金额转入"管理费用"账户,借记"管理费用"账户,贷记本账户(费用化支出)。本账户期末借方余额,反映企业正在进行中的研究开发项目中满足资本化条件的支出。

**【例 8-3】** 红岩股份有限公司自行研制一项新材料的生产技术,在研究开发过程中,共发生费用 170 万元,其中:研究人员工资为 50 万元,消耗材料为 100 万元,其他费用为 20 万元。符合资本化条件的支出为 150 万元。另外,该项技术又成功申请了国家专利,在申请专利过程中发生注册费 20 000 元、聘请律师费 10 000 元。期末,该项生产新材料的专利技术已经达到预定用途。

(1)发生支出时:

借:研发支出——资本化支出                 1 530 000

         ——费用化支出                200 000

  贷:应付职工薪酬                   500 000

     原材料                       1 000 000

     银行存款                   230 000

(2)期末形成专利技术时:

借:无形资产——专利技术                 1 530 000

  贷:研发支出——资本化支出           1 530 000

期末结转费用化支出时:

借:管理费用                      200 000

  贷:研发支出——费用化支出          200 000

### (三)投资者投入的无形资产

如果企业的生产经营管理活动需要某些无形资产,可以接受投资者以无形资产的形式向企业进行投资,以换取企业的权益。投资者投入的无形资产,在合同或协议约定的价值公允的前提下,应按照投资合同或协议约定的价值作为入账价值。如果合同或协议约定的价值不公允,则按无形资产的公允价值入账。无形资产的入账价值与折合资本额之间的差额,作为资本溢价或股本溢价,计入资本公积。

**【例 8-4】** 红岩股份有限公司接受丙公司以其所拥有的专利权作为出资,根据投资协议约定,该专利权的价值为 30 000 000 元,折合红岩公司股票 20 000 000 股,每股面值 1 元,已办妥相关手续。

| 借：无形资产 | 30 000 000 | |
|---|---|---|
| 贷：股本 | | 20 000 000 |
| 资本公积——股本溢价 | | 10 000 000 |

#### （四）企业合并取得的无形资产

企业合并中取得的无形资产，按照企业合并的分类，分别处理：

（1）同一控制下吸收合并，按照被合并企业无形资产的账面价值确认为取得时的初始成本；同一控制下控股合并，合并方在合并日编制合并报表时，应当按照被合并方无形资产的账面价值作为合并基础。

（2）非同一控制下的企业合并中，购买方取得的无形资产应以其在购买日的公允价值计量，包括：

① 被购买企业原已确认的无形资产。

② 被购买企业原未确认的无形资产，但其公允价值能够可靠计量，购买方就应在购买日将其独立于商誉确认为一项无形资产。例如，被购买方正在进行当中的一个研究开发项目，符合无形资产的定义且其公允价值能够可靠计量，则购买方应将其独立于商誉确认为一项无形资产。

公允价值的取得一般有以下途径：

（1）活跃市场中的市场报价，该报价提供了无形资产公允价值的最可靠的估计。恰当的市场价格一般是现行出价。无法获得现行出价的情况下，如果类似交易的最近交易日和资产公允价值估计日之间的经济情况没有发生重大变化，则可以类似交易的最近价格为基础来估计公允价值。

（2）如果无形资产不存在活跃市场，则其公允价值应按照购买日从购买方可获得的信息为基础，在熟悉情况并自愿的当事人之间进行的公平交易中，为取得该资产所支付的金额，如对无形资产预计产生的未来现金流量进行折现。

在企业合并中，如果取得的无形资产本身可以单独辨认，但其计量或处置必须与有形的或其他无形的资产一并作价，如天然矿泉水的商标可能与特定的泉眼有关，但不能独立于该泉眼出售。在这种情况下，如果该无形资产及与其相关的资产各自的公允价值不能可靠计量，则应将该资产组（即将无形资产与其相关的有形资产相并）独立于商誉确认为一项资产。

#### （五）非货币性资产交换取得的无形资产

非货币性资产交换取得的无形资产是指企业以其存货、固定资产和长期股权投资等非货币性资产通过与其他单位的无形资产进行交换而取得的无形资产。这种方式取得的无形资产其入账价值的确定应按照《企业会计准则第 7 号——非货币性资产交换》的规定来确定。

具体应分别按以下两种情况进行处理：

第一，以非货币性资产进行交换的业务具有商业实质（非货币性资产交换具有商业实质应满足下列两个条件之一，即换入资产的未来现金流量在风险、时间和金额方面与换出资产显著不同;换入资产与换出资产预计未来现金流量的现值不同,且其差额与换入资产和换出资产的公允价值相比是重大的),而且换入资产或换出资产公允价值能够可靠计量时,换入的无形资产应当以换出资产公允价值加上应支付的相关税费作为换入无形资产成本(入账价值),换出资产公允价值与换出资产账面价值的差额计入当期损益。涉及补价时,要分别以两种情况进行处理。一是换入资产方支付补价的,换入无形资产成本应按照换出资产的公允价值加上支付的补价(即换入资产的公允价值)和应支付的相关税费确定,换入无形资产成本与换出资产账面价值加支付补价、应支付相关税费之和的差额,计入当期损益;二是换入资产方收到补价的,换入无形资产成本应按照换入资产的公允价值(或换出资产的公允价值减去补价)和应支付的相关税费确定,换入无形资产成本加收到补价之和与换出资产账面价值加应支付相关税费之和的差额,计入当期损益。

第二,以非货币性资产进行交换的业务不具有商业实质,或者换入资产或换出资产公允价值不能够可靠计量时,应当以换出资产的账面价值和应支付的相关税费作为换入无形资产的成本,不确认损益。涉及到补价时,也要分别以两种情况进行处理。支付补价的,换入无形资产成本应当以换出资产账面价值加支付补价、应支付相关税费来确定;收到补价的,换入资产成本应当以换出资产账面价值,减去收到的补价,并加应支付相关税费来确定。这两种情况下的交换业务均不确认交换损益。

【例 8-5】 红岩股份有限公司根据公司的发展需要,决定以一台设备交换丁公司一项专利权。该项固定资产原始价值 125 000 元,累计折旧 11 000 元,已计提减值准备 2 000 元。支付相关税费 1 100 元。假定该设备的公允价值为 120 000 元,该非货币性交换具有商业实质。则红岩公司的账务处理如下:

换入无形资产成本 = 120 000(元)

换出资产账面价值 = 125 000 - 11 000 - 2 000 = 112 000(元)

非货币性资产交换利得 = 120 000 - 112 000 - 1 100 = 6 900(元)

由于此项非货币性资产交换业务换出的是企业的固定资产,因此,在会计上应按照固定资产的处置业务进行处理。

(1) 注销固定资产原价、累计折旧、减值准备。

| | | |
|---|---|---|
| 借:固定资产清理 | 112 000 | |
| 固定资产减值准备 | 2 000 | |
| 累计折旧 | 11 000 | |
| 贷:固定资产 | | 125 000 |

(2) 支付相关税费 1 100 元。

| | | |
|---|---|---|
| 借:固定资产清理 | 1 100 | |
| 贷:银行存款 | | 1 100 |

(3) 非货币性资产交换换入专利权。

| | | |
|---|---|---|
| 借:无形资产 | 120 000 | |
| 贷:固定资产清理 | | 120 000 |

(4) 结转换出设备产生的交换利得。

| | |
|---|---|
| 借:固定资产清理 | 6 900 |

贷：营业外收入——非货币性资产交换利得　　　　　　　　　6 900

【例 8-6】　假定在【例 8-5】中,红岩股份有限公司换入无形资产的同时,收到丁公司的现金补价 10 000 元,其他条件不变。则红岩公司的账务处理为：

换入无形资产成本 = 120 000 - 10 000 = 110 000(元)

换出资产账面价值 = 125 000 - 11 000 - 200 = 112 000(元)

非货币性资产交换利得 = 120 000 - 112 000 - 1 100) = 6 900(元)

(1)注销固定资产原价、累计折旧、减值准备。

借：固定资产清理　　　　　　　　　　　　　　　　112 000

固定资产减值准备　　　　　　　　　　　　　　2 000

累计折旧　　　　　　　　　　　　　　　　　　11 000

贷：固定资产　　　　　　　　　　　　　　　　　　125 000

(2)支付相关税费 1 100 元。

借：固定资产清理　　　　　　　　　　　　　　　　1 100

贷：银行存款　　　　　　　　　　　　　　　　　　1 100

(3)非货币性资产交换换入专利权。

借：无形资产　　　　　　　　　　　　　　　　　　110 000

银行存款　　　　　　　　　　　　　　　　　　10 000

贷：固定资产清理　　　　　　　　　　　　　　　　120 000

(4)结转换出设备产生的交换利得。

借：固定资产清理　　　　　　　　　　　　　　　　6 900

贷：营业外收入——非货币性资产交换利得　　　　　6 900

【例 8-7】　假定在【例 8-5】中,换入的无形资产和换出的固定资产二者的公允价值均无法确定,其他条件不变,则红岩公司的账务处理为：

换入无形资产成本 = 125 000 - 11 000 - 2 000 + 1 100 = 113 100(元)

(1)注销固定资产原价、累计折旧、减值准备。

借：固定资产清理　　　　　　　　　　　　　　　　112 000

固定资产减值准备　　　　　　　　　　　　　　2 000

累计折旧　　　　　　　　　　　　　　　　　　11 000

贷：固定资产　　　　　　　　　　　　　　　　　　125 000

(2)支付相关税费 1 100 元。

借：固定资产清理　　　　　　　　　　　　　　　　1 100

贷：银行存款　　　　　　　　　　　　　　　　　　1 100

(3)非货币性资产交换换入专利权。

借：无形资产　　　　　　　　　　　　　　　　　　113 100

贷：固定资产清理　　　　　　　　　　　　　　　　113 100

【例 8-8】　假定在【例 8-5】中,换入的无形资产和换出的固定资产二者的公允价值均无法确定,红岩公司在交换中向对方企业支付补价 2 000 元,其他条件不变,则红岩公司的账务处理为：

205

换入固定资产成本 $= 125\,000 - 11\,000 - 2\,000 + 1\,100 + 2\,000 = 115\,100(元)$

（1）注销固定资产原价、累计折旧、减值准备。

| | | |
|---|---|---|
| 借：固定资产清理 | 112 000 | |
| 固定资产减值准备 | 2 000 | |
| 累计折旧 | 11 000 | |
| 贷：固定资产 | | 125 000 |

（2）支付相关税费。

| | | |
|---|---|---|
| 借：固定资产清理 | 1 100 | |
| 贷：银行存款 | | 1 100 |

（3）非货币性资产交换换入专利权。

| | | |
|---|---|---|
| 借：无形资产 | 115 100 | |
| 贷：固定资产清理 | | 113 100 |
| 银行存款 | | 2 000 |

### （六）债务重组取得的无形资产

在企业的债务人发生财务困难时，企业可以按照其与债务人达成的协议或者法院的裁决在作出让步的情况下，接受债务人以无形资产形式偿还其债务。对于企业来讲，通过这种方式取得的无形资产，其入账价值应当按照《企业会计准则第 12 号——债务重组》的规定来确定。该会计准则规定，企业通过债务重组取得的无形资产，其入账价值应按照受让无形资产的公允价值确定。重组债权账面余额与受让的无形资产公允价值之间的差额作为债务重组损失，计入营业外支出。如果债权人已对债权计提坏账准备的，应当先将该差额冲减坏账准备，坏账准备不足以冲减的部分，计入营业外支出；如果坏账准备冲减该差额后仍有余额，应该转回并抵减当期资产减值损失，而不再确认债务重组损失。

【例 8-9】 红岩股份有限公司的一笔应收账款是甲公司前欠的货款，金额 150 000 元。因甲公司发生财务困难，短期内难以偿还，经双方协商，公司同意甲公司以一项专利权抵债，该项专利权的公允价值为 130 000 元，红岩公司对该笔应收账款已计提坏账准备 6 000 元。红岩公司的账务处理如下：

受让无形资产公允价值 $= 130\,000$ 元

重组债权的账面余额 $= 150\,000$ 元

二者的差额 $= 150\,000 - 130\,000 = 20\,000(元)$

债务重组损失 $= 20\,000 - 6\,000 = 14\,000(元)$

| | | |
|---|---|---|
| 借：无形资产 | 130 000 | |
| 坏账准备 | 6 000 | |
| 营业外支出——债务重组损失 | 14 000 | |
| 贷：应收账款——甲公司 | | 150 000 |

假定在上例中，红岩公司提取的坏账准备为 25 000 元，其他条件不变，则红岩公司的账务处理为：

| | | |
|---|---|---|
| 借：无形资产——专利权 | 130 000 | |

| | |
|---|---|
| 坏账准备 | 25 000 |
| 贷：应收账款——甲公司 | 150 000 |
| 资产减值损失 | 5 000 |

### （七）政府补助取得的无形资产

通过政府补助取得无形资产的成本，应当按照《企业会计准则第16号——政府补助》的规定确定。通过政府补助取得无形资产是企业取得无形资产的方式之一，如企业通过行政划拨取得的土地使用权等。政府补助是指企业从政府无偿取得货币性资产或非货币性资产，但不包括政府作为所有者投入的资本。政府向企业提供补助具有无偿性的特点。政府并不因此而享有企业的所有权，企业未来也不需要以提供服务、转让资产等方式偿还。企业通过政府补助方式取得的无形资产应当按照公允价值计量。具体要分别以下几种情况进行处理，如果企业取得的无形资产附带有关文件、协议、发票、报关单等凭证，在这些凭证注明的价值与公允价值相差不大时，应当以有关凭据中注明的价值作为公允价值；没有注明价值或注明价值与公允价值差异较大，但有活跃交易市场的，应当根据有确凿证据表明的同类或类似市场交易价格作为公允价值；如没有注明价值，且没有活跃交易市场、不能可靠取得公允价值的，应当按照名义金额计量，名义金额即为1元。

企业收到政府补助的无形资产时，一方面增加企业的无形资产，记入"无形资产"账户借方；另一方面要作为递延收益，记入"递延收益"账户的贷方。"递延收益"账户主要核算企业确认的应在以后期间计入当期损益的政府补助。企业由于政府补助形成的无形资产而确认的递延收益应在无形资产的使用寿命内分期计入各期损益中。

【例8-10】 红岩股份有限公司收到政府行政划拨的土地使用权。根据有关凭证，该项土地使用权的公允估价值为2 850 000元。

| | |
|---|---|
| 借：无形资产 | 2 850 000 |
| 贷：递延收益 | 2 850 000 |

## 三、无形资产的后续计量

无形资产的后续计量主要包括无形资产的摊销、减值损失的确定。无形资产初始确认和计量后，在其后使用该项无形资产期间内应以成本减去累计摊销额和累计减值损失后的余额计量。企业的无形资产在使用过程中会发生价值损耗，为了补偿取得无形资产时所发生的支出，其损耗的价值要在企业的受益期内分次转移到费用中，即无形资产的成本应在取得当月起在预计使用寿命内分期摊销。要确定无形资产在使用过程中的累计摊销额，基础是估计其使用寿命。但是并不是所有的无形资产都进行摊销。使用寿命有限的无形资产才需要在估计使用寿命内采用系统合理的方法进行摊销。使用寿命不确定的无形资产在持有期间内不应摊销，但应进行减值测试。

### （一）无形资产的使用寿命的确定

企业应当于取得无形资产时分析判断其使用寿命。无形资产的使用寿命如为有限的，应当估计该使用寿命的年限或者构成使用寿命的产量等类似计量单位数量；无法预见无形资产为企业带来未来经济利益期限的,应当视为使用寿命不确定的无形资产。

**1. 估计无形资产使用寿命应考虑的主要因素**

(1) 该资产通常的产品寿命周期,以及可获得的类似资产使用寿命的信息;

(2) 技术、工艺等方面的现实情况及对未来发展的估计;

(3) 以该资产在该行业运用的稳定性和生产的产品或服务的市场需求情况;

(4) 现在或潜在的竞争者预期采取的行动;

(5) 为维持该资产产生未来经济利益的能力所需要的维护支出,以及企业预计支付有关支出的能力;

(6) 对该资产的控制期限,以及对该资产使用的法律或类似限制,如特许使用期间、租赁期间等;

(7) 与企业持有的其他资产使用寿命的关联性等。

**2. 无形资产使用寿命的确定**

无形资产代表的未来经济利益要受诸多因素的影响,具有高度的不确定性,所以,企业应对无形资产进行摊销时的使用寿命作出合理的估计。具体来讲,无形资产使用寿命可按如下原则进行确定:由于企业持有的无形资产,通常来源于合同性权利或是其他法定权利,这些无形资产的使用寿命一般在合同里或法律上都有明确的规定。按照我国会计准则的规定,对于来源于合同性权利或其他法定权利的无形资产,其使用寿命不应超过合同性权利或其他法定权利的期限;如果合同性权利或其他法定权利能够在到期时因续约等延续,且有证据表明企业续约不需要付出大额成本,续约期应当计入使用寿命。合同或法律没有规定使用寿命的,企业应当综合各方面情况判断,以确定无形资产能为企业带来未来经济利益的期限。比如,与同行业的情况进行比较、参考历史经验,或聘请相关专家进行论证等。如果按照上述方法仍无法合理确定无形资产为企业带来经济利益期限的,则该项无形资产应作为使用寿命不确定的无形资产而不进行摊销。

**3. 无形资产使用寿命的复核**

企业至少应当于每年年度终了,对无形资产的使用寿命及摊销方法进行复核,如果有证据表明无形资产的使用寿命及摊销方法不同于以前的估计,如由于合同的续约或无形资产应用条件的改善,延长了无形资产的使用寿命。则对于使用寿命有限的无形资产,应改变其摊销年限及摊销方法,并按照会计估计变更进行处理。例如,企业使用的某项非专利技术,原预计使用寿命为 5 年,使用至第 2 年年末,该企业计划再使用 2 年即不再使用,为此,企业应当在第 2 年年末变更该项无形资产的使用寿命,并作为会计估计变更进行处理。又如,某项无形资产计提了减值准备,这可能表明企业原估计的摊销期限需要作出变更。

对于使用寿命不确定的无形资产,如果有证据表明其使用寿命是有限的,则应视为会计估计变更,应当估计其使用寿命并按照使用寿命有限的无形资产的处理原则进行处理。

### (二)使用寿命有限的无形资产

使用寿命有限的无形资产,应在其预计的使用寿命内采用系统合理的方法对应摊销金额进行摊销。应摊销金额,是指无形资产的成本扣除残值后的金额。已计提减值准备的无形资产,还应扣除已计提的无形资产减值准备累计金额。使用寿命有限的无形资产,其残值一般应当视为零。

**1. 摊销期和摊销方法**

无形资产的摊销期自其可供使用(即其达到预定用途)时起至终止确认时止,即无形资产摊销的起始和停止日期为:当月增加的无形资产,当月开始摊销;当月减少的无形资产,当月不再摊销。

在无形资产的使用寿命内系统地分摊其应摊销金额,存在多种方法。这些方法包括直线法、产量法等。企业选择的无形资产摊销方法,应当能够反映与该项无形资产有关的经济利益的预期实现方式,并一致地运用于不同会计期间。例如,受技术陈旧因素影响较大的专利权和专有技术等无形资产,可采用类似固定资产加速折旧的方法进行摊销;有特定产量限制的特许经营权或专利权,应采用产量法进行摊销。无法可靠确定其预期实现方式的,应当采用直线法进行摊销。

无形资产的摊销一般应计入当期损益,但如果某项无形资产是专门用于生产某种产品或者其他资产,其所包含的经济利益是通过转入到所生产的产品或其他资产中实现的,则无形资产的摊销费用应当计入相关资产的成本。例如,某项专门用于生产过程中的专利技术,其摊销费用应构成所生产产品成本的一部分,计入制造该产品的制造费用。持有待售的无形资产不进行摊销,按照账面价值与公允价值减去处置费用后的净额孰低进行计量。

**2. 残值的确定**

除下列情况外,使用寿命有限的无形资产的残值一般为零。

(1) 有第三方承诺在无形资产使用寿命结束时购买该项无形资产;

(2) 可以根据活跃市场得到无形资产预计残值信息,并且该市场在该项无形资产使用寿命结束时可能存在。

无形资产的残值,意味着在其经济寿命结束之前企业预计将会处置该无形资产,并且从该处置中取得利益。估计无形资产的残值应以资产处置时的可收回金额为基础,此时的可收回金额是指在预计出售日,出售一项使用寿命已满且处于类似使用状况下,同类无形资产预计的处置价格(扣除相关税费)。残值确定以后,在持有无形资产的期间,至少应于每年年末进行复核。预计其残值与原估计金额不同的,应按照会计估计变更进行处理。如果无形资产的残值重新估计以后高于其账面价值的,则无形资产不再摊销,直至残值降至低于账面价值时再恢复摊销。

例如,企业从外单位购入一项实用专利技术的成本为100万元,根据目前企业管理层的持有计划,预计5年后转让给第三方。根据目前活跃市场上得到的信息,该实用专利技术预计残值为10万元。企业采取生产总量法对该项无形资产进行摊销。到第3年期末,市场发生变化,经复核重新估计,该项实用专利技术预计残值为30万元,如果此时企业已摊销72万元,该项实用专利技术账面价值为28万元,低于重新估计的该项实用专利技术的残值,则不再对该项实用专利技术进行摊销,直至残值降至低于其账面价值时再恢复摊销。

### 3. 使用寿命有限的无形资产摊销的账务处理

使用寿命有限的无形资产应当在其使用寿命内,采用合理的摊销方法进行摊销。摊销时,应当考虑该项无形资产所服务的对象,并以此为基础将其摊销价值计入相关资产的成本或者当期损益。企业摊销无形资产时,应单独设置"累计摊销"账户,反映因摊销而减少的无形资产价值。企业按月计提无形资产摊销额时,借记"管理费用"、"其他业务成本"等账户,贷记"累计摊销"账户。本账户期末贷方余额,反映企业无形资产的累计摊销额。

【例 8-11】 2010 年 1 月 1 日,红岩股份有限公司从外单位购得一项非专利技术,支付价款 5 000 万元,款项已支付,估计该项非专利技术的使用寿命为 10 年,该项非专利技术用于产品生产;同时,购入一项商标权,支付价款 3 000 万元,款项已支付,估计该商标权的使用寿命为 15 年。假定这两项无形资产的净残值均为零,并采用直线法按年度进行摊销。红岩公司的账务处理如下:

(1) 取得无形资产时:

借:无形资产——非专利技术　　　　　　　　　　50 000 000
　　　　　　——商标权　　　　　　　　　　　　30 000 000
　贷:银行存款　　　　　　　　　　　　　　　　　　80 000 000

(2) 按年摊销时:

借:制造费用　　　　　　　　　　　　　　　　　5 000 000
　管理费用　　　　　　　　　　　　　　　　　　2 000 000
　贷:累计摊销——非专利技术　　　　　　　　　　　5 000 000
　　　　　　——商标权　　　　　　　　　　　　　2 000 000

需要注意的是,企业应当至少于每年年度终了,要对使用寿命有限的无形资产的使用寿命及未来经济利益的消耗方式进行复核。如果无形资产的预计使用寿命及未来经济利益的预期消耗方式与以前估计不同,就应当改变摊销期限和摊销方法。同时,如果无形资产计提了减值准备,则无形资产减值准备金额要从应摊销金额中扣除,以后每年的摊销金额要重新调整计算。

在上例中,如果该公司 2011 年 12 月 31 日根据科学技术发展的趋势判断,2010 年购入的该项非专利技术在 4 年后将被淘汰,不能再为企业带来经济利益,决定对其再使用 4 年后不再使用。为此,公司应当在 2011 年 12 月 31 日据此变更该项非专利技术的估计使用寿命,并按会计估计变更进行处理。再假定公司在 2011 年 12 月 31 日对该项无形资产计提减值准备金 400 万元。2011 年 12 月 31 日该项无形资产累计摊销金额为 1 000(500×2)万元,2012 年该项无形资产的摊销金额为 900[(5 000－1 000－400)/4]万元。

该公司 2012 年对该项非专利技术按年摊销的账务处理如下:

借:制造费用　　　　　　　　　　　　　　　　　9 000 000
　贷:累计摊销——非专利技术　　　　　　　　　　　9 000 000

### (三) 使用寿命不确定的无形资产

根据可获得的相关信息判断,如果无法合理估计某项无形资产的使用寿命的,应作为使用寿命不确定的无形资产进行核算。对于使用寿命不确定的无形资产,在持有期间内不需要摊销,但应当在每个会计期末进行减值测试。其减值测试的方法按照《企业会计准则第 8 号——资产减值》的规定进行处理,如经减值测试表明已发生减值,则需要计提相应的减值准备,其相关的账务处理为:借记"资产减值损失"账户,贷记"无形资产减值准备"账户。

**1. 关于无形资产减值测试的频率**

会计准则规定,一般来说企业只有在有确凿证据表明资产存在减值迹象的情况下,才需要对资产进行减值测试,估计资产的可回收金额,如固定资产就是如此。但对因企业合并形成的商誉和使用寿命不确定的无形资产,因其在后续计量中不再进行摊销,考虑到这些资产的价值和产生的未来经济利益有较大的不确定性,为了避免资产价值高估,应当及时确认商誉和使用寿命不确定的无形资产的减值损失,如实反映企业财务状况和经营成果。对于这些资产,无论是否存在减值迹象,企业至少应当于每年年度终了进行减值测试。另外,对于尚未达到预定用途的无形资产,由于其价值通常具有较大的不确定性,也应当于每年年度终了进行减值测试。

**2. 关于无形资产减值损失的转回**

我国会计准则规定,凡是按照《企业会计准则第 8 号——资产减值》规定计提的长期资产减值准备,即便已计提减值准备的资产在以后期间价值回升时,原计提的资产减值准备不得转回。这一规定与国际惯例不同,国际惯例对价值恢复、减值准备转回不设限,当然这是在活跃的市场下,公允价值能够随时取得的前提下。从道理来说,长期资产发生减值需要较长的时间,减值的反向转回很难在短期内出现。就无形资产而言,由于没有实物承担者,减值是否恢复更是很难判断。不允许已计提的无形资产减值准备转回,堵住了利用无形资产减值准备作为"秘密准备"调节各期利润的漏洞,虽然可能弱化合理性,但对提高会计信息可靠性有利,也在一定程度上显得更稳健,避免资产价值高估和费用低估。

**【例 8-12】** 2010 年 1 月 1 日,红岩股份有限公司购入一项市场领先的畅销产品的商标权的成本为 5 000 万元,该商标权按照法律规定还有 5 年的使用寿命,但是在保护期届满时,红岩股份有限公司可每 10 年以较低的手续费申请延期,同时,公司有充分的证据表明其有能力申请延期。此外,有关的调查表明,根据产品生命周期、市场竞争等方面情况综合判断,该商标权将在不确定的期间内为企业带来现金流量。

根据上述情况,该商标权应该视为使用寿命不确定的无形资产,在持有期间内不需要进行摊销。2011 年年底,公司对该商标按照资产减值的原则进行减值测试,经测试表明该商标已发生减值。2011 年年底,该商标的公允价值为 4 500 万元。则红岩公司的账务处理如下:

(1) 2010 年购入商标时:

借:无形资产——商标权　　　　　　　　　　　　50 000 000

　　贷:银行存款　　　　　　　　　　　　　　　　50 000 000

(2) 2011 年发生减值时:

借:资产减值损失　　(50 000 000－45 000 000)　5 000 000

　　贷:无形资产减值准备——商标权　　　　　　　　5 000 000

## 四、无形资产的处置

无形资产的处置,是指由于无形资产出售、对外出租、对外捐赠,或者是无法为企业带来未来经济利益即报废时,对无形资产的转销并终止确认。

### (一)无形资产的出售

企业出售无形资产,一方面应反映因转让而取得的收入;另一方面应将无形资产的摊余价值予以转销。如果出售的无形资产已计提了减值准备,在出售时还应将已计提的减值准备注销。同时,按现行《税法》的规定,出售无形资产还应按实际转让收入计算缴纳营业税,营业税税率为5%。

企业出售无形资产的净收益,作为非流动资产处置利得,记入"营业外收入——处置非流动资产利得"账户;出售无形资产的净损失,作为非流动资产处置损失,记入"营业外支出——处置非流动资产损失"账户。

【例8-13】 红岩股份有限公司出售持有的一项专利权,出售价款为120 000元,款项已通过银行收取,应缴的营业税为6 000元。该项专利权的账面原价为150 000元,累计摊销额为60 000元,该项无形资产已提减值准备2 000元。红岩公司的账务处理如下:

出售无形资产净收益 = 120 000 - (150 000 - 60 000 - 2 000) - 6 000

= 26 000(元)

| | | |
|---|---|---|
| 借:银行存款 | | 120 000 |
| 累计摊销 | | 60 000 |
| 无形资产减值准备 | | 2 000 |
| 贷:无形资产 | | 150 000 |
| 应交税费——应缴营业税 | | 6 000 |
| 营业外收入——处置非流动资产利得 | | 26 000 |

### (二)无形资产的出租

企业将所拥有的无形资产的使用权让渡给他人,并收取租金,属于与企业日常活动相关的其他经营活动取得的收入,在满足收入准则规定的确认条件的情况下,应确认相关的收入及费用。

出租无形资产时,取得的租金收入,借记"银行存款"等账户,贷记"其他业务收入"账户;摊销出租无形资产的成本并发生与转让有关的各种费用支出时,借记"其他业务成本"账户,贷记"无形资产"等账户;按取得的租金收入的5%计交营业税时,借记"营业税金及附加"账户,贷记"应交税费——应缴营业税"账户。

【例8-14】 2010年1月1日,红岩股份有限公司将一项专利技术出租给乙企业使用,该专利技术账面原价为400万元,摊销期限为10年。出租合同规定,承租方每销售一件用该专利生产的产品,必须付给出租方5元专利技术使用费。假定承租方当年销售该产品10万件,应缴的营业税金为2.5万元。

(1) 取得该项专利技术使用费时：

| | | |
|---|---|---|
| 借：银行存款 | 500 000 | |
| 　贷：其他业务收入 | | 500 000 |

(2) 按年对该项专利技术进行摊销。

并计算应缴的营业税：

| | | |
|---|---|---|
| 借：其他业务成本 | 400 000 | |
| 　贷：累计摊销 | | 400 000 |

(3) 并计算应缴的营业税时：

| | | |
|---|---|---|
| 借：营业税金及附加 | 25 000 | |
| 　贷：应交税费——应缴营业税 | | 25 000 |

### （三）无形资产的报废

无形资产未来发挥作用的期限，以及未来能否会给企业带来经济利益由于受到很多不可预知因素的影响，而变得具有很大的不确定性。如果无形资产预期不能为企业带来未来经济利益，例如，该无形资产已被其他新技术所替代或超过法律保护期，不能再为企业带来经济利益的，则不再符合无形资产的定义，应将其报废并予以转销，应将其账面价值转作当期损失。转销时，应按已计提的累计摊销，借记"累计摊销"账户；按其账面原价，贷记"无形资产"账户；按其差额，借记"营业外支出"账户。已计提减值准备的，还应同时结转减值准备。

【例 8-15】　红岩股份有限公司拥有某项专利技术，根据市场调查，用其生产的产品已没有市场，决定予以转销。转销时，该项专利技术的账面原价为 500 万元，摊销期限为 10 年，采用直线法进行摊销，已累计摊销 250 万元，已累计计提的减值准备为 100 万元，假定不考虑其他相关因素。

| | | |
|---|---|---|
| 借：累计摊销 | 2 500 000 | |
| 　无形资产减值准备 | 1 000 000 | |
| 　营业外支出——处置非流动资产损失 | 1 500 000 | |
| 　贷：无形资产——专利权 | | 5 000 000 |

## 五、无形资产的报表列示

企业在资产负债表中的长期资产部分应列示与无形资产有关的下列项目：

(1) "无形资产"项目，反映企业所持有无形资产的期末账面价值。该项目应根据"无形资产"账户的期末借方余额减去"累计摊销"账户的期末贷方余额再减去"无形资产减值准备"账户的期末贷方余额后的差额填列。

(2) "开发支出"项目，反映开发无形资产过程中应予资本化的支出金额。该项目应根据"研发支出"账户所属的"资本化指出"明细账户的期末借方余额填列。

此外，企业应当按照无形资产的类别在附注中披露与无形资产有关的下列信息：

(1) 无形资产的期初和期末账面余额、累计摊销额及减值准备累计金额。

(2) 使用寿命有限的无形资产，其使用寿命的估计情况；使用寿命不确定的无形资产,其使用寿命不确定的判断依据。

(3) 无形资产的摊销方法。

(4) 用于担保的无形资产账面价值、当期摊销额等情况。

(5) 计入当期损益和确认为无形资产的研究开发支出金额。

# 第二节 其他长期资产

## 一、长期待摊费用

长期待摊费用也称递延费用,是指企业已经发生,但其影响不限于支付当期,而应由本期和以后各受益期共同负担的分摊期限在 1 年以上的各项费用,如以经营租赁方式租入的固定资产发生的改良支出等。长期待摊费用虽然也列为资产项目,但它与一般资产相比较有很大不同,表现在:本身没有交换价值,不能转让,也不能用于清偿债务。在本质上它是一种费用,只是由于支出数额较大,受益期较长,若将其全部计入当期的费用中,势必会造成损益的非正常波动,所以根据权责发生制和配比原则的要求,应将其暂时列为一项没有实体的过渡性资产,然后再在恰当的期间内分期摊销作为费用,以便与收入相配比。

值得注意的是,在现行会计准则下,企业筹建期内发生的各项费用,不再在"长期待摊费用——开办费"中列示,而是直接列入了当期"管理费用——开办费"中。《企业会计准则第 4 号——固定资产》规定,固定资产发生的修理费用支出应当全部一次计入当期费用,不再通过"长期待摊费用"核算。企业生产车间(部门)和行政管理部门等发生的固定资产修理费用等后续支出,在"管理费用"核算;发生的与专设销售机构相关的固定资产修理费用等后续支出,在"销售费用"核算。

为了正确反映长期待摊费用的发生和摊销情况,企业应设置"长期待摊费用"账户进行核算。本账户可按费用项目进行明细核算。企业发生的长期待摊费用,借记"长期待摊费用"账户,贷记"银行存款"、"原材料"等账户。摊销长期待摊费用,借记"管理费用"、"销售费用"等账户,贷记"长期待摊费用"账户。本账户期末借方余额,反映企业尚未摊销完毕的长期待摊费用。

【例 8-16】 2010 年 4 月 1 日,红岩股份有限公司以经营租赁方式租入一项管理用固定资产,租赁期限为 5 年,该项固定资产尚可使用年限为 10 年。为了提高该项固定资产的实用性,该企业于经营租入后对租赁资产进行了改良,经过 3 个月时间完成了改良,用银行存款支出 91 200 元的改良费用。其账务处理为:

(1) 发生改良支出时:

借:长期待摊费用　　　　　　　　　　　　　　　　91 200

　　贷:银行存款　　　　　　　　　　　　　　　　　　91 200

(2) 每月摊销时:

$$每月摊销额 = 91\,200 \div (4 \times 12 + 9) = 1\,600(元)$$

借:管理费用　　　　　　　　　　　　　　　　　　1 600

　　贷:长期待摊费用　　　　　　　　　　　　　　　　1 600

## 二、商誉

过去包括在无形资产中的商誉,由于其存在无法与企业自身相分离而不具有可辨认性,因此不构成无形资产的组成部分。我国无形资产准则规定,企业合并中形成的商誉,适用《企业会计准则第 8 号——资产减值》和《企业会计准则第 20 号——企业合并》。

商誉是企业拥有的能为企业带来未来超额盈利能力的一种无形的特殊经济资源,是由不能分别辨认并单独确认的资产所形成的未来经济利益,通常是指企业由于所处的地理位置优越,或由于信誉好而获得了客户信任,或由于组织得当、生产经营效益高,或由于技术先进、掌握了生产诀窍等原因而形成的无形价值。这种无形价值具体表现在该企业的获利能力超过了一般企业的获利水平。商誉与整个企业密切相关,因而它不能单独存在,也不能与企业可辨认的各种资产分开出售。由于有助于形成商誉的个别因素不能单独计价,因此商誉的价值只有把企业作为一个整体看待时才能按总额加以确定。商誉可以是自创的,也可以是外购的。目前,国际会计界包括我国尚没有确认和计量企业自创商誉的规范,只有企业合并才有可能确认合并商誉。

企业合并中形成的商誉价值,通过"商誉"账户核算。非同一控制下企业吸收合并时,购买方对合并成本大于合并中取得的被购买方可辨认净资产或股权公允价值份额的差额,应当确认为商誉。企业合并中确定的商誉价值,应设置"商誉"账户进行核算。商誉作为一项非货币性长期资产,其价值按现行会计准则规定不进行系统摊销,而是于每个会计期末进行减值测试,确认相应的减值损失。初始确认后的商誉,应当以其成本扣除累计减值准备后的金额计量。国际上得到普遍认同的做法是只确认该商誉的减值,不确认增值。商誉发生减值的,可以单独设置"商誉减值准备"账户,比照"无形资产减值准备"账户进行处理。"商誉"账户期末借方余额,反映企业商誉的账面余额。

## 三、递延所得税资产

企业在取得资产、负债时,应当确定其计税基础。资产、负债的账面价值与其计税基础存在可抵扣暂时性差异的,应当按照所得税准则规定确认所产生的递延所得税资产。暂时性差异,是指资产或负债的账面价值与其计税基础之间的差额。按照暂时性差异对未来期间应税金额的影响,分为应纳税暂时性差异和可抵扣暂时性差异。可抵扣暂时性差异,是指在确定未来收回资产或清偿负债期间的应纳税所得额时,将导致产生可抵扣金额的暂时性差异。

企业确认的可抵扣暂时性差异产生的递延所得税资产,通过"递延所得税资产"账户核算。本账户应按可抵扣暂时性差异等项目进行明细核算。根据税法规定可用以后年度税前利润弥补的亏损及税款抵减所确认的所得税资产,也在本账户核算。本账户期末借方余额,反映企业确认的递延所得税资产的账面价值。递延所得税资产应当作为非流动资产在资产负债表中列示。

递延所得税资产的主要账务处理如下:

(1) 资产负债表日,企业确认递延所得税资产时,借记"递延所得税资产"账户,贷记

"所得税费用——递延所得税费用"账户。资产负债表日递延所得税资产的应有余额大于其账面余额的,应按其差额确认,借记"递延所得税资产"账户,贷记"所得税费用——递延所得税费用"账户;资产负债表日递延所得税资产的应有余额小于其账面余额的差额做相反的会计分录。企业合并中取得资产、负债的入账价值与其计税基础不同形成可抵扣暂时性差异的,应于购买日确认递延所得税资产,借记"递延所得税资产"账户,贷记"商誉"等账户。与直接计入所有者权益的交易或事项相关的递延所得税资产,借记"递延所得税资产"账户,贷记"资本公积——其他资本公积"账户。

(2)资产负债表日,预计未来期间很可能无法获得足够的应纳税所得额用以抵扣可抵扣暂时性差异的,按原已确认的递延所得税资产中应减记的金额,借记"所得税费用——递延所得税费用"、"资本公积——其他资本公积"等账户,贷记"递延所得税资产"账户。

## 四、其他长期资产

除了固定资产、无形资产以及长期待摊费用、商誉、递延所得税资产等长期资产外,企业的长期资产还可能包括担保资产及其他原因所有权受到限制的资产,如银行冻结存款等。其他长期资产可以根据资产的性质及特点单独设置相关的长期资产账户进行核算。

## 复习思考题

1. 无形资产的特征主要表现在哪几个方面?
2. 无形资产的确认应满足哪几个条件? 如何理解?
3. 不同来源的无形资产的价值是如何确定的?
4. 我国会计准则对内部研究开发费用的确认与计量是如何规定的?
5. 我国会计准则对无形资产摊销的期限是如何规定的? 一般可以采用哪些摊销方法?
6. 我国会计准则对使用寿命不确定的无形资产计提减值准备是如何规定的?
7. 企业经营租入固定资产的改良支出应如何核算?
8. 企业的外购商誉如何进行初始计量和后续计量?

# 第九章

## 负债

**【内容提要与学习要求】**

本章内容较多,主要讲述了负债的概念、特征及分类,短期借款、应付票据、应付账款、预收账款、应交税费、应付职工薪酬、其他应付款等流动负债的核算,长期借款、应付债券、长期应付款等长期负债的核算,借款费用的含义、内容及会计处理,债务重组的含义、方式及其会计处理,其中长期负债核算有一定难度。学习中应掌握带息应付票据、带现金折扣条件的应付账款、预收账款、应缴增值税、应付职工薪酬等的会计核算方法,了解长期负债的利息调整的实际利率摊销法,了解借款费用费用化或资本化的判断标准,了解债务重组的方式及其会计处理。

## 第一节 负债概述

### 一、负债的含义及特征

#### (一)负债的含义

负债是指企业过去的交易或者事项形成的,预期会导致经济利益流出企业的现时义务。

#### (二)负债的特征

根据负债的定义可知,负债主要有以下三个特征:

(1)负债是企业承担的现时义务。

负债必须是企业承担的现时义务,这是负债的一个基本特征。其中,现时义务是指企业在现行条件下已承担的义务。未来发生的交易或者事项形成的义务不属于现时义务,不应当确认为负债。这里所指的义务可以是法定义务,也可以是推定义务。其中法定义务是指具有约束力的合同或者法律、法规规定的义务,通常必须依法执行。例如,企业购买原材料形成应付账款,企业向银行借入款项形成的短期借款或长期借款,企业按照税法规定应当缴纳的税款等均属于企业承担的法定义务,需要依法予以偿还。推定义务是指根据企业多年来的习惯做法、公开的承诺或者公开宣布的政策而导致企业将承担的责任,这些责任也使有关各方形成了企业将履行义务解脱责任的合理预期。例如,企业在销售产品时提供产品质量保证,因此而承担的产品保修责任就是一项推定义务。

（2）负债预期会导致经济利益流出企业。

预期会导致经济利益流出企业也是负债的一个本质特征,只有企业在履行义务时会导致经济利益流出企业的才符合负债的定义,如果不会导致企业经济利益流出,就不符合负债的定义。在履行现时义务清偿负债时,导致经济利益流出企业的形式多种多样,例如用现金资产偿还或以实物资产形式偿还;以提供劳务形式偿还;以部分转移资产、部分提供劳务形式偿还;将负债转为资本等。

（3）负债是由企业过去的交易或者事项形成的。

负债应当由企业过去的交易或者事项所形成。换句话说,只有过去的交易或者事项才可能形成负债。企业将在未来发生的承诺、签订的合同等交易或者事项不形成负债。

## 二、负债的分类与确认

### （一）负债的分类

负债是企业必须履行的义务,但不同的负债要求的偿付方式和时间是不同的,为了便于分析企业的财务状况和偿债能力,会计上需要把负债划分为流动负债和非流动负债两类。

划分流动负债和非流动负债的标准是偿付时间。在一般情况下,流动负债和非流动负债的区分是以一年为界限的,即在一年内偿付的负债划分为流动负债,将一年以上偿付的负债划分为长期负债。在特殊情况下,流动负债和非流动负债的区分是以一个正常营业周期为界限的,即在一个正常营业周期内偿付的负债划分为流动负债,将一个正常营业周期以上偿付的负债划分为非流动负债。显然,这里的正常营业周期是指时间长于一年的一个营业周期。

常见的流动负债有短期借款、应付账款、应付票据、应付职工薪酬、应交税费、其他应付款、应付股利、应付利息、预收账款等。

常见的非流动负债有长期借款、应付债券、长期应付款等。

### （二）确认负债的条件

将一项现时义务确认为负债,需要符合负债的定义,还应当同时满足以下两个条件:

（1）与该义务有关的经济利益很可能流出企业。

从负债的定义来看,负债预期会导致经济利益流出企业,但是履行义务所需流出的经济利益带有不确定性,尤其是与推定义务相关的经济利益通常需要依赖于大量的估计。因此,负债的确认应当与经济利益流出的不确定性程度的判断结合起来。如果有确凿证据表明,与现时义务有关的经济利益很可能流出企业,就应当将其作为负债予以确认,比如因售后保证服务而产生的预计负债。反之,如果企业承担了现时义务,但导致经济利益流出企业的可能性若已不复存在,就不符合负债的确认条件,不应将其作为负债予以确认。

（2）未来流出的经济利益的金额能够可靠地计量。

负债的确认在考虑经济利益流出企业的同时,对于未来流出的经济利益的金额应当能够可靠计量。对于与法定义务有关的经济利益流出金额,通常可以根据合同或者法律规定的金额予以确定,考虑到经济利益流出的金额通常在未来期间,有时未来期间较长,有关金额的计量需要考虑货币时间价值等因素的影响。对于与推定义务有关的经济利益流出金额,企业应当根据履行相关义务所需支出的最佳估计数进行估计,并综合考虑有关货币时间价值、风险等因素的影响。

# 第二节　流动负债

## 一、流动负债概述

### （一）流动负债的含义

流动负债是在一年内或长于一年的一个营业周期内需要偿还的负债。流动负债主要包括短期借款、应付账款、应付票据、应付职工薪酬、应交税费、其他应付款、应付股利、应付利息、预收账款等。

### （二）流动负债的特征

流动负债的特征表现为:

(1) 偿还的时间较短。流动负债的偿还时间在一年以内或在长于一年的一个营业周期以内。

(2) 金额相对较小。流动负债的金额相比长期负债而言,一般都较小。

(3) 一般不涉及利息。流动负债中除短期借款、带息应付票据外,其他的流动负债均不考虑利息问题。

(4) 一般与取得流动资产或发生成本费用有关。即大多数流动负债都是因企业为取得流动资产而产生的,例如,企业因赊购材料产生的应付账款或应付票据,企业因接受职工的服务而产生的应付职工薪酬等。

(5) 计量时无须折现。因流动负债的偿还时间较短,所以流动负债一般按未来现金流出量计量,而不需要将未来现金流出量进行折现。

### （三）流动负债的分类

(1) 按流动负债产生的原因分类,流动负债可分为:

① 在融资活动过程中形成的流动负债,如短期借款等;

② 在结算过程中形成的流动负债,如应付账款、应付票据等;

③ 在经营活动中形成的流动负债,如应付职工薪酬等;

④ 在收益分配过程中形成的流动负债,如应付股利等。

(2) 按流动负债应付金额的肯定程度分类,流动负债可分为:

① 应付金额确定的流动负债,如短期借款、应付账款、应付票据、预收账款、其他应付

款等；

　　② 应付金额视经营情况而定的流动负债，如应交税费、应付股利、应付职工薪酬等；

　　③ 应付金额需要合理估计的流动负债，如因售后保证服务而确认的预计产品保修费、因未决诉讼而确认的预计赔偿款等。

### （四）流动负债的计价

　　流动负债一般应当按实际发生额记账，会计实务中以到期值入账（带息应付票据除外）。流动负债入账金额的具体确定方法包括下列三种：一是按合同、协议上规定的金额入账；二是期末按经营情况确定的金额入账；三是需运用职业判断估计的金额入账。

## 二、短期借款

### （一）短期借款的内容

　　短期借款是企业向银行或其他金融机构等借入的期限在 1 年以下（含 1 年）的各种借款。企业通过银行取得短期借款主要是为了满足日常生产经营的需要。比如，企业可以根据协议在一定的信用额度内取得银行贷款，用以满足对流动性资金的需要。短期借款的主要优点是筹资效率高、筹资弹性大、借款利率较低；主要缺点是财务风险高。

### （二）短期借款的会计核算

**1. 取得短期借款的会计核算**

根据借入短期借款的本金，借记"银行存款"账户，贷记"短期借款"账户。

**2. 短期借款利息的会计核算**

1）短期借款利息的支付时间

企业从银行借入短期借款的利息，有到期还本并一次付息的，也有按月或按季付息的。

2）短期借款利息的核算方法

对于按季付息或到期一次还本付息且利息数额较大的，为了正确反映各月短期借款利息发生的实际情况，会计上应根据权责发生制原则，按月计提利息，在实际支付利息时再冲减已计提的利息，即采用计提利息的核算方法。

对于按月支付利息的或到期一次还本付息且利息数额不大的，应于实际支付利息时将其计入财务费用，即采用实支法进行核算，体现的是收付实现制的思想。

3）短期借款利息核算的账务处理

短期借款利息核算采用实支法的，对于按月支付利息的，应在支付利息时，借记"财务费用"账户，贷记"银行存款"账户；短期借款利息核算采用计提法的，按月计提短期借款利息时，按计提数，借记"财务费用"账户，贷记"应付利息"账户；在季度末支付利息时，按前两月已计提数，借记"应付利息"账户，按实际支付数与已计提数的差额，借记"财务费用"账户，按实际支付数，贷记"银行存款"账户。

### 3. 到期归还短期借款的会计核算

对于到期一次还本付息且利息数不大的短期借款,于到期归还借款本金并支付利息时,按归还的短期借款本金数,借记"短期借款"账户,按支付的利息数,借记"财务费用"账户,按支付的短期借款本息合计数,贷记"银行存款"账户。

对于按月计提利息的短期借款,在短期借款到期时,按归还的短期借款本金数,借记"短期借款"账户,按已计提的利息数,借记"应付利息"账户,按实际支付的利息数与已计提的利息数的差额,借记"财务费用"账户,按归还的短期借款本金数与实际支付的利息数的合计数,贷记"银行存款"账户。

值得说明的是,对于短期借款的利息采用计提法的,按月计提的短期借款利息,不再通过增设的"预提费用"账户核算,而是通过"应付利息"账户核算。"应付利息"账户既用于核算短期借款按月计提的利息,也用于核算分期付息到期还本的长期借款及应付债券按期计提的长期借款利息或债券的票面利息。

## 三、应付票据与应付账款

现实经济生活中,企业之间赊购行为比较普遍,采用商业汇票结算方式购货和直接短期赊购所产生的债务分别通过"应付票据"和"应付账款"两个账户反映。

### (一)应付票据

应付票据是指企业因采用商业汇票结算方式购买材料、商品或接受劳务供应而开出并由自己承兑或申请后经开户银行承兑的商业汇票。

企业应设置"应付票据"账户核算因使用商业汇票结算而产生的负债及清偿情况,该账户的贷方登记应付票据的面值金额以及带息应付票据期末计提的票据利息,借方登记票据到期支付的应付票据的到期值或应付商业承兑汇票到期因企业无力付款而结转的票据到期值。该账户下可按债权人名称或按因承兑人不同而区分的商业汇票种类设置明细账户。

由于商业汇票的出票日与到期日相距很短,因此不论商业汇票是否带息,在应付票据负债产生时,均按票据面值金额记账,即计入外购货物成本的金额,借记"材料采购"或"原材料"、"库存商品"等账户,按可抵扣的增值税进项税额,借记"应交税费——应缴增值税(进项税额)"账户,按结算使用的商业汇票的面值金额,贷记"应付票据"账户;对带息应付票据应于期末(一般只在半年末或年末)计算应付票据利息,按计提的利息数,借记"财务费用"账户,贷记"应付票据"账户;票据到期支付票据款时,若为不带息票据,则按支付的票据面值金额,借记"应付票据"账户,贷记"银行存款"账户;若为带息票据,则按应付票据的账面价值,借记"应付票据"账户,按应付票据到期值与其账面价值的差额,借记"财务费用"账户,按实际支付的应付票据到期值,贷记"银行存款"账户。对于应付商业承兑汇票到期企业无力付款的,若为不带息票据,则按支付的票据面值金额,借记"应付票据"账户,贷记"应付账款"账户;若为带息票据,则按应付票据的账面价值金额,借记"应付票据"账户,按应付票据到期值与其账面价值的差额,借记"财务费用"账户,按应付票据到期值,贷记"应付账款"账户。对于应付银行承兑汇票,若票据到期企业存款不足扣付时,若为不带息票据,则按应付票据的面值金额,借记"应付票据"账户,按银行已扣款额,贷记"银行存款"账户,按应付票据的面值金额与扣款额的差额,贷记"短期借款"账户;若为带息票据,则按应付票据的账面价值,借记"应付票据"账户,按应付票据到期值与其账面价值的差额,借记"财务费用"账户,按银行的已扣款额,贷记"银行存款"账户,按应付票据到期值与扣款额的差额,贷记"短期借款"账户。

**1. 不带息应付票据的会计核算**

不带息应付票据,其面值就是票据到期时的应付金额。实务中,不带息应付票据的开出或偿付,会计上均按面值核算。

【例 9-1】 红岩股份有限公司于 2011 年 1 月 15 日从甲公司购入甲材料一批,专用发票上列示甲材料价款 300 000 元,增值税为 51 000 元,购销合同规定采用商业汇票结算。企业开出并承兑一张面值为 351 000 元,期限为 5 个月的不带息商业汇票与甲公司结算,所购甲材料已验收入库。其有关账务处理如下:

(1)红岩股份有限公司开出并承兑该商业汇票时:

借:原材料——甲材料          300 000

  应交税费——应缴增值税(进项税额)    51 000

   贷:应付票据—— 甲公司        351 000

(2)票据到期付款时:

借:应付票据——甲公司        351 000

   贷:银行存款           351 000

(3)若票据到期企业无力支付,则应将"应付票据"转入"应付账款"核算:

借:应付票据——甲公司        351 000

   贷:应付账款——甲公司        351 000

**2. 带息应付票据的核算**

(1)开出票据的核算与不带息应付票据开出的会计处理相同。

(2)应付票据利息的核算。我国的商业汇票最长延期付款期限为 6 个月,在约定带息的商业汇票下,也只是在汇票到期时支付面值和利息。从而在汇票到期时,一般情况下按照票据面值及约定的票面利率计算支付利息,并计入当期的财务费用。但是若票据期限跨半年度或年度资产负债表日,应在这些资产负债表日计算资产负债表日前产生的应付票据利息,同时计入财务费用并增加应付票据的账面价值。

(3)到期清偿的核算。应付票据有规定的偿付日期,在商业汇票到期日之前,付款单位应将票款备足并交存开户银行,以备支付。带息票据的到期值为票据面值与利息之和。票据到期付款时,应按支付的带息应付票据的到期值作付款的账务处理。

(4)到期无力清偿的核算。应付商业承兑汇票到期,承兑人企业无力付款的,企业应将应付票据按其到期值转作应付账款,并与收款单位重新协议清偿的日期与方式。需要注意的是,到期无力支付的带息应付票据,转作应付账款核算后,不再计提利息。

(5)应付银行承兑汇票到期,企业无力支付到期票款时,承兑银行除凭票向持票人无条件付款外,对承兑申请人企业执行扣款,对尚未扣付金额转作逾期贷款处理。

【例 9-2】 红岩股份有限公司于 2011 年 10 月 1 日采用商业汇票结算方式从乙公司

购入一批原材料,取得的增值税专用发票上注明材料的价款为 120 000 元,增值税为 20 400 元,材料已验收入库,红岩公司开出并承兑一张面值为 140 400 元,期限为 6 个月,票面利率为年利 10% 的商业汇票结算材料价税款。有关的账务处理如下:

(1)购进原材料入库并用商业承兑汇票结算时:

| | |
|---|---|
| 借:原材料 | 120 000 |
| 应交税费——应缴增值税(进项税额) | 20 400 |
| 贷:应付票据——乙公司 | 140 400 |

(2)2011 年 12 月 31 日,计提票据利息时:

$$票据利息 = 140\ 400 \times 10\% \times 3 \div 12 = 3\ 510(元)$$

| | |
|---|---|
| 借:财务费用 | 3 510 |
| 贷:应付票据——乙公司 | 3 510 |

(3)票据到期支付本息时:

$$票据到期值 = 140\ 400(1 + 10\% \times 6 \div 12) = 147\ 420\ (元)$$

| | |
|---|---|
| 借:应付票据——乙公司 | 143 910 |
| 财务费用 | 3 510 |
| 贷:银行存款 | 147 420 |

(4)若商业汇票到期时,企业无力支付票据本息:

| | |
|---|---|
| 借:财务费用 | 3 510 |
| 应付票据——乙公司 | 143 910 |
| 贷:应付账款——乙公司 | 147 420 |

【例 9-3】 接【例 9-2】的资料。假定结算所用商业汇票是银行承兑汇票,到期企业在银行的存款仅为 57 420 元,则由银行无条件支付票据款,将扣付存款后的不足部分转作企业的逾期贷款。其会计处理如下:

| | |
|---|---|
| 借:财务费用 | 3 510 |
| 应付票据——乙公司 | 143 910 |
| 贷:银行存款 | 57 420 |
| 短期借款 | 90 000 |

### (二)应付账款

企业在正常生产经营过程中,因购买商品、材料或接受劳务供应等业务而应付给供应单位的款项称为应付账款。包括未付的买价、增值税进项税额、对方代垫的运费等款项。主要是由于企业取得资产的时间与结算付款的时间不一致而产生,属于尚未结清的债务。这种负债在企业购销活动经常存在,是占用供应方资金的常见手段。

由于应付账款的付款期较短,因此它通常按发票账单等凭证上记载的金额登记入账。

当购货附有现金折扣条件时,我国在核算应付账款时需采用总价法核算,不采用净价法,以了解商品交易总价,有利于会计核算;在实际获得现金折扣时,将其冲减财务费用。

应付账款的入账时间,理论上应以取得购进货物的所有权或实际使用外界提供的劳务为标志。实务中应区别情况处理:一是当货物与发票账单同时到达的情况下,应付账款一般待货物验收后才按发票账单等登记入账。这样,确认了所购货物的质量、品种及数量是否与合同条款相符。二是货物与发票账单非同时到达,且两者间隔较长时间的情况下,应付账款的入账时间以收到发票账单为准。对于货到但发票未到且持续到月底,由于该笔负债已经成立,为了完整地反映企业所拥有的资产和承担的债务,月末应暂估入账,下月初编相反的分录予以冲回,待发票账单到达后再按正常程序处理。

为了反映、监督应付账款的结算情况,会计上应设"应付账款"账户核算。它是负债类账户,发生时记入贷方,偿还时记入借方。其余额应在贷方,表示尚未支付的应付账款数额。"应付账款"账户的明细核算按供货单位的名称分户进行。

在预付账款发生不多的企业,可以不单独设置"预付账款"账户,将实际发生的预付款记入"应付账款"账户的借方。此种设账方法下,"应付账款"账户是双重性账户,若"应付账款"总账所属明细账期末有借方余额,则为预付账款。

**1. 应付账款的一般核算**

【例 9-4】 红岩公司于 2011 年 3 月 2 日从乙公司购进原材料一批,取得的专用发票列明材料价款 500 000 元,增值税为 85 000 元。另外,对方代垫运费 20 000 元。购进材料并已验收入库,相关款项尚未支付。有关的账务处理如下:

(1) 购进材料并已验收入库,发票账单已到,但尚未付款:

借:原材料 520 000

应交税费——应缴增值税(进项税额) 85 000

贷:应付账款——乙公司 605 000

(2) 用银行存款清偿应付账款时:

借:应付账款——乙公司 605 000

贷:银行存款 605 000

如果企业开出、承兑商业汇票抵付应付账款,则:

借:应付账款——乙公司 605 000

贷:应付票据——乙公司 605 000

**2. 附现金折扣条件的应付账款核算**

带现金折扣的应付账款,在总价法下其入账金额的确定直接按发票上的应付金额总额记账。在折扣期内付款,说明企业合理调度资金,所取得的现金折扣作为理财收益处理,即冲减财务费用。

【例 9-5】 红岩股份有限公司于 2011 年 3 月 12 日从丙公司购入原材料一批,取得的专用发票列明材料价款 600 000 元,增值税为 102 000 元,原材料当日入库。付款条件为 2/10、1/30、N/60。有关账务处理如下:

(1) 企业在 3 月 12 日购入原材料入库:

借:原材料 600 000

应交税费——应缴增值税(进项税额) 102 000

贷:应付账款——丙公司 702 000

(2) 若企业在 3 月 18 日付款,则:

$$享受现金折扣 = 600\,000 \times 2\% = 12\,000(元)$$

借：应付账款——丙公司　　　　　　　　　　　702 000

　　贷：银行存款　　　　　　　　　　　　　　　　690 000

　　　　财务费用　　　　　　　　　　　　　　　　 12 000

（3）若企业在 3 月 25 日付款,则：

$$享受现金折扣 = 600\,000 \times 1\% = 6\,000(元)$$

借：应付账款——丙公司　　　　　　　　　　　702 000

　　贷：银行存款　　　　　　　　　　　　　　　　696 000

　　　　财务费用　　　　　　　　　　　　　　　　  6 000

（4）若企业在 4 月 6 日付款,则应全额付款：

借：应付账款——丙公司　　　　　　　　　　　702 000

　　贷：银行存款　　　　　　　　　　　　　　　　702 000

## 四、预收账款

　　预收账款是指企业按照合同规定预先向购货方收取的部分货款。预收账款的核算应视企业的具体情况而定。如果是预收账款业务比较多的企业,就应该设置"预收账款"账户;预收账款业务不多的企业,可以不设置"预收账款"账户,而将发生的预收账款直接记入"应收账款"账户的贷方。

　　**1. 单独设置"预收账款"账户核算**

　　预收账款业务经常发生的企业,应设置"预收账款"账户核算预收账款业务,该账户贷方记录企业预收的款项和补收的款项,借方记录企业按合同发货后应收取的全部款项和退还多收的款项,该账户按购货方名称设明细账,若该账户所属明细账期末余额在贷方,则表示是预收账款债务;若该账户所属明细账期末余额在借方,则表示是应收账款债权,即"预收账款"是一个双重性账户。

　　【例 9-6】 红岩股份有限公司按照合同规定,于 2011 年 4 月 25 日预收乙公司货款200 000 元。2011 年 5 月 30 日,红岩公司向乙公司发出一批商品,价款 500 000 元,增值税税率为 17%,另外用银行存款代垫运杂费 9 500 元。2011 年 6 月 8 日,红岩公司收到乙公司补付的款项。其账务处理如下：

　　（1）2011 年 4 月 25 日,红岩公司预收乙公司货款时：

借：银行存款　　　　　　　　　　　　　　　　200 000

　　贷：预收账款——乙公司　　　　　　　　　　　200 000

　　（2）2011 年 5 月 30 日,红岩公司向乙公司发出商品时：

借：预收账款——乙公司　　　　　　　　　　　594 500

　　贷：主营业务收入　　　　　　　　　　　　　　500 000

　　　　应交税费——应缴增值税(销项税额)　　　　 85 000

　　　　银行存款　　　　　　　　　　　　　　　　　 9 500

　　（3）2011 年 6 月 8 日,红岩公司收到乙公司补付的款项时：

借：银行存款　　　　　　　　　　　　　　　　394 500

　　贷：预收账款——乙公司　　　　　　　　　　　394 500

### 2. 不单独设置"预收账款"账户核算

预收货款业务不多的企业,不单独设置"预收账款"账户核算,将预收的货款直接通过"应收账款"账户核算。其有关账务处理只需将上面单设"预收账款"账户情形下的"预收账款"账户换成"应收账款"账户即可。此种设账方法下,"应收账款"账户是双重性账户,若所属明细账期末为借方余额,则表明是应收账款债权;若所属明细账期末为贷方余额,则表明是预收账款债务。

值得说明的是,会计准则指南的附录以及许多财务会计书籍中关于"应收账款"、"预收账款"账户的期末余额以及报表中"应收账款"、"预收账款"项目的填列都存在错误,认为在设置这两个账户的情况下,它们均为双重性账户。类似地,就是关于"应付账款"、"预付账款"账户也存在一样的错误。事实上,当企业作为销售方在既设有"应收账款"账户又设有"预收账款"账户的情况下,"应收账款"账户应该是一个单一性的债权结算账户,其总账、明细账的期末余额都应该在借方,若其明细账期末余额在贷方,则让人难以理解。只有"预收账款"账户才可能是一个双重性账户,如前文所阐述的。当企业作为销售方仅仅设"应收账款"账户而不设"预收账款"账户的情况下,"应收账款"账户才是一个双重性账户,期末应根据其所属明细账的余额所在方向判断是债权还是债务,再相应地列入资产负债表中的"应收账款"资产项目或"预收账款"负债项目。

## 五、应付职工薪酬

### (一)职工薪酬的内容

职工薪酬是指企业为获得职工提供的服务而给予各种形式的报酬以及其他相关支出。这里所称"职工"比较宽泛,包括三类人员:一是与企业订立劳动合同的所有人员,含全职、兼职和临时职工;二是未与企业订立劳动合同,但由企业正式任命的企业治理层和管理层人员,如董事会成员、监事会成员等,尽管有些董事会、监事会成员不是本企业员工,未与企业订立劳动合同,但对其发放的津贴、补贴等仍属于职工薪酬;三是在企业的计划和控制下,虽未与企业订立劳动合同或未由其正式任命,但为其提供与职工类似服务的人员,如通过中介机构签订用工合同,为企业提供与本企业职工类似服务的人员。

职工薪酬核算企业因职工提供服务而支付的或放弃的对价,企业需要全面综合考虑职工薪酬的内容,以确保其准确性。职工薪酬主要包括以下内容:

(1)职工工资、奖金、津贴和补贴。是指构成工资总额的计时工资、计件工资、支付给职工的超额劳动报酬和增收节支的劳动报酬、为了补偿职工特殊或额外的劳动消耗和因其他特殊原因支付给职工的津贴,以及为了保证职工工资水平不受物价影响而支付给职工的物价补贴等。

(2)职工福利费。主要是尚未实行医疗统筹企业职工的医疗费用、职工因公负伤赴外地就医路费、职工生活困难补助,以及按照国家规定开支的其他职工福利支出。

(3)社会保险费。是指企业按照国务院、各地方政府规定的基准和比例计算,向社会保险经办机构缴纳的医疗保险费、养老保险费、失业保险费、工伤保险费和生育保险费。

企业按照年金计划规定的基准和比例计算,向企业年金管理人缴纳的补充养老保险,以及企业以购买商业保险形式提供给职工的各种保险待遇属于企业提供的职工薪酬,应当按照职工薪酬的原则进行确认、计量和披露。

我国养老保险分为三个层次:第一层次是社会统筹与职工个人账户相结合的基本养老保险;第二层次是企业补充养老保险;第三层次是个人储蓄性养老保险,属于职工个人的行为,与企业无关,不属于职工薪酬核算的范畴。

在我国,无论是基本养老保险还是补充养老保险制度,企业对职工的义务仅限于按照省、自治区、直辖市或地(市)政府或企业年金计划规定缴费的部分,没有进一步的支付义务,均应当按照与国际财务报告准则中设定提存计划相同的原理处理。因此,无论是支付的基本养老保险费,还是补充养老保险费,企业都应当在职工提供服务的会计期间根据规定标准计提,按照受益对象进行分配,计入相关资产成本或当期损益。

（4）住房公积金。是指企业按照国家规定的基准和比例计算,向住房公积金管理机构缴存的住房公积金。

（5）工会经费和职工教育经费。是指企业为了改善职工文化生活、为职工学习先进技术和提高文化水平和业务素质,用于开展工会活动和职工教育及职业技能培训等,而按照国家规定的基准和比例,从成本费用中提取的金额。

（6）非货币性福利。是指企业以自己的产品或外购商品发放给职工作为福利,企业提供给职工无偿使用自己拥有的资产或租赁资产供职工无偿使用,比如提供给企业高级管理人员使用的住房等,免费为职工提供诸如医疗保健的服务或向职工提供企业支付了一定补贴的商品或服务等,比如以低于成本的价格向职工出售住房等。

（7）因解除与职工的劳动关系而给予的补偿。是指由于分离办社会职能、实施主辅分离辅业改制分流安置富余人员、实施重组、改组计划、职工不能胜任等原因,企业在职工劳动合同尚未到期之前解除与职工的劳动关系,或者为鼓励职工自愿接受裁减而提出补偿建议的计划中给予职工的经济补偿,即国际财务报告准则中所指的辞退福利。我国新的《劳动合同法》也支持该说法,规定在解除和终止劳动合同中,只要劳动者无过错,用人单位均应支付经济补偿金。

（8）其他与获得职工提供的服务相关的支出。是指除上述 7 种薪酬以外的其他为获得职工提供的服务而给予的薪酬,比如企业提供给职工以权益形式结算的认股权、以现金形式结算但以权益工具公允价值为基础确定的现金股票增值权等。

总之,从薪酬的涵盖时间和支付形式来看,职工薪酬包括企业在职工在职期间和离职后给予的所有货币性薪酬和非货币性福利;从薪酬的支付对象来看,职工薪酬包括提供给职工本人及其配偶、子女或其他被赡养人的福利,比如支付给因公伤亡职工的配偶、子女或其他被赡养人的抚恤金。

## （二）职工薪酬的确认和计量

企业应当在职工为其提供服务的会计期间,将应付的职工薪酬确认为负债,除因解除与职工的劳动关系给予的补偿外,应当根据职工提供服务的受益对象,分别按下列情况处理:

（1）应由生产产品、提供劳务负担的职工薪酬，计入产品成本或劳务成本。生产产品、提供劳务中的直接生产人员和直接提供劳务人员发生的职工薪酬，计入存货成本。但非正常消耗的直接生产人员和直接提供劳务人员的职工薪酬，应当在发生时确认为当期损益。

（2）应由在建工程、无形资产负担的职工薪酬，计入建造固定资产或无形资产成本。自行建造固定资产和自行研究开发无形资产过程中发生的职工薪酬，能否计入固定资产或无形资产成本，取决于相关资产的成本确定原则。比如企业在研究阶段发生的职工薪酬不能计入自行开发无形资产的成本。在开发阶段发生的职工薪酬，符合无形资产资本化条件的，应当计入自行开发无形资产的成本。

（3）上述（1）、（2）两项之外的其他职工薪酬，计入当期损益。除直接生产人员、直接提供劳务人员、符合准则规定条件的建造固定资产人员、开发无形资产人员以外的职工，包括公司总部管理人员、董事会成员、监事会成员等人员相关的职工薪酬，因难以确定直接对应的受益对象，均应当在发生时计入当期损益。

**1. 货币性职工薪酬的计量**

对于货币性薪酬，企业一般应当根据职工提供服务情况和职工货币薪酬的标准，计算应计入职工薪酬的金额，按照受益对象计入相关成本或当期费用，借记"生产成本"、"管理费用"等账户，贷记"应付职工薪酬"等账户，发放时，借记"应付职工薪酬"账户，贷记"银行存款"等账户。在确定应付职工薪酬和应当计入成本费用的职工薪酬金额时，企业应当区分两种情况：

（1）对于国务院有关部门、省、自治区、直辖市人民政府或经批准的企业年金计划规定了计提基础和计提比例的职工薪酬项目，企业应当按照规定的计提标准，计量企业承担的职工薪酬义务和计入成本费用的职工薪酬。其中：

① "五险一金"。对于医疗保险费、养老保险费、失业保险费、工伤保险费、生育保险费和住房公积金，企业应当按照国务院、所在地政府或企业年金计划规定的标准计量应付职工薪酬义务和相应计入成本费用的薪酬金额。

② 工会经费和职工教育经费。企业应当按照国家相关政策规定，分别按照职工工资总额的 2% 和 1.5% 计提应付职工薪酬（工会经费、职工教育经费）义务金额和相应计入成本费用的薪酬金额。从业人员技术要求高、培训任务重、经济效益好的企业，可根据国家相关规定，按照职工工资总额的 2.5% 计提应计入成本费用的职工教育经费。按照明确标准计算确定应承担的职工薪酬义务后，再根据受益对象计入相关资产的成本或当期费用。

（2）对于国家（包括省、市、自治区政府）相关法律、法规没有明确规定计提基础和计提比例的职工福利费，企业应当根据历史经验数据和自身实际情况，预计应付职工薪酬金额和应计入成本费用的薪酬金额。每个资产负债表日，企业应当对实际发生的福利费金额和预计金额进行调整。

**【例 9-7】** 2010 年 6 月，红岩股份有限公司当月应发工资 2 000 万元，其中：生产部门直接生产人员工资 1 000 万元；生产部门管理人员工资 200 万元；公司管理部门人员工资 360 万元；公司专设产品销售机构人员工资 100 万元；建造厂房人员工资 220 万元；内部开发存货管理系统人员工资 120 万元。

根据所在地政府规定,公司分别按照职工工资总额的 10％、12％、2％ 和 10.5％ 计提医疗保险费、养老保险费、失业保险费和住房公积金,缴纳给当地社会保险经办机构和住房公积金管理机构。公司内设医务室,根据 2009 年实际发生的职工福利费情况,公司预计 2010 年应承担的职工福利费义务金额为职工工资总额的 2％,职工福利的受益对象为上述所有人员。公司分别按照职工工资总额的 2％ 和 1.5％ 计提工会经费和职工教育经费。假定公司存货管理系统已处于开发阶段,并符合《企业会计准则第 6 号——无形资产》资本化为无形资产的条件。

应计入生产成本的职工薪酬金额

$= 1\,000 + 1\,000 \times (10\% + 12\% + 2\% + 10.5\% + 2\% + 2\% + 1.5\%)$

$= 1\,400$(万元)

应计入制造费用的职工薪酬金额

$= 200 + 200 \times (10\% + 12\% + 2\% + 10.5\% + 2\% + 2\% + 1.5\%)$

$= 280$(万元)

应计入管理费用的职工薪酬金额

$= 360 + 360 \times (10\% + 12\% + 2\% + 10.5\% + 2\% + 2\% + 1.5\%)$

$= 504$(万元)

应计入销售费用的职工薪酬金额

$= 100 + 100 \times (10\% + 12\% + 2\% + 10.5\% + 2\% + 2\% + 1.5\%)$

$= 140$(万元)

应计入在建工程成本的职工薪酬金额

$= 220 + 220 \times (10\% + 12\% + 2\% + 10.5\% + 2\% + 2\% + 1.5\%)$

$= 308$(万元)

应计入无形资产成本的职工薪酬金额

$= 120 + 120 \times (10\% + 12\% + 2\% + 10.5\% + 2\% + 2\% + 1.5\%)$

$= 168$(万元)

公司在分配工资、职工福利费、各种社会保险费、住房公积金、工会经费和职工教育经费等职工薪酬时,应当作如下账务处理:

```
借:生产成本                        14 000 000
   制造费用                         2 800 000
   管理费用                         5 040 000
   销售费用                           400 000
   在建工程                         3 080 000
   研发支出——资本化支出             1 680 000
   贷:应付职工薪酬——工资                     20 000 000
              ——职工福利                     400 000
              ——社会保险费                  4 800 000
              ——住房公积金                  2 100 000
```

|  |  |
|---|---|
| ——工会经费 | 400 000 |
| ——职工教育经费 | 300 000 |

**2. 非货币性职工薪酬的计量**

企业向职工提供的非货币性职工薪酬,应当按情况分别处理:

(1)以自产产品或外购商品发放给职工作为福利。企业以其生产的产品作为非货币性福利提供给职工的,应当按照该产品的公允价值和相关税费,计量应计入成本费用的职工薪酬金额。相关收入及其成本的确认计量和相关税费的处理与正常商品销售相同。以外购商品作为非货币性福利提供给职工的,应当按照该商品的公允价值和相关税费,计量应计入成本费用的职工薪酬金额。

需要注意的是,在以自产产品或外购商品发放给职工作为福利的情况下,企业在进行账务处理时,应当先通过"应付职工薪酬"科目归集当期应计入成本费用的非货币性薪酬金额,以确定完整准确的企业人工成本金额。

【例 9-8】 红岩股份有限公司共有职工 100 名,2010 年 2 月,公司以其生产的成本为 5 000 元的液晶彩电和外购乙公司的每台不含税价格为 500 元的电暖气作为春节福利发放给公司职工。该型号液晶彩电的售价为每台 7 000 元,红岩公司适用的增值税税率为 17%;从乙公司购买电暖气开具了增值税专用发票,列明电暖气价格为 50 000 元,增值税为 8 500 元。假定 100 名职工中 85 名为直接参加生产的职工,15 名为总部管理人员。

分析:企业以自己生产的产品作为福利发放给职工,应计入成本费用的职工薪酬金额以公允价值计量,计入主营业务收入,产品按照成本结转,但要根据相关税收规定,视同销售计算增值税销项税额。

彩电的售价总额 $= 7\,000 \times 85 + 7\,000 \times 15 = 595\,000 + 105\,000 = 700\,000$(元)

彩电的增值税销项税额 $= 85 \times 7\,000 \times 17\% + 15 \times 7\,000 \times 17\%$

$$= 101\,150 + 17\,850 = 119\,000(\text{元})$$

公司决定发放彩电作为非货币性福利时,应作如下账务处理:

| 借:生产成本 | 696 150 |
|---|---|
| 管理费用 | 122 850 |
| 贷:应付职工薪酬——非货币性福利 | 819 000 |

实际发放彩电非货币性福利时,应作如下账务处理:

| 借:应付职工薪酬——非货币性福利 | 819 000 |
|---|---|
| 贷:主营业务收入 | 700 000 |
| 应交税费——应缴增值税(销项税额) | 119 000 |
| 借:主营业务成本 | 500 000 |
| 贷:库存商品 | 500 000 |

电暖气的售价金额 $= 85 \times 500 + 15 \times 500 = 42\,500 + 7\,500 = 50\,000$(元)

电暖气的进项税额 $= 85 \times 500 \times 17\% + 15 \times 500 \times 17\% = 7\,225 + 1\,275$

$$= 8\,500(\text{元})$$

公司决定发放电暖气作为非货币性福利时,应作如下账务处理:

| 借:生产成本 | 49 725 |
|---|---|

| | |
|---|---|
| 管理费用 | 8 775 |
|     贷：应付职工薪酬——非货币性福利 | 58 500 |

购买电暖气并发放时,公司应作如下账务处理:

| | |
|---|---|
| 借：应付职工薪酬——非货币性福利 | 58 500 |
|     贷：银行存款 | 58 500 |

（2）将拥有的房屋等资产无偿提供给职工使用,或租赁住房等资产供职工无偿使用。企业将拥有的房屋等资产无偿提供给职工使用的,应当根据受益对象,将住房每期应计提的折旧计入相关资产成本或费用,同时确认应付职工薪酬。租赁住房等资产供职工无偿使用的,应当根据受益对象,将每期应付的租金计入相关资产成本或费用,并确认应付职工薪酬。难以认定受益对象的,直接计入管理费用,并确认应付职工薪酬。

【例 9-9】 红岩股份有限公司为总部各部门经理级别以上职工提供汽车免费使用,同时为副总裁以上高级管理人员每人租赁一套住房。该公司总部共有部门经理以上职工25 名,每人提供一辆别克君威车免费使用,假定每辆别克君威车每月计提折旧 500 元;该公司共有副总裁以上高级管理人员 5 名,公司为其每人租赁一套面积为 $100m^2$ 带有家具和电器的公寓,月租金为每套 2 000 元。

该公司每月应作如下账务处理:

| | |
|---|---|
| 借：管理费用 | 22 500 |
|     贷：应付职工薪酬——非货币性福利 | 22 500 |
| 借：应付职工薪酬——非货币性福利 | 22 500 |
|     贷：累计折旧 | 12 500 |
|         其他应付款 | 20 000 |

**3. 向职工提供企业支付了补贴的商品或服务**

企业有时以低于其取得成本的价格向职工提供商品或服务,如以低于成本的价格向职工出售住房或提供医疗保健服务,其实质是企业向职工提供补贴。对此,企业应根据出售商品或服务合同条款的规定按情况分别处理:

（1）如果合同规定职工在取得住房等商品或服务后至少应提供服务的年限,企业应将出售商品或服务的价格与其成本间的差额作为长期待摊费用处理,在合同规定的服务年限内平均摊销,根据受益对象分别计入相关资产成本或当期损益。

（2）如果合同没有规定职工在取得住房等商品或服务后至少应提供服务的年限,企业应将出售商品或服务的价格与其成本间的差额作为对职工过去提供服务的一种补偿,直接计入向职工出售商品或服务当期的损益。

**（三）辞退福利（解除劳动关系补偿）的确认和计量**

**1. 辞退福利的含义**

辞退福利包括两方面的内容:一是在职工劳动合同尚未到期前,不论职工本人是否愿意,企业决定解除与职工的劳动关系而给予的补偿;二是在职工劳动合同尚未到期前,为鼓励职工自愿接受裁减而给予的补偿,职工有权利选择继续在职或接受补偿离职。辞退福利通常采取解除劳动关系时一次性支付补偿的方式,也有通过提高退休后养老金或其他离职后福利的标准,或者在职工不再为企业提供服务后,将职工工资部分支付到辞退后未来某一期间。

**2. 辞退福利的确认**

企业在职工劳动合同到期之前解除与职工的劳动关系,或者为鼓励职工自愿接受裁减而提出给予补偿的建议,同时满足下列条件的,应当确认因解除与职工的劳动关系给予补偿而产生的预计负债,同时计入当期管理费用:

(1) 企业已经制订正式的解除劳动关系计划或提出自愿裁减建议,并即将实施。该计划或建议应当包括拟解除劳动关系或裁减的职工所在部门、职位及数量;根据有关规定按工作类别或职位确定的解除劳动关系或裁减补偿金额;拟解除劳动关系或裁减的时间。这里所称解除劳动关系计划和自愿裁减建议应当经过董事会或类似权力机构的批准;即将实施是指辞退工作一般应当在一年内实施完毕,但因付款程序等原因使部分付款推迟到一年后支付的,视为符合辞退福利预计负债确认条件。

(2) 企业不能单方面撤回解除劳动关系计划或裁减建议。如果企业能够单方面撤回解除劳动关系计划或裁减建议,则表明未来经济利益流出不是很可能,因而不符合负债确认条件。

由于被辞退的职工不再为企业提供服务,因此对于满足负债确认条件的所有辞退福利,均应当于辞退计划满足预计负债确认条件的当期计入费用,不计入资产成本。对于企业实施的职工内部退休计划,由于这部分职工不再为企业提供服务,企业应当比照辞退福利处理。在内退计划符合职工薪酬准则规定的确认条件时,按照内退规定,将自职工停止服务日至正常退休日期间,企业拟支付的内退人员工资和缴纳的社会保险费等确认为预计负债,一次计入当期管理费用。

**3. 辞退福利的计量**

企业应当根据职工薪酬和或有事项准则规定,严格按照辞退计划条款的规定,合理预计并确认辞退福利产生的负债。辞退福利的计量因辞退计划中职工有无选择权而有所不同:

(1) 对于职工没有选择权的辞退计划,应当根据计划条款规定拟解除劳动关系的职工数量、每一职位的辞退补偿等计提辞退福利负债,借记"管理费用"账户,贷记"应付职工薪酬——辞退福利"账户。

(2) 对于职工有选择权的辞退计划,因接受裁减的职工数量不确定,企业应当参照或有事项的规定,预计将会接受裁减建议的职工数量,根据预计的职工数量和每一职位的辞退补偿等计提辞退福利负债,借记"管理费用"账户,贷记"应付职工薪酬——辞退福利"账户。

(3) 实质性辞退工作在一年内实施完毕,但补偿款项超过一年支付的辞退计划,企业应当选择恰当的折现率,以折现后的金额计量应计入当期管理费用的辞退福利金额,该项金额与实际应支付的辞退福利款项作为未确认融资费用,在以后各期实际支付辞退福利款项时,分期摊销计入财务费用。账务处理上,确认因辞退福利产生的预计负债时,借记"管理费用"、"未确认融资费用"账户,贷记"应付职工薪酬——辞退福利"账户;各期支付辞退福利款项时,借记"应付职工薪酬——辞退福利"账户,贷记"银行存款"账户;同时,借记"财务费用"账户,贷记"未确认融资费用"账户。应付辞退福利款金额与其折现后金额相差不大的,也可不折现。

【例 9-10】 为了能够在下一年度顺利实施转产,红岩股份有限公司的管理层于2010 年 9 月制订了一项辞退计划,计划规定:从 2011 年 1 月 1 日起,企业将以职工自愿方式辞退某生产车间的职工。辞退计划的详细内容,包括拟辞退的职工所在部门、数量、各级别职工能够获得的补偿以及计划大体实施的时间等均已与职工沟通,并达成一致意见,辞退计划已于当年 12 月 10 日经董事会正式批准,辞退计划将于下一个年度内实施完毕。该项辞退计划的详细内容如表 9-1 所示。

表 9-1 红岩股份有限公司辞退计划一览表

2011 年 金额单位:万元

| 所属部门 | 职 位 | 辞退数量 | 工龄(年) | 每人补偿 |
|---|---|---|---|---|
| 某车间 | 车间副主任 | 10 | 1~10 | 10 |
| | | | 10~20 | 20 |
| | | | 20~30 | 30 |
| | 高级技工 | 50 | 1~10 | 8 |
| | | | 10~20 | 18 |
| | | | 20~30 | 28 |
| | 一般技工 | 100 | 1~10 | 5 |
| | | | 10~20 | 15 |
| | | | 20~30 | 25 |
| 小计 | | 160 | | |

2010 年 12 月 31 日,公司预计各级别职工以接受辞退职工数量的最佳估计数(最可能发生数)及其应支付的补偿如表 9-2 所示。

表 9-2 红岩股份有限公司预计辞退职工数量及补偿金额计算表

2011 年 金额单位:万元

| 所属部门 | 职位 | 辞退数量 | 工龄(年) | 接受数量 | 每人补偿额 | 补偿金额 |
|---|---|---|---|---|---|---|
| 某车间 | 车间副主任 | 10 | 1~10 | 5 | 10 | 50 |
| | | | 10~20 | 2 | 20 | 40 |
| | | | 20~30 | 1 | 30 | 30 |
| | 高级技工 | 50 | 1~10 | 20 | 8 | 160 |
| | | | 10~20 | 10 | 18 | 180 |
| | | | 20~30 | 5 | 28 | 140 |
| | 一般技工 | 100 | 1~10 | 50 | 5 | 250 |
| | | | 10~20 | 20 | 15 | 300 |
| | | | 20~30 | 10 | 25 | 250 |
| 小计 | | 160 | | 123 | | 1 400 |

按照或有事项有关计算最佳估计数的方法,预计接受辞退的职工数量可以根据最可能发生的数量确定,也可以采用按照各种发生数量及其发生概率计算确定。根据表 9-2,愿意接受辞退职工的最可能数量为 123 名,预计补偿总额为 1 400 万元,则公司在 2010 年(辞退计划于 2010 年 12 月 10 日由董事会批准)应作如下账务处理:

借:管理费用                                     14 000 000

    贷:应付职工薪酬——辞退福利               14 000 000

## 六、应交税费

企业在一定时期内取得的营业收入和实现的利润或发生特定经营行为,要按照规定向国家缴纳各种税金,这些应缴的税金应按照权责发生制的原则确认。这些应缴的税金在尚未缴纳之前就形成一项负债。企业应设置"应交税费"账户核算按照税法规定计算应缴纳的各种税费,具体包括应缴的增值税、消费税、营业税、城市维护建设税、资源税、所得税、土地增值税、房产税、车船税、土地使用税、教育费附加、矿产资源补偿费等,企业代扣代缴的职工工资薪金个人所得税也通过本账户核算。对于那些一次性缴纳而不需要与税务机关结算的税款,如印花税、契税和耕地占用税等,则不通过"应交税费"账户核算。

### (一)应缴增值税的会计核算

#### 1. 增值税及有关规定

增值税是就货物或应税劳务的增值部分征收的一种税。按照增值税暂行条例规定,为一般纳税人的企业购入货物或接受应税劳务支付的增值税(即进项税额),可以从销售货物或提供劳务按规定收取的增值税(即销项税额)中抵扣。按照规定,企业购入货物或接受劳务发生的增值税进项税额允许做抵扣的情形包括:

(1)国内购进货物或接受应税劳务,从供货方或劳务提供方取得的增值税专用发票所列明的增值税可作为进项税额抵扣;

(2)企业进口货物从海关取得的完税凭证上注明的增值税额可作为进项税额抵扣;

(3)购进免税农产品,按收购凭证上注明的价款或收购金额的 13% 计算的金额可作为进项税额抵扣;

(4)企业在购货或销货过程中发生运输费,按取得合规的运输费发票所注明的运输费的 7% 计算的金额可作为进项税额抵扣。

企业购入货物或者接受应税劳务,没有按照规定取得并保存增值税扣税凭证,或者增值税扣税凭证上未按照规定注明增值税额及其他有关事项的,其进项税额不能从销项税额中抵扣。会计核算中,如果企业不能取得有关的扣税证明,则购进货物或接受应税劳务支付的增值税额不能作为进项税额扣税,其已支付的增值税只能记入购入货物或接受劳务的成本。

按照 2009 年 1 月 1 日开始执行的新《中华人民共和国增值税暂行条例》和《中华人民共和国增值税暂行条例实施细则》的规定,以下两点值得注意:

一是企业购入的机器设备等生产经营用固定资产所支付的增值税在符合税收相关法规规定情况下,也应从销项税额中扣除,不再计入固定资产成本。按照税收法规规定,购入的因用于集体福利或个人消费等目的固定资产而支付的增值税不能作为可抵扣的进项税额,仍应计入固定资产成本,如自己使用的轿车。因此在一般动产的安装调试及建造时领取原材料,其进项税额允许抵扣;但是在购建不动产的在建工程领取企业的原材料,仍需要把原材料负担的进项税转出。

二是《中华人民共和国增值税暂行条例》(2009)和实施细则中规定,发生因管理不善等人为因素导致的非正常损失时,进项税额不能用于抵扣,需要把进项税额转出。也就是说,在发生自然灾害等其他非人为的损失时,其进项税额可以用于抵扣,进项税额不用转出。

**2. 账户设置**

(1)属于增值税一般纳税人的企业,应设置"应交税费——应缴增值税"明细账户,并在该明细账户下分别设置"进项税额"、"已缴税金"、"销项税额"、"出口退税"、"进项税额转出"、"转出未缴增值税"、"转出多缴增值税"、"减免税款"、"出口抵减内销产品应纳税额"等专栏。"应缴增值税"明细账户的借方发生额,反映企业购进货物或接受应税劳务支付的进项税额、预缴的增值税等;贷方发生额,反映销售货物或提供应税劳务产生的销项税额、出口货物退税、转出不允许抵扣的进项税额等;期末借方余额,反映企业尚未抵扣的进项税额。此外,还应在"应交税费"账户下设置"未缴增值税"明细账户,其借方反映月末从"应交税费——应缴增值税"明细账户贷方转入的多缴增值税以及本月缴纳前期的增值税,贷方反映月末从"应交税费——应缴增值税"明细账户借方转入的欠缴增值税,该明细账户若期末为借方余额,则表示多缴增值税;若期末为贷方余额,则表示欠交的增值税。

(2)属于增值税小规模纳税人的企业,应在"应交税费"账户下设"应缴增值税"明细账户核算增值税的计算及缴纳情况。

**3. 一般纳税企业增值税的会计核算**

1)一般购销业务的会计核算

一般纳税企业从税务角度看,一是可以使用增值税专用发票,企业销售货物或提供劳务可以开具增值税专用发票;二是购入货物取得的增值税专用发票(或完税凭证)上注明的增值税额可以用销项税额抵扣;三是如果企业销售货物或者提供劳务采用销售额和销项税额合并定价方法的,按公式"销售额=含税销售额÷(1+增值税税率)"还原为不含税销售额,并按不含税销售额计算销项税额。

根据上述特点,一般纳税企业在账务处理上的主要特点:一是在购进阶段,会计处理时实行价与税的分离,价与税分离的依据为增值税专用发票上注明的价款与增值税,属于价款部分,计入购入货物的成本;属于增值税额部分,计入进项税额。二是在销售阶段,销售价格中不再含税,如果定价时含税,应还原为不含税价格作为销售收入,向购买方收取的增值税作为销项税额。

**【例 9-11】** 红岩股份有限公司为增值税一般纳税人,6 月 20 日购入一批原材料,增值税专用发票上注明的原材料价款为 600 万元,增值税额为 102 万元。货款已经支付,材料已经到达并验收入库。该企业当期销售产品的价款为 1 200 万元(不含税),该产品的增值税税率为 17%,符合收入确认条件,价税款尚未收到。根据上述经济业务,红岩公司应作如下账务处理:

（1）购料入库并付款：

借：原材料　　　　　　　　　　　　　　6 000 000

　　应交税费——应缴增值税（进项税额）　1 020 000

　　贷：银行存款　　　　　　　　　　　　　　7 020 000

（2）赊销产品确认收入及销项税额：

借：应收账款　　　　　　　　　　　　14 040 000

　　贷：主营业务收入　　　　　　　　　　　12 000 000

　　　　应交税费——应缴增值税（销项税额）　2 040 000

2）购入免税农产品的会计核算

按照增值税暂行条例规定，对农业生产者销售的自产农产品免征增值税。对于购入的免税农业产品，可以按农产品收购凭证上注明的买价（或收购金额）的13％计算可以抵扣的进项税额。

【例9-12】　红岩股份有限公司本月从某农场收购农产品作为原材料，收购凭证上注明的价款为200万元，收购的农产品已验收入库，款项已经支付。红岩公司应作如下账务处理：

应计算抵扣的进项税额 = 200×13％ = 26（万元）

借：原材料　　　　　　　　　　　　　　1 740 000

　　应交税费——应缴增值税（进项税额）　260 000

　　贷：银行存款　　　　　　　　　　　　　　2 000 000

3）视同销售的会计核算

按照增值税暂行条例实施细则的规定，对于企业将自产、委托加工或购买的货物分配给股东或投资者；将自产、委托加工的货物（不包括外购的货物）用于集体福利或个人消费等行为视同销售货物，需计算缴纳增值税。

对于税法上某些视同销售的行为，如对外投资，从会计角度看属于非货币性资产交换，因此，会计核算遵照非货币性资产交换准则进行会计处理。但是，无论会计上是否作销售处理，只要税法规定需要缴纳增值税的，应当计算缴纳增值税销项税额，并计入"应交税费——应缴增值税"账户中的"销项税额"专栏。

【例9-13】　红岩股份有限公司于6月21日以自产产品对丙公司作长期股权投资，双方协议按产品的售价作价。该批产品的成本为200万元，假设售价和计税价格均为220万元。该产品的增值税税率为17％。红岩公司对丙公司的投资采用成本法核算。假如该笔交易符合非货币性资产交换准则规定的按公允价值计量的条件。丙公司收到投入的产品作为原材料使用。根据上述经济业务，红岩股份有限公司、丙公司应分别作如下账务处理：

红岩股份有限公司的账务处理：

对外投资转出产品计算的销项税额 = 220×17％ = 37.4（万元）

借：长期股权投资——丙公司　　　　　　2 574 000

　　贷：主营业务收入　　　　　　　　　　　2 200 000

　　　　应交税费——应缴增值税（销项税额）　374 000

借：主营业务成本 2 000 000

　　贷：库存商品 2 000 000

丙公司的账务处理：

借：原材料 2 200 000

　　应交税费——应缴增值税(进项税额) 374 000

　　贷：实收资本 2 574 000

4) 进项税额转出的会计核算

按照增值税暂行条例及其实施细则的规定,企业购进用于集体福利或个人消费的固定资产、用于免税项目、用于非应税项目的购进货物或者应税劳务等按规定不予抵扣增值税进项税额。属于购入货物时即能认定其进项税额不能抵扣的,进行会计处理时,其增值税专用发票上注明的增值税额计入购入货物及接受劳务的成本。属于购入货物时不能直接认定其进项税额能否抵扣的,增值税专用发票上注明的增值税额单独作为进项税额核算。如果这部分购入货物以后用于按规定不得抵扣进项税额项目的,应将相应增值税进项税额作转出处理。

【例 9-14】 红岩股份有限公司购入一批原材料,增值税专用发票上注明材料价款为120 万元,增值税为 20.4 万元,原材料已入库,货款已经支付。购入该原材料之后不久,红岩公司将该批材料全部用于办公楼工程建设项目。红岩公司有关账务处理如下：

(1) 材料入库时：

借：原材料 1 200 000

　　应交税费——应缴增值税(进项税额) 204 000

　　贷：银行存款 1 404 000

(2) 工程领用材料时：

借：在建工程 1 404 000

　　贷：原材料 1 200 000

　　　应交税费——应缴增值税(进项税额转出) 204 000

值得说明的是,办公楼属于不动产,是增值税的非应税项目,因此需要把进项税转出。但若是为安装设备而领用原购进的原材料时,其进项税可以抵扣,就不应该作转出处理。

5) 实际缴纳增值税的会计核算

企业实际缴纳当月的增值税时,按照实际缴纳金额,借记“应交税费——应缴增值税(已缴税金)”账户,贷记“银行存款”账户。若企业本月缴纳以前月份的增值税,则应借记“应交税费——未缴增值税”账户,贷记“银行存款”账户。

【例 9-15】 红岩股份有限公司于 7 月 13 日预缴本月上旬的增值税 135 万元。其账务处理如下：

借：应交税费——应缴增值税(已缴税金) 1 350 000

　　贷：银行存款 1 350 000

6) 月末转出多缴增值税和未缴增值税的会计核算

月份终了,企业计算出当月应缴未缴的增值税时,借记“应交税费——应缴增值税(转出未缴增值税)”账户,贷记“应交税费——未缴增值税”账户;或者转出当月多交的增值税时,借记"应交税费——未缴增值税"账户,贷记"应交税费——应缴增值税(转出多缴增值税)"账户。经过结转后,"应交税费——应缴增值税"账户至多可能有借方余额,表示企业尚未抵扣的增值税。

**4. 小规模纳税企业的会计核算**

小规模纳税企业的特点有:一是小规模纳税企业销售货物或者提供应税劳务,一般情况下只能开具普通发票,不能开具增值税专用发票;二是小规模纳税企业销售货物或提供应税劳务,实行简易办法计算应纳税额;三是小规模纳税企业的销售额不包括其应纳税额。采用销售额和应纳税额合并定价方法的,按照公式"销售额＝含税销售额÷(1＋征收率)"还原为不含税销售额计算,《中华人民共和国增值税暂行条例》(2009)规定小规模纳税人的征收率为3%。

从会计核算角度看,首先,小规模纳税企业购入货物无论是否取得增值税专用发票,其支付的增值税额均不能作进项税额抵扣,应计入购入货物的成本。其次,小规模纳税企业的销售收入按不含税价格计算。另外,小规模纳税企业应设置"应交税费——应缴增值税"账户,应采用借贷余三栏式,该明细账户下不需要再设置专栏。

**【例 9-16】** 威利工业生产企业为小规模纳税人,本期购入原材料,按照对方开出的增值税专用发票上记载的原材料价款为 50 万元,增值税额为 8.5 万元,企业开出承兑商业汇票进行结算,原材料已经收到入库。该企业本期销售产品,含税销售价格总额为 90 万元,假定符合收入确认条件,货款尚未收到。根据上述经济业务,企业应作如下账务处理:

(1) 购进原材料入库并用商业汇票结算时:

借:原材料　　　　　　　　　　　　　　　　585 000
　　贷:应付票据　　　　　　　　　　　　　　585 000

(2) 赊销产品确认收入和计缴增值税时:

$$不含税价格＝92.7÷(1＋3\%)＝90(万元)$$
$$应缴增值税＝90×3\%＝2.7(万元)$$

借:应收账款　　　　　　　　　　　　　　　927 000
　　贷:主营业务收入　　　　　　　　　　　　900 000
　　　　应交税费——应缴增值税　　　　　　　 27 000

**(二) 应缴消费税的会计核算**

**1. 消费税及其计算**

消费税是指对在我国境内生产、委托加工和进口应税消费品的单位和个人按其流转额征收的一种流转税。消费税的计征方法主要采取从价定率计征法和从量定额计征法两种方法。另外,卷烟和粮食白酒的消费税采取复合计征方法。实行从价定率计征的应纳消费税税额的税基为不含增值税的销售额,如果企业应税消费品的销售额中未扣除增值税税款,或者因不能开具增值税专用发票而发生价款和增值税税款合并收取的,在计算消费税时,按公式"应税消费品的销售额＝含增值税的销售额÷(1＋增值税税率或征收率)"换算为不含增值税税款的销售额。实行从量定额计征的应纳消费税税额的销售数量是指应税消费品的数量。属于销售应税消费品的,为应税消费品的销售数量。属于自产自用应税消费品的,为应税消费品的移送使用数量;属于委托加工应税消费品的,为纳税人收回的应税消费品数量;进口的应税消费品,为海关核定的应税消费品进口征税数量。

**2. 账户设置**

企业按规定应缴的消费税,在"应交税费"账户下设置"应缴消费税"明细账户核算。"应缴消费税"明细账户的借方发生额反映实际缴纳的消费税和待扣的消费税;贷方发生额反映按规定应缴纳的消费税;期末贷方余额反映尚未缴纳的消费税;期末借方余额反映多交或待扣的消费税。

**3. 销售应税消费品的会计核算**

企业销售应税消费品时应缴纳的消费税,应按情况分别进行处理:

企业将生产的应税消费品直接对外销售的,企业按税法规定计算出应缴的消费税额时,借记"营业税金及附加"账户,贷记"应交税费——应缴消费税"账户。

**【例 9-17】** 红岩股份有限公司于 2010 年 7 月销售其生产的应纳消费税产品,应纳消费税产品的不含税售价为 24 万元,产品成本为 15 万元。该产品的增值税税率为 17%,消费税税率为 10%。产品已经发出,符合收入确认条件,款项尚未收到。红岩公司作账务处理如下:

(1) 销售应税消费品确认收入及销项税时:

$$应向购买者收取的增值税额 = 240\,000 \times 17\% = 40\,800(元)$$

借:应收账款　　　　　　　　　　　　　　280 800
　　贷:主营业务收入　　　　　　　　　　　240 000
　　　　应交税费——应缴增值税(销项税额)　　40 800

(2) 计交消费税时:

$$应缴的消费税 = 240\,000 \times 10\% = 24\,000(元)$$

借:营业税金及附加　　　　　　　　　　　24 000
　　贷:应交税费——应缴消费税　　　　　　24 000

(3) 确认销售成本时:

借:主营业务成本　　　　　　　　　　　150 000
　　贷:库存商品　　　　　　　　　　　　150 000

企业用应税消费品对外投资,或用于在建工程、非生产机构等其他方面按规定应缴纳的消费税,应计入有关的成本费用。例如,企业将应税消费品对外投资,在按账面价值为基础计量时,应缴的消费税计入投资的初始投资成本;在按公允价值为基础计量时,应缴的消费税应计入营业税金及附加。企业将应税消费品用于在建工程项目,应缴的消费税计入在建工程成本。

**4. 委托加工应税消费品的会计核算**

按照税法规定,企业委托加工的应税消费品由受托方在向委托方交货时代收代缴税款(除受托加工或翻新改制金银首饰按规定由受托方缴纳消费税外)。委托加工的应税消费品,如果委托方收回后用于连续生产应税消费品的,所纳税款准予按规定抵扣;如果委托方收回后直接出售的,所纳消费税应直接计入委托加工物资成本,以后销售消费品时不再征收消费税。这里的委托加工应税消费品是指由委托方提供原料和主要材料,受托方只收取加工费和代垫部分辅助材料加工的应税消费品。对于由受托方提供原材料生产的应税消费品,或者受托方先将原材料卖给委托方,然后再接受加工的应税消费品,以及由受托方以委托方名义购进原材料生产的应税消费品,都不作为委托加工应税消费品,而应当按照销售自制应税消费品缴纳消费税。

在会计处理时,需要缴纳消费税的委托加工应税消费品,于委托方提货时由受托方代收代缴税款。受托方按应代收的消费税金额,借记"应收账款"、"银行存款"等账户,贷记"应交税费——应缴消费税"账户。委托加工应税消费品收回后,直接用于销售的,委托方应将代收代缴的消费税计入委托加工的应税消费品成本,借记"委托加工物资"账户,贷记"应付账款"、"银行存款"等账户,待委托加工应税消费品销售时,不需要再缴纳消费税;委托加工的应税消费品收回后用于连续生产应税消费品,按规定准予抵扣的,委托方应按代收代缴的消费税款,借记"应交税费——应缴消费税"账户,贷记"应付账款"、"银行存款"等账户,待用委托加工的应税消费品生产出应纳消费税的产品销售时,再缴纳消费税。

委托加工或翻新改制金银首饰按规定由受托方缴纳消费税。企业应于向委托方交货时,按规定缴纳的消费税,借记"营业税金及附加"账户,贷记"应交税费——应缴消费税"账户。

**【例 9-18】** 红岩股份有限公司委托甲公司加工一批应税消费品(非金银首饰),发出甲材料的成本为 220 000 元;取得的专用发票列明加工费用为 50 000 元,增值税为 8 500 元,由受托方代收代缴的消费税为 30 000 元,有关款项尚未支付。红岩公司已收回加工后的物资入库。

(1) 如果红岩公司收回加工后的乙材料将用于继续生产应税消费品,则有关账务处理如下:

① 发出甲材料委托加工时:

借:委托加工物资 220 000

　　贷:原材料——甲材料 220 000

② 应支付受托方加工费及增值税和消费税时:

借:委托加工物资 50 000

　　应交税费——应缴增值税(进项税额) 8 500

　　　　　　——应缴消费税 30 000

　　贷:应付账款 88 500

③ 收回加工后的乙材料入库时:

借:原材料——乙材料 270 000

　　贷:委托加工物资 270 000

(2) 如果红岩公司收回加工后的物资作为甲产品入库,以后直接用于销售,则有关账务处理如下:

① 发出甲材料委托加工时:

借:委托加工物资 220 000

　　贷:原材料——甲材料 220 000

② 应支付受托方加工费及增值税和消费税时：

| 借：委托加工物资 | 80 000 | |
| 应交税费——应缴增值税（进项税额） | 8 500 | |
| 贷：应付账款——甲公司 | | 88 500 |

③ 收回加工后的甲产品入库时：

| 借：库存商品——甲产品 | 300 000 | |
| 贷：委托加工物资 | | 300 000 |

### 5. 进出口应税消费品的会计核算

需要缴纳消费税的进口消费品，其缴纳的消费税应计入该进口消费品的成本，借记"固定资产"、"材料采购"等账户，贷记"银行存款"等账户。

免征消费税的出口应税消费品分别按不同情况进行账务处理：属于生产企业直接出口应税消费品或通过外贸企业出口应税消费品，按规定直接予以免税的，可以不计算应缴消费税；属于委托外贸企业代理出口应税消费品的生产企业，应在计算消费税时按应缴消费税额，借记"应收账款"账户，贷记"应交税费——应缴消费税"账户。应税消费品出口收到外贸企业退回的税金时，借记"银行存款"账户，贷记"应收账款"账户。发生退关、退货而补交已退的消费税，作相反的会计分录。

#### （三）应缴营业税的会计核算

营业税是对提供劳务、转让无形资产或者销售不动产的单位和个人征收的一种税。营业税按照营业额和规定的税率计算应纳税额，其基本公式为"应纳营业税额＝营业额×税率"。这里的营业额是指企业提供应税劳务、转让无形资产或者销售不动产向对方收取的全部价款和价外费用。价外费用包括向对方收取的手续费、基金、集资费、代收款项、代垫款项及其他各种性质的价外收费。

##### 1. 账户设置

企业按规定应缴的营业税，在"应交税费"账户下设置"应缴营业税"明细账户进行核算，"应缴营业税"明细账户的借方发生额反映企业已缴纳的营业税；其贷方发生额反映企业应缴的营业税；期末借方余额反映企业多交的营业税；期末贷方余额反映尚未缴纳的营业税。

##### 2. 提供应税劳务应缴营业税的会计核算

企业提供应税劳务确认营业收入后，按规定应缴的营业税，借记"营业税金及附加"账户，贷记"应交税费——应缴营业税"账户；实际缴纳营业税时，借记"应交税费——应缴营业税"账户，贷记"银行存款"账户。

【例 9-19】 某运输企业对外提供运输劳务，本月实现运输劳务收入为 35 万元，营业税税率为 3%。用银行存款上交营业税。该企业应作如下账务处理：

（1）本月末计交营业税时：

$$应缴营业税＝35×3\%＝1.05（万元）$$

| 借：营业税金及附加 | 10 500 | |
| 贷：应交税费——应缴营业税 | | 10 500 |

（2）下月上旬实际申报缴纳营业税时：

借：应交税费——应缴营业税　　　　　　　　　10 500
　　贷：银行存款　　　　　　　　　　　　　　　　　　　10 500

**3. 销售不动产相关的营业税的会计核算**

除房地产开发企业外的其他企业销售不动产，应当向不动产所在地主管税务机关申报缴纳营业税。销售不动产按规定应缴的营业税，借记"固定资产清理"账户，贷记"应交税费——应缴营业税"账户。

**4. 出租或出售无形资产相关营业税的会计核算**

企业出租无形资产，取得租金收入后，按规定应缴纳的营业税，应借记"营业税金及附加"账户，贷记"应交税费——应缴营业税"账户；出售无形资产应缴纳的营业税，应纳入出售损益的计算，并贷记"应交税费——应缴营业税"账户。

### （四）其他应交税费的会计核算

**1. 应缴资源税的会计核算**

资源税是国家对在我国境内开采矿产品或者生产盐的单位和个人征收的一种税。资源税按照应税产品的课税数量和规定的单位税额计算，公式为"应纳资源税额＝课税数量×单位税额"。这里的课税数量为：开采或者生产应税产品销售的，以销售数量为课税数量；开采或者生产应税产品自用的，以自用数量为课税数量。

（1）账户设置：企业按规定应缴的资源税，在"应交税费"账户下设置"应缴资源税"明细账户核算。"应缴资源税"明细账户的借方发生额反映企业已缴的或按规定允许抵扣的资源税；贷方发生额反映应缴的资源税；期末借方余额反映多交或尚未抵扣的资源税；期末贷方余额反映尚未缴纳的资源税。

（2）销售产品或自产自用产品相关的资源税的会计核算：企业按规定计算出销售应税产品应缴纳的资源税，借记"营业税金及附加"账户，贷记"应交税费——应缴资源税"账户；企业计算出自产自用的应税产品应缴纳的资源税，借记"生产成本"、"制造费用"等账户，贷记"应交税费——应缴资源税"账户。

**【例 9-20】** 某矿产开发公司将自产的煤炭 1 000 吨用于产品生产，每吨应缴资源税 5元。企业应作账务处理如下：

自产自用煤炭应缴的资源税＝1 000×5＝5 000（元）

借：生产成本　　　　　　　　　　　　　　　　　5 000
　　贷：应交税费——应缴资源税　　　　　　　　　　　　5 000

**2. 应缴土地增值税的会计核算**

转让国有土地使用权、地上建筑物及其附着物并取得收入的单位和个人均应缴纳土地增值税。土地增值税按照转让房地产所取得的增值额和规定的税率计算征收。这里的增值额是指转让房地产所取得的收入减除规定扣除项目金额后的余额。企业转让房地产所取得的收入包括货币收入、实物收入和其他收入。计算土地增值额的主要扣除项目有：

（1）取得土地使用权所支付的金额；

（2）开发土地的成本、费用；

（3）新建房屋及配套设施的成本、费用，或者旧房及建筑物的评估价格；

（4）与转让房地产有关的税金。

企业缴纳的土地增值税通过"应交税费——应缴土地增值税"账户核算。兼营房地产业务的企业，应由当期收入负担的土地增值税，借记"营业税金及附加"账户，贷记"应交税费——应缴土地增值税"账户。转让的国有土地使用权与其地上建筑物及其附着物一并在"固定资产"或"在建工程"账户核算的，转让时应缴纳的土地增值税，借记"固定资产清理"、"在建工程"账户，贷记"应交税费——应缴土地增值税"账户。企业在项目全部竣工结算前转让房地产取得的收入，按税法规定预缴的土地增值税，借记"应交税费——应缴土地增值税"账户，贷记"银行存款"等账户。待该项房地产销售收入实现时，再按上述销售业务的会计处理方法进行处理。该项目全部竣工、办理结算后进行清算，收到退回多缴的土地增值税，借记"银行存款"等账户，贷记"应交税费——应缴土地增值税"账户。补缴的土地增值税作相反的会计分录。

**3. 应缴房产税、土地使用税、车船税和印花税的会计核算**

房产税是国家对在城市、县城、建制镇和工矿区征收的由产权所有人缴纳的一种税。房产税依照房产原值一次减除 10%～30% 后的余额计算缴纳。没有房产原值作为依据的，由房产所在地税务机关参考同类房产核定；房产出租的，以房产租金收入为房产税的计税依据。土地使用税是国家为了合理利用城镇土地，调节土地级差收入，提高土地使用效益，加强土地管理而开征的一种税，以纳税人实际占用的土地面积为计税依据，依照规定税额计算征收。车船税由拥有并且使用车船的单位和个人缴纳。车船税按照适用税额计算缴纳。企业按规定计算应缴的房产税、土地使用税、车船税时，借记"管理费用"账户，贷记"应交税费——应缴房产税（或土地使用税、车船税）"账户；上缴时，借记"应交税费——应缴房产税（或土地使用税、车船税）"账户，贷记"银行存款"账户。

印花税是对书立、领受购销合同等凭证行为征收的税款，实行由纳税人根据规定自行计算应纳税额，购买并一次贴足印花税票的缴纳方法。应纳税凭证包括购销、加工承揽、建设工程承包、财产租赁、货物运输、仓储保管、借款、财产保险、技术合同或者具有合同性质的凭证；产权转移书据；营业账簿；权利、许可证照等。纳税人根据应纳税凭证的性质，分别按比例税率或者按件定额计算应纳税额。

由于企业缴纳的印花税是由纳税人根据规定自行计算应纳税额以购买并一次贴足印花税票的方法缴纳的税款，一般情况下，企业不需要预先购买印花税票，待发生应税行为时，再根据凭证的性质和规定的比例税率或者按件计算应纳税额，向税务机关购买相应的印花税票，将已购买的印花税票粘贴在应纳税凭证上，并在每枚税票的骑缝处盖戳注销或者划销，办理完税手续。企业缴纳的印花税不会发生应付未付税款的情况，不需要预计应纳税金额，同时也不存在与税务机关结算或清算的问题，因此企业缴纳的印花税不需要通过"应交税费"账户核算，于购买印花税票时直接借记"管理费用"账户，贷记"银行存款"账户。

**4. 应缴城市维护建设税的会计核算**

为了加强城市的维护建设，扩大和稳定城市维护建设资金的来源，国家开征了城市维护建设税。在会计核算时，企业按规定计算出的城市维护建设税，借记"营业税金及附加"、账户,贷记"应交税费——应缴城市维护建设税"账户;实际上交时,借记"应交税费——应缴城市维护建设税"账户,贷记"银行存款"账户。

**5. 应缴所得税的会计核算**

企业的生产、经营所得和其他所得,依照企业所得税法及其实施条例的规定需要缴纳企业所得税。企业应缴纳的所得税,在"应交税费"账户下设置"应缴所得税"明细账户核算。当期应计入损益的所得税,作为一项费用,在净收益前扣除。企业按照一定方法计算,计入损益的所得税,借记"所得税费用"等账户,贷记"应交税费——应缴所得税"账户。

**6. 缴纳耕地占用税的会计核算**

耕地占用税是国家为了利用土地资源,加强土地管理,保护农用耕地而征收的一种税。耕地占用税以实际占用的耕地面积计税,按照规定税额一次征收。企业缴纳的耕地占用税不需要通过"应交税费"账户核算。企业按规定计算缴纳耕地占用税时,借记"在建工程"账户,贷记"银行存款"账户。

**7. 应缴教育费附加的会计核算**

教育费附加是为了加快发展地方教育事业、扩大地方教育经费的资金来源而征收的一种附加费。缴纳增值税、消费税、营业税的单位和个人应以当期应纳的增值税、消费税、营业税税额为依据,按 3% 的征收率计算本期应缴教育费附加的金额。

企业应在"应交税费"账户下设置"应缴教育费附加"明细账核算教育费附加的计算和实际缴纳情况。企业按规定计算出应缴的教育费附加时,借记"营业税金及附加"账户,贷记"应交税费——应缴教育费附加"账户;实际缴纳教育费附加时,借记"应交税费——应缴教育费附加"账户,贷记"银行存款"账户。

# 七、其他流动负债

## (一) 应付股利

企业作为独立核算的经济实体,对其实现的利润除了依法缴纳所得税外,还须对运用投资者投入的资金给予一定的回报。企业能否向投资者分配利润,要看企业当年是否有可供投资者分配的利润;在此基础上,再决定其中分配给投资者的具体数额。

企业给投资者分配利润,应由董事会或类似权力机构提出分配方案,并报请第二年初召开的股东大会批准后方才实施。应当以董事会提出并经过股东大会批准的利润分配方案为依据进行利润分配的账务处理。因此,已决定分配但尚未实际支付给投资者的利润形成企业的一项负债。有限责任公司的应付利润包括应付国家、其他单位及个人的投资利润,股份有限公司的应付利润即为应付股利。应付利润或应付股利均通过"应付股利"账户核算。

股份公司分配的股票股利,在董事会或股东大会确定分配方案至正式办理增资手续之前,企业只需在备查簿中作相应登记,不需作正式的账务处理。因为企业发放股票股利并不构成企业的负债,它只会引起所有者权益内部结构的变化,不会引起企业资产的增减。

### （二）应付利息

应付利息是指企业按照合同约定应在本期支付的利息。企业应设置"应付利息"账户核算企业按照合同约定应支付的利息，包括企业短期借款按月计提的借款利息，分期付息到期还本的长期借款按期计提的借款利息，以及分期付息到期还本的应付债券按期计提的债券票面利息。应付利息的具体会计核算参看有关负债核算的内容，在此不做详述。

### （三）其他应付款

其他应付款是指企业除应付票据、应付账款、应付职工薪酬、应交税费等以外，与企业的经营活动直接或间接相关的各种应付、暂收款项。主要包括应付经营租入固定资产和包装物等的租金、存入保证金（如收入包装物押金等）、职工未按期领取的工资、应付或暂收所属单位或个人的款项、应付赔偿和罚款等。为了反映企业其他应付款项的收、付情况，会计上应设置"其他应付款"账户进行核算。其他应付款的明细核算，按款项的种类和单位、个人名称分户进行。

企业发生其他各种应付及暂收款项时，借记"管理费用"、"银行存款"等账户，贷记"其他应付款"账户；实际支付其他各种应付及暂收款时，借记"其他应付款"账户，贷记"银行存款"账户。

### （四）或有事项与或有负债

**1. 或有事项的概念**

或有事项是指过去的交易或者事项形成的，其结果须由某些未来事项的发生或不发生才能决定的不确定事项，或有事项可以分成或有资产和或有负债。

常见的或有事项有未决诉讼、未决仲裁、产品质量保证（含产品安全保证）、亏损合同等。

**2. 或有事项的特征**

（1）或有事项是过去的交易或事项形成的一种状况。

或有事项作为现存的一种状况，说明或有事项是资产负债表日的一种客观存在。它的结果对企业是产生有利影响还是不利影响，或虽已知是有利影响或不利影响，但影响有多大，只能由未来发生的交易或事项来确定，现在尚不能完全肯定。例如，产品质量保证是企业对已售出商品或已提供劳务的质量提供的保证，不是为尚未出售商品或尚未提供劳务的质量提供的保证。

（2）或有事项具有不确定性。

或有事项内含不确定性指的是或有事项的结果具有不确定性。表现在两个方面：一是或有事项的结果是否发生具有不确定性；二是或有事项的结果即使预料会发生，但具体发生的时间或发生的金额具有不确定性。

（3）或有事项的结果只能由未来事项的发生或不发生来决定。

或有事项的结果受不确定性因素的影响，而这种不确定因素的消失需要由未来不确定事项的发生或不发生来证实。

（4）影响或有事项结果的不确定因素不能完全由企业控制。

或有事项本身具有的不确定性，从一个侧面说明了影响或有事项结果的不确定因素不能由企业控制。

**3. 或有负债的会计处理**

或有事项可能使企业承担某种潜在的义务，也可能使企业承担某种现时义务。

（1）不符合负债确认条件的现时义务。企业过去的交易或事项形成的现时义务，履行该义务不是很可能导致经济利益流出企业，该义务的金额不能可靠地计量。属于或有负债中的一种义务，符合负债定义，但不能在财务报表上得以确认的项目，应在会计报表附注中披露相关的信息。

（2）符合负债确认条件的现时义务。企业过去的交易或事项形成的现时义务，履行该义务很可能导致经济利益流出企业，该义务的金额能可靠地计量。属于预计负债的范畴，符合负债定义，是能在财务报表上得以确认的项目。

预计负债的初始计量应按履行相关现时义务所需要支出的最佳估计数进行初始计量。最佳估计数的确定，企业要综合考虑与或有事项有关的风险、不确定因素、货币时间价值等。如果货币时间价值的影响重大，预计负债的金额应是结算义务预期所要求支出的现值。

① 预计负债的计量（所需支出存在一个连续范围）。

**【例 9-21】** 2010 年 12 月 27 日，红岩股份有限公司因合同违约而涉及一桩诉讼案。根据企业的法律顾问判断，最终的判决很可能对红岩公司不利。2010 年 12 月 31 日，红岩公司尚未接到法院的判决，因诉讼需承担的赔偿金额也无法准确地确定。不过，据专业人士估计，赔偿金额可能是 80~100 万元之间的某一金额。

红岩股份有限公司应在 2010 年 12 月 31 日的资产负债表中确认一项金额为 90[（80＋100）/2]万元的预计诉讼赔偿负债。

② 预计负债的计量（所需支出不存在一个连续范围）。

2010 年 12 月 27 日，红岩股份有限公司涉及一起诉讼。根据类似案件的经验以及公司律师的意见判断，红岩股份有限公司在该起诉讼中胜诉的可能性有 40%，败诉的可能性有 60%。如果败诉，将要赔偿 100 万元。

红岩股份有限公司应确认的负债金额（最佳估计数）应为最可能发生金额 100 万元。

③ 预计负债的核算。

**【例 9-22】** 2010 年 11 月 1 日，红岩股份有限公司因合同违约而被丁公司起诉。2010 年 12 月 31 日，公司尚未接到法院的判决。丁公司预计，如无特殊情况很可能在诉讼中获胜，假定丁公司估计将来很可能获得赔偿金额 1 900 000 元。在咨询了公司的法律顾问后，红岩股份有限公司认为最终的法律判决很可能对公司不利。假定红岩股份有限公司预计将要支付的赔偿金额、诉讼费等费用为 1 600 000~2 000 000 元之间的某一金额，而且这个区间内每个金额的可能性都大致相同，其中诉讼费为 30 000 元。

此例中，丁公司不应当确认或有资产，而应当在 2010 年 12 月 31 日的报表附注中披露或有资产 1 900 000 元。

红岩股份有限公司应在资产负债表中确认一项预计负债，金额为：

$$(1\,600\,000+2\,000\,000)\div2=1\,800\,000(元)$$

同时在 2010 年 12 月 31 日的附注中进行披露。

红岩股份有限公司的有关账务处理如下：

借：管理费用——诉讼费　　　　　　　　　　30 000

　　营业外支出　　　　　　　　　　　　　　1 770 000

　　贷：预计负债——未决诉讼　　　　　　　　　　1 800 000

【例 9-23】　红岩股份有限公司生产并销售 A 产品,2010 年度第一季度共销售 A 产品 60 000 件,销售收入为 360 000 000 元。根据公司的产品质量保证条款,该产品售出后一年内,如发生正常质量问题,公司将负责免费维修。根据以前年度的维修记录,如果发生较小的质量问题,发生的维修费用为销售收入的 1%;如果发生较大的质量问题,发生的维修费用为销售收入的 2%。根据公司技术部门的预测,本季度销售的产品中,80% 不会发生质量问题;15% 可能发生较小质量问题;5% 可能发生较大质量问题。据此,2010 年第一季度末,红岩股份有限公司应在资产负债表中确认的预计产品质量保证负债金额为:

$$360\,000\,000\times(0\times80\%+1\%\times15\%+2\%\times5\%)=900\,000(元)$$

确认与产品质量保证有关的预计负债：

借：销售费用　　　　　　　　　　　　　　900 000

　　贷：预计负债——产品质量保证　　　　　　　900 000

# 第三节　长期负债

## 一、长期负债概述

### （一）长期负债的概念及优缺点

长期负债是指偿还期在 1 年或超过 1 年的一个营业周期以上的债务。与流动负债相比,长期负债具有金额大、偿还期限长的特点。长期负债不同于短期负债,主要是解决像购置固定资产、投资新企业等长期资金需要项目,也有较少情况下借入长期负债是为达到解决流动资金不足的目的。

企业筹措长期资金主要有两种来源：一是由股东投入新的资本（增发、配发新股）;二是通过各种形式举借长期债务。以上两种方式比较,长期债务融资有以下优缺点：

（1）借入长期负债不会影响企业原有的股权结构,从而保证原有股东控制企业的权力不受损害。

企业通过举借长期债务取得长期资金,企业的经营管理及决策权限不受债权人的约束,这就保证了企业所有者控制企业的权力不受损害。如果企业通过增加新的投入资本取得长期资金,除非原有股东按原有投资比例认购新股,否则他们控制企业的权力就会因新股东的加入而相应削弱。

（2）可以增加股东所得的盈余,但存在固定的利息成本和较大的偿还风险。

长期负债的资金成本要比发行股票的成本低,往往比企业的资金利润率低;在资本结构安排合理情况下,可以有效增大财务杠杆利益,使得企业税后利润较快增长。所以,举借长期债务是目前企业筹措长期资金的主要手段。

但是长期负债的利息是长期性的固定开支,会增加企业的负担;尤其在企业利润下降时,由于杠杆的作用,更会成为企业财务上的沉重包袱。长期负债到期前,企业必须准备偿债用的货币资金,如果企业资金周转困难,无法清偿到期债务,债权人可能通过法律程序迫使企业变卖资产还债,这会危及企业的持续经营。举借长期债务的偿还风险大,企业应进行合理的财务决策,举债经营的程度要与资本结构和偿债能力相适应。

(3) 长期负债非资本化的借款费用应当作为收益性支出处理,减少企业利润总额,从而使企业少交所得税。

(4) 现代的财务理论认为长期负债具有有效的债务约束作用,使企业减少不必要的开支和投资,达到节约管理成本和谨慎投资等目的。

根据上述分析,企业的长期负债是有必要的,可以获得较好的财务杠杆利益,增大企业的获利空间,但也会有较大的财务风险和偿还风险,企业有必要进行有效的资本结构决策,进行适度负债。

**(二)长期负债的分类**

按照负债的取得方式,长期负债主要有三种:长期借款、应付债券、长期应付款。

(1) 长期借款是指企业从银行、其他金融机构借入的、偿还期在一年以上的各种款项。

(2) 应付债券是指企业依照法定程序发行,约定在长于一年的一定期限内还本付息的债券。

(3) 长期应付款是指企业除长期借款和应付债券以外的其他各种长期应付款项,包括采用补偿贸易方式引进国外设备而产生的应付引进设备款、融资租入固定资产而产生的应付融资租赁费以及以分期付款方式购买存货、固定资产、无形资产而具有融资性质所产生的长期应付款等。这类长期负债往往具有分期付款的性质。

# 二、长期借款

对长期借款进行核算管理,应设置"长期借款"账户。其贷方登记借入的长期借款本金及发生的相应利息;借方登记偿还的长期借款本金及支付的借款利息;贷方余额为尚未偿还的长期借款本息。

企业借入各种长期借款时,按实际收到的款项,借记"银行存款"账户,贷记"长期借款"账户。

在资产负债表日,企业应按长期借款的实际利率计算确定的长期借款的利息费用,借记"在建工程"、"财务费用"、"制造费用"等账户,按计算确定的应付未付利息,贷记"应付利息"账户(当在一次还本,分次付息情况下)或者"长期借款"账户(当在一次还本付息情况下)。

企业归还长期借款,按归还的长期借款本金借记"长期借款"账户,按应付的利息借记"应付利息"账户,按实际归还的款项贷记"银行存款"账户,若有借贷双方之间的差额,借记"在建工程"、"财务费用"、"制造费用"等账户。

长期借款可以有不同的还款方式,它们的核算也有所不同。

### (一)一次性还本付息的长期借款核算

长期借款的一次性偿还,也称定期偿还,特点是取得借款后逐年计算借款利息(单利或复利),待借款期满后,一次性偿还本金和利息。

【例 9-24】　红岩股份有限公司于 2010 年年初向银行借入为期 3 年的长期借款 400 000 元,年利率为 8%,每年计息一次,复利计算。借款用于设备购建。该工程工期三年,借款期满后一次还本付息。有关账务处理如下:

(1)取得借款时:

借:银行存款　　　　　　　　　　　　　　　　　　　　400 000

　　贷:长期借款——本金　　　　　　　　　　　　　　　　　400 000

(2)2010 年年末计算利息:

$$2010 \text{ 年应计利息} = 400\,000 \times 8\% = 32\,000(\text{元})$$

借:在建工程　　　　　　　　　　　　　　　　　　　　32 000

　　贷:长期借款——应计利息　　　　　　　　　　　　　　　32 000

(3)2011 年年末计算利息:

$$2011 \text{ 年应计利息} = (400\,000 + 32\,000) \times 8\% = 34\,560(\text{元})$$

借:在建工程　　　　　　　　　　　　　　　　　　　　34 560

　　贷:长期借款——应计利息　　　　　　　　　　　　　　　34 560

(4)2012 年年末还本付息:

$$2012 \text{ 年应计利息} = (400\,000 + 32\,000 + 34\,560) \times 8\% = 37\,324.80(\text{元})$$

借:在建工程　　　　　　　　　　　　　　　　　　　　37 324.80

　　贷:长期借款——应计利息　　　　　　　　　　　　　　　37 324.80

$$\text{应偿还本息} = 400\,000 + 32\,000 + 34\,560 + 37\,324.80 = 503\,884.80(\text{元})$$

借:长期借款——本金　　　　　　　　　　　　　　　　400 000.00

　　长期借款——应计利息　　　　　　　　　　　　　　103 884.80

　　贷:银行存款　　　　　　　　　　　　　　　　　　　503 884.80

### (二)分次偿还长期借款的核算

分次偿还,也就是分期偿还,其特点在于借款不是一次偿清,而是分若干次分别清偿本金和利息。现在企业的长期借款往往采用到期一次还本,分年或分季支付利息。

【例 9-25】　接【例 9-24】的资料。假定借款条件改为从第二年起每年初偿还上年产生的利息,借款期为 4 年,本金在借款期满时偿还。有关账务处理如下:

(1)取得借款时:

借:银行存款　　　　　　　　　　　　　　　　　　　　400 000

　　贷:长期借款　　　　　　　　　　　　　　　　　　　　400 000

（2）2010 年年末计算利息时：

$$应计利息＝400\,000\times8\%＝32\,000（元）$$

借：在建工程             32 000

  贷：应付利息                  32 000

2011 年年末、2012 年年末计提利息的会计分录与上相同。

（3）2011 年年初支付利息时：

借：应付利息             32 000

  贷：银行存款                  32 000

2012 年年初、2013 年年初支付利息的会计分录与上相同。

（4）2013 年年末计算付息：

借：财务费用             32 000

  贷：应付利息                  32 000

（5）2014 年年初支付本金和 2013 年的利息：

$$应偿还本息＝400\,000＋32\,000＝432\,000（元）$$

借：长期借款             400 000

    应付利息             32 000

  贷：银行存款                  432 000

# 三、应付债券

## （一）应付债券概述

### 1. 债券的概念及特点

债券是指发行单位依照法定程序发行，约定在一定期限内还本付息的具有一定价值的书面承诺。债券常见的有国债和企业债券，在本章中的债券主要是指公司自己发行的债券。在资本市场健全的市场经济体制下，发行债券是企业筹集长期资金的一种非常重要而有效的方式。

企业债券必须记载以下几方面内容：

（1）发行债券企业的名称、地址；

（2）债券的票面额及票面利率；

（3）还本付息的期限和方式；

（4）发行债券的日期和编号；

（5）发行企业的印鉴和法定代表人的签字；

（6）审批机关文号、日期。

在我国，公司公开发行债券需要满足以下条件：股份公司净资产不低于 3 000 万，有限责任公司净资产不低于 6 000 万；最近三年平均盈利不低于一年的利息；累计债券发行额不超过净资产的 40%。

与其他筹资方式相比，发行债券筹资有其自身的特点。

（1）债券是企业作为债务人向债权人发出的一种"借据"；发行债券则必须按约定期限偿还本金；债券必须按规定的时间与利率支付利息；债券持有者对于企业只是债权人关

系,无权参与企业的经营与管理。

(2) 债券作为有价证券通常可以在金融市场上流通转让;债券可以向社会公开发行,从社会各单位和个人手中筹集所需资金。

**2. 公司债券分类**

公司债券可作如下分类:

(1) 按能否转换为普通股股票,公司债券分为可转换公司债券和不可转换公司债券。可转换公司债券是指债券持有者可以将所持公司债券转换该公司普通股股票的债券。一经转换,债券持有者即从公司债权人转变为公司股东。

(2) 按本金的偿还方式,公司债券可分为一次还本公司债券、分期还本公司债券和通知还本公司债券。一次还本公司债券(也称一般公司债券)是指在债券到期日将全部本金一次偿付的债券;分期还本公司债券则是债券本金在整个债券存续期内分若干次逐步偿还,至到期日全部偿还完毕的债券;通知还本公司债券是指发行债券的公司可以在债券到期前提前通知债权人还本的公司债券。

(3) 按公司债券能否上市交易,分为上市债券和非上市债券。上市债券是指可以在证券交易所公开买卖的债券。

**3. 公司债券发行价格**

债券的发行价格应当是到期偿还的面值按市场利率计算的复利现值与债券按票面利率计算的各期应计的利息以市场利率计算的年金现值的总和。计算公式表示为:

$$P = M \times (P/F, i, n) + I \times (P/A, i, n)$$

式中: $P$ 为债券的发行价格; $M$ 为到期偿还的面值; $(P/F, i, n)$ 为复利现值系数; $(P/A, i, n)$ 为年金现值系数; $I$ 为按票面利率计算的各期债券票面利息。

**【例 9-26】** 红岩股份有限公司发行面值 1 000 元的债券 100 份,总面值计人民币 100 000 元,票面利率为 10%,每半年付息一次,4 年期满,假定债券发行时的市场利率分别为 10%、12%、8%。该债券的发行价格应分别是:

(1) 市场利率为 10%,等于票面利率,债券发行价格等于债券面值 100 000 元,即平价发行。

(2) 市场利率为 8% 时,低于票面利率,每半年利率为 4%,期数 8 期,每 1 元的现值系数和年金现值系数分别为 0.730 7 和 6.732 7,则:

债券发行价格＝100 000×0.730 7＋5 000×6.732 7＝106 733.5(元)

这时债券的发行价格为 106 733.5 元,产生溢价 6 733.5 元。

(3) 市场利率为 12%,高于票面利率,债券的发行价格为:每半年利率为 6%,查得每一元的现值系数和年金现值系数分别是 0.627 4 和 6.210,则:

债券发行价格＝100 000×0.627 4＋5 000×6.209 8＝93 790(元)

即债券的发行价格为 93 790 元,产生债券折价为 6 210 元。

**(二) 公司债券发行的核算**

企业应设置"应付债券"账户核算公司债券的发行、计提债券利息及利息调整摊销以及利息支付和本金偿还情况,该账户下设置"面值"、"利息调整"和"应计利息"明细账户进行明细核算。

**【例 9-27】** 接【例 9-26】的资料。红岩股份有限公司发行公司债券的账务处理如下：

（1）平价发行时：

借：银行存款　　　　　　　　　　　　　　　　　　　100 000

　　贷：应付债券——面值　　　　　　　　　　　　　　　　100 000

（2）溢价发行时：

借：银行存款　　　　　　　　　　　　　　　　　　　106 733.50

　　贷：应付债券——面值　　　　　　　　　　　　　　　　100 000.00

　　　　　　　——利息调整　　　　　　　　　　　　　　　6 733.50

（3）折价发行时：

借：银行存款　　　　　　　　　　　　　　　　　　　93 790

　　应付债券——利息调整　　　　　　　　　　　　　　6 210

　　贷：应付债券——面值　　　　　　　　　　　　　　　　100 000

### （三）溢价、折价摊销的核算

对公司债券各期溢价或折价摊销额的计算，准则规定应采用实际利率法计算。

所谓实际利率法，是指在应付债券存续期间，每期的溢价或折价摊销金额按该期期初债券摊余成本乘以实际利率所计算的实际利息费用与该期债券票面利息的差额确定的一种摊销方法。

#### 1. 债券溢价摊销

**【例 9-28】** 接【例 9-27】的资料。进行债券溢价摊销。

表 9-3　债券溢价摊销计算表

（实际利率法）　　　　　　　　　　　　　　单位：元

| 计息期数 | 票面利息 | 利息费用 | 利息调整摊销额 | 利息调整未摊销余额 | 摊余成本 |
|---|---|---|---|---|---|
| | (1)<br>=100 000×5% | (2)<br>=期初(5)×4% | (3)=(1)−(2) | (4)<br>=期初(4)−(3) | 期末(5)<br>=期初(5)−(3) |
| 发行时 | | | | 6 733.5 | 106 733.5 |
| 1 | 5 000 | 4 269.34 | 730.66 | 6 002.84 | 106 002.84 |
| 2 | 5 000 | 4 240.11 | 759.89 | 5 242.95 | 105 242.95 |
| 3 | 5 000 | 4 209.72 | 790.28 | 4 452.67 | 104 452.67 |
| 4 | 5 000 | 4 178.11 | 821.89 | 3 630.78 | 103 630.78 |
| 5 | 5 000 | 4 145.23 | 854.77 | 2 776.01 | 102 776.01 |
| 6 | 5 000 | 4 111.04 | 888.96 | 1 887.05 | 101 887.05 |
| 7 | 5 000 | 4 075.48 | 924.52 | 962.53 | 100 962.53 |
| 8 | 5 000 | 4 037.47 | 962.53 | 0 | 1 000 000 |
| 合计 | 40 000 | 33 266.5 | 6 733.5 | — | — |

从表 9-3 中可知,在实际利率法下,每期的利息调整摊销额(溢价摊销)为该期票面利息与该期实际利息费的差额。企业应根据表 9-3 计算结果,在各期作相应的处理。

在第一期末的有关账务处理为:

(1) 确认实际利息费用和利息调整摊销时:

借:财务费用      4 269.34

    应付债券——利息调整      730.66

  贷:应付利息      5 000

(2) 实际支付债券利息时:

借:应付利息      5 000

  贷:银行存款      5 000

以后各期末确认利息费用和利息调整摊销的分录与(1)类似,支付第二期至第七期的债券利息的分录与(2)相同,故不再详细写出。

**2. 债券折价摊销**

【例 9-29】 接【例 9-27】的资料。进行债券折价摊销。

表 9-4 债券折价摊销表

(实际利率法)      单位:元

| 计息期数 | 票面利息 | 实际利息费用 | 利息调整摊销额 | 利息调整未摊销余额 | 摊余成本 |
|---|---|---|---|---|---|
| | (1)<br>＝100 000×5% | (2)<br>＝期初(5)×6% | (3)＝(2)－(1) | (4)<br>＝期初(4)－(3) | 期末(5)<br>＝期初(5)＋(3) |
| 发行时 | | | | 6 211 | 93 789 |
| 1 | 5 000 | 5 627.34 | 627.34 | 5 583.66 | 94 416.34 |
| 2 | 5 000 | 5 664.98 | 664.98 | 4 918.68 | 95 081.32 |
| 3 | 5 000 | 5 704.88 | 704.88 | 4 213.80 | 95 786.2 |
| 4 | 5 000 | 5 747.17 | 747.17 | 3 466.63 | 96 533.37 |
| 5 | 5 000 | 5 792.00 | 792.00 | 2 674.63 | 97 325.37 |
| 6 | 5 000 | 5 839.52 | 839.52 | 1 835.11 | 98 164.89 |
| 7 | 5 000 | 5 889.89 | 889.89 | 945.22 | 99 054.78 |
| 8 | 5 000 | 5 945.22* | 945.22 | 0 | 100 000 |

最后一期 5 945.22* 为尾差调整,5 945.22* ＝(100 000－99 054.78)＋5 000。

从表 9-4 可知,在实际利率法下,各期利息调整摊销额为该期实际利息费用与该期债券票面利息的差额。企业应根据表 9-4 计算结果,在各期作相应的处理。

第一期末的有关账务处理为:

(1) 确认实际利息费用和利息调整摊销额时:

借:财务费用      5 627.34

  贷:应付利息      5 000.00

| 应付债券——利息调整 | | 627.34 |
|---|---|---|

（2）支付第一期的债券利息时：

| 借：应付利息 | 5 000 | |
|---|---|---|
| 　　贷：银行存款 | | 5 000 |

以后各期末确认实际利息费用和利息调整摊销的分录与（1）类似，支付第二期至第七期的债券票面利息的分录与（2）相同。

### （四）公司债券到期偿还的核算

应付债券到期偿还时，无论债券发行价是按面值、溢价或折价，到期偿还的都是面值。若债券到期一次支付利息，还应支付全部利息。

【例 9-30】　接【例 9-28】或【例 9-29】的资料。到期归还债券本金和支付最后一期利息。其账务处理为：

| 借：应付债券——面值 | 100 000 | |
|---|---|---|
| 　　应付利息 | 5 000 | |
| 　　贷：银行存款 | | 105 000 |

### （五）可转换债券的会计核算

企业发行的可转换公司债券，既含有负债成份又含有权益成份，根据《企业会计准则第 37 号——金融工具列报》的规定，应当在初始确认时将负债和权益成份进行分拆，分别进行处理。企业在进行分拆时，应当先确定负债成份的公允价值并以此作为其初始确认金额，确认为应付债券；再按照该可转换公司债券整体的发行价格扣除负债成份初始确认金额后的金额确定权益成份的初始确认金额，确认为资本公积。负债成份的公允价值是合同规定的未来现金流量按一定利率折现的现值。其中，利率根据市场上具有可比信用等级并在相同条件下提供几乎相同现金流量，但不具有转换权的工具的适用利率确定。发行该可转换公司债券发生的交易费用，应当在负债成份和权益成份之间按照其初始确认金额的相对比例进行分摊。

企业发行可转换公司债券的有关账务处理如下：

企业发行的可转换公司债券在"应付债券"账户下设置"可转换公司债券"明细账户核算。企业应按实际收到的款项借记"银行存款"等账户，按可转换公司债券包含的负债成份面值贷记"应付债券——可转换公司债券（面值）"账户，按权益成份的公允价值贷记"资本公积——其他资本公积"账户，按其差额借记或贷记"应付债券——可转换公司债券（利息调整）"账户。

对于可转换公司债券的负债成份，在转换为股份前，其会计处理与一般公司债券相同，即按照实际利率和摊余成本确认利息费用，按照面值和票面利率确认应计利息或应付利息，差额作为利息调整的摊销。

当可转换公司债券持有人行使转换权利，将其持有的债券转换为股票的，发行方应按可转换公司债券的面值金额借记"应付债券——可转换公司债券（面值）"账户，借记或贷记"应付债券——可转换公司债券（利息调整）"账户，按其权益成份的金额借记"资本公积——其他资本公积"账户,按每股面值和转换的股数计算的股票面值总额贷记"股本"账户,按其差额贷记"资本公积——股本溢价"账户。如用现金支付不可转换股票的部分,还应贷记"库存现金"、"银行存款"等账户。

【例 9-31】 红岩股份有限公司经批准于 2010 年 1 月 1 日按每份面值 100 元发行了 1 000 000 份 5 年期一次还本付息的可转换公司债券,发行价款为 100 000 000 元,款项已收存银行,债券票面年利率为 6%。债券发行 1 年后可转换为本公司普通股股票,转股时每份债券可转 10 股,股票面值为每股 1 元。假定 2011 年 1 月 1 日债券持有人将持有的可转换公司债券全部转换为红岩公司普通股股票。公司发行可转换公司债券时二级市场上与之类似的没有转换权的债券市场利率为 9%。该可转换公司债券发生的利息费用不符合资本化条件。红岩股份有限公司有关该可转换公司债券的账务处理如下:

(1) 2010 年 1 月 1 日,发行可转换公司债券时:

首先,确定可转换公司债券负债成份的公允价值:

$$100\,000\,000 \times (P/F, 9\%, 5) + 100\,000\,000 \times 6\% \times (P/A, 9\%, 5)$$
$$= 100\,000\,000 \times 0.649\,9 + 6\,000\,000 \times 3.889\,7 = 88\,328\,200(元)$$

可转换公司债券权益成份的公允价值为:100 000 000 − 88 328 200 = 11 671 800(元)

借:银行存款　　　　　　　　　　　　　　100 000 000
　　应付债券——可转换公司债券(利息调整)　11 671 800
　　贷:应付债券——可转换公司债券(面值)　　100 000 000
　　　　资本公积——其他资本公积(股份转换权)　11 671 800

(2) 2010 年 12 月 31 日,确认利息费用时:

实际利息费用 = 88 328 200 × 9% = 7 949 538(元)
应计利息 = 100 000 000 × 6% = 6 000 000(元)

借:财务费用　　　　　　　　　　　　　　7 949 538
　　贷:应付债券——可转换公司债券(应计利息)　6 000 000
　　　　　　——可转换公司债券(利息调整)　　1 949 538

(3) 2011 年 1 月 1 日,当债券持有人行使转换权时:

转换的股份数 = 100 000 000 ÷ 10 = 10 000 000(股)

借:应付债券——可转换公司债券(面值)　　100 000 000
　　　　　　——可转换公司债券(应计利息)　6 000 000
　　贷:股本　　　　　　　　　　　　　　10 000 000
　　　　应付债券——可转换公司债券(利息调整)　9 722 262
　　　　资本公积——股本溢价　　　　　　86 277 738

同时,结转发行时权益工具的账面价值。

借:资本公积——其他资本公积(股份转换权)　11 671 800
　　贷:资本公积——股本溢价　　　　　　11 671 800

企业发行附有赎回选择权的可转换公司债券,其在赎回日可能支付的利息补偿金,即债券约定赎回期届满日应当支付的利息减去应付债券票面利息的差额,应当在债券发行日至债券约定赎回届满日期间计提应付利息,计提的应付利息分别计入相关资产成本或财务费用。

## 四、长期应付款

长期应付款是指除长期借款、应付债券以外的,偿还期在一年或超过一年的一个经营周期以上的其他债务,包括应付融资租入固定资产的租赁费、具有融资性质的延期付款购买资产发生的应付款项等。

### (一)应付融资租入固定资产的租赁费

企业采用融资租赁方式租入的固定资产,应在租赁期开始日将租赁资产的公允价值与最低租赁付款额现值两者中较低者,加上初始直接费用,作为租入资产的入账价值,借记"固定资产"等账户,按最低租赁付款额贷记"长期应付款"账户,按发生的初始直接费用贷记"银行存款"等账户,按其差额借记"未确认融资费用"账户。企业按照合同约定的付款日期支付租金时,借记"长期应付款"账户,贷记"银行存款"等账户。采用实际利率法摊销未确认融资费用时,借记"财务费用"账户,贷记"未确认融资费用"账户。

### (二)具有融资性质的延期付款购买资产

企业购买资产有可能延期支付有关价款。如果延期支付的购买价款超过正常信用条件,实质上具有融资性质的,所购资产的成本应当以延期支付购买价款的现值为基础确定。实际支付的价款与购买价款的现值之间的差额,应当在信用期间内采用实际利率法进行摊销,符合资本化条件的,计入相关资产成本,否则计入当期损益。其账务处理为:企业购入固定资产等资产超过正常信用条件延期付款实质上具有融资性质时,应按购买价款的现值借记"固定资产"、"在建工程"等账户,按应支付的价款总额贷记"长期应付款"账户,按其差额借记"未确认融资费用"账户。按期支付价款,借记"长期应付款"账户,贷记"银行存款"账户;采用实际利率法摊销未确认融资费用时,借记"财务费用"等账户,贷记"未确认融资费用"账户。

## 五、其他长期负债

### (一)递延收益

"递延收益"账户主要核算企业确认的应在以后期间计入当期损益的政府补助。

企业收到或应收的与资产相关的政府补助,借记"银行存款"、"其他应收款"等账户,贷记本账户。在相关资产使用寿命内分配递延收益,借记本账户,贷记"营业外收入"账户。

与收益相关的政府补助,用于补偿企业以后期间相关费用或损失的,按收到或应收的金额,借记"银行存款"、"其他应收款"等账户,贷记本账户。在发生相关费用或损失的未来期间,按应补偿的金额借记本账户,贷记"营业外收入"账户。用于补偿企业已发生的相关费用或损失的,按收到或应收的金额,借记"银行存款"、"其他应收款"等账户,贷记"营业外收入"账户。

对于递延收益是流动负债还是长期负债要看收益的摊销期限,期限长于一年以上就是长期负债。

### (二)专项应付款

"专项应付款"账户主要核算企业取得政府作为企业所有者投入的具有专项或特定用途的款项。企业收到或应收的资本性拨款,借记"银行存款"等账户,贷记本账户。将专项或特定用途的拨款用于工程项目,借记"在建工程"等账户,贷记"银行存款"、"应付职工薪酬"等账户。工程项目完工形成长期资产的部分,借记本账户,贷记"资本公积——资本溢价"账户;对未形成长期资产需要核销的部分,借记本账户,贷记"在建工程"等账户;拨款结余需要返还的,借记本账户,贷记"银行存款"账户。

### (三)递延所得税负债

递延所得税负债主要核算企业确认的应纳税暂时性差异产生的所得税负债。

资产负债表日,企业确认的递延所得税负债,借记"所得税费用——递延所得税费用"账户,贷记本账户。

资产负债表日递延所得税负债的应有余额大于其账面余额的,应按其差额确认,借记"所得税费用——递延所得税费用"账户,贷记本账户;资产负债表日递延所得税负债的应有余额小于其账面余额的,做相反的会计分录。

与直接计入所有者权益的交易或事项相关的递延所得税负债,借记"资本公积——其他资本公积"账户,贷记本账户。

企业合并中取得资产、负债的入账价值与其计税基础不同形成应纳税暂时性差异的,应于购买日确认递延所得税负债,同时调整商誉,借记"商誉"等账户,贷记本账户。

具体核算参见第十二章中所得税会计处理。

## 六、负债的报表列示

### (一)流动负债和长期负债信息列报

**1. 符合负债定义和负债确认条件的项目**
符合负债定义和负债确认条件的项目,应当列入资产负债表。

**2. 类别列报要求**
资产负债表上的负债应当包括流动负债和非流动负债等主要类别的合计项目。

**3. 单独列报的项目**
短期借款、应付及预收款项、应交税费、应付职工薪酬、预计负债、长期借款、长期应付款、应付债券应单独列报。

**4. 流动负债列报的标准**
符合下列条件之一的负债,应当归类为流动负债:预计在企业正常营业周期中清偿的负债;在自资产负债表日起一年内到期应予以清偿的负债;企业无权自主地将清偿推迟至自资产负债表日后一年以上的负债。

**5．负债列报的特殊考虑**

（1）展期债务的列报。

企业对于自资产负债表日起一年内到期的负债,预计能够自主地将清偿义务展期至自资产负债表日起一年以上的,应当归类为非流动负债;不能自主地将清偿义务展期的,应当归类为流动负债。

（2）重新安排清偿协议债务的列报。

企业在资产负债表日后、财务报表批准报出日前重新安排清偿计划协议,但在资产负债表日实质上属于流动负债的债务,仍应按流动负债列报。

（3）违约长期债务的列报。

① 企业在资产负债表日或之前违反了长期借款协议条款,导致贷款人可随时要求清偿,应当归类为流动负债。

② 贷款人在资产负债表日或之前同意提供自资产负债表日起一年以上的宽限期,并且企业能够在此期限内改正违约行为,且贷款人不能要求随时清偿,应当归类为非流动负债。

### （二）或有事项有关信息的列报与披露

**1．预计负债的列报**

企业因多项或有事项确认了预计负债,在资产负债表上一般通过"预计负债"项目进行总括反映,并在会计报表附注中作相应披露。与所确认预计负债有关的费用或支出应在扣除确认的补偿金额后,在利润表中列报。

**2．企业应当在附注中披露有关或有负债的信息**

① 或有负债的种类及其形成原因,包括未决诉讼、未决仲裁、对外提供债务担保等形成的或有负债。

② 经济利益流出不确定性的说明。

③ 或有负债预计产生的财务影响,以及获得补偿的可能性。无法预计的,应当说明原因。

### （三）债务人应当在附注中披露有关债务重组的信息

（1）债务重组的方式。

（2）确认的债务重组利得总额。

（3）将债务转为资本所导致的股本增加额。

（4）或有应付金额,以及处理中公允价值的确定方法。

# 第四节　借　款　费　用

## 一、借款费用的含义及内容

### （一）借款费用的含义

借款费用是企业因借入资金所付出的代价,它包括借款利息、折价或者溢价的摊销、辅助费用以及因外币借款而发生的汇兑差额等。

### （二）借款费用的内容

借款费用的内容主要包括：

（1）借款利息。

因借款而发生的利息，包括企业向银行或者其他金融机构等借入资金发生的利息、发行公司债券发生的利息，以及为购建或者生产符合资本化条件的资产而发生的带息债务所承担的利息等。

（2）因借款而发生的折价或溢价的摊销。

因借款而发生的折价或者溢价的摊销主要是指企业发行债券等所发生的折价或者溢价的摊销，其实质是对债券票面利息的调整（即将债券票面利率调整为实际利率），属于借款费用的范畴。

（3）因外币借款而发生的汇兑差额。

因外币借款而发生的汇兑差额是指由于汇率变动导致市场汇率与账面汇率出现差异，从而对外币借款本金及其利息的记账本位币金额所产生的影响金额。由于汇率的变化往往和利率的变化相联动，它是企业外币借款所需承担的风险，因此因外币借款相关汇率变化所导致的汇兑差额属于借款费用的有机组成部分。

（4）因借款而发生的辅助费用。

因借款而发生的辅助费用是指企业在借款过程中发生的诸如手续费、佣金、印刷费等费用，由于这些费用是因安排借款而发生的，也属于借入资金所付出的代价，是借款费用的构成部分。

对于企业发生的权益性融资费用，不应包括在借款费用中。但是承租人根据租赁会计准则所确认的融资租赁发生的融资费用属于借款费用。

## 二、借款费用资本化的条件

### （一）确认原则

借款费用的确认主要解决的是将每期发生的借款费用资本化计入相关资产的成本，还是将有关借款费用费用化计入当期损益的问题。借款费用确认的基本原则是：企业发生的借款费用可直接归属于符合资本化条件的资产购建或者生产的，应当予以资本化，计入相关资产成本；其他借款费用应当在发生时根据其发生额确认为费用，计入当期损益。

符合资本化条件的资产是指需要经过相当长时间的购建或者生产活动才能达到预定可使用状态或者可销售状态的固定资产、投资性房地产和存货等资产。建造合同成本、无形资产的开发支出等在符合条件的情况下，也可以认定为符合资本化条件的资产。其中，"相当长时间"应当是指资产的购建或者生产所必需的时间，通常为1年以上（含1年）。

在实务中，如果由于人为或者故意等非正常因素导致资产的购建或者生产时间相当长的，该资产不属于符合资本化条件的资产。购入即可使用的资产，或者购入后需要安装但所需安装时间较短的资产，或者需要建造或生产但建造或生产时间较短的资产，均不属于符合资本化条件的资产。

**【例 9-32】** 红岩股份有限公司于 2010 年 1 月 1 日起,用银行借款开工建设一幢简易厂房,厂房于当月 25 日完工,达到预定可使用状态。

在本例中,尽管公司借款用于固定资产的购建,但是由于该固定资产建造时间较短,不属于需要经过相当长时间的购建才能达到预定可使用状态的资产,因此所发生的相关借款费用不应予以资本化计入在建工程成本,而应当根据发生额计入当期财务费用。

**【例 9-33】** 红岩股份有限公司向银行借入资金分别用于生产 A 产品和 B 产品,其中 A 产品的生产时间较短,为 15 天;B 产品属于大型发电设备,生产时间较长,为 1 年零 3 个月。

为生产存货而借入的借款费用在符合资本化条件的情况下应当予以资本化,但本例中,由于 A 产品的生产时间较短,不符合需要经过相当长时间的生产才能达到预定可使用状态的资产,因此为 A 产品的生产而借入资金所发生的借款费用不应计入 A 产品的生产成本,而应当计入当期财务费用。由于 B 产品的生产时间比较长,属于需要经过相当长时间的生产才能达到预定可销售状态的资产,因此符合资本化资产的条件,有关借款费用可以资本化,计入 B 产品的成本中。

### (二)借款费用应予资本化的借款范围

借款包括专门借款和一般借款。专门借款是指为购建或者生产符合资本化条件的资产而专门借入的款项。专门借款通常应当有明确的用途,即为购建或者生产某项符合资本化条件的资产而专门借入,并通常应当具有标明该用途的借款合同。例如,某企业为了建造一条生产线向某银行专门贷款 50 000 000 元,某房地产开发企业为了开发某住宅小区向某银行专门贷款 2 亿元等均属于专门借款,其使用目的明确,而且其使用受到相关合同的限制。一般借款是指除专门借款之外的借款,相对于专门借款而言,一般借款在借入时,其用途通常没有特指用于符合资本化条件的资产的购建或者生产。

借款费用应予资本化的借款范围既包括专门借款,也可包括一般借款。其中,对于一般借款,只有在购建或者生产某项符合资本化条件的资产占用了一般借款时,才应将与该部分一般借款相关的借款费用资本化;否则,所发生的借款费用应当计入当期损益。

### (三)借款费用资本化期间的确定

只有发生在资本化期间内的有关借款费用才允许资本化,资本化期间的确定是借款费用确认和计量的重要前提。借款费用资本化期间是指从借款费用开始资本化时点到停止资本化时点的期间,但不包括借款费用暂停资本化的期间。

**1. 借款费用开始资本化的时点**

借款费用允许开始资本化必须同时满足三个条件,即资产支出已经发生、借款费用已经发生、为使资产达到预定可使用或者可销售状态所必要的购建或者生产活动已经开始。

(1)资产支出已经发生的判断。

资产支出包括以支付现金、转移非现金资产和承担带息债务形式所发生的支出。

① 支付现金是指用货币资金支付符合资本化条件的资产的购建或者生产支出。

②转移非现金资产是指企业将自己的非现金资产直接用于符合资本化条件的资产的购建或者生产。

③承担带息债务是指企业为了购建或者生产符合资本化条件的资产而承担的带息应付款项。企业以赊购方式购买这些物资所产生的债务可能带息,也可能不带息。如果企业赊购这些物资承担的是不带息债务,就不应当将购买价款计入资产支出,因为该债务在偿付前不需要承担利息,也没有占用借款资金。企业只有等到实际偿付债务,发生了资源流出时,才能将其作为资产支出。如果企业赊购物资承担的是带息债务,企业要为这笔债务付出代价,支付利息,与企业向银行借入款项用以支付资产支出在性质上是一致的。企业为购建或者生产符合资本化条件的资产而承担的带息债务应当作为资产支出,当该带息债务发生时,视同资产支出已经发生。

（2）借款费用已经发生的判断。

借款费用已经发生是指企业已经发生了因购建或者生产符合资本化条件的资产而专门借入款项的借款费用,或者占用了一般借款的借款费用。

（3）为使资产达到预定可使用或者可销售状态所必要的购建或者生产活动已经开始的判断。

为使资产达到预定可使用或者可销售状态所必要的购建或者生产活动已经开始是指符合资本化条件的资产的实体建造或者生产工作已经开始,如主体设备的安装、厂房的实际开工建造等。它不包括仅仅持有资产但没有发生为改变资产形态而进行的实质上的建造或者生产活动。

企业只有在上述三个条件同时满足的情况下,有关借款费用才可以开始资本化。只要其中有一个条件没有满足,借款费用就不能资本化,而应计入当期损益。

【例9-34】　红岩股份有限公司专门借入款项建造某项符合资本化条件的固定资产,相关借款费用已经发生,同时固定资产的实体建造工作也已开始,但为固定资产建造所需物资等都是赊购或者客户垫付的(且所形成的负债均为不带息负债),发生的相关薪酬等费用也尚未形成现金流出。则该例不满足资产支出已经发生的条件,虽然满足开始资本化的其他两个条件,但仍不能将有关借款费用予以资本化。

**2. 借款费用暂停资本化的时间**

符合资本化条件的资产在购建或者生产过程中发生非正常中断且中断时间连续超过3个月的,应当暂停借款费用的资本化。中断的原因必须是非正常中断,属于正常中断的,相关借款费用仍可资本化。在实务中,企业应当遵循"实质重于形式"等原则来判断借款费用暂停资本化的时间,如果相关资产购建或者生产的中断时间较长而且满足其他规定条件的,相关借款费用应当暂停资本化。

非正常中断通常是由于企业管理决策上的原因或者其他不可预见的原因等所导致的中断。例如,企业因与施工方发生了质量纠纷,或者工程、生产用料没有及时供应,或者资金周转发生了困难,或者施工、生产发生了安全事故,或者发生了与资产购建、生产有关的劳动纠纷等原因,导致资产购建或者生产活动发生中断均属于非正常中断。

【例9-35】　红岩股份有限公司于2010年1月1日利用专门借款开工兴建一幢厂房,支出已经发生,因此借款费用从当日起开始资本化。工程预计于2011年3月完工。2010年

5 月 15 日,由于工程施工发生了安全事故,导致工程中断,直到 9 月 10 日才复工。

该中断属于非正常中断,因此,上述专门借款在 5 月 15 日至 9 月 10 日间所发生的借款费用不应资本化,而应作为财务费用计入当期损益。

非正常中断与正常中断显著不同。正常中断通常仅限于购建或者生产符合资本化条件的资产达到预定可使用或者可销售状态所必要的程序,或者事先可预见的不可抗力因素导致的中断。例如,某些工程建造到一定阶段必须暂停下来进行质量或者安全检查,检查通过后才可继续下一阶段的建造工作,这类中断是在施工前可以预见的,而且是工程建造必须经过的程序,属于正常中断。某些地区的工程在建造过程中,由于可预见的不可抗力因素(如雨季或冰冻季节等)导致施工出现停顿,也属于正常中断。

**3. 借款费用停止资本化的时点**

购建或者生产符合资本化条件的资产达到预定可使用或者可销售状态时,借款费用应当停止资本化。在符合资本化条件的资产达到预定可使用或者可销售状态之后所发生的借款费用,应当在发生时根据其发生额确认为费用,计入当期损益。

资产达到预定可使用或者可销售状态是指所购建或者生产的符合资本化条件的资产已经达到建造方、购买方或者企业自身等预先设计、计划或者合同约定的可以使用或者可以销售的状态。企业在确定借款费用停止资本化的时点需要运用职业判断,应当遵循实质重于形式原则,针对具体情况,依据经济实质判断所购建或者生产的符合资本化条件的资产达到预定可使用或者可销售状态的时点,具体可从以下几个方面进行判断:

(1) 符合资本化条件的资产的实体建造(包括安装)或者生产活动已经全部完成或者实质上已经完成。

(2) 所购建或者生产的符合资本化条件的资产与设计要求、合同规定或者生产要求相符或者基本相符,即使有极个别与设计、合同或者生产要求不相符的地方,也不影响其正常使用或者销售。

(3) 继续发生在所购建或生产的符合资本化条件的资产上的支出金额很少或者几乎不再发生。

购建或者生产符合资本化条件的资产需要试生产或者试运行的,在试生产结果表明资产能够正常生产出合格产品,或者试运行结果表明资产能够正常运转或者营业时,应当认为该资产已经达到预定可使用或者可销售状态。

**【例 9-36】** 红岩股份有限公司借入一笔款项,于 2010 年 2 月 1 日采用出包方式开工兴建一幢厂房。2011 年 10 月 10 日工程全部完工,达到合同要求。10 月 30 日工程验收合格,11 月 15 日办理工程竣工结算,11 月 20 日完成全部资产移交手续,12 月 1 日厂房正式投入使用。

在本例中,企业应当将 2011 年 10 月 10 日确定为工程达到预定可使用状态的时点,作为借款费用停止资本化的时点。后续的工程验收日、竣工结算日、资产移交日和投入使用日均不应作为借款费用停止资本化的时点,否则会导致资产价值和利润的高估。

在符合资本化条件的资产的实际购建或者生产过程中,如果所购建或者生产的符合资本化条件的资产分别建造、分别完工,企业也应当遵循实质重于形式原则,区别不同情况,界定借款费用停止资本化的时点。

如果所购建或者生产的符合资本化条件的资产的各部分分别完工,且每部分在其他部分继续建造或者生产过程中可供使用或者可对外销售,且为使该部分资产达到预定可使用或可销售状态所必要的购建或者生产活动实质上已经完成的,应当停止与该部分资产相关的借款费用的资本化,因为该部分资产已经达到了预定可使用或者可销售状态。

如果企业购建或者生产的资产的各部分分别完工,但必须等到整体完工后才可使用或者对外销售的,应当在该资产整体完工时停止借款费用的资本化。在这种情况下,即使各部分资产已经完工,也不能够认为该部分资产已经达到预定可使用或者可销售状态,企业只能在所购建资产整体完工时,才能认为资产已经达到了预定可使用或者可销售状态,借款费用方可停止资本化。

## 三、借款费用资本化金额的确定

### (一)借款利息资本化金额的确定

在借款费用资本化期间内,每一会计期间的利息(包括折价或溢价的摊销,下同)的资本化金额应当按照下列原则确定:

**1. 专门借款利息资本化金额的确定**

为购建或者生产符合资本化条件的资产而借入专门借款的,应当以专门借款当期实际发生的利息费用减去将尚未动用的借款资金存入银行取得的利息收入或进行暂时性投资取得的投资收益后的金额,确定专门借款应予资本化的利息金额。

**2. 一般借款利息资本化金额的确定**

为购建或者生产符合资本化条件的资产而占用了一般借款的,企业应当根据累计资产支出超过专门借款部分的资产支出加权平均数乘以所占用一般借款的资本化率,计算确定一般借款应予资本化的利息金额。资本化率应当根据一般借款加权平均利率计算确定。即企业占用一般借款购建或者生产符合资本化条件的资产时,一般借款的利息费用的资本化金额的确定应当与资产支出相挂钩。有关计算公式如下:

一般借款利息费用资本化金额

＝累计资产支出超过专门借款部分的资产支出加权平均数

×所占用一般借款的资本化率

所占用一般借款的资本化率

＝所占用一般借款加权平均利率＝所占用一般借款当期实际发生的利息之和

÷所占用一般借款本金加权平均数

**3. 利息资本化金额的上限规定**

每一会计期间的利息资本化金额,不应当超过当期相关借款实际发生的利息金额。

**【例9-37】** 红岩股份有限公司于2010年1月1日正式动工兴建一幢厂房,工期预计为1年零6个月。工程采用出包方式,分别于2010年1月1日、2010年7月1日和2011年1月1日支付工程进度款。红岩公司为建造厂房于2010年1月1日专门借款30 000 000元,借款期限为3年,年利率为5%。另外,在2010年7月1日又专门借款60 000 000元,借款期限为5年,年利率为6%。借款利息按年支付(如无特别说明,例题中名义利率与实利率相同）。红岩公司将闲置借款资金用于固定收益债券短期投资,该短期投资月收益率为 0.5%。厂房于 2011 年 6 月 30 日完工,达到预定可使用状态。红岩公司为建造该厂房的支出金额如表 9-5 所示。

表 9-5　专门借款资金支出情况表　　　　　　　　　　单位:元

| 日　期 | 每期资产支出金额 | 累计资产支出金额 | 闲置借款资金用于短期投资金额 |
|---|---|---|---|
| 2010 年 1 月 1 日 | 15 000 000 | 15 000 000 | 15 000 000 |
| 2010 年 7 月 1 日 | 35 000 000 | 50 000 000 | 40 000 000 |
| 2011 年 1 月 1 日 | 35 000 000 | 85 000 000 | 5 000 000 |
| 合　计 | 85 000 000 | — | 60 000 000 |

由于红岩股份有限公司使用了专门借款建造厂房,而且厂房建造支出没有超过专门借款金额,因此,公司 2010 年、2011 年建造厂房应予资本化的利息金额计算如下:

(1) 确定借款费用资本化期间为 2010 年 1 月 1 日至 2011 年 6 月 30 日。

(2) 计算在资本化期间内专门借款实际发生的利息金额。

2010 年专门借款发生的利息金额

$$=30\,000\,000 \times 5\% + 60\,000\,000 \times 6\% \times 6/12 = 3\,300\,000(元)$$

2011 年 1 月 1 日至 6 月 30 日专门借款发生的利息金额

$$=30\,000\,000 \times 5\% \times 6/12 + 60\,000\,000 \times 6\% \times 6/12 = 2\,550\,000(元)$$

(3) 计算在资本化期间内利用闲置资金的专门借款资金进行短期投资的收益。

2010 年短期投资收益 $=15\,000\,000 \times 0.5\% \times 6 + 40\,000\,000 \times 0.5\% \times 6 = 1\,650\,000(元)$

2011 年 1 月 1 日至 6 月 30 日短期投资收益 $=5\,000\,000 \times 0.5\% \times 6 = 150\,000(元)$

(4) 由于在资本化期间内,专门借款利息费用的资本化金额应当以其实际发生的利息费用减去将闲置的借款资金进行短期投资取得的投资收益后的金额确定,因此:

公司 2010 年的利息资本化金额 $=3\,300\,000 - 1\,650\,000 = 1\,650\,000(元)$

公司 2011 年的利息资本化金额 $=2\,550\,000 - 150\,000 = 2\,400\,000(元)$

(5) 有关账务处理如下:

① 2010 年 12 月 31 日

借:在建工程——××厂房　　　　　　　　　　　　1 650 000

　　应收利息(或银行存款)　　　　　　　　　　　　1 650 000

　　贷:应付利息——××银行　　　　　　　　　　　　　3 300 000

② 2011 年 6 月 30 日

借:在建工程——××厂房　　　　　　　　　　　　2 400 000

　　应收利息(或银行存款)　　　　　　　　　　　　150 000

　　贷:应付利息——××银行　　　　　　　　　　　　　2 550 000

## (二)借款辅助费用资本化金额的确定

辅助费用是企业为了安排借款而发生的必要费用,包括借款手续费(如发行债券手续费)、佣金等。如果企业不发生这些费用，就无法取得借款，因此辅助费用是企业借入款项所付出的一种代价，是借款费用的有机组成部分。

对于企业发生的专门借款辅助费用，在所购建或者生产的符合资本化条件的资产达到预定可使用或者可销售状态之前发生的，应当在发生时根据其发生额予以资本化；在所购建或者生产的符合资本化条件的资产达到预定可使用或者可销售状态之后发生的，应当在发生时根据其发生额确认为费用，计入当期损益。上述资本化或计入当期损益的辅助费用的发生额，是根据《企业会计准则第 22 号——金融工具确认和计量》，按照实际利率法所确定的金融负债交易费用对每期利息费用的调整额。借款实际利率与合同利率差异较小的，也可以采用合同利率计算确定利息费用。一般借款发生的辅助费用，也应当按照上述原则确定其发生额并进行处理。

### （三）外币专门借款汇兑差额资本化金额的确定

当企业为购建或者生产符合资本化条件的资产所借入的专门借款为外币借款时，由于企业取得外币借款日、使用外币借款日和会计结算日往往并不一致，而外汇汇率又在随时发生变化，因此，外币借款会产生汇兑差额。相应地，在借款费用资本化期间内，为购建资本化资产而专门借入的外币借款所产生的汇兑差额是购建资产的一项代价，应当予以资本化，计入资产成本。出于简化核算的考虑，在资本化期间内，外币专门借款本金及其利息的汇兑差额应当予以资本化，计入符合资本化条件的资产的成本。而除外币专门借款之外的其他外币借款本金及其利息所产生的汇兑差额应当作为财务费用，计入当期损益。

## 第五节　债　务　重　组

# 一、债务重组的含义及特征

### （一）债务重组的含义

在市场经济条件下，竞争日趋激烈，由于各种因素（包括内部和外部）的影响，企业可能出现一些暂时性或严重的财务困难，致使资金周转不灵，难以按期偿还债务。在此情况下，作为债权人，一种方式是可以通过法律程序，要求债务人破产，以清偿债务；另一种方式是可以通过互相协商，通过债务重组的方式，债权人作出某些让步，使债务人减轻负担，渡过难关。

债务重组是指在债务人发生财务困难的情况下，债权人按照其与债务人达成的协议或法院的裁定作出让步的事项。

### （二）债务重组的特征

债务重组有以下两个基本特征：

（1）债务人发生财务困难。

这是指债务人出现资金周转困难或经营陷入困境，导致其无法或者没有能力按原定条件偿还债务。

（2）债权人作出让步。

这是指债权人同意发生财务困难的债务人现在或者将来以低于重组债务账面价值的金额或者价值偿还债务。债权人作出让步的情形主要包括债权人减免债务人部分债务本金或者利息、降低债务人应付债务的利率等。

债务人发生财务困难是债务重组的前提条件，而债权人作出让步是债务重组的必要条件。债务重组的结果是债权人产生了债务重组损失，债务人产生了债务重组利得。

## 二、债务重组的方式

按债务重组准则规定，债务重组的方式有如下几种：

（1）以资产清偿债务。

是指债务人转让其资产给债权人以清偿债务的债务重组方式。债务人通常用于偿债的资产主要有现金资产、存货、固定资产、无形资产等非现金资产。这里的现金资产是指货币资金，即库存现金、银行存款和其他货币资金。在债务重组的情况下，以现金资产清偿债务通常是指以低于债务的账面价值的现金清偿债务，如果以等量的现金偿还所欠债务，则不属于债务重组。

（2）债务转为资本。

是指债务人将债务转为资本，同时债权人将债权转为股权的债务重组方式。但债务人根据转换协议，将应付可转换公司债券转为资本的，则属于正常情况下的债务转资本，不能作为债务重组处理。

债务转为资本时，对股份有限公司而言，为将债务转为股本；对其他企业而言，是将债务转为实收资本。债务转为资本的结果是债务人因此而增加股本（或实收资本），债权人因此而增加股权。

（3）修改其他债务条件。

是指修改不包括上述（1）、（2）种情形在内的债务条件进行债务重组的方式，如减少债务本金、降低利率、免去应付未付的利息等。

（4）以上三种方式的组合。

是指采用以上三种方式共同清偿债务的债务重组形式。例如，以转让资产清偿某项债务的一部分，另一部分债务通过修改其他债务条件进行债务重组。

此外，需要注意的是，在债务重组中涉及的金融负债和金融资产只有在满足《企业会计准则第22号—金融工具的确认和计量》规定的金融负债和金融资产终止确认条件时才能终止确认。

## 三、债务重组的会计处理

### （一）以资产清偿债务

在债务重组中，企业以资产清偿债务的，通常包括以现金清偿债务和以非现金资产清偿债务等方式。

**1. 以现金清偿债务**

债务人以现金清偿债务的,债务人应当将重组债务的账面价值与支付的现金之间的差额确认为债务重组利得,作为营业外收入,计入当期损益,其中相关重组债务应当在满足金融负债终止确认条件时予以终止确认。

债务人以现金清偿债务的,债权人应当将重组债权的账面余额与收到的现金之间的差额确认为债务重组损失,作为营业外支出,计入当期损益,其中相关重组债权应当在满足金融资产终止确认条件时予以终止确认。重组债权已经计提减值准备的,应当先将上述差额冲减已计提的减值准备,冲减后仍有损失的,计入营业外支出;冲减后减值准备仍有余额的,应予转回并抵减当期资产减值损失。

267

【例 9-38】　红岩公司于 2010 年 2 月 15 日销售一批产品给甲公司,开具的增值税专用发票上的价款为 300 000 元,增值税税额为 51 000 元。按合同规定,甲公司应于 2010 年 5 月 15 日前偿付价款。由于甲公司发生财务困难,无法按合同规定的期限偿还债务,经双方协商于 2010 年 7 月 1 日进行债务重组。债务重组协议规定,红岩公司同意减免甲公司 50 000 元债务,余额用现金立即清偿。红岩公司于 2010 年 7 月 8 日收到甲公司通过银行转账偿还的剩余款项。红岩公司已为该项应收账款计提了 30 000 元坏账准备。

(1) 甲公司的账务处理:

① 计算债务重组利得:

| | |
|---|---|
| 应付账款账面余额 | 351 000 |
| 减:支付的现金 | 301 000 |
| 债务重组利得 | 50 000 |

② 会计分录为:

| | |
|---|---|
| 借:应付账款——红岩公司 | 351 000 |
| 　贷:银行存款 | 301 000 |
| 　　营业务收入——债务重组利得 | 50 000 |

(2) 红岩公司账务处理:

① 计算债务重组损失:

| | |
|---|---|
| 应收账款账面余额 | 351 000 |
| 减:收到的现金 | 301 000 |
| 差额 | 50 000 |
| 减:已计提坏账准备 | 30 000 |
| 债务重组损失 | 20 000 |

② 会计分录为:

| | |
|---|---|
| 借:银行存款 | 301 000 |
| 　坏账准备 | 30 000 |
| 　营业外支出——债务重组损失 | 20 000 |
| 　贷:应收账款——甲公司 | 351 000 |

**2. 以非现金资产清偿债务的会计处理**

债务人应将重组债务的账面价值与转让的非现金资产公允价值之间的差额确认为债

务重组利得;转让的非现金资产公允价值与其账面价值之间的差额作为转让资产损益,于当期确认。转让非现金资产的过程中发生的一些税费,如评估费、运杂费等,可以直接计入转让资产损益。对于增值税应税项目,如债权人不向债务人另行支付增值税,则增值税销项税额以作为冲减重组债务的账面价值处理;否则,不能冲减重组债务的账面价值。

债务人以非现金资产清偿某项债务的,债权人应当对受让的非现金资产按其公允价值入账,重组债权的账面余额与受让的非现金资产的公允价值之间的差额,确认为债务重组损失,作为营业外支出,计入当期损益,其中相关重组债权应当在满足金融资产终止确认条件时予以终止确认。重组债权已经计提减值准备的,应当先将上述差额冲减已计提的减值准备,冲减后仍有损失的,计入营业外支出(债务重组损失);冲减后减值准备仍有余额的,应予转回并抵减当期资产减值损失。对于增值税应税项目,如债权人不向债务人另行支付增值税,则增值税进项税额可以作为冲减重组债权的账面余额处理;如债权人向债务人另行支付增值税,则增值税进项税额不能作为冲减重组债权的账面余额处理。

债权人收到非现金资产时发生的有关运杂费等应当计入相关资产的价值。

1) 以库存材料、商品产品抵偿债务。

债务人以库存材料、商品产品抵偿债务,应视同销售进行核算。企业可将该项业务分为两部分:一是将库存材料、商品产品出售给债权人,取得货款。出售库存材料、商品产品业务与企业正常的销售业务处理相同,其发生的损益计入当期损益。二是以取得的货币清偿债务。当然在这项业务中实际上并没有发生相应的货币流入与流出。

【例 9-39】 红岩股份有限公司欠乙公司购货款 350 000 元。由于红岩公司财务发生困难,短期内不能支付已于 2010 年 5 月 1 日到期的货款。2010 年 7 月 1 日,经双方协商,乙公司同意红岩公司以其生产的产品偿还债务。该产品的公允价值为 200 000 元,实际成本为 120 000 元。红岩公司和乙公司均为增值税一般纳税人,适用的增值税税率为17%。乙公司于 2010 年 8 月 1 日收到红岩公司抵债的产品,并作为库存商品入库。乙公司对该项应收账款计提了 50 000 元的坏账准备。

(1) 红岩股份有限公司的账务处理:

① 计算债务重组利得:

| | |
|---|---:|
| 应付账款的账面余额 | 350 000 |
| 减:所转让产品的公允价值 | 200 000 |
| 增值税销项税额(200 000×17%) | 34 000 |
| 债务重组利得 | 116 000 |

② 应作会计分录如下:

| | | |
|---|---|---:|
| 借:应付账款——乙公司 | | 350 000 |
| 贷:主营业务收入 | | 200 000 |
| 应交税费——应缴增值税(销项税额) | | 34 000 |
| 营业外收入——债务重组利得 | | 116 000 |
| 借:主营业务成本 | | 120 000 |
| 贷:库存商品 | | 120 000 |

在本例中,红岩公司销售产品取得的利润体现在营业利润中,债务重组利得作为营业

外收入处理。

（2）乙公司的账务处理：

① 计算债务重组损失：

| | |
|---|---|
| 应收账款账面余额 | 350 000 |
| 减：受让资产的公允价值 | 200 000 |
| 增值税进项税额 | 34 000 |
| 差额 | 116 000 |
| 减：已计提坏账准备 | 50 000 |
| 债务重组损失 | 66 000 |

② 应作会计分录如下：

| | |
|---|---|
| 借：库存商品 | 200 000 |
| 　应交税费——应缴增值税（进项税额） | 34 000 |
| 　坏账准备 | 50 000 |
| 　营业外支出——债务重组损失 | 66 000 |
| 　贷：应收账款——红岩公司 | 350 000 |

2）以固定资产抵偿债务。

债务人以固定资产抵偿债务，应将固定资产的公允价值与该项固定资产账面价值和清理费用的差额作为转让固定资产的损益处理。同时，将固定资产的公允价值与应付债务的账面价值的差额作为债务重组利得，计入营业外收入。债权人收到的固定资产应按公允价值计量。

3）以股票、债券投资等金融资产抵偿债务。

债务人以股票、债券投资等金融资产清偿债务，应按相关金融资产的公允价值与其账面价值的差额作为转让金融资产的利得或损失处理；相关金融资产的公允价值与重组债务的账面价值的差额作为债务重组利得。债权人收到的相关金融资产应按公允价值计量。

### （二）以债务转为资本清偿债务时的会计处理

将债务转为资本，应分别按以下情况处理：

债务人应当在满足金融负债终止确认条件时终止确认重组债务，并将债权人放弃债权而享有股份的面值总额或者股权份额确认为股本或实收资本；将股份或股权份额的公允价值总额与股本（或实收资本）之间的差额确认为股本溢价（或资本溢价），计入资本公积。重组债务账面价值超过股份或股权的公允价值总额的差额，作为债务重组利得计入当期营业外收入。债务人增发资本可能发生的一些税费，有的可以作为抵减资本公积处理，如股票发行费；有的计入当期损益，如印花税。

债权人应当在满足金融资产终止确认条件时终止确认重组债权，并将因放弃债权而享有股份或股权的公允价值确认为对债务人的长期股权投资等，重组债权的账面余额与股份或股权的公允价值之间的差额确认为债务重组损失，计入营业外支出。债权人已对债权计提减值准备的，应当先将该差额冲减减值准备，减值准备不足以冲减的部分，作为债务重组损失计入营业外支出。发生的相关税费，分别按照长期股权投资或者金融工具确认计量的规定进行处理。

**【例 9-40】** 2010 年 2 月 10 日,乙公司销售一批材料给红岩股份有限公司,同时收到红岩股份有限公司签发并承兑的一张面值 100 000 元,年利率为 7％,6 个月期,到期还本付息的票据。8 月 10 日,因红岩公司资金周转困难而不能按期偿还所欠乙公司的票据款,经与乙公司协商,以其普通股抵偿应付乙公司的票据款。红岩公司用于抵债的普通股为 10 000 股,每股面值 1 元,股票市价为每股 9.6 元。假定印花税税率为 0.4％,不考虑其他税费。

红岩股份有限公司会计处理:

```
借:应付票据              (100 000＋3 500)      103 500
  贷:股本                                    10 000
    资本公积——股本溢价    (10 000×9.6－10 000)    86 000
    营业外收入——债务重组利得                  7 500
借:管理费用——印花税      (10 000×9.6×0.4％)     384
  贷:银行存款                                  384
```

### (三) 修改其他债务条件时的会计处理

企业采用修改其他债务条件进行债务重组的,应当区分是否涉及或有应付(或应收)金额进行会计处理。或有应付(或应收)金额是指需要根据未来某种事项出现而发生的应付(或应收)金额,而且该未来事项的出现具有不确定性。

**1. 不涉及或有应付(或应收)金额的债务重组**

以修改其他债务条件进行债务重组的,如果修改后的债务条款中不涉及或有应付金额,则债务人应当将重组债务的账面价值大于重组后债务的入账价值的差额作为债务重组利得,计入营业外收入。

以修改其他债务条件进行债务重组的,如果修改后的债务条款中不涉及或有应收金额,债权人应当将修改其他债务条件后的债权的公允价值作为重组后债权的账面价值,重组债权的账面余额与重组后债权的账面价值之间的差额作为债务重组损失,计入营业外支出。如债权人已对该债权计提减值准备的,应当先将该差额冲减减值准备,减值准备不足以冲减的部分作为债务重组损失计入营业外支出。

**2. 涉及或有应付(或应收)金额的债务重组**

以修改其他债务条件进行债务重组,修改后的债务条款如涉及或有应付金额,且该或有应付金额符合《企业会计准则第 13 号——或有事项》中有关预计负债确认条件的,债务人应当将该或有应付金额确认为预计负债。重组债务的账面价值与重组后债务的入账价值和预计负债金额之和的差额作为债务重组利得,计入营业外收入。或有应付金额在随后的会计期间没有发生的,企业应当冲销已确认的预计负债,同时确认营业外收入。

以修改其他债务条件进行债务重组的,修改后的债务条款中涉及或有应收金额的,债权人不应当确认或有应收金额,不得将其计入重组后债权的账面价值。根据谨慎性要求,或有应收金额属于或有资产,或有资产不予确认。只有在或有应收金额实际发生时,才计入当期损益。

### （四）混合重组方式债务重组的会计处理

债务重组以现金清偿债务、非现金清偿债务、债务转为资本、修改其他债务条件等方式的组合进行的,债务人应当依次以支付的现金、转让的非现金资产公允价值、债权人享有股份的公允价值冲减重组债务的账面价值,再按照修改其他债务条件的规定处理。同时确认债务重组过程中产生的非现金资产转让损益。

【例 9-41】 甲公司持有红岩股份有限公司开出并承兑的带息商业汇票一张,面值为20 000 元,票据到期时,累计利息为 1 000 元。由于红岩公司资金周转发生困难,经与甲公司协商,同意红岩公司支付 5 000 元现金,同时转让一项无形资产以清偿债务。该项无形资产的账面原值为 14 000 元,未进行摊销,也未计提减值准备,其公允价值为 13 000 元,红岩公司转让无形资产应缴纳的营业税为 650 元。假定红岩股份有限公司没有对转让的无形资产计提减值准备,且不考虑其他税费。

红岩股份有限公司债务的账面价值＝20 000＋1 000＝21 000(元)

借:应付票据——甲公司 21 000
　营业外支出——处置非流动资产损失 1 650
　贷:银行存款 5 000
　　无形资产 14 000
　　应交税费——营业税 650
　　营业外收入——债务重组利得 3 000

## 复习思考题

1. 什么是负债? 负债有哪些特征?
2. 什么是流动负债? 流动负债有何特征?
3. 什么是或有事项? 常见的或有事项有哪些? 或有事项有何特征?
4. 长期负债的特点有哪些?
5. 如何确认应付债券的实际利息费用?
6. 什么是借款费用? 它包括哪些内容?
7. 借款费用开始资本化的条件有哪些?
8. 债务重组的含义是什么? 债务重组的方式有哪些?

271

# 第 十 章

# 所有者权益

**【内容提要与学习要求】**

本章讲述了所有者权益的概念、来源及资本金分类,实收资本(股本)及资本公积的含义、核算内容与方法,盈余公积及未分配利润的含义及核算内容与方法。学习中应熟悉和掌握实收资本或股本的核算内容与方法,法定盈余公积的提取及使用的会计处理,了解所有者权益的概念、组成,资本公积的含义及内容,未分配利润的含义。

## 第一节　所有者权益概述

### 一、企业组织形式

根据市场经济的要求,现代企业的组织形式按照财产的组织形式和所承担的法律责任划分,通常分类为独资企业、合伙企业和公司型企业。

**1. 独资企业**

独资企业是一个自然人投资并兴办的企业,其业主享有全部的经营所得,同时对债务负有无限清偿责任。这种企业的规模都较小,其优点是经营者和所有者合一,经营方式灵活,建立和停业程序简单。这类企业的缺点是自身财力有限,抵御风险的能力较弱。

国有独资企业是指企业全部资产归国家所有,国家依照所有权和经营权分离的原则授予企业经营管理,国有独资企业依法取得法人资格,实行自主经营、自负盈亏、独立核算,以国家授予其经营管理的财产承担民事责任。国有独资企业是按照《中华人民共和国企业法人登记管理条例》规定登记注册的非公司制的经济组织,不包括有限责任公司中的国有独资公司。

**2. 合伙企业**

合伙企业是由两个以上的自然人订立合伙协议,共同出资、合伙经营、共享收益、共担风险,并对合伙企业债务承担无限连带责任的营利性组织。按照《中华人民共和国合伙企业法》规定,设立合伙企业应当具备下列条件:(1)有两个以上合伙人,并且都是依法承担无限责任者;(2)有书面合伙协议;(3)有各合伙人实际缴付的出资;(4)有合伙企业的名称;(5)有经营场所和从事合伙经营的必要条件。

**3. 公司型企业**

公司是指以营利为目的,由许多投资者共同出资组建,股东以其投资额为限对公司负责,公司以其全部财产对外承担民事责任的企业法人。公司的两种主要形式是有限责任公司和股份有限公司。有限责任公司股东以其出资额为限对公司承担责任,公司以其全部资产对公司的债务承担责任,股份有限公司其全部资本分成等额股份,股东以其所持股份为限对公司承担责任,公司以其全部资产对公司的债务承担责任。公司型企业有如下特点：(1)股东负有有限责任；(2)股份可转让,流动性好；(3)可以募集大量资金；(4)公司有独立的存在期限；(5)管理较科学,效率较高；(6)创办手续复杂,费用高；(7)保密性差,财务情况比较透明；(8)政府的限制较多；(9)社会负担重,要承担双重税负。

273

## 二、所有者权益的含义及构成

所有者权益是指企业资产扣除负债后由所有者享有的剩余权益。公司所有者权益又称为股东权益。

所有者权益包括所有者投入的资本、直接计入所有者权益的利得和损失、留存收益等。通常由实收资本(或股本)、资本公积(含资本溢价或股本溢价、其他资本公积)、盈余公积和未分配利润构成。

### (一)所有者投入的资本

所有者投入的资本是指所有者投入企业的资本部分,它既包括构成企业注册资本或者股本部分的金额,也包括投入资本超过注册资本或者股本部分的金额,即资本溢价或者股本溢价,这部分投入资本在我国企业会计准则体系中被计入了资本公积,并在资产负债表中的资本公积项目下反映。

### (二)直接计入所有者权益的利得和损失

直接计入所有者权益的利得和损失是指不应计入当期损益,会导致所有者权益发生增减变动的,与所有者投入资本或者向所有者分配利润无关的利得或者损失。其中,利得是指由企业非日常活动所形成的,会导致所有者权益增加的,与所有者投入资本无关的经济利益的流入。损失是指由企业非日常活动所发生的,会导致所有者权益减少的,与向所有者分配利润无关的经济利益的流出。

直接计入所有者权益的利得和损失主要包括可供出售金融资产的公允价值变动额等,发生时记入"资本公积－其他资本公积"账户。

### (三)留存收益

留存收益是企业历年实现的净利润留存于企业的部分,主要包括累计计提的盈余公积和未分配利润。

## 三、所有者权益的确认

所有者权益体现的是所有者在企业资产中的剩余权益,因此所有者权益的确认主要依赖于其他会计要素,尤其是资产和负债的确认。所有者权益金额的确定也主要取资产和负债的计量。

所有者权益反映的是企业所有者对企业资产的索取权,负债反映的是企业债权人对企业资产的索取权,两者在性质上有本质区别,因此企业在会计确认、计量和报告中应当严格区分负债和所有者权益,以如实反映企业的财务状况,尤其是企业的偿债能力和产权比率等。在实务中,企业的某些交易或者事项可能同时具有负债和所有者权益的特征,在这种情况下,企业应当将属于负债和所有者权益的部分分开核算和列报。例如,企业发行的可转换公司债券,企业应当将其中的负债部分和权益性工具部分进行分拆,分别确认负债和所有者权益。

# 第二节 投 入 资 本

## 一、投入资本概述

投入资本是企业注册登记的法定资本总额的来源,构成所有者权益的主体,即实收资本(或股本)以及资本公积中的资本溢价或股本溢价,是企业所有者实际投入企业的资金数额,进一步划分为实收资本(或股本)与资本公积。

所谓注册资本,是指企业在设立时向工商行政管理部门登记的资本总额,也就是全部出资者设定的出资额之和。企业对资本的筹集,应该按照法律、法规、合同和章程的规定及时进行。如果是一次筹集的,投入资本应等于注册资本;如果是分期筹集的,在所有者最后一次缴入资本以后,投入资本应等于注册资本。注册资本是企业的法定资本,是企业承担民事责任的财力保证。

在不同类型的企业中,注册资本的表现形式有所不同。在股份有限公司,注册资本表现为实际发行股票的面值,也称为股本;在有限责任公司,注册资本表现为所有者在注册资本范围内的实际出资额,也称为实收资本。

企业资本金按投资主体不同,一般可分为国家资本、法人资本、个人资本和外商资本4类,在股份有限公司也称为国家股、法人股、个人股和外资股。

(1) 国家资本是指有权代表国家投资的政府部门或机构,以国有资产投入企业形成的资本。

(2) 法人资本是指其他企业法人以其依法可支配的财产投入企业形成的资本。事业单位和社会团体,以国家允许其用于生产经营的资产向本企业投入的财产,也属法人投入资本。

(3) 个人资本是指社会个人或企业内部职工以个人合法财产投入企业形成的资本。

(4) 外商资本是中国境外的法人和个人以其外币、设备、无形资产或其他资产投入企业形成的资本。

## 二、投入资本的会计处理

### (一) 实收资本或股本的会计处理

由于股份有限公司和非股份有限公司的组织结构、设立方式等方面有所不同,因而对于实收资本(或股本)的核算也不尽相同。

我国《公司法》规定,股东可以用货币出资,也可以用实物、知识产权、土地使用权等可以用货币估价并可以依法转让的非货币财产作价出资。但是,法律、行政法规规定不得作为出资的财产除外。对作为出资的非货币财产应当评估作价,核实财产,不得高估或者低估作价。全体股东的货币出资金额不得低于有限责任公司注册资本的30%。不论以何种方式出资,投资者如在投资过程中违反投资合同或协议约定,不按规定如期缴足出资额,企业可以依法追究投资者的违约责任。

除股份有限公司外,其他企业应设置"实收资本"账户,核算投资者投入资本的增减变动情况。

股份有限公司应设置"股本"账户,核算公司实际发行股票的面值总额。

**1. 接受现金资产投资**

企业接受现金资产投资时,应以实际收到的金额或存入企业开户银行的金额借记"银行存款"等账户,按投资合同或协议约定的投资者在企业注册资本中所占份额的部分贷记"实收资本"账户,企业实际收到或存入开户银行的金额超过投资者在企业注册资本中所占份额的部分,贷记"资本公积——资本溢价"账户。

股份有限公司发行股票收到现金资产时,借记"银行存款"等账户,按每股股票面值和发行股份总额的乘积计算的金额,贷记"股本"账户,实际收到的金额与该股本之间的差额,贷记"资本公积——股本溢价"账户。

**【例 10-1】**　甲企业收到国家投入的资金 230 000 元,法人投入资金 60 000 元,个人投入资金 40 000 元,共计人民币 330 000 元,该款项全部存入本企业开户银行。其账务处理如下:

借:银行存款　　　　　　　　　　　　　　330 000
　贷:实收资本——国家资本　　　　　　　　　230 000
　　　　　　——法人资本　　　　　　　　　　60 000
　　　　　　——个人资本　　　　　　　　　　40 000

**【例 10-2】**　红岩股份有限公司发行普通股 20 000 000 股,每股面值为 1 元,发行价格为 6 元。股款 120 000 000 元扣除发行过程中发生相关税费 60 000 元后的净额已经全部收到。红岩股份有限公司的账务处理如下:

计入股本的金额=20 000 000×1=20 000 000(元)

计入资本公积的金额=(6-1)×20 000 000-60 000=99 940 000(元)

借:银行存款　　　　　　　　　　　　119 940 000
　贷:股本　　　　　　　　　　　　　　20 000 000
　　资本公积——股本溢价　　　　　　　99 940 000

**2. 接受非现金资产投资**

企业接受固定资产、无形资产等非现金资产投资时,应按投资合同或协议约定的价值(不公允的除外)作为固定资产、无形资产的入账价值,按投资合同或协议约定的投资者在企业注册资本或股本中所占份额的部分作为实收资本或股本入账,投资合同或协议约定的价值超过投资者在企业注册资本或股本中所占份额的部分计入资本公积。

【例 10-3】 红岩股份有限公司收到大江公司作为出资额投入的一批原材料入库,合同确认且专用发票列明该批原材料的价值为 200 000 元,增值税为 34 000 元。折算红岩公司股票 50 000 股,每股面值 1 元。红岩公司的账务处理如下:

| | | |
|---|---|---|
| 借:原材料 | 200 000 | |
| 应交税费——应缴增值税(进项税额) | 34 000 | |
| 贷:股本——大江公司 | | 50 000 |
| 资本公积——股本溢价 | | 184 000 |

**3. 实收资本或股本减少的会计处理**

企业实收资本减少的原因大体有两种:一是资本过剩;二是企业发生重大亏损而需要减少实收资本。有限责任公司发还投资的会计处理比较简单,按法定程序报经批准减少注册资本的,借记"实收资本"账户,贷记"库存现金"、"银行存款"等账户。

股份有限公司由于采用的是发行股票的方式筹集股本,发还股款时,则要回购发行的股票,发行股票的价格与股票面值可能不同,回购股票的价格也可能与发行价格不同,会计处理较为复杂。股份有限公司因减少注册资本而回购本公司股份的,应按实际支付的金额,借记"库存股"账户,贷记"银行存款"等账户。注销库存股时,应按股票面值和注销股数计算的股票面值总额,借记"股本"账户,按注销库存股的账面余额,贷记"库存股"账户,按其差额,冲减股票发行时原记入资本公积的溢价部分,借记"资本公积——股本溢价"账户,回购价格超过上述冲减"股本"及"资本公积——股本溢价"账户的部分,应依次借记"盈余公积"、"利润分配——未分配利润"等账户。如回购价格低于回购股份所对应的股本,所注销库存股的账面余额与所冲减股本的差额作为增加股本溢价处理,按回购股份所对应的股本面值借记"股本"账户,按注销库存股的账面余额贷记"库存股"账户,按其差额贷记"资本公积——股本溢价"账户。

【例 10-4】 红岩股份有限公司截至 2010 年 12 月 31 日共发行股票 30 000 000 股,每股面值为 1 元,资本公积(股本溢价)6 000 000 元,盈余公积 4 000 000 元。经股东大会批准,公司以现金回购本公司股票 3 000 000 股并注销。假定红岩公司按照每股 4 元回购股票,不考虑其他因素,红岩公司的账务处理如下:

库存股的成本=3 000 000×4=12 000 000(元)

| | | |
|---|---|---|
| 借:库存股 | 12 000 000 | |
| 贷:银行存款 | | 12 000 000 |
| 借:股本 | 3 000 000 | |
| 资本公积——股本溢价 | 6 000 000 | |
| 盈余公积 | 3 000 000 | |
| 贷:库存股 | | 12 000 000 |

【例 10-5】 接【例 10-4】的资料。假定红岩公司以每股 0.9 元回购股票,其他条件不变。红岩公司的账务处理如下:

库存股的成本=3 000 000×0.9=2 700 000(元)

| | | |
|---|---|---|
| 借:库存股 | 2 700 000 | |
| 贷:银行存款 | | 2 700 000 |

借：股本　　　　　　　　　　　　　　　　　3 000 000

　　贷：库存股　　　　　　　　　　　　　　　　　　2 700 000

　　　　资本公积——股本溢价　　　　　　　　　　　　300 000

由于红岩公司以低于面值的价格回购股票，股本与库存股成本的差额 300 000 元应作增加资本公积处理。

### （二）资本公积的会计处理

资本公积是企业收到投资者出资额超出其在注册资本（或股本）中所占份额的部分，以及直接计入所有者权益的利得和损失等。资本公积包括资本溢价（或股本溢价）和直接计入所有者权益的利得和损失等。

形成资本溢价（或股本溢价）的原因有溢价发行股票和投资者超额缴入资本等。直接计入所有者权益的利得和损失是指不应计入当期损益，会导致所有者权益发生增减变动的，与所有者投入资本或者向所有者分配利润无关的利得或者损失。

企业应当设置"资本公积"账户核算资本公积的增减变动及余额情况，在"资本公积"账户下一般应当设置"资本（或股本）溢价"、"其他资本公积"明细账户进行明细核算。

#### 1. 资本溢价或股本溢价的会计处理

1）资本溢价

除股份有限公司外的其他类型的公司型企业，在企业创立时，投资者认缴的出资额与注册资本一致，一般不会产生资本溢价。但在企业重组或有新的投资者加入时，常常会出现资本溢价。因为在企业进行正常生产经营后，其资本利润率通常要高于企业初创阶段，另外，企业有内部积累，新投资者加入企业后，对这些积累也要分享，所以新加入的投资者往往要付出大于原投资者的出资额才能取得与原投资者相同的出资比例。投资者多缴的部分就形成了资本溢价。

【例 10-6】　甲公司属有限责任公司，原来由三个所有者投资组成，每一所有者各投资 100 000 元，共计实收资本 300 000 元，经营一年以后，有另一投资者加入该企业，经协商企业将注册资本增加到 400 000 元。该投资者缴入 120 000 元，拥有该企业 25％的股份。在这种情况下，该企业收到 120 000 元的投入资本，则将 100 000 元作为实收资本入账，另外 20 000 元作为资本溢价，记入"资本公积"账户。甲公司应编制会计分录如下：

借：银行存款　　　　　　　　　　　　　　　120 000

　　贷：实收资本　　　　　　　　　　　　　　　　　100 000

　　　　资本公积——资本溢价　　　　　　　　　　　20 000

2）股本溢价

股份有限公司是以发行股票的方式筹集股本的，股票可按面值发行，也可按溢价发行，我国目前不准折价发行。

在按面值发行股票的情况下，企业发行股票取得的收入应全部作为股本处理；在溢价发行股票的情况下，企业发行股票取得的收入等于股票面值部分作为股本处理，超出股票面值的溢价收入应作为股本溢价处理。

发行股票相关的手续费、佣金等交易费用，如果是溢价发行股票的，应从溢价中抵扣，冲减资本公积(股本溢价);无溢价发行股票或溢价金额不足以抵扣的,应将不足抵扣的部分冲减盈余公积和未分配利润。

股份有限公司发行股票收到现金资产时,借记"银行存款"等账户,按每股股票面值和发行股份总额的乘积计算的金额贷记"股本"账户,实际收到的金额与该股本之间的差额贷记"资本公积——股本溢价"账户。

【例 10-7】 红岩股份有限公司委托西南证券公司代理发行普通股 2 000 000 股,每股面值 1 元,按每股 1.2 元的价格发行。公司与受托单位约定,按发行收入的 3% 收取手续费,从发行收入中扣除。收到的股款已存入银行。

根据上述资料,红岩公司应作以下会计处理:

公司收到受托发行单位交来的现金 $= 2\,000\,000 \times 1.2 \times (1 - 3\%)$

$\qquad = 2\,328\,000$(元)

应记入"资本公积"账户的金额 $=$ 溢价收入 $-$ 发行手续费

$\qquad = 2\,000\,000 \times (1.2 - 1) - 2\,000\,000 \times 1.2 \times 3\%$

$\qquad = 328\,000$(元)

借:银行存款 2 328 000
　　贷:股本 2 000 000
　　　　资本公积——股本溢价 328 000

3) 其他资本公积的核算

其他资本公积是指除资本溢价或股本溢价以外的资本公积,主要包括直接计入所有者权益的利得和损失。直接计入所有者权益的利得和损失主要由以下交易或事项引起:

(1) 采用权益法核算的长期股权投资。

长期股权投资采用权益法核算的,在持股比例不变的情况下,被投资单位除净损益以外所有者权益的其他变动,投资企业按持股比例计算应享有或分担的份额,计入其他资本公积。处置采用权益法核算的长期股权投资时,还应结转原计入其他资本公积的相关金额,借记或贷记"资本公积——其他资本公积"账户,贷记或借记"投资收益"账户。

(2) 可供出售金融资产公允价值的变动。

可供出售金融资产期末按公允价值进行后续计量,当其公允价值变动额为正数时,应借记"可供出售金融资产"账户下的"公允价值变动"专栏,贷记"资本公积——其他资本公积"账户;当其公允价值变动额为负数时,除属于可供出售金融资产应计提的减值损失以及外币货币性金融资产的汇兑损失之外,应借记"资本公积——其他资本公积"账户,贷记"可供出售金融资产"账户下的"公允价值变动"专栏。

(3) 投资性房地产的转换差额。

自用房地产或存货转换为采用公允价值模式计量的投资性房地产时,转换日的公允价值小于原账面价值的,其差额计入当期损益;转换日的公允价值大于原账面价值的,其差额作为其他资本公积,计入所有者权益。

(4) 权益结算的股份支付。

股份支付是指企业为获取职工和其他方提供服务而授予权益工具或者承担以权益工具为基础确定的负债的交易。企业授予职工期权、认股权证等衍生工具或其他权益工具,对职工进行激励或补偿,以换取职工提供的服务。以权益结算的股份支付换取职工或其他方提供服务的,应按权益工具授予日的公允价值,借记"管理费用"等账户,贷记"资本公积(其他资本公积)"。在行权日,应按实际行权的权益工具数量计算确定的金额借记"资本公积(其他资本公积)",按计入实收资本或股本的金额贷记"实收资本"或"股本"账户,按其差额贷记"资本公积(资本溢价或股本溢价)"。

4) 资本公积转增资本的会计处理

按照我国《公司法》的规定,法定公积金(资本公积和盈余公积)转为资本时,所留存的该项公积金不得少于转增前公司注册资本的25%。经股东大会或类似机构决议,用资本公积转增资本时,应冲减资本公积,同时按照转增前的实收资本(或股本)的结构或比例,将转增的金额记入"实收资本"(或"股本")账户下各所有者的明细分类账。

**【例 10-8】** 甲、乙、丙三人共同投资设立大江有限责任公司,原注册资本为 4 000 000 元,甲、乙、丙分别出资 500 000 元、2 000 000 元和 1 500 000 元。因扩大经营规模需要,经批准,大江公司按原出资比例将资本公积 1 000 000 元转增资本。

借:资本公积　　　　　　　　　　　　　　　　1 000 000

　　贷:实收资本——甲　　　　　　　　　　　　　125 000

　　　　　　　——乙　　　　　　　　　　　　　500 000

　　　　　　　——丙　　　　　　　　　　　　　375 000

# 第三节　留存收益

## 一、留存收益概述

留存收益是指企业从历年实现的利润中提取而形成的留存于企业的内部积累,包括盈余公积和未分配利润两类。

### (一)盈余公积

盈余公积是指企业按照规定从净利润中提取的各种积累资金。公司制企业的盈余公积分为法定盈余公积和任意盈余公积。两者的区别在于其各自计提的依据不同。前者以国家的法律或行政规章为依据提取;后者则由企业自行决定提取。

**1. 盈余公积的提取**

法定盈余公积的提取,公司制企业的法定盈余公积按照税后利润 10% 的比例提取(非公司制企业也可按照超过 10% 的比例提取),在计算提取法定盈余公积的基数时,不包括企业年初未分配利润。公司法定盈余公积累计额为公司注册资本的 50% 以上时,可以不再提取法定盈余公积。

任意盈余公积的提取,公司从税后利润中提取法定盈余公积后,经股东会或者股东大会决议,还可以从税后利润中提取任意盈余公积金。非公司制企业经类似权力机构批准也可提取任意盈余公积。

279

### 2. 盈余公积的用途

企业提取的盈余公积主要可以用于以下几个方面：

（1）弥补亏损。

企业发生亏损时，应由企业自行弥补。弥补亏损的渠道主要有三条：一是用以后年度税前利润弥补。按照现行所得税法规定，企业发生亏损时，可以用其后连续 5 年内实现的税前利润弥补，即税前利润弥补亏损的期间为 5 年。二是用以后年度税后利润弥补。企业发生的亏损经过其后 5 年期间税前利润补亏未弥补足额的，尚未弥补的亏损应用所得税后的利润弥补。三是以盈余公积弥补亏损。企业以提取的盈余公积弥补亏损时，应当由公司董事会提议，并经股东大会批准。

（2）转增资本。

企业将盈余公积转增资本时，必须经股东大会决议批准。在实际将盈余公积转增资本时，要按股东原有持股比例结转。

企业提取的盈余公积，无论是用于弥补亏损，还是用于转增资本，只不过是在企业所有者权益内部作结构上的调整。比如企业以盈余公积弥补亏损时，实际是减少盈余公积留存的数额，以此抵补未弥补亏损的数额，并不引起企业所有者权益总额的变动；企业以盈余公积转增资本时，也只是减少盈余公积结存的数额，但同时增加企业实收资本或股本的数额，也并不引起所有者权益总额的变动。

（3）扩大企业生产经营。

盈余公积的用途并不是指其实际占用形态，提取盈余公积也并不是单独将这部分资金从企业资金周转过程中抽出。企业盈余公积的结存数实际只表现为企业所有者权益的组成部分，表明企业生产经营资金的一个来源而已。其形成的资金可能表现为一定的货币资金，也可能表现为一定的实物资产，如存货和固定资产等，随同企业的其他来源所形成的资金进行循环周转，用于企业的生产经营。

### （二）未分配利润

未分配利润是企业留待以后年度进行分配的结存利润，也是企业所有者权益的组成部分。相对于所有者权益的其他部分来讲，企业对于未分配利润的使用分配有较大的自主权。从数量上来讲，期末未分配利润是期初未分配利润，加上本期实现的净利润，减去提取的各种盈余公积和分出利润后的余额。

## 二、留存收益的会计处理

### （一）盈余公积的会计处理

企业应设置"盈余公积"账户核算其盈余公积的提取和使用以及结存情况。企业还应在"盈余公积"总账账户下设置"法定盈余公积"和"任意盈余公积"两个明细账户分别核算各项盈余公积的情况。"盈余公积"账户的贷方登记企业按照有关法规规定或股东大会的决议从税后利润中提取的法定盈余公积和任意盈余公积的数额；借方登记企业将盈余公积用于弥补亏损、转增资本而减少盈余公积的数额；期末该账户的贷方余额表示企业提取而尚未转出的盈余公积结存额。

企业还应在"利润分配"总账账户下分别设置"提取法定盈余公积"和"提取任意盈余公积"明细账户核算企业盈余公积的提取情况。提取各项盈余公积时分别记入各相关明细账户的借方,贷记"盈余公积"账户。

**1. 提取盈余公积的会计处理**

企业按规定提取盈余公积时,应借记"利润分配"账户下的"提取法定盈余公积"和"提取任意盈余公积"明细账户,贷"盈余公积"账户下的"法定盈余公积"、"任意盈余公积"明细账。

【例 10-9】　红岩股份有限公司本年实现净利润为 2 500 000 元,按 10％的比例提取法定盈余公积 250 000 元。又根据股东大会决议,按净利润的 8％提取任意盈余公积 200 000 元。红岩公司应编制会计分录如下:

提取法定盈余公积时:

借:利润分配——提取法定盈余公积　　　　　　　　　　250 000

　　贷:盈余公积——法定盈余公积　　　　　　　　　　　　250 000

提取任意盈余公积时:

借:利润分配——提取任意盈余公积　　　　　　　　　　200 000

　　贷:盈余公积——任意盈余公积　　　　　　　　　　　　200 000

值得说明的是,企业在作提取两项盈余公积的会计处理时也可编制一笔分录。

**2. 盈余公积补亏的会计处理**

企业用提取的盈余公积弥补亏损时,应按照当期弥补亏损的数额,借记"盈余公积－法定盈余公积(或任意盈余公积)"账户,贷记"利润分配－盈余公积补亏"账户。

【例 10-10】　红岩股份有限公司经研究决定用以前年度提取的法定盈余公积弥补以前年度亏损 300 000 元。其账务处理如下:

借:盈余公积－法定盈余公积　　　　　　　　　　　　　300 000

　　贷:利润分配－盈余公积补亏　　　　　　　　　　　　　300 000

**3. 盈余公积转增资本**

企业用盈余公积转增资本,应按照批准的转增资本数额,借"盈余公积－法定盈余公积(或任意盈余公积)"账户,贷记"实收资本"(或"股本")账户。

【例 10-11】　红岩股份有限公司经批准,将本公司的任意盈余公积 200 000 元用于转增股本 200 000 股,每股面值 1 元。其账务处理如下:

借:盈余公积－任意盈余公积　　　　　　　　　　　　　200 000

　　贷:股本　　　　　　　　　　　　　　　　　　　　　　200 000

**(二)未分配利润的会计处理**

在会计处理上,未分配利润是通过"利润分配"账户进行核算的,"利润分配"账户应当分别设置"提取法定盈余公积"、"提取任意盈余公积"、"应付现金股利或利润"、"转作股本的股利"、"盈余公积补亏"和"未分配利润"等明细账户进行核算。

**1. 期末结转的会计处理**

企业期末采用账结法核算利润时,应将各损益类账户的余额转入"本年利润"账户,结平各损益类账户。结转后"本年利润"的贷方余额为截止当期末累计实现的净利润,借方余额为累计发生的净亏损。年度终了,应将全年实现的净利润或发生的净亏损转入"利润分配——未分配利润"账户的贷方或借方。同时,将"利润分配"账户所属的其他明细账户的余额转入"未分配利润"明细账户。结转后,"未分配利润"明细账户若为贷方余额,就是年末未分配利润的金额;如出现借方余额,则表示年末累计尚未弥补亏损的金额。经利润分配的结转后,"利润分配"账户所属的其他明细账户应无余额。

**2. 分配股利或利润的会计处理**

公司型企业先由公司董事会提出分配现金股利或利润的方案,此时并不作会计处理,可在报表附注中披露。只有经股东大会或类似机构决议,通过了分配给股东或投资者的现金股利或利润的方案后,借记"利润分配——应付现金股利或利润"账户,贷记"应付股利"账户。经股东大会或类似机构决议,分配给股东的股票股利,应在办理增资手续后,借记"利润分配——转作股本的股利"账户,贷记"股本"账户。

**3. 弥补亏损的会计处理**

企业在生产经营过程中既有可能发生盈利,也有可能出现亏损。企业在当年发生亏损的情况下,应当将本年发生的亏损在年末自"本年利润"账户的贷方转入"利润分配——未分配利润"账户的借方,即借记"利润分配——未分配利润"账户,贷记"本年利润"账户。结转后"利润分配"账户的借方余额即为未弥补亏损的数额。然后通过"利润分配"账户核算有关亏损的弥补情况。

由于未弥补亏损形成的时间长短不同等原因,以前年度未弥补亏损有的可以以当年实现的税前利润弥补,有的则需用税后利润弥补或用盈余公积弥补。无论是以当年实现的税前利润还是税后利润弥补以前年度结转的未弥补亏损,不需要进行专门的账务处理。企业应将当年实现的净利润自"本年利润"账户的借方转入"利润分配——未分配利润"账户的贷方,其贷方发生额与"利润分配——未分配利润"的原有借方余额自然抵补。无论是以税前利润还是以税后利润弥补亏损,其会计处理方法均相同。但是,两者在计算缴纳所得税时的处理是不同的。在以税前利润弥补亏损的情况下,其弥补的数额可以抵减当期企业应纳税所得额,而以税后利润弥补的数额则不能作为纳税所得扣除处理。

**【例 10-11】** 红岩股份有限公司的股本为 100 000 000 元,每股面值 1 元。2011 年年初未分配利润为贷方余额 25 000 000 元,2011 年实现净利润 50 000 000 元。假定公司按照当年实现净利润的 10%提取法定盈余公积,5%提取任意盈余公积。2012 年 4 月 20 日经公司股东大会批准,决定向股东按每股 0.2 元派发现金股利,按每 10 股送 3 股的比例派发股票股利。2012 年 5 月 15 日,公司以银行存款支付了全部现金股利,新增股本也已经办理完股权登记和相关增资手续。红岩公司的有关会计处理如下:

(1) 2011 年年度终了时,公司结转本年实现的净利润:

借:本年利润                                50 000 000

    贷:利润分配——未分配利润                  50 000 000

（2）2011年年末提取法定盈余公积和任意盈余公积：

借：利润分配——提取法定盈余公积　　　　　　　　5 000 000

　　　　　　——提取任意盈余公积　　　　　　　　2 500 000

　　贷：盈余公积——法定盈余公积　　　　　　　　　　　　5 000 000

　　　　　　　　——任意盈余公积　　　　　　　　　　　　2 500 000

（3）2011年年末结转"利润分配"的明细账户：

借：利润分配——未分配利润　　　　　　　　　　　7 500 000

　　贷：利润分配——提取法定盈余公积　　　　　　　　　　5 000 000

　　　　　　　　——提取任意盈余公积　　　　　　　　　　2 500 000

红岩公司2011年年底"利润分配——未分配利润"账户的余额为：

$$25\,000\,000+50\,000\,000-7\,500\,000=67\,500\,000（元）$$

即贷方余额67 500 000元，反映企业的累计未分配利润为67 500 000元。

（4）2012年4月20日，批准发放现金股利：

$$应付股利=100\,000\,000\times0.2=20\,000\,000（元）$$

借：利润分配——应付现金股利　　　　　　　　　20 000 000

　　贷：应付股利　　　　　　　　　　　　　　　　　　　　20 000 000

（5）2012年4月30日，结转已分配现金股利：

借：利润分配——未分配利润　　　　　　　　　　20 000 000

　　贷：利润分配——应付现金股利　　　　　　　　　　　　20 000 000

2012年4月30日，"利润分配"总账期末余额及"未分配利润"明细账户期末余额均为47 500 000（67 500 000－20 000 000）元。

（6）2012年5月15日，发放股票股利：

$$股票股利=100\,000\,000\div10\times3=30\,000\,000（元）$$

借：利润分配——转作股本的股利　　　　　　　　30 000 000

　　贷：股本　　　　　　　　　　　　　　　　　　　　　　30 000 000

（7）2012年5月15日，实际发放现金股利：

借：应付股利　　　　　　　　　　　　　　　　　20 000 000

　　贷：银行存款　　　　　　　　　　　　　　　　　　　　20 000 000

（8）2012年5月31日，结转已分配股票股利：

借：利润分配——未分配利润　　　　　　　　　　30 000 000

　　贷：利润分配——转作股本的股利　　　　　　　　　　　30 000 000

2012年5月31日，"利润分配"总账期末余额及"未分配利润"明细账户期末余额均为17 500 000（47 500 000－30 000 000）元。

## 三、股利分派

在通常情况下，股利只能依据公司本期和前期的净收益来分派，发放形式可以为现金股利、财产股利、负债股利，也可以是股票股利。分派现金股利、财产股利、负债股利会使股东权益减少；而分派股票股利则不影响股东权益总额，因为它一方面减少了留存收益；

另一方面增加了股本总额。股利的发放日期和股利所采取的形式与公司财务政策紧密相关。在决定是否发放股利、以什么形式发放股利时，公司要考虑一些有关限制，如法律上的制约、现金支付能力的制约、与优先股股东的契约、董事会自行限制以及股东要求与税收政策的制约等，要权衡发放与不发放的利益，要分析公司财务状况的影响。绝不能因发放股利而使公司财务状况恶化，同时也不能使公司的股票失去吸引力。

### （一）现金股利

现金股利是以现金方式向股东派发的股利，也是最常见的一种股利派发方式。投资者之所以投资于股票，主要是希望得到与投资于其他渠道可能获得的投资收益相比更多的现金股利。股份有限公司发放现金股利必须具备三个条件：（1）有足够的留存收益；（2）有足够的现金；（3）有董事会的决定。

### （二）财产股利

财产股利是以非现金资产向公司股东分配的股利，如用存货、不动产、有价证券等支付公司股东的股利，最常见的财产股利形式是公司所持有的外公司的有价证券，如股票、债券。财产股利和现金股利相比，只是派发的资产类型不同而已。支付其他公司证券时，如果是按成本记账的，对付出的证券不能以原账面价值作为计价基础，而应以股利宣告日的公允价值计算支付的应计股利。

### （三）负债股利

负债股利是指公司通过发放公司债券或开出并承兑商业汇票等证券来发放股利。通常负债股利都是以应付票据的形式来支付。票据股利的票据，有的带息，有的不带息；有规定的到期日。公司发放负债股利，都是在已经宣布发放股利，但又面临现金不足、难以支付的窘境时，出于无奈，为了顾全如期发放股利的信誉而采用的一种权宜之计。

很少有以长期债券来抵付股利。如果公司在万不得已的情况下要以发行公司债券来抵付股利，那就必须事先征得股东大会的同意。

派发负债股利，一方面会相应地减少留存收益；另一方面会相应地增加负债，其实质是权益间的一种转换，即将股东权益转换为债权人权益。因此，股利派发后，股东权益总额将会减少，而负债总额将会增加。

### （四）股票股利

股票股利是公司用增发的股票分给股东当作股利。通常都是按现有股东持有股份的比例来分派，并且采用增发普通股的形式发给普通股股东。

宣布和分发股票，既不影响公司的资产和负债，也不影响股东权益总额。它只是在股东权益内部把一个项目转为另一个项目，即减少留存收益项目，增加股本项目。获得股票股利的股东，虽然所持有的股票数量有所增加，但在公司中所占权益的份额并未发生变化。

股票股利可根据发行的全部股票计算，不管这些股票是发行在外由股东所持有，还是公司的库藏股票由公司所持有。但有时,股票股利也可只按照发行在外的股票计算。显然,在前一种情况下,股东的相对地位在发放股票股利后保持不变;而在后一种情况下,股东在股票发行总额中所持有股权的比率就会有所增加。

对于股票股利的会计处理,其主要的会计问题是计价,即决定应把多少金额转为股本,是按面值转还是按市价转。有人主张按面值转,认为这符合实际成本原则;也有人主张按市价转,理由是股票可以流通,随时可以抛售变现。在会计实务中,一般都按其面值从留存收益转入股本。

需要指出的是,在我国目前的股份有限公司分配股利的形式主要为现金股利和股票股利两种。而财产股利、负债股利是西方国家的股份公司所采用的股利形式。

## 复习思考题

1. 简述所有者权益的含义及其来源。

2. 简述企业的组织形式及其特点。

3. 何谓投入资本? 如何对投入资本作会计处理?

4. 何谓资本公积? 它包括哪些构成内容?

5. 简述留存收益的含义及其构成内容。

6. 公司制企业如何提取盈余公积? 盈余公积的用途有哪些?

7. 企业的亏损弥补方式有哪些? 补亏该如何作会计处理?

8. 股份有限公司实现的净利润应怎样分配? 何时作不同的利润分配内容的会计处理?

# 第十一章

## 费用

【内容提要与学习要求】

本章讲述了费用的概念、特征及分类，介绍了生产成本核算的一般程序和主要内容，讲述了期间费用的核算内容与方法以及主营业务成本、其他业务成本、营业税金及附加、资产减值损失、营业外支出、所得税费用等的核算。学习中应理解费用的概念及特征，应了解生产成本核算的一般程序及品种法的内容，费用的分类及结果。

## 第一节  费用的概念与分类

### 一、费用的概念

费用是一个流量概念，它代表企业为获取一定的收入，在日常的生产经营活动中所发生的物化劳动和活劳动的耗费，具体表现为资产的减损或负债的增加。在会计界，对费用的理解有广义和狭义之分。

#### （一）广义的费用概念

其代表是国际会计准则委员会对费用要素的定义："费用是指会计期间内经济利益的减少，其表现形式为资产减少或负债增加而引起的所有者权益减少，但不包括向所有者进行分配等经济活动引起的所有者权益减少"，"费用的定义包括了损失，也包括那些在企业日常活动中发生的费用"，因而是一个广义的费用概念。

#### （二）狭义的费用概念

其代表是美国财务会计准则委员会（FASB）在其第 6 号概念公告中的定义："费用（Expense）是某一主体在其持续的、主要或核心业务中，因交付或生产了货品，提供了劳务，或进行了其他活动，而付出的或其他耗用的资产，或因而承担的负债（或两者兼而有之）。"在该定义中，费用主要是因为在主要业务中发生的经济利益流出。

#### （三）我国对费用的定义

2006 年颁布的《企业会计准则——基本准则》中，我国对费用的概念做了如下的界定：费用是指企业在日常活动中发生的、会导致所有者权益减少的、与向所有者分配利润无关的经济利益的总流出。很明显这是狭义的费用定义。

对费用的定义虽然各国有一定的差异,但一般认为费用具有以下特征:

(1) 费用是企业在日常活动中发生的。

费用必须是企业在其日常活动中所发生的,这些日常活动的界定与收入定义中涉及的日常活动的界定相一致。因日常活动所发生的费用通常包括销售成本(营业成本)、管理费用等。将费用界定为日常活动所发生的,目的是为了将其与损失相区分,企业非日常活动所形成的经济利益的流出不能确认为费用,而应当作为损失。

287

(2) 费用会导致所有者权益的减少。

与费用相关的经济利益的流出应当会导致所有者权益的减少,不会导致所有者权益减少的经济利益的流出不符合费用的定义,不应确认为费用。

(3) 费用是与向所有者分配利润无关的经济利益的总流出。

费用的发生应当会导致经济利益的流出,从而导致资产的减少或者负债的增加(最终也会导致资产的减少)。其表现形式包括现金或者现金等价物的流出,存货、固定资产和无形资产等的流出或者消耗等。企业向所有者分配利润也会导致经济利益的流出,而该经济利益的流出属于投资者投资回报的分配,是所有者权益的直接抵减项目,不应确认为费用,应当将其排除在费用的定义之外。

## 二、费用的分类

正确的费用分类有利于我们对费用与收入进行配比,对正确计算损益有着十分重要的影响。广义的费用包括营业成本、营业税金及附加、期间费用、资产减值损失、公允价值变动投资损失、营业外支出和所得税费用等这些费用项目。

### (一) 按照费用对净利润的影响分类

广义的费用中,按照费用对净利润的影响程度将费用分为三类,即与营业利润相关的费用、与利润总额相关的费用和与净利润相关的费用。其中营业成本、营业税金及附加、期间费用、投资损失、资产减值损失和公允价值变动损失与营业收入相配比,属于与营业利润相关的费用;营业外支出也可统称为损失,它们与营业利润无关,但在计算利润总额时需要予以扣除,因此可以说是与利润总额相关的费用;所得税费用则比较特殊,它是在确定了利润总额以后,在计算税后净利润时需予以扣除的费用。

#### 1. 与营业利润相关的费用

(1) 营业成本。是企业因销售商品、提供劳务或让渡资产使用权等日常活动而发生的实际成本。也就是企业为获得营业收入而付出的产品、商品或劳务等的价值。应该在确认销售收入、提供劳务收入等时,将已销售商品、已提供劳务的成本等计入当期损益。在工业企业,营业成本主要指已销产品的生产成本。营业成本包括主营业务成本和其他业务成本。

(2) 营业税金及附加。是指企业日常活动,如销售商品、提供劳务等应负担的相关税费,包括营业税、消费税、城市维护建设税、资源税和教育费附加等。这些税金与企业取得的营业收入相关,因此应从营业收入中扣除。

（3）期间费用。是指与某个会计期间相联系而不应计入产品成本的费用。因容易确定其发生的期间，而难以判别其所应归属的产品，因而在发生的当期便从当期的损益中扣除。期间费用主要包括销售费用、管理费用和财务费用。

（4）投资损失。投资损失是指企业对外投资产生的损失。

（5）资产减值损失。资产减值损失是企业计提各项资产减值准备所形成的损失。

（6）公允价值变动损失。公允价值变动损失是交易性金融资产（或负债）、投资性房地产和公允价值套期保值的衍生工具等发生公允价值变化带来的损失。

在本章中，主要讲述前三种费用，后三种费用的核算在相关章节中已经解释，请参见相关章节。

**2. 与利润总额相关的费用**

通过营业收入与营业成本、营业税金及附加、期间费用以及其他费用的配比，可以得到企业的营业利润，在营业利润的基础上再减去营业外支出即可得到利润总额。因此可以将营业外支出称为与利润总额相关的费用。当然，这并不是说营业成本、营业税金及附加以及期间费用与利润总额的形成无关。相反，营业成本、营业税金及附加以及期间费用是影响利润总额的基本要素。

营业外支出是指与企业日常生产经营活动没有直接关系的各项支出。其内容主要包括非流动资产处置损失、盘亏损失、罚款支出、债务重组损失、非货币性资产交换损失、捐赠支出等。

**3. 所得税费用**

所得税费用是一项特殊的费用，是在利润总额确定以后，以利润总额为基础计算出的，并作为利润总额的扣除项目。

**（二）费用按照功能分类**

根据我国《企业会计准则 30 号——财务报表列报》第二十六条，费用应当按照功能进行分类，分为从事经营业务的成本、管理费用、销售费用和财务费用等。

这是针对我国狭义的费用定义所做的分类。

## 三、费用的确认与计量

按照我国企业会计准则规定和准则的解释，费用的确认除了应当符合定义外，也应当满足相应的确认条件。费用的确认至少应当符合以下条件：

（1）与费用相关的经济利益很可能流出企业；

（2）经济利益流出企业的结果会导致资产的减少或者负债的增加；

（3）经济利益的流出额能够可靠计量。

经济利益的流出是确认费用的重要条件，如用银行存款支付差旅费，可以确认为费用，因为经济利益流出了企业。但用银行存款购建固定资产所发生的支出表现为资产形式的转变，即由银行存款转变为固定资产，并没有发生经济利益流出企业，所以不能确认为费用。

费用在确认时一方面以文字列示于相关的报表中，同时也应反映为一定的数字，因此其能够可靠计量也就成为费用确认的另一个重要条件。如果某项耗费没有确定的金额，也不能合理地估计，就不能在利润表中确认为费用。

为了总体把握费用，本章并没有仅仅局限于《企业会计准则》中的狭义费用的定义，而是从广义的角度分析和理解费用，讲述了生产成本、期间费用和非期间费用。

# 第二节　生产成本

## 一、与生产成本相关的概念

生产费用是企业为生产产品、提供劳务而发生的各种经济资源的耗费，包括生产产品所发生的直接费用和间接费用的总和。生产经营过程同时也是资产的耗费过程。例如，为生产产品需要耗费材料、磨损固定资产、用现金向职工支付工资等职工薪酬。材料、固定资产和现金都是企业的资产。这些资产的耗费，在企业内部表现为由一种资产转变为另一种资产，是资产内部的相互转变，不会导致企业所有者权益的减少，不是经济利益流出企业，因此生产费用不是企业的费用。企业发生生产费用应当视为准资本性支出，而不是收益性支出。

产品生产成本，简称产品成本，是指企业为生产一定种类和数量的产品而发生的生产费用。

产品成本与生产费用是两个既有密切联系又有区别的概念。二者的联系可表述为：生产费用是产品成本的基础，而产品成本是生产费用的归宿。二者的区别在于：生产费用与一定的会计期间相关，强调是在某一会计期间的产品生产过程中所发生的生产耗费；产品成本与一定种类和数量的产品相联系，是对象化的生产费用。

生产费用按其经济用途分类，其结果称为产品成本项目。常见的成本项目包括以下几项：

（1）直接材料。是指企业在生产产品和提供劳务过程中所消耗的，直接用于产品生产并构成产品实体的原料、主要材料、外购半成品及有助于产品形成的辅助材料和其他材料费用。

（2）直接人工。是指企业在生产产品和提供劳务过程中，直接参加产品生产的工人的工资以及按生产工人工资总额和规定的比例计算提取的职工福利费等职工薪酬。

（3）制造费用。是指企业在生产过程中发生的未单独设置成本项目的生产费用以及各生产单位（如生产车间）为组织和管理生产而发生的各项费用，包括生产单位管理人员职工薪酬、折旧费、修理费、办公费、水电费、机物料消耗、劳动保护费以及其他制造费用。

直接材料和直接人工费用大多是能直接计入产品成本的生产费用。制造费用大多是间接计入产品成本的生产费用。但也不都是如此，如在只生产一种产品的生产车间中直接材料、直接人工和制造费用都可以直接计入该种产品成本；在用同一种原材料同时生产几种产品的生产车间中，直接材料费用也不能直接计入某种产品成本，而需分配计入。因此，在存货准则中称"制造费用是指企业为生产产品和提供劳务而发生的各项间接费用"，该表述其实是不正确的。

## 二、生产成本核算的账户设置

### （一）"生产成本"账户

"生产成本"账户核算企业进行工业性生产发生的各项生产成本,包括生产各种产品（产成品、自制半成品）、自制材料、自制工具、自制设备等。

"生产成本"账户可按基本生产成本和辅助生产成本进行明细核算。基本生产成本应当分别按照成本核算对象（产品的品种、类别、订单、批别、生产阶段等）设置明细账（或成本计算单,下同）,并按照规定的成本项目设置专栏。

"生产成本"账户借方记录企业在生产过程中发生的直接材料、直接人工和期末分配转入的制造费用;贷方记录期末完工入库的产成品、自制半成品应结转的实际生产成本;期末若有余额应在借方,反映期末尚未加工完成的在产品的生产成本。

### （二）"制造费用"账户

"制造费用"账户核算企业为生产产品和提供劳务而发生的除直接材料和直接人工以外的其他各项生产费用。该账户可按不同的生产车间、部门设置明细账户,账内按制造费用项目设专栏进行明细核算。生产车间发生的机物料消耗、车间管理人员的工资等职工薪酬、计提的固定资产折旧、支付的办公费、水电费等,发生季节性的停工损失等记入本科目的借方;将制造费用分配计入有关的成本核算对象记入本科目的贷方。季节性生产企业制造费用全年实际发生额与分配额的差额,除其中属于为下一年开工生产做准备的可留待下一年分配外,其余部分实际发生额与分配额的差额计入生产成本。除季节性的生产性企业外,本账户期末应无余额。

## 三、生产成本的核算程序

### （一）生产成本核算的一般程序

（1）按选定的成本计算对象设置生产成本明细账（或成本计算单）,若有月初在产品,则将其成本计入成本明细账。

（2）分配归集本月发生的各项生产费用,具体包括:

① 分配归集本月发生的原材料费用;

② 分配归集本月发生的人工费用;

③ 分配归集本月发生的辅助生产费用;

④ 分配归集本月基本生产车间发生的制造费用。

（3）对既有完工产品又有在产品的产品,采用一定的方法在完工产品和月末在产品之间分配生产费用,计算出该种完工产品的总成本和单位成本。

### （二）正确划分成本费用界限

#### 1. 正确划分生产费用与期间费用的界限

生产费用是企业在生产产品或提供劳务过程中发生的,并由产品或劳务负担的耗费。

期间费用是指企业当期发生的必须从当期收入得到补偿的经济利益的总流出。期间费用不应由产品或劳务负担。因此,期间费用不计入产品或劳务成本,而直接计入当期损益。

**2. 正确划分各期生产费用的界限**

划清各期生产费用的界限的依据是权责发生制和受益原则,某项耗费是否应计入本月产品成本以及应计入多少取决于是否应由本月负担以及受益量的大小。某项耗费是否应计入本月产品成本,不取决于成本金额的大小,而决定于本月产品是否受益,只要是本月产品受益的耗费,就应计入本期产品成本;只要是由本月与以后各月共同受益的耗费,就应在相关期内采用适当方法进行合理分配。

**3. 正确划分各种产品的生产费用界限**

企业已发生的各种生产费用中,还必须划清应由哪种产品负担。划分的依据是受益原则,哪一种产品受益,就由哪一种产品负担。凡是能直接确定应由某种产品负担的直接耗费,就应直接计入该种产品成本。凡是能确定由几种产品共同负担的耗费,应采用适当分配方法,合理地分配计入相关产品成本。

**4. 正确划分完工产品和在产品的成本界限**

通过以上成本界限的划分,确定了各种产品本月应负担的生产费用。月末,如果某产品已经全部完工,则该产品应负担的生产费用应全部计入该完工产品成本;如果该产品全部尚未完工,则该产品应负担的生产费用全部计入未完工产品成本。如果某种产品既有完工产品又有在产品,就需要采用适当的分配方法将该产品应负担的生产费用在完工产品和在产品之间进行分配,分别计算出完工产品的成本和月末在产品的成本。上月末尚未完工的在产品转入本月继续加工,其上月末分配负担的成本即为本月初在产品成本。月初在产品成本、本月生产费用、本月完工产品成本和月末在产品成本 4 者之间的关系如下式所示:

月初在产品成本＋本月生产费用＝本月完工产品成本＋月末在产品成本

上述公式中,本月完工产品应负担的生产费用,即本月完工产品成本。为了划清这一成本界限,首先要正确计算完工产品和在产品的数量,然后才能在数量计算的基础上进行生产费用的分配。

**（三）生产费用的归集和分配**

**1. 要素费用的归集和分配**

要素费用包括外购材料、外购燃料、外购动力、工资及福利费、折旧费等。对于企业生产经营过程中发生的要素费用,按其用途进行分配,分别计入不同的成本、费用账户。其中,直接用于产品生产的要素费用直接计入"基本生产成本"账户的借方;各生产单位为组织和管理生产消耗的要素费用计入"制造费用"账户的借方;企业辅助生产车间为基本生产车间生产产品、提供劳务而消耗的要素费用计入"辅助生产成本"账户的借方。在计入上述成本费用账户借方的同时,贷记"原材料"、"银行存款"、"应付职工薪酬"、"累计折旧"等账户。

**【例 11-1】**　红岩股份有限公司有一个基本生产车间,生产两种产品,分别为 A 产品和 B 产品,有两个辅助生产车间,分别为供电车间和机修车间。本月根据材料费用分配表,各车间、部门耗用原材料费用如下:基本生产车间 A 产品直接耗用 80 000 元,B 产品直接耗用 20 000 元;辅助生产车间供电车间 6 000 元,机修车间 4 000 元,生产车间非产品直接耗用原材料 500 元,管理部门耗用 500 元(假定红岩公司辅助生产费用归集时不设制造费用明细账)。

会计分录如下:

借:生产成本——基本生产成本——A 产品　　　　80 000
　　　　　　——基本生产成本——B 产品　　　　20 000
　　　　　　——辅助生产成本——供电　　　　　6 000
　　　　　　——辅助生产成本——机修　　　　　4 000
　　制造费用　　　　　　　　　　　　　　　　　500
　　管理费用　　　　　　　　　　　　　　　　　500
　　贷:原材料　　　　　　　　　　　　　　　　　　111 000

【例 11-2】　本月根据工资费用分配表,各车间、部门发生工资费用如下:基本生产车间 A 产品直接耗用 60 000 元,B 产品直接耗用 40 000 元;生产车间管理人员工资 3 000 元,辅助生产车间供电车间 3 000 元,机修车间 2 000 元,管理部门工资 5 000 元。

会计分录如下:

借:生产成本——基本生产成本——A 产品　　　　60 000
　　　　　　——基本生产成本——B 产品　　　　40 000
　　　　　　——辅助生产成本——供电　　　　　3 000
　　　　　　——辅助生产成本——机修　　　　　2 000
　　制造费用　　　　　　　　　　　　　　　　　3 000
　　管理费用　　　　　　　　　　　　　　　　　5 000
　　贷:应付职工薪酬——工资费　　　　　　　　　　113 000

【例 11-3】　本月根据折旧费用分配表,各车间、部门发生折旧费用如下:基本生产车间 6 000 元;辅助生产车间供电车间 300 元,机修车间 200 元,管理部门 500 元。

会计分录如下:

借:制造费用　　　　　　　　　　　　　　　　　6 000
　　生产成本——辅助生产成本——供电　　　　　300
　　　　　　——辅助生产成本——机修　　　　　200
　　管理费用　　　　　　　　　　　　　　　　　500
　　贷:累计折旧　　　　　　　　　　　　　　　　　7 000

**2. 辅助生产费用的归集和分配**

辅助生产是指为基本生产服务而进行的产品生产和劳务供应。辅助生产费用是企业的辅助生产车间为基本生产服务而进行的产品生产和劳务供应过程中发生的各种耗费。辅助生产有的只生产一种产品或提供一种劳务,如供电、供气、运输等辅助生产;有的则生产多种产品或提供多种劳务,如从事工具、模型、备件的制造以及机器设备的修理等辅助生产。

辅助生产提供的产品和劳务主要是为基本生产车间和管理部门使用和服务的,但在某些辅助生产车间之间也有相互提供产品和劳务的情况。例如,锅炉车间为供电车间供气取暖,供电车间也为锅炉车间提供电力。这样,为了计算供气成本,就要确定供电成本;为了计算供电成本,又要确定供气成本。这里就存在一个辅助生产费用在各辅助生产车间交互分配的问题。

辅助生产费用的分配应通过"辅助生产成本分配表"进行。辅助生产费用归集和分配的核算通过"生产成本——辅助生产成本"账户进行;企业辅助生产车间的费用发生时,借记"辅助生产成本"账户,贷记"原材料"、"银行存款"、"应付职工薪酬"等账户;期末按受益对象进行分配时,借记"生产成本——基本生产成本"、"制造费用"等账户,贷记"生产成本——辅助生产成本"账户。辅助生产费用的分配方法有直接分配法、顺序分配法、交互分配法、代数分配法、计划成本分配法。

【例 11-4】　红岩股份有限公司辅助生产费用采用交互分配法。根据辅助生产费用交互分配表,本月供电发生费用 9 300 元,机修发生费用 6 200 元。供电车间耗用机修费用 500 元,机修车间耗用电费 1 000 元,分配之后供电车间总费用 8 800 元,机修车间总费用 6 700 元。根据辅助生产费用分配表,基本生产车间耗用电费 6 000 元,机修费用 5 000 元;管理部门耗用电费 2 000 元,机修费用 1 100 元;销售部门耗用电费 800 元,机修费用 600 元。

会计分录如下:

(1) 辅助车间之间相互分配费用时:

借:生产成本——辅助生产成本——供电车间　　　　500
　　生产成本——辅助生产成本——机修车间　　　1 000
　　贷:生产成本——辅助生产成本——供电车间　　　　1 000
　　　　生产成本——辅助生产成本——机修车间　　　　500

(2) 对外部受益对象分配辅助生产费用时:

借:制造费用　　　　　　　　　　　　　　11 000
　　管理费用　　　　　　　　　　　　　　3 100
　　销售费用　　　　　　　　　　　　　　1 400
　　贷:生产成本——辅助生产成本——供电车间　　　　8 800
　　　　生产成本——辅助生产成本——机修车间　　　　6 700

**3. 基本生产车间制造费用的归集和分配**

制造费用是某车间为组织和管理生产而发生的生产费用。这些费用包括机物料消耗、车间管理人员的职工薪酬、车间固定资产折旧、保险费、办公费等。制造费用归集和分配的核算,设置"制造费用"账户。发生制造费用时,借记"制造费用"账户,贷记"原材料"、"银行存款"、"应付职工薪酬"等账户;期末分配计入该车间本期生产的各种产品时,借记"生产成本——基本生产成本"账户,贷记"制造费用"账户。制造费用的分配常用的方法包括生产工时比例法、生产工人工资比例法、机器工时比例法、耗用原材料的数量或成本比例法、直接成本(材料、生产工人工资等职工薪酬之和)比例法、预算分配率法等方法。

【例 11-5】　根据制造费用分配表,A 产品应分配制造费用 15 000 元,B 产品应分配制造费用 5 500 元。

借：生产成本——基本生产成本——A 产品　　　　　15 000

　　　　——基本生产成本——B 产品　　　　　 5 500

　　贷：制造费用　　　　　　　　　　　　　　　　　　　20 500

通过以上各项生产费用的归集和分配,应计入本期产品成本的生产费用都已记入了"生产成本——基本生产成本"账户及其明细账的借方,并已在各种产品之间划分清楚。要计算完工产品的成本,还需要把每种产品所归集的生产费用在其完工部分和未完工部分之间进行分配。

### （四）生产费用在完工产品和期末在产品之间的分配

通过生产费用在各种产品之间的归集和分配,本期生产过程中发生的应计入产品成本的生产费用都分别反映在"生产成本——基本生产成本"账户及其明细账的借方。这些是本期发生的生产费用,并不是本期完工产品的成本,要计算出本期产成品成本,还要将本期发生的生产费用加上月初在产品成本,然后再将其在本期完工产品和期末在产品之间进行分配。

在完工产品和月末在产品之间分配生产费用,常用的分配方法有以下几种：(1)不计算在产品成本法；(2)在产品按年初数固定计价法；(3)在产品只计算原材料费用法；(4)约当产量法；(5)在产品成本按定额成本计算法；(6)定额比例法。为避免与成本会计学内容重复,这里不详细讨论分配方法。

通过将生产费用在完工产品和月末在产品之间分配之后,计算出了本月完工产品的成本。当本月完工产品验收入库,结转完工产品成本时,借记"库存商品"账户,贷记"生产成本——基本生产成本"账户。

**【例 11-6】** 根据产品成本计算单,本月甲产品完工入库,总成本为 66 000 元；乙产品完工入库,总成本为 25 000 元。

会计分录如下：

借：库存商品——甲产品　　　　　　　　　　　　 66 000

　　　　——乙产品　　　　　　　　　　　　　　 25 000

　　贷：生产成本——基本生产成本——甲产品　　　　　 66 000

　　　　　　　　　　　　——乙产品　　　　　　　　　 25 000

## 第三节　期　间　费　用

期间费用是指企业本期发生的、不应计入产品成本的,而应直接计入当期损益的各项费用。期间费用的特点是与一定期间相联系,直接从企业当期营业收入中扣除的费用。从企业的损益确定来看,期间费用与营业成本、营业税金及附加一起从营业收入中扣除后作为企业当期的营业利润。

营业收入和营业成本一般存在配比关系,当会计上确认某项营业收入时,对因产生该项营业收入的相关费用要在同一会计期间确认。如销售商品,确认主营业务收入时,同时或月底确认主营业务成本。但是期间费用不能与某笔收入配比，是一个期间产生的费用，不能提供明确的未来收益，按照谨慎性原则，在这些费用发生时采用立即确认的办法处理。

期间费用包括销售费用、管理费用和财务费用，一般也需要设置这三个账户。

# 一、销售费用

## （一）销售费用的内容

销售费用是指企业在销售产品、自制半成品过程中发生的各项费用，以及专设销售机构的各项经费。销售费用包括销售过程中发生的保险费、包装费、展览费和广告费、商品维修费、预计产品质量保证损失、运输费、装卸费等，以及为销售本企业商品而专设的销售机构（含销售网点、售后服务网点等）的职工薪酬、业务费、折旧费、修理费等经营费用。

对于商品流通企业中，管理机构发生的费用较少，可以不单独设置"管理费用"账户，而把管理部门发生的费用作为销售费用来核算。同时需要注意工业企业和商品流通企业在采购费用上的核算区别，商品流通企业有可能直接将数额较小的采购费用计入销售费用。

## （二）销售费用的核算

企业应设置"销售费用"账户核算企业发生的销售费用，并按费用项目进行明细核算。企业发生的各项销售费用借记该账户，贷记"库存现金"、"银行存款"、"应付职工薪酬"等账户；月末，将本月归集的销售费用全部由本账户的贷方转入"本年利润"账户的借方，结转后本账户无余额。主要账务处理内容包括：

（1）企业在销售商品过程中发生的包装费、保险费、展览费和广告费、运输费、装卸费等费用，借记本账户，贷记"库存现金"、"银行存款"等账户。但是企业销售时代垫的运费无须通过该账户核算，而应该视为企业的"应收账款"。

（2）发生的为销售本企业商品而专设的销售机构的职工薪酬、业务费等经营费用，借记本账户，贷记"应付职工薪酬"、"银行存款"、"累计折旧"等账户。

（3）期末，应将本账户的发生净额转入"本年利润"账户借方，结转后本账户无余额。

有关销售费用的核算举例如下：

【例 11-7】　红岩股份有限公司 2010 年 5 月为销售产品发生展览费共计 8 000 元，以银行存款支付。该公司账务处理如下：

    借：销售费用                               8 000
       贷：银行存款                              8 000

【例 11-8】　红岩股份有限公司本月销售部发生的各项经费共 9 500 元，其中销售部门人员工资 3 400 元，应计福利费 476 元，固定资产折旧 500 元，领用修理用材料 600 元，以银行存款支付其他费用 4 524 元。该公司账务处理如下：

    借：销售费用                               9 500
       贷：应付职工薪酬——工资                     3 400
                    ——职工福利                     476

| | |
|---|---|
| 累计折旧 | 500 |
| 原材料 | 600 |
| 银行存款 | 4 524 |

**【例 11-9】** 红岩股份公司本期发生的销售费用有：以银行存款支付广告费 10 000 元，应付专设销售机构的职工工资 5 000 元，应计提福利费 700 元。以银行存款支付应由本公司负担的送货费 1 000 元。

（1）支付广告费：

借：销售费用——广告费　　　　　　　　　　　　　　10 000

　　贷：银行存款　　　　　　　　　　　　　　　　　　　10 000

（2）应付职工工资和计提的福利费：

借：销售费用——工资及福利费　　　　　　　　　　　 5 700

　　贷：应付职工薪酬　　　　　　　　　　　　　　　　　 5 700

（3）支付送货费：

借：销售费用——运输费　　　　　　　　　　　　　　 1 000

　　贷：银行存款　　　　　　　　　　　　　　　　　　　 1 000

**【例 11-10】** 会计期末，将销售费用账户归集的费用 16 700 元转出。

借：本年利润　　　　　　　　　　　　　　　　　　　16 700

　　贷：销售费用　　　　　　　　　　　　　　　　　　　16 700

## 二、管理费用

### （一）管理费用的内容

管理费用是公司行政管理部门为组织和管理生产经营活动而发生的各项费用。其具体内容包括以下几方面：

（1）企业管理部门的费用。

公司经费是指应由企业统一负担的公司经费，具体包括行政管理部门人员的职工薪酬、培训费、修理费、物料消耗、低值易耗品摊销、办公费、差旅费、折旧费、其他公司经费等。

（2）用于企业直接管理之外的费用。

主要包括董事会费、咨询费、聘请中介机构费、诉讼费、排污费、绿化费、土地使用费和税金等。

① 董事会费是指公司董事会及其成员为执行职能而发生的各项费用，包括差旅费、会议费等。

② 咨询费是指聘请经济技术顾问、律师等支付的费用。

③ 审计费是指聘请中国注册会计师进行查账验资以及进行资产评估等发生的各项费用。

④ 诉讼费是指因起诉而发生的各项费用。但诉讼后产生的损失或利得不应计入管理费用，而是属于营业外收支内容。

⑤ 排污费是指企业按规定缴纳的排污费用。

⑥ 绿化费是指企业对厂区、矿区进行绿化而发生的绿化费用。

⑦ 土地使用费是指企业使用土地(海域)而支付的费用。

⑧ 税金是指企业按规定支付的房产税、车船税、土地使用税和印花税等。

⑨ 聘请中介机构费。

（3）提供生产技术条件的费用。

主要包括研究开发费、技术转让费和无形资产摊销等。

① 研究开发费是指企业研究开发新产品、新技术、新工艺所发生的新产品设计费,工艺规程制定费,设备调试费,原材料和半成品试验费,技术图书资料费,研究人员的薪酬,研究设备的折旧,与产品试制、技术研究有关的其他经费,委托其他单位进行的科研试制费用以及试制失败损失。

② 技术转让费是指企业使用其他单位的专有技术而支付的费用。

③ 无形资产摊销是指土地使用权、工业产权及非专利技术和其他无形资产的摊销。

（4）业务招待费。是指企业为业务经营的合理需要而支付的交际应酬费用。

（5）其他管理费用。是指不包括在以上项目内的管理费用。如存货因自然损耗盘盈盘亏的最终处理需计入或冲减管理费用;现金盘亏扣除责任人赔偿后的金额应计入管理费用;职工的辞退福利;对管理人员以现金结算的股份支付。

**注意**：生产车间中生产用的固定资产维修费以及生产车间部门用的固定资产发生的维修费均应计入"管理费用"账户。

#### （二）管理费用的核算

为了总括反映管理费用的发生和结转情况,需要设置"管理费用"账户,它是一个损益类账户,用来核算公司行政管理部门为组织和管理生产经营活动而发生的管理费用。本账户借方登记企业发生的各项管理费用数额;贷方登记管理费用的冲减数以及期末转入"本年利润"账户的管理费用结转数。结转后,本账户应无余额。本账户可以按照管理费用的具体项目开设明细账户,使用多栏式明细账页进行处理。管理费用的主要账务处理内容包括：

（1）企业在筹建期间内发生的开办费,包括人员工资、办公费、培训费、差旅费、印刷费、注册登记费以及不计入固定资产成本的借款费用等在实际发生时,借记本账户(开办费),贷记"银行存款"等账户。实施新准则后,开办费用不再计入"长期待摊费用"账户,而是直接计入"管理费用"账户。

（2）行政管理部门人员的职工薪酬,借记本科目,贷记"应付职工薪酬"。行政管理部门计提的固定资产折旧,借记本账户,贷记"累计折旧"账户。

发生的办公费、水电费、业务招待费、聘请中介机构费、咨询费、诉讼费、技术转让费、研究费用,借记本账户,贷记"银行存款"、"研发支出"等账户。

按规定计算确定的应缴矿产资源补偿费、房产税、车船税、土地使用税、印花税,借记本账户,贷记"应交税费"、"库存现金"或"银行存款"账户。

（3）期末,应将本账户的归集的管理费用发生净额转入"本年利润"账户的借方,结转后本账户无余额。

管理费用核算举例如下：

【例 11-11】 公司购买本月应缴纳的印花税票 3 000 元。

借：管理费用——税金        3 000

   贷：银行存款           3 000

【例 11-12】 计提管理部门资产折旧费 2 000 元。

借：管理费用——折旧费        2 000

   贷：累计折旧           2 000

【例 11-13】 公司管理部门购买办公用品 400 元。

借：管理费用——办公费        400

   贷：银行存款           400

【例 11-14】 公司计提管理部门人员工会会费 4000 元。

借：管理费用——工会会费        4 000

   贷：应付职工薪酬——工会经费           4 000

【例 11-15】 公司计算应缴纳车船税 300 元，房产税 400 元，土地使用税 500 元。

借：管理费用        1 200

   贷：应交税费——应缴车船税           300

             ——应缴房产税           400

             ——应缴土地使用税           500

【例 11-16】 会计期末，将管理费用 10 600 元转入"本年利润"。

借：本年利润        10 600

   贷：管理费用           10 600

## 三、财务费用

### （一）财务费用的内容

财务费用是指企业为筹集生产经营所需资金而发生的费用，但不包括符合资本化条件并予以资本化的部分（借款费用的资本化见第 8 章）。主要包括的内容为：

（1）利息净支出。

指企业短期借款利息、票据贴现利息，以及长期借款利息、应付债券利息应费用化的部分等利息支出减去银行存款的利息收入后的净额。

（2）汇兑净损失。

是企业因向银行结售或购入外汇而产生的银行买入、卖出价与记账所采用的汇率之间的差额即兑换损失，以及月度终了，各种外币计价的货币性项目期末余额，按照期末汇率折合的记账本位币金额与账面记账本位币金额之间的差额即期末折算损失或折算收益等。

（3）相关的手续费。

是指开出汇票的银行手续费、调剂外汇手续费等。

（4）其他财务费用。

企业发生的现金折扣或收到的现金折扣、融资租入固定资产发生的融资租赁费用以及筹集生产经营资金发生的其他财务费用等。

### （二）财务费用的核算

企业应设置"财务费用"账户对企业发生的财务费用进行核算，并按费用项目设置明细账。企业发生的各项费用借记"财务费用"账户，发生冲减财务费用时贷记"财务费用"账户，会计期末，将本期归集的财务费用净发生额结转入"本年利润"账户。结转后"财务费用"账户期末无余额。

财务费用核算举例如下：

【例11-17】　红岩股份有限公司本期发生如下事项：接银行通知，已从本企业账号扣收本月短期借款利息3 000元，银行转入本企业存款利息1 000元。做如下会计分录：

借：财务费用——利息费用　　　　　　　　　3 000
　　贷：银行存款　　　　　　　　　　　　　　　　3 000
借：银行存款　　　　　　　　　　　　　　　1 000
　　贷：财务费用——利息收入　　　　　　　　　　　1 000

【例11-18】　结转本月财务费用2 000元。

借：本年利润　　　　　　　　　　　　　　　2 000
　　贷：财务费用　　　　　　　　　　　　　　　　2 000

# 第四节　非期间费用

## 一、主营业务成本

主营业务成本是企业经营主营业务活动而发生的实际成本。企业在确认实现的销售收入以后，与之相配比的销售成本也应在同一期间予以确认。

企业的销售成本可以根据具体情况，采用先进先出法、加权平均法和个别计价法等方法进行计算确定。方法选定以后一般不得随意变更，如需变更，应在会计报表附注中予以披露。如果企业产成品采用计划成本计价方式进行核算，对于按计划成本计算结转的销售成本，在月份终了时，还应计算结转本月销售产品应分摊的成本差异，以便将销售产品成本的计划成本调整为实际成本。

企业应当设置"主营业务成本"账户对主营业务活动所发生的销售成本进行核算，该账户属于损益类账户，用于核算企业出售商品、提供劳务等日常活动而发生的实际成本。可以根据需要设置明细账，一般是按商品种类或品名设置明细账。在月份终了，根据本月销售的各种产品、提供的各种劳务的实际成本的汇总记录，从"库存商品"或"发出商品"账户转入本账户借方，与当期的主营业务收入相配比。会计期末，从本账户贷方转入"本年利润"账户。结转后本账户无余额。

【例11-19】　红岩股份有限公司本期销售甲产品数量合计500件，经计算销售产品单

位成本为 200 元,主营业务成本合计 100 000 元。会计分录如下:

  借:主营业务成本——A 产品      100 000

    贷:库存商品——A 产品       100 000

  期末,将"主营业务成本"账户的余额 100 000 元转入"本年利润"账户。编制会计分录如下:

  借:本年利润            100 000

    贷:主营业务成本         100 000

## 二、营业税金及附加

  营业税金及附加是指企业日常活动,如销售商品、提供劳务等应负担的销售税金及附加,主要包括营业税、消费税、城市维护建设税、教育费附加、资源税和土地增值税等,但一般不包括增值税、印花税、车船税和耕地占用税等。

  为了对营业税金及附加业务进行核算,企业应设置"营业税金及附加"账户。本账户是损益类账户。计算应缴纳的应由营业收入负担的各项税金及教育费附加时,借记"营业税金及附加"账户,贷记"应交税费"账户。期末结转时,借记"本年利润"账户,贷记"营业税金及附加"账户。结转后本账户无余额。

  **【例 11-20】** 红岩股份有限公司计算本月应缴纳的城市维护建设税 700 元,教育费附加 300 元。会计分录如下:

  借:营业税金及附加         1 000

    贷:应交税费——城市维护建设税    700

      ——教育费附加      300

  红岩公司本月份劳务收入是 80 000 元,按 5% 计算应缴营业税。应作会计分录如下:

  借:营业税金及附加         4 000

    贷:应交税费——应缴营业税     4 000

  会计期末,将"营业税金及附加"的账户余额 5 000 元转入"本年利润"账户。会计分录如下:

  借:本年利润            5 000

    贷:营业税金及附加        5 000

  **【例 11-21】** 红岩股份有限公司某月对外零售应税消费品全部销售额为 46 800 元(含增值税)。增值税税率为 17%,应缴增值税 6 800 元,消费税率为 10%,城市维护建设税税率为 7%,应缴消费税 4 000 元,应缴城市维护建设税 756 元[(6 800+4 000)×7%],教育费附加的征收率为 3%,应缴教育费附加 324 元[(6 800+4 000)×3%],销售收入已全部存入银行。账务处理为:

  借:银行存款           46 800

    贷:主营业务收入        40 000

      应交税费——应缴增值税(销项税额) 6 800

  借:营业税金及附加         5 080

    贷:应交税费——应缴消费税     4 000

| | | |
|---|---|---|
| ——应缴城市维护建设税 | 756 | |
| ——应缴教育费附加 | 324 | |

期末结转"营业税金及附加"时：

借：本年利润　　　　　　　　　　　　　　5 080

　　贷：营业税金及附加　　　　　　　　　　　　5 080

实际缴纳各项税费时：

借：应交税费——应缴消费税　　　　　　　4 000

　　　　　　——应缴城市维护建设税　　　　756

　　　　　　——应缴教育费附加　　　　　　324

　　贷：银行存款　　　　　　　　　　　　　　　5 080

## 三、其他业务成本

其他业务成本是指企业确认的除主营业务活动以外的其他经营活动所发生的支出。其他业务成本包括销售材料的成本、出租固定资产的折旧额、出租无形资产的摊销额、出租包装物的成本或摊销额等。本账户按其他业务成本的种类进行明细核算。

企业发生其他业务收入时，相应的成本费用作为其他业务成本，计入"其他业务成本"账户。实际确认成本费用时，计入该账户的借方。期末将该账户余额从贷方转出，转入"本年利润"账户。转出后账户无余额。

【例 11-22】　红岩股份有限公司结转销售材料的实际成本为 1 866 元。作会计分录如下：

借：其他业务成本　　　　　　　　　　　　1 866

　　贷：原材料　　　　　　　　　　　　　　　　1 866

会计期末，将"其他业务成本"账户的余额 1 866 元结转入"本年利润"账户。会计分录如下：

借：本年利润　　　　　　　　　　　　　　1 866

　　贷：其他业务成本　　　　　　　　　　　　　1 866

【例 11-23】　红岩股份有限公司于 2010 年 1 月 1 日向丙公司转让某专利权的使用权。协议约定转让期为 5 年，每年年末收取使用费 100 000 元。2010 年该专利权计提的摊销额为 60 000 元，每月计提金额为 5 000 元。假定不考虑其他因素。红岩股份有限公司会计处理如下：

(1) 2010 年每月计提专利权摊销额：

借：其他业务成本　　　　　　　　　　　　5 000

　　贷：累计摊销　　　　　　　　　　　　　　　5 000

(2) 2010 年年末确认使用费收入：

借：应收账款(或银行存款)　　　　　　　100 000

　　贷：其他业务收入　　　　　　　　　　　　100 000

## 四、营业外支出

营业外支出是指企业发生的与日常活动无直接关系的各项损失。营业外支出主要包括非流动资产处置损失、非货币性资产交换损失、债务重组损失、捐赠支出、非常损失、盘亏损失等。

企业应通过"营业外支出"账户核算营业外支出的发生及结转情况。该账户可按营业外支出项目进行明细核算。期末,应将该账户余额转入"本年利润"账户。结转后该账户无余额。

需要注意的是,营业外收入和营业外支出应当分别核算。在具体核算时,不得以营业外支出直接冲减营业外收入,也不得以营业外收入冲减营业外支出,即企业在会计核算时,应当区别营业外收入和营业外支出进行核算。

## 五、所得税费用的核算

所得税费用是指应在会计税前利润中扣除的所得税产生的费用,包括当期所得税费用和递延所得税费用。

资产负债表日,企业按照税法规定计算确定的当期应缴所得税,借记本账户(当期所得税费用),贷记"应交税费——应缴所得税"账户。并根据递延所得税资产的应有余额大于"递延所得税资产"账户期初余额的差额,借记"递延所得税资产"账户,贷记本账户(递延所得税费用)、"资本公积——其他资本公积"等账户。递延所得税资产的应有余额小于"递延所得税资产"账户期初余额的差额做相反的会计分录。对于存在应纳税暂时性差异,若是应继续确认所得税负债时,则借记"所得税费用——递延所得税费用"账户,贷记"递延所得税负债"账户;若是应转回递延所得税负债时,则做相反的会计分录。期末,应将本账户的余额转入"本年利润"账户。

关于所得税费用的具体核算参见第十二章中所得税的处理。

## 复习思考题

1. 广义费用和狭义费用的区别何在?
2. 我国企业会计准则中费用概念的特征有哪些?
3. 费用的确认条件是什么?
4. 什么是生产费用? 什么是产品成本?
5. 生产费用同产品成本有何联系与区别?
6. 什么是成本项目? 常见的成本项目有哪些?
7. 生产成本计算的对象有哪些?
8. 生产成本计算的一般程序是什么?
9. 什么是制造费用? 制造费用的分配方法有哪几种?
10. 管理费用账户核算的内容主要有哪些?

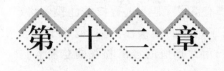

# 第十二章

# 收入和利润

【内容提要与学习要求】

本章是重点章,商品销售收入的确认以及所得税会计是难点。本章讲述了收入的概念、特征及分类,商品销售收入的确认条件,一般销售方式下商品销售收入的确认与核算,销售折扣、销售折让、销售退回、分期收款销售、售后回购、附有退货条件的销售、售后回租、委托代销等特殊销售方式下商品销售收入的确认与核算,提供劳务收入的确认与核算,让渡资产使用权收入的确认,建造合同收入的确认与核算;利润的形成与分配的核算,所得税会计的相关内容。学习中应理解商品销售收入的确认条件、劳务收入的完工百分比法的应用条件、资产负债表债务法的含义及核算程序,应掌握现金折扣、销售折让、销售退回、售后回购、委托代销等特殊销售方式下的有关会计核算,利润核算方法;了解一般销售方式、提供劳务、让渡资产使用权、建造合同等的收入核算,所得税费用的核算方法。

## 第一节 收 入

### 一、收入及其分类

#### (一)收入的概念

我国《企业会计准则第 14 号——收入》准则中规定:收入(Revenue)是指企业在日常活动中形成的,会导致所有者权益增加的,与所有者投入资本无关的经济利益的总流入。包括销售商品收入、提供劳务收入和让渡资产使用权收入。企业代第三方收取的款项应当作为负债处理,不应当确认为收入。

另外,《企业会计准则第 15 号——建造合同》准则还规范了建造合同形成的收入。

#### (二)收入的特征

**1. 收入是企业在日常活动中形成的经济利益的总流入**

日常活动是指企业为完成其经营目标所从事的经常性活动以及与之相关的活动。例如,工业企业销售产品、商业企业销售商品、咨询公司提供咨询服务、软件开发企业为客户开发软件、安装公司提供安装服务、商业银行对外贷款、租赁公司出租资产等活动均属于企业为完成其经营目标所从事的经常性活动,由此形成的经济利益的总流入构成收入。

工业企业对外出售不需用的原材料、对外转让无形资产使用权、对外进行权益性投资(取得现金股利)或债权性投资(取得利息)等活动,虽不属于企业的经常性活动,但属于企业为完成其经营目标所从事的与经常性活动相关的活动,由此形成的经济利益的总流入也构成收入。

收入形成于企业日常活动的特征使其与产生于非日常活动的利得相区分。企业所从事或发生的某些活动也能为企业带来经济利益,但不属于企业为完成其经营目标所从事的经常性活动,也不属于与经常性活动相关的活动。例如,工业企业处置固定资产、无形资产,因其他企业违约收取罚款等,这些活动形成的经济利益的总流入属于企业的利得而不是收入。利得通常不经过经营过程就能取得或属于企业不曾期望获得的收益。

**2. 收入会导致企业所有者权益的增加**

收入形成的经济利益总流入的形式多种多样,既可能表现为资产的增加,如增加银行存款、应收账款;也可能表现为负债的减少,如减少预收账款;还可能表现为两者的组合,如销售实现时,部分冲减预收账款,部分增加银行存款。收入形成的经济利益总流入能增加资产或减少负债或两者兼而有之,根据"资产-负债=所有者权益"的会计等式,收入一定能增加企业的所有者权益。这里所说的收入能增加所有者权益,仅指收入本身的影响,而收入扣除与之相配比的费用后的净额,既可能增加所有者权益,也可能减少所有者权益。

企业为第三方或客户代收的款项,如企业代国家收取的增值税等,一方面增加企业的资产,另一方面增加企业的负债,并不增加企业的所有者权益,因此不构成本企业的收入。

**3. 收入与所有者投入资本无关**

所有者投入资本主要是为谋求享有企业资产的剩余权益,由此形成的经济利益的总流入不构成收入,而应确认为企业所有者权益的组成部分。

### (三) 收入的分类

根据不同的标准可以对收入作出不同的分类,具体包括:

(1) 收入按企业从事日常活动的性质不同,分为销售商品收入、提供劳务收入和让渡资产使用权收入。

① 销售商品收入。销售商品收入是指企业通过销售商品实现的收入。这里的商品包括企业为销售而生产的产品和为转售而购进的商品。企业销售的其他存货如原材料、包装物等也视同商品。

② 提供劳务收入。提供劳务收入是指企业通过提供劳务实现的收入。比如,企业通过提供旅游、运输、咨询、代理、培训、产品安装等劳务所实现的收入。

③ 让渡资产使用权收入。让渡资产使用权收入是指企业通过让渡资产使用权实现的收入。让渡资产使用权收入包括利息收入和使用费收入。利息收入主要是指金融企业对外贷款形成的利息收入,以及同业之间发生往来形成的利息收入等。使用费收入主要是指企业转让无形资产(如商标权、专利权、专营权、版权)等资产的使用权形成的使用费收入。企业对外出租固定资产收取的租金、进行债权投资收取的利息、进行股权投资取得的现金股利等也构成让渡资产使用权收入。

（2）收入按企业经营业务的主次不同,分为主营业务收入和其他业务收入。

① 主营业务收入。主营业务收入是指企业为完成其经营目标所从事的经常性活动实现的收入。主营业务收入一般占企业总收入的较大比重,对企业的经济效益产生较大影响。不同行业企业的主营业务收入所包括的内容不同,比如,工业企业的主营业务收入主要包括销售商品、自制半成品、代制品、代修品,提供工业性劳务等实现的收入;商业企业的主营业务收入主要包括销售商品实现的收入;咨询公司的主营业务收入主要包括提供咨询服务实现的收入;安装公司的主营业务收入主要包括提供安装服务实现的收入。

企业实现的主营业务收入通过"主营业务收入"账户核算,并通过"主营业务成本"账户核算为取得主营业务收入发生的相关成本。

② 其他业务收入。其他业务收入是指企业为完成其经营目标所从事的与经常性活动相关的活动实现的收入。其他业务收入属于企业日常活动中次要交易实现的收入,一般占企业总收入的比重较小。不同行业企业的其他业务收入所包括的内容不同,比如,工业企业的其他业务收入主要包括对外销售材料、对外出租包装物、商品或固定资产、对外转让无形资产使用权、对外进行权益性投资(取得现金股利)或债权性投资(取得利息)、提供非工业性劳务等实现的收入。

企业实现的原材料销售收入、包装物租金收入、固定资产租金收入、无形资产使用费收入等通过"其他业务收入"账户核算;企业进行权益性投资或债权性投资取得的现金股利收入和利息收入通过"投资收益"账户核算。通过"其他业务收入"账户核算的其他业务收入,需通过"其他业务成本"账户核算为取得其他业务收入发生的相关成本。

## 二、销售商品收入的确认与计量

商品包括企业为销售而生产的产品和为转售而购进的商品,如工业企业生产的产品、商业企业购进的商品等,企业销售的其他存货,如原材料、包装物等也视同企业的商品。

### （一）销售商品收入的确认

销售商品收入同时满足下列 5 个条件时才能予以确认:

**1. 企业已将商品所有权上的主要风险和报酬转移给购货方**

企业已将商品所有权上的主要风险和报酬转移给购货方是指与商品所有权有关的主要风险和报酬同时转移给了购货方。其中,与商品所有权有关的风险是指商品可能发生减值或损毁等形成的损失;与商品所有权有关的报酬是指商品价值增值或通过使用商品等形成的经济利益。

判断企业是否已将商品所有权上的主要风险和报酬转移给购货方,应当关注交易的实质而不是形式,并结合所有权凭证的转移或实物的交付进行判断。如果与商品所有权有关的任何损失均不需要销货方承担,与商品所有权有关的任何经济利益也不归销货方所有,就意味着商品所有权上的主要风险和报酬转移给了购货方。

（1）通常情况下,转移商品所有权凭证并交付实物后,商品所有权上的主要风险和报酬随之转移,如大多数零售商品、预收款销售商品、订货销售商品、托收承付方式销售商品、分期收款销售商品等。

例如甲公司与乙公司签订一项设备定制合同,约定乙公司预付部分货款供甲公司购买原材料,甲公司应严格按照乙公司的要求制造该设备。假定甲公司当年度按照乙公司的要求制造完成该设备,并送交乙公司验收合格。假定该设备不需要安装,乙公司尚未支付剩余货款。

本例中,甲公司已按合同约定制造完成该设备,并经乙公司验收合格,说明该设备所有权上的主要风险和报酬已经转移给乙公司。虽然乙公司尚未支付剩余货款,甲公司仍可以认为设备所有权上的主要风险和报酬已经转移,在同时满足销售商品收入确认的其他条件时,甲公司应当确认收入。

(2)某些情况下,转移商品所有权凭证但未交付实物,商品所有权上的主要风险和报酬随之转移,企业只保留了次要风险和报酬,如交款提货方式销售商品、视同买断方式委托代销商品等。在这种情形下,应当视同商品所有权上的所有风险和报酬已经转移给购货方。

例如甲公司销售一批商品给丙公司。丙公司已根据甲公司开出的发票账单支付了货款,取得了提货单,但甲公司尚未将商品移交丙公司。

本例中,甲公司采用交款提货的销售方式,即购买方已根据销售方开出的发票账单支付货款,并取得卖方开出的提货单。在这种情况下,购买方支付货款并取得提货单,说明商品所有权上的主要风险和报酬已经转移给购买方,虽然商品未实际交付,甲公司仍可以认为商品所有权上的主要风险和报酬已经转移,在同时满足销售商品收入确认的其他条件时,甲公司应当确认收入。

再如甲公司销售一批高档彩色电视机给丁宾馆。合同约定,甲公司应将电视机送抵丁宾馆并负责调试。甲公司已将电视机发出并收到90%的货款,但调试工作尚未开始。

本例中,虽然甲公司尚未完成调试工作,但就电视机销售而言,调试工作并不是影响销售实现的重要因素。甲公司将电视机运抵丁宾馆,通常表明与电视机所有权有关的主要风险和报酬已转移给丁宾馆,在同时满足销售商品收入确认的其他条件时,甲公司应当确认收入。

(3)某些情况下,转移商品所有权凭证并交付实物后,商品所有权上的主要风险和报酬并未随之转移。

- 企业销售的商品在质量、品种、规格等方面不符合合同或协议要求,又未根据正常的保证条款予以弥补,因而仍负有责任。

例如,A企业于5月21日销售一批商品,商品已经发出,买方已预付部分货款,余款由A企业开出一张商业承兑汇票,已随发票账单一并交付买方。买方当天收到商品后,发现商品质量没有达到合同规定的要求,立即根据合同有关条款与A企业交涉,要求A企业在价格上给予一定的减让,否则买方可能退货。双方没有达成一致意见,A企业仍未采取任何弥补措施。在此例中,尽管商品已经发出,发票账单也已交付买方,还收到部分货款,但由于双方在商品质量的弥补方面未达成一致意见,买方尚未正式接受商品,商品可能被退回,因此商品所有权上的主要风险和报酬仍留在A企业,A企业此时不能确认收入,而应递延到已按买方要求进行弥补后予以确认。

- 企业销售商品的收入是否能够取得,取决于购买方是否已将商品销售出去。如采用支付手续费方式委托代销商品等。

例如,沿用上例资料。假定 A 企业采用代销或寄销的方式销售商品。

在此例中,代销商或寄销商只是一个代理商,A 企业将商品发出(即实物已交付)后,所有权并未转移给代理商,所有权上的主要风险和报酬仍在本企业。只有在代理商将商品售出后,商品所有权上的主要风险和报酬才转出本企业。因此,A 企业应在代理商售出商品并收到代理商提供的代销清单时确认收入。

- 企业尚未完成售出商品的安装或检验工作,且安装或检验工作是销售合同或协议的重要组成部分。

例如甲公司向乙房产公司销售一部电梯,电梯已经运抵乙公司,发票账单已经交付,同时收到部分货款。合同约定,甲公司应负责该电梯的安装工作,在安装工作结束并经乙公司验收合格后,乙公司应立即支付剩余货款。

本例中,电梯安装调试工作通常是电梯销售合同的重要组成部分,在安装过程中可能会发生一些不确定因素,影响电梯销售收入的实现。因此,电梯实物的交付并不表明商品所有权上的主要风险和报酬随之转移,不能确认销售收入。只有在安装完成并验收合格,表明与电梯所有权有关的风险和报酬已经转移给乙公司,同时满足销售商品收入确认的其他条件时,甲公司才能确认收入。

- 销售合同或协议中规定了买方由于特定原因有权退货的条款,且企业又不能确定退货的可能性。

如甲公司为推销一种新产品,承诺凡购买新产品的客户均有一个月的试用期,在试用期内如果对产品使用效果不满意,甲公司无条件给予退货。该种新产品已交付买方,货款已收讫。

本例中,甲公司虽然已将产品售出,并已收到货款。但由于是新产品,甲公司无法估计退货的可能性,表明该产品所有权上的主要风险和报酬并未随实物的交付而发生转移,不能确认收入。只有在试用期结束后,才表明与该产品所有权有关的风险和报酬已经转移给客户,在同时满足销售商品收入确认的其他条件时,甲公司才能确认收入。

**2. 企业既没有保留通常与所有权相联系的继续管理权,也没有对已售出的商品实施有效控制**

通常情况下,企业售出商品后不再保留与商品所有权相联系的继续管理权,也不再对售出商品实施有效控制,表明商品所有权上的主要风险和报酬已经转移给购货方,应在发出商品时确认收入。

例如,乙公司主要从事软件开发及维护。乙公司销售一组软件给某客户,并接受客户的委托对软件进行日常有偿维护管理,其中包括更新软件等。

本例中,乙公司将软件销售给客户后,该客户是软件的受益者,该软件产生的经济利益归客户享有,相关的风险也由客户承担,与该软件所有权有关的风险和报酬已经转移给客户,乙公司在同时满足销售商品收入确认的其他条件时,应当确认销售软件的收入。乙公司接受客户委托对软件进行日常管理等是与软件销售独立的另一项提供劳务的交易。虽然乙公司仍对售出的软件拥有继续管理权,但这与软件的所有权无关,乙公司应当在满足提供劳务收入的确认条件时确认提供劳务收入。

在有的情况下，企业售出商品后，由于各种原因仍保留与商品所有权相联系的继续管理权，或仍对商品可以实施有效控制，如某些情况下的售后回购、售后租回等，则说明此项销售交易没有完成，销售不能成立，不应确认销售商品收入。

如乙公司采用售后回购方式将一台大型机器设备销售给丙公司，机器设备并未发出，款项已经收到。双方约定，乙公司将于5个月后以某一固定价格将所售机器设备购回。

本例中，乙公司将大型机器设备销售给丙公司，同时约定将于5个月后以某一固定价格将其购回，表明乙公司能够继续对该机器设备实施有效控制，与机器设备所有权有关的风险和报酬没有转移给丙公司。因此，乙公司不能确认与销售该机器设备有关的收入，收到的销售价款应当确认为一项负债。

### 3. 收入的金额能够可靠地计量

收入的金额能够可靠地计量是指收入的金额能够合理地估计。如果收入的金额不能够合理地估计，则无法确认收入。通常情况下，企业在销售商品时，商品销售价格已经确定，企业应当按照从购货方已收或应收的合同或协议价款确定收入金额。如果销售商品涉及现金折扣、商业折扣、销售折让等因素，还应当考虑这些因素后确定销售商品收入金额。如果企业从购货方应收的合同或协议价款延期收取具有融资性质，企业应按应收的合同或协议价款的公允价值确定销售商品收入金额。

有时，由于销售商品过程中某些不确定因素的影响，也有可能存在商品销售价格发生变动的情况，如附有销售退回条件的商品销售。如果企业不能合理估计退货的可能性，就不能够合理地估计收入的金额，不应在发出商品时确认收入，而应当在售出商品退货期满销售商品收入金额能够可靠计量时确认收入。

企业从购货方已收或应收的合同协议价款不公允的，应按公允的交易价格确认收入金额。

### 4. 相关的经济利益很可能流入企业

相关的经济利益很可能流入企业是指销售商品价款收回的可能性大于不能收回的可能性，即销售商品价款收回的可能性超过50%。

企业在确定销售商品价款收回的可能性时，应当结合以前和买方交往的直接经验、有关政策、其他方面取得信息等因素进行综合分析。如果确定销售商品价款收回的可能性大于不能收回的可能性，即可认为销售商品价款很可能流入企业。通常情况下，企业销售的商品符合合同或协议要求，已将发票账单交付买方，买方承诺付款，就表明销售商品价款收回的可能性大于不能收回的可能性。如果企业根据以前与买方交往的直接经验判断买方信誉较差，或销售时得知买方在另一项交易中发生了巨额亏损，资金周转十分困难，或在出口商品时不能肯定进口企业所在国政府是否允许将款项汇出等，就可能会出现与销售商品相关的经济利益不能流入企业的情况，不应确认收入。如果企业判断销售商品收入满足确认条件确认了一笔应收债权，以后由于购货方资金周转困难无法收回该债权时，不应调整原确认的收入，而应对该债权计提坏账准备、确认坏账损失。

### 5. 相关的已发生或将发生的成本能够可靠地计量

通常情况下，销售商品相关的已发生或将发生的成本能够合理地估计，如库存商品的成本等。如果库存商品是本企业生产的，其生产成本能够可靠计量；如果是外购的，购买成本能够可靠计量。有时,销售商品相关的已发生或将发生的成本不能够合理地估计,此时企业不应确认收入,已收到的价款应确认为负债。

如果甲公司与乙公司签订协议,约定甲公司生产并向乙公司销售一台大型设备。限于自身生产能力不足,甲公司委托丙公司生产该大型设备的一个主要部件。甲公司与丙公司签订的协议约定,丙公司生产该主要部件发生的成本经甲公司认定后,其金额的108%即为甲公司应支付给丙公司的款项。假定甲公司本身负责的部件生产任务和丙公司负责的部件生产任务均已完成,并由甲公司组装后运抵乙公司,乙公司验收合格后及时支付了货款。但是,丙公司尚未将由其负责的部件相关的成本资料交付甲公司认定。

此例中,虽然甲公司已将大型设备交付乙公司,且已收到货款。但是,甲公司为该大型设备发生的相关成本因丙公司相关资料未送达而不能可靠地计量,也不能合理估计。因此,甲公司收到货款时不应确认为收入。如果甲公司为该大型设备发生的相关成本因丙公司相关资料未送达而不能可靠地计量,但是甲公司基于以往经验能够合理估计出该大型设备的成本,仍应认为满足本确认条件。

### (二) 一般销售商品的会计处理

一般销售商品收入的计量,分别按以下情况进行确定:有合同或协议的,按合同或协议金额确定;无合同或协议的,按购销双方都同意或者都能接受的价格确定。不考虑各种预计可能发生的现金折扣、销售折让。

为了总括反映企业营业收入的实现情况,企业应设置"主营业务收入"、"其他业务收入"、"主营业务成本"、"其他业务成本"账户。

"主营业务收入"账户核算企业销售商品、提供劳务等发生的收入。该账户的贷方登记企业售出商品、自制半成品、提供劳务等取得的收入,借方登记发生销售退回或销售折让应冲减的收入,贷方余额为销售净收入。期末,应将销售净收入转入"本年利润"账户,结转后"主营业务收入"账户无余额。该账户应按商品或劳务种类设置明细账户。

"其他业务收入"账户核算企业除主营业务以外的其他业务所获得的收入。企业实现的其他业务收入,应按实际发生额借记"库存现金"、"银行存款"、"应收账款"、"应收票据"等账户,贷记本账户。期末,应将本账户余额转入"本年利润"账户。结转后本账户无余额。该账户应按其他业务的种类设置明细账户。

"主营业务成本"账户用来核算企业销售商品、自制半成品和工业性劳务等的成本,该账户的借方登记销售商品等的成本,贷方登记因发生销售退回而应冲减的销售成本。期末,将本账户的余额转入"本年利润"账户。结转后本账户无余额。

"其他业务成本"账户核算企业其他销售或其他业务所发生的成本。企业发生其他业务成本时,借记本账户,贷记"原材料"等相关账户。期末,应将本账户余额转入"本年利润"账户。结转后本账户无余额。该账户应按其他业务的种类设置明细账户。

为单独反映已发出但尚未确认收入的商品成本,可依实际情况分别设置"发出商品"、"委托代销商品"等账户。预收客户的货款确认为负债,记入"预收账款"账户。

【例12-1】 红岩股份有限公司于2010年5月5日采用托收承付结算方式销售一批商品给乙公司,开出的增值税专用发票上注明售价为600 000元,增值税税额为102 000元。

商品已经发出,并已向银行办妥托收手续。甲公司会计分录如下:

借:应收账款——乙公司 702 000

　　贷:主营业务收入 600 000

　　　应交税费——应缴增值税(销项税额) 102 000

【例 12-2】 红岩股份有限公司于 2010 年 5 月 10 日向丙公司销售一批商品,开出的增值税专用发票上注明售价为 300 000 元,增值税税额为 51 000 元。甲公司已收到丙公司支付的货款 351 000 元,并将提货单送交乙公司。红岩公司会计分录如下:

借:银行存款 351 000

　　贷:主营业务收入 300 000

　　　应交税费——应缴增值税(销项税额) 51 000

【例 12-3】 红岩股份有限公司于 2010 年 5 月 26 日向甲公司销售商品 3 000 件,增值税专用发票上注明货款为 600 000 元,增值税额为 102 000 元,代垫运杂费为 4 000 元(运杂费发票已转交甲公司)。同日收到对方开出并承兑的票面金额为 706 000 的商业承兑汇票一张。

若该项销售满足收入确认的基本条件,则应确认收入。会计分录如下:

借:应收票据——甲公司 706 000

　　贷:主营业务收入 600 000

　　　应交税费——应缴增值税(销项税额) 102 000

　　　银行存款 4 000

若某项销售不满足收入确认的 5 个条件,则不应确认收入。在一般销售情况下,不满足收入确认条件的,应将发出商品的成本记入“发出商品”账户。这里应注意的一个问题是,尽管发出的商品不符合收入确认条件,但如果销售该商品的纳税义务已经发生,比如已经开出增值税专用发票,则应确认应缴的增值税销项税额,借记“应收账款”等账户,贷记“应交税费——应缴增值税(销项税额)”账户。如果纳税义务没有发生,则不需进行上述处理。

【例 12-4】 红岩股份有限公司于 2010 年 5 月 22 日以托收承付方式向丁公司销售一批商品,成本为 25 000 元,增值税发票注明价款为 50 000 元,增值税额为 8 500 元,商品已发出,并已向银行办妥托收手续。此时得知丁公司在另一项交易中发生巨额损失,目前已陷入财务危机。经交涉,确定此项收入目前收回的可能性不大,决定不确认收入。则红岩公司应作如下账务处理:

(1) 2010 年 5 月 22 日发出商品时:

借:发出商品 25 000

　　贷:库存商品 25 000

(2) 2010 年 5 月 22 日反映增值税实现:

借:应收账款——丁公司 8 500

　　贷:应交税费——应缴增值税(销项税额) 8 500

(3) 若 10 月 22 日丙公司承诺将于近期付款,红岩公司则可确认收入:

借:应收账款——丁公司 50 000

　　贷：主营业务收入　　　　　　　　　　　　　50 000

10月末结转销售成本：

　　借：主营业务成本　　　　　　　　　　　25 000

　　　贷：发出商品　　　　　　　　　　　　　　25 000

　　(4) 12月12日收到货款时：

　　借：银行存款　　　　　　　　　　　　　58 500

　　　贷：应收账款——丁公司　　　　　　　　　58 500

　　**注意**：在本例中，若销售商品不满足收入确认条件的，应该将发出商品的成本计入到"发出商品"账户。但是若已经确认收入的销售，发生债务人的困难导致可能收不回款项的，只能对应收账款计提坏账准备。若是债务人发生财务困难，债权人给予让步的，还应根据债务重组准则进行会计处理。

　　月末，企业可以根据实际情况编制"销售商品汇总表"，汇总结转已销售商品或已提供劳务的成本，借记"主营业务成本"账户，贷记"库存商品"等账户。

　　**【例12-5】**　若红岩股份有限公司2010年5月份"销售商品汇总表"载明已销售商品的总成本为700 000元，则月末结转商品成本的会计分录为：

　　借：主营业务成本　　　　　　　　　　　700 000

　　　贷：库存商品　　　　　　　　　　　　　　700 000

### （三）特殊销售商品业务的会计处理

#### 1. 销售折扣与折让

　　(1) 商业折扣是指企业为促进商品销售而在商品标价上给予的价格扣除。例如，企业为鼓励客户多买商品，可能规定购买10件以上商品给予客户10%的折扣，或客户每买10件送1件。此外，企业为了尽快出售一些残次、陈旧、冷背的商品，也可能降价（即打折）销售。

　　商业折扣在销售时即已发生，并不构成最终成交价格的一部分。企业销售商品涉及商业折扣的，应当按照扣除商业折扣后的金额确定销售商品收入金额。

　　(2) 现金折扣是指债权人为鼓励债务人在规定的期限内及早付款，而向债务人提供的债务减让。销售商品涉及现金折扣的，一般有总价法和净价法两种处理方法，我国规定采用总价法核算，即应当按照扣除现金折扣前的金额来确认销售商品收入金额，现金折扣在实际发生时计入当期损益。

　　现金折扣是指债权人为鼓励债务人在规定的期限内付款而向债务人提供的债务扣除。现金折扣一般用符号"折扣率/折扣期限"表示，例如"$2/10, 1/20, n/30$"表示：销货方允许客户最长的付款期限为30天，如果客户在10天内付款，销货方可按商品售价给予客户2%的现金折扣；如果客户在超过10天但在20天内付款，销货方可按商品售价给予客户1%的现金折扣；如果客户在21天至30天内付款，将不能享受现金折扣。

　　现金折扣发生在企业销售商品之后，企业销售商品后现金折扣是否发生以及发生多少要视买方的付款情况而定，企业在确认销售商品收入时不能确定现金折扣金额。因此，企业销售商品涉及现金折扣的，应当按照扣除现金折扣前的金额确定销售商品收入金额。

311

现金折扣实际上是企业为了尽快回笼资金而发生的理财费用,应在实际发生时计入当期财务费用。

在计算现金折扣时,还应注意销售方是按不包含增值税的价款提供现金折扣的。

【例 12-6】 红岩股份有限公司于 2010 年 6 月 1 日销售 A 商品 10 000 件给甲公司,每件商品的标价为 20 元(不含增值税),每件商品的实际成本为 12 元,A 商品适用的增值税税率为 17%。由于是成批销售,红岩公司给购货方 10%的商业折扣,并在销售合同中规定现金折扣条件为 2/10、1/20、n/30。A 商品于 6 月 1 日发出,购货方于 6 月 9 日付款。

本例涉及商业折扣和现金折扣的问题,首先需要计算确定销售商品收入的金额。根据销售商品收入的金额确定的有关规定,销售商品收入的金额应是未扣除现金折扣但扣除商业折扣后的金额,现金折扣应在实际发生时计入当期财务费用。因此,红岩公司应确认的销售商品收入金额应为 180 000(20×10 000−20×10 000×10%)元,增值税销项税额为 30 600(180 000×17%)元。购货方于销售实现后的 10 日内付款,享有的现金折扣为 3 600(180 000×2%)元。红岩公司有关账务处理如下:

(1) 2010 年 6 月 1 日销售实现时:

| | | |
|---|---|---|
| 借:应收账款——甲公司 | 210 600 | |
| 贷:主营业务收入 | | 180 000 |
| 应交税费——应缴增值税(销项税额) | | 30 600 |
| 借:主营业务成本 | 120 000 | |
| 贷:库存商品 | | 120 000 |

(2) 2010 年 6 月 9 日收到货款时:

| | | |
|---|---|---|
| 借:银行存款 | 207 000 | |
| 财务费用 | 3 600 | |
| 贷:应收账款——甲公司 | | 210 600 |

本例中,若购货方于 6 月 19 日付款,则享有的现金折扣为 1 800(180 000×1%)元。甲公司在收到货款时的会计分录为

| | | |
|---|---|---|
| 借:银行存款 | 208 800 | |
| 财务费用 | 1 800 | |
| 贷:应收账款——甲公司 | | 210 600 |

若购货方于 6 月底才付款,则应按全额付款。红岩公司在收到货款时的会计分录为

| | | |
|---|---|---|
| 借:银行存款 | 210 600 | |
| 贷:应收账款——甲公司 | | 210 600 |

(3) 销售折让是指企业因售出商品的质量不合格等原因而在售价上给予购货方的减让。

企业已经确认销售商品收入的售出商品发生销售折让的,应当在发生时冲减当期销售商品收入。发生销售折让时,如按规定允许扣减当期销项税额,应同时冲减当期的增值税销项税。

【例 12-7】 红岩股份有限公司在 2010 年 6 月 25 日销售一批商品给甲公司,增值税

发票上注明价款为 70 000 元,增值税额为 11 900 元。7 月 5 日货到后,甲公司发现商品质量存在一些问题,要求给予 5%的折让。红岩公司有关账务处理如下:

(1) 2010 年 6 月 25 日销售商品确认收入时:

借:应收账款——甲公司　　　　　　　　　　　81 900

　　贷:主营业务收入　　　　　　　　　　　　　　70 000

　　　　应交税费——应缴增值税(销项税额)　　11 900

(2) 2010 年 7 月 5 日发生销售折让时:

$$应冲减的收入＝70\ 000×5\%＝3\ 500(元)$$

$$应冲减的销项税额＝3\ 500×17\%＝595(元)$$

借:主营业务收入　　　　　　　　　　　　　　3 500

　　应交税费——应缴增值税(销项税额)　　　　595

　　贷:应收账款——甲公司　　　　　　　　　　4 095

**2. 销售退回**

销售退回是指企业售出的商品由于质量、品种不符合要求等原因而发生的退货。销售退回的账务处理分为以下三种情况:

(1) 企业尚未确认销售收入,发生销售退回。则在发生销售退回时,将原记入"发出商品"账户的商品成本转入"库存商品"账户。

(2) 企业已经确认销售收入,发生销售退回的,除属于资产负债表日后事项的销售退回之外,应当在发生时,冲减当期的销售商品收入。增值税的处理应该是根据税务机关的要求,取得购货方交来的红字专用发票的,就可以同时冲减销项税。

(3) 发生的销售退回,属于资产负债表日后事项的,按照资产负债表日后事项准则的相关规定处理。

【例 12-8】 红岩股份有限公司于 2010 年 6 月 15 日销售一批商品给乙公司,增值税发票上注明价款为 60 000 元,增值税额为 10 200 元,成本为 42 000 元。合同规定现金折扣条件为 2/10,1/20,n/30。乙公司于 6 月 22 日付款,享受现金折扣 1 200 元。7 月 20 日该商品因质量严重不合格被退回,并取得乙公司交来的红字增值税专用发票。红岩公司有关账务处理如下:

(1) 2010 年 6 月 15 日销售收入确认时:

借:应收账款——乙公司　　　　　　　　　　　70 200

　　贷:主营业务收入　　　　　　　　　　　　　60 000

　　　　应交税费——应缴增值税(销项税额)　　10 200

(2) 结转销售成本时:

借:主营业务成本　　　　　　　　　　　　　　42 000

　　贷:库存商品　　　　　　　　　　　　　　　42 000

(3) 2010 年 6 月 22 日收到货款时:

借:银行存款　　　　　　　　　　　　　　　　69 000

　　财务费用　　　　　　　　　　　　　　　　1 200

　　贷:应收账款——乙公司　　　　　　　　　　70 200

313

（4）2010 年 7 月 20 日销售退回时：

借：主营业务收入　　　　　　　　　　　60 000

应交税费——应缴增值税（销项税额）　10 200

贷：银行存款　　　　　　　　　　　　　　　69 000

财务费用　　　　　　　　　　　　　　　1 200

（5）冲减销售成本时：

借：库存商品　　　　　　　　　　　　　42 000

贷：主营业务成本　　　　　　　　　　　　　42 000

假如上述销售退回是在 2011 年 2 月份财务报告批准报出日及 2010 年所得税汇缴日之前发生的，该项销售退回应作为资产负债表日后事项，在 2011 年账上做如下调整分录（假定红岩公司适用所得税率为 25%，按净利润的 10% 计提法定盈余公积）：

（1）调减上年度的收入及增值税：

借：以前年度损益调整（60 000－1200）　58 800

应交税费——应缴增值税（销项税额）　10 200

贷：银行存款　　　　　　　　　　　　　　　69 000

（2）调减上年度的销售成本：

借：库存商品　　　　　　　　　　　　　42 000

贷：以前年度损益调整　　　　　　　　　　　42 000

（3）调减上年度的所得税：

借：应交税费——应缴所得税　　　　　　4 200

贷：以前年度损益调整　　　　　　　　　　　4 200

（4）结转调减的净利润：

借：利润分配——未分配利润　　　　　　12 600

贷：以前年度损益调整　　　　　　　　　　　12 600

（5）调减上年度法定盈余公积：

借：盈余公积——法定盈余公积　　　　　1 260

贷：利润分配——未分配利润　　　　　　　　1 260

同时在 2010 年度报表中做如下调整：在资产负债表中冲减银行存款 69 000 元，增加存货成本 42 000 元，冲减应交税费 14 400 元，冲减所有者权益中的未分配利润 11 340 元和盈余公积 1 260 元；在利润表中冲减营业收入 60 000 元，营业成本 42 000 元，财务费用1 200 元，所得税费用 4 200 元，净利润 12 600 元。

附有销售退回条件的商品销售是指购买方依照有关协议有权退货的销售方式。在这种销售方式下，企业根据以往经验能够合理估计退货可能性且确认与退货相关负债的，通常应在发出商品时确认收入；企业不能合理估计退货可能性的，通常应在售出商品退货期满时确认收入。

### 3. 分期预收款方式销售

在分期预收款销售方式下，销售方直到收到最后一笔款项才将商品交付购货方，表明商品所有权上的主要风险和报酬只有在收到最后一笔款项时才转移给购货方，销售方通常应在发出商品时确认收入,在此之前预收的货款应确认为预收账款负债。

【例 12-9】 红岩股份有限公司与戊公司签订协议,采用分期预收款方式向戊公司销售一批商品。该批商品实际成本为 600 000 元。协议约定,该批商品销售价格为 800 000 元,增值税额为 136 000 元。戊公司应在协议签订时预付 60% 的货款(按销售价格计算),剩余货款于 2 个月后支付。红岩股份有限公司的账务处理如下:

(1)收到 60% 货款时:

| | | |
|---|---|---|
| 借:银行存款 | 480 000 | |
| 贷:预收账款 | | 480 000 |

(2)收到剩余货款及增值税税款时:

| | | |
|---|---|---|
| 借:预收账款 | 480 000 | |
| 银行存款 | 456 000 | |
| 贷:主营业务收入 | | 800 000 |
| 应交税费——应缴增值税(销项税额) | | 136 000 |
| 借:主营业务成本 | 600 000 | |
| 贷:库存商品 | | 600 000 |

**4. 具有融资性质的分期收款销售**

企业销售商品,有时会采取分期收款销售的方式,即商品已经交付,货款分期收回。如果延期收取的货款具有融资性质,其实质是企业向购货方提供免息的信贷,在符合收入确认条件时,企业应当按照应收的合同或协议价款的公允价值确定收入金额。应收的合同或协议价款的公允价值,通常应当按照其未来现金流量现值或商品现销价格计算确定。

应收的合同或协议价款与其公允价值之间的差额,应当在合同或协议期间内,按照应收款项的摊余成本和实际利率计算确定的金额进行摊销,作为财务费用的抵减处理。其中,实际利率是指具有类似信用等级的企业发行类似工具的现时利率,或者将应收的合同或协议价款折现为商品现销价格时的折现率等。在实务中,基于重要性要求,应收的合同或协议价款与其公允价值之间的差额,按照应收款项的摊余成本和实际利率进行摊销与采用直线法进行摊销结果相差不大的,也可以采用直线法进行摊销。

【例 12-10】 2010 年 1 月 1 日,红岩股份有限公司采用分期收款方式向乙公司销售一套大型设备,合同约定的销售价格为 2 000 万元,分 5 期于每年 12 月 31 日等额收取。该大型设备成本为 1 560 万元。在现销方式下,该大型设备的销售价格为 1 600 万元。假定红岩公司发出商品时,其有关的增值税纳税义务尚未发生,在合同约定的收款日期,发生有关的增值税纳税义务。

根据本例的资料,红岩公司应当确认的销售商品收入金额为 1 600 万元。

根据下列公式:

$$未来 5 年收款额的现值 = 现销方式下应收款项金额$$

可以得出:

$$400 \times (P/A, r, 5) = 1\,600(万元)$$

可在多次测试的基础上用插值法计算折现率。

当 $r = 7\%$ 时,$400 \times 4.100\,2 = 1\,640.08(万元) > 1\,600$ 万元

当 $r = 8\%$ 时,$400 \times 3.992\,7 = 1\,597.08(万元) < 1\,600$ 万元

因此，7% $<r<$ 8%。用插值法计算如下：

| 现值 | 利率 |
|------|------|
| 1 640.08 | 7% |
| 1 600 | $r$ |
| 1 597.08 | 8% |

$$\frac{1\,640.08-1\,600}{1\,640.08-1\,597.08}=\frac{r-7\%}{8\%-7\%}$$

$r=7.93\%$

每期计入财务费用的金额如表 12-1 所示。

表 12-1　分配未实现融资收益计算表　　　　　　单位：万元

| 日　　期 | 每期收款额 | 确认的融资收益 | 本金减少额 | 长期应收款摊余成本 |
|---------|-----------|---------------|-----------|------------------|
| | (1) | (2)<br>=期初(4)×7.93% | (3)=(1)-(2) | 期末(4)<br>=期初(4)-(2) |
| 2010 年 1 月 1 日 | | | | 1 600 |
| 2010 年 12 月 31 日 | 400 | 126.88 | 273.12 | 1 326.88 |
| 2011 年 12 月 31 日 | 400 | 105.22 | 294.78 | 1 032.10 |
| 2012 年 12 月 31 日 | 400 | 81.85 | 318.15 | 713.95 |
| 2013 年 12 月 31 日 | 400 | 56.62 | 343.38 | 370.57 |
| 2014 年 12 月 31 日 | 400 | 29.43* | 370.57 | 0 |
| 合　计 | 2 000 | 400 | 1 600 | —— |

*尾数调整。

根据表 12-1 的计算结果，红岩公司各期的会计分录如下：

(1) 2010 年 1 月 1 日销售实现时：

借：长期应收款——乙公司　　　　　　　　　　20 000 000
　　贷：主营业务收入　　　　　　　　　　　　　　16 000 000
　　　　未实现融资收益　　　　　　　　　　　　　 4 000 000
借：主营业务成本　　　　　　　　　　　　　　15 600 000
　　贷：库存商品　　　　　　　　　　　　　　　　15 600 000

(2) 2010 年 12 月 31 日收取货款和增值税税额时：

借：银行存款　　　　　　　　　　　　　　　　 4 680 000
　　贷：长期应收款　　　　　　　　　　　　　　　 4 000 000
　　　　应交税费——应缴增值税(销项税额)　　　　 680 000
借：未实现融资收益　　　　　　　　　　　　　 1 268 800
　　贷：财务费用　　　　　　　　　　　　　　　　 1 268 800

(3) 2011 年 12 月 31 日收取货款和增值税税额时：

借：银行存款　　　　　　　　　　　　　　　　 4 680 000
　　贷：长期应收款　　　　　　　　　　　　　　　 4 000 000

应交税费——应缴增值税（销项税额） 680 000

　借：未实现融资收益 1 052 200

　　贷：财务费用 1 052 200

（4）2012 年 12 月 31 日收取货款和增值税税额时：

　借：银行存款 4 680 000

　　贷：长期应收款 4 000 000

　　　应交税费——应缴增值税（销项税额） 680 000

　借：未实现融资收益 818 500

　　贷：财务费用 818 500

（5）2013 年 12 月 31 日收取货款和增值税税额时：

　借：银行存款 4 680 000

　　贷：长期应收款 4 000 000

　　　应交税费——应缴增值税（销项税额） 680 000

　借：未实现融资收益 566 200

　　贷：财务费用 566 200

（6）2014 年 12 月 31 日收取货款和增值税税额时：

　借：银行存款 4 680 000

　　贷：长期应收款 4 000 000

　　　应交税费——应缴增值税（销项税额） 680 000

　借：未实现融资收益 294 300

　　贷：财务费用 294 300

**5. 委托代销**

委托代销是指委托方根据协议委托受托方代销商品的一种销售方式。委托代销通常有两种方式，即视同买断方式和收取手续费方式。

（1）视同买断方式。视同买断方式代销商品是指委托方和受托方签订合同或协议，委托方按合同或协议收取代销的货款，实际售价由受托方自定，实际售价与合同或协议价之间的差额归受托方所有的委托代销方式。如果委托方和受托方之间的协议明确标明，受托方在取得代销商品后，无论是否能够卖出、是否获利，均与委托方无关，那么委托方和受托方之间的代销商品交易与委托方直接销售商品给受托方没有实质区别，委托方应于发出商品时确认相关销售商品收入，受托方对于取得的代销商品应作为购进商品处理。如果委托方和受托方之间的协议明确标明，将来受托方没有将商品售出时可以将商品退回给委托方，或受托方因代销商品出现亏损时可以要求委托方补偿，那么委托方在交付商品时通常不确认收入，受托方也不作购进商品处理。受托方将商品销售后，按实际售价确认销售收入，并向委托方开具代销清单，委托方收到代销清单时，再确认本企业的销售收入。

【例 12-11】 红岩股份有限公司委托甲公司销售彩色电视机 100 台，协议价为 2 000 元/台，该电视机成本为 1 400 元/台，增值税率为 17%。代销协议约定，甲公司在取得代销商品后，无论是否能够卖出、是否获利，均与红岩公司无关，代销商品的实际售价由

317

甲公司自定。红岩公司在发出代销商品时开具增值税发票,发票上注明:电视机售价为200 000 元,增值税 34 000 元。甲公司实际销售时开具的增值税发票上注明的售价为250 000 元,增值税为 42 500 元,价税款已经收存银行,并给红岩公司开来代销清单、支付协议价款。

(1) 委托方红岩股份有限公司的账务处理如下:

① 红岩公司将彩色电视机交付甲公司:

借:应收账款——甲公司　　　　　　　　　　　　234 000
　　贷:主营业务收入　　　　　　　　　　　　　　　200 000
　　　　应交税费——应缴增值税(销项税额)　　　　34 000

借:主营业务成本　　　　　　　　　　　　　　　140 000
　　贷:库存商品——彩色电视机　　　　　　　　　140 000

② 红岩股份有限公司收到代销清单及汇入的货款:

借:银行存款　　　　　　　　　　　　　　　　　234 000
　　贷:应收账款——甲公司　　　　　　　　　　　234 000

(2) 受托方甲公司的账务处理如下:

① 收到受托代销彩色电视机:

借:库存商品　　　　　　　　　　　　　　　　　200 000
　　应交税费——应缴增值税(进项税额)　　　　　34 000
　　贷:应付账款——红岩股份有限公司　　　　　　234 000

② 售出代销商品:

借:银行存款　　　　　　　　　　　　　　　　　292 500
　　贷:主营业务收入　　　　　　　　　　　　　　250 000
　　　　应交税费——应缴增值税(销项税额)　　　　42 500

借:主营业务成本　　　　　　　　　　　　　　　200 000
　　贷:库存商品　　　　　　　　　　　　　　　　200 000

③ 按合同支付货款:

借:应付账款——红岩股份有限公司　　　　　　　234 000
　　贷:银行存款　　　　　　　　　　　　　　　　234 000

(2) 收取手续费方式。收取手续费方式是指受托方根据所代销的商品协议价款的一定比例向委托方收取手续费,这对受托方来说实际上是一种劳务收入。这种代销方式与视同买断方式相比,主要特点是受托方通常应按照委托方规定的价格销售,不得自行改变售价。在这种代销方式下,委托方应在受托方将商品销售后,并向委托方开具代销清单时确认销售商品收入;受托方在商品销售后,按应收取的手续费确认收入。

委托方发出商品时,借记"委托代销商品"账户,贷记"库存商品"账户。收到代销清单时,按商品销售的实现情况,借记"应收账款"账户,贷记"主营业务收入"、"应交税费——应缴增值税(销项税额)"账户,按应支付的手续费,借记"销售费用"账户,贷记"应收账款"账户。实际收到受托方支付的代销商品价款时,借记"银行存款"账户,贷记"应收账款"账户。

受托方收到商品时,借记"受托代销商品"账户,贷记"受托代销商品款"账户。销售商品时,借记"银行存款"账户,贷记"应付账款"、"应交税费——应缴增值税(销项税额)"账户,同时冲销受托代销商品,借记"受托代销商品款"账户,贷记"受托代销商品"账户。开具代销清单交与委托方,收到委托方开具的增值税专用发票时,按可抵扣的进项税额,借记"应交税费——应缴增值税(进项税额)"账户,贷记"应付账款"账户。计算代销手续费时,借记"应付账款"账户,贷记"其他业务收入"或"主营业务收入"账户。实际支付给委托方代销商品价款时,借记"应付账款"账户,贷记"银行存款"账户。

**【例 12-12】** 沿用【例 12-11】的资料。假定代销合同规定,甲公司应按每台 2000 元售给顾客,红岩股份有限公司按不含税售价的 10% 支付甲公司手续费。甲公司实际销售时,即向买方开一张增值税专用发票,发票上注明的售价为 200 000 元,增值税为 34 000 元。红岩股份有限公司在收到甲公司交来的代销清单时,向其开具一张相同金额的增值税发票。

(1)委托方红岩股份有限公司的账务处理如下:

① 红岩公司将彩色电视机交付甲公司:

| | | |
|---|---|---|
| 借:委托代销商品 | | 140 000 |
| 　贷:库存商品——彩色电视机 | | 140 000 |

② 红岩公司收到代销清单时给甲公司开具专用发票:

| | | |
|---|---|---|
| 借:应收账款——甲公司 | | 234 000 |
| 　贷:主营业务收入 | | 200 000 |
| 　　应交税费——应缴增值税(销项税额) | | 34 000 |
| 借:主营业务成本 | | 140 000 |
| 　贷:委托代销商品 | | 140 000 |

③ 确认应扣付的代销手续费:

| | | |
|---|---|---|
| 借:销售费用 | | 20 000 |
| 　贷:应收账款——甲公司 | | 20 000 |

④ 收到甲公司交来的货款净额:

| | | |
|---|---|---|
| 借:银行存款 | | 214 000 |
| 　贷:应收账款——甲公司 | | 214 000 |

(2)受托方甲公司的账务处理如下:

① 收到受托代销商品时:

| | | |
|---|---|---|
| 借:受托代销商品 | | 200 000 |
| 　贷:受托代销商品款 | | 200 000 |

② 售出受托代销商品时:

| | | |
|---|---|---|
| 借:银行存款 | | 234 000 |
| 　贷:应付账款——红岩股份有限公司 | | 200 000 |
| 　　应交税费——应缴增值税(销项税额) | | 34 000 |

同时,注销已售受托代销商品。

| | | |
|---|---|---|
| 借:代销商品款 | | 200 000 |

|  |  |
|---|---|
| 贷：受托代销商品 | 200 000 |

③ 收到委托方开具的专用发票时：

| 借：应交税费——应缴增值税(进项税额) | 34 000 |
|---|---|
| 贷：应付账款——红岩股份有限公司 | 34 000 |

④ 计算确认代销手续费收入时：

| 借：应付账款——红岩股份有限公司 | 20 000 |
|---|---|
| 贷：其他业务收入 | 20 000 |

⑤ 支付委托方的代销商品价款时：

| 借：应付账款——红岩股份有限公司 | 214 000 |
|---|---|
| 贷：银行存款 | 214 000 |

**6. 商品需要安装和检验情况下的销售**

在这种销售方式下，售出的商品需要安装检验等。购买方接受交货以及安装和检验完毕前一般不应确认收入，但如果安装程序比较简单，或检验是为最终确定合同价格而必须进行的程序，则可以在商品发出时或在商品装运时确认收入。

**7. 以旧换新销售**

以旧换新销售是指销售方在销售商品的同时回收与所售商品相同的旧商品。在这种销售方式下，销售的商品应当按照销售商品收入确认条件确认收入，回收的商品作为购进商品处理。

**【例 12-13】** 红岩股份有限公司根据国家政策开展家电以旧换新业务。2010 年 3 月份，红岩公司共销售 A 型号彩色电视机 100 台，每台不含增值税销售价格为 2 000 元，每台销售成本为 1 400 元。同时回收 100 台 A 型号旧彩色电视机，每台回收价格为 234 元。款项已收库存现金。根据上述资料，红岩公司的账务处理如下：

(1) 2010 年 3 月份，红岩公司销售新彩电并回收旧彩电：

| 借：库存现金 | 210 600 |
|---|---|
| 原材料 | 23 400 |
| 贷：主营业务收入 | 200 000 |
| 应交税费——应缴增值税(销项税额) | 34 000 |

(2) 结转所售新彩电的成本时：

| 借：主营业务成本 | 140 000 |
|---|---|
| 贷：库存商品 | 140 000 |

需要说明的是，一般工商企业采取以旧换新方式销售时所回收的旧商品的折价款用于抵付新商品的价款，而不大会单独支付回收价款。同时，回收旧商品不涉及进项税额抵扣问题，只有专门从事废旧物资收购的企业才可按收购凭证上所列金额的 10% 计算可抵扣的进项税额。

**8. 订货销售**

订货销售是指已收到全部或部分货款而库存没有现货，需要通过制造等程序才能将商品交付购买方的销售方式。在这种销售方式下，企业通常应在发出商品并符合收入确认条件时确认收入，在此之前预收的货款应确认为负债。

**9. 售后回购**

售后回购是指销售商品的同时，销售方同意日后再将同样或类似的商品购回的销售方式。在这种方式下，销售方应根据合同或协议条款判断销售商品是否满足收入确认条件。通常情况下，以固定价格回购的售后回购交易属于融资交易，商品所有权上的主要风险和报酬没有转移，企业不应确认收入，所收到的款项应确认为负债。回购价格大于原售价的差额，企业应在回购期间按期计提利息费用，计入财务费用。

**10. 售后租回**

售后租回是指销售商品的同时，销售方同意在日后再将同样的商品租回的销售方式。在这种方式下，销售方应根据合同或协议条款判断企业是否已将商品所有权上的主要风险和报酬转移给购货方，以确定是否确认销售商品收入。在大多数情况下，售后租回属于融资交易，企业不应确认销售商品收入，售价与资产账面价值之间的差额应当分别按不同情况进行处理。

（1）如果售后租回交易认定为融资租赁，售价与资产账面价值之间的差额应当予以递延，并按照该项租赁资产的折旧进度进行分摊，作为折旧费用的调整。

（2）如果售后租回交易认定为经营租赁，应当按情况分别处理：①有确凿证据表明售后租回交易是按照公允价值达成的，实质上相当于一项正常销售，售价与资产账面价值的差额应当计入当期损益。②售后租回交易如果不是按照公允价值达成的，售价低于公允价值的差额，应计入当期损益。但若该损失将由低于市价的未来租赁付款额补偿时，有关损失应予以递延（递延损益），并按与确认租金费用相一致的方法在租赁期内进行分摊。如果售价大于公允价值，其大于公允价值的部分应计入递延损益，并在租赁期内分摊。

**11. 房地产销售**

房地产销售是指房地产开发商自行开发房地产，并在市场上进行销售。对于房地产销售，企业应按一般商品销售收入确认条件确认收入。

在房地产销售中，房地产法定所有权的转移通常表明其所有权上的主要风险和报酬转移给买方，企业应确认销售收入。但也有可能出现法定所有权转移后，所有权上的主要风险和报酬没有转移的情况。例如，企业根据合同或协议约定，仍有责任实施重大行动，如工程尚未完工。在这种情况下，企业通常应在实施的重大行动完成时确认销售收入。又如，合同或协议存在重大不确定因素，如买方有权退房。在这种情况下，企业通常应在这些重大不确定因素消失后确认销售收入。再如，房地产销售后，企业仍有某种程度的继续涉入，如销售回购协议、企业保证买方在特定时期内获得既定投资报酬的协议等。在这种情况下，企业应分析交易的实质，以确定是作为销售处理，还是作为融资、租赁或利润分成处理。

# 三、提供劳务收入的确认与计量

劳务通常指其结果不形成有形资产的服务。提供劳务的种类很多，如运输、旅游、饮食、照相、培训和广告等。提供劳务的内容不同，完成的时间也不一样，有的劳务一次就能完成，如饮食、照相等；有的劳务则需较长的时间才能完成，如培训、远洋运输和建筑等。因此，劳务可以分为在同一会计期间内开始并完成的劳务和提供劳务开始和完成分属不同会计期间的劳务两种。会计期间一般指一个完整的会计年度，如果需要提供半年报（如上市公司),会计期间也应该包括半年。

### (一)在同一会计期间内开始并完成劳务收入的确认

对于一次就能完成的劳务,或在同一会计期间内开始并完成的劳务,应在提供劳务交易完成时确认收入,确认的金额通常为从接受劳务方已收或应收的合同或协议价款。

企业对外提供劳务,如属于企业的主营业务,所实现的收入应作为主营业务收入处理,结转的相关成本应作为主营业务成本处理;如属于主营业务以外的其他经营活动,所实现的收入应作为其他业务收入处理,结转的相关成本应作为其他业务成本处理。企业对外提供劳务发生的支出一般先通过"劳务成本"账户予以归集,待确认为费用时,再由"劳务成本"账户转入"主营业务成本"或"其他业务成本"账户。

对于一次就能完成的劳务,企业应在提供劳务完成时确认收入及相关成本。对于持续一段时间但在同一会计期间内开始并完成的劳务,企业应在为提供劳务发生相关支出时确认劳务成本,劳务完成时再确认劳务收入,并结转相关劳务成本。

【例12-14】 甲公司于2010年3月10日接受一项设备安装任务,该安装任务可一次完成,合同总价款为9 000元,实际发生安装成本为5 000元。假定安装业务属于甲公司的主营业务。甲公司应在安装完成时作如下会计处理:

借:应收账款(或银行存款)                    9 000
   贷:主营业务收入                                  9 000
借:主营业务成本                              5 000
   贷:银行存款                                      5 000

若上述安装任务需花费一段时间(不超过本会计期间)才能完成,则应在为提供劳务发生有关支出时(假定发生的劳务支出均用银行存款支付):

借:劳务成本                                  5 000
   贷:银行存款                                      5 000

待安装完成确认所提供劳务的收入并结转该项劳务总成本时:

借:应收账款(或银行存款)                    9 000
   贷:主营业务收入                                  9 000
借:主营业务成本                              5 000
   贷:劳务成本                                      5 000

### (二)提供劳务开始和完成分属不同报告期间劳务收入的确认

对于开始和完成分别属于不同会计年度的劳务,应在资产负债表日视提供劳务的结果是否能够可靠估计而采用不同的处理方法。

**1. 提供劳务的交易结果能够可靠估计**

提供劳务的交易结果能够可靠估计是指同时满足下列条件:

(1)收入的金额能够可靠计量。这是指提供劳务收入的总额能够合理地估计。通常情况下,劳务总收入一般根据双方签订的合同或协议注明的交易总额确定。随着劳务的不断提供,可能会根据实际情况增加或减少交易总金额,企业应及时调整合同总收入。

（2）相关的经济利益很可能流入企业。这是指提供劳务收入总额收回的可能性大于不能收回的可能性。只有当与提供劳务交易相关的经济利益很可能流入企业时，企业才能确认劳务收入。企业可以从接受劳务方的信誉、以往的经验以及双方就结算方式和期限达成的协议等方面进行判断。

（3）交易的完工程度能够可靠确定。这是指交易的完工进度能够合理地估计。提供劳务交易的完工程度，可以选择下列方法进行确定：①已完工作的测量。这是一种比较专业的测量法，由专业测量师对已经完成的工作或工程进行测量，并按一定方法计算劳务的完工进度。②已经提供的劳务占应提供劳务总量的比例。③已经发生的成本占估计总成本的比例。

（4）交易中已发生的和将发生的成本能够可靠计量。合同总成本包括至资产负债表日止已经发生的成本和完成劳务将要发生的成本。企业应建立完善的内部成本核算制度和有效的内部财务预算及报告制度，准确提供每期发生的成本，并对完成剩余劳务将要发生的成本作出科学、可靠的估计，并随着劳务的不断提供或外部情况的不断变化，随时对估计成本进行修订。

企业在资产负债表日提供劳务交易的结果能够可靠估计的，应当按照完工百分比法确认提供劳务收入。

完工百分比法是指按照提供劳务交易的完工进度确认收入与费用的方法。在采用完工百分比法确认劳务收入和费用时，应按以下公式计算：

本报告期间确认的收入＝劳务总收入×本报告期期末止劳务的完工进度
　　　　　　　　　　－以前报告期间已确认的收入

本报告期间确认的费用＝劳务总成本×本报告期期末止劳务的完工进度
　　　　　　　　　　－以前报告期间已确认的费用

在采用完工百分比法确认提供劳务收入的情况下，企业应按计算确定的提供劳务收入金额，借记"应收账款"、"银行存款"等账户，贷记"主营业务收入"账户。结转提供劳务成本时，借记"主营业务成本"账户，贷记"劳务成本"账户。

【例 12-15】 甲软件公司于 2010 年 10 月 1 日与丙公司签订合同，为丙公司订制一项软件，工期大约为 5 个月，合同总收入为 8 000 000 元。至 2010 年 12 月 31 日，甲软件公司已发生成本 4 400 000 元（假定均为开发人员薪酬），预收劳务款项 5 000 000 元。甲软件公司预计开发该软件还将发生成本 1 600 000 元。2010 年 12 月 31 日，经专业测量师测量，该软件的完工进度为 60%。假定甲软件公司按季度编制财务报表。甲软件公司的账务处理如下：

（1）2010 年 12 月 31 日，确认劳务收入和费用的计算：

应确认提供劳务收入＝8 000 000 ×60%－0＝4 800 000（元）

应确认提供劳务费用＝（4 400 000 ＋1 600 000）×60%－0＝3 600 000（元）

（2）账务处理：

① 实际发生劳务成本时：

借：劳务成本　　　　　　　　　　　　　　　　　4 400 000

　　贷：应付职工薪酬　　　　　　　　　　　　　　　　　4 400 000

②预收劳务款项时：

借：银行存款　　　　　　　　　　　　　　　　5 000 000

　贷：预收账款　　　　　　　　　　　　　　　　　5 000 000

③ 2010 年 12 月 31 日,确认提供劳务收入并结转劳务成本时：

借：预收账款　　　　　　　　　　　　　　　　4 800 000

　贷：主营业务收入　　　　　　　　　　　　　　　4 800 000

借：主营业务成本　　　　　　　　　　　　　　3 600 000

　贷：劳务成本　　　　　　　　　　　　　　　　　3 600 000

**【例 12-16】**　甲公司于 2010 年 4 月 1 日与乙公司签订一项咨询合同,并于当日生效。合同约定,咨询期为 2 年,咨询费为 300 000 元。乙公司分三次等额支付咨询费,第一次在项目开始时支付,第二次在项目中期支付,第三次在项目结束时支付。甲公司估计咨询劳务总成本为 180 000 元(均为咨询人员薪酬)。假定甲公司每月提供的劳务量均相同,可以按时间比例确定完工进度,按年度编制财务报表,不考虑其他因素。甲公司各年度发生的劳务成本资料如表 12-2 所示。

表 12-2　劳务成本资料表　　　　　　　　　　　　　　　单位：元

| 年　份 | 2010 | 2011 | 2012 | 合计 |
|---|---|---|---|---|
| 发生的成本 | 70 000 | 90 000 | 20 000 | 180 000 |

甲公司的账务处理如下：

(1) 2010 年：

① 实际发生劳务成本：

借：劳务成本——咨询成本　　　　　　　　　　70 000

　贷：应付职工薪酬　　　　　　　　　　　　　　　70 000

② 预收劳务款项：

借：银行存款　　　　　　　　　　　　　　　　100 000

　贷：预收账款——乙公司　　　　　　　　　　　　100 000

③ 确认提供劳务收入并结转劳务成本：

　　　　提供劳务的完工进度＝9 个月÷24 个月×100％＝37.5％

　　　　确认提供劳务收入＝300 000×37.5％－0＝112 500(元)

　　　　确认提供劳务成本＝180 000×37.5％－0＝67 500(元)

借：预收账款——乙公司　　　　　　　　　　　112 500

　贷：主营业务收入——咨询收入　　　　　　　　　112 500

借：主营业务成本——咨询成本　　　　　　　　67 500

　贷：劳务成本——咨询成本　　　　　　　　　　　67 500

(2) 2011 年：

① 实际发生劳务成本：

借：劳务成本——咨询成本　　　　　　　　　　90 000

贷：应付职工薪酬　　　　　　　　　　　　　　　90 000

② 预收劳务款项：

借：银行存款　　　　　　　　　　　　　　　　　100 000

　　贷：预收账款——乙公司　　　　　　　　　　　100 000

③ 确认提供劳务收入并结转劳务成本：

　　　　　提供劳务的完工进度＝21个月÷24个月×100％＝87.5％

　　　　　确认提供劳务收入＝300 000×87.5％－112 500＝150 000（元）

　　　　　确认提供劳务成本＝180 000×87.5％－67 500＝90 000（元）

借：预收账款——乙公司　　　　　　　　　　　150 000

　　贷：主营业务收入——咨询收入　　　　　　　　150 000

借：主营业务成本——咨询成本　　　　　　　　　90 000

　　贷：劳务成本——咨询成本　　　　　　　　　　90 000

（3）2012年：

① 实际发生劳务成本：

借：劳务成本——咨询成本　　　　　　　　　　　20 000

　　贷：应付职工薪酬　　　　　　　　　　　　　　20 000

② 预收劳务款项：

借：银行存款　　　　　　　　　　　　　　　　　100 000

　　贷：预收账款——乙公司　　　　　　　　　　　100 000

③ 确认提供劳务收入并结转劳务成本：

　　　　　确认提供劳务收入＝300 000－112 500－150 000＝37 500（元）

　　　　　确认提供劳务成本＝180 000－67 500－90 000＝22 500（元）

借：预收账款——乙公司　　　　　　　　　　　37 500

　　贷：主营业务收入——咨询收入　　　　　　　　37 500

借：主营业务成本——咨询成本　　　　　　　　　22 500

　　贷：劳务成本——咨询成本　　　　　　　　　　22 500

**2. 提供劳务的交易结果不能可靠地估计**

企业在资产负债表日提供劳务交易结果不能够可靠估计的，应当分别按下列几种情况处理：

（1）已发生的劳务成本预计能够得到全部补偿，应按已经发生的劳务成本金额确认收入，并按相同金额结转成本。

（2）已发生的劳务成本预计能够得到部分补偿，应按能够得到补偿的部分金额确认收入，并按已发生的劳务成本结转成本。

（3）已发生的劳务成本预计都不能够得到补偿的，应当将已经发生的劳务成本转入当期损益，不确认劳务收入。

**【例12-17】** 甲咨询有限公司于2010年12月25日接受乙公司委托，为其培训一批学员，培训期为6个月，2011年1月1日开学。协议约定，乙公司应向甲公司支付的培训费总额为60 000元，分三次等额支付，第一次在开学时预付，第二次在2011年3月1日支付,第三次在培训结束时支付。

2011 年 1 月 1 日,乙公司预付第一次培训费。至 2011 年 2 月 28 日,甲公司发生培训成本 15 000 元(假定均为培训人员薪酬)。2011 年 3 月 1 日,甲公司得知乙公司经营发生困难,后两次培训费能否收回难以确定。甲公司的账务处理如下:

(1) 2011 年 1 月 1 日收到乙公司预付的培训费时:

借:银行存款　　　　　　　　　　　　20 000

　　贷:预收账款　　　　　　　　　　　　　20 000

(2) 实际发生培训支出 15 000 元时:

借:劳务成本　　　　　　　　　　　　15 000

　　贷:应付职工薪酬　　　　　　　　　　　15 000

(3) 2011 年 2 月 28 日确认提供劳务收入并结转劳务成本时:

借:预收账款　　　　　　　　　　　　15 000

　　贷:主营业务收入　　　　　　　　　　　15 000

借:主营业务成本　　　　　　　　　　15 000

　　贷:劳务成本　　　　　　　　　　　　　15 000

### (三) 同时销售商品和提供劳务交易

企业与其他企业签订的合同或协议,有时既包括销售商品又包括提供劳务,如销售电梯的同时负责安装工作、销售软件后继续提供技术支持、设计产品同时负责生产等。企业应当按不同情况分别进行会计处理:

(1) 如果销售商品部分和提供劳务部分能够区分且能够单独计量的,企业应当分别核算销售商品部分和提供劳务部分,即将销售商品的部分作为销售商品处理,将提供劳务的部分作为提供劳务处理;

(2) 如果销售商品部分和提供劳务部分不能够区分,或虽能区分但不能够单独计量的,企业应当将销售商品部分和提供劳务部分全部作为销售商品部分进行会计处理。

【例 12-18】 甲电梯公司与乙公司签订合同,向乙公司销售一部电梯并负责安装。甲电梯公司开出的增值税专用发票上注明的价款合计为 2 000 000 元,其中电梯销售价格为 1 960 000 元,安装费为 40 000 元,增值税税额为 340 000 元。电梯的成本为 1 120 000 元;电梯安装过程中发生安装费 24 000 元,均为安装人员薪酬。假定电梯已经安装完成并经验收合格,款项尚未收到。安装工作是销售合同的重要组成部分。甲公司的账务处理如下:

(1) 电梯发出结转成本:

借:发出商品——电梯　　　　　　　　1 120 000

　　贷:库存商品——电梯　　　　　　　　　1 120 000

(2) 实际发生安装费用:

借:劳务成本——电梯安装　　　　　　24 000

　　贷:应付职工薪酬　　　　　　　　　　　24 000

（3）确认销售电梯收入和提供劳务收入合计 2 000 000 元。

借：应收账款——乙公司　　　　　　　　　　　　　2 340 000

　　贷：主营业务收入——销售电梯　　　　　　　　　　　　1 960 000

　　　　　　　　　　——电梯安装劳务　　　　　　　　　　　40 000

　　　应交税费——应缴增值税（销项税额）　　　　　　　　340 000

（4）结转销售商品成本 1 120 000 元和安装成本 24 000 元。

借：主营业务成本——销售电梯　　　　　　　　　　1 120 000

　　贷：发出商品——电梯　　　　　　　　　　　　　　　1 120 000

借：主营业务成本——电梯安装劳务　　　　　　　　　24 000

　　贷：劳务成本——电梯安装劳务　　　　　　　　　　　　24 000

**【例 12-19】**　甲公司在 2010 年 12 月 8 日向乙电器商场销售一批彩色电视机，为保证及时供货，双方约定由甲公司动用自己的汽车进行运输，甲公司除收取彩色电视机货款外，还向乙商场收取运输费。甲公司开出的增值税专用发票上注明的价款合计为 100 000 元，增值税税额为 17 000 元，款项于当天收到，该批商品成本为 72 000 元。假定甲公司为运输该批彩色电视机发生的运输成本为 340 元，其中汽车折旧为 120 元，运输工人薪酬为220 元。甲公司的账务处理如下：

（1）销售彩色电视机确认销售收入：

借：银行存款　　　　　　　　　　　　　　　　　　117 000

　　贷：主营业务收入——销售××彩色电视机　　　　　　100 000

　　　应交税费——应缴增值税（销项税额）　　　　　　　17 000

（2）发生运输劳务成本：

借：劳务成本——商品运输　　　　　　　　　　　　　340

　　贷：应付职工薪酬　　　　　　　　　　　　　　　　　　220

　　　累计折旧——运输汽车　　　　　　　　　　　　　　　120

（3）结转电视机成本和运输成本：

借：主营业务成本——电视机　　　　　　　　　　　72 340

　　贷：库存商品——电视机　　　　　　　　　　　　　　72 000

　　　劳务成本——商品运输　　　　　　　　　　　　　　　340

## （四）特殊劳务收入的确认

企业提供的下列劳务满足收入确认条件的，应按规定的时点确认收入：

（1）安装费。安装费在资产负债表日根据安装的完工进度确认收入。安装工作是商品销售附带条件的，安装费在确认商品销售实现时确认收入。

（2）宣传媒介收费。宣传媒介的收费在相关的广告或商业行为开始出现于公众面前时确认收入。广告的制作费在资产负债表日根据制作广告的完工进度确认收入。

（3）为特定客户开发软件收费。为特定客户开发软件的收费在资产负债表日根据开发的完工进度确认收入。

（4）包括在商品售价内可区分的服务费。包括在商品售价内可区分的服务费在提供服务的期间内分期确认收入。

（5）艺术表演、招待宴会和其他特殊活动的收费。艺术表演、招待宴会和其他特殊活动的收费在相关活动发生时确认收入。收费涉及几项活动的，预收的款项应合理分配给每项活动，分别确认收入。

（6）申请入会费和会员费。申请入会费和会员费只允许取得会籍，所有其他服务或商品都要另行收费的，在款项收回不存在重大不确定性时确认收入。申请入会费和会员费能使会员在会员期内得到各种服务或商品，或者以低于非会员的价格销售商品或提供服务的，在整个受益期内分期确认收入。

（7）特许权费。属于提供设备和其他有形资产的特许权费在交付资产或转移资产所有权时确认收入。属于提供初始及后续服务的特许权费在提供服务时确认收入。

### （五）授予客户奖励积分

在某些情况下，企业在销售产品或提供劳务的同时会授予客户奖励积分，如航空公司给予客户的里程累计等，客户在满足一定条件后将奖励积分兑换为企业或第三方提供的免费或折扣后的商品或服务。企业对该交易事项应当分别按以下情况进行处理：

（1）在销售产品或提供劳务的同时，应当将销售取得的货款或应收货款在本次商品销售或劳务提供产生的收入与奖励积分的公允价值之间进行分配，将取得的货款或应收货款扣除奖励积分公允价值的部分确认为收入、奖励积分的公允价值确认为递延收益。奖励积分的公允价值为单独销售可取得的金额。如果奖励积分的公允价值不能够直接观察到，授予企业可以参考被兑换奖励物品的公允价值或利用其他估值技术估计奖励积分的公允价值。

（2）获得奖励积分的客户满足条件时有权利取得授予企业的商品或服务，在客户兑换奖励积分时，授予企业应将原计入递延收益的与所兑换积分相关的部分确认为收入，确认为收入的金额应当以被兑换用于换取奖励的积分数额占预期将兑换用于换取奖励的积分总数的比例为基础计算确定。获得奖励积分的客户满足条件时有权利取得第三方提供的商品或劳务的，如果授予企业代表第三方归集对价，授予企业应在第三方有义务提供奖励且有权接受因提供奖励的计价时，将原计入递延收益的金额与应支付给第三方的价款之间的差额确认为收入；如果授予企业自身归集对价，应在履行奖励义务时按分配至奖励积分的对价确认收入。企业因提供奖励积分而发生的不可避免成本超过已收和应收对价时，应按《企业会计准则第 13 号——或有事项》有关亏损合同的规定处理。

## 四、让渡资产使用权收入的确认与计量

让渡资产使用权收入是指企业将本企业的资产使用权让渡给他人而产生的收入，包括利息收入、使用费收入等。企业对外出租资产收取的租金、进行债权投资收取的利息、进行股权投资取得的现金股利等也构成让渡资产使用权收入，有关的会计处理分别参照有关租赁、金融工具确认与计量、长期股权投资等内容。

### （一）让渡资产使用权取得收入的种类

让渡资产使用权取得的收入主要有以下几种形式：

（1）因他人使用本企业现金而取得的利息收入。主要是指金融企业存、贷款形成的利息收入及同业之间发生往来形成的利息收入等。

（2）因他人使用本企业的无形资产（如商标权、专利权、专营权、软件和版权）等形成的使用费收入。

### （二）让渡资产使用权收入的确认条件

让渡资产使用权收入应当在同时满足以下条件时进行确认：

（1）相关的经济利益很可能流入企业。该条件是指让渡资产使用权收入金额收回的可能性大于不能收回的可能性。企业在确定让渡资产使用权收入金额能否收回时，应根据对方的信誉情况、支付能力等情况以及双方约定的结算方式、付款期限等达成的协议等方面进行判断。如果企业估计收入收回的可能性不大，就不应确认收入。

（2）收入的金额能够可靠地计量。该条件是指让渡资产使用权收入的金额能够合理地估计。如果让渡资产使用权收入的金额不能够合理地估计时，则企业不应确认收入。

### （三）让渡资产使用权收入的计量及账务处理

**1. 利息收入的计量及账务处理**

企业（金融企业）应在资产负债表日，按照他人使用本企业货币资金的时间和实际利率计算确定利息收入金额。按计算确定的利息收入金额，借记"应收利息"、"贷款"、"银行存款"等账户，贷记"利息收入"、"其他业务收入"等账户。一般企业被占用资金比较小时，也可以冲减"财务费用"账户。

**2. 使用费收入的计量及账务处理**

使用费收入应当按照有关合同或协议约定的收费时间和方法计算确定。不同的使用费收入，收费时间和方法各不相同。有一次收取一笔固定金额的，如一次收取 10 年的场地使用费；有在合同或协议规定的有效期内分期等额收取的，如合同或协议规定在使用期内每期收取一笔固定的金额；也有分期不等额收取的，如合同或协议规定按资产使用方每期销售额的百分比收取使用费等。

如果合同或协议规定一次性收取费用，且不提供后续服务的，应当视同销售该项资产一次性确认收入；提供后续服务的，应在合同或协议规定的有效期内分期确认收入。如果合同或协议规定分期收取使用费的，通常应按合同或协议规定的收款时间或规定的收费方法计算确定的金额分期确认收入。

**【例 12-20】**　甲公司向乙公司转让某软件的使用权，一次性收费 50 000 元，不提供后续服务，款项已经收回。假定不考虑其他因素。甲公司的账务处理如下：

借：银行存款　　　　　　　　　　　　　　　　50 000

　　贷：其他业务收入——转让使用权收入　　　　　　 50 000

**【例 12-21】**　丙公司向丁公司转让其商品的商标使用权，约定丁公司每年年末按年销售收入的 10%支付使用费,使用期为 10 年。第 1 年,丁公司实现销售收入 1 000 000 元;第 2 年,丁公司实现销售收入 1 500 000 元。假定丙公司均于每年年末收到使用费,不考虑其他因素。丙公司的账务处理如下:

(1) 第 1 年年末确认使用费收入:

使用费收入金额＝1 000 000×10%＝100 000(元)

借:银行存款　　　　　　　　　　　　　100 000

　　贷:其他业务收入——转让使用权收入　　　　　100 000

(2) 第 2 年年末确认使用费收入:

使用费收入金额＝1 500 000×10%＝150 000(元)

借:银行存款　　　　　　　　　　　　　150 000

　　贷:其他业务收入——转让使用权收入　　　　　150 000

## 五、建造合同收入的确认与计量

### (一) 建造合同的概念及其分类

**1. 建造合同的概念及特征**

建造合同是指为建造一项或数项在设计、技术、功能、最终用途等方面密切相关的资产而订立的合同。这里所讲的资产是指房屋、道路、桥梁、水坝等建筑物,以及船舶、飞机、大型机械设备等。

建造合同不同于一般的材料采购合同和劳务合同,而是有其自身的特征,主要表现在:

(1) 先有买主(即客户),后有标的(即资产),建造资产的造价在签订合同时已经确定;

(2) 资产的建设期长,一般都要跨越一个会计年度,有的长达数年;

(3) 所建造的资产体积大,造价高;

(4) 建造合同一般为不可撤销的合同。

**2. 建造合同的类型**

建造合同有两种类型:一种是固定造价合同,另一种是成本加成合同。之所以作此种分类,是因为建造合同会计准则规定采用完工百分比法确认合同收入和费用,所以应判断建造合同的结果能否可靠地估计,这两类合同的风险不同,判断其结果能否可靠估计的标准也不同。

(1) 固定造价合同。固定造价合同是指按照固定的合同价或固定单价确定工程价款的建造合同。例如,某建造承包商与一客户签订一项建造合同,为客户建造一座办公大楼,合同规定建造办公大楼的总造价为 1 000 万元。该项合同即是固定造价合同。

(2) 成本加成合同。成本加成合同是指以合同允许或其他方式议定的成本为基础,加上该成本的一定比例或定额费用确定工程价款的建造合同。例如,某建造承包商与一客户签订一项建造合同,为客户建造一艘船舶,双方商定以建造该艘船舶的实际成本为基础,合同总价款以实际成本加上实际成本的 15%计算确定。该项合同即是成本加成合同。

固定造价合同和成本加成合同的最大区别在于它们所含风险的承担者不同,固定造价合同的风险主要由建造承包方承担,而成本加成合同的风险主要由发包方承担。

### (二)建造合同的分立与合并

**1. 建造合同的分立**

如果一项建造合同包括建造数项资产,在同时具备下列条件的情况下,每项资产应当分立为单项合同处理:

(1)每项资产均有独立的建造计划;

(2)与客户就每项资产单独进行谈判,双方能够接受或拒绝与每项资产有关的合同条款;

(3)每项资产的收入和成本可以单独辨认。

如果不同时具备上述三个条件,则不能将建造合同进行分立,而仍应将其作为一个合同进行会计处理。

例如,甲建筑公司与客户签订一项合同,为客户建造一栋宿舍楼和一座食堂。在签订合同时,甲建筑公司与客户分别就所建宿舍楼和食堂进行谈判,并达成一致意见:宿舍楼的工程造价为 4 000 000 元,食堂的工程造价为 1 500 000 元。宿舍楼和食堂均有独立的施工图预算,宿舍楼的预计总成本为 3 700 000 元,食堂的预计总成本为 1 300 000 元。

本例中,宿舍楼和食堂均有独立的施工图预算,因此符合条件(1);在签订合同时,甲建筑公司与客户分别就所建宿舍楼和食堂进行谈判,并达成一致意见,因此符合条件(2);宿舍楼和食堂均有单独的造价和预算成本,因此符合条件(3)。基于上述分析,甲建筑公司应将建造宿舍楼和食堂分立为两个单项合同进行处理。

如果不同时满足上述三个条件,则不能将合同分立,而应将其作为一个合同进行会计处理。若本例中没有明确规定宿舍楼和食堂各自的工程造价,而是以 5 500 000 元的总金额签订了该项合同,也未作出各自的预算成本。这时不符合条件(3),则甲建筑公司不能将该项合同分立为两个单项合同进行会计处理。

**2. 建造合同的合并**

一组合同无论对应单个客户还是多个客户,在同时满足下列条件的情况下,应当合并为单项合同:

(1)该组合同按一揽子交易签订;

(2)该组合同密切相关,每项合同实际上已构成一项综合利润工程的组成部分;

(3)该组合同同时或依次履行。

如果不同时具备上述三个条件,则不能将建造合同进行合并,而应以各单项合同进行会计处理。

例如,乙建筑公司与客户一揽子签订了三项合同,分别建造一个选矿车间、一个冶炼车间和一个工业污水处理系统,以建造一个冶炼厂。根据合同规定,这三个工程将由乙建筑公司同时施工,并根据整个项目的施工进度办理价款结算。

本例中,这三项合同是一揽子签订的,表明符合条件(1)。对客户而言,只有这三项合同全部完工交付使用时,该冶炼厂才能投料生产,发挥效益;对建造承包商而言,这三项合同的各自完工进度直接关系到整个建设项目的完工进度和价款结算,并且建筑公司对工程施工人员和工程用料实行统一管理。因此,该组合同密切相关,已构成一项综合利润率工程项目,表明符合条件(2)。该组合同同时履行,表明符合条件(3)。基于上述分析,乙建筑公司应将该组合同合并为一个合同进行会计处理。

**3. 追加资产的建造**

追加资产的建造满足下列条件之一的,应当作为单项合同:

(1)该追加资产在设计、技术或功能上与原合同包括的一项或数项资产存在重大差异;

(2)议定该追加资产的造价时,不需要考虑原合同价款。

例如,丙建筑公司与客户签订了一项建造合同。合同规定,丙建筑公司为客户设计并建造一栋教学楼,教学楼的工程造价(含设计费用)为 5 000 000 元,预计总成本为 4 600 000 元。合同履行一段时间后,客户决定追加建造一座地上车库,并与丙建筑公司协商一致,变更了原合同内容。

本例中,该地上车库在设计、技术和功能上与原合同包括的教学楼存在重大差异,表明符合条件(1),因此该追加资产的建造应当作为单项合同进行会计处理。

**(三)合同收入和合同成本的基本内容**

**1. 合同收入的内容**

合同收入包括合同中规定的初始收入以及因合同变更索赔、奖励等形成的收入两部分。因合同变更而增加的收入应在同时符合以下条件时加以确认:

(1)客户能够认可因变更而增加的收入;

(2)收入能够可靠地计量。

索赔款是指客户或第三方的原因造成的、由建筑承包商向客户或第三方收取的用于补偿不包括在合同造价中的成本的款项。索赔款收入应在同时符合以下条件时加以确认:

(1)根据谈判情况,预计对方能够同意该项索赔;

(2)对方同意接受的金额能够可靠地计量。

奖励款是指工程达到或超过规定的标准时,客户同意支付给建造承包商的额外款项。奖励款收入应在同时符合以下条件时加以确认:

(1)根据目前合同的完成情况,足以判断工程进度和工程质量能够达到或超过既定的标准;

(2)奖励金额能够可靠地计量。

例如,甲建筑公司与客户签订了一项建造图书馆的合同,建设期为 3 年。第 2 年,客户要求将原设计中采用的铝合金门窗改为塑钢门窗,并同意增加合同造价 500 000 元。本例中,甲建筑公司可以在第 2 年将因合同变更而增加的 500 000 元认定为合同收入的组成部分。但是,如果甲建筑公司认为此项变更应增加造价 500 000 元,双方最终只达成增加造价 400 000 元的协议,则甲建筑公司只能将 400 000 元认定为合同收入的组成部分。

又例如,乙建筑公司与客户签订了一份金额为 10 000 000 元的建造合同,建造一座电站。合同规定的建设期为 2009 年 12 月 1 日至 2011 年 12 月 1 日。同时,合同还规定发电机由客户采购,于 2011 年 9 月 1 日前交付建筑公司安装。在合同执行过程中,客户并未在合同规定的时间将发电机交付建筑公司。根据双方谈判的情况,客户同意向乙建筑公司支付延误工期款 800 000 元(索赔收入)。本例是索赔款形成收入的情形。根据索赔款形成收入的确认条件,乙建筑公司可以在 2011 年将因索赔而增加的收入 800 000 元确认为合同收入的组成部分,即 2011 年该项建造合同的总收入应为 10 800 000 元。但是,假如客户只同意支付延误工期款 400 000 元,则只能将 400 000 元计入该项合同总收入,即 2011 年该项建造合同总收入为 10 400 000 元。假如客户不同意支付任何延误工期款,则不能将索赔款计入合同总收入。

再如,丙建筑公司与客户签订了一项合同金额为 90 000 000 元的建造合同,建造一座跨海大桥,合同规定的建设期为 2009 年 12 月 20 日至 2011 年 12 月 20 日。该合同在执行中于 2011 年 8 月主体工程已基本完工,工程质量符合设计标准,并有望提前 3 个月完工。客户同意向建筑公司支付提前竣工奖 1 000 000 元。本例是发生奖励款的情形,它是工程达到或超过规定的标准时,客户同意支付给建筑公司的额外款项。根据奖励款所形成收入的确认条件,该建筑公司可以确认奖励款形成的收入 1 000 000 元,即 2011 年该项建造合同的总收入应为 91 000 000 元。

**2. 合同成本的内容**

合同成本是指为完成某项建造合同而发生的相关支出,包括从合同签订开始至合同完成为止所发生的与执行合同有关的直接费用和间接费用。

直接费用是指为完成合同所发生的可以直接计入合同成本核算对象的各项费用支出。直接费用包括 4 项费用:耗用的人工费、材料费、机械使用费和其他直接费用。

间接费用是指企业下属的施工单位或生产单位为组织和管理施工生产活动所发生的费用。

直接费用在发生时直接计入合同成本;间接费用应在期末按系统、合理的方法分摊计入合同成本。常见的用于间接费用分配的方式有人工费用比例法、直接费用比例法。

**(四) 合同收入和合同费用的确认、计量**

在确认和计量建造合同的收入和费用时,首先应当判断建造合同的结果能否可靠地估计。

**1. 建造合同的结果能够可靠地估计**

在资产负债表日建造合同的结果能够可靠地估计的,应根据完工百分比法确认当期的合同收入和费用。在判断建造合同结果是否能够可靠地估计时,应注意区分固定造价合同和成本加成合同。

固定造价合同的结果能够可靠地估计是指同时满足下列条件:

(1) 合同总收入能够可靠地计量;

(2) 与合同相关的经济利益很可能流入企业;

(3) 实际发生的合同成本能够清楚地区分和可靠地计量;

（4）合同完工进度和为完成合同尚需发生的成本能够可靠地确定。

成本加成合同的结果能够可靠地估计是指同时满足下列条件：

（1）与合同相关的经济利益很可能流入企业；

（2）实际发生的合同成本能够清楚地区分和可靠地计量。

合同完工进度的确定方法包括：

（1）按累计实际发生的合同成本占合同预计总成本的比例确定合同完工进度；

（2）按已经完成的合同工作量占合同预计总工作量的比例确定合同完工进度；

（3）实际测定完工进度。

其中，在采用按累计实际发生的合同成本占合同预计总成本的比例确定合同完工进度时，累计实际发生的合同成本不包括：①施工中尚未安装或适用的材料成本等与合同未来活动相关的合同成本；②在分包工程的工作量完成之前预付给分包单位的款项。

在确定建造合同的完工进度后，就可以使用完工百分比法确认和计量建造合同收入和费用。当期确认的合同收入和合同费用的计算公式如下：

当期确认的合同收入＝合同总收入×完工进度－以前会计期间累计已确认的收入

当期确认的合同费用＝合同预计总成本×完工进度

　　　　　　　　　　－以前会计期间累计已确认的费用

当期确认的毛利＝当期确认的合同收入－当期确认的合同费用

其中，完工进度是指累计完工进度。

对于当期完成的建造合同，应当按照实际合同总收入扣除以前会计期间累计已确认收入后的金额，确认为当期合同收入；同时，按照累计实际发生的合同成本扣除以前会计期间累计已确认费用后的金额，确认为当期合同费用。

在具体核算时，可设置下列会计账户进行账务处理：

"工程施工"账户，核算实际发生的合同成本和合同毛利。实际发生的合同成本和确认的合同毛利记入本账户的借方，确认的合同亏损记入本账户的贷方，合同完成后，本账户与"工程结算"账户对冲后结平。

"工程结算"账户，核算根据合同完工进度已向客户开出工程价款结算账单办理结算的价款。本账户是"工程施工"账户的备抵账户，已向客户开出工程价款结算账单办理结算的款项记入本账户的贷方，合同完成后，本账户与"工程施工"账户对冲后结平。

"主营业务收入"账户，核算当期确认的合同收入。当期确认的合同收入记入本账户的贷方，期末，将本账户的余额全部转入"本年利润"账户，结转后本账户应无余额。

"主营业务成本"账户，核算当期确认的合同费用。当期确认的合同费用记入本账户的借方，期末，将本账户的余额全部转入"本年利润"账户，结转后本账户应无余额。

**【例 12-22】** 红岩股份有限公司签订了一项合同总金额为 1 000 万元的固定造价合同。合同规定的工期为三年。假定经测算第一年完工进度为 30%；第二年完工进度已达80%；经测定前两年的合同预计总成本均为 800 万元。第三年工程全部完工，累计实际发生合同成本为 750 万元。根据上述资料计算各期确认的合同收入和合同费用。

根据上述资料计算的各期确认的合同收入和费用如下：

第一年确认的合同收入＝1000×30％－0＝300(万元)

第一年确认的合同费用＝800×30％－0＝240(万元)

第一年确认的合同毛利＝300－240＝60(万元)

其账务处理如下：

借：主营业务成本　　　　　　　　　　　2 400 000

　　工程施工——毛利　　　　　　　　　　600 000

　　贷：主营业务收入　　　　　　　　　　　3 000 000

第二年确认的合同收入＝1000×80％－300＝500(万元)

第二年确认的合同费用＝800×80％－240＝400(万元)

第二年确认的合同毛利＝500－400＝100(万元)

其账务处理如下：

借：主营业务成本　　　　　　　　　　　4 000 000

　　工程施工——毛利　　　　　　　　　　1 000 000

　　贷：主营业务收入　　　　　　　　　　　5 000 000

第三年确认的合同收入＝1000－(300＋500)＝200(万元)

第三年确认的合同费用＝750－(240＋400)＝110(万元)

第三年确认的合同毛利＝200－110＝90(万元)

其账务处理如下：

借：主营业务成本　　　　　　　　　　　1 100 000

　　工程施工——毛利　　　　　　　　　　900 000

　　贷：主营业务收入　　　　　　　　　　　2 000 000

**2. 建造合同的结果不能可靠地估计**

在资产负债表日,建造合同的结果不能可靠地估计的,则不能根据完工百分比法确认合同收入和费用,而应区别下列两种情况进行处理：

(1) 合同成本能够收回的,合同收入根据能够收回的实际合同成本加以确认,合同成本在发生的当期确认为费用；

(2) 合同成本不能收回的,应在发生时立即确认为费用,不确认收入。

如果使建造合同的结果不能可靠估计的不确定因素不复存在,不应再按上述规定确认合同收入和费用,而应转为按照完工百分比法确认合同收入和费用。如果合同预计总成本超过合同预计总收入,则形成的合同预计损失应当提取损失准备,并确认为当期费用。合同完工时,将已提取的损失准备冲减合同费用。

# 第二节　利　润

## 一、利润及其构成

### (一) 利润的概念

企业作为独立的经济实体,应当以自己的经营收入抵补其成本费用,实现盈利。企业盈利的大小在很大程度上反映企业生产经营的经济效益,表明企业在每一会计期间的最终经营成果。

利润是企业一定会计期间的经营成果。利润包括收入减去费用后的净额、直接计入当期利润的利得和损失。直接计入当期损益的利得和损失是指应当计入当期损益,会导致所有者权益发生增减变动的,与所有者投入资本或者向所有者分配利润无关的利得或者损失,在会计核算时作为营业外收入或营业外支出。

在具体界定利润时,有以下两种观点:

(1)本期营业观。本期营业观认为,企业的利润只能来自企业当期的经营活动,利润是当期经营收入与当期经营支出相抵后的结果。它仅反映本期经营性的业务成果,不属于本期经营活动的收支不列其内,在留存收益分别反映。按这种方法确定的利润,能够比较真实地反映企业的经营业绩,并且便于在不同会计主体、同一会计主体前后各期经营成果之间进行分析比较,它体现了损益表观。

(2)综合收益观。综合收益观认为,利润是企业在报告期内除与业主往来外的一切净权益的变动。它应当用两期资产负债表的净资产对比来确定。因此,它不仅应包括营业利润,还应包括非营业利润。如果将某些项目排除在利润之外,很可能会造成人为地调整利润,而且某些项目在这个企业是营业内,在另一个企业很可能就在营业外。按综合收益观确认利润,实际上体现了资产负债观。我国财务会计采取了折中的观点确认利润。

### (二)利润的构成

在我国的利润表中,利润分为营业利润、利润总额和净利润三个层次计算确定。利润相关计算公式如下:

**1. 营业利润**

营业利润＝营业收入－营业成本－营业税金及附加－销售费用
－管理费用－财务费用－资产减值损失＋公允价值变动收益
(－公允价值变动损失)＋投资收益(－投资损失)

其中,营业收入是指企业经营业务所实现的收入总额,包括主营业务收入和其他业务收入;营业成本是指企业经营业务所发生的实际成本总额,包括主营业务成本和其他业务成本;营业税金及附加包括主营业务和其他业务应负担的营业税、消费税、城市维护建设税、资源税、土地增值税和教育费附加等;资产减值损失是指企业计提各项资产减值准备所形成的损失;公允价值变动收益(或损失)是指企业交易性金融资产等公允价值变动形成的应计入当期损益的利得(或损失);投资收益(或损失)是指企业以各种方式对外投资所取得的收益(或发生的损失)。

**2. 利润总额**

利润总额＝营业利润＋营业外收入－营业外支出

其中,营业外收入是指企业发生的与日常活动无直接关系的各项利得;营业外支出是指企业发生的与日常活动无直接关系的各项损失。

**3. 净利润**

净利润＝利润总额－所得税费用

其中,所得税费用是指企业确认的应从当期利润总额中扣除的所得税费用。

## 二、利润的结转与分配

### (一)营业外收入和营业外支出

按照上面的公式,利润总额的计算需要依赖于计入当期损益的营业外收入和营业外支出的核算,下面介绍营业外收入和营业外支出的核算。

**1. 营业外收入**

营业外收入是指企业发生的与日常活动无直接关系的各项利得。营业外收入并不是由企业经营资金耗费所产生的,不需要企业付出代价,实际上是一种纯收入,不可能也不需要与有关费用进行配比。因此,在会计处理上,应当严格区分营业外收入与营业收入的界限。营业外收入主要包括非流动资产处置利得、非货币性资产交换利得、债务重组利得、罚没利得、政府补助利得、无法支付的应付款项、盘盈利得、捐赠利得等。

(1)非流动资产处置利得包括固定资产处置利得和无形资产出售利得。固定资产处置利得是指企业出售固定资产所取得价款或报废固定资产的残料价值和变价收入等,扣除固定资产的账面价值、清理费用、处置相关税费后的净收益。无形资产出售利得是指企业出售无形资产所取得价款扣除出售无形资产的账面价值、出售相关税费后的净收益。

(2)非货币性资产交换利得是指在非货币性资产交换以公允价值为基础计量的情况下,换出资产为固定资产、无形资产的,换出资产公允价值大于换出资产账面价值的差额,扣除相关费用后计入营业外收入的金额。

(3)债务重组利得是指重组债务的账面价值超过清偿债务的现金、非现金资产的公允价值、所转股份的公允价值,或者重组后债务的入账价值之间的差额。

(4)罚没利得是指企业收取的违约金以及其他形式的罚款,在弥补了由于对方违约而造成的经济损失后的净收益。

(5)政府补助利得是指企业从政府无偿取得货币性资产或非货币性资产形成的利得。

(6)无法支付的应付款项是指由于债权单位撤销或其他原因而无法支付,按规定程序报经批准后转入当期损益的应付款项。

(7)盘盈利得是指企业在财产清查中发现的原因不明的库存现金盘盈而获得的资产溢余利得。

(8)捐赠利得是指企业接受外部现金或非现金资产捐赠而产生的利得。

企业应通过"营业外收入"账户,核算营业外收入的取得及结转情况。该账户贷方登记企业确认的各项营业外收入,借方登记期末结转入本年利润的营业外收入。结转后该账户应无余额。该账户应按照营业外收入的项目进行明细核算。

企业确认营业外收入,借记"固定资产清理"、"银行存款"、"待处理财产损溢"、"应付账款"等账户,贷记"营业外收入"账户。期末,应将"营业外收入"账户余额转入"本年利润"账户,借记"营业外收入"账户,贷记"本年利润"账户。注意,在新企业会计准则中,固定资产盘盈多是因为以前差错形成的,因此,固定资产盘盈不再计入"营业外收入",而是视为会计差错更正,计入"以前年度损益调整"。

**【例 12-23】** 企业将固定资产报废清理的净收益 8 000 元转作营业外收入。会计分录如下:

借:固定资产清理         8 000

 贷:营业外收入          8 000

**【例 12-24】** 某企业本期营业外收入总额为 180 000 元,期末结转本年利润。会计分录如下:

借:营业外收入         180 000

 贷:本年利润          180 000

**2. 营业外支出**

营业外支出是指企业发生的与日常活动无直接关系的各项损失。营业外支出主要包括非流动资产处置损失、非货币性资产交换损失、债务重组损失、罚款支出、捐赠支出、非常损失、盘亏损失等。

(1) 非流动资产处置损失主要包括固定资产处置损失和无形资产出售损失。其中,固定资产处置损失是指企业出售固定资产所取得的价款或报废固定资产的残料价值、变价收入等,不足以抵补固定资产账面价值、清理费用以及相关税费所形成的净损失。无形资产出售损失是指企业出售无形资产所取得的价款,不足以抵补无形资产的账面价值以及相关出售税费所形成的净损失。

(2) 非货币性资产交换损失是指在非货币性资产交换以公允价值计量的情况下,换出固定资产或无形资产的公允价值低于其账面价值的差额,扣除相关费用后的净损失。

(3) 债务重组损失是指企业在进行债务重组时,债权人重组债权的账面价值高于接受抵债取得的现金及非现金资产的公允价值、放弃债权而享有股份的公允价值、重组后债权的入账价值的差额所形成的损失。

(4) 罚款支出是指企业由于违反合同、违法经营、偷税漏税、拖欠税款等而支付的违约金、罚款、滞纳金等支出。

(5) 捐赠支出是指企业对外进行公益性捐赠和非公益性捐赠而付出的各种资产的公允价值及支付的相关税费。

(6) 非常损失是指企业由于自然灾害等客观原因造成的财产损失,在扣除保险公司赔款和残料价值后应计入当期损益的净损失。

(7) 盘亏损失是指企业在财产清查中发现的固定资产盘亏净损失。

营业外收入和营业外支出所包括的收支项目互不相关,不存在配比关系,因此应当分别核算,二者的发生金额一般不得以营业外支出直接冲减营业外收入,也不得以营业外收入抵补营业外支出。

为了核算发生的各项营业外支出项目,应设置"营业外支出"账户。企业发生的各项营业外支出,借记"营业外支出",贷记"固定资产清理"、"待处理财产损益"、"银行存款"等账户。期末,将"营业外支出"账户的余额转入"本年利润"账户,借记"本年利润"账户,贷记"营业外支出"账户。

按照税法规定,因管理不善造成的非常损失,其进项不允许抵扣销项。因此如果是负担有进项税的购进类存货或固定资产发生的非常损失,还应把负担的进项转出为"营业外支出"账户。

**【例 12-25】** 红岩股份有限公司的一台设备因使用期满经批准报废。报废清理结束,应结转清理净损失 5 890 元。其会计分录为

借：营业外支出——处置非流动资产损失　　　　　　　　　　　5 890
　　贷：固定资产清理——××设备　　　　　　　　　　　　　　　　5 890

**【例 12-26】** 2010 年 1 月 1 日,红岩股份有限公司拥有某项专利技术的成本为1 000 万元,已摊销金额为 500 万元,已计提的减值准备为 20 万元。该公司于 2010 年1 月 10 日将该项专利技术出售给甲公司,转让该项专利技术取得收入为 400 万元,应缴纳的营业税等相关税费为 20 万元。则红岩公司的账务处理为

借：银行存款　　　　　　　　　　　　　　　　　　　　4 000 000
　　累计摊销　　　　　　　　　　　　　　　　　　　　　5 000 000
　　无形资产减值准备　　　　　　　　　　　　　　　　　　200 000
　　营业外支出——处置非流动资产损失　　　　　　　　　　1 000 000
　　贷：无形资产　　　　　　　　　　　　　　　　　　　　　10 000 000
　　　应交税费——应缴营业税　　　　　　　　　　　　　　　200 000

**【例 12-27】** 红岩股份有限公司年末对固定资产进行清查时,发现丢失一台生产设备。该设备原价为 52 000 元,已计提折旧 20 000 元,并已计提减值准备 12 000 元。经查,冷冻设备丢失的原因在于保管员看守不当。经批准,由保管员赔偿 5 000 元。有关账务处理如下(不考虑增值税)：

(1) 发现冷冻设备丢失时：

借：待处理财产损溢——待处理固定资产损溢——冷冻设备 20 000
　　累计折旧　　　　　　　　　　　　　　　　　　　　20 000
　　固定资产减值准备——冷冻设备　　　　　　　　　　　12 000
　　贷：固定资产——冷冻设备　　　　　　　　　　　　　　52 000

(2) 报经批准后：

借：其他应收款——××职工　　　　　　　　　　　　　　5 000
　　营业外支出——盘亏损失　　　　　　　　　　　　　　15 000
　　贷：待处理财产损溢——待处理固定资产损溢　　　　　　20 000

### (二) 利润的计算和结转

企业应设置"本年利润"账户,核算企业本年度内实现的净利润额(或净亏损额)。在账结法下,期末,企业将各收入类账户的余额转入"本年利润"账户的贷方,将各费用类账户的余额转入"本年利润"账户的借方。转账后,"本年利润"账户如为贷方余额,反映本年度自年初开始累计实现的净利润;如为借方余额,反映本年度自年初开始累计发生的净亏损。年终,应将"本年利润"账户的全部累计余额转入"利润分配"账户,如为净利润,借记"本年利润"账户,贷记"利润分配——未分配利润"账户;如为净亏损,作相反会计分录。年度结账后,"本年利润"账户无余额。

若企业平时采用表结法计算利润,则只需通过编制利润表计算出各月实现的净利润或发生的净亏损,不使用"本年利润"账户,各损益类账户的期末余额不进行结转而予以累计。在年度终了时,才将各损益类账户的全年累计余额结转到"本年利润"账户,再将"本年利润"账户的余额结转到"利润分配"账户。

**【例 12-28】** 若红岩公司在 2010 年度结账前,各收入类账户累计贷方余额如下:

| 账户名称 | 期末余额(贷方) |
| --- | --- |
| 主营业务收入 | 12 000 000 |
| 其他业务收入 | 1 400 000 |
| 公允价值变动损益 | 700 000 |
| 投资收益 | 500 000 |
| 营业外收入 | 100 000 |

年末,企业应将所有收入类账户余额结转入"本年利润"账户。会计分录如下:

| | |
| --- | --- |
| 借:主营业务收入 | 12 000 000 |
| 其他业务收入 | 1 400 000 |
| 公允价值变动损益 | 700 000 |
| 投资收益 | 500 000 |
| 营业外收入 | 100 000 |
| 贷:本年利润 | 14 700 000 |

**【例 12-29】** 红岩股份有限公司在 2010 年度结账前,各费用类账户借方累计余额如下(除"所得税费用"账户外):

| 账户名称 | 期末余额(借方) |
| --- | --- |
| 主营业务成本 | 8 000 000 |
| 其他业务成本 | 800 000 |
| 营业税金及附加 | 160 000 |
| 销售费用 | 1 000 000 |
| 管理费用 | 1 540 000 |
| 财务费用 | 400 000 |
| 营业外支出 | 500 000 |

期末,企业应将所有成本费用类科目余额结转入"本年利润"科目。会计分录如下:

| | |
| --- | --- |
| 借:本年利润 | 12 400 000 |
| 贷:主营业务成本 | 8 000 000 |
| 其他业务成本 | 800 000 |
| 营业税金及附加 | 160 000 |
| 营业费用 | 1 000 000 |
| 管理费用 | 1 540 000 |
| 财务费用 | 400 000 |
| 营业外支出 | 500 000 |

年末,企业经过上述转账,就可以计算出当期利润总额。依上例可知,该公司本年实

现利润总额为 2 300 000(14 700 000－12 400 000)元。

该利润总额 2 300 000 元为税前会计利润。依照税法规定,税前会计利润须调整为应纳税所得额(又称纳税利润),再按所得税税率计算应缴所得税。

【例 12-30】　接【例 12-28】和【例 12-29】的资料。红岩股份有限公司若当期共计发生非公益性捐赠 20 000 元,营业外支出中列支滞纳金罚款 6 000 元,投资收益中有 1 000 元的国库券利息收入,假定不存在暂时性差异,所得税税率为 25％,则有关所得税费用的会计处理如下:

应纳税所得额＝2 300 000＋20 000＋6 000－1000＝2 325 000(元)

应纳所得税额＝2 325 000×25％＝581 250(元)

借:所得税费用　　　　　　　　　　　　　　　581 250
　贷:应交税费——应缴所得税　　　　　　　　　　　　　581 250
借:本年利润　　　　　　　　　　　　　　　　581 250
　贷:所得税费用　　　　　　　　　　　　　　　　　　581 250

年度终了,应将本年度收入与支出相抵后的全年净利润结转到"利润分配"账户,借记"本年利润"账户,贷记"利润分配"账户;若亏损则作相反的会计分录。结转后"本年利润"账户无余额。

【例 12-31】　接【例 12-30】的资料。红岩股份有限公司 2010 年度实现净利润为 1 718 750(2 300 000－581 250)元。年末结转全年实现的净利润。其账务处理为

借:本年利润　　　　　　　　　　　　　　　1 718 750
　贷:利润分配——未分配利润　　　　　　　　　　1 718 750

## 三、利润分配

利润分配是指企业根据国家有关规定和企业章程、投资者协议等,对企业当年可供分配的利润所进行的分配。

可供分配的利润＝当年实现的净利润＋年初未分配利润(或－年初未弥补的亏损)

按照相关法律规定,企业当年形成的利润分配程序如下:

(1)弥补亏损。按照税法规定,企业当年发生的亏损在以后 5 年内可用税前利润抵补,超过规定的年限,就只能用税后利润抵补。

(2)提取法定盈余公积。是指企业按照公司法的规定,按当年实现净利润的 10％提取法定盈余公积。法定盈余公积累计余额超过注册资本 50％以上时,可以不再提取。

(3)支付优先股股利。是指企业按公司章程规定支付给优先股股东的股利。

(4)提取任意盈余公积金。是指企业按股东大会的决议提取的盈余公积。

(5)应付现金股利或利润。是指企业按照经股东大会批准的利润分配方案应分配给普通股股东的现金股利,也包括非股份有限公司分配给投资者的利润。一般而言,公司当年亏损不会分配股东现金股利,但根据公司自己的股利政策,可以动用以前年度累积的未分配利润来分配股东现金股利,资本公积不能用于分配股东现金股利。

(6)转作股本的股利。是指企业按照股东大会批准的利润分配方案以分派股票股利的形式转作股本的股利,也包括非股份有限公司以利润转增的资本。

企业应设置"利润分配"账户,核算企业利润的分配(或亏损的弥补)和历年分配(或弥补)后的未分配利润(或未弥补亏损)。该账户下应设置"提取法定盈余公积"、"提取任意盈余公积"、"应付现金股利(或利润)"、"转作股本的股利"、"盈余公积补亏"、"未分配利润"等明细账户进行明细核算。企业的未分配利润通过"利润分配——未分配利润"明细账户进行核算。年度终了,企业应将全年实现的净利润或发生的净亏损,自"本年利润"账户转入"利润分配——未分配利润"账户。企业进行有关的利润分配后,应将利润分配的结果结转到"利润分配——未分配利润"账户。结转后,"利润分配——未分配利润"账户如为贷方余额,表示累积未分配的利润数额;如为借方余额,则表示累积未弥补的亏损数额。

**【例 12-32】** 接【例 12-31】的资料。红岩股份有限公司若 2010 年年初未分配利润贷方余额为 1 000 000 元,本年实现净利润 1 718 750 元,本年提取 10%法定盈余公积 171 875 元,宣告发放现金股利 1 000 000 元。假定不考虑其他因素,红岩公司会计处理如下:

提取法定盈余公积、宣告发放现金股利:

| | |
|---|---|
| 借:利润分配——提取法定盈余公积 | 171 875 |
| ——应付现金股利 | 1 000 000 |
| 贷:盈余公积——法定盈余公积 | 171 875 |
| 应付股利 | 1 000 000 |

同时,结转已分配利润:

| | |
|---|---|
| 借:利润分配——未分配利润 | 1 171 875 |
| 贷:利润分配——提取法定盈余公积 | 171 875 |
| ——应付现金股利 | 1 000 000 |

则 2010 年年末"利润分配——未分配利润"明细账户贷方余额为 1 546 875(1 000 000+1 718 750−171 875−1 000 000)元,表示到本年底的累积未分配利润。

# 第三节　所　得　税

## 一、所得税会计概述

所得税费用是指应在会计税前利润中扣除的所得税费用,包括当期所得税费用和递延所得税费用。所得税费用的确认主要有应付税款法和纳税影响会计法两大类方法。纳税影响会计法有基于利润表观下的债务法和基于资产负债表观下债务法两种具体方法。采用应付税款法只确认当期所得税费用,而不确认递延所得税费用;采用纳税影响会计法,既要确认当期所得税费用,也要确认递延所得税费用。

2006 年,我国财政部发布的《企业会计准则第 18 号——所得税》规定,所得税费用的确认应采用基于资产负债表观下的债务法。

所得税会计的资产负债表债务法要求企业从资产负债表出发,通过比较资产负债表上列示的资产、负债按照会计准则规定确定的账面价值与按照税法规定确定的计税基础,对于两者之间的差异分别应纳税暂时性差异与可抵扣暂时性差异,确认相关的递延所得税负债与递延所得税资产,并在此基础上确定每一会计期间利润表中的所得税费用。资产负债表债务法在所得税的会计核算方面贯彻了资产、负债的界定。

采用资产负债表债务法核算所得税的情况下,企业一般应于每一资产负债表日进行所得税核算。发生特殊交易或事项时,如企业合并,在确认因交易或事项产生的资产、负债时即应确认相关的所得税影响。企业进行所得税核算时一般应遵循以下程序:

(1)确定资产和负债的账面价值。资产和负债的账面价值是指企业按照会计准则的相关规定确定对资产和负债进行会计处理后,得出的在资产负债表中除递延所得税资产和递延所得税负债以外的其他资产和负债项目应列示的金额。

(2)确定资产和负债的计税基础。资产和负债的计税基础,应按照会计准则中对于资产和负债计税基础的确定方法,以适用的税收法规为基础进行确定。

(3)确定递延所得税费用。比较资产、负债的账面价值与其计税基础,对于两者之间存在差异的,分析其性质,除会计准则中规定的特殊情况外,分别应纳税暂时性差异与可抵扣暂时性差异和适用税率,确定该资产负债表日递延所得税负债和递延所得税资产的应有金额,并与期初递延所得税负债和递延所得税资产的余额相比较,确定当期应予进一步确认的递延所得税负债和递延所得税资产金额或应予转销的金额,同时将二者的差额作为构成利润表中所得税费用的组成部分——递延所得税费用(或收益)。

(4)确定当期所得税费用。按照现行税法规定计算确定当期应纳税所得额,将应纳税所得额乘以适用的所得税税率计算确定当期应缴所得税,同时作为利润表中应予确认的所得税费用的另一组成部分——当期所得税费用。

(5)确定所得税费用。利润表中的所得税费用包括当期所得税费用和递延所得税费用两个组成部分。企业在计算确定当期所得税费用和递延所得税费用后,两者之和(或之差)即为利润表中的所得税费用。

## 二、资产和负债的计税基础

所得税会计的关键在于确定资产、负债的计税基础。资产、负债的计税基础,虽然是会计准则中的概念,但实质上与税法法规的规定密切关联。企业应当严格遵循税收法规中对于资产的税务处理及可税前扣除的费用等规定确定有关资产、负债的计税基础。

### (一)资产的计税基础

资产的计税基础是指企业收回资产账面价值过程中,计算应纳税所得额时按照税法规定可以自应税经济利益中抵扣的金额,即某一项资产在未来期间计税时按照税法规定可以税前扣除的金额。

资产在初始确认时,其计税基础一般为取得成本,即企业为取得某项资产支付的成本在未来期间准予税前扣除。在资产持续持有的过程中,其计税基础是指资产的取得成本减去以前期间按照税法规定已经税前扣除的金额后的余额。如固定资产、无形资产等长期资产在某一资产负债表日的计税基础是指其成本扣除按照税法规定已在以前期间税前扣除的累计折旧额或累计摊销额后的金额。

企业应当按照适用的税收法规规定计算确定资产的计税基础。如固定资产、无形资产等的计税基础可确定如下：

**1. 固定资产**

以各种方式取得的固定资产，初始确认时入账价值基本上是被税法认可的，即取得时其账面价值一般等于计税基础。

固定资产在持有期间进行后续计量时，会计上的基本计量模式是"成本－累计折旧－固定资产减值准备"，税收上的基本计量模式是"成本－按照税法规定计算确定的累计折旧"。会计与税收处理的差异主要来自于折旧方法、折旧年限的不同以及固定资产减值准备的计提。

（1）折旧方法、折旧年限产生的差异。会计准则规定，企业可以根据固定资产经济利益的预期实现方式合理选择折旧方法，如可以按年限平均法计提折旧，也可以按照双倍余额递减法、年数总和法等计提折旧，前提是有关的方法能够反映固定资产为企业带来经济利益的实现情况。税法一般会规定固定资产的折旧方法，除某些按照规定可以加速折旧的情况外，基本上可以税前扣除的是按照直线法计提的折旧。

另外，税法一般规定每一类固定资产的折旧年限，而会计处理时按照会计准则规定是由企业按照固定资产能够为企业带来经济利益的期限估计确定的。因为折旧年限的不同，也会产生固定资产账面价值与计税基础之间的差异。

（2）因计提固定资产减值准备产生的差异。持有固定资产的期间内，会计在对固定资产计提了减值准备以后，因所计提的减值准备在计提当期不允许税前扣除，也会造成固定资产的账面价值与计税基础之间产生的差异。

例如红岩股份有限公司于 2010 年 1 月 1 日开始计提折旧的某项固定资产，原价为 3 百万元，使用年限为 10 年，会计采用年限平均法计提折旧，预计净残值为 0。税法规定类似固定资产采用加速折旧法计提的折旧可予税前扣除，该企业在计税时采用双倍余额递减法计提折旧，折旧年限为 10 年，预计净残值为 0。2011 年 12 月 31 日，企业估计该项固定资产的可收回金额为 2 200 000 元。试分别确定 2011 年 12 月 31 日该项固定资产的账面价值和计税基础。

计算过程如下：

该项固定资产的账面价值＝3 000 000－300 000×2－200 000＝2 200 000（元）

计税基础＝3 000 000－3 000 000×20%－2 400 000×20%＝1 920 000（元）

该项固定资产账面价值 2 200 000 元与其计税基础 1 920 000 元之间的 280 000 元差额代表着将于未来期间计入企业应纳税所得额的金额，产生未来期间应缴所得税的增加，应确认为应纳税暂时性差异。

**2. 无形资产**

除内部研究开发形成的无形资产以外，以其他方式取得的无形资产，初始确认时其入账价值与税法规定的成本之间一般不存在差异。无形资产的账面价值与其计税基础之间的差异主要产生于内部研究开发形成的无形资产、使用寿命不确定的无形资产和计提无形资产减值准备。

（1）对于内部研究开发形成的无形资产，会计准则规定有关研究开发支出区分两个阶段，研究阶段的支出应当费用化计入当期损益，而开发阶段符合资本化条件的支出应当计入所形成无形资产的成本。税法规定,自行开发的无形资产,以开发过程中该资产符合资本化条件后至达到预定用途前发生的支出为计税基础。对于研究开发费用的加计扣除,税法中规定企业为开发新技术、新产品、新工艺发生的研究开发费用,未形成无形资产计入当期损益的,在按照规定据实扣除的基础上,按照研究开发费用的50%加计扣除;形成无形资产的,按照无形资产成本的150%摊销。

对于内部研究开发形成的无形资产,一般情况下初始确认时按照会计准则规定确定的成本与其计税基础应当是相同的。对于享受税收优惠的研究开发支出,在形成无形资产时,按照会计准则规定确定的成本为研究开发过程中符合资本化条件后至达到预定用途前发生的支出,而因税法规定按照无形资产成本的150%摊销,则其计税基础应在会计上入账价值的基础上加计50%,因而产生账面价值与计税基础在初始确认时的差异。但如果该无形资产的确认不是产生于企业合并交易,同时在确认时既不影响会计利润也不影响应纳税所得额,按照所得税会计准则的规定,不确认该暂时性差异的所得税影响。

(2)无形资产在后续计量时,会计与税收的差异主要产生于对无形资产是否需要摊销及无形资产减值准备的计提。

会计准则规定,应根据无形资产使用寿命情况,区分为使用寿命有限的无形资产和使用寿命不确定的无形资产。对于使用寿命不确定的无形资产,不要求摊销,在会计期末应进行减值测试。税法规定,企业取得无形资产的成本应在一定期限内摊销,有关摊销额允许税前扣除。

在对无形资产计提减值准备的情况下,因所计提的减值准备不允许税前扣除,也会造成其账面价值与计税基础的差异。

例如,红岩股份有限公司当期发生研究开发支出计10 000 000元,其中研究阶段支出2 000 000元,开发阶段符合资本化条件前发生的支出为2 000 000元,符合资本化条件后发生的支出为6 000 000元。假定开发形成的无形资产在当期期末已达到预定用途。

分析:红岩公司当年发生的研究开发支出中,按照会计规定应予费用化的金额为4 000 000元,形成无形资产的成本为6 000 000元,即期末所形成无形资产的账面价值为6 000 000元。

红岩公司于当期发生的10 000 000元研究开发支出,可在税前扣除的金额为6 000 000元。对于按照会计准则规定形成无形资产的部分,税法规定按照无形资产成本的150%作为计算未来期间摊销额的基础,即该项无形资产在初始确认时的计税基础为9 000 000(6 000 000×150%)元。

该项无形资产的账面价值6 000 000元与其计税基础9 000 000元之间的差额3 000 000元将于未来期间税前扣除,产生可抵扣暂时性差异。但按所得税会计准则的规定,不应确认该项暂时性差异的所得税影响。

再例如,红岩股份有限公司于2010年1月1日取得某项无形资产,成本为6 000 000元。企业根据各方面情况判断,无法合理预计其带来经济利益的期限,因此作为使用寿命不确定的无形资产。2010年12月31日,对该项无形资产进行减值测试表明未发生减值。企业在计税时,对该项无形资产按照10年的期间摊销,有关摊销额允许税前扣除。

分析:会计上将该项无形资产作为使用寿命不确定的无形资产,在未发生减值的情况下,2010 年 12 月 31 日,其账面价值为取得成本 6 000 000 元。

该项无形资产在 2010 年 12 月 31 日的计税基础为 5 400 000(6 000 000－600 000)元。

该项无形资产的账面价值 6 000 000 元与其计税基础 5 400 000 元之间的差额 600 000 元将计入未来期间的应纳税所得额,产生未来期间企业所得税款流出的增加,为应纳税暂时性差异。

**3. 以公允价值计量且其变动计入当期损益的金融资产**

按照《企业会计准则第 22 号——金融工具确认和计量》的规定,对于以公允价值计量且其变动计入当期损益的金融资产,其于某一会计期末的账面价值为公允价值。税法规定,按照会计准则确认的公允价值变动损益在计税时不予考虑,即有关金融资产在某一会计期末的计税基础为其取得成本,从而会造成该类金融资产账面价值与计税基础之间的差异。

例如,红岩股份有限公司 2010 年 7 月以 520 000 元取得乙公司股票 50 000 股作为交易性金融资产核算,2010 年 12 月 31 日,红岩公司尚未出售所持有乙公司股票,乙公司股票公允价值为每股 12.4 元。税法规定,投资性资产在持有期间公允价值的变动不计入当期应纳税所得额,待处置时一并计算应计入应纳税所得额的金额。

分析:作为交易性金融资产的对乙公司股票投资在 2010 年 12 月 31 日的账面价值为 620 000(12.4×50 000)元,其计税基础为原取得成本不变,即 520 000 元,两者之间产生 100 000 元的应纳税暂时性差异。

### (二)负债的计税基础

负债的计税基础是指负债的账面价值减去未来期间计算应纳税所得额时按照税法规定可予抵扣的金额。即假定企业按照税法规定进行核算,在其按照税法规定确定的资产负债表上有关负债的应有金额。

负债的确认与偿还一般不会影响企业未来期间的损益,也不会影响其未来期间的应纳税所得额,因此未来期间计算应纳税所得额时按照税法规定可予抵扣的金额为 0,计税基础即为账面价值。例如企业的短期借款、应付账款等。但是,某些情况下,负债的确认可能会影响企业的损益,进而影响不同期间的应纳税所得额,使其计税基础与账面价值之间产生差额,如按照会计规定确认的某些预计负债。

**1. 预计负债**

按照《企业会计准则第 13 号——或有事项》规定,企业应将预计提供售后服务发生的支出在销售当期确认为费用,同时确认预计负债。而税法规定,与销售产品相关的支出应于发生时作税前扣除。因该类事项产生的预计负债在期末的计税基础为其账面价值与未来期间可税前扣除的金额之间的差额,因有关的支出实际发生时可全额税前扣除,其计税基础为 0。

因其他事项确认的预计负债,应按照税法规定的计税原则确定其计税基础。某些情况下,某些事项确认的预计负债,税法规定其支出无论是否实际发生均不允许税前扣除,即未来期间按照税法规定可予抵扣的金额为 0,则其账面价值与计税基础相同。

例如,红岩股份有限公司 2010 年因销售产品承诺提供 3 年的保修服务,在当年度利润表中确认了 8 000 000 元销售费用,同时确认为预计负债,当年度发生保修支出 2 000 000 元,预计负债的期末余额为 6 000 000 元。假定税法规定,与产品售后服务相关的费用在实际发生时税前扣除。

分析:该项预计负债在甲公司 2010 年 12 月 31 日的账面价值为 6 000 000 元。

该项预计负债的计税基础＝账面价值－未来期间计算应纳税所得额时按照税法规定可予抵扣的金额＝6 000 000－6 000 000＝0。

该项预计负债在 2010 年 12 月 31 日的账面价值为 6 000 000 元,而其计税基础为 0,两者之间产生了 6 000 000 元的差异,该差异将于未来期间减少企业的应纳税所得额和相应的应缴所得税,属于可抵扣暂时性差异。

**2. 预收账款**

企业在收到客户预付的款项时,因不符合收入确认条件,会计上将其确认为负债。税法对于收入的确认原则一般与会计规定相同,即会计上未确认收入时,计税时一般也不计入应纳税所得额,该部分经济利益在未来期间计税时可予税前扣除的金额为 0,计税基础等于账面价值。

如果某些不符合会计准则规定的收入确认条件而未确认为收入的预收账款,按照税法规定应计入当期应纳税所得额时,有关预收账款的计税基础为 0,即因其产生时已经计入应纳税所得额,未来期间可全额税前扣除,计税基础为账面价值减去在未来期间可全额税前扣除的金额,即其计税基础为 0。即该预收账款就产生一项可抵扣暂时性差异。

**3. 应付职工薪酬**

会计准则规定,企业为获得职工提供的服务给予的各种形式的报酬以及其他相关支出均应作为企业的成本、费用,在未支付之前确认为负债。税法对于合理的职工薪酬基本允许税前扣除,相关应付职工薪酬负债的账面价值等于计税基础。即应付职工薪酬负债项目不会产生暂时性差异。

**4. 其他负债**

企业的其他负债项目,如应缴的罚款和滞纳金等,在尚未支付之前按照会计规定确认为费用,同时作为负债反映。税法规定,罚款和滞纳金不允许税前扣除,其计税基础为账面价值减去未来期间计税时可予税前扣除的金额 0 之间的差额,即计税基础等于账面价值。

例如,红岩股份有限公司因未按照税法规定缴纳税金,按规定需在 2010 年缴纳滞纳金 1 000 000 元,至 2010 年 12 月 31 日,该款项尚未支付,形成其他应付款 1 000 000 元。税法规定,企业因违反国家法律、法规规定缴纳的罚款、滞纳金不允许税前扣除。

分析:因应缴滞纳金形成的其他应付款账面价值为 1 000 000 元,因税法规定该支出不允许税前扣除,其计税基础 ＝1 000 000－0＝1 000 000(元)。

对于罚款和滞纳金支出,会计与税收规定存在差异,但该差异仅影响发生当期,对未来期间计税不产生影响,因而不产生暂时性差异。

# 三、暂时性差异

## (一)暂时性差异的概念

暂时性差异是指资产、负债的账面价值与其计税基础不同产生的差额。其中账面价值是指按照会计准则规定确定的有关资产、负债在资产负债表中应列示的金额。由于资产、负债的账面价值与其计税基础不同,产生了在未来收回资产或清偿负债的期间内,应纳税所得额增加或减少并导致未来期间应缴所得税增加或减少的情况,在这些暂时性差异发生的当期,一般应当确认相应的递延所得税负债或递延所得税资产。

### (二)暂时性差异的分类

暂时性差异按照对未来期间应纳税所得额的不同影响,分为应纳税暂时性差异和可抵扣暂时性差异。

**1. 应纳税暂时性差异**

该差异在未来期间转回时会增加转回期间的应纳税所得额,即在未来期间不考虑该事项影响的应纳税所得额的基础上,由于该暂时性差异的转回,会进一步增加转回期间的应纳税所得额和应缴所得税金额,从而导致经济利益流出企业,因而在应纳税暂时性差异产生当期,除会计准则明确规定不确认递延所得税负债的特殊情况以外,均应当确认相关的递延所得税负债。

应纳税暂时性差异通常产生于以下情况:

(1)资产的账面价值大于其计税基础。一项资产的账面价值代表的是企业在持续使用或最终出售该项资产时将取得的经济利益的总额,而计税基础代表的是一项资产在未来期间可予税前扣除的总金额。资产的账面价值大于其计税基础,该项资产未来期间产生的经济利益不能全部税前抵扣,两者之间的差额需要缴所得税,从而产生应纳税暂时性差异。

(2)负债的账面价值小于其计税基础。一项负债的账面价值为企业预计在未来期间清偿该项负债时的经济利益流出,而其计税基础代表的是账面价值在扣除税法规定未来期间允许税前扣除的金额之后的差额。因负债的账面价值小于其计税基础而产生的暂时性差异,实质上是税法规定就该项负债在未来期间可以税前扣除的金额为负数,即应在未来期间应纳税所得额的基础上,进一步调整增加应纳税所得额和应缴所得税金额,从而产生应纳税暂时性差异。

**2. 可抵扣暂时性差异**

该差异在未来期间转回时会减少转回期间的应纳税所得额,减少未来期间的应缴所得税,从而导致经济利益流入企业,因而在可抵扣暂时性差异产生当期,符合确认条件时,应当确认相关的递延所得税资产。

可抵扣暂时性差异一般产生于以下情况:

(1)资产的账面价值小于其计税基础。从经济含义来看,资产在未来期间产生的经济利益少,按照税法规定允许税前扣除的金额多,则企业在未来期间可以减少应纳税所得额并减少应缴所得税。

(2)负债的账面价值大于其计税基础。负债产生的暂时性差异实质上是税法规定就该项负债可以在未来期间税前扣除的金额。一项负债的账面价值大于其计税基础,意味着未来期间按照税法规定构成负债的全部或部分金额可以自未来应税经济利益中扣除,减少未来期间的应纳税所得额和应缴所得税,从而产生可抵扣暂时性差异。

值得关注的是,对于按照税法规定可以结转以后年度的未弥补亏损及税款抵减,虽不是因资产、负债的账面价值与计税基础不同产生的,但本质上可抵扣亏损和税款递减与可抵扣暂时性差异具有同样的作用,均能够减少未来期间的应纳税所得额,进而减少未来期间的应缴所得税,在会计处理上,视同可抵扣暂时性差异,符合条件的情况下,应确认相关的递延所得税资产。

### (三)特殊项目产生的暂时性差异

某些交易或事项发生后,因为不符合资产、负债的确认条件而未体现为资产负债表中的资产或负债,但按照税法规定能够确定其计税基础的,其账面价值 0 与计税基础之间的差异也构成暂时性差异。如企业发生的符合条件的广告费和业务宣传费支出,除税法另有规定外,不超过当年销售收入 15% 的部分准予扣除;超过部分准予在以后纳税年度结转扣除。该类支出在发生时按照会计准则规定即计入当期损益,不形成资产负债表中的资产,但因按税法规定可以确定其计税基础,两者之间的差异也形成暂时性差异。

例如,红岩股份有限公司 2010 年发生了 2 000 万元广告费支出,发生时已作为销售费用计入当期损益。税法规定,该类支出不超过当年销售收入 15% 的部分允许当期税前扣除,超过部分允许向以后年度结转税前扣除。假定红岩公司 2010 年实现销售收入 10 000 万元。

该广告费支出因按照会计准则规定在发生时已计入当期损益,不体现为期末资产负债表中的资产,如果将其视为资产,其账面价值为 0。

因按照税法规定,该类支出税前列支有一定的标准限制,根据当期红岩公司销售收入 15% 计算,当期可予税前扣除 1 500(10 000 ×15%)万元,当期未予税前扣除的 500 万元可以向以后年度结转,其计税基础为 500 万元。

该项资产的账面价值 0 与其计税基础 500 万元之间产生了 500 万元的暂时性差异,该暂时性差异在未来期间可减少企业的应纳税所得额,为可抵扣暂时性差异,符合确认条件时,应确认相关的递延所得税资产。

## 四、递延所得税资产和递延所得税负债的确认与计量

### (一)递延所得税资产的确认和计量

#### 1. 递延所得税负债的确认原则

资产、负债的账面价值与其计税基础不同产生可抵扣暂时性差异的,在估计未来期间能够取得足够的应纳税所得额用以利用该可抵扣暂时性差异的,应当以很可能取得用来抵扣可抵扣暂时性差异的应纳税所得额为限,确认相关的递延所得税资产。

有关交易或事项发生时,对会计利润或是应纳税所得额产生影响的,对相应的可抵扣暂时性差异所确认的递延所得税资产应作为利润表中所得税费用的调整;有关的可抵扣暂时性差异产生于直接计入所有者权益的交易或事项,则确认的递延所得税资产也应计入所有者权益;企业合并时产生的可抵扣暂时性差异的所得税影响,应相应调整企业合并中确认的商誉或是应计入当期损益的金额。

349

确认递延所得税资产时,应关注以下问题:

(1) 递延所得税资产的确认应以未来期间很可能取得的用来抵扣可抵扣暂时性差异的应纳税所得额为限。在可抵扣暂时性差异转回的未来期间内,企业无法产生足够的应纳税所得额用以利用可抵扣暂时性差异的影响,使得与可抵扣暂时性差异相关的经济利益无法实现的,不应确认递延所得税资产。企业有明确的证据表明其于可抵扣暂时性差异转回的未来期间能够产生足够的应纳税所得额,进而利用可抵扣暂时性差异的,则应以很可能取得的应纳税所得额为限,确认相关的递延所得税资产。

在判断企业于可抵扣暂时性差异转回的未来期间是否能够产生足够的应纳税所得额时,应考虑以下两个方面的影响:

一是通过正常的生产经营活动能够实现的应纳税所得额,如企业通过销售商品、提供劳务等所实现的收入,扣除成本费用等支出后的金额。该部分情况的预测应当以经企业管理层批准的最近财务预算或预测数据以及该预算或预测期之后年份稳定的或者递减的增长率为基础。

二是以前期间产生的应纳税暂时性差异在未来期间转回时将增加的应纳税所得额。

考虑到可抵扣暂时性差异转回的期间内可能取得应纳税所得额的限制,因无法取得足够的应纳税所得额而未确认相关的递延所得税资产的,应在会计报表附注中进行披露。

(2) 对与子公司、联营企业、合营企业的投资相关的可抵扣暂时性差异,同时满足下列条件的,应当确认相关的递延所得税资产:一是该暂时性差异在可预见的未来很可能转回;二是未来很可能获得用来抵扣可抵扣暂时性差异的应纳税所得额。

对联营企业、合营企业等的投资产生的可抵扣暂时性差异,主要产生于权益法下被投资单位发生亏损时,投资企业按照持股比例确认应于承担的部分相应减少长期股权投资的账面价值,但税法规定长期股权投资的成本在持有期间不发生变化,造成长期股权投资的账面价值小于其计税基础,从而产生可抵扣暂时性差异。对长期股权投资计提减值准备时也会产生可抵扣暂时性差异。

(3) 对于按照税法规定可以结转以后年度的未弥补亏损(可抵扣亏损)和税款抵减,应视同可抵扣暂时性差异处理。在预计可利用可弥补亏损或税款递减的未来期间内能够取得足够的应纳税所得额时,应当以很可能取得的应纳税所得额为限,确认相关的递延所得税资产,同时减少确认当期的所得税费用。

**2. 不确认递延所得税资产的特殊情况**

某些情况下,如果企业发生的某项交易或事项不是企业合并,并且交易发生时既不影响会计利润也不影响应纳税所得额,且该项交易中产生的资产、负债的初始确认金额与其计税基础不同,产生可抵扣暂时性差异的,会计准则规定在交易或事项发生时不确认相关的递延所得税资产。如果确认递延所得税资产,则需调整资产、负债的入账价值,对实际成本进行调整将有违历史成本原则,影响会计信息的可靠性,该种情况下不确认相关的递延所得税资产。

例如,红岩股份有限公司进行内部研究开发所形成的无形资产成本为 1 200 万元,因按照税法规定可于未来期间税前扣除的金额为 1 800 万元,其计税基础为 1 800 万元。该项无形资产并非产生于企业合并,同时在初始确认时既不影响会计利润也不影响应纳税所得额,确认其账面价值与计税基础之间产生暂时性差异的所得税影响需要调整该项资产的历史成本,准则规定该种情况下不确认相关的递延所得税资产。

**3. 递延所得税资产的计量**

确认递延所得税资产时,应当以预期收回该资产期间的适用所得税税率为基础计算确定。无论相关的可抵扣暂时性差异转回期间如何,递延所得税资产均不要求折现。

企业在确认了递延所得税资产以后,资产负债表日,应当对递延所得税资产的账面价值进行复核。如果未来期间很可能无法取得足够的应纳税所得额用以利用可抵扣暂时性差异带来的利益,应当减记递延所得税资产的账面价值。减记的递延所得税资产,除原确认时计入所有者权益的,其减记金额也应计入所有者权益外,其他的情况均应增加所得税费用。

因无法取得足够的应纳税所得额利用可抵扣暂时性差异而减记递延所得税资产的账面价值的,继后期间根据新的环境和情况判断能够产生足够的应纳税所得额利用可抵扣暂时性差异,使得递延所得税资产包含的经济利益能够实现的,应相应回复递延所得税资产的账面价值。

## (二)递延所得税负债的确认和计量

**1. 递延所得税负债的确认原则**

企业在确认因应纳税暂时性差异产生的递延所得税负债时,应遵循以下原则:

除所得税准则中明确规定可不确认递延所得税负债的情况以外,企业对于所有的应纳税暂时性差异均应确认相关的递延所得税负债。除与直接计入所有者权益的交易或事项以及企业合并中取得资产、负债相关的以外,在确认递延所得税负债的同时,应增加利润表中的所得税费用。

例如,红岩股份有限公司于 2009 年 12 月 6 日购入某项设备,取得成本为 500 万元,会计上采用年限平均法计提折旧,使用年限为 10 年,净残值为 0,因该资产常年处于强震动状态,计税时按双倍余额递减法计列折旧,使用年限及净残值与会计相同。红岩公司适用的所得税税率为 25%。假定该企业不存在其他会计与税收处理的差异。

分析:2010 年年度资产负债表日,该项固定资产按照会计规定计提的折旧额为 50 万元,计税时允许扣除的折旧额为 100 万元,则该固定资产的账面价值 450 万元与其计税基础 400 万元的差额构成应纳税暂时性差异,企业应确认相关的递延所得税负债 12.5 万元。

**2. 不确认递延所得税负债的特殊情况**

有些情况下,虽然资产、负债的账面价值与其计税基础不同,产生了应纳税暂时性差异,但出于各方面考虑,所得税准则中规定不确认相应的递延所得税负债,主要包括:

(1)商誉的初始确认。非同一控制下的企业合并中,企业合并成本大于合并中取得的被购买方可辨认净资产公允价值份额的差额,按照会计准则规定应确认为商誉。因会计与税收的划分标准不同,会计上作为非同一控制下的企业合并,但如果按照税法规定计税时作为免税合并的情况下,商誉的计税基础为 0,其账面价值与计税基础形成应纳税暂时性差异,准则中规定不确认与其相关的递延所得税负债,主要是因为:①若确认递延所得税负债,则会进一步形成商誉,而商誉的价值增加以后,可能很快就要计提减值准备,同时,商誉账面价值的增加还会进一步产生应纳税暂时性差异,使得递延所得税负债和商誉价值量的变化不断循环;②商誉本身即是企业合并成本在取得的被购买方可辨认资产、负债之间进行分配后的剩余价值,确认递延所得税负债进一步增加其账面价值有违历史成本原则,会影响会计信息的可靠性。因此,所得税会计准则规定不确认商誉的递延所得税负债。

(2)除企业合并以外的其他交易或事项中,如果该项交易或事项发生时既不影响会计利润,也不影响应纳税所得额,则所产生的资产、负债的初始确认金额与其计税基础不同,形成应纳税暂时性差异的,交易或事项发生时不确认相应的递延所得税负债。该规定主要是考虑到由于交易发生时既不影响会计利润,也不影响应纳税所得额,确认递延所得税负债的直接结果是增加有关资产的账面价值或是降低所确认负债的账面价值,使资产、负债在初始确认时,违背历史成本原则,影响会计信息的可靠性。

(3)与子公司、联营企业、合营企业投资等相关的应纳税暂时性差异,一般应确认相关的递延所得税负债,但同时满足下列两个条件的除外:①投资企业能够控制暂时性差异的转回时间;②该暂时性差异在可预见的未来很可能不会转回。

### 3. 递延所得税负债的计量

所得税准则规定,资产负债表日,对于递延所得税负债,应当根据适用税法规定,按照预期收回该资产或清偿该负债期间的适用税率计量。即递延所得税负债应以相关应纳税暂时性差异转回期间按照税法规定适用的所得税税率计量。无论应纳税暂时性差异的转回期间如何,相关的递延所得税负债不要求折现。

无论是递延所得税资产还是递延所得税负债的计量,均应考虑资产负债表日企业预期收回资产或清偿负债方式的所得税影响,在计量递延所得税资产和递延所得税负债时,应当采用与收回资产或清偿债务的预期方式相一致的税率和计税基础。例如,企业持有的某项固定资产,一般情况下是为企业的正常生产经营活动提供必要的生产条件,但在某一时点上,企业决定将该固定资产对外出售,实现其为企业带来的未来经济利益,且假定税法规定长期资产处置时适用的所得税税率与一般情况不同的,则企业在计量因该资产产生的应纳税暂时性差异或可抵扣暂时性差异的所得税影响时,应考虑该资产带来的经济利益预期实现方式的影响。

### (三)适用税率变化对已确认递延所得税资产和递延所得税负债的影响

因税收法规的变化,导致企业在某一会计期间适用的所得税税率发生变化的,企业应对已确认的递延所得税资产和递延所得税负债按照新的税率进行重新计量。递延所得税资产和递延所得税负债的金额代表的是有关可抵扣暂时性差异或应纳税暂时性差异于未来期间转回时,导致企业应缴所得税金额的减少或增加的情况。适用税率变动的情况下,应对原已确认的递延所得税资产及递延所得税负债的金额进行调整,反映税率变化带来的影响。

除直接计入所有者权益的交易或事项产生的递延所得税资产及递延所得税负债,相关的调整金额应计入所有者权益以外,其他情况下因税率变化产生的调整金额应确认为税率变化当期的所得税费用。

## 五、所得税费用的确认和计量

所得税会计的主要目的之一是为了确定当期应缴所得税以及利润表中的所得税费用。在按照资产负债表债务法核算所得税的情况下,利润表中的所得税费用包括当期所得税费用和递延所得税费用两个部分。

### (一) 当期所得税费用

当期所得税费用是指按照当期应缴纳的所得税确认的费用。

应纳税所得额是指企业按所得税法规定的项目计算确定的收益,是计算缴纳所得税的依据。由于企业会计税前利润与应纳税所得额的计算口径、计算时间可能不一致,因而两者之间可能存在差异。

例如,企业超过税法规定标准的业务招待费,会计上据实列支,作为费用从利润中扣除,但是,所得税法对于超标准的业务招待费不允许税前抵扣。企业应在会计税前利润的基础上补加上述差异,计算应纳税所得额。

又如,企业因违约而缴纳的罚金,在会计核算中作为营业外支出抵减了会计税前利润,但所得税法不允许其税前扣除。企业应在会计税前利润的基础上补加上述差异,计算应纳税所得额。

还有,企业购买国债取得的利息收入,在会计核算中作为投资收益计入了会计税前利润;而所得税法规定国债利息收入免征所得税,不计入应纳税所得额。企业应从会计税前利润中扣除上述差异,计算应纳税所得额。

再如,企业确认的公允价值变动损益等,在会计核算中已经计入了税前会计利润,但所得税法规定不计入应纳税所得额。企业应在会计税前利润的基础上调整上述差异,计算应纳税所得额。

总之,企业应在会计税前利润的基础上,将所得税法规定的收入、费用与企业计入会计税前利润的收入、费用之间的差异进行调整,确定应纳税所得额。

应纳税所得额＝会计利润＋按照会计准则规定计入利润表但计税时不允许税前扣除的费用＋(或－)计入利润表的费用与按照税法规定可予税前抵扣的金额之间的差额＋(或－)计入利润表的收入与按照税法规定应计入应纳税所得额的收入之间的差额－税法规定的不征税收入＋(或－)其他需要调整的因素

【例 12-33】 假定红岩股份有限公司 2010 年的会计税前利润为 40 000 元,由于违法经营被罚款 2 000 元,非公益性捐赠支出为 1 000 元,资产减值损失为 3 000 元,公允价值变动收益为 9 000 元,所得税率为 25%。确定红岩股份有限公司 2010 年的应纳税所得额及应缴所得税(为简化举例,假定税法不允许在所得税前抵扣所有资产减值损失)如下:

| | |
|---|---|
| 会计税前利润 | 40 000 |
| 加：罚款支出 | 2 000 |
| 加：非公益性捐赠支出 | 1 000 |
| 加：资产减值损失 | 3 000 |
| 减：公允价值变动收益 | 9 000 |
| 应纳税所得额 | 37 000 |

企业根据当期的应纳税所得额乘以适用的所得税税率，计算得出当期应缴所得税金额，并以此确认为"所得税费用——当期所得税费用"。

$$应缴所得税＝37\,000×25\%＝9\,250(元)$$

借：所得税费用——当期所得税费用　　　　　　9 250
　　贷：应交税费——应缴所得税　　　　　　　　　　9 250

## （二）递延所得税费用

递延所得税是指按照所得税准则规定当期应予确认的递延所得税负债和递延所得税资产金额的差额，即递延所得税负债及递延所得税资产当期发生额的综合结果，但不包括计入所有者权益的交易或事项的所得税影响。用公式表示为

递延所得税费用＝（递延所得税负债的期末余额－递延所得税负债的期初余额）

　　　　　　　－（递延所得税资产的期末余额－递延所得税资产的期初余额）

应予说明的是，企业因确认递延所得税资产和递延所得税负债产生的递延所得税费用，一般应当计入所得税费用，但以下两种情况除外：

（1）某项交易或事项按照会计准则规定应计入所有者权益的，由该交易或事项产生的递延所得税资产或递延所得税负债及其变化也应计入所有者权益，不构成利润表中的递延所得税费用（或收益）；

（2）企业合并中取得的资产、负债，其账面价值与计税基础不同，应确认相关递延所得税负债和递延所得税资产的，相应的递延所得税应调整合并中产生的商誉或是计入当期损益（营业外收入）的金额，不影响利润表中的递延所得税费用。

【例 12-34】 2010 年红岩股份有限公司持有的一项交易性金融资产，取得时的成本为 100 000 元，该时点的计税基础为 100 000 元。2010 年 12 月 31 日，交易性金融资产公允价值变为 130 000 元。适用所得税税率为 25%。假定除该事项外，该企业不存在其他会计与税收法规之间的差异，且递延所得税资产和递延所得税负债不存在期初余额。

2010 年年末暂时性差异产生的递延所得税负债及会计处理如下：

2010 年年末，红岩公司交易性金融资产的账面价值为 130 000 元，计税基础为 100 000 元，因为账面价值大于计税基础而产生的应纳税暂时性差异为 30 000 元，从而确认递延所得税负债 7 500(30 000×25%)元。其会计分录为

借：所得税费用——递延所得税费用　　　　　　7 500
　　贷：递延所得税负债　　　　　　　　　　　　　　7 500

【例 12-35】 红岩股份有限公司 2010 年销售总收入 2 000 万元，按照以往经验，可能会发生营业额 5% 的售后"三包"服务费，为此，红岩公司在 2010 年年末预计售后保证服

务费 100 万元。该企业适用的所得税税率为 25%,除该事项外,该企业不存在其他会计与税收法规之间的差异,且递延所得税资产和递延所得税负债不存在期初余额,假定产生的可抵扣暂时性差异满足确认递延所得税资产的条件。

2010 年 12 月 31 日计提预计负债时:

借:销售费用——售后保证服务费　　　　　　　　　　　　　1 000 000

　　贷:预计负债　　　　　　　　　　　　　　　　　　　　　　　1 000 000

此时,预计负债的账面价值为 100 万元,计税基础为 0(100 万账面价值－100 万未来可以抵扣金额)。这是因为按照税法规定,预计的费用不能在本年税前抵扣,只能在实际发生时抵扣。因此会形成 100 万的可抵扣暂时性差异,因满足确认递延所得税资产的条件,从而确认递延所得税资产为 25 万(100 万×25%)。

借:递延所得税资产　　　　　　　　　　　　　　　　　　　250 000

　　贷:所得税费用　　　　　　　　　　　　　　　　　　　　　　250 000

【例 12-36】 红岩股份有限公司 2010 年持有的可供出售甲公司股票投资成本为 500 万元,2010 年 12 月 31 日,其公允价值为 600 万元,该企业适用的所得税税率为 25%。假定除该事项外,该企业不存在其他会计与税收法规之间的差异,且递延所得税资产和递延所得税负债不存在期初余额。

会计期末在确认 100 万元的公允价值变动时,账务处理为:

借:可供出售金融资产——甲公司股票(公允价值变动)　1 000 000

　　贷:资本公积——其他资本公积　　　　　　　　　　　　　　1 000 000

确认应纳税暂时性差异的所得税影响时,账务处理为:

借:资本公积——其他资本公积　　　　　　　　　　　　　　250 000

　　贷:递延所得税负债　　　　　　　　　　　　　　　　　　　　250 000

### (三) 所得税费用

企业在计算确定当期所得税费用(即当期应缴所得税)以及递延所得税费用的基础上,应将两者之和确认为利润表中的所得税费用:

$$所得税费用=当期所得税费用+递延所得税费用$$

【例 12-37】 红岩股份有限公司 2010 年度会计税前利润为 12 000 000 元,该公司适用的所得税税率为 25%。递延所得税资产及递延所得税负债不存在期初余额。

该公司 2010 年发生的有关交易和事项中,会计处理与税收处理存在差别的有

(1) 2009 年 12 月 31 日取得的一项固定资产,成本为 6 000 000 元,使用年限为 10 年,预计净残值为 0,会计处理按双倍余额递减法计提折旧,税收处理按直线法计提折旧。假定税法规定的使用年限及预计净残值与会计规定相同。

(2) 向关联企业赞助现金 2 000 000 元。

(3) 当年度发生研究开发支出 5 000 000 元,较上年度增长 20%。其中 3 000 000 元予以资本化。截至 2010 年 12 月 31 日,该研发资产仍在开发过程中。税法规定,企业费用化的研究开发支出按 150% 税前扣除,资本化的研究开发支出按资本化金额的 150% 确定应予摊销的金额。

(4) 应付违反环保法规定罚款 1 000 000 元。

(5) 期末对持有的存货计提了 300 000 元的存货跌价准备。

分析:

1. 2010 年度当期应缴所得税

应纳税所得额＝12 000 000＋600 000＋2 000 000－1 000 000＋1 000 000＋300 000
＝14 900 000(元)

应缴所得税＝14 900 000×25％＝3 725 000(元)

2. 2010 年度确认的递延所得税费用

该公司 2010 年度资产负债表相关项目金额及其计税基础如表 12-3 所示。

### 表 12-3　暂时性差异计算表

2010 年度　　　　　　　　　　　　　　　　　　　　　　　单位：元

| 项　目 | 账面价值 | 计税基础 | 差　异 | |
| --- | --- | --- | --- | --- |
| | | | 应纳税暂时性差异 | 可抵扣暂时性差异 |
| 存货 | 8 000 000 | 8 300 000 | | 300 000 |
| 固定资产： | | | | |
| 固定资产原价 | 30 000 000 | 30 000 000 | | |
| 减：累计折旧 | 4 600 000 | 4 000 000 | | |
| 固定资产账面价值 | 25 400 000 | 26 000 000 | | 600 000 |
| 开发支出 | 3 000 000 | 4 500 000 | | 15 000 000 |
| 其他应付款 | 1 000 000 | 1 000 000 | | |
| 总计 | | | | 2 400 000 |

递延所得税费用 ＝－ 900 000×25％ ＝－ 225 000(元)

3. 利润表中应确认的所得税费用

所得税费用＝3 725 000－225 000＝3 500 000(元)

借：所得税费用　　　　　　　　　　　　　　3 500 000

　递延所得税资产　　　　　　　　　　　　　225 000

　贷：应交税费——应缴所得税　　　　　　　　3 725 000

【例 12-38】　接【例 12-37】的资料。假定红岩股份有限公司 2011 年当期应缴所得税为 4 620 000 元。资产负债表中有关资产、负债的账面价值与其计税基础相关资料如表 12-4 所示，除所列项目外，其他资产、负债项目不存在会计与税收规定的差异。

分析:

1. 当期应缴所得税为 4 620 000 元

2. 当期递延所得税费用(收益)

　　　　期末递延所得税资产(6 110 000×25％) 1 527 500

期初递延所得税资产　　　　225 000

递延所得税资产增加　　　　1 302 500

表 12-4 暂时性差异计算表

2011 年度                                          单位：元

| 项　　目 | 账面价值 | 计税基础 | 差　　异 | |
| --- | --- | --- | --- | --- |
| | | | 应纳税暂时性差异 | 可抵扣暂时性差异 |
| 存货 | 16 000 000 | 16 800 000 | | 800 000 |
| 固定资产： | | | | |
| 固定资产原价 | 30 000 000 | 30 000 000 | | |
| 减：累计折旧 | 5 560 000 | 4 600 000 | | |
| 减：固定资产减值准备 | 2 000 000 | 0 | | |
| 固定资产账面价值 | 22 440 000 | 25 400 000 | | 2 960 000 |
| 无形资产 | 2 700 000 | 4 050 000 | | 1 350 000 |
| 其他应付款 | 1 000 000 | 0 | | 1 000 000 |
| 总计 | | | | 6 110 000 |

递延所得税费用 = −1 302 500(元)

3. 所得税费用

所得税费用 = 4 620 000 − 1 302 500 = 3 317 500(元)

借：所得税费用　　　　　　　　　　　3 317 500

　　递延所得税资产　　　　　　　　　1 302 500

　　贷：应交税费——应缴所得税　　　　　　　4 620 000

# 复习思考题

1. 什么是收入？收入的特征有哪些？

2. 确认商品销售收入的条件有哪些？

3. 什么是商业折扣和现金折扣？二者的主要区别有哪些？

4. 如何对具有融资性质的分期收款销售进行会计处理？

5. 如何确认附有销售退回条件的商品销售收入？

6. 什么是销售折让？如何对其进行会计处理？

7. 什么是销售退回？如何对其进行会计处理？

8. 采用视同买断方式的委托代销，委托方如何进行账务处理？

9. 采用视同买断方式的委托代销，受托方如何进行账务处理？

10. 支付手续费方式的委托代销，委托方如何进行账务处理？

11. 收手续费方式的受托代销，受托方如何进行账务处理？

12. 劳务交易结果能够可靠估计的判断条件有哪些？

13. 劳务交易结果能够可靠估计时如何确认劳务收入？

14. 什么是营业外收入？主要包括哪些内容？
15. 什么是营业外支出？主要包括哪些内容？
16. 企业利润如何分配？其程序是什么？
17. 什么是资产负债表债务法？其主要程序有哪些？
18. 什么是暂时性差异？它有哪些类型？
19. 如何确认递延所得税资产和递延所得税负债？
20. 什么是所得税费用？如何确认所得税费用？

# 第十三章

# 财务报告

【内容提要与学习要求】

本章是重点章,其中的现金流量表编制是难点。本章讲述了财务报告的概念、作用、组成及编制要求,资产负债表、利润表、现金流量表、所有者权益变动表4张财务会计报表的含义、作用、格式、编制原理及编制方法,报表附注的含义、作用及主要内容。学习中应掌握资产负债表、利润表的编制原理与编表方法,理解财务报告的组成及作用,现金流量表的编制基础及编制方法,了解所有者权益变动表的格式及编制方法,报表附注所包括的主要内容。

## 第一节 财务报告概述

### 一、财务报告的含义及作用

财务会计的目的是为了通过向外部会计信息使用者提供有用的财务会计信息,帮助使用者作出相关决策。承担这一信息载体和功能的便是企业编制的财务报告。财务报告(又称财务会计报告)是企业对外提供的反映企业某一特定日期的财务状况和某一会计期间的经营成果、现金流量等会计信息的文件。

根据财务报告的定义,财务报告具有以下几层含义:一是财务报告应当是对外报告,其服务对象主要是投资者、债权人等外部会计信息使用者,专门为了内部管理需要的、特定目的的报告不属于财务报告的范畴;二是财务报告应当综合反映企业的生产经营状况,包括某一时点的财务状况和某一时期的经营成果与现金流量等信息,以勾画出企业财务的整体和全貌;三是财务报告必须形成一个系统的文件,不应是零星的或者不完整的信息。

财务报告是企业财务会计确认与计量的最终结果体现,投资者等使用者主要是通过财务报告来了解企业当前的财务状况、经营成果和现金流量等情况,从而预测未来的发展趋势。因此,财务报告是向投资者等财务报告使用者提供决策有用信息的媒介和渠道,是沟通投资者、债权人等使用者与企业管理层之间信息的桥梁和纽带。

随着我国改革开放的深入和市场经济体制的完善,财务报告的作用日益突出,我国会计法、公司法、证券法等出于保护投资者、债权人等利益的需要,也规定企业应当定期编报财务报告。

## 二、财务报告的构成

财务报告包括财务报表和其他应当在财务报告中披露的相关信息和资料。财务报表是根据公认会计准则,以表格形式概括反映企业财务状况、现金流动、经营绩效及所有者权益变动的书面文件。按《企业会计准则第 30 号——财务报表列报》的规定,财务报表是对企业财务状况、经营成果和现金流量的结构性表述。财务报表由报表本身及其附注两部分构成,附注是财务报表的有机组成部分,而报表至少应当包括资产负债表、利润表和现金流量表等报表。考虑到小企业规模较小,外部信息需求相对较低,因此,小企业编制的报表可以不包括现金流量表。全面执行企业会计准则体系的企业所编制的财务报表,还应当包括所有者权益(股东权益)变动表。

(1) 资产负债表是反映企业在某一特定日期的财务状况的会计报表。企业编制资产负债表的目的是通过如实反映企业的资产、负债和所有者权益金额及其结构情况,从而有助于使用者评价企业资产的质量以及短期偿债能力、长期偿债能力和利润分配能力等。

(2) 利润表是反映企业在一定会计期间的经营成果的会计报表。企业编制利润表的目的是通过如实反映企业实现的收入、发生的费用、应当计入当期利润的利得和损失以及其他综合收益等金额及其结构情况,从而有助于使用者分析评价企业的盈利能力及利润的构成与质量。

(3) 现金流量表是反映企业在一定会计期间的现金和现金等价物流入和流出的会计报表。企业编制现金流量表的目的是通过如实反映企业各项活动的现金流入、流出情况,从而有助于使用者评价企业的现金流和资金周转情况。

(4) 所有者权益变动表是反映企业在一定会计期间构成所有者权益各组成部分当期增减变动情况的报表。企业编制所有者权益变动表的目的是通过如实全面反映一定时期所有者权益变动的情况,不仅包括所有者权益总量的增减变动,还包括所有者权益增减变动的重要结构性信息,特别是要反映直接计入所有者权益的利得和损失,从而有助于使用者准确理解所有者权益增减变动的根源。

(5) 附注是对在会计报表中列示项目所作的进一步说明,以及对未能在这些报表中列示项目的说明等。企业编制附注的目的是通过对财务报表本身作补充说明,以更加全面、系统地反映企业财务状况、经营成果和现金流量的全貌,从而有助于向使用者提供更为有用的信息,作出更加科学合理的决策。

财务报表主要提供反映过去的财务信息。财务报表格式和附注分别按一般企业、商业银行、保险公司和证券公司等企业类型予以规定。企业应当根据其经营活动的性质,确定本企业适用的财务报表格式和附注。

财务报表是财务报告的核心内容,但是除了财务报表之外,财务报告还应当包括其他财务报告,具体可以根据有关法律法规的规定和外部使用者的信息需求而定。其他财务报告的编制基础与方式可以不受会计准则的约束,而以灵活多样的形式提供各种相关的信息,包括定性信息和非会计信息。其他财务报告作为财务报表的辅助报告,提供的信息十分广泛,既包括历史性信息,又包括预测性信息。如企业可以在财务报告中披露其承担的社会责任、对社区的贡献、可持续发展能力、管理当局的分析与讨论预测报告、物价变动影响等信息,这些信息对于使用者的决策也是相关的,尽管属于非财务信息,无法包括在财务报表中,但是如果有规定或者使用者有需求的,企业应当在财务报告中予以披露,有时企业也可以自愿在财务报告中披露相关信息。

## 三、财务报告的分类

### (一)按财务报表反映内容不同的分类

按财务报表反映内容的不同,财务报表可以分为动态报表和静态报表。动态报表是指反映企业一定时期内资金耗费和资金收回的报表,如利润表是反映企业一定时期内经营成果的报表;静态报表是指综合反映一定时点企业资产、负债和所有者权益的报表,如资产负债表是反映资产负债表日企业资产总额和权益总额的报表,从企业资产总量方面反映企业的财务状况,从而反映企业资产的变现能力和偿债能力。

### (二)按财务报表编报期间不同的分类

按财务报表编报期间的不同,财务报表可以分为中期财务报表和年度财务报表。中期财务报表是以短于一个完整会计年度的报告期间为基础编制的财务报表,包括月报、季报和半年报等。年报要求披露完整、反映全面;月报要求简明扼要、及时反映;而季报和半年报在财务信息的详细程度方面,介于月报和年报之间。中期财务报表至少应当包括资产负债表、利润表、现金流量表和附注,其中,中期资产负债表、利润表和现金流量表应当是完整报表,其格式和内容应当与年度财务报表相一致。与年度财务报表相比,中期财务报表中的附注披露可适当简略。

### (三)按财务报表编报主体不同的分类

按财务报表编报主体的不同,财务报表可以分为个别财务报表、汇总报表和合并财务报表。个别财务报表是由企业在自身会计核算基础上对账簿记录进行加工而编制的财务报表,它主要用以反映企业自身的财务状况、经营成果和现金流量情况;汇总报表由企业主管部门或上级机关,根据所属单位报送的个别报表,连同本单位财务报表简单汇总编制的报表;合并财务报表是以母公司和子公司组成的企业集团为会计主体,根据母公司和所属子公司的财务报表,在对企业集团内部交易进行相互抵消后,由母公司编制的综合反映企业集团财务状况、经营成果及现金流量的财务报表。

## 四、财务报告列报的基本要求

财务报告列报主要是指财务报表的列报,财务报告列报的基本要求主要是针对财务报表的列报要求提出的。列报是指交易和事项在报表中的列示和在附注中的披露。在财务报表的列报中,"列示"通常反映资产负债表、利润表、现金流量表和所有者权益(或股东权益)变动表等报表中的信息,"披露"通常反映附注中的信息。《企业会计准则第30号——财务报表列报》规范了财务报表的列报,以保证同一企业不同期间和同一期间不同企业的财务报表之间相互可比。

### （一）依据各项会计准则确认和计量的结果编制财务报表

企业应当根据实际发生的交易和事项,按照各项具体会计准则的规定进行确认和计量,并在此基础上编制财务报表。企业应当在附注中对这一情况做出声明,只有遵循了企业会计准则的所有规定时,财务报表才应当被称为"遵循了企业会计准则"。

企业不应以在附注中披露代替对交易和事项的确认和计量,也就是说,企业如果采用不恰当的会计政策,不得通过在附注中披露等其他形式予以更正,企业应当对交易和事项进行正确的确认和计量。

### （二）列报基础

持续经营是会计的基本前提,是会计确认、计量及编制财务报表的基础。企业会计准则规范的是持续经营条件下企业对所发生交易和事项确认、计量及报表列报;相反,如果企业经营出现了非持续经营,致使以持续经营为基础编制财务报表不再合理的,企业应当采用其他基础编制财务报表。财务报表准则的规定是以持续经营为基础的。

在编制财务报表的过程中,企业管理层应当对企业持续经营的能力进行评价,需要考虑的因素包括市场经营风险、企业目前或长期的盈利能力、偿债能力、财务弹性以及企业管理层改变经营政策的意向等。评价后对企业持续经营的能力产生严重怀疑的,应当在附注中披露导致对持续经营能力产生重大怀疑的重要的不确定因素。

非持续经营是企业在极端情况下出现的一种情况,非持续经营往往取决于企业所处的环境以及企业管理部门的判断。一般而言,企业如果存在以下情况之一,则通常表明其处于非持续经营状态:

（1）企业已在当期进行清算或停止营业;

（2）企业已经正式决定在下一个会计期间进行清算或停止营业;

（3）企业已确定在当期或下一个会计期间没有其他可供选择的方案而将被迫进行清算或停止营业。

企业处于非持续经营状态时,应当采用其他基础编制财务报表,比如破产企业的资产采用可变现净值计量、负债按照其预计的结算金额计量等。由于企业在持续经管和非持续经营环境下采用的会计计量基础不同,产生的经营成果和财务状况不同,因此在附注中披露非持续经营信息对报表使用者而言非常重要。在非持续经营情况下,企业应当在附注中声明财务报表未以持续经营为基础列报,披露未以持续经营为基础的原因以及财务报表的编制基础。

### （三）重要性和项目列报

财务报表是通过对大量的交易或其他事项进行处理而生成的,这些交易或其他事项按其性质或功能汇总归类而形成财务报表中的项目。关于项目在财务报表中是单独列报还是合并列报,应当依据重要性原则来判断。总的原则是,如果某项目单个看不具有重要性,则可将其与其他项目合并列报;如具有重要性,则应当单独列报。具体而言,应当遵循以下几点:

（1）性质或功能不同的项目，一般应当在财务报表中单独列报，比如存货和固定资产在性质上和功能上都有本质差别，必须分别在资产负债表上单独列报。但是不具有重要性的项目可以合并列报。

（2）性质或功能类似的项目，一般可以合并列报，但是对其具有重要性的类别应该单独列报。比如原材料、在产品等项目在性质上类似，均通过生产过程形成企业的产品存货，因此可以合并列报，合并之后的类别统称为"存货"在资产负债表上列报。

（3）项目单独列报的原则不仅适用于报表，还适用于附注。某些项目的重要性程度不足以在资产负债表、利润表、现金流量表或所有者权益变动表中单独列示，但是可能对附注而言却具有重要性，在这种情况下应当在附注中单独披露。如对某制造业企业而言，原材料、包装物及低值易耗品、在产品、库存商品等项目的重要性程度不足以在资产负债表上单独列示，因此在资产负债表上合并列示，但是鉴于其对该制造业企业的重要性，应当在附注中单独披露。

（4）无论是财务报表列报准则规定的单独列报项目，还是其他具体会计准则规定单独列报的项目，企业都应当予以单独列报。

重要性是判断项目是否单独列报的重要标准。企业会计准则首次对"重要性"概念进行了定义，即如果财务报表某项目的省略或错报会影响使用者据此作出经济决策的，则该项目就具有重要性。企业在进行重要性判断时，应当根据所处环境，从项目的性质和金额大小两方面予以判断：一方面，应当考虑该项目的性质是否属于企业日常活动、是否对企业的财务状况和经营成果具有较大影响等因素；另一方面，判断项目金额大小的重要性，应当通过单项金额占资产总额、负债总额、所有者权益总额、营业收入总额、净利润等直接相关项目金额的比重加以确定。

### （四）列报的一致性

可比性是会计信息质量的一项重要质量要求，目的是使同一企业不同期间和同一期间不同企业的财务报表相互可比。为此，财务报表项目的列报应当在各个会计期间保持一致，不得随意变更。这一要求不仅只针对财务报表中的项目名称，还包括财务报表项目的分类、排列顺序等方面。

在以下规定的特殊情况下，财务报表项目的列报是可以改变的：

（1）会计准则要求改变；

（2）企业经营业务的性质发生重大变化后，变更财务报表项目的列报能够提供更可靠、更相关的会计信息。

### （五）财务报表项目金额间的相互抵消

财务报表项目应当以总额列报，资产和负债、收入和费用不能相互抵消，即不得以净额列报，但企业会计准则另有规定的除外。这是因为如果相互抵消，所提供的信息就不完整，信息的可比性大为降低，难以在同一企业不同期间以及同一期间不同企业的财务报表之间实现相互可比，报表使用者难以据此做出判断。比如，企业欠客户的应付款不得与其他客户欠本企业的应收款相抵消，如果相互抵消就掩盖了交易的实质。再如，收入和费用反映了企业投入和产出之间的关系,是企业经营成果的两个方面,为了更好地反映经济交易的实质、考核企业经营管理水平以及预测企业未来现金流量,收入和费用不得相互抵消。

下列两种情况不属于抵消,可以以净额列示:

(1) 资产项目按扣除减值准备后的净额列示,不属于抵消。对资产计提减值准备,表明资产的价值确实已经发生减损,按扣除减值准备后的净额列示,才反映了资产当时的真实价值,并不属于上面所述的抵消。

(2) 非日常活动的发生具有偶然性,并非企业主要的业务,从重要性来讲,非日常活动产生的损益以收入扣减费用后的净额列示,更有利于报表使用者的理解,也不属于抵消。

### (六)比较信息的列报

企业在列报当期财务报表时,至少应当提供所有列报项目上一可比会计期间的比较数据,以及与理解当期财务报表相关的说明,目的是向报表使用者提供对比数据,提高信息在会计期间的可比性,以反映企业财务状况、经营成果和现金流量的发展趋势,提高报表使用者的判断与决策能力。

在财务报表项目的列报确需发生变更的情况下,企业应当对上期比较数据按照当期的列报要求进行调整,并在附注中披露调整的原因和性质,以及调整的各项目金额。但是,在某些情况下,对上期比较数据进行调整是不切实可行的,则应当在附注中披露不能调整的原因。

### (七)财务报表表首的列报要求

财务报表一般分为表首、正表两部分,其中在表首部分企业应当概括地说明下列基本信息:

(1) 编报企业的名称,如企业名称在所属当期发生了变更的,还应明确标明。

(2) 对资产负债表而言,须披露资产负债表日;而对利润表、现金流量表、所有者权益变动表而言,须披露报表涵盖的会计期间。

(3) 货币名称和单位,按照我国企业会计准则的规定,企业应当以人民币作为记账本位币列报,并标明金额单位,如人民币元、人民币万元等。

(4) 财务报表是合并财务报表的,应当予以标明。

### (八)报告期间

企业至少应当编制年度财务报表。根据《中华人民共和国会计法》的规定,会计年度自公历1月1日起至12月31日止。因此,在编制年度财务报表时,可能存在年度财务报表涵盖的期间短于一年的情况,比如企业在年度中间(如7月1日)开始设立等,在这种情况下,企业应当披露年度财务报表的实际涵盖期间及其短于一年的原因,并说明由此引起财务报表项目与比较数据不具可比性这一事实。

# 第二节　资产负债表

## 一、资产负债表概述

### （一）资产负债表的含义及作用

资产负债表是反映企业在资产负债表日全部资产、负债和所有者权益情况的报表。它是一张揭示企业在一定时点上财务状况的静态报表。例如，公历每年 12 月 31 日的财务状况，它反映的就是该日的情况。

资产负债表主要提供有关企业财务状况方面的信息，即某一特定日期关于企业资产、负债、所有者权益及其相互关系。资产负债表的作用包括：第一，可以提供某一日期资产的总额及其结构，表明企业拥有或控制的资源及其分布情况，使用者可以一目了然地从资产负债表上了解企业在某一特定日期所拥有的资产总量及其结构；第二，可以提供某一日期的负债总额及其结构，表明企业未来需要用多少资产或劳务清偿债务以及清偿时间；第三，可以反映所有者所拥有的权益，据以判断资本保值、增值的情况以及对负债的保障程度。此外，资产负债表还可以提供进行财务分析的基本资料，其所反映的期初、期末数据，通过计算可以生成反映企业财务状况的重要指标，这些指标对于了解掌握企业的发展状况具有重要意义，有助于报表使用者作出相关决策。比如，利用流动资产合计和流动负债合计可以计算生成流动比率，利用速动资产与流动负债合计可以计算生成速动比率，利用资产总额和负债总额可以计算生成资产负债率，利用负债总额与所有者权益总额可以计算出产权比率等，反映企业的变现能力、偿债能力和资金周转能力。再如，资产负债表的期末、期初数据变动可以反映企业财务状况的变动趋势，利用期初、期末固定资产总额可以计算分析企业固定资产投资的扩张程度；利用期初、期末所有者权益总额可以计算分析资本保值增值率等。

### （二）资产负债表的列报

#### 1. 资产负债表列报的总体要求

1）分类别列报

资产负债表列报，最根本的目标就是如实反映企业在资产负债表日所拥有的资源、所承担的负债以及所有者所拥有的权益。因此，资产负债表应当按照资产、负债和所有者权益三大类别分类列报。

2）资产和负债按流动性列报

资产和负债应当按照流动性分别分为流动资产和非流动资产、流动负债和非流动负债列示。流动性通常按资产的变现时间、耗用时间长短或者负债的偿还时间长短来确定，企业应先列报流动性强的资产或负债，再列报流动性弱的资产或负债。

银行、证券和保险等金融企业由于在经营内容上不同于一般的工商企业，导致其资产和负债的构成项目也与一般工商企业有所不同，具有特殊性。金融企业的有些资产或负债在无法严格区分为流动资产和非流动资产的情况下,往往按照流动性顺序列示能够提供可靠且更相关信息,因此金融企业可以大体按照流动性顺序列示资产和负债。

3) 列报相关的合计、总计项目

资产负债表中的资产类至少应当列示流动资产和非流动资产的合计项目;负债类至少应当列示流动负债、非流动负债以及负债的合计项目;所有者权益类应当列示所有者权益的合计项目。

资产负债表遵循了"资产＝负债＋所有者权益"这一会计恒等式,把企业在特定时日所拥有的经济资源和与之相对应的企业所承担的债务及偿债以后属于所有者的权益充分反映出来。因此,资产负债表应当分别列示资产总计项目和负债与所有者权益之和的总计项目,并且这二者的金额应当相等。

**2. 资产的列报**

资产负债表中的资产反映由过去的交易、事项形成并由企业在某一特定日期所拥有或控制的、预期会给企业带来经济利益的资源。资产应当按照流动资产和非流动资产两大类别在资产负债表中列示,在流动资产和非流动资产类别下进一步按性质分项列示。

1) 流动资产和非流动资产的划分

资产负债表中的资产应当分别流动资产和非流动资产列报,因此区分流动资产和非流动资产十分重要。资产满足下列条件之一的,应当归类为流动资产:

(1) 预计在一个正常营业周期中变现、出售或耗用。这主要包括存货、应收账款等资产。需要指出的是,变现一般针对应收账款等而言,指将资产变为现金;出售一般针对产品等存货而言;耗用一般指将存货(如原材料)转变成另一种形态(如产成品)。

(2) 主要为交易目的而持有。这主要是指交易性金融资产。

(3) 预计在资产负债表日起一年内(含一年)变现。

(4) 自资产负债表日起一年内,交换其他资产或清偿负债的能力不受限制的现金或现金等价物。

在实务中存在用途受到限制的现金或现金等价物,比如用途受到限制的信用证存款、汇票存款等,这类现金或现金等价物如果作为流动资产列报,可能高估了流动资产金额,从而高估流动比率等财务指标,影响到使用者的决策。

2) 正常营业周期

判断流动资产、流动负债时所称的一个正常营业周期是指企业从购买用于加工的资产起至实现现金或现金等价物的期间。

正常营业周期通常短于一年,在一年内有几个营业周期。但是,也存在正常营业周期长于一年的情况,如房地产开发企业开发用于出售的房地产开发产品,造船企业制造的用于出售的大型船只等,从购买原材料进入生产,到制造出产品出售并收回现金或现金等价物的过程往往超过一年,在这种情况下,与生产循环相关的产成品、应收账款、原材料尽管是超过一年才变现、出售或耗用,仍应作为流动资产列示。当正常营业周期不能确定时,应当以一年(12个月)作为正常营业周期。

**3. 负债的列报**

资产负债表中的负债反映在某一特定日期企业所承担的、预期会导致经济利益流出企业的现时义务。负债应当按照流动负债和非流动负债在资产负债表中进行列示,在流动负债和非流动负债类别下再进一步按性质分项列示。

1) 流动负债与非流动负债的划分

流动负债的判断标准与流动资产的判断标准相类似。负债满足下列条件之一的,应当归类为流动负债:

(1) 预计在一个正常营业周期中清偿;

(2) 主要为交易目的而持有;

(3) 自资产负债表日起一年内到期应予以清偿;

(4) 企业无权自主地将清偿推迟至资产负债表日后一年以上。

值得注意的是,有些流动负债,如应付账款、应付职工薪酬等属于企业正常营业周期中使用的营运资金的一部分。尽管这些经营性项目有时在资产负债表日后超过一年才到期清偿,但是它们仍应划分为流动负债。

2) 资产负债表日后事项对流动负债与非流动负债划分的影响

流动负债与非流动负债的划分是否正确,直接影响到对企业短期和长期偿债能力的判断。如果混淆了负债的类别,将歪曲企业的实际偿债能力,误导报表使用者的决策。对于资产负债表日后事项对流动负债与非流动负债划分的影响需要特别加以考虑。

总的原则是,企业在资产负债表上对债务流动和非流动的划分,应当反映在资产负债表日有效的合同安排,考虑在资产负债表日起一年内企业是否必须无条件清偿。而资产负债表日之后、财务报告批准报出日前的再融资等行为与资产负债表日判断负债的流动性状况无关。只要不是在资产负债表日或之前所做的再融资、展期或提供宽限期等,都不能改变对某项负债在资产负债表日的分类,因为资产负债表日后的再融资、展期或贷款人提供宽限期等,都不能改变企业应向外部报告的在资产负债表日合同性(契约性)的义务,该项负债在资产负债表日的流动性性质不受资产负债表日后事项的影响。

企业在资产负债表上对债务流动和非流动的划分时还应注意以下两点:

(1) 资产负债表日起一年内到期的负债。对于在资产负债表日起一年内到期的负债,企业预计能够自主地将清偿义务展期至资产负债表日后一年以上的,应当归类为非流动负债;不能自主地将清偿义务展期的,即使在资产负债表日后、财务报告批准报出日前签订了重新安排清偿计划协议,从资产负债表日来看,此项负债仍应当归类为流动负债。

(2) 违约长期债务。企业在资产负债表日或之前违反了长期借款协议,导致贷款人可随时要求清偿的负债,应当归类为流动负债。这是因为在这种情况下,债务清偿的主动权并不在企业,企业只能被动地无条件归还贷款,而且该事实在资产负债表日即已存在,所以该负债应当作为流动负债列报。但是,如果贷款人在资产负债表日或之前同意提供在资产负债表日后一年以上的宽限期,企业能够在此期限内改正违约行为,且贷款人不能要求随时清偿时,在资产负债表日的此项负债并不符合流动负债的判断标准,应当归类为非流动负债。

**4. 所有者权益的列报**

资产负债表中的所有者权益是企业资产扣除负债后的剩余权益,反映企业在某一特定日期股东投资者拥有的净资产的总额。资产负债表中的所有者权益类一般按照净资产的不同来源和特定用途进行分类,应当按照实收资本(或股本)、资本公积、盈余公积和未分配利润等项目分项列示。

## 二、资产负债表的列报格式和列报方法

### (一)资产负债表的列报格式

#### 1. 资产负债表列报格式的选用

资产负债表正表的列报格式一般有两种:报告式资产负债表和账户式资产负债表。

报告式资产负债表是上下结构,上半部列示资产,下半部列示负债和所有者权益。具体排列形式又有两种:一是按"资产=负债+所有者权益"的原理排列;二是按"资产-负债=所有者权益"的原理排列。报告式资产负债表的优点在于便于编制比较资产负债表,即在一张报表中,除列出本期的财务状况外,可增设几个栏目,分别列示过去几期的财务状况。其缺点是资产和权益间的恒等关系并不一目了然。

账户式资产负债表是左右结构,即按照"T"形账户的形式设计资产负债表,将资产列在报表左方(借方),负债及股东权益列在报表右方(贷方),左(借)右(贷)两方总额相等。账户式资产负债表的优缺点与报告式资产负债表正好相反。资产和权益间的恒等关系一目了然,但要编制比较资产负债表要做些旁注可能困难。

根据财务报表列报准则的规定,我国现行资产负债表采用账户式的格式,即左侧列报资产,一般按资产的流动性大小排列,反映全部资产的分布及存在形态;右侧列报负债和所有者权益,一般按要求清偿时间的先后顺序排列,反映全部负债和所有者权益的内容及构成情况。账户式资产负债表中的资产各项目的合计等于负债和所有者权益各项目的合计,即资产负债表左方和右方平衡。因此,通过账户式资产负债表,可以反映资产、负债、所有者权益之间的内在关系,即"资产=负债+所有者权益"。

#### 2. 资产负债表的比较信息的列示

根据财务报表列报准则的规定,企业需要提供比较资产负债表,以便报表使用者通过比较不同时点资产负债表的数据,掌握企业财务状况的变动情况及发展趋势。所以,资产负债表还就各项目再分为"年初余额"和"期末余额"两栏分别填列。一般企业资产负债表的具体格式如表 13-3 所示。

### (二)资产负债表的列报方法

资产负债表反映企业在某一特定日期所拥有或控制的经济资源、所承担的现时义务和所有者对净资产的要求权。企业应以日常会计核算记录的数据为基础进行归类、整理和汇总,加工成报表项目,形成资产负债表。

#### 1. 年初余额栏的列报方法

资产负债表"年初余额"栏内各项数字应根据上年末资产负债表"期末余额"栏内所列数字填列。如果上年度资产负债表规定的各个项目的名称和内容同本年度不相一致,应对上年年末资产负债表各项目的名称和数字按照本年度的规定进行调整,填入表中"年初余额"栏内。

**2. 期末余额栏的列报方法**

资产负债表"期末余额"是指某一资产负债表日的数字，即月末、季末、半年末或年末的数字。"期末余额"栏内各项数字一般应根据资产、负债和所有者权益类账户的期末余额填列。资产负债表各项目"期末余额"的数据填列方法可以归纳为以下几种：

（1）根据总账账户的余额填列。资产负债表中的有些项目可直接根据有关总账账户的余额填列，如"交易性金融资产"、"短期借款"、"应付票据"、"应付职工薪酬"等项目；有些项目则需根据几个总账账户的余额计算填列，如"货币资金"项目需根据"库存现金"、"银行存款"、"其他货币资金"三个总账账户余额的合计数填列。

（2）根据有关明细账账户的余额计算填列。如"开发支出"项目应根据"研发支出"账户中所属的"资本化支出"明细账户期末余额填列；"应付账款"项目需要根据"应付账款"和"预付账款"两个账户所属的相关明细账户的期末贷方余额计算填列；"预收款项"项目需要根据"预收账款"和"应收账款"两个账户所属的相关明细账户的期末贷方余额计算填列。

（3）根据总账账户和明细账账户的余额分析计算填列。如"长期借款"项目需根据"长期借款"总账账户余额扣除"长期借款"账户所属的明细账户中将在资产负债表日起一年内到期，且企业不能自主地将清偿义务展期的长期借款后的金额填列；"长期待摊费用"项目应根据"长期待摊费用"账户的期末余额减去将于一年内（含一年）摊销的数额后的金额填列。

（4）根据有关账户余额减去其备抵账户余额后的净额填列。如资产负债表中的"长期股权投资"项目应根据"长期股权投资"账户的期末余额减去"长期股权投资减值准备"账户余额后的净额填列；"固定资产"项目应根据"固定资产"账户的期末余额减去"累计折旧"、"固定资产减值准备"账户余额后的净额填列；"无形资产"项目应根据"无形资产"账户的期末余额减去"累计摊销"、"无形资产减值准备"账户余额后的净额填列。

（5）综合运用上述填列方法分析填列。如资产负债表中的"应收账款"项目应根据"应收账款"和"预收账款"账户所属各明细账户的期末借方余额合计数减去"坏账准备"科目中有关应收账款计提的坏账准备期末余额后的金额填列；"预付款项"项目应根据"预付账款"和"应付账款"账户所属各明细账户的期末借方余额合计数减去"坏账准备"科目中有关预付款项计提的坏账准备期末余额后的金额填列。

**3. 资产负债表各项目列报的具体说明**

（1）"货币资金"项目反映企业库存现金、银行结算户存款、外埠存款、银行汇票存款、银行本票存款、信用卡存款、信用证保证金存款等的合计数。本项目应根据"库存现金"、"银行存款"、"其他货币资金"账户期末余额的合计数填列。

（2）"交易性金融资产"项目反映企业持有的以公允价值计量且其变动计入当期损益的为交易目的所持有的债券投资、股票投资、基金投资、权证投资等金融资产。本项目应根据"交易性金融资产"账户的期末余额填列。

（3）"应收票据"项目反映企业因销售商品、提供劳务等而收到的商业汇票，包括银行承兑汇票和商业承兑汇票。本项目应根据"应收票据"账户的期末余额减去"坏账准备"账户中有关应收票据计提的坏账准备期末余额后的金额填列。

（4）"应收账款"项目反映企业因销售商品、提供劳务等经营活动应收取的款项。本项目应根据"应收账款"和"预收账款"账户所属各明细账户的期末借方余额合计数减去"坏账准备"账户中有关应收账款计提的坏账准备期末余额后的金额填列。如"应收账款"账户所属明细账户期末有贷方余额的，应在资产负债表"预收款项"项目内填列。

（5）"预付款项"项目反映企业按照购货合同规定预付给供应单位的款项等。本项目应根据"预付账款"和"应付账款"账户所属各明细账户的期末借方余额合计数减去"坏账准备"账户中有关预付款项计提的坏账准备期末余额后的金额填列。如"预付账款"账户所属各明细账户期末有贷方余额的，应在资产负债表"应付账款"项目内填列。

（6）"应收利息"项目反映企业应收取的债券投资等的利息。本项目应根据"应收利息"账户的期末余额减去"坏账准备"账户中有关应收利息计提的坏账准备期末余额后的金额填列。

（7）"应收股利"项目反映企业应收取的现金股利和应收取其他单位分配的利润。本项目应根据"应收股利"账户的期末余额减去"坏账准备"账户中有关应收股利计提的坏账准备期末余额后的金额填列。

（8）"其他应收款"项目反映企业除应收票据、应收账款、预付账款、应收股利和应收利息等经营活动以外的其他各种应收、暂付的款项。本项目应根据"其他应收款"账户的期末余额减去"坏账准备"账户中有关其他应收款计提的坏账准备期末余额后的金额填列。

（9）"存货"项目反映企业期末在库、在途和在加工中的各种存货的可变现净值。本项目应根据"在途物资"、"原材料"、"发出商品"、"库存商品"、"周转材料"、"委托加工物资"、"委托代销商品"、"受托代销商品"和"生产成本"等账户的期末余额合计减去"受托代销商品款"、"存货跌价准备"账户期末余额后的金额填列。材料采用计划成本核算，以及库存商品采用计划成本核算或售价核算的企业，还应按加或减材料成本差异、产品成本差异、商品进销差价后的金额填列。

（10）"一年内到期的非流动资产"项目反映企业将于一年内到期的非流动资产项目金额。本项目应根据有关账户的期末余额分析计算填列。

（11）"其他流动资产"项目反映企业除货币资金、交易性金融资产、应收票据、应收账款、存货等流动资产以外的其他流动资产。本项目应根据有关账户的期末余额填列。

（12）"可供出售金融资产"项目反映企业持有的以公允价值计量的可供出售的股票投资、债券投资等金融资产。本项目应根据"可供出售金融资产"账户的期末余额直接填列。

（13）"持有至到期投资"项目反映企业持有的以摊余成本计量的持有至到期投资。本项目应根据"持有至到期投资"账户的期末余额减去"持有至到期投资减值准备"账户期末余额后的金额填列。"持有至到期投资"账户中若有离到期日时间不超过一年的部分，应将其摊余成本及相应的减值准备剔除单独列示于"一年内到期的非流动资产"项目之内，剩余部分才填列本项目。

（14）"长期应收款"项目反映企业融资租赁产生的应收款项、采用递延方式具有融资性质的销售商品和提供劳务等产生的长期应收款项等。本项目应根据"长期应收款"账户的期末余额减去相应的"未实现融资收益"账户和"坏账准备"账户所属相关明细账户期末贷方余额后的金额填列。

(15)"长期股权投资"项目反映企业持有的对子公司、联营企业和合营企业的长期股权投资。本项目应根据"长期股权投资"账户的期末余额减去"长期股权投资减值准备"账户期末余额后的金额填列。

(16)"投资性房地产"项目反映企业持有的投资性房地产。企业采用成本模式计量投资性房地产的,本项目应根据"投资性房地产"账户的期末余额减去"投资性房地产累计折旧(摊销)"和"投资性房地产减值准备"账户期末余额后的金额填列;企业采用公允价值模式计量投资性房地产的,本项目应根据"投资性房地产"账户的期末余额直接填列。

(17)"固定资产"项目反映企业各种固定资产原价减去累计折旧和累计减值准备后的净额。本项目应根据"固定资产"账户的期末余额减去"累计折旧"和"固定资产减值准备"账户期末余额后的金额填列。

(18)"在建工程"项目反映企业期末各项未完工程的实际支出,包括交付安装的设备价值、未完建筑安装工程已经耗用的材料、工资和费用支出、预付出包工程的价款等的可收回金额。本项目应根据"在建工程"账户的期末余额减去"在建工程减值准备"账户期末余额后的金额填列。

(19)"工程物资"项目反映企业尚未使用的各项工程物资的实际成本。本项目应根据"工程物资"账户的期末余额填列。

(20)"固定资产清理"项目反映企业因出售、毁损、报废等原因转入清理但尚未清理完毕的固定资产的净值,以及固定资产清理过程中所发生的清理费用和变价收入等各项金额的差额。本项目应根据"固定资产清理"账户的期末借方余额填列,如"固定资产清理"账户期末为贷方余额,以"-"号填列。

(21)"生产性生物资产"项目反映企业持有的生产性生物资产。本项目应根据"生产性生物资产"账户的期末余额减去"生产性生物资产累计折旧"和"生产性生物资产减值准备"账户期末余额后的金额填列。

(22)"油气资产"项目反映企业持有的矿区权益和油气井及相关设施的原价减去累计折耗和累计减值准备后的净额。本项目应根据"油气资产"账户的期末余额减去"累计折耗"账户期末余额和相应减值准备后的金额填列。

(23)"无形资产"项目反映企业持有的无形资产,包括专利权、非专利技术、商标权、著作权、土地使用权等。本项目应根据"无形资产"账户的期末余额减去"累计摊销"和"无形资产减值准备"账户期末余额后的金额填列。

(24)"开发支出"项目反映企业开发无形资产过程中能够资本化形成无形资产成本的支出部分。本项目应根据"研发支出"账户中所属的"资本化支出"明细账户期末余额填列。

(25)"商誉"项目反映企业合并中形成的商誉的价值。本项目应根据"商誉"账户的期末余额减去相应减值准备后的金额填列。

(26)"长期待摊费用"项目反映企业已经发生但应由本期和以后各期负担的分摊期限在一年以上的各项费用。长期待摊费用中在一年内(含一年)摊销的部分,在资产负债表"其他流动资产"项目填列。本项目应根据"长期待摊费用"账户的期末余额减去将于一年内(含一年)摊销的数额后的金额填列。

(27)"递延所得税资产"项目反映企业确认的可抵扣暂时性差异产生的递延所得税资产。本项目应根据"递延所得税资产"账户的期末余额填列。

(28)"其他非流动资产"项目反映企业除持有至到期投资、可供出售金融资产、长期股权投资、固定资产、在建工程、工程物资、无形资产、开发支出、商誉、长期待摊费用、递延所得税资产等长期资产以外的其他非流动资产。本项目应根据有关账户的期末余额填列。

(29)"短期借款"项目反映企业向银行或其他金融机构等借入的期限在一年以下(含一年)的各种借款。本项目应根据"短期借款"账户的期末余额直接填列。

(30)"交易性金融负债"项目反映企业承担的以公允价值计量且其变动计入当期损益的为交易目的所持有的金融负债。本项目应根据"交易性金融负债"账户的期末余额直接填列。

(31)"应付票据"项目反映企业购买材料、商品和接受劳务供应等而开出、承兑的商业汇票,包括银行承兑汇票和商业承兑汇票。本项目应根据"应付票据"账户的期末余额直接填列。

(32)"应付账款"项目反映企业因购买材料、商品和接受劳务供应等经营活动应支付的款项。本项目应根据"应付账款"和"预付账款"账户所属各明细账户的期末贷方余额合计数填列。如"应付账款"账户所属明细账户期末有借方余额的,应在资产负债表"预付款项"项目内填列。

(33)"预收款项"项目反映企业按照购货合同规定预先向购买单位收取的部分款项。本项目应根据"预收账款"和"应收账款"账户所属各明细账户的期末贷方余额合计数填列。如"预收账款"账户所属各明细账户期末有借方余额,应在资产负债表"应收账款"项目内填列。

(34)"应付职工薪酬"项目反映企业根据有关规定应付给职工的工资、职工福利、社会保险费、住房公积金、工会经费、职工教育经费、非货币性福利、辞退福利等各种薪酬。本项目应根据"应付职工薪酬"账户的期末贷方余额直接填列。外商投资企业按规定从净利润中提取的职工奖励及福利基金也在本项目列示。

(35)"应交税费"项目反映企业按照税法规定计算应缴纳的各种税费,包括增值税、消费税、营业税、所得税、资源税、土地增值税、城市维护建设税、房产税、土地使用税、车船税、教育费附加、矿产资源补偿费等。企业代扣代交的个人所得税也通过本项目列示。企业所缴纳的税金不需要预计应缴数的,如印花税、耕地占用税等不在本项目列示。本项目应根据"应交税费"账户的期末贷方余额填列。如"应交税费"账户期末为借方余额,应以"—"号填列。

(36)"应付利息"项目反映企业按照规定应当支付的利息,包括分期付息到期还本的长期借款应支付的利息、企业发行的分期付息的应付债券应支付的利息等。本项目应当根据"应付利息"账户的期末余额直接填列。

(37)"应付股利"项目反映企业已宣告分配但尚未实际支付的现金股利或利润。企业分配的股票股利不通过本项目列示。本项目应根据"应付股利"账户的期末余额直接填列。

（38）"其他应付款"项目反映企业除应付票据、应付账款、预收账款、应付职工薪酬、应付股利、应付利息、应交税费等经营活动以外的其他各项应付、暂收的款项。本项目应根据"其他应付款"账户的期末余额直接填列。

（39）"一年内到期的非流动负债"项目反映企业非流动负债中将于资产负债表日后一年内到期部分的金额，如将于一年内偿还的长期借款等。本项目应根据"长期借款"、"应付债券"、"长期应付款"等账户的期末余额分析计算填列。

（40）"其他流动负债"项目反映企业除短期借款、交易性金融负债、应付票据、应付账款、应付职工薪酬、应交税费等流动负债以外的其他流动负债。本项目应根据有关账户的期末余额填列。

（41）"长期借款"项目反映企业向银行或其他金融机构借入的期限在一年以上（不含一年）的各项借款。本项目应根据"长期借款"账户的期末余额剔除将在一年内到期的部分后的金额填列。

（42）"应付债券"项目反映企业为筹集长期资金而发行的债券本金和利息。本项目应根据"应付债券"账户的期末余额剔除将在一年内到期的部分后的金额填列。

（43）"长期应付款"项目反映企业除长期借款和应付债券以外的其他各种长期应付款项。本项目应根据"长期应付款"账户的期末余额减去相应的"未确认融资费用"科目期末余额后剔除将在一年内到期的部分后的金额填列。

（44）"专项应付款"项目反映企业取得政府作为企业所有者投入的具有专项或特定用途的款项。本项目应根据"专项应付款"账户的期末余额直接填列。

（45）"预计负债"项目反映企业确认的对外提供担保、未决诉讼、产品质量保证、重组义务、亏损性合同等预计负债。本项目应根据"预计负债"账户的期末余额填列。"预计负债"账户中若有将在一年期内清偿的部分，则应将其从中剔除，单独列示于"一年内到期的非流动负债"。

（46）"递延所得税负债"项目反映企业确认的应纳税暂时性差异产生的所得税负债。本项目应根据"递延所得税负债"账户的期末余额直接填列。

（47）"其他非流动负债"项目反映企业除长期借款、应付债券、长期应付款、专项应付款、预计负债、递延所得税负债等非流动负债以外的其他非流动负债。本项目应根据有关账户的期末余额填列，如"递延收益"账户的期末贷方余额就应填列于该项目。

（48）"实收资本（或股本）"项目反映企业各投资者在本企业所占有的注册资本或股本总额。本项目应根据"实收资本"（或"股本"）账户的期末余额直接填列。

（49）"资本公积"项目反映企业资本公积的期末余额。本项目应根据"资本公积"账户的期末余额直接填列。

（50）"库存股"项目反映企业持有尚未转让或注销的本公司股份金额。本项目应根据"库存股"账户的期末余额直接填列。

（51）"盈余公积"项目反映企业盈余公积的期末余额。本项目应根据"盈余公积"账户的期末余额直接填列。

（52）"未分配利润"项目反映企业尚未分配的利润。本项目的年末数应根据"利润分配"账户所属的"未分配利润"明细账户期末余额填列。本项目的中期期末数应根据"本年利润"和"利润分配"账户的期末余额计算填列。企业发生的累计未弥补的亏损在本项目内以"－"号填列。

## 三、资产负债表编制实例

【例 13-1】 红岩股份有限公司为增值税一般纳税人，增值税税率为 17％。2009 年 12 月 31 日的资产负债表（年初余额略）及 2010 年 12 月 31 日的科目余额表分别如表 13-1 和表 13-2 所示。假设红岩股份有限公司 2010 年度除计提固定资产减值准备导致固定资产账面价值与其计税基础存在可抵扣暂时性差异外，其他资产和负债项目的账面价值均等于其计税基础。假定红岩股份有限公司未来很可能获得足够的应纳税所得额用来抵扣可抵扣暂时性差异，适用的所得税税率为 25％。

表 13-1　资产负债表

会企 01 表

编制单位：红岩股份有限公司　　　　2009 年 12 月 31 日　　　　单位：元

| 资　产 | 期末余额 | 年初余额（略） | 负债和股东权益 | 期末余额 | 年初余额（略） |
|---|---|---|---|---|---|
| 流动资产： | | | 流动负债： | | |
| 货币资金 | 1 406 300 | | 短期借款 | 300 000 | |
| 交易性金融资产 | 15 000 | | 交易性金融负债 | 0 | |
| 应收票据 | 246 000 | | 应付票据 | 200 000 | |
| 应收账款 | 299 100 | | 应付账款 | 953 800 | |
| 预付款项 | 100 000 | | 预收款项 | 0 | |
| 应收利息 | 0 | | 应付职工薪酬 | 110 000 | |
| 应收股利 | 0 | | 应交税费 | 36 600 | |
| 其他应收款 | 5 000 | | 应付利息 | 1 000 | |
| 存货 | 2 580 000 | | 应付股利 | 0 | |
| 一年内到期的非流动资产 | 0 | | 其他应付款 | 50 000 | |
| 其他流动资产 | 100 000 | | 一年内到期的非流动负债 | 1 000 000 | |
| 流动资产合计 | 4 751 400 | | 其他流动负债 | 0 | |
| 非流动资产： | | | 流动负债合计 | 2 651 400 | |
| 可供出售金融资产 | 0 | | 非流动负债： | | |
| 持有至到期投资 | 0 | | 长期借款 | 600 000 | |
| 长期应收款 | 0 | | 应付债券 | 0 | |
| 长期股权投资 | 250 000 | | 长期应付款 | 0 | |

| 资　产 | 期末余额 | 年初余额（略） | 负债和股东权益 | 期末余额 | 年初余额（略） |
|---|---|---|---|---|---|
| 投资性房地产 | 0 | | 专项应付款 | 0 | |
| 固定资产 | 1 100 000 | | 预计负债 | 0 | |
| 在建工程 | 1 500 000 | | 递延所得税负债 | 0 | |
| 工程物资 | 0 | | 其他非流动负债 | 0 | |
| 固定资产清理 | 0 | | 非流动负债合计 | 600 000 | |
| 生产性生物资产 | 0 | | 负债合计 | 3 251 400 | |
| 油气资产 | 0 | | 股东权益： | | |
| 无形资产 | 600 000 | | 实收资本（或股本） | 5 000 000 | |
| 开发支出 | 0 | | 资本公积 | 0 | |
| 商誉 | 0 | | 减：库存股 | 0 | |
| 长期待摊费用 | 0 | | 盈余公积 | 100 000 | |
| 递延所得税资产 | 0 | | 未分配利润 | 50 000 | |
| 其他非流动资产 | 200 000 | | 股东权益合计 | 5 150 000 | |
| 非流动资产合计 | 3 650 000 | | | | |
| 资产总计 | 8 401 400 | | 负债和股东权益总计 | 8 401 400 | |

表 13-2　2010 年 12 月 31 日科目余额表　　　　单位：元

| 科目名称 | 借方余额 | 科目名称 | 贷方余额 |
|---|---|---|---|
| 库存现金 | 2 000 | 短期借款 | 50 000 |
| 银行存款 | 805 831 | 应付票据 | 100 000 |
| 其他货币资金 | 7 300 | 应付账款 | 953 800 |
| 交易性金融资产 | 0 | 其他应付款 | 50 000 |
| 应收票据 | 66 000 | 应付职工薪酬 | 180 000 |
| 应收账款 | 600 000 | 应交税费 | 226 731 |
| 坏账准备 | −1 800 | 应付利息 | 0 |
| 预付账款 | 100 000 | 应付股利 | 32 215.85 |
| 其他应收款 | 5 000 | 一年内到期的长期负债 | 0 |
| 材料采购 | 275 000 | 长期借款 | 1 160 000 |
| 原材料 | 45 000 | 股本 | 5 000 000 |
| 周转材料 | 38 050 | 盈余公积 | 124 770.4 |
| 库存商品 | 2 122 400 | 利润分配（未分配利润） | 218 013.75 |
| 材料成本差异 | 4 250 | | |
| 其他流动资产 | 100 000 | | |

续表

| 科目名称 | 借方余额 | 科目名称 | 贷方余额 |
|---|---|---|---|
| 长期股权投资 | 250 000 | | |
| 固定资产 | 2 401 000 | | |
| 累计折旧 | −170 000 | | |
| 固定资产减值准备 | −30 000 | | |
| 工程物资 | 300 000 | | |
| 在建工程 | 428 000 | | |
| 无形资产 | 600 000 | | |
| 累计摊销 | −60 000 | | |
| 递延所得税资产 | 7 500 | | |
| 其他长期资产 | 200 000 | | |
| 合计 | 8 095 531 | 合计 | 8 095 531 |

根据上述资料,编制红岩股份有限公司 2010 年 12 月 31 日的资产负债表,如表 13-3 所示。

### 表 13-3  资产负债表

会企 01 表

编制单位:红岩股份有限公司 2010 年 12 月 31 日 单位:元

| 资　产 | 期末余额 | 年初余额 | 负债和所有者权益<br>(或股东权益) | 期末余额 | 年初余额 |
|---|---|---|---|---|---|
| 流动资产: | | | 流动负债: | | |
| 货币资金 | 815 131 | 1 406 300 | 短期借款 | 50 000 | 300 000 |
| 交易性金融资产 | 0 | 15 000 | 交易性金融负债 | 0 | 0 |
| 应收票据 | 66 000 | 246 000 | 应付票据 | 100 000 | 200 000 |
| 应收账款 | 598 200 | 299 100 | 应付账款 | 953 800 | 953 800 |
| 预付款项 | 100 000 | 100 000 | 预收款项 | 0 | 0 |
| 应收利息 | 0 | 0 | 应付职工薪酬 | 180 000 | 110 000 |
| 应收股利 | 0 | 0 | 应交税费 | 226 731 | 36 600 |
| 其他应收款 | 5 000 | 5 000 | 应付利息 | 0 | 1 000 |
| 存货 | 2 484 700 | 2 580 000 | 应付股利 | 32 215.85 | 0 |
| 一年内到期的非流动资产 | 0 | 0 | 其他应付款 | 50 000 | 50 000 |
| 其他流动资产 | 100 000 | 100 000 | 一年内到期的非流动负债 | 0 | 1 000 000 |
| 流动资产合计 | 4 169 031 | 4 751 400 | 其他流动负债 | 0 | 0 |
| 非流动资产: | | | 流动负债合计 | 1 592 746.85 | 2 651 400 |
| 可供出售金融资产 | 0 | 0 | 非流动负债: | | |

| 资　产 | 期末余额 | 年初余额 | 负债和所有者权益（或股东权益） | 期末余额 | 年初余额 |
|---|---|---|---|---|---|
| 持有至到期投资 | 0 | 0 | 长期借款 | 1 160 000 | 600 000 |
| 长期应收款 | 0 | 0 | 应付债券 | 0 | 0 |
| 长期股权投资 | 250 000 | 250 000 | 长期应付款 | 0 | 0 |
| 投资性房地产 | 0 | 0 | 专项应付款 | 0 | 0 |
| 固定资产 | 2 201 000 | 1 100 000 | 预计负债 | | |
| 在建工程 | 428 000 | 1 500 000 | 递延所得税负债 | 0 | 0 |
| 工程物资 | 300 000 | 0 | 其他非流动负债 | 0 | 0 |
| 固定资产清理 | 0 | 0 | 非流动负债合计 | 1 160 000 | 600 000 |
| 生产性生物资产 | 0 | 0 | 负债合计 | 2 752 746.85 | 3 251 400 |
| 油气资产 | 0 | 0 | 所有者权益（或股东权益）： | | |
| 无形资产 | 540 000 | 600 000 | 实收资本（或股本） | 5 000 000 | 5 000 000 |
| 开发支出 | | | 资本公积 | 0 | 0 |
| 商誉 | 0 | 0 | 减：库存股 | 0 | 0 |
| 长期待摊费用 | 0 | 0 | 盈余公积 | 124 770.4 | 100 000 |
| 递延所得税资产 | 7 500 | 0 | 未分配利润 | 218 013.75 | 50 000 |
| 其他非流动资产 | 200 000 | 200 000 | 所有者权益（或股东权益）合计 | 5 342 784.15 | 5 150 000 |
| 非流动资产合计 | 3 926 500 | 3 650 000 | | | |
| 资产总计 | 8 095 531 | 8 401 400 | 负债和所有者权益（或股东权益）总计 | 8 095 531 | 8 401 400 |

# 第三节　利　润　表

## 一、利润表概述

### （一）利润表的含义及作用

利润表又称收益表、损益表，是反映企业在一定会计期间的经营成果的会计报表。它是一张揭示企业在一定期间经营业绩的动态报表。例如，反映某年 1 月 1 日至 12 月 31 日经营成果的利润表，它反映的就是该期间企业取得的经营业绩的情况。

利润表的列报必须充分反映企业经营业绩的主要来源和构成，有助于使用者判断净利润的质量及其风险，有助于使用者预测净利润的持续性，从而做出正确的决策。利润表的作用包括：第一，通过利润表，可以反映企业一定会计期间收入的实现情况，如实现的营业收入有多少、实现的投资收益有多少、实现的营业外收入有多少等；第二，可以反映一定会计期间的费用耗费情况，如耗费的营业成本有多少、营业税金及附加有多少及销售费用、管理费用、财务费用各有多少、营业外支出有多少等；第三，可以反映企业生产经营活动的成果，即净利润的实现情况，据以判断资本保值、增值等情况。

利润表可以提供进行财务分析的基本资料，利用利润表本期和上期净利润可以计算生成净利润增长率，反映企业获利能力的增长情况和长期的盈利能力趋势；利用净利润和营业收入可以计算生成销售利润率，反映企业经营的获利能力；利用净利润、营业成本、销售费用、管理费用和财务费用可以计算生成成本费用利润率，反映企业投入产出情况。

将利润表中的信息与其他报表或有关资料中的信息相结合，便于报表使用者判断企业未来的发展趋势，做出经济决策。比如，利用净利润和资产总额可以计算生成资产收益率，利用净利润和净资产可以计算生成净资产收益率，利用普通股每股市价与每股收益可以计算生成市盈率等反映企业投资回报等有关情况的指标。利用赊销收入净额与应收账款平均余额可以计算生成应收账款周转率，利用销货成本与存货平均余额可以计算生成存货周转率等反映企业资金周转情况的指标。

### （二）费用采用"功能法"列报

根据财务报表列报准则的规定，对于费用的列报，企业应当采用"功能法"列报，即按照费用在企业所发挥的功能进行分类列报，通常分为从事经营业务发生的成本、管理费用、销售费用和财务费用等，并且将营业成本与其他费用分开披露。从企业而言，其活动通常可以划分为生产、销售、管理、融资等，每一种活动上发生的费用所发挥的功能并不相同，因此，按照费用功能法将其分开列报，有助于使用者了解费用发生的活动领域。例如企业为销售产品发生了多少费用、为一般行政管理发生了多少费用、为筹措资金发生了多少费用等等。这种方法通常能向报表使用者提供具有结构性的信息，能更清楚地揭示企业经营业绩的主要来源和构成，提供的信息更为相关。

由于关于费用性质的信息有助于预测企业未来现金流量，企业可以在附注中披露费用按照性质分类的利润表补充资料。费用按照性质分类，指将费用按其性质分为耗用的原材料、职工薪酬费用、折旧费、摊销费等，而不是按照费用在企业所发挥的不同功能分类。

此外，由于银行、保险、证券等金融企业的日常活动与一般工商业企业不同，具有特殊性，在这种情况下，可以根据金融企业的特殊性列示利润表项目。例如，商业银行将利息支出作为利息收入的抵减项目、将手续费及佣金支出作为手续费及佣金收入的抵减项目等列示。

## 二、不同收益计量观

对收益（即利润）的计量，目前比较流行的收益计量方法有两种：一是根据资产负债表来确定企业的利润，也称资产负债观；二是根据收益表来确定企业的收益，也称收入费用观。

## （一）资产负债观

资产负债观是指通过对照前后期资产负债表的所有者权益（净资产）来确定企业在一定期间所实现的收益，所有者权益增加为利润，减少为亏损（但在此期间由所有者追加投资和分红引起的净资产变动除外）。资产负债观的理论基础是资本保全概念，即只有在原资本已得到维持或成本已经弥补之后才能确认损益。资本保全又分为财务资本保全和实物资本保全。财务资本保全者强调资本是一种货币现象，认为收益等于企业资产超过投入原始资本的货币金额；而实物资本保全者主张资本是一种实物现象，它所代表的是一种实际生产能力，企业资产超过原生产能力的部分为收益。二者在价格变动对资产、负债影响的处理方面不同，财务资本保全将影响计入收益，而实物资本保全则将影响直接计入所有者权益。

## （二）收入费用观

收入费用观是指通过设置收入、费用类账户，遵循配比原则计算当期利润，它以一定期间发生的交易或其他事项所产生的收入及费用之间的差额作为当期的收益。在收入费用观下，本期收益包括的内容在会计理论上存在两种截然不同的观点：当期营业观点和损益满计观点。

### 1. 当期营业观点

当期营业观点着重反映企业的经营管理水平，即着重于计量企业的效率。效率是指企业在获取收益过程中有效地使用了企业的资产。广义地说，是指土地、劳动力、资本和管理等生产要素的适当组合。对效率的评判势必要有一个既定的标准，可以将前期收益或行业的平均收益作为既定标准来据以评判当期经营效率。在当期营业收益观点下，一方面收益的计算特别强调"当期"和"营业"两个词。只有管理上可以控制的价值变化和事项，以及当期决策所产生的结果才可包括在收益的计算之中。不过，这一概念还包括在前一期购买而于当期使用的一些要素。因为每一个分期并不是单独的经济过程，大部分资本设备甚至大多数员工必定是以前期间购入或约定的。当期决策包含对这些要素的正确使用和组合。这个观点的第二个方面是只有"正常"经营所产生的变化才是相关的。如果净收益仅与正常经营相关，那么它与其他年度、其他企业的比较就更有意义，而且管理上的相对效率在这里反映得就最为明显。

### 2. 损益满计观点

损益满计观点认为，收益是除股利分配和资本交易外特定时期内所有的交易或企业重估价所确认的权益的总变化。也就是说，收益表中所计列的收益数额，既包括营业性收益也包括非营业性收益。对那些营业和非营业或重复和非重复发生的，均应将其列于收益表上的"期间净收益"项目之前。支持以损益满计观点来计量收益的理由主要有：

（1）营业性和非营业性收益的界限不很分明，在一家企业归类为营业性收益的交易，在另一家企业则可能划归为非营业性交易，而且某年度划为营业性的，在下一年度可能就被划为非营业性项目，从而使得企业之间和年度之间的年度收益无从比较。当站在更高的角度上看时，营业收益的定义会变得更加模糊，一些特殊项目从长期来看实际上是很普遍的、重复发生的项目。

(2) 计算净收益时忽略不计某些特殊事项或前期调整的借项或贷项,则每年的收益数字就有可能被企业管理当局操纵或修匀,这已被众多事实所证明。

(3) 人们认为囊括本年度确认的所有借项和贷项的收益表更易于编制,更易于为使用者所理解。由于收益表并未受参与管理和编制报表者个人判断的影响,从而使财务报表具有客观性和可验证性。可验证性意味着不同的会计人员独立处理同样数据,应得出相同或相似的结果。

(4) 如果对年度内收益变化的性质进行了充分揭示,财务报表的使用者或许会比会计人员及管理当局作出更为恰当的分类,进而得出适当的收益量度。从行为角度上讲,会计人员和管理当局的评判标准是难以适用于财务报表各使用者的特定需要的。

当期营业观点与损益满计观点的一个主要区别是陈报收益的目的不同。尽管当期营业观点强调的是当期经营成果或企业的效率以及以此数据来预测将来的经营成果和盈利能力。但损益满计观点的支持者则认为,如果以企业连续的整个历史经验为基础,就能同时改善对经营效率和对未来经营成果的预测。由于每期期末时创收活动完成程度不同,因此单一期间的净收益充其量是根据良好判断所得出的一个估计数而已。由于它具有不可避免的主观性质,单一期间的净收益是暂时性的,它总是有待以后时日的验证。正因为如此,会计理论界及一些职业团体明显地支持损益满计观点。

## 三、利润表的列报格式和列报方法

### (一) 利润表的列报格式

#### 1. 利润表列报格式的选用

利润表正表的格式一般有两种:单步式利润表和多步式利润表。单步式利润表是将当期所有的收入列在一起,然后将所有的费用列在一起,两者相减得出当期净损益。单步式利润表编制方式简单,收入支出归类清楚,但缺点是收入、费用的性质不加区分,硬性归为一类,不利于报表分析。多步式利润表是通过对当期的收入、费用、支出项目按性质加以归类,按利润形成的主要环节列示一些中间性利润指标,分步计算当期净损益。

根据财务报表列报准则的规定,我国现行利润表采用多步式列报利润表,将不同性质的收入和费用类进行对比,从而可以得出一些中间性的利润数据,便于使用者理解企业经营成果的不同来源。企业可以分如下三个步骤编制利润表:

第一步,以营业收入为基础,减去营业成本、营业税金及附加、销售费用、管理费用、财务费用、资产减值损失,加上公允价值变动收益(减去公允价值变动损失)和投资收益(减去投资损失),计算出营业利润;

第二步,以营业利润为基础,加上营业外收入,减去营业外支出,计算出利润总额;

第三步,以利润总额为基础,减去所得税费用,计算出净利润(或净亏损)。

普通股或潜在普通股已公开交易的企业,以及正处于公开发行普通股或潜在普通股过程中的企业,还应当在利润表中列示每股收益信息。

#### 2. 利润表比较信息的列示

根据财务报表列报准则的规定,企业需要提供比较利润表,以使报表使用者通过比较不同期间利润的实现情况,判断企业经营成果的未来发展趋势。所以,利润表还就各项目再分为"本期金额"和"上期金额"两栏分别填列。一般企业利润表的具体格式如表 13-5 所示。

### (二)利润表的列报方法

**1."上期金额"栏的列报方法**

利润表"上期金额"栏内各项数字应根据上年该期利润表"本期金额"栏内所列数字填列。如果上年该期利润表规定的各个项目的名称和内容同本期不相一致,应对上年该期利润表各项目的名称和数字按本期的规定进行调整,填入利润表"上期金额"栏内。

**2."本期金额"栏的列报方法**

利润表"本期金额"栏内各项数字一般应根据损益类账户的发生额分析填列。而"营业利润"、"利润总额"、"净利润"项目根据利润表中相关项目计算填列。

**3.利润表各项目列报的具体说明**

(1)"营业收入"项目反映企业经营主要业务和其他业务所确认的收入总额。本项目应根据"主营业务收入"和"其他业务收入"账户的发生额分析填列。

(2)"营业成本"项目反映企业经营主要业务和其他业务所发生的成本总额。本项目应根据"主营业务成本"和"其他业务成本"账户的发生额分析填列。

(3)"营业税金及附加"项目反映企业经营业务应负担的消费税、营业税、城市维护建设税、资源税、土地增值税和教育费附加等。本项目应根据"营业税金及附加"账户的发生额分析填列。

(4)"销售费用"项目反映企业在销售商品过程中发生的包装费、广告费等费用和为销售本企业商品而专设的销售机构的职工薪酬、业务费等经营费用。本项目应根据"销售费用"账户的发生额分析填列。

(5)"管理费用"项目反映企业为组织和管理生产经营发生的管理费用。本项目应根据"管理费用"账户的发生额分析填列。

(6)"财务费用"项目反映企业筹集生产经营所需资金等而发生的筹资费用。本项目应根据"财务费用"账户的发生额分析填列。

(7)"资产减值损失"项目反映企业各项资产发生的减值损失。本项目应根据"资产减值损失"账户的发生额分析填列。

(8)"公允价值变动收益"项目反映企业应当计入当期损益的资产或负债公允价值变动收益。本项目应根据"公允价值变动损益"账户的发生额分析填列。如为净损失,本项目以"-"号填列。

(9)"投资收益"项目反映企业以各种方式对外投资所取得的收益。本项目应根据"投资收益"账户的发生额分析填列。如为投资损失,本项目以"-"号填列。

(10)"营业利润"项目反映企业实现的营业利润。如为亏损,本项目以"-"号填列。

(11)"营业外收入"项目反映企业发生的与经营业务无直接关系的各项收入。本项目应根据"营业外收入"账户的发生额分析填列。

(12)"营业外支出"项目反映企业发生的与经营业务无直接关系的各项支出。本项目应根据"营业外支出"账户的发生额分析填列。

（13）"利润总额"项目反映企业实现的利润。如为亏损,本项目以"－"号填列。

（14）"所得税费用"项目反映企业应从当期利润总额中扣除的所得税费用。本项目应根据"所得税费用"账户的发生额分析填列。

（15）"净利润"项目反映企业实现的净利润。如为亏损,本项目以"－"号填列。

（16）"基本每股收益"和"稀释每股收益"项目向资本市场广大投资者反映上市公司每一股普通股所创造的收益水平。对资本市场广大投资者而言,是反映投资价值的重要指标,是投资决策最直观、最重要的参考依据,是广大投资者关注的重点。鉴于此,将这两项指标作为利润表的表内项目列示,同时要求在附注中详细披露计算过程,以供投资者投资决策参考。这两项指标应当按照《企业会计准则第 34 号——每股收益》的规定计算填列。

基本每股收益只考虑当期实际发行在外的普通股股份,按照归属于普通股股东的当期净利润除以当期实际发行在外普通股加权平均数计算确定。

"稀释每股收益"项目是以基本每股收益为基础,假设企业所有发行在外的稀释性潜在普通股均已转换为普通股,从而分别调整归属于普通股股东的当期净利润以及发行在外普通股的加权平均数计算而得的每股收益。

## 四、利润表编制实例

【例 13-2】 红岩股份有限公司 2010 年度有关损益类账户本年累计发生净额如表 13-4 所示。

表 13-4  红岩股份有限公司 2010 年度损益类账户累计发生净额　　　单位：元

| 科目名称 | 借方发生额 | 贷方发生额 |
|---|---|---|
| 主营业务收入 | | 1 250 000 |
| 主营业务成本 | 750 000 | |
| 营业税金及附加 | 2 000 | |
| 销售费用 | 20 000 | |
| 管理费用 | 157 100 | |
| 财务费用 | 41 500 | |
| 资产减值损失 | 30 900 | |
| 投资收益 | | 31 500 |
| 营业外收入 | | 50 000 |
| 营业外支出 | 19 700 | |
| 所得税费用 | 85 300 | |

根据上述资料,编制红岩股份有限公司 2010 年度利润表,如表 13-5 所示。

**表 13-5 利 润 表**

编制单位：红岩股份有限公司　　　　2010 年

会企 02 表
单位：元

| 项　目 | 本期金额 | 上期金额（略） |
|---|---|---|
| 一、营业收入 | 1 250 000 | |
| 减：营业成本 | 750 000 | |
| 营业税金及附加 | 2 000 | |
| 销售费用 | 20 000 | |
| 管理费用 | 157 100 | |
| 财务费用 | 41 500 | |
| 资产减值损失 | 30 900 | |
| 加：公允价值变动收益（损失以"－"号填列） | 0 | |
| 投资收益（损失以"－"号填列） | 31 500 | |
| 其中：对联营企业和合营企业的投资收益 | 0 | |
| 二、营业利润（亏损以"－"号填列） | 280 000 | |
| 加：营业外收入 | 50 000 | |
| 减：营业外支出 | 19 700 | |
| 其中：非流动资产处置损失 | （略） | |
| 三、利润总额（亏损总额以"－"号填列） | 310 300 | |
| 减：所得税费用 | 85 300 | |
| 四、净利润（净亏损以"－"号填列） | 225 000 | |
| 五、每股收益 | （略） | |
| （一）基本每股收益 | | |
| （二）稀释每股收益 | | |

383

# 第四节　现金流量表

## 一、现金流量表概述

### （一）现金流量表的含义及作用

现金流量表是反映企业一定会计期间现金和现金等价物流入和流出情况的报表，属于动态报表。从编制原则上看，现金流量表按照收付实现制原则编制，将权责发生制下的盈利信息调整为收付实现制下的现金流量信息，便于信息使用者了解企业净利润的质量。从内容上看，现金流量表被划分为经营活动、投资活动和筹资活动三个部分，每类活动又分为各具体项目,这些项目从不同角度反映企业业务活动的现金流入与流出,弥补了资产负债表和利润表提供信息的不足。通过现金流量表,报表使用者能够了解现金流量的影响因素,评价企业的支付能力、偿债能力和周转能力,预测企业未来现金流量,为其决策提供有力依据。

### (二)现金流量表的编制基础

现金流量表中的现金概念为编表基础,其含义是广义的。它是指现金及现金等价物,具体包括库存现金、银行存款、其他货币资金和现金等价物。

**1. 现金**

现金是指企业库存现金以及可以随时用于支付的存款。不能随时用于支付的存款不属于现金。现金主要包括:

(1)库存现金。库存现金是指企业持有可随时用于支付的现金,与"库存现金"账户的核算内容一致。

(2)银行存款。银行存款是指企业存入金融机构,可以随时用于支取的存款,与"银行存款"账户核算内容基本一致,但不包括不能随时用于支付的存款。例如,不能随时支取的定期存款等不应作为现金。提前通知金融机构便可支取的定期存款则应包括在现金范围内。

(3)其他货币资金。其他货币资金是指存放在金融机构的外埠存款、银行汇票存款、银行本票存款、信用卡存款、信用证保证金存款和存出投资款等,与"其他货币资金"账户核算内容一致。

**2. 现金等价物**

现金等价物是指企业持有的期限短、流动性强、易于转换为已知金额现金、价值变动风险很小的投资。其中,"期限短"一般是指从购买日起3个月内到期。例如可在证券市场上流通的3个月内到期的短期债券等。

现金等价物虽然不是现金,但其支付能力与现金的差别不大,可视为现金。例如,企业为保证支付能力,手持必要的现金,为了不使现金闲置,可以购买短期债券,在需要现金时,随时可以变现。

现金等价物的定义本身包含了判断一项投资是否属于现金等价物的4个条件,即期限短;流动性强;易于转换为已知金额的现金;价值变动风险很小。其中,期限短、流动性强强调了变现能力,而易于转换为已知金额的现金、价值变动风险很小则强调了支付能力的大小。现金等价物通常包括3个月内到期的短期债券投资。权益性投资变现的金额通常不确定,因而不属于现金等价物。

不同企业现金及现金等价物的范围可能不同。企业应当根据经营特点等具体情况确定现金及现金等价物的范围,一经确定不得随意变更。如果发生变更,应当按照会计政策变更处理。

### (三)现金流量的分类及列示

**1. 现金流量的分类**

现金流量是指企业现金和现金等价物的流入和流出。在现金流量表中,现金及现金等价物被视为一个整体,企业现金(含现金等价物,下同)形式的转换不会产生现金的流入和流出。例如,企业从银行提取现金是企业现金存放形式的转换,并未流出企业,不构成现金流量。同样,现金与现金等价物之间的转换也不属于现金流量,例如企业用现金购买3个月内到期的国库券。

根据企业业务活动的性质和现金流量的来源,《企业会计准则第 31 号——现金流量表》将企业一定期间产生的现金流量分为三类:经营活动现金流量、投资活动现金流量和筹资活动现金流量。

(1)经营活动产生的现金流量。经营活动是指企业投资活动和筹资活动以外的所有交易和事项。各类企业由于行业特点不同,对经营活动的认定存在一定差异。对于工商企业而言,经营活动主要包括销售商品、提供劳务、购买商品、接受劳务和支付税费等。对于商业银行而言,经营活动主要包括吸收存款、发放贷款、同业存放、同业拆借等。对于保险公司而言,经营活动主要包括原保险业务和再保险业务等。对于证券公司而言,经营活动主要包括自营证券、代理承销证券、代理兑付证券、代理买卖证券等。

(2)投资活动产生的现金流量。投资活动是指企业长期资产的购建和不包括在现金等价物范围内的投资及其处置活动。长期资产是指固定资产、无形资产、在建工程、其他资产等持有期限在一年或一个营业周期以上的资产。这里所讲的投资活动,既包括实物资产投资,也包括非实物资产投资。这里之所以将"包括在现金等价物范围内的投资"排除在外,是因为已经将包括在现金等价物范围内的投资视同现金。不同企业由于行业特点不同,对投资活动的认定也存在差异。例如,交易性金融资产所产生的现金流量;对于工商业企业而言,属于投资活动现金流量;而对于证券公司而言,属于经营活动现金流量。

(3)筹资活动产生的现金流量。筹资活动是指导致企业资本及债务规模和构成发生变化的活动。这里所说的资本,既包括实收资本(股本),也包括资本溢价(股本溢价)。这里所说的债务是指对外举债,包括向银行借款、发行债券以及偿还债务等。通常情况下,应付账款、应付票据等属于经营活动,不属于筹资活动。

关于特殊项目的处理。特殊项目是指企业日常活动之外特殊的、不经常发生的项目,如自然灾害损失、保险赔款和捐赠等。特殊项目的现金流量,应根据其性质分别归并到经营活动、投资活动或筹资活动的现金流量项目中,并单独反映。比如,对于自然灾害损失和保险赔款,如果能够确指属于流动资产损失,应当列入经营活动产生的现金流量;属于固定资产损失,应当列入投资活动产生的现金流量。如果不能确指,则可以列入经营活动产生的现金流量。捐赠收入和支出可以列入经营活动。如果特殊项目的现金流量金额不大,则可以列入现金流量类别下的"其他"项目,不单列项目。

### 2. 现金流量的列示

国际例惯和我国的会计准则均要求现金流量表要按照经营活动、投资活动和筹资活动分三段分类分项列示现金流量。通常情况下,现金流量应当分别按照现金流入和现金流出总额列报,从而全面揭示企业现金流量的方向、规模和结构。经营活动的现金流量应当按照其经营活动的现金流入和流出的性质分项列示;投资活动的现金流量应当按照其投资活动的现金流入和流出的性质分项列示;筹资活动的现金流量应当按照其筹资活动的现金流入和流出的性质分项列示。但对于那些代客户收取或支付的现金以及周转快、金额大、期限短的项目的现金收入和现金支出应以净额列示。

我国现金流量表准则规定,现金流量表正表采用直接法表达经营活动产生的现金流量,同时揭示投资活动和筹资活动的现金流量。而在现金流量表附注资料中要求揭示将净利润调节为经营活动现金流量的信息,也就是用间接法来计算出经营活动的现金流量,同时揭示不涉及现金收支的重大投资和筹资活动等。现金流量表由正表与附注资料两部分组成,按正表与附注资料分别表达企业现金流量的目的是为了更完整地披露现金流量信息。现金流量表正表的格式如表 13-7 所示。

### (四)现金流量表的编制方法及程序

#### 1. 直接法和间接法

编制现金流量表时,列报经营活动现金流量的方法有两种:直接法和间接法。两种方法的主要区别是经营活动现金流量的列示起算点不同。

所谓直接法,是指按现金收入和现金支出的主要类别直接反映企业经营活动产生的现金流量,如销售商品、提供劳务收到的现金;购买商品、接受劳务支付的现金等就是按现金收入和支出的类别直接反映的。直接法是以利润表中的营业收入为起算点,然后在与经营活动有关的项目中将权责发生制下的收入和费用调整为收付实现制下的现金流量的增减变动,然后计算出经营活动产生的现金流量。

所谓间接法,是指以净利润为起算点,调整不涉及现金的收入、费用、营业外收支等有关项目,剔除投资活动、筹资活动对现金流量的影响,据此计算出经营活动产生的现金流量。由于净利润是按照权责发生制原则确定的,且包括了与投资活动和筹资活动相关的收益和费用,将净利润调节为经营活动现金流量,实际上就是将按权责发生制原则确定的净利润调整为收付实现制下的现金净流入,并剔除投资活动和筹资活动对现金流量的影响。

采用直接法编报经营活动产生的现金流量,便于分析企业经营活动产生的现金流量的来源和用途,预测企业现金流量的未来前景;采用间接法编报经营活动产生的现金流量,便于将净利润与经营活动产生的现金流量净额进行比较,了解净利润与经营活动产生的现金流量差异的原因,从现金流量的角度分析净利润的质量。所以,我国现金流量表准则规定,企业应当采用直接法编报现金流量表,同时要求在附注中提供以净利润为基础调节到经营活动现金流量的信息。

#### 2. 工作底稿法或 T 型账户法

在具体编制现金流量表时,可以采用工作底稿法或 T 型账户法,也可以根据有关账户记录分析填列。

(1)工作底稿法。采用工作底稿法编制现金流量表,是以工作底稿为手段,以资产负债表和利润表数据为基础,对每一项目进行分析并编制调整分录,从而编制现金流量表。工作底稿法的程序是:

第一步,将资产负债表的期初数和期末数过入工作底稿的期初数栏和期末数栏。

第二步,对当期业务进行分析并编制调整分录。编制调整分录时,要以利润表项目为基础,从"营业收入"开始,结合资产负债表项目逐一进行分析。在调整分录中,有关现金和现金等价物的事项并不直接借记或贷记现金,而是分别计入"经营活动产生的现金流量"、"投资活动产生的现金流量"、"筹资活动产生的现金流量"有关项目。借记表示现金流入,贷记表示现金流出。

第三步,将调整分录过入工作底稿中的相应部分。

第四步,核对调整分录,借方、贷方合计数均已经相等,资产负债表项目期初数加减调整分录中的借贷金额以后,也等于期末数。

第五步,根据工作底稿中的现金流量表项目部分编制正式的现金流量表。

(2) T 型账户法。采用 T 型账户法编制现金流量表,是以 T 型账户为手段,以资产负债表和利润表数据为基础,对每一项目进行分析并编制调整分录,从而编制现金流量表。T 型账户法的程序是:

第一步,为所有的非现金项目(包括资产负债表项目和利润表项目)分别开设 T 型账户,并将各自的期末期初变动数过入各相关账户。如果项目的期末数大于期初数,则将差额过入和项目余额相同的方向;反之,过入相反的方向。

第二步,开设一个大的"现金及现金等价物"T 型账户,每边分为经营活动、投资活动和筹资活动三个部分,左边记现金流入,右边记现金流出。与其他账户一样,过入期末期初变动数。

第三步,以利润表项目为基础,结合资产负债表分析每一个非现金项目的增减变动,并据此编制调整分录。

第四步,将调整分录过入各 T 型账户,并进行核对,该账户借贷相抵后的余额与原先过入的期末期初变动数应当一致。

第五步,根据大的"现金及现金等价物"T 型账户编制正式的现金流量表。

(3) 分析填列法。分析填列法是直接根据资产负债表、利润表和有关会计账户明细账的记录,分析计算出现金流量表各项目的金额,并据以编制现金流量表的一种方法。业务简单的可以采用该方法。

## 二、现金流量表的编制

企业应当采用直接法在现金流量表正表中列示经营活动产生的现金流量的信息。现金流量表正表的项目主要有经营活动产生的现金流量、投资活动产生的现金流量、筹资活动产生的现金流量、汇率变动对现金及现金等价物的影响、现金及现金等价物净增加额、期末现金及现金等价物余额等项目。

### (一) 经营活动产生的现金流量有关项目的编制

#### 1. 销售商品、提供劳务收到的现金

本项目反映企业销售商品、提供劳务实际收到的现金,包括销售收入和应向购买者收取的增值税销项税额,具体包括本期销售商品、提供劳务收到的现金,以及前期销售商品、提供劳务本期收到的现金和本期预收的款项减去本期销售本期退回的商品和前期销售本期退回的商品支付的现金。企业销售材料和代购代销业务收到的现金也在本项目反映。本项目可以根据"库存现金"、"银行存款"、"应收票据"、"应收账款"、"预收账款"、"主营业

务收入"、"其他业务收入"账户的记录分析填列。

**【例 13-3】** 甲企业本期销售一批商品,开出的增值税专用发票上注明的销售价款为 2 800 000 元,增值税销项税额为 476 000 元,以银行存款收讫。应收票据期初余额为 270 000 元,期末余额为 60 000 元。应收账款期初余额为 1 000 000 元,期末余额为 400 000 元。年度内核销的坏账损失为 20 000 元。另外,本期因商品质量问题发生退货, 支付银行存款 30 000 元,货款已通过银行转账支付。

本期销售商品、提供劳务收到的现金计算如下:

| | |
|---|---|
| 本期销售商品收到的现金 | 3 276 000 |
| 加:本期收到前期的应收票据(270 000-60 000) | 210 000 |
| 本期收到前期的应收账款(1 000 000-400 000-20 000) | 580 000 |
| 减:本期因销售退回支付的现金 | 30 000 |
| 本期销售商品、提供劳务收到的现金 | 4 036 000 |

**2. 收到的税费返还**

本项目反映企业收到返还的各种税费,如收到的增值税、营业税、所得税、消费税、关税和教育费附加返还款等。本项目可以根据"库存现金"、"银行存款"、"营业税金及附加"、"营业外收入"等账户的记录分析填列。

**【例 13-4】** 甲企业前期出口一批商品,已缴纳增值税,按规定应退增值税 8 500 元, 前期未退,本期以转账方式收讫。本期收到退回的营业税款 18 000 元,收到的教育费附加返还款 33 000 元,款项已存入银行。

本期收到的税费返还计算如下:

| | |
|---|---|
| 本期收到的出口退增值税额 | 8 500 |
| 加:收到的退营业税额 | 18 000 |
| 收到的退教育费附加返还额 | 33 000 |
| 本期收到的税费返还 | 59 500 |

**3. 收到的其他与经营活动有关的现金**

本项目反映企业除上述各项目外,收到的其他与经营活动有关的现金,如罚款收入、经营租赁固定资产收到的现金、投资性房地产收到的租金收入、流动资产损失中由个人赔偿的现金收入、除税费返还外的其他政府补助收入等。其他与经营活动有关的现金,金额较大的应单列项目反映。本项目可以根据"库存现金"、"银行存款"、"管理费用"、"销售费用"等账户的记录分析填列。

**4. 购买商品、接受劳务支付的现金**

本项目反映企业购买材料、商品、接受劳务实际支付的现金,包括支付的货款以及与货款一并支付的增值税进项税额,具体包括本期购买商品、接受劳务支付的现金,以及本期支付前期购买商品、接受劳务的未付款项和本期预付款项减去本期发生的购货退回收到的现金。为购置存货而发生的借款利息资本化部分应在"分配股利、利润或偿付利息支付的现金"项目中反映。本项目可以根据"库存现金"、"银行存款"、"应付票据"、"应付账款"、"预付账款"、"主营业务成本"、"其他业务成本"等账户的记录分析填列。

**【例 13-5】** 甲公司本期购买原材料,收到的增值税专用发票上注明的材料价款为

150 000 元,增值税进项税额为 25 500 元,款项已通过银行转账支付。本期支付应付票据 100 000 元,购买工程用物资 150 000 元,货款已通过银行转账支付。

本期购买商品、接受劳务支付的现金计算如下:

| | |
|---|---:|
| 本期购买原材料支付的价款 | 150 000 |
| 加:本期购买原材料支付的增值税进项税额 | 25 500 |
| 本期支付的应付票据 | 100 000 |
| 本期购买商品、接受劳务支付的现金 | 275 500 |

### 5. 支付给职工以及为职工支付的现金

本项目反映企业实际支付给职工的现金以及为职工支付的现金,包括企业为获得职工提供的服务,本期实际给予各种形式的报酬以及其他相关支出,如支付给职工的工资、奖金、各种津贴和补贴等,以及为职工支付的其他费用,不包括支付给在建工程人员的职工薪酬。支付的在建工程人员的职工薪酬在"购建固定资产、无形资产和其他长期资产所支付的现金"项目中反映。

企业为职工支付的医疗、养老、失业、工伤、生育等社会保险基金、补充养老保险、住房公积金,企业为职工缴纳的商业保险金,因解除与职工劳动关系给予的补偿,现金结算的股份支付,以及企业支付给职工或为职工支付的其他福利费用等,应根据职工的工作性质和服务对象,分别在"购建固定资产、无形资产和其他长期资产所支付的现金"和"支付给职工以及为职工支付的现金"项目中反映。

本项目可以根据"库存现金"、"银行存款"、"应付职工薪酬"等账户的记录分析填列。

【例 13-6】 甲企业本期实际支付工资 500 000 元,其中经营人员工资 300 000 元,在建工程人员工资 200 000 元。

本期支付给职工以及为职工支付的现金为 300 000 元。

### 6. 支付的各项税费

本项目反映企业按规定支付的各项税费,包括本期发生并支付的税费,以及本期支付以前各期发生的税费和预缴的税金,如支付的营业税、增值税、消费税、所得税、教育费附加、印花税、房产税、土地增值税和车船使用税等。不包括本期退回的增值税、所得税。本期退回的增值税、所得税等在"收到的税费返还"项目中反映。本项目可以根据"应交税费"、"库存现金"、"银行存款"等账户分析填列。

【例 13-7】 甲企业本期向主管税务机关已缴纳增值税 34 000 元;本期发生的应缴所得税 3 100 000 元;企业期初未缴所得税 280 000 元;期末未缴所得税 120 000 元。

本期支付的各项税费计算如下:

| | |
|---|---:|
| 本期支付的增值税额 | 34 000 |
| 加:本期发生并缴纳的所得税额(3 100 000-120 000) | 2 980 000 |
| 前期发生本期缴纳的所得税额 | 280 000 |
| 本期支付的各项税费 | 3 294 000 |

### 7. 支付的其他与经营活动有关的现金

本项目反映企业除上述各项目外,支付的其他与经营活动有关的现金,如罚款支出、支付的差旅费、业务招待费、保险费、经营租赁支付的现金等。其他与经营活动有关的现金,金额较大的应单列项目反映。本项目可以根据有关账户的记录分析填列。

### (二) 投资活动产生的现金流量有关项目的编制

#### 1. 收回投资收益收到的现金

本项目反映企业出售、转让或到期收回除现金等价物以外的交易性金融资产、持有至到期投资、可供出售金融资产、长期股权投资等而收到的现金。不包括债权性投资收回的利息、收回的非现金资产以及处置子公司及其他营业单位收到的现金净额。债权性投资收回的本金在本项目中反映,债权性投资收回的利息不在本项目中反映,而在"取得投资收益收到的现金"项目中反映。处置子公司及其他营业单位收到的现金净额单设项目反映。本项目可以根据"交易性金融资产"、"持有至到期投资"、"可供出售金融资产"、"长期股权投资"、"库存现金"、"银行存款"等账户的记录分析填列。

【例 13-8】 甲企业出售某项长期股权投资,收回的全部投资金额为 480 000 元。出售某项长期债权性投资,收回的全部投资金额为 410 000 元,其中 60 000 元是债券利息。

本期收回投资所收到的现金计算如下:

| | |
|---|---:|
| 收回长期股权投资金额 | 480 000 |
| 加:收回长期债权性投资本金(410 000 - 60 000) | 350 000 |
| 本期收回投资所收到的现金 | 830 000 |

#### 2. 取得投资收益收到的现金

本项目反映企业因股权性投资而分得的现金股利或利润,因债权性投资而取得的现金利息收入。股票股利由于不产生现金流量,因此不在本项目中反映。包括在现金等价物范围内的债券性投资,其利息收入在本项目中反映。本项目可以根据"应收股利"、"应收利息"、"投资收益"、"库存现金"、"银行存款"等账户的记录分析填列。

【例 13-9】 甲企业期初长期股权投资余额 2 000 000 元,其中 1 500 000 元投资于联营企业乙企业,占其股本的 25%,采用权益法核算。另外 200 000 元和 300 000 元分别投资于丙企业和丁企业,各占接受投资企业总股本的 5% 和 10%,采用成本法核算。当年乙企业盈利 2 000 000 元,分配现金股利 800 000 元;丙企业亏损,没有分配股利;丁企业盈利 600 000 元,分配现金股利 200 000 元。企业已如数收到现金股利。

本期取得投资收益收到的现金计算如下:

| | |
|---|---:|
| 取得乙企业实际分回的投资收益(800 000 × 25%) | 200 000 |
| 加:取得丙企业实际分回的投资收益 | 0 |
| 取得丁企业实际分回的投资收益(200 000 × 10%) | 20 000 |
| 本期取得投资收益收到的现金 | 220 000 |

#### 3. 处置固定资产、无形资产和其他长期资产收回的现金净额

本项目反映企业出售固定资产、无形资产和其他长期资产(如投资性房地产)所取得的现金减去为处置这些资产而支付的有关税费后的净额。处置固定资产、无形资产和其他长期资产所收到的现金与处置活动支付的现金两者在时间上比较接近,以净额反映更能准确反映处置活动对现金流量的影响。由于自然灾害等原因所造成的固定资产等长期资产报废、毁损而收到的保险赔偿收入在本项目中反映。如处置固定资产、无形资产和其

他长期资产所收回的现金净额为负数,则应作为投资活动产生的现金流量,在"支付的其他与投资活动有关的现金"项目中反映。本项目可以根据"固定资产清理"、"库存现金"、"银行存款"等账户的记录分析填列。

【**例 13-10**】 乙公司出售一台不需用设备,收到价款 30 000 元,该设备原价 40 000 元,已提折旧 15 000 元。支付该项设备拆卸费用 200 元,运输费用 80 元,出售设备已清理完毕。

本期处置固定资产、无形资产和其他长期资产所收回的现金净额计算如下:

| | |
|---|---:|
| 本期出售固定资产收到的现金 | 30 000 |
| 减:支付出售固定资产的清理费用 | 280 |
| 本期处置固定资产、无形资产和其他长期资产所收回的现金净额 | 29 720 |

**4. 处置子公司及其他营业单位收到的现金净额**

本项目反映企业处置子公司及其他营业单位所取得的现金减去子公司或其他营业单位持有的现金和现金等价物以及相关处置费用后的净额。本项目可以根据有关账户的记录分析填列。

企业处置子公司及其他营业单位是整体交易,子公司和其他营业单位可能持有现金和现金等价物。这样,整体处置子公司或其他营业单位的现金流量,就应以处置价款中收到现金的部分减去子公司或其他营业单位持有的现金和现金等价物以及相关处置费用后的净额反映。

处置子公司及其他营业单位收到的现金净额如为负数,则将该金额填列至"支付其他与投资活动有关的现金"项目中。

**5. 收到的其他与投资活动有关的现金**

本项目反映企业除上述各项目外,收到的其他与投资活动有关的现金。其他与投资活动有关的现金,金额较大的应单列项目反映。本项目可以根据有关账户的记录分析填列。

**6. 购建固定资产、无形资产和其他长期资产支付的现金**

本项目反映企业购买、建造固定资产,取得无形资产和其他长期资产(如投资性房地产)支付的现金,包括购买机器设备所支付的现金、建造工程支付的现金、支付在建工程人员的工资等现金支出,不包括为购建固定资产、无形资产和其他长期资产而发生的借款利息资本化部分,以及融资租入固定资产所支付的租赁费。为购建固定资产、无形资产和其他长期资产而发生的借款利息资本化部分在"分配股利、利润或偿付利息支付的现金"项目中反映;融资租入固定资产所支付的租赁费在"支付的其他与筹资活动有关的现金"项目中反映,不在本项目中反映。本项目可以根据"固定资产"、"在建工程"、"工程物资"、"无形资产"、"库存现金"、"银行存款"等账户的记录分析填列。

【**例 13-11**】 乙公司购入一幢房屋,价款为 1 850 000 元,通过银行转账 1 800 000 元,其他价款用公司产品抵偿。为在建厂房购进一批建筑材料,价税合计为 160 000 元,价税款已通过银行转账支付。

本期购建固定资产、无形资产和其他长期资产支付的现金计算如下:

| | |
|---|---:|
| 购买房屋支付的现金 | 1 800 000 |
| 加:为在建工程购买材料支付的现金 | 160 000 |
| 本期购建固定资产、无形资产和其他长期资产支付的现金 | 1 960 000 |

### 7. 投资支付的现金

本项目反映企业进行权益性投资和债权性投资所支付的现金,包括企业取得的除现金等价物以外的交易性金融资产、持有至到期投资、可供出售金融资产、长期股权投资等而支付的现金,以及支付的佣金、手续费等交易费用。

企业购买股票和债券时,实际支付的价款中包含的已宣告但尚未领取的现金股利或已到付息期但尚未领取的债券利息应在"支付的其他与投资活动有关的现金"项目中反映;收回购买股票和债券时支付的已宣告但尚未领取的现金股利或已到付息期但尚未领取的债券利息应在"收到的其他与投资活动有关的现金"项目中反映。

本项目可以根据"交易性金融资产"、"持有至到期投资"、"可供出售金融资产"、"长期股权投资"、"库存现金"、"银行存款"等账户的记录分析填列。

【例 13-12】 甲企业以银行存款 2 000 000 元投资于乙企业的股票。此外,购买某银行发行的金融债券,面值总额为 200 000 元,票面利率为 8%,实际支付金额为 204 000 元。

本期投资所支付的现金计算如下:

| | |
|---|---|
| 投资于乙企业的现金总额 | 2 000 000 |
| 投资于某银行金融债券的现金总额 | 204 000 |
| 本期投资所支付的现金 | 2 204 000 |

### 8. 取得子公司及其他营业单位支付的现金净额

本项目反映企业取得子公司及其他营业单位购买出价中以现金支付的部分减去子公司或其他营业单位持有的现金和现金等价物后的净额。本项目可以根据有关账户的记录分析填列。

整体购买一个单位,其结算方式是多种多样的,如购买方全部以现金支付或一部分以现金支付而另一部分以实物清偿。同时,企业购买子公司及其他营业单位是整体交易,子公司和其他营业单位除有固定资产和存货外,还可能持有现金和现金等价物。这样,整体购买子公司或其他营业单位的现金流量,就应以购买出价中以现金支付的部分减去子公司或其他营业单位持有的现金和现金等价物后的净额反映,如为负数,应在"收到其他与投资活动有关的现金"项目中反映。

【例 13-13】 甲企业购买丙企业的一子公司,出价 1 500 000 元,全部以银行存款转账支付。该子公司的有关资料如表 13-6 所示

表 13-6  资产负债表(简表)                                            单位:元

| 资　产 | 金　额 | 负债及所有者权益 | 金　额 |
|---|---|---|---|
| 库存现金及银行存款 | 150 000 | 短期借款 | 400 000 |
| 存货 | 300 000 | 应付账款 | 500 000 |
| 固定资产 | 1 500 000 | 长期应付款 | 200 000 |
| 长期股权投资 | 600 000 | 实收资本 | 1 200 000 |
| 其他资产 | 50 000 | 资本公积 | 200 000 |
| | | 盈余公积 | 100 000 |
| 资产总额 | 2 600 000 | 负债及所有者权益总额 | 2 600 000 |

该子公司有 150 000 元的现金及银行存款,没有现金等价物,甲企业的实际现金流出为:

| | |
|---|---|
| 购买子公司出价 | 1 500 000 |
| 减:子公司持有的现金和现金等价物 | 150 000 |
| 购买子公司支付的现金净额 | 1 350 000 |

**9. 支付的其他与投资活动有关的现金**

本项目反映企业除上述各项目外,支付的其他与投资活动有关的现金。其他与投资活动有关的现金,金额较大的应单列项目反映。本项目可以根据有关账户的记录分析填列。

**(三) 筹资活动产生的现金流量有关项目的编制**

**1. 吸收投资收到的现金**

本项目反映企业以发行股票等方式筹集资金实际收到的款项净额(发行收入减去支付的佣金等发行费用后的净额)。以发行股票等方式筹集资金而由企业直接支付的审计、咨询等费用在"支付的其他与筹资活动有关的现金"项目中反映。本项目可以根据"实收资本(或股本)"、"资本公积"、"库存现金"、"银行存款"等账户的记录分析填列。

**【例 13-14】** 甲企业对外公开募集股份 1 000 000 股,每股 1 元,发行价每股 1.1 元,代理发行的证券公司为其支付的各种费用共计 15 000 元。甲企业已收到全部发行价款。

本期吸收投资收到的现金计算如下:

| | |
|---|---|
| 发行股票取得的现金 | 1 085 000 |
| 其中:发行总价款(1 000 000×1.1) | 1 100 000 |
| 减:发行费用 | 15 000 |
| 本期吸收投资收到的现金 | 1 085 000 |

**2. 借款收到的现金**

本项目反映企业举借各种短期、长期借款而收到的现金,以及发行债券实际收到的款项净额(发行收入减去直接支付的佣金等发行费用后的净额)。本项目可以根据"短期借款"、"长期借款"、"交易性金融负债"、"应付债券"、"库存现金"、"银行存款"等账户的记录分析填列。

**3. 收到的其他与筹资活动有关的现金**

本项目反映企业除上述各项目外,收到的其他与筹资活动有关的现金。其他与筹资活动有关的现金,金额较大的应单列项目反映。本项目可根据有关账户的记录分析填列。

**4. 偿还债务支付的现金**

本项目反映企业以现金偿还债务的本金,包括归还金融企业的借款本金、偿付企业到期的债券本金等。企业偿还的借款利息、债券利息在"分配股利、利润或偿付利息所支付的现金"项目中反映。本项目可以根据"短期借款"、"长期借款"、"交易性金融负债"、"应付债券"、"银行存款"等账户的记录分析填列。

**5. 分配股利、利润或偿付利息支付的现金**

本项目反映企业实际支付的现金股利、支付给其他投资单位的利润或用现金支付的借款利息、债券利息。不同用途的借款,其利息的列支渠道不一样,如在建工程、财务费用等均在本项目中反映。本项目可以根据"应付股利"、"应付利息"、"利润分配"、"财务费用"、"在建工程"、"制造费用"、"研发支出"、"库存现金"、"银行存款"等账户的记录分析填列。

【例 13-15】 甲企业期初应付现金股利为 21 000 元,本期宣布发放现金股利 50 000 元,期末应付现金股利 12 000 元。

本期分配股利、利润或偿付利息所支付的现金计算如下:

| | |
|---|---|
| 本期宣布并发放的现金股利(50 000—12 000) | 38 000 |
| 加:本期支付的前期应付股利 | 21 000 |
| 本期分配股利、利润或偿付利息支付的现金 | 59 000 |

**6. 支付的其他与筹资活动有关的现金**

本项目反映企业除上述各项目外,支付的其他与筹资活动有关的现金,如以发行股票、债券等方式筹集资金而由企业直接支付的审计、咨询等费用,融资租赁各期支付的现金,以分期付款方式购建固定资产、无形资产等各期支付的现金。其他与筹资活动有关的现金,金额较大的应单列项目反映。本项目可以根据有关账户的记录分析填列。

### (四)汇率变动对现金的影响

现金流量表准则规定,外币现金流量以及境外子公司的现金流量应当采用现金流量发生日的即期汇率或即期汇率的近似汇率折算。汇率变动对现金的影响额应当作为调节项目,在现金流量表中单独列报。

汇率变动对现金的影响是指企业外币现金流量及境外子公司的现金流量折算成记账本币时所采用的是现金流量发生日的汇率或即期汇率的近似汇率,而现金流量表"现金及现金等价物净增加额"项目中外币现金净增加额是按资产负债表日的即期汇率折算。这两者的差额即为汇率变动对现金的影响。

【例 13-16】 甲企业当期出口一批商品,售价为 10 000 美元,款项已收到,收汇当日汇率为 1∶6.90。当期进口一批货物,价值为 5 000 美元,款项已支付,结汇当日汇率为 1∶6.92。资产负债表日的即期汇率为 1∶6.93。假定美元银行存款的期初余额为 0,当期没有涉及外币的其他业务发生。

汇率变动对现金的影响额计算如下:

| | |
|---|---|
| 经营活动流入的现金 | 10 000(美元) |
| 汇率变动(6.93—6.90) | ×0.03 |
| 汇率变动对现金流入的影响额 | 300(元) |
| 经营活动流出的现金 | 5 000(美元) |
| 汇率变动(6.93—6.92) | ×0.01 |
| 汇率变动对现金流出的影响额 | 50(元) |
| 汇率变动对现金的影响额 | 250(元) |

现金流量表中：

| | |
|---|---:|
| 经营活动流入的现金 | 69 000 |
| 经营活动流出的现金 | 34 600 |
| 经营活动产生的现金流量净额 | 34 400 |
| 汇率变动对现金的影响额 | 250 |
| 现金及现金等价物净增加额 | 34 650 |

现金流量表补充资料中：

现金及现金等价物净增加情况：

| | |
|---|---:|
| 银行存款的期末余额（5 000×6.93） | 34 650 |
| 银行存款的期初余额 | 0 |
| 现金及现金等价物净增加额 | 34 650 |

从上例可以看出，现金流量表"现金及现金等价物净增加额"项目数额与现金流量表补充资料中"现金及现金等价物净增加额"数额相等，应当核对相符。在编制现金流量表时，对当期发生的外币业务，也可不必逐笔计算汇率变动对现金的影响，可以通过现金流量表补充资料中"现金及现金等价物净增加额"数额与现金流量表中"经营活动产生的现金流量净额"、"投资活动产生的现金流量净额"、"筹资活动产生的现金流量净额"三项之和比较，其差额即为"汇率变动对现金的影响额"。

## 三、现金流量表的补充资料

除现金流量表正表反映的信息外，企业还应该在现金流量表补充资料中披露以间接法将净利润调节为经营活动的现金流量，以及不涉及现金收支的重大投资和筹资活动、现金及现金等价物净变动情况等信息。现金流量表补充资料的具体内容如表13-8所示。

### （一）将净利润调节为经营活动现金流量的编制

现金流量表正表采用直接法反映经营活动的现金流量，同时企业还应采用间接法反映经营活动产生的现金流量。间接法以本期净利润为起点，通过调整不涉及现金的收入、费用、营业外收支以及经营性应收应付等项目的增减变动，调整不属于经营活动的现金收支项目，据此计算并列报经营活动产生的现金流量。在我国，在现金流量表补充资料中应采用间接法反映经营活动产生的现金流量情况，以对现金流量表正表中采用直接法反映的经营活动现金流量进行核对和补充说明。

将净利润调节为经营活动的现金流量是以净利润为基础，因为净利润是现金净流入的主要来源。但净利润与现金净流入并不相等，所以需要在净利润基础上将净利润调整为经营活动产生的现金流量净额。采用间接法列报经营活动产生的现金流量时，需要在净利润基础上对4大类项目进行调整：实际没有支付现金的费用；实际没有收到现金的收益；不属于经营活动的损益；经营性应收应付项目的增减变动。具体地调整项目包括：

### 1. 资产减值准备

这里所指的资产减值准备是指当期计提扣除转回的减值准备，包括坏账准备、存货跌价准备、投资性房地产减值准备、长期股权投资减值准备、持有至到期投资减值准备、固定资产减值准备、在建工程减值准备、工程物资减值准备、生产性生物资产减值准备、无形资产减值准备、商誉减值准备等。企业当期计提和按规定转回的各项资产减值准备包括在利润表中，属于利润的减除项目，但没有发生现金流出。所以，在将净利润调节为经营活动现金流量时需要加回。本项目可根据"资产减值损失"账户的记录分析填列。

**2. 固定资产折旧、油气资产折耗、生产性生物资产折旧**

企业计提的固定资产折旧，有的包括在管理费用中，有的包括在制造费用中。计入管理费用中的部分，作为期间费用在计算净利润时从中扣除，但没有发生现金流出，在将净利润调节为经营活动现金流量时需要予以加回。计入制造费用中已经变现的部分在计算净利润时通过销售成本予以扣除，但没有发生现金流出；计入制造费用中没有变现的部分既不涉及现金收支，也不影响企业当期净利润。由于在调节存货时已经从中扣除，在此处将净利润调节为经营活动现金流量时需要予以加回。同理，企业计提的油气资产折耗、生产性生物资产折旧也需要予以加回。本项目可根据"累计折旧"、"累计折耗"、"生产性生物资产折旧"等账户的贷方发生额分析填列。

**3. 无形资产摊销和长期待摊费用摊销**

企业对使用寿命有限的无形资产计提摊销时，计入管理费用或制造费用。长期待摊费摊销时，有的计入管理费用，有的计入销售费用，有的计入制造费用。计入管理费用等期间费用和计入制造费用中的已变现部分，在计算净利润时已从中扣除，但没有发生现金流出；计入制造费用中的没有变现部分，在调节存货时已经从中扣除，但不涉及现金收支，所以在此处将净利润调节为经营活动现金流量时需要予以加回。这个项目可根据"累计摊销"、"长期待摊费用"账户的贷方发生额分析填列。

**4. 处置固定资产、无形资产和其他长期资产的损失（减：收益）**

企业处置固定资产、无形资产和其他长期资产发生的损益属于投资活动产生的损益，不属于经营活动产生的损益，所以在将净利润调节为经营活动现金流量时需要予以剔除。如为损失，在将净利润调节为经营活动现金流量时应当加回；如为收益，在将净利润调节为经营活动现金流量时应当扣除。本项目可根据"营业外收入"、"营业外支出"等账户所属有关明细账户的记录分析填列，净收益以"—"号填列。

**【例 13-17】** 甲企业处置一台设备，原价为 180 000 元，累计已提折旧 110 000 元，收到现金 80 000 元，产生处置收益 10 000[80 000－（180 000－110 000）]元。处置固定资产的收益 10 000 元，在将净利润调节为经营活动现金流量时应当予以扣除。

**5. 固定资产报废损失**

企业发生的固定资产报废损益属于投资活动产生的损益，不属于经营活动产生的损益，所以在将净利润调节为经营活动现金流量时需要予以剔除。如为净损失，在将净利润调节为经营活动现金流量时应当加回；如为净收益，在将净利润调节为经营活动现金流量时应当扣除。本项目可根据"营业外支出"、"营业外收入"等账户所属有关明细账户的记录分析填列。

**【例 13-18】** 甲企业盘亏一台机器，原价为 130 000 元，已提折旧 120 000 元。报废一辆汽车，原价为 180 000 元，已提折旧 110 000 元。共发生固定资产盘亏、报废损失为 80 000[（130 000－120 000）＋（180 000－110 000）]元。固定资产盘亏、报废损失 80 000 元，在将净利润调节为经营活动现金流量时应当加回。

**6. 公允价值变动损失**

公允价值变动损失反映企业交易性金融资产、投资性房地产等公允价值变动形成的应计入当期损益的利得或损失。企业发生的公允价值变动损益通常与企业的投资活动或筹资活动有关，而且并不影响企业当期的现金流量。为此，应当将其从净利润中剔除。本项目可以根据"公允价值变动损益"账户的发生额分析填列。如为持有损失，在将净利润调节为经营活动现金流量时应当加回；如为持有利得，在将净利润调节为经营活动现金流量时应当扣除。

**【例 13-19】** 2009 年 12 月 31 日，甲企业持有交易性金融资产的公允价值为 800 万元。2010 年度未发生投资性房地产的公允价值增减变动，2010 年 12 月 31 日，该企业持有交易性金融资产的公允价值为 805 万元，公允价值变动收益为 5 万元。这 5 万元的资产持有利得，在将净利润调节为经营活动现金流量时应当扣除。

**7. 财务费用**

企业发生的财务费用中不属于经营活动的部分，应当在将净利润调节为经营活动现金流量时将其加回。本项目可根据"财务费用"账户的本期借方发生额分析填列。如为收益，以"－"号填列。

**【例 13-20】** 2010 年度，甲企业共发生财务费用 350 000 元，其中属于经营活动的为 50 000 元，属于筹资活动的为 300 000 元。属于筹资活动的财务费用 300 000 元，在将净利润调节为经营活动现金流量时应当加回。

**8. 投资损失（减：收益）**

企业发生的投资损益属于投资活动产生的损益，不属于经营活动产生的损益，所以在将净利润调节为经营活动现金流量时需要予以剔除。如为净损失，在将净利润调节为经营活动现金流量时应当加回；如为净收益，在将净利润调节为经营活动现金流量时应当扣除。本项目可根据利润表中"投资收益"项目的数字填列。如为投资收益，以"－"号填列。

**9. 递延所得税资产减少（减：增加）**

递延所得税资产减少使计入所得税费用的金额大于当期应缴的所得税金额，其差额没有发生现金流出，但在计算净利润时已经扣除，在将净利润调节为经营活动现金流量时应当加回。递延所得税资产增加使计入所得税费用的金额小于当期应缴的所得税金额，二者之间的差额并没有发生现金流入，但在计算净利润时已经包括在内，在将净利润调节为经营活动现金流量时应当扣除。本项目可以根据资产负债表"递延所得税资产"项目期初、期末余额分析填列。

**【例 13-21】** 2010 年 1 月 1 日，甲企业递延所得税资产借方余额为 5 000 元。2010 年 12 月 31 日，递延所得税资产借方余额为 12 500 元，增加了 7 500 元。经分析，该企业计提了固定资产减值准备 30 000 元，使固定资产账面价值与计税基础不一致。递延所得税资产增加的 7 500 元，在将净利润调节为经营活动现金流量时应当扣减。

**10. 递延所得税负债增加（减：减少）**

递延所得税负债增加使计入所得税费用的金额大于当期应缴的所得税金额，其差额没有发生现金流出，但在计算净利润时已经扣除，在将净利润调节为经营活动现金流量时应当加回。递延所得税负债减少使计入当期所得税费用的金额小于当期应缴的所得税金额,其差额并没有发生现金流入,但在计算净利润时已经包括在内,在将净利润调节为经营活动现金流量时应当扣除。本项目可以根据资产负债表"递延所得税负债"项目期初、期末余额分析填列。

**11. 存货的减少(减:增加)**

期末存货比期初存货减少,说明本期生产经营过程耗用的存货有一部分是期初的存货,耗用这部分存货并没有发生现金流出,但在计算净利润时已经扣除,所以在将净利润调节为经营活动现金流量时应当加回。期末存货比期初存货增加,说明当期购入的存货除耗用外还剩余了一部分,这部分存货也发生了现金流出,但在计算净利润时没有包括在内,所以在将净利润调节为经营活动现金流量时需要扣除。当然,存货的增减变化过程还涉及应付项目,这一因素在"经营性应付项目的增加(减:减少)"中考虑。本项目可根据资产负债表中"存货"项目的期初数、期末数之间的差额填列。期末数大于期初数的差额,以"一"号填列。如果存货的增减变化过程属于投资活动,如在建工程领用存货,应当将这一因素剔除。

**【例 13-22】** 2010 年 1 月 1 日,甲企业存货余额为 200 000 元;2010 年 12 月 31 日,存货余额为 360 000 元;2010 年度,存货增加了 160 000(360 000−200 000)元。存货的增加金额 160 000 元,在将净利润调节为经营活动现金流量时应当扣除。

**12. 经营性应收项目的减少(减:增加)**

经营性应收项目包括应收票据、应收账款、预付账款、长期应收款和其他应收款中与经营活动有关的部分,以及应收的增值税销项税额等。经营性应收项目期末余额小于经营性应收项目期初余额,说明本期收回的现金大于利润表中所确认的销售收入,所以在将净利润调节为经营活动现金流量时需要加回。经营性应收项目期末余额大于经营性应收项目期初余额,说明本期销售收入中有一部分没有收回现金,但是,在计算净利润时这部分销售收入已包括在内,所以在将净利润调节为经营活动现金流量时需要扣除。本项目应当根据有关账户的期初、期末余额分析填列。如为增加,以"一"号填列。

**【例 13-23】** 2010 年 1 月 1 日,甲企业应收账款为 750 000 元,应收票据为 230 000 元;2010 年 12 月 31 日,甲企业应收账款为 950 000 元,应收票据为 200 000 元;2010 年度内,该企业经营性应收项目年末比年初增加了 170 000[(950 000−750 000)+(200 000−230 000)]元。经营性应收项目增加金额 170 000 元,在将净利润调节为经营活动现金流量时应当扣除。

**13. 经营性应付项目的增加(减:减少)**

经营性应付项目包括应付票据、应付账款、预收账款、应付职工薪酬、应交税费、应付利息、长期应付款、其他应付款中与经营活动有关的部分,以及应付的增值税进项税额等。经营性应付项目期末余额大于经营性应付项目期初余额,说明本期购入的存货中有一部分没有支付现金,但是,在计算净利润时却通过销售成本包括在内,在将净利润调节为经营活动现金流量时需要加回。经营性应付项目期末余额小于经营性应付项目期初余额,说明本期支付的现金大于利润表中所确认的销售成本,在将净利润调节为经营活动产生的现金流量时需要扣除。本项目应当根据有关账户的期初、期末余额分析填列。如为减少,以"－"号填列。

**【例 13-24】** 2010 年 1 月 1 日,甲企业资料为:应付账款为 600 000 元,应付票据为 390 000 元,应付职工薪酬为 10 000 元,应交税费为 60 000 元;2010 年 12 月 31 日,甲企业 应付账款为 850 000 元,应付票据为 300 000 元,应付职工薪酬为 15 000 元,应交税费为 40 000 元。2010 年度内,经营性应付项目年末比年初增加了 145 000[(850 000－600 000)＋ (300 000－390 000)＋(15 000－10 000)＋(40 000－60 000)]元。经营性应付项目增加金 额 145 000 元,在将净利润调节为经营活动现金流量时应当加回。

399

### (二) 不涉及现金收支的重大投资和筹资活动的披露

不涉及现金收支的重大投资和筹资活动反映企业一定期间内影响资产或负债但不形 成该期现金收支的所有重大的投资和筹资活动的信息。这些投资和筹资活动虽然不涉及 当期现金收支,但对以后各期的现金流量有重大影响。例如,企业融资租入设备,将形成 的负债计入"长期应付款"账户,当期并不支付设备款及租金,但以后各期必须为此支付现 金,从而在一定期间内形成了一项固定的现金支出。

因此,现金流量表准则规定,企业应当在附注中披露不涉及当期现金收支,但影响企 业财务状况或在未来可能影响企业现金流量的重大投资和筹资活动,主要包括:债务转 为资本,反映企业本期转为资本的债务金额;一年内到期的可转换公司债券,反映企业一 年内到期的可转换公司债券的本息;融资租入固定资产,反映企业本期融资租入的固定 资产。

### (三) 现金及现金等价物净变动情况

现金及现金等价物净变动情况,通过现金的期末期初差额进行反映即可,用以检验以 直接法编制的现金流量净额是否准确。会计准则将现金等价物定义为企业持有的期限 短、流动性强、易于转换为已知金额现金、价值变动风险很小的投资。其中,期限短是指自 购买日起,三个月内到期。企业可据此设定现金等价物的标准,根据期末、期初余额分析 填列。若企业的现金等价物年末、年初余额相差不大,可以忽略不计。

### (四) 影响企业现金流量其他重要信息的披露

**1. 企业当期取得或处置子公司及其他营业单位**

现金流量表准则应用指南中列示了企业当期取得或处置其他营业单位有关信息的披 露格式。主要项目包括取得和处置子公司及其他营业单位的有关信息。其中取得子公司 及其他营业单位的有关信息包括取得的价格、支付现金和现金等价物金额、支付的现金和 现金等价物净额、取得子公司净资产等信息。处置子公司及其他营业单位的有关信息包 括处置的价格、收到的现金和现金等价物金额、收到的现金净额、处置子公司的净资产等 信息。

**2. 现金和现金等价物有关信息**

现金流量表准则要求企业在附注中披露与现金和现金等价物有关的下列信息: (1)现金和现金等价物的构成及其在资产负债表中的相应金额;(2)企业持有但不能由母

公司或集团内其他子公司使用的大额现金和现金等价物金额。企业持有现金和现金等价物余额但不能被集团使用的情形多种多样,例如,国外经营的子公司,由于受当地外汇管制或其他立法的限制,其持有的现金和现金等价物不能由母公司或其他子公司正常使用。

### (五)现金流量表及附注的平衡关系

(1)现金流量表中用直接法填列的"经营活动产生的现金流量净额"等于现金流量表附注中用间接法调整得出的"经营活动产生的现金流量净额"。

(2)现金流量表中由"经营活动产生的现金流量净额"、"投资活动产生的现金流量净额"、"筹资活动产生的现金流量净额"以及"汇率变动对现金和现金等价物的影响"之和得出的"现金及现金等价物净增加额"等于现金流量表附注中通过"库存现金"、"银行存款"、"其他货币资金"账户的期末、期初余额的差额以及现金等价物的差额得出的"现金及现金等价物净增加额"。

以上平衡关系是检验现金流量表编制正确性的两个重要依据,也是基本的平衡关系。

## 四、现金流量表编制实例

【例 13-25】 沿用【例 13-1】和【例 13-2】的资料。红岩股份有限公司其他相关资料如下:

1. 2010 年度利润表有关项目的明细资料如下:

(1)管理费用的组成:职工薪酬 17 100 元,无形资产摊销 60 000 元,折旧费 20 000 元,支付其他费用 60 000 元。

(2)财务费用的组成:计提借款利息 11 500 元,支付应收票据(银行承兑汇票)贴现利息 30 000 元。

(3)资产减值损失的组成:计提坏账准备 900 元,计提固定资产减值准备 30 000 元。上年年末坏账准备余额为 900 元。

(4)投资收益的组成:收到股息收入 30 000 元,与本金一起收回的交易性股票投资收益 500 元,自公允价值变动损益结转投资收益 1 000 元。

(5)营业外收入的组成:处置固定资产净收益 50 000 元(其所处置固定资产原价为 400 000 元,累计折旧为 150 000 元,收到处置收入 300 000 元)。假定不考虑与固定资产处置有关的税费。

(6)营业外支出的组成:报废固定资产净损失 19 700 元(其所报废固定资产原价为 200 000 元,累计折旧为 180 000 元,支付清理费用 500 元,收到残值收入 800 元)。

(7)所得税费用的组成:当期所得税费用 92 800 元,递延所得税收益 7 500 元。

除上述项目外,利润表中的销售费用 20 000 元至期末已经支付。

2. 资产负债表有关项目的明细资料如下:

(1)本期收回交易性股票投资本金 15 000 元,公允价值变动 1 000 元,同时实现投资收益 500 元。

(2)存货中生产成本、制造费用的组成:职工薪酬 324 900 元,折旧费 80 000 元。

(3)应交税费的组成:本期增值税进项税额 42 466 元,增值税销项税额 212 500 元,已缴增值税 100 000 元。应缴所得税期末余额为 20 097 元,应缴所得税期初余额为 0。应交税费期末数中应由在建工程负担的部分为 100 000 元。

　　(4) 应付职工薪酬的期初数无应付在建工程人员的部分,本期支付在建工程人员职工薪酬 200 000 元。应付职工薪酬的期末数中应付在建工程人员的部分为 28 000 元。

　　(5) 应付利息均为短期借款利息,其中本期计提利息 11 500 元,支付利息 12 500 元。

　　(6) 本期用现金购买固定资产 101 000 元,购买工程物资 300 000 元。

　　(7) 本期用现金偿还短期借款 250 000 元,偿还一年内到期的长期借款 1 000 000 元;借入长期借款 560 000 元。

　　根据以上资料,采用分析填列的方法,编制红岩股份有限公司 2010 年度的现金流量表。

　　1. 红岩股份有限公司 2010 年度现金流量表各项目金额,分析确定如下:

　　(1)　销售商品、提供劳务收到的现金

　　　　＝主营业务收入＋应交税费(应缴增值税－销项税额)

　　　　　＋(应收账款年初余额－应收账款期末余额)

　　　　　＋(应收票据年初余额－应收票据期末余额)

　　　　　－当期计提的坏账准备－票据贴现的利息

　　　　＝1 250 000＋212 500＋(299 100－598 200)＋(246 000－66 000)－900－30 000

　　　　＝1 312 500(元)

　　(2)　购买商品、接受劳务支付的现金

　　　　＝主营业务成本＋应交税费(应缴增值税－进项税额)

　　　　　－(存货年初余额－存货期末余额)＋(应付账款年初余额－应付账款期末余额)

　　　　　＋(应付票据年初余额－应付票据期末余额)

　　　　　＋(预付账款期末余额－预付账款年初余额)

　　　　　－当期列入生产成本、制造费用的职工薪酬－当期列入制造费用的折旧费

　　　　＝750 000＋42 466－(2 580 000－2 484 700)＋(953 800－953 800)

　　　　　＋(200 000－100 000)＋(100 000－100 000)－324 900－80 000

　　　　＝392 266(元)

　　(3)　支付给职工以及为职工支付的现金

　　　　＝生产成本、制造费用、管理费用中职工薪酬

　　　　　＋(应付职工薪酬年初余额－应付职工薪酬期末余额)

　　　　　－[应付职工薪酬(在建工程)年初余额－应付职工薪酬(在建工程)期末余额]

　　　　＝324 900＋17 100＋(110 000－180 000)－(0－28 000)

　　　　＝300 000(元)

　　(4)　支付的各项税费

　　　　＝当期所得税费用＋营业税金及附加＋应交税费(应缴增值税－已缴税金)

　　　　　－(应缴所得税期末余额－应缴所得税期初余额)

　　　　＝92 800＋2 000＋100 000－(20 097－0)

　　　　＝174 703(元)

（5） 支付其他与经营活动有关的现金

＝现金支付的管理费用＋现金支付的销售费用

＝60 000＋20 000

＝80 000（元）

（6） 收回投资收到的现金

＝交易性金融资产贷方发生额＋与交易性金融资产一起收回的投资收益

＝16 000＋500

＝16 500（元）

（7）取得投资收益收到的现金＝收到的股息收入＝30 000（元）

（8） 处置固定资产、无形资产和其他长期资产收回的现金净额

＝300 000＋（800－500）

＝300 300（元）

（9） 购建固定资产、无形资产和其他长期资产支付的现金

＝用现金购买的固定资产、工程物资＋支付给在建工程人员的薪酬

＝101 000＋300 000＋200 000

＝601 000（元）

（10）取得借款收到的现金＝560 000（元）

（11）偿还债务支付的现金＝250 000＋1 000 000＝1 250 000（元）

（12）偿付利息支付的现金＝12 500（元）

2. 将净利润调节为经营活动现金流量各项目计算分析如下：

（1）资产减值准备＝900＋30 000＝30 900（元）

（2）固定资产折旧＝20 000＋80 000＝100 000（元）

（3）无形资产摊销＝60 000（元）

（4）处置固定资产、无形资产和其他长期资产的损失（减：收益）＝－50 000（元）

（5）固定资产报废损失＝19 700（元）

（6）财务费用＝11 500（元）

（7）投资损失（减：收益）＝－31 500（元）

（8）递延所得税资产减少（减：增加）＝0－7 500＝－7 500（元）

（9）存货的减少＝2 580 000－2 484 700＝95 300（元）

（10） 经营性应收项目的减少（减：增加）

＝（246 000－66 000）＋（299 100＋900－598200－1 800）

＝－120 000（元）

（11） 经营性应付项目的增加（减：减少）

＝（100 000－200 000）＋（953 800－953 800）＋[（180 000－28 000）－110 000]

＋[（226 731－100 000）－36 600]

＝32 131（元）

3. 根据上述数据，编制现金流量表（见表13-7）及其补充资料（见表13-8）。

### 表 13-7　现金流量表

编制单位：红岩股份有限公司　　　　2010 年

会企 03 表
单位：元

| 项　　目 | 本期金额 | 上期金额 |
|---|---|---|
| 一、经营活动产生的现金流量： | | 略 |
| 　销售商品、提供劳务收到的现金 | 1 312 500 | |
| 　收到的税费返还 | 0 | |
| 　收到其他与经营活动有关的现金 | 0 | |
| 　经营活动现金流入小计 | 1 312 500 | |
| 　购买商品、接受劳务支付的现金 | 392 266 | |
| 　支付给职工以及为职工支付的现金 | 300 000 | |
| 　支付的各项税费 | 174 703 | |
| 　支付其他与经营活动有关的现金 | 80 000 | |
| 　经营活动现金流出小计 | 946 969 | |
| 　经营活动产生的现金流量净额 | 365 531 | |
| 二、投资活动产生的现金流量： | | |
| 　收回投资收到的现金 | 16 500 | |
| 　取得投资收益收到的现金 | 30 000 | |
| 　处置固定资产、无形资产和其他长期资产收回的现金净额 | 300 300 | |
| 　处置子公司及其他营业单位收到的现金净额 | 0 | |
| 　收到其他与投资活动有关的现金 | 0 | |
| 　投资活动现金流入小计 | 346 800 | |
| 　购建固定资产、无形资产和其他长期资产支付的现金 | 601 000 | |
| 　投资支付的现金 | 0 | |
| 　取得子公司及其他营业单位支付的现金净额 | 0 | |
| 　支付其他与投资活动有关的现金 | 0 | |
| 　投资活动现金流出小计 | 601 000 | |
| 　投资活动产生的现金流量净额 | −254 200 | |
| 三、筹资活动产生的现金流量： | | |
| 　吸收投资收到的现金 | 0 | |
| 　取得借款收到的现金 | 560 000 | |
| 　收到其他与筹资活动有关的现金 | 0 | |
| 　筹资活动现金流入小计 | 560 000 | |
| 　偿还债务支付的现金 | 1 250 000 | |
| 　分配股利、利润或偿付利息支付的现金 | 12 500 | |
| 　支付其他与筹资活动有关的现金 | 0 | |
| 　筹资活动现金流出小计 | 1 262 500 | |

| 项　目 | 本期金额 | 上期金额 |
|---|---|---|
| 筹资活动产生的现金流量净额 | −702 500 | |
| 四、汇率变动对现金及现金等价物的影响 | 0 | |
| 五、现金及现金等价物净增加额 | −591 169 | |
| 　加：期初现金及现金等价物余额 | 1 406 300 | |
| 六、期末现金及现金等价物余额 | 815 131 | |

表 13-8　现金流量表补充资料

| 补充资料 | 本期金额 | 上期金额 |
|---|---|---|
| | | 略 |
| 1. 将净利润调节为经营活动现金流量： | | |
| 　净利润 | 225 000 | |
| 　加：资产减值准备 | 30 900 | |
| 　固定资产折旧、油气资产折耗、生产性生物资产折旧 | 100 000 | |
| 　无形资产摊销 | 60 000 | |
| 　长期待摊费用摊销 | 0 | |
| 　处置固定资产、无形资产和其他长期资产的损失(收益以"−"号填列) | −50 000 | |
| 　固定资产报废损失(收益以"−"号填列) | 19 700 | |
| 　公允价值变动损失(收益以"−"号填列) | 0 | |
| 　财务费用(收益以"−"号填列) | 11 500 | |
| 　投资损失(收益以"−"号填列) | −31 500 | |
| 　递延所得税资产减少(增加以"−"号填列) | −7 500 | |
| 　递延所得税负债增加(减少以"−"号填列) | 0 | |
| 　存货的减少(增加以"−"号填列) | 95 300 | |
| 　经营性应收项目的减少(增加以"−"号填列) | −120 000 | |
| 　经营性应付项目的增加(减少以"−"号填列) | 32 131 | |
| 　其他 | 0 | |
| 　经营活动产生的现金流量净额 | 365 531 | |
| 2. 不涉及现金收支的重大投资和筹资活动： | | |
| 　债务转为资本 | 0 | |
| 　一年内到期的可转换公司债券 | 0 | |
| 　融资租入固定资产 | 0 | |
| 3. 现金及现金等价物净变动情况： | | |
| 　现金的期末余额 | 815 131 | |
| 　减：现金的期初余额 | 1 406 300 | |
| 　加：现金等价物的期末余额 | 0 | |
| 　减：现金等价物的期初余额 | 0 | |
| 　现金及现金等价物净增加额 | −591 169 | |

# 第五节 所有者权益变动表

## 一、所有者权益变动表概述

### （一）所有者权益变动表的定义

所有者权益变动表是反映构成所有者权益的各组成部分当期的增减变动情况的报表，属于年度报表。所有者权益变动表应当全面反映一定时期所有者权益变动的情况，不仅包括所有者权益总量的增减变动，还包括所有者权益增减变动的重要结构性信息，特别是要反映直接计入所有者权益的利得和损失，让报表使用者准确理解所有者权益增减变动的根源。

在所有者权益变动表中，企业至少应当单独列示反映下列信息的项目：

（1）净利润；

（2）直接计入所有者权益的利得和损失，即其他综合收益；

（3）会计政策变更和差错更正的累积影响金额；

（4）所有者投入资本和向所有者分配利润等；

（5）按照规定提取的盈余公积；

（6）实收资本或股本、资本公积、盈余公积、未分配利润的期初和期末余额及其调节情况。

### （二）所有者权益变动表在一定程度上体现了企业综合收益

《企业会计准则第 30 号——财务报表列报》将所有者权益变动表由附表升为主表，重点体现企业综合收益。综合收益是指企业在某一期间与所有者之外的其他方面进行交易或发生其他事项所引起的净资产变动。综合收益的构成包括两部分：净利润和直接计入所有者权益的利得和损失。其中，前者是企业已实现并已确认的收益，后者是企业未实现但根据会计准则的规定已确认的收益。用公式表示如下：

$$综合收益＝净利润＋直接计入所有者权益的利得和损失$$

其中，净利润＝收入－费用＋直接计入当期损益的利得和损失

在所有者权益变动表中，净利润和直接计入所有者权益的利得和损失均单列项目反映，体现了企业综合收益的构成。

### （三）所有者权益变动表的列报格式

#### 1. 以矩阵的形式列报

为了清楚地表明构成所有者权益的各组成部分当期的增减变动情况，所有者权益变动表应以矩阵的形式列示。一方面，列示导致所有者权益变动的交易或事项，改变了以往仅仅按照所有者权益的各组成部分反映所有者权益变动情况，而是按所有者权益变动的来源对一定时期所有者权益变动情况进行全面反映；另一方面，按照所有者权益各组成部

分(包括实收资本、资本公积、盈余公积、未分配利润和库存股)及其总额列示交易或事项对所有者权益的影响。

**2. 列示所有者权益变动的比较信息**

根据财务报表列报准则的规定,企业需要提供比较所有者权益变动表,因此所有者权益变动表还就各项目再分为"本年金额"和"上年金额"两栏分别填列。所有者权益变动表的具体格式如表 13-9 所示。

## 二、所有者权益变动表的编制

### (一)所有者权益变动表各项目的列报说明

1. "上年年末余额"项目反映企业上年末资产负债表中实收资本(或股本)、资本公积、盈余公积、未分配利润的年末余额。

2. "会计政策变更"和"前期差错更正"项目分别反映企业采用追溯调整法处理的会计政策变更的累积影响金额和采用追溯重述法处理的会计差错更正的累积影响金额。

为了体现会计政策变更和前期差错更正的影响,企业应当在上期期末所有者权益余额的基础上进行调整得出本期期初所有者权益,根据"盈余公积"、"利润分配"、"以前年度损益调整"等账户的发生额分析填列。

3. "本年增减变动额"项目分别反映如下内容:

(1)"净利润"项目反映企业当年实现的净利润(或净亏损)金额,并对应列在"未分配利润"栏。

(2)"直接计入所有者权益的利得和损失"项目反映企业当年直接计入所有者权益的利得和损失金额。其中:

- "可供出售金融资产公允价值变动净额"项目反映企业持有的可供出售金融资产当年公允价值变动的金额,并对应列在"资本公积"栏。

- "权益法下被投资单位其他所有者权益变动的影响"项目反映企业对按照权益法核算的长期股权投资,在被投资单位除当年实现的净损益以外其他所有者权益当年变动中应享有或承担的份额,并对应列在"资本公积"栏。

- "与计入所有者权益项目相关的所得税影响"项目反映企业按规定应计入所有者权益项目的当年所得税影响金额,并对应列在"资本公积"栏。

(3)"净利润"和"直接计入所有者权益的利得和损失"小计项目反映企业当年实现的净利润(或净亏损)金额和当年直接计入所有者权益的利得和损失金额的合计额。

(4)"所有者投入和减少资本"项目反映企业当年所有者投入的资本和减少的资本。其中:

- "所有者投入资本"项目反映企业接受投资者投入资金形成的实收资本(或股本)和资本溢价或股本溢价,并对应列在"实收资本"和"资本公积"栏。

- "股份支付计入所有者权益的金额"项目反映企业处于等待期中的权益结算的股

份支付当年计入资本公积的金额,并对应列在"资本公积"栏。

（5）"利润分配"下各项目反映当年对所有者（或股东）分配的利润（或股利）金额和按照规定提取的盈余公积金额,并对应列在"未分配利润"和"盈余公积"栏。其中:

- "提取盈余公积"项目反映企业按照规定提取的法定盈余公积和任意盈余公积。
- "对所有者（或股东）的分配"项目反映对所有者（或股东）分配的利润（或股利）金额。

（6）"所有者权益内部结转"下各项目反映不影响当年所有者权益总额的所有者权益各组成部分之间当年的增减变动,包括资本公积转增实收资本（或股本）、盈余公积转增实收资本（或股本）、盈余公积弥补亏损等项的金额。为了全面反映所有者权益各组成部分的增减变动情况,所有者权益内部结转也是所有者权益变动表的重要组成部分,主要指不影响所有者权益总额、所有者权益的各组成部分当期的增减变动。其中:

- "资本公积转增资本（或股本）"项目反映企业以资本公积转增实收资本或股本的金额。
- "盈余公积转增资本（或股本）"项目反映企业以盈余公积转增实收资本或股本的金额。
- "盈余公积弥补亏损"项目反映企业以盈余公积弥补亏损的金额。

### （二）上年金额栏的列报方法

所有者权益变动表"上年金额"栏内各项数字,应根据上年度所有者权益变动表"本年金额"栏内所列数字填列。如果上年度所有者权益变动表规定的各个项目的名称和内容同本年度不相一致,应对上年度所有者权益变动表各项目的名称和数字按本年度的规定进行调整,按调整后的结果填入所有者权益变动表"上年金额"栏内。

### （三）本年金额栏的列报方法

所有者权益变动表"本年金额"栏内各项数字一般应根据"实收资本（或股本）"、"资本公积"、"盈余公积"、"利润分配"、"库存股"、"以前年度损益调整"等账户的发生额分析填列。

企业的净利润及其分配情况作为所有者权益变动的组成部分,不需要单独设置利润分配表列示。

## 三、所有者权益变动表编制实例

【例 13-26】　沿用【例 13-1】、【例 13-2】和【例 13-25】的资料。红岩股份有限公司其他相关资料为:提取盈余公积 24 770.4 元,向投资者分配现金股利 32 215.85 元。

根据上述资料,编制红岩股份有限公司 2010 年度的所有者权益变动表,如表 13-9 所示。

表 13-9　所有者权益变动表

编制单位：红岩股份有限公司　　　　2010 年度　　　　　　　　　　　　　　　　　　　　会企 04 表
单位：元

| 项目 | 本年金额 | | | | | | 上年金额 | | | | | |
|---|---|---|---|---|---|---|---|---|---|---|---|---|
| | 实收资本（或股本） | 资本公积 | 减：库存股 | 盈余公积 | 未分配利润 | 所有者权益合计 | 实收资本（或股本） | 资本公积 | 减：库存股 | 盈余公积 | 未分配利润 | 所有者权益合计 |
| 一、上年年末余额 | 5 000 000 | 0 | 0 | 100 000 | 50 000 | 5 150 000 | | | | | | |
| 加：会计政策变更 | | | | | | | | | | | | |
| 　前期差错更正 | | | | | | | | | | | | |
| 二、本年年初余额 | 5 000 000 | 0 | 0 | 100 000 | 50 000 | 5 150 000 | | | | | | |
| 三、本年增减变动金额（减少以"—"号填列） | | | | | | | | | | | | |
| （一）净利润 | | | | | 225 000 | 225 000 | | | | | | |
| （二）直接计入所有者权益的利得和损失 | | | | | | | | | | | | |
| 1. 可供出售金融资产公允价值变动净额 | | | | | | | | | | | | |
| 2. 权益法下被投资单位其他所有者权益变动的影响 | | | | | | | | | | | | |
| 3. 与计入所有者权益项目相关的所得税影响 | | | | | | | | | | | | |
| 4. 其他 | | | | | | | | | | | | |
| 上述（一）和（二）小计 | | | | | 225 000 | 225 000 | | | | | | |

| 项　　目 | 本年金额 | | | | | | 上年金额 | | | | | |
|---|---|---|---|---|---|---|---|---|---|---|---|---|
| | 实收资本（或股本） | 资本公积 | 减：库存股 | 盈余公积 | 未分配利润 | 所有者权益合计 | 实收资本（或股本） | 资本公积 | 减：库存股 | 盈余公积 | 未分配利润 | 所有者权益合计 |
| （三）所有者投入和减少资本 | | | | | | | | | | | | |
| 1. 所有者投入资本 | | | | | | | | | | | | |
| 2. 股份支付计入所有者权益的金额 | | | | | | | | | | | | |
| 3. 其他 | | | | | | | | | | | | |
| （四）利润分配 | | | | | | | | | | | | |
| 1. 提取盈余公积 | | | | 24 770.4 | -24 770.4 | 0 | | | | | | |
| 2. 对所有者（或股东）的分配 | | | | | -32 215.85 | -32 215.85 | | | | | | |
| 3. 其他 | | | | | | | | | | | | |
| （五）所有者权益内部结转 | | | | | | | | | | | | |
| 1. 资本公积转增资本（或股本） | | | | | | | | | | | | |
| 2. 盈余公积转增资本（或股本） | | | | | | | | | | | | |
| 3. 盈余公积弥补亏损 | | | | | | | | | | | | |
| 4. 其他 | | | | | | | | | | | | |
| 四、本年年末余额 | 5 000 000 | 0 | 0 | 124 770.4 | 218 013.75 | 5 342 784.15 | | | | | | |

## 第六节　财务报表附注

### 一、财务报表附注概述

#### （一）财务报表附注的含义及作用

附注是财务报表不可或缺的组成部分，是对在资产负债表、利润表、现金流量表和所有者权益变动表等报表中列示项目的文字描述或明细资料，以及对未能在这些报表中列示项目的说明等。

财务报表中的数字是经过分类与汇总后的结果，是对企业发生的经济业务的高度简化和浓缩的数字，如果没有形成这些数字所使用的会计政策、理解这些数字所必需的披露，财务报表就不可能充分发挥效用。因此，附注与资产负债表、利润表、现金流量表、所有者权益变动表等报表具有同等的重要性，是财务报表的重要组成部分。报表使用者了解企业的财务状况、经营成果和现金流量，应当全面阅读附注。

#### （二）财务报表附注披露的基本要求

（1）附注披露的信息应是定量、定性信息的结合，从而能从量和质两个角度对企业经济事项完整地进行反映，也才能满足信息使用者的决策需求。

（2）附注应当按照一定的结构进行系统合理的排列和分类，有顺序地披露信息。由于附注的内容繁多，因此更应按逻辑顺序排列，分类披露，条理清晰，具有一定的组织结构，以便于使用者理解和掌握，也更好地实现财务报表的可比性。

（3）附注相关信息应当与资产负债表、利润表、现金流量表和所有者权益变动表等报表中列示的项目相互参照，以有助于使用者联系相关联的信息，并由此从整体上更好地理解财务报表。

#### （三）财务报表附注的形式

在会计实务中，财务报表附注可采用旁注、附表和底注等形式。

**1. 旁注**

旁注是指在财务报表的有关项目旁直接用括号加注说明。旁注是最简单的报表注释方法，如果报表上有关项目的名称或金额受到限制或需简要补充时，可以直接用括号加注说明。为了保持报表项目的简明扼要、清晰明了，旁注只适用于个别需简单补充的信息项目。

**2. 附表**

附表是指为了保持财务报表的简明易懂而另行编制的一些反映其构成项目及年度内的增减来源与数额的表格。附表反映的内容，有些已直接包括在脚注之内，有些则附在报表和脚注之后，作为财务报告的一个单独组成部分。必须注意的是，附表与补充报表的含义并不相同。附表所反映的是财务报表中某一项目的明细信息，而补充报表则往往反映一些附加的信息或按不同基础编制的信息。最常见的补充报表是揭示物价变动对企业财务状况和经营成果影响的附表。

**3. 底注**

底注也称脚注,是指在财务报表后面用一定文字和数字所作的补充说明。一般而言,每一种报表都可以有一定的底注,其篇幅大小随各种报表的复杂程度而定。底注的主要作用是揭示那些不便于列入报表正文的有关信息。但是,底注作为财务报表的组成部分,仅是对报表正文的补充,它不能取代或更正报表正文中的正常分类、计价和描述。凡列入财务报表正文部分的信息项目都必须符合会计要素的定义和一系列确认与计量的标准。财务报表正文主要是以表格形式描述有关企业财务状况与经营绩效的定量信息,这一特征使报表正文所能包含的信息受到限制,而底注则比较灵活,它可提供有关报表编制基础等方面的定性信息,报表项目的性质,比报表正文更为详细的信息,一些相对较次要的信息,这些信息对理解和使用报表信息是十分有益的。由于这一优点,底注在财务报表中发挥着越来越重要的作用。

## 二、财务报表附注披露的内容

按《企业会计准则第 30 号——财务报表列报》的规定,财务报表附注需要披露的内容如下:

### (一) 企业的基本情况

企业注册地、组织形式和总部地址;企业的业务性质和主要经营活动,如企业所处的行业、所提供的主要产品或服务、客户的性质、销售策略、监管环境的性质等;母公司以及集团最终母公司的名称;财务报告的批准报出者和财务报告批准报出日。

### (二) 财务报表的编制基础

财务报表的编制基础包括会计年度,记账本位币,会计计量所运用的计量基础,现金和现金等价物。

### (三) 遵循企业会计准则的声明

企业应当声明编制的财务报表符合企业会计准则的要求,真实、完整地反映了企业的财务状况、经营成果和现金流量等有关信息。以此明确企业编制财务报表所依据的制度基础。如果企业编制的财务报表只是部分地遵循了企业会计准则,附注中不得做出这种表述。

### (四) 重要会计政策和会计估计

根据财务报表列报准则的规定,企业应当披露采用的重要会计政策和会计估计,不重要的会计政策和会计估计可以不披露。

**1. 重要会计政策的说明**

由于企业经济业务的复杂性和多样化,某些经济业务可以有多种会计处理方法,即存

411

在不止一种可供选择的会计政策。例如,存货的计价可以有先进先出法、加权平均法、个别计价法等;固定资产的折旧可以有年限平均法、工作量法、双倍余额递减法、年数总合法等。企业在发生某项经济业务时,必须从允许的会计处理方法中选择适合本企业特点的会计政策,企业选择不同的会计处理方法可能极大地影响企业的财务状况和经营成果,进而编制出不同的财务报表。为了有助于报表使用者理解,有必要对这些会计政策加以披露。

需要特别指出的是,说明会计政策时还需要披露下列两项内容:

(1)财务报表项目的计量基础。会计计量属性包括历史成本、重置成本、可变现净值、现值和公允价值,这直接显著影响报表使用者的分析。这项披露要求便于使用者了解企业财务报表中的项目是按何种计量基础予以计量的,如存货是按成本还是可变现净值计量等。

(2)会计政策的确定依据,主要是指企业在运用会计政策过程中所作的对报表中确认的项目金额最具影响的判断。例如,企业如何判断持有的金融资产是持有至到期投资而不是交易性投资;又比如,对于拥有的持股未超过50%的关联企业,企业为何判断企业拥有控制权,因此将其纳入合并范围;再比如,企业如何判断与租赁资产相关的所有风险和报酬已转移给企业,从而符合融资租赁的标准;以及投资性房地产的判断标准是什么等,这些判断对在报表中确认的项目金额具有重要影响。因此,这项披露要求有助于使用者理解企业选择和运用会计政策的背景,增加财务报表的可理解性。

**2. 重要会计估计的说明**

财务报表列报准则强调了对会计估计不确定因素的披露要求,企业应当披露会计估计中所采用的关键假设和不确定因素的确定依据,这些关键假设和不确定因素在下一会计期间内很可能导致对资产、负债账面价值进行重大调整。

在确定报表中确认的资产和负债的账面金额过程中,企业有时需要对不确定的未来事项在资产负债表日对这些资产和负债的影响加以估计。例如,固定资产可收回金额的计算需要根据其公允价值减去处置费用后的净额与预计未来现金流量的现值两者之间的较高者确定,在计算资产预计未来现金流量的现值时需要对未来现金流量进行预测,并选择适当的折现率,应当在附注中披露未来现金流量预测所采用的假设及其依据、所选择的折现率为什么是合理的等。又如,为正在进行中的诉讼确认预计负债时最佳估计数的确定依据等。这些假设的变动对这些资产和负债项目金额的确定影响很大,有可能会在下一个会计年度内做出重大调整。因此,强调这一披露要求有助于提高财务报表的可理解性。

**(五)会计政策和会计估计变更以及差错更正的说明**

企业应当按照会计政策、会计估计变更和差错更正准则的规定,披露会计政策和会计估计变更以及差错更正的有关情况。其具体内容如下:会计政策变更的性质、内容和原因;当期和各个列报前期财务报表中受影响的项目名称和调整金额;会计政策变更无法进行追溯调整的事实和原因以及开始应用变更后的会计政策的时点、具体应用情况;会计估计变更的内容和原因;会计估计变更对当期和未来期间的影响金额;会计估计变更的影响数不能确定的事实和原因;前期差错的性质;各个列报前期财务报表中受影响的项目名称和更正金额;前期差错对当期财务报表也有影响的,还应披露当期财务报表中受影响的项目名称和金额;前期差错无法进行追溯重述的事实和原因以及对前期差错开始进行更正的时点、具体更正情况。

### (六) 报表重要项目的说明

企业应当以文字和数字描述相结合,尽可能以列表形式披露报表重要项目的构成或当期增减变动情况,并且报表重要项目的明细金额合计应当与报表项目金额相衔接。在披露顺序上,一般应当按照资产负债表、利润表、现金流量表、所有者权益变动表的顺序及其项目列示的顺序。有关报表重要项目的披露情况说明如下:

**1. 交易性金融资产**

企业应当披露交易性金融资产的构成及期初、期末公允价值等信息。

**2. 应收款项**

企业应当按应收款项的账龄结构和客户类别分别披露应收账款的期初、期末账面余额等信息。企业有应收票据、预付账款、其他应收款长期应收款的,比照应收账款的披露方式进行披露。

**3. 存货**

企业对存货应当披露下列信息:按原材料、在产品、库存商品、周转材料、消耗性生物资产等存货类别披露各类存货的年初账面余额、本期增加额、本期减少额和期末账面余额;对于有消耗性生物资产的企业,应按种植业、畜牧养殖业、林业、水产业分业披露消耗性生物资产的年初账面余额、本期增加数、本期减少数和期末账面余额;对于存货跌价准备应当按存货的种类分别披露各类存货跌价准备的年初账面余额、本期计提数、本期减少数(转回、转销)、期末账面余额。

**4. 可供出售金融资产**

企业应当披露可供出售金融资产的构成以及期初、期末公允价值等信息。

**5. 持有至到期投资**

企业应当披露持有至到期投资的构成及期初、期末账面余额等信息。

**6. 长期股权投资**

企业应当披露下列信息:子公司、合营企业和联营企业清单,包括企业名称、注册地、业务性质、投资企业的持股比例和表决权比例;合营企业和联营企业当期的主要财务信息,包括资产、负债、收入、费用等合计金额;被投资单位向投资企业转移资金的能力受到严格限制的情况;当期及累计未确认的投资损失金额;与对子公司、合营企业及联营企业投资相关的或有负债。

**7. 投资性房地产**

企业应当披露下列信息:投资性房地产的种类、金额和计量模式;采用成本模式的,投资性房地产的折旧或摊销,以及减值准备的计提情况;采用公允价值模式的,公允价值的确定依据和方法,以及公允价值变动对损益的影响;房地产转换情况、理由,以及对损益或所有者权益的影响;当期处置的投资性房地产及其对损益的影响。

### 8. 固定资产

企业应当披露下列信息：固定资产的确认条件、分类、计量基础和折旧方法；各类固定资产的使用寿命、预计净残值和折旧率；各类固定资产的期初和期末原价、累计折旧额及固定资产减值准备累计金额；当期确认的折旧费用；对固定资产所有权的限制及其金额和用于担保的固定资产账面价值；准备处置的固定资产名称、账面价值、公允价值、预计处置费用和预计处置时间等。

### 9. 无形资产

企业应当披露下列信息：无形资产的期初和期末账面余额、累计摊销额及减值准备累计金额；使用寿命有限的无形资产，其使用寿命的估计情况；使用寿命不确定的无形资产，其使用寿命不确定的判断依据；无形资产的摊销方法；用于担保的无形资产账面价值、当期摊销额等情况；计入当期损益和确认为无形资产的研究开发支出金额。

### 10. 商誉

应说明商誉的形成来源、账面价值的增减变动情况。

### 11. 递延所得税资产和递延所得税负债

企业应当披露下列信息：已确认递延所得税资产和递延所得税负债的构成以及期初、期末账面余额；未确认递延所得税资产的可抵扣暂时性差异、可抵扣亏损等的金额（存在到期日的，还应披露到期日）。

### 12. 交易性金融负债

企业应当披露交易性金融负债的构成以及期初、期末公允价值的信息等。

### 13. 职工薪酬

企业应当披露下列信息：应当支付给职工的工资、奖金、津贴和补贴，及其期末应付未付金额；应当为职工缴纳的医疗保险费、养老保险费、失业保险费、工伤保险费和生育保险费等社会保险费，及其期末应付未付金额；应当为职工缴存的住房公积金，及其期末应付未付金额；为职工提供的非货币性福利，及其计算依据；应当支付的因解除劳动关系给予的补偿，及其期末应付未付金额；其他职工薪酬。

### 14. 应交税费

企业应当披露应交税费的构成及期初、期末账面余额等信息。

### 15. 短期借款和长期借款

企业应当披露短期借款、长期借款的构成及期初、期末账面余额等信息。对于期末逾期借款，应分别按贷款单位、借款金额、逾期时间、年利率、逾期未偿还原因和预期还款期等进行披露。

### 16. 应付债券

企业应当披露应付债券的构成及期初、期末账面余额等信息。

### 17. 长期应付款

企业应当披露长期应付款的构成及期初、期末账面余额等信息。

### 18. 营业收入

企业应当披露营业收入的构成及本期、上期发生额等信息。

**19. 公允价值变动收益**

企业应当披露公允价值变动收益的来源及本期、上期发生额。

**20. 投资收益**

企业应当披露投资收益的来源及本期、上期发生额;按照权益法核算的长期股权投资,直接以被投资单位的账面净损益计算确认投资损益的事实及原因。

**21. 资产减值损失**

企业应当披露各项资产的减值损失本期、上期发生额等信息。

**22. 营业外收入**

企业应当披露营业外收入的构成及本期、上期发生额等信息。

**23. 营业外支出**

企业应当披露营业外支出的构成及本期、上期发生额等信息。

**24. 所得税**

企业应当披露下列信息:所得税费用(收益)的主要组成部分;所得税费用(收益)与会计利润关系的说明;未确认递延所得税资产的可抵扣暂时性差异、可抵扣亏损的金额(如果存在到期日,还应披露到期日);对每一类暂时性差异和可抵扣亏损,在列报期间确认的递延所得税资产或递延所得税负债的金额,确认递延所得税资产的依据;未确认递延所得税负债的,与对子公司、联营企业及合营企业投资相关的暂时性差异金额。

**25. 政府补助**

企业应当披露下列信息:政府补助的种类及金额;计入当期损益的政府补助金额;本期返还的政府补助金额及原因。

**26. 非货币性资产交换**

企业应当披露下列信息:换入资产、换出资产的类别;换入资产成本的确定方式;换入资产、换出资产的公允价值及换出资产的账面价值。

**27. 股份支付**

企业应当披露下列信息:当期授予、行权和失效的各项权益工具总额;期末发行在外股份期权或其他权益工具行权价的范围和合同剩余期限;当期行权的股份期权或其他权益工具以其行权日价格计算的加权平均价格;股份支付交易对当期财务状况和经营成果的影响。

**28. 债务重组**

债权人应当披露下列信息:债务重组方式;确认的债务重组损失总额;债权转为股份所导致的投资增加额及该投资占债务人股份总额的比例;或有应收金额;债务重组中受让的非现金资产的公允价值、由债权转成的股份的公允价值和修改其他债务条件后债权的公允价值的确定方法及依据。

债务人应当披露下列信息:债务重组方式;确认的债务重组利得总额;将债务转为资本所导致的股本(或者实收资本)增加额;或有应付金额;债务重组中转让的非现金资产的公允价值、由债务转成的股份的公允价值和修改其他债务条件后债务的公允价值的确定方法及依据。

415

### 29. 借款费用

企业应当披露下列信息：当期资本化的借款费用金额；当期用于计算确定借款费用资本化金额的资本化率。

### 30. 外币折算

企业应当披露下列信息：计入当期损益的汇兑差额；处置境外经营对外币财务报表折算差额的影响。

### 31. 企业合并

企业合并发生当期的期末，合并方应当披露与同一控制下企业合并有关的下列信息：参与合并企业的基本情况；属于同一控制下企业合并的判断依据；合并日的确定依据；以支付现金、转让非现金资产以及承担债务作为合并对价的，所支付对价在合并日的账面价值；以发行权益性证券作为合并对价的，合并中发行权益性证券的数量及定价原则，以及参与合并各方交换有表决权股份的比例；被合并方的资产、负债在上一会计期间资产负债表日及合并日的账面价值；被合并方自合并当期期初至合并日的收入、净利润、现金流量等情况；合并合同或协议约定将承担被合并方或有负债的情况；被合并方采用的会计政策与合并方不一致所作调整情况的说明；合并后已处置或准备处置被合并方资产、负债的账面价值、处置价格等。

企业合并发生当期的期末，购买方应当披露与非同一控制下企业合并有关的下列信息：参与合并企业的基本情况；购买日的确定依据；合并成本的构成及其账面价值、公允价值及公允价值的确定方法；被购买方各项可辨认资产、负债在上一会计期间资产负债表日及购买日的账面价值和公允价值；合并合同或协议约定将承担被购买方或有负债的情况；被购买方自购买日起至报告期期末的收入、净利润和现金流量等情况；商誉的金额及其确定方法；因合并成本小于合并中取得的被购买方可辨认净资产公允价值的份额计入当期损益的金额；合并后已处置或准备处置被购买方资产、负债的账面价值、处置价格等。

### 32. 终止经营

终止经营是指企业以被处置或被划归为持有待售的、在经营和编制财务报表时能够单独区分的组成部分，该组成部分按照企业计划将整体或部分进行处置。

同时满足以下条件的企业组成部分应当确认为持有待售：(1)企业已经就处置该组成部分作出决议；(2)企业已经与受让方签订了不可撤销的转让协议；(3)该项转让将在一年内完成。

企业中止经营的披露内容包括中止经营收入、中止经营费用、中止经营利润总额、中止经营所得税费用以及中止经营净利润等项目的本期、上期发生额等信息。

### 33. 分部报告

企业应当区分主要报告形式和次要报告形式披露分部信息。对于主要报告形式，企业应当在附注中披露分部收入、分部费用、分部利润（亏损）、分部资产总额和分部负债总额等。

分部信息的主要报告形式是业务分部的，应当就次要报告形式披露下列信息：对外交易收入占企业对外交易收入总额10%或者以上的地区分部，以外部客户所在地为基础披露对外交易收入；分部资产占所有地区分部资产总额10%或者以上的地区分部，以资产所在地为基础披露分部资产总额。

分部信息的主要报告形式是地区分部的,应当就次要报告形式披露下列信息:对外交易收入占企业对外交易收入总额10%或者以上的业务分部,应当披露对外交易收入;分部资产占所有业务分部资产总额10%或者以上的业务分部,应当披露分部资产总额。

### (七)其他需要说明的重要事项

**1. 或有事项**

企业应当披露下列信息:

(1)对预计负债的披露。

① 预计负债的种类、形成原因以及经济利益流出不确定性的说明。

② 各类预计负债的期初、期末余额和本期变动情况。

③ 与预计负债有关的预期补偿金额和本期已确认的预期补偿金额。

(2)对或有负债(不包括极小可能导致经济利益流出企业的或有负债)的披露。

① 或有负债的种类及其形成原因,包括未决诉讼、未决仲裁、对外提供担保等形成的或有负债。

② 经济利益流出不确定性的说明。

③ 或有负债预计产生的财务影响,以及获得补偿的可能性。无法预计的,应当说明原因。

(3)对或有资产的披露。

企业通常不应当披露或有资产,但或有资产很可能会给企业带来经济利益的,应当披露其形成的原因、预计产生的财务影响等。

在涉及未决诉讼、未决仲裁的情况下,按相关规定披露全部或部分信息预期对企业造成重大不利影响的,企业无须披露这些信息,但应当披露该未决诉讼、未决仲裁的性质,以及没有披露这些信息的事实和原因。

**2. 资产负债表日后事项**

企业应当披露下列信息:每项重要的资产负债表日后非调整事项的性质、内容,及其对财务状况和经营成果的影响。无法做出估计的,应当说明原因;资产负债表日后,企业利润分配方案中拟分配的以及经审议批准宣告发放的股利或利润。

**3. 关联方关系及其交易**

(1)企业无论是否发生关联方交易,均应当在附注中披露与母公司和子公司有关的下列信息:

① 母公司和子公司的名称。

• 母公司不是该企业最终控制方的,还应当披露最终控制方名称。

• 母公司和最终控制方均不对外提供财务报表的,还应当披露母公司之上与其最相近的对外提供财务报表的母公司名称。

② 母公司和子公司的业务性质、注册地、注册资本(或实收资本、股本)及其变化。

③ 母公司对该企业或者该企业对子公司的持股比例和表决权比例。

（2）企业与关联方发生关联交易的，应当在附注中披露该关联方关系的性质、交易类型及交易要素。交易要素至少应当包括：

① 交易的金额；

② 未结算项目的金额、条款和条件，以及有关提供或取得担保的信息；

③ 未结算应收项目的坏账准备金额；

④ 定价政策。

（3）关联方交易应当分别就关联方以及交易类型予以披露。类型相似的关联方交易，在不影响财务报表阅读者正确理解关联方交易对财务报表影响的情况下，可以合并披露。

（4）企业只有在提供确凿证据的前提下，才能披露关联方交易是公平交易。

## 复习思考题

1. 简述财务报告的作用及其构成。

2. 财务报表的列报要遵循哪些基本要求？

3. 何谓资产负债表？其作用如何？

4. 何谓利润表？其作用如何？

5. 何谓现金流量表？其作用如何？

6. 简述资产负债表期末余额栏的列报方法。

7. 简述两种不同的收益计量观。

8. 简述编制现金流量表的直接法和间接法的含义及二者的区别。

9. 所有者权益变动表是如何体现企业综合收益的？

10. 简述财务报表附注的含义及作用。

# 第十四章

## 会计调整

**【内容提要与学习要求】**

本章讲述了会计政策及其变更的含义,会计政策变更的会计处理方法,其中追溯调整法的应用是难点;会计估计及其变更的含义,会计估计变更的会计处理方法,前期重大差错和非重大差错的更正的会计处理方法;资产负债表日后事项的含义及类型,调整事项的会计核算方法和非调整事项的会计处理。学习中应理解会计政策变更与会计估计变更的划分,追溯调整法和未来适用法各自的含义、适用范围及具体应用,掌握资产负债表日后调整事项的会计核算方法,了解前期会计差错更正及资产负债表日后非调整事项的会计处理。

会计调整是指企业因按照国家法律、行政法规和会计制度的要求,或者因特定情况下按照会计制度规定对企业原采用的会计政策、会计估计,以及发现的会计差错、发生的资产负债表日后事项等而对会计记录和财务报表所作的调整。会计调整事项主要包括会计政策变更、会计估计变更、前期差错更正和资产负债表日后事项等几个方面。

《企业会计准则第 28 号——会计政策、会计估计变更和差错更正》规范了企业会计政策的应用,会计政策、会计估计变更和前期差错更正的确认、计量和相关信息的披露要求,以提高企业财务报表的相关性和可靠性,以及同一企业不同期间和同期间不同企业的财务报表可比性。《企业会计准则第 29 号——资产负债表日后事项》规范了资产负债表日后事项的确认、计量和相关信息的披露要求。

## 第一节 会计政策及其变更

### 一、会计政策

#### (一)会计政策的概念

会计政策是指企业在会计确认、计量和报告中所采用的原则、基础和会计处理方法。会计政策包括的会计原则、基础和会计处理方法是指导企业进行会计确认和计量的具体要求。

(1)原则是指按照企业会计准则规定的、适合于企业会计核算所采用的具体会计原则。例如,《企业会计准则第 14 号——收入》规定的以交易已经完成、经济利益能够流入企业、收入和成本能够可靠计量作为收入确认的标准,就属于收入确认的具体会计原则。

(2) 基础是指为了将会计原则应用于交易或者事项而采用的基础,主要是计量基础(即计量属性),包括历史成本、重置成本、可变现净值、现值和公允价值等。

(3) 会计处理方法是指企业在会计核算中按照法律、行政法规或者国家统一的会计制度等规定采用或者选择的、适合于本企业的具体会计处理方法。例如,企业按照《企业会计准则第 15 号——建造合同》规定采用的完工百分比法等。

### (二) 会计政策的特点

在我国,会计准则属于法规。会计政策所包括的具体会计原则、基础和具体会计处理方法由企业会计准则规定。企业是在法规所允许的范围内选择适合本企业实际情况的会计政策。会计政策具有下列特点:

(1) 会计政策的选择性。会计政策是在允许的会计原则、计量基础和会计处理方法中作出指定或具体选择。由于企业经济业务的复杂性和多样化,某些经济业务在符合会计原则和计量基础的要求下,可以有多种会计处理方法,即存在不止一种可供选择的会计政策。例如,确定发出存货的实际成本时可以在先进先出法、加权平均法或者个别计价法中进行选择。

(2) 会计政策的强制性。在我国,会计准则和会计制度属于行政法规。会计政策所包括的具体会计原则、计量基础和具体会计处理方法由会计准则或会计制度规定,具有一定的强制性。企业必须在法规所允许的范围内选择适合本企业实际情况的会计政策。即企业在发生某项经济业务时,必须从允许的会计原则、计量基础和会计处理方法中选择出适合本企业特点的会计政策。

(3) 会计政策的层次性。会计政策包括会计原则、计量基础和会计处理方法三个层次。其中,会计原则是指导企业会计核算的具体原则;会计基础是为将会计原则体现在会计核算而采用的基础;会计处理方法是按照会计原则和计量基础的要求,由企业在会计核算中采用或者选择的、适合本企业的具体会计处理方法。《企业会计准则第 1 号——存货》规定了存货后续计量采用"成本与可变现净值孰低"来谨慎地计量存货在资产负债表日的入账金额。其中,对存货后续计量所采用的"成本与可变现净值孰低"是具体会计原则。该具体会计原则涉及的历史成本和可变现净值属于会计计量基础。当存货成本高于其可变现净值时,应当计提存货跌价准备,具体按照单个存货项目计提,还是按照存货类别计提属于具体会计处理方法。会计原则、计量基础和会计处理方法三者是一个具有逻辑性的、密不可分的整体,通过这个整体,会计政策才能得以应用和落实。

### (三) 重要的会计政策

企业应当披露重要的会计政策,不具有重要性的会计政策可以不予披露。判断会计政策是否重要,应当考虑与会计政策相关项目的性质和金额。企业应当披露的重要会计政策包括:

(1) 发出存货成本的计量。是指企业确定发出存货成本所采用的会计处理方法。例如,企业发出存货成本的计量是采用先进先出法,还是采用其他计量方法。

（2）长期股权投资的后续计量。是指企业取得长期股权投资后的会计处理方法。例如,企业对被投资单位的长期股权投资是采用成本法,还是采用权益法核算。

（3）投资性房地产的后续计量。是指企业对投资性房地产进行后续计量所采用的会计处理方法。例如,企业对投资性房地产的后续计量是采用成本模式,还是公允价值模式。

（4）固定资产的初始计量。是指对取得的固定资产初始成本的计量。例如,企业取得的固定资产初始成本是以购买价款,还是以购买价款的现值为基础进行计量。

（5）生物资产的初始计量。是指对取得的生物资产初始成本的计量。例如,企业为取得生物资产而产生的借款费用,应当予以资本化,还是计入当期损益。

（6）无形资产的确认。是指对无形项目的支出是否确认为无形资产。例如,企业内部研究开发项目开发阶段的支出是确认为无形资产,还是在发生时计入当期损益。

（7）非货币性资产交换的计量。是指非货币性资产交换事项中对换入资产成本的计量。例如,非货币性资产交换是以换出资产的公允价值作为确定换入资产成本的基础,还是以换出资产的账面价值作为确定换入资产成本的基础。

（8）收入的确认。是指收入确认所采用的会计方法。例如,企业确认收入时是按照从购货方已收或应收的合同或协议价款确定销售商品收入金额,还是按照应收的合同或协议价款的公允价值确定销售商品收入金额。

（9）合同收入与费用的确认。是指确认建造合同的收入和费用所采用的会计处理方法。例如,企业确认建造合同的合同收入和合同费用采用完工百分比法。

（10）借款费用的处理。是指借款费用的会计处理方法,是采用资本化方法,还是采用费用化方法。

（11）合并政策。是指编制合并财务报表所采纳的原则。例如,母公司与子公司的会计年度不一致的处理原则;合并范围的确定原则等。

（12）其他重要会计政策。

## 二、会计政策变更

### （一）会计政策变更的条件

会计政策变更是指企业对相同的交易或者事项由原来采用的会计政策改用另一会计政策的行为。为保证会计信息的可比性,使财务报表使用者在比较企业一个以上期间的财务报表时,能够正确判断企业的财务状况、经营成果和现金流量的趋势,一般情况下企业采用的会计政策,在每一会计期间和前后各期应当保持一致,不得随意变更。否则,势必削弱会计信息的可比性。企业只有在以下两种情况下才可以变更会计政策:

（1）依法变更。这种情况是指按照法律、行政法规以及国家统一的会计制度的规定,要求企业采用新的会计政策,则企业应当按照法律、行政法规以及国家统一的会计制度的规定改变原会计政策,按照新的会计政策执行。

【例 14-1】《企业会计准则第 1 号——存货》规定,不允许企业采用后进先出法核算发出存货成本,这就要求执行企业会计准则体系的企业按照新规定,将原来以后进先出法核算发出存货成本改为准则规定可以采用的会计政策。

**【例 14-2】**《企业会计准则第 8 号——资产减值》规定,已计提无形资产减值准备不允许转回,这就要求执行企业会计准则体系的企业按照新规定改变原允许无形资产减值准备转回的做法,变更原有会计政策。

(2) 自行变更。这种情况是指由于经济环境、客观情况的改变,使企业原采用的会计政策所提供的会计信息,已不能恰当地反映企业的财务状况、经营成果和现金流量等情况。在这种情况下,应改变原有会计政策,按变更后新的会计政策进行会计处理,以便对外提供更可靠、更相关的会计信息。

**【例 14-3】** 某企业一直采用成本模式对投资性房地产进行后续计量,如果该企业能够从房地产交易市场上持续地取得同类或类似房地产的市场价格及其他相关信息,从而能够对投资性房地产的公允价值作出合理的估计,此时采用公允价值模式对投资性房地产进行后续计量可以更好地反映其价值。在这种情况下,该企业可以将投资性房地产的后续计量方法由成本模式变更为公允价值模式。

需要注意的是,除法律、行政法规以及国家统一的会计制度要求变更会计政策的,应当按照国家的相关规定执行外,企业因满足上述第二个条件变更会计政策时,必须有充分、合理的证据表明其变更的合理性,并说明变更会计政策后,能够提供关于企业财务状况、经营成果和现金流量等更可靠、更相关的会计信息的理由。对会计政策的变更,企业仍应经股东大会或董事会、经理(厂长)会议或类似机构批准,并按照法律、行政法规等的规定报送有关各方备案。如无充分、合理的证据表明会计政策变更的合理性,或者未重新经股东大会或董事会、经理(厂长)会议或类似机构批准擅自变更会计政策的,或者连续、反复地自行变更会计政策的,视为滥用会计政策,按照前期差错更正的方法进行处理。

上市公司的会计政策目录及变更会计政策后重新制定的会计政策目录,除应当按照信息披露的要求对外公布外,还应当报公司上市地交易所备案。未报公司上市地交易所备案的,视为滥用会计政策,按照前期差错更正的方法进行处理。

### (二)不属于会计政策变更的情况

对会计政策变更的认定,直接影响会计处理方法的选择。因此,在会计实务中,企业应当正确认定属于会计政策变更的情形。下列两种情况不属于会计政策变更:

(1) 本期发生的交易或者事项与以前相比具有本质差别而采用新的会计政策。

**【例 14-4】** 某企业以往租入的设备均为临时需要而租入的,因此按经营租赁会计处理方法核算,但自本年度起租入的设备均采用融资租赁方式,则该企业自本年度起对新租赁的设备采用融资租赁会计处理方法核算。由于该企业原租入的设备均为经营性租赁,本年度起租赁的设备均改为融资租赁,经营租赁和融资租赁有着本质差别,因而改变会计政策不属于会计政策变更。

(2) 对初次发生的或不重要的交易或者事项采用新的会计政策。

**【例 14-5】** 某企业在生产经营过程中原使用少量的低值易耗品,并且价值较低,故企业在领用低值易耗品时一次计入成本或费用。该企业于近期转产,生产新产品,所需低值易耗品比较多,且价值较大,企业对领用的低值易耗品处理方法改为五五摊销的方法分摊计入成本或费用。该企业低值易耗品原在企业生产经营中所占的费用比例并不大,改变低值易耗品处理方法后,对损益的影响并不大,属于不重要的事项,会计政策在这种情况下的改变不属于会计政策变更。

## 三、会计政策变更的会计处理

### (一) 会计政策变更的会计处理原则

对于会计政策变更,企业应当根据具体情况,分别采用不同的会计处理方法。

1. 法律、行政法规或者国家统一的会计制度等要求变更的情况下,企业应当分别按以下情况进行处理:

(1) 国家发布相关的会计处理办法的,则按照国家发布的相关会计处理规定进行处理。例如,1993 年我国会计改革,会计政策发生了较大的变动,财政部制定了相关的新旧会计制度衔接处理办法,各行业在执行新制度过程中对于会计政策变更的处理,应按照该衔接办法的规定进行处理。

(2) 国家没有发布相关的会计处理办法,则采用追溯调整法进行会计处理。

2. 会计政策变更能够提供更可靠、更相关的会计信息的情况下,企业应当采用追溯调整法进行会计处理,将会计政策变更累积影响数调整列报前期最早期初留存收益,其他相关项目的期初余额和列报前期披露的其他比较数据也应当一并调整。

3. 确定会计政策变更对列报前期影响数不切实可行的,应当从可追溯调整的最早期间期初开始应用变更后的会计政策。不切实可行是指企业在采取所有合理的方法后,仍然不能获得采用某项规定所必需的相关信息,而导致无法采用该项规定,则该项规定在此时是不切实可行的。

4. 在当期期初确定会计政策变更对以前各期累积影响数不切实可行的,应当采用未来适用法处理。例如,企业因账簿、凭证超过法定保存期限而销毁,或因不可抗力而毁坏、遗失,如火灾、水灾等,或因人为因素,如盗窃、故意毁坏等,可能使当期期初确定会计政策变更对以前各期累积影响数无法计算,即不切实可行,在这种情况下,会计政策变更应当采用未来适用法进行处理。

### (二) 会计政策变更的会计处理方法

发生会计政策变更时有两种会计处理方法,即追溯调整法和未来适用法,两种方法适用于不同情形。

**1. 追溯调整法**

追溯调整法是指对某项交易或事项变更会计政策,视同该项交易或事项初次发生时,即采用变更后的会计政策,并以此对财务报表相关项目进行调整的方法。

追溯调整法的运用通常由以下步骤构成:

第一步,计算会计政策变更的累积影响数;

第二步,编制相关项目的调整分录;

第三步,调整列报前期最早期初财务报表相关项目及其金额;

第四步,附注说明。

采用追溯调整法时,对于比较财务报表期间的会计政策变更,应调整各期间净损益各项目和财务报表其他相关项目,视同该政策在比较财务报表期间内一直采用。对于比较财务报表可比期间以前的会计政策变更的累积影响数,应调整比较财务报表最早期间的期初留存收益,财务报表其他相关项目的数字也应一并调整。因此,追溯调整法是将会计政策变更的累积影响数调整列报前期最早期初留存收益,而不计入当期损益。

其中,会计政策变更累积影响数是指按照变更后的会计政策对以前各期追溯计算的列报前期最早期初留存收益应有金额与现有金额之间的差额。根据上述定义的表述,会计政策变更的累积影响数可以分解为以下两个金额之间的差额:(1)在变更会计政策当期,按变更后的会计政策对以前各期追溯计算,所得到的列报前期最早期初留存收益金额;(2)在变更会计政策当期,列报前期最早期初留存收益金额。上述留存收益金额包括盈余公积和未分配利润等项目,不考虑由于损益的变化而应当补分的利润或股利。例如,由于会计政策变化,增加了以前期间可供分配的利润,该企业通常按净利润的20%分派股利。但在计算调整会计政策变更当期期初的留存收益时,不应当考虑由于以前期间净利润的变化而需要分派的股利。

在财务报表只提供列报项目上一个可比会计期间比较数据的情况下,上述第(2)项在变更会计政策当期列报前期最早期初留存收益金额,即为上期资产负债表所反映的期初留存收益,可以从上年资产负债表项目中获得;需要计算确定的是第(1)项,即按变更后的会计政策对以前各期追溯计算,所得到的上期期初留存收益金额。

累积影响数通常可以通过以下各步计算获得:

第一步,根据新会计政策重新计算受影响的前期交易或事项;

第二步,计算两种会计政策下的差异;

第三步,计算差异的所得税影响金额;

第四步,确定前期中每一期的税后差异;

第五步,计算会计政策变更的累积影响数。

需要注意的是,对以前年度损益进行追溯调整或追溯重述的,应当重新计算各列报期间的每股收益。

【例 14-6】 红岩股份有限公司 2005 年、2006 年分别以 4 500 000 元和 1 100 000 元的价格从股票市场购入 A、B 两只以交易为目的的股票(假设不考虑购入股票发生的交易费用),市价一直高于购入成本。公司采用成本与市价熟低法对购入股票进行计量。公司从 2007 年起对其以交易为目的购入的股票由成本与市价熟低改为公允价值计量,公司保存的会计资料比较齐备,可以通过会计资料追溯计算。假设所得税税率为 25%,公司按净利润的 10%提取法定盈余公积,按净利润的 5%提取任意盈余公积。公司发行普通股 4 500 万股,未发行任何稀释性潜在普通股。两种方法计量的交易性金融资产账面价值如表 14-1 所示。

表 14-1 A 股票、B 股票购入成本及公允价值 单位：元

| 会计政策　股票 | 购入成本 | 2005 年年末公允价值 | 2006 年年末公允价值 |
|---|---|---|---|
| A | 4 500 000 | 5 100 000 | 5 100 000 |
| B | 1 100 000 | — | 1 300 000 |

根据上述资料，红岩股份有限公司的会计处理如下：

（1）计算改变交易性金融资产计量方法后的累积影响数如表 14-2 所示。

表 14-2 改变交易性金融资产计量方法后的积累影响数 单位：元

| 时 间 | 公允价值 | 成本与市价孰低 | 税前差异 | 所得税影响 | 税后差异 |
|---|---|---|---|---|---|
| 2005 年年末 | 5 100 000 | 4 500 000 | 600 000 | 150 000 | 450 000 |
| 2006 年年末 | 1 300 000 | 1 100 000 | 200 000 | 50 000 | 150 000 |
| 合计 | 6 400 000 | 5 600 000 | 800 000 | 200 000 | 600 000 |

公司 2007 年 12 月 31 日的比较财务报表列报前期最早期初为 2006 年 1 月 1 日。

公司在 2005 年年末按公允价值计量的账面价值为 5 100 000 元，按成本与市价孰低计量的账面价值为 4 500 000 元，两者的所得税影响合计为 150 000 元，两者差异的税后净影响额为 450 000 元，即为该公司 2006 年期初由成本与市价孰低改为公允价值的累积影响数。

公司在 2006 年年末按公允价值计量的账面价值为 6 400 000 元，按成本与市价孰低计量的账面价值为 5 600 000 元，两者的所得税影响合计为 200 000 元，两者差异的税后净影响额为 600 000 元，其中，450 000 元是调整 2006 年累积影响数，150 000 元是调整 2006 年当期金额。

公司按照公允价值重新计量 2006 年年末 B 股票账面价值，其结果为公允价值变动收益少计了 200 000 元，所得税费用少计了 50 000 元，净利润少计了 150 000 元。

（2）编制有关项目的调整分录。

对 2005 年有关事项的调整分录：

① 调整交易性金融资产：

借：交易性金融资产——公允价值变动　　　　　600 000

　　贷：利润分配——未分配利润　　　　　　　　450 000

　　　　递延所得税负债　　　　　　　　　　　　150 000

② 调整利润分配：

按照净利润的 10% 提取法定盈余公积，按照净利润的 5% 提取任意盈余公积，共计提取盈余公积 450 000×15% = 67 500（元）。

借：利润分配——未分配利润　　　　　　　　　67 500

　　贷：盈余公积——法定盈余公积　　　　　　　45 000

　　　　　　——任意盈余公积　　　　　　　　　　22 500

　　对 2006 年有关事项的调整分录：

　　① 调整交易性金融资产：

　　借：交易性金融资产——公允价值变动　　　200 000

　　　贷：利润分配——未分配利润　　　　　　　　　150 000

　　　　　递延所得税负债　　　　　　　　　　　　　50 000

　　② 调整利润分配：

　　按照净利润的 10% 提取法定盈余公积，按照净利润的 5% 提取任意盈余公积，共计提取盈余公积 150 000×15%＝22 500（元）。

　　借：利润分配——未分配利润　　　　　　　　22 500

　　　贷：盈余公积——法定盈余公积　　　　　　　　15 000

　　　　　　　　　——任意盈余公积　　　　　　　　7 500

　　（3）财务报表调整和重述（财务报表略）。

　　公司在列报 2007 年财务报表时，应调整 2007 年资产负债表有关项目的年初余额、利润表有关项目的上年金额及所有者权益变动表有关项目的上年余额和本年金额。

　　① 资产负债表项目的调整：

　　调增交易性金融资产年初余额 800 000 元；调增递延所得税负债年初余额 200 000 元；调增盈余公积年初余额 90 000 元；调增未分配利润年初余额 510 000 元。

　　② 利润表项目的调整：

　　调增公允价值变动收益上年金额 200 000 元；调增所得税费用上年金额 50 000 元；调增净利润上年金额 150 000 元；调增基本每股收益上年金额 0.003 3 元。

　　③ 所有者权益变动表项目的调整：

　　调增会计政策变更项目中盈余公积上年金额 67 500 元，未分配利润上年金额 382 500 元，所有者权益合计上年金额 450 000 元。

　　调增会计政策变更项目中盈余公积本年金额 22 500 元，未分配利润本年金额 127 500 元，所有者权益合计本年金额 150 000 元。

　　（4）附注说明。

　　本公司 2007 年按照会计准则规定，对交易性金融资产计量由成本与市价孰低改为以公允价值计量。此项会计政策变更采用追溯调整法，2007 年比较财务报表已重新表述。2006 年期初运用新会计政策追溯计算的会计策变更累积影响数为 450 000 元，调增 2006 年的期初留存收益 450 000 元，其中调增未分配利润 382 500 元，调增盈余公积 67 500 元。会计政策变更对 2007 年度财务报表本年金额的影响为调增未分配利润 127 500 元，调增盈余公积 22 500 元，调增净利润 150 000 元。

## 2. 未来适用法

　　未来适用法是指将变更后的会计政策应用于变更日及以后发生的交易或者事项，或者在会计估计变更当期和未来期间确认会计估计变更影响数的方法。

　　在未来适用法下，不需要计算会计政策变更产生的累积影响数，也无须重编以前年度的财务报表。变更之日仍保留企业会计账簿记录及财务报表上反映的原有的金额，不因会计政策变更而改变以前年度的既定结果,并在现有金额的基础上按新的会计政策进行处理。

【例 14-7】 红岩股份有限公司 2007 年以前存货计价采用后进先出法。该公司从 2007 年 1 月 1 日起改用先进先出法。具体数字资料可直接参见表 14-3。公司属于依法改变存货计价方法,因而属于会计政策变更。假设企业对以前年度的存货成本不能进行合理的调整,因此,采用未来适用法进行处理,即对存货采用先进先出法从 2007 年及以后才适用,不需要计算 2007 年 1 月 1 日以前按先进先出法计算存货应有的余额,以及对留存收益的影响金额。计算确定会计政策变更对当期净利润的影响数如表 14-3 所示。

表 14-3　当期净利润的影响数计算表　　　　　　　单位:元

| 项　目 | 后进先出法 | 先进先出法 |
|---|---|---|
| 营业收入 | 10 000 000 | 10 000 000 |
| 减:营业成本 | 7 320 000 | 6 400 000 |
| 其他费用 | 480 000 | 480 000 |
| 利润总额 | 2 200 000 | 3 120 000 |
| 减:所得税 | 550 000 | 780 000 |
| 净利润 | 1 650 000 | 2 340 000 |
| 差额 | 690 000 | |

应在财务报表附注中作如下说明:本公司对存货原采用后进先出法计价,由于施行新会计准则,改用先进先出法计价。按照《企业会计准则第 38 号——首次执行企业会计准则》的规定,对该项会计政策变更应当采用未来适用法。由于该项会计政策变更,当期净利润增加 690 000 元。

## 四、会计政策变更的披露

企业应当在附注中披露与会计政策变更有关的下列信息:

(1) 会计政策变更的性质、内容和原因。具体包括对会计政策变更的简要阐述、变更的日期、变更前采用的会计政策和变更后所采用的新会计政策及会计政策变更的原因。例如,依据法律或会计准则等行政法规、规章的要求变更会计政策时,在财务报表附注中应当披露所依据的文件,如对于由于执行企业会计准则而发生的变更,应在财务报表附注中说明:依据《企业会计准则第×号—××》的要求变更会计政策。

(2) 当期和各个列报前期财务报表中受影响的项目名称和调整金额。包括采用追溯调整法时计算出的会计政策变更的累积影响数,当期和各个列报前期财务报表中需要调整的净损益及其影响金额,以及其他需要调整的项目名称和调整金额。

(3) 无法进行追溯调整的,说明该事实和原因以及开始应用变更后的会计政策的时点、具体应用情况。具体包括无法进行追溯调整的事实,确定会计政策变更对列报前期影响数不切实可行的原因,在当期期初确定会计政策变更对以前各期累积影响数不切实可行的原因,开始应用新会计政策的时点和具体应用情况。

需要注意的是,在以后期间的财务报表中不需要重复披露在以前期间的附注中已披露的会计政策变更的信息。

# 第二节　会计估计及其变更

## 一、会计估计

### （一）会计估计的概念

会计估计是指企业对结果不确定的交易或者事项以其最近利用的信息为基础所做的判断。由于商业活动中内在不确定因素的影响，财务报表中的许多项目不能精确地计量，而只能加以估计。估计涉及以最近可利用的、可靠的信息为基础所做的判断。例如，以下项目可能要求估计：坏账、陈旧过时的存货、应折旧固定资产的使用寿命或者体现在应折旧固定资产中的未来经济利益的预期消耗方式、担保债务等。

### （二）会计估计的特点

（1）会计估计的存在是由于经济活动中内在的不确定性因素的影响。在会计核算中，企业总是力求保持会计核算的准确性，但有些经济业务本身具有不确定性（如坏账、固定资产折旧年限、固定资产残余价值、无形资产摊销年限、收入确认等），因而需要根据经验作出估计。可以说，在进行会计核算和相关信息披露的过程中，会计估计是不可避免的，并不削弱其可靠性。

（2）进行会计估计时，往往以最近可利用的信息或资料为基础。企业在会计核算中，由于经营活动中内在的不确定性，不得不经常进行估计。一些估计的主要目的是为了确定资产或负债的账面价值，例如坏账准备、担保责任引起的负债；另一些估计的主要目的是确定将在某一期间记录的收益或费用的金额。例如，某一期间的折旧、摊销的金额。企业在进行会计估计时，通常应根据当时的情况和经验，以一定的信息或资料为基础。但是，随着时间的推移、环境的变化，进行会计估计的基础可能会发生变化，因此，进行会计估计所依据的信息或者资料不得不经常发生变化。由于最新的信息是最接近目标的信息，以其为基础所作的估计最接近实际，所以进行会计估计时，应以最近可利用的信息或资料为基础。

（3）进行会计估计并不会削弱会计确认和计量的可靠性。企业为了定期、及时地提供有用的会计信息，将延续不断的经营活动人为划分为一定的期间，并在权责发生制的基础上对企业的财务状况和经营成果进行定期确认和计量。例如，在会计分期的情况下，许多企业的交易跨越若干会计年度，以至于需要在一定程度上作出决定：某一年度发生的开支，哪些可以合理地预期能够产生其他年度以收益形式表示的利益，从而全部或部分向后递延；哪些可以合理地预期在当期能够得到补偿，从而确认为费用。也就是说，需要在结算日决定哪些开支可以在资产负债表中处理，哪些开支可以在利润表中作为当年费用处理。因此，由于会计分期和货币计量的前提，在确认和计量过程中不得不对许多尚在延续中、其结果尚未确定的交易或事项予以估计入账。

### （三）重要的会计估计

企业应当披露重要的会计估计,不具有重要性的会计估计可以不披露。判断会计估计是否重要,应当考虑与会计估计相关项目的性质和金额。企业应当披露的重要会计估计包括:

(1) 存货可变现净值的确定;

(2) 采用公允价值模式下的投资性房地产公允价值的确定;

(3) 固定资产的使用寿命、预计净残值和折旧方法、弃置费用的确定;

(4) 存货及消耗性生物资产可变现净值的确定、生产性生物资产的使用寿命、预计净残值和折旧方法;

(5) 使用寿命有限的无形资产的预计使用寿命与净残值和摊销方法;

(6) 非货币性资产公允价值的确定;

(7) 固定资产、无形资产、长期股权投资等非流动资产可收回金额的确定;

(8) 职工薪酬金额的确定;

(9) 与股份支付相关的公允价值的确定;

(10) 与债务重组相关的公允价值的确定;

(11) 预计负债金额的确定;

(12) 收入金额的确定、提供劳务完工进度的确定;

(13) 建造合同完工进度的确定;

(14) 与政府补助相关的公允价值的确定;

(15) 一般借款资本化金额的确定;

(16) 应纳税暂时性差异和可抵扣暂时性差异的确定;

(17) 与非同一控制下的企业合并相关的公允价值的确定;

(18) 租赁资产公允价值的确定、最低租赁付款额限制的确定、承租人折现率的确定、融资费用和融资收入的确定、未担保余值的确定;

(19) 与金融工具相关的公允价值的确定、摊余成本的确定、金融资产减值损失的确定;

(20) 继续涉入所转移金融资产程度的确定、金融资产所有权上风险和报酬转移程度的确定;

(21) 套期工具和非套期项目公允价值的确定;

(22) 保险合同准备金的计算及充足性的测试;

(23) 探明矿区权益、井及相关设施的折耗计提方法,与油气开采活动相关的辅助设备及设施的折旧方法,弃置费用的确定;

(24) 其他重要会计估计。

## 二、会计估计变更

### （一）会计估计变更的条件

会计估计变更是指由于资产和负债的当前状况及预期经济利益和义务发生了变化,

从而对资产或负债的账面价值或者资产的定期消耗金额进行调整。

由于企业经营活动中内在的不确定因素,许多的财务报表项目不能准确地计量,只能加以估计。估计过程涉及以最近可以得到的信息为基础所作的判断。但是,估计毕竟是就现有资料对未来所作的判断。随着时间的推移,如果赖以进行估计的基础发生变化,或者由于取得了新的信息、积累了更多的经验或后来的发展,可能就不得不对估计进行修订,但会计估计变更的依据应当真实、可靠。会计估计变更的情形包括:

(1) 赖以进行估计的基础发生了变化。企业进行会计估计,总是依赖于一定的基础。如果其所依赖的基础发生了变化,则会计估计也应相应发生变化。例如,某企业的一项无形资产摊销年限原定为 15 年,以后发生的情况表明,该资产的受益年限已不足 15 年,相应调减摊销年限。

(2) 取得了新的信息、积累了更多的经验。企业进行会计估计是就现有资料对未来所做的判断,随着时间的推移,企业有可能取得新的信息、积累更多的经验,在这种情况下,企业可能不得不对会计估计进行修订,即发生会计估计变更。例如,某企业原根据当时能够得到的信息,对应收账款每年按其余额的 5% 计提坏账准备。现在掌握了新的信息,判定不能收回的应收账款比例已达 20%,企业改按 20% 的比例计提坏账准备。

会计估计变更,并不意味着以前期间会计估计是错误的,只是由于情况发生变化,或者掌握了新的信息,积累了更多的经验,使得变更会计估计能够更好地反映企业的财务状况和经营成果。如果以前期间的会计估计是错误的,则属于会计差错,按会计差错更正的会计处理办法进行处理。

### (二) 会计政策变更与会计估计变更的划分

企业应当正确划分会计政策变更与会计估计变更,并按照不同的方法进行相关会计处理。

**1. 会计政策变更与会计估计变更的划分基础**

企业应当以变更事项的会计确认、计量基础和列报项目是否发生变更作为判断该变更是会计政策变更,还是会计估计变更的划分基础。

(1) 以会计确认是否发生变更作为判断基础。《企业会计准则——基本准则》规定了资产、负债、所有者权益、收入、费用和利润 6 项会计要素的确认标准,是会计处理的首要环节。一般地,对会计确认的指定或选择是会计政策,其相应的变更是会计政策变更。会计确认的变更一般会引起列报项目的变更。

【例 14-8】 某企业在前期将某项内部研发项目开发阶段的支出计入当期损益,而当期按照《企业会计准则第 6 号——无形资产》的规定,该项支出符合无形资产的确认条件,应当确认为无形资产。该事项的会计确认发生变更,即前期将开发费用确认为一项费用,而当期将其确认为一项资产。该事项中会计确认发生了变化,所以该变更属于会计政策变更。

(2) 以计量基础是否发生变更作为判断基础。《企业会计准则——基本准则》规定了历史成本、重置成本、可变现净值、现值和公允价值 5 项会计计量属性,是会计处理的计量基础。一般地,对计量基础的指定或选择是会计政策,其相应的变更是会计政策变更。

【**例 14-9**】 某企业在前期对购入的价款超过正常信用条件延期支付的固定资产初始计量采用历史成本,而当期按照《企业会计准则第 4 号——固定资产》的规定,该类固定资产的初始成本应以购买价款的现值为基础确定。该事项的计量基础发生了变化,所以该变更属于会计政策变更。

(3)以列报项目是否发生变更作为判断基础。《企业会计准则第 30 号——财务报表列报》规定了财务报表项目应采用的列报原则。一般地,对列报项目的指定或选择是会计政策,其相应的变更是会计政策变更。当然,在实务中,有时列报项目的变更往往伴随着会计确认的变更或者相反。

【**例 14-10**】 某商业企业在前期将商品采购费用列入销售费用,当期根据《企业会计准则第 1 号——存货》的规定,将采购费用列入成本。因为列报项目发生了变化,所以该变更是会计政策变更。当然这里也涉及到会计确认的变更。

(4)根据会计确认、计量基础和列报项目所选择的、为取得与该项目有关的金额或数值所采用的处理方法,不是会计政策,而是会计估计,其相应的变更是会计估计变更。

【**例 14-11**】 某企业需要对某项资产采用公允价值进行计量,而公允价值的确定需要根据市场情况选择不同的处理方法。在不存在销售协议和资产活跃市场的情况下,需要根据同行业类似资产的近期交易价格对该项资产进行估计;在不存在销售协议但存在资产活跃市场的情况下,其公允价值应当按照该项资产的市场价格为基础进行估计。因为企业所确定的公允价值是与该项资产有关的金额,所以为确定公允价值所采用的处理方法是会计估计,不是会计政策。相应地,当企业面对的市场情况发生变化时,其采用的确定公允价值的方法变更是会计估计变更,不是会计政策变更。

财务报表列报的信息并不是企业所能提供的全部信息(例如,虽然企业可以提供某项资产以历史成本和公允价值两种不同计量基础确定的账面金额,但是企业的资产负债表中只能反映两者其一),而财务报表所列报的会计信息和列报方式取决于采用的会计政策。当根据计量基础直接确定与资产或负债项目有关的金额和数值是不可能或不切实可行的,采用会计估计就可以得到适用的近似金额或数值。总之,在单个会计期间,会计政策决定了财务报表所列报的会计信息和列报方式;会计估计是用来确定与财务报表所列报的会计信息有关的金额和数值。

**2. 划分会计政策变更和会计估计变更的方法**

企业可以采用以下具体方法划分会计政策变更与会计估计变更:分析并判断该事项是否涉及会计确认、计量基础选择或列报项目的变更。当至少涉及上述一项划分基础变更的,该事项是会计政策变更;不涉及上述划分基础变更时,该事项可以判断为会计估计变更。

【**例 14-12**】 某企业在前期将自行购建的固定资产相关的一般借款费用计入当期损益,当期根据会计准则的规定,将符合条件的有关借款费用予以资本化,企业因此将对该事项进行变更。该事项的计量基础未发生变更,即都是以历史成本作为计量基础;该事项的会计确认发生变更,即前期将借款费用确认为一项费用,而当期将其确认为一项资产;同时,会计确认的变更导致该事项在资产负债表和利润表相关项目的列报也发生变更。该事项涉及会计确认和列报项目的变更,所以属于会计政策变更。

431

【例 14-13】 企业原采用双倍余额递减法计提固定资产折旧,根据固定资产使用的实际情况,企业决定改用直线法计提固定资产折旧。该事项前后采用的两种计提折旧方法都是以历史成本作为计量基础,对该事项的会计确认和列报项目也未发生变更,只是固定资产折旧、固定资产净值等相关金额发生了变化。因此,该事项属于会计估计变更。

## 三、会计估计变更的会计处理

企业对会计估计变更应当采用未来适用法处理。即在会计估计变更当期及以后期间,采用新的会计估计,不改变以前期间的会计估计,也不调整以前期间的报告结果。其处理方法为:

(1) 会计估计变更仅影响变更当期的,其影响数应当在变更当期予以确认。例如,企业原按应收账款余额的 5% 提取坏账准备,由于企业不能收回应收账款的比例已达 10%,则企业改按应收账款余额的 10% 提取坏账准备。这类会计估计的变更只影响变更当期,因此应于变更当期确认。

(2) 既影响变更当期又影响未来期间的,其影响数应当在变更当期和未来期间予以确认。例如,企业的某项可计提折旧的固定资产,其有效使用年限或预计净残值的估计发生的变更,常常影响变更当期及资产以后使用年限内各个期间的折旧费用,这类会计估计的变更,应于变更当期及以后各期确认。

会计估计变更的影响数应计入变更当期与前期相同的项目中。为了保证不同期间的财务报表具有可比性,如果以前期间的会计估计变更的影响数计入企业日常经营活动损益,则以后期间也应计入日常经营活动损益;如果以前期间的会计估计变更的影响数计入特殊项目,则以后期间也应计入特殊项目。

(3) 企业应当正确划分会计政策变更和会计估计变更,并按不同的方法进行相关会计处理。企业通过判断会计政策变更和会计估计变更划分基础仍然难以对某项变更进行区分的,应当将其作为会计估计变更处理。

## 四、会计估计变更的披露

企业应当在附注中披露与会计估计变更有关的下列信息:

(1) 会计估计变更的内容和原因,包括变更的内容、变更日期以及会计估计变更的原因。

(2) 会计估计变更对当期和未来期间的影响数,包括会计估计变更对当期和未来期间损益的影响金额,以及对其他各项目的影响金额。

(3) 会计估计变更的影响数不能确定的,披露这一事实和原因。

【例 14-14】 红岩股份有限公司有一台管理用设备,原始价值为 84 000 元,预计使用寿命为 8 年,净残值为 4 000 元,自 2011 年 1 月 1 日起按直线法计提折旧。2015 年 1 月,由于新技术的发展等原因,需要对原预计使用寿命和净残值作出修正,修改后的预计使用寿命为 6 年,净残值为 2 000 元。该公司适用所得税税率为 25%。假定税法允许按变更后的折旧额在税前扣除。

（1）分析。

公司对上述会计估计变更的处理如下：（1）不调整以前各期折旧，也不计算累积影响数；（2）变更日以后改按新估计使用寿命和新的净残值提取折旧。

（2）计算。

按原估计，每年折旧额为 10 000 元，已提折旧 4 年，共计 40 000 元，固定资产净值为 44 000 元，则第 5 年相关科目的年初余额如表 14-4 所示。

表 14-4　相关账户年初余额表　　　　　　　　　　单位：元

| 项　　目 | 金　　额 |
|---|---|
| 固定资产 | 84 000 |
| 减：累计折旧 | 40 000 |
| 固定资产净值 | 44 000 |

改变估计使用寿命后，2015 年 1 月 1 日起每年计提的折旧费用为 21 000[(44 000－2 000)÷(6－4)]元。2015 年不必对以前年度已提折旧进行调整，只需按重新预计的尚可使用寿命和净残值计算确定的年折旧费用。

（3）编制会计分录。

借：管理费用　　　　　　　　　　　　　　　　　21 000

　　贷：累计折旧　　　　　　　　　　　　　　　　　21 000

（4）财务报表附注说明。

本公司一台管理用设备，原始价值为 84 000 元，原预计使用寿命为 8 年，原预计净残值为 4 000 元，按直线法计提折旧。由于新技术的发展，该设备已不能按原预计使用寿命计提折旧，本公司于 2015 年年初变更该设备的使用寿命为 6 年，预计净残值为 2 000 元，以反映该设备的真实耐用寿命和净残值。此估计变更影响本年度净利润减少数为 8 250[(21 000－10 000)×(1－25%)]元。

# 第三节　前期差错更正

## 一、前期差错的概念及类型

### （一）前期差错的概念

前期差错是指由于没有运用或错误运用下列两种信息，而对前期财务报表造成省略或错报：（1）编报前期财务报表时预期能够取得并加以考虑的可靠信息；（2）前期财务报告批准报出时能够取得的可靠信息。

### （二）前期差错的类型

前期差错通常包括计算错误、应用会计政策错误、疏忽或曲解事实以及舞弊产生的影响以及存货、固定资产盘盈等。没有运用或错误运用上述两种信息而形成前期差错的情形主要有：

（1）计算以及账户分类错误。例如，企业购入的 5 年期国债，意图长期持有，但在记账时记入了交易性金融资产，导致账户分类上的错误，并导致在资产负债表上流动资产和非流动资产的分类也有误。

（2）采用法律、行政法规或者国家统一的会计制度等不允许的会计政策。例如，按照《企业会计准则第 17 号——借款费用》的规定，为购建固定资产的专门借款而发生的借款费用满足一定条件的，在固定资产达到预定可使用状态前发生的应予资本化，计入所购建固定资产的成本；在固定资产达到预定可使用状态后发生的计入当期损益。如果企业固定资产已达到预定可使用状态后发生的借款费用，也计入该项固定资产的价值予以资本化，则属于采用法律或会计准则等行政法规、规章所不允许的会计政策。

（3）对事实的疏忽或曲解，以及舞弊。例如，企业对某项建造合同应按建造合同规定的方法确认营业收入，但该企业却按确认商品销售收入的原则确认收入。

（4）在期末对应计项目与递延项目未予调整。例如，企业应在本期摊销的长期待摊费用在期末未予摊销。

（5）漏记已完成的交易。例如，企业销售一批商品，商品已经发出，开出增值税专用发票，商品销售收入确认条件均已满足，但企业在期末未将已实现的销售收入入账。

（6）提前确认尚未实现的收入或不确认已实现的收入。例如，在采用以收取手续费方式委托代销商品的销售方式下，应以收到代销单位的代销清单时确认商品销售收入的实现，如企业在发出委托代销商品时即确认为收入，则为提前确认尚未实现的收入。

（7）资本性支出与收益性支出划分差错等。例如，企业发生的管理人员的工资一般作为收益性支出，而发生的在建工程人员工资一般作为资本性支出。如果企业将发生的在建工程人员工资计入了当期损益，则属于资本性支出与收益性支出的划分差错。

需要注意的是，就会计估计的性质来说，它是个近似值，随着更多信息的获得，估计可能需要进行修正，但是会计估计变更不属于前期差错更正。

## 二、前期差错重要性的判断

如果财务报表项目的遗漏或错误表述可能影响财务报表使用者根据财务报表所作出的经济决策，则该项目的遗漏或错误是重要的。

重要的前期差错是指足以影响财务报表使用者对企业财务状况、经营成果和现金流量作出正确判断的前期差错。不重要的前期差错是指不足以影响财务报表使用者对企业财务状况、经营成果和现金流量作出正确判断的前期差错。

前期差错的重要性取决于在相关环境下对遗漏或错误表述的规模和性质的判断。前期差错所影响的财务报表项目的金额或性质是判断该前期差错是否具有重要性的决定性因素。一般来说，前期差错所影响的财务报表项目的金额越大、性质越严重，其重要性水平越高。

企业应当严格区分会计估计变更和前期差错更正，对于前期根据当时的信息、假设等做了合理估计，在当期按照新的信息、假设等需要对前期估计金额作出变更的，应当作为会计估计变更处理，不应作为前期差错更正处理。

## 三、前期差错更正的会计处理

会计差错产生于财务报表项目的确认、计量、列报或披露的会计处理过程中,如果财务报表中包含重要差错,或者差错不重要但是故意造成的(以便形成对企业财务状况、经营成果和现金流量等会计信息某种特定形式的列报),即应认为该财务报表未遵循企业会计准则的规定进行编报。在当期发现的当期差错应当在财务报表发布之前予以更正。当重要差错直到下一期间才被发现,就形成了前期差错。

企业应当采用追溯重述法更正重要的前期差错,但确定前期差错累积影响数不切实可行的除外。追溯重述法是指在发现前期差错时,视同该项前期差错从未发生过,从而对财务报表相关项目进行更正的方法。

### (一)不重要的前期差错的处理

对于不重要的前期差错,可以采用未来适用法更正,即企业不需调整财务报表相关项目的期初数,但应调整发现当期与前期相同的相关项目。属于影响损益的,应直接计入本期与上期相同的净损益项目;属于不影响损益的,应调整本期与前期相同的相关项目。

【例 14-15】 红岩股份有限公司在 2011 年 12 月 31 日发现,一台价值 9 600 元,应计入固定资产,并于 2010 年 2 月 1 日开始计提折旧的管理用设备,在 2010 年计入了当期管理费用。该公司固定资产折旧采用直线法,该资产估计使用年限为 4 年,假设不考虑净残值因素。则在 2011 年 12 月 31 日更正此差错的会计分录为:

借:固定资产                                         9 600

    贷:管理费用                                 5 000

        累计折旧                                 4 600

假设该项差错直到 2014 年 2 月后才发现,则不需要作任何分录,因为该项差错已经抵消了。

### (二)重要的前期差错的处理

对于重要的前期差错,企业应当在其发现当期的财务报表中调整前期比较数据。具体地说,企业应当在重要的前期差错发现当期的财务报表中,通过下述处理对其进行追溯更正:(1)追溯重述差错发生期间列报的前期比较金额;(2)如果前期差错发生在列报的最早前期之前,则追溯重述列报的最早前期的资产、负债和所有者权益相关项目的期初余额。

对于发生的重要前期差错,如影响损益,应将其对损益的影响数调整发现当期的期初留存收益,财务报表其他相关项目的期初数也应一并调整;如不影响损益,应调整财务报表相关项目的期初数。

在编制比较财务报表时,对于比较财务报表期间的重要的前期差错,应调整各该期间的净损益和其他相关项目,视同该差错在产生的当期已经更正;对于比较财务报表期间以前的重要的前期差错,应调整比较财务报表最早期间的期初留存收益,财务报表其他相关项目的数字也应一并调整。

确定前期差错影响数不切实可行的,可以从可追溯重述的最早期间开始调整留存收益的期初余额,财务报表其他相关项目的期初余额也应当一并调整,也可以采用未来适用法。当企业确定前期差错对列报的一个或者多个前期比较信息的特定期间的累积影响数不切实可行时,应当追溯重述切实可行的最早期间的资产、负债和所有者权益相关项目的期初余额(可能是当期);当企业在当期期初确定前期差错对所有前期的累积影响数不切实可行时,应当从确定前期差错影响数切实可行的最早日期开始采用未来适用法追溯重述比较信息;当企业确定所有前期差错(例如,采用错误的会计政策)累积影响数不切实可行时,应当从确定前期差错影响数切实可行的最早日期开始采用未来适用法追溯重述比较信息,为此在该日期之前的资产、负债和所有者权益相关项目的累积重述部分可以忽略不计。

需要注意的是,为了保证经营活动的正常进行,企业应当建立、健全内部稽核制度,保证会计资料的真实、完整。但是,在日常会计核算中也可能由于各种原因造成会计差错,如抄写差错、可能对事实的疏忽和误解以及对会计政策的误用。企业发现会计差错时,应当根据差错的性质及时纠正。对于当期发现的、属于当期的会计差错,应调整本期相关项目。例如,企业将本年度在建工程人员的工资计入了管理费用,则应将计入管理费用的在建工程人员工资调整计入工程成本。对于年度资产负债表日至财务报告批准报出日之间发现的报告年度的会计差错及报告年度前不重要的前期差错,应按照《企业会计准则第29号——资产负债表日后事项》的规定进行处理。

**【例 14-16】** 红岩股份有限公司在 2010 年发现,2009 年公司漏记一项管理用固定资产的折旧费用 150 000 元,所得税申报表中未扣除该项费用,税法允许调整应缴所得税。假设 2009 年适用所得税税率为 25%,无其他纳税调整事项。该公司分别按净利润的 10% 和 5% 提取法定盈余公积和任意盈余公积。公司发行股票份额为 1 800 000 股。

(1) 分析前期差错的影响数。

公司 2009 年少计折旧费用 150 000 元;少计累计折旧 150 000 元;多计所得税费用 37 500(150 000×25%)元;多计净利润 112 500 元;多计应交税费 37 500(150 000×25%)元;多提法定盈余公积和任意盈余公积 11 250(112 500 × 10%)元和 5 625(112 500×5%)元。

(2) 编制有关项目的调整分录。

① 补提折旧:

借:以前年度损益调整                150 000

    贷:累计折旧                      150 000

② 调整应缴所得税:

借:应交税费——应缴所得税        37 500

    贷:以前年度损益调整             37 500

③ 将"以前年度损益调整"科目余额转入利润分配:

借:利润分配——未分配利润      112 500

    贷:以前年度损益调整           112 500

④ 调整利润分配有关数字:

借:盈余公积                    16 875

　　贷：利润分配——未分配利润　　　　　　　　　　　16 875

　　（3）财务报表调整和重述（财务报表略）。

　　公司在列报 2010 年财务报表时，应调整 2010 年资产负债表有关项目的年初余额，利润表有关项目及所有者权益变动表的上年金额也应进行调整。

　　① 资产负债表项目的调整：

　　应调减固定资产 150 000 元；调减应交税费 37 500 元；调减盈余公积 16 875 元；调减未分配利润 95 625 元。

　　② 利润表项目的调整：

　　调增管理费用上年金额 150 000 元；调减所得税费用上年金额 37 500 元；调减净利润上年金额 112 500 元；调减基本每股收益上年金额 0.062 5 元。

　　③ 所有者权益变动表项目的调整：

　　调减前期差错更正项目中盈余公积上年金额 16 875 元，未分配利润上年金额 95 625 元，所有者权益合计上年金额 112 500 元。

　　（4）财务报表附注说明。

　　本年度发现 2009 年漏记管理用固定资产折旧 150 000 元，在编制 2009 年与 2010 年比较财务报表时，已对该项差错进行了更正。更正后，调减 2009 年净利润及留存收益 112 500 元，调减应交税费 37 500 元，调减固定资产 150 000 元。

## 四、前期差错更正的披露

　　企业应当在附注中披露与前期差错更正有关的下列信息：

　　（1）前期差错的性质。

　　（2）各个列报前期财务报表中受影响的项目名称和更正金额。

　　（3）无法进行追溯重述的，说明该事实和原因以及对前期差错开始进行更正的时点、具体更正情况。

　　在以后期间的财务报表中，不需要重复披露在以前期间的附注中已披露的前期差错更正的信息。

# 第四节　资产负债表日后事项

## 一、资产负债表日后事项的概念及涵盖期间

### （一）资产负债表日后事项的概念

　　资产负债表日后事项是指资产负债表日至财务报告批准报出日之间发生的有利或不利事项。由于财务报告的编制需要一定的时间，因此资产负债表日与财务报告的批准报出日（有时也包括实际报出日）之间往往存在时间差，这段时间发生的一些事项可能对财务报告使用者有重要影响。

### 1. 资产负债表日

资产负债表日是指会计年度末和会计中期期末。其中,年度资产负债表日是指公历 12 月 31 日;会计中期通常包括半年度、季度和月度等,会计中期期末相应地是指公历半年末、季末和月末等。

如果母公司或者子公司在国外,无论该母公司或子公司如何确定会计年度和会计中期,其向国内提供的财务报告都应根据我国《会计法》和会计准则的要求确定资产负债表日。

### 2. 财务报告批准报出日

财务报告批准报出日是指董事会或类似机构批准财务报告报出的日期,通常是指对财务报告的内容负有法律责任的单位或个人批准财务报告对外公布的批准日期。

财务报告的批准者包括所有者、所有者中的多数、董事会或类似的管理单位、部门和个人。公司制企业的董事会有权批准对外公布财务报告,因此,公司制企业财务报告批准报出日是指董事会批准财务报告报出的日期。对于非公司制企业,财务报告批准报出日是指经理(厂长)会议或类似机构批准财务报告报出的日期。

### 3. 有利或不利事项

资产负债表日后事项概念中所称"有利或不利事项"是指资产负债表日后事项肯定对企业财务状况和经营成果具有一定影响(既包括有利影响也包括不利影响)。如果某些事项的发生对企业并无任何影响,那么那些事项既不是有利事项也不是不利事项,也就不属于资产负债表日后事项。

### (二)资产负债表日后事项涵盖的期间

资产负债表日后事项涵盖的期间是自资产负债表日次日起至财务报告批准报出日止的一段时间。对上市公司而言,这一期间内涉及几个日期,包括完成财务报告编制日、注册会计师出具审计报告日、董事会批准财务报告可以对外公布日、实际对外公布日等。具体而言,资产负债表日后事项涵盖的期间应当包括:

(1) 报告期间下一期间的第一天至董事会或类似机构批准财务报告对外公布的日期;

(2) 财务报告批准报出以后、实际报出之前又发生与资产负债表日后事项有关的事项,并由此影响财务报告对外公布日期的,应以董事会或类似机构再次批准财务报告对外公布的日期为截止日期。

如果公司管理层由此修改了财务报表,注册会计师应当根据具体情况实施必要的审计程序,并针对修改后的财务报表出具新的审计报告。

【例 14-17】 红岩股份有限公司 2010 年的年度财务报告于 2011 年 2 月 20 日编制完成,注册会计师完成年度财务报表审计工作并签署审计报告的日期为 2011 年 4 月 16 日,董事会批准财务报告对外公布的日期为 2011 年 4 月 17 日,财务报告实际对外公布的日期为 2011 年 4 月 23 日,股东大会召开日期为 2011 年 5 月 10 日。

根据资产负债表日后事项涵盖期间的规定,本例中,该公司 2010 年年报资产负债表日后事项涵盖的期间为 2011 年 1 月 1 日至 2011 年 4 月 17 日。如果在 4 月 17 日至 23 日

# 参 考 文 献

[1] 财政部. 企业会计准则 2006[S]. 北京：经济科学出版社,2006.

[2] 财政部. 企业会计准则——应用指南 2006[S]. 北京：中国财政经济出版社,2006.

[3] 财政部会计司编写组. 企业会计准则讲解 2008[M]. 北京：人民出版社,2008.

[4] 中国注册会计师协会. 2010 年度注册会计师全国统一考试辅导教材：会计[M]. 北京：中国财政经济出版社,2010.

[5] 财政部会计资格评价中心. 2010 年度全国会计专业技术资格考试辅导教材：中级会计实务[M]. 北京：经济科学出版社,2010.

[6] 财政部会计资格评价中心. 2010 年度全国会计专业技术资格考试辅导教材：初级会计实务[M]. 北京：中国财政经济出版社,2010.

[7] 戴德明,毛新述. 新企业会计准则阐释、应用与难点透析[M]. 北京：中国人民大学出版社,2007.

[8] 刘永泽,陈立军. 中级财务会计. 第 2 版[M]. 大连：东北财经大学出版社,2009.

[9] 毛洪涛,唐国琼. 解读企业会计准则：案例分析方法[M]. 成都：西南财经大学出版社,2007.

[10] 戴德明,林钢,赵西卜. 财务会计学. 第 5 版[M]. 北京：中国人民大学出版社,2009.

[11] 国际会计准则理事会. 国际财务报告准则 2004(中译本)[M]. 北京：中国财政经济出版社,2005.

[12] 财政部. 会计准则解释 1-3 号[S].

[13] 张孝友. 财务会计学[M]. 北京：中国农业出版社,2007.

[14] 陈少华. 财务会计研究[M]. 北京：中国金融出版社,2007.